HEYNE
BÜCHER

MAY McGOLDRICK

WOGEN DES SCHICKSALS

Roman

Aus dem Amerikanischen
von Anita Kreuzer

WILHELM HEYNE VERLAG
MÜNCHEN

HEYNE ROMANE FÜR ›SIE‹
Nr. 04/315

Titel der Originalausgabe
THE BEAUTY OF THE MIST

Umwelthinweis:
Das Buch wurde auf
chlor- und säurefreiem Papier gedruckt.

Deutsche Erstausgabe 11/99

First published by Topaz, an imprint of
Dutton Signet, a division of Penguin Books USA Inc.

Printed in France 1999
http://www.heyne.de
Umschlagillustration: Pino Daeni/Agentur Schlück
Umschlaggestaltung: Nele Schütz Design, München
Satz: Pinkuin Satz und Datentechnik, Berlin
Druck und Bindung: Brodard & Taupin

ISBN 3-453-15968-3

Prolog

Antwerpen, Niederlande
März 1528

Die Schotten sollen nur kommen.

Wie die Flügel eines verwundeten Raben flatterte der Mantel um die dahineilende Gestalt. Atemlos hielt Maria, Königin von Ungarn, inne und preßte sich erschöpft in den dunklen Toreingang des Ziegelgebäudes. Das flackernde Licht der Fackel, das die Straße beleuchtete, glänzte auf dem nassen Kopfsteinpflaster, und die junge Königin versuchte, noch tiefer mit dem Schatten zu verschmelzen. Sie lauschte angestrengt, konnte aber keinen Laut von möglichen Verfolgern in der kalten Nachluft hören. Ihre jadegrünen Augen blitzten auf, als sie einen Blick zurück auf die düsteren Mauern des Schlosses warf, das sich über den Dächern der schlafenden Stadt erhob.

Als sie sich der anderen Seite zuwandte, sah sie den einen, schon vollendeten Turm der Kathedrale, der vor ihr in den Himmel ragte. Sie war nicht mit den gewundenen Straßen und Gassen dieser Stadt vertraut – so wenig wie mit denen irgendeiner Stadt –, und der Turm diente ihr als Orientierungspunkt, dem sie folgen sollte.

Dicht um sie herum drängten sich bedrohlich Häuser und Läden. Die kalte, feuchte Luft drang beim Laufen in die Lunge, aber sie zwang sich weiterzurennen. Schon wurde der Himmel heller. Ihre Füße flogen über das rutschige Pflaster.

Am Ende der verwinkelten Gasse wurde sie langsamer, bevor sie auf den offenen Platz trat, der die Kathedrale umgab. Hinter den steinernen Mauern der im Dämmerlicht schwarz wirkenden riesigen Kirche lag der Hafen. Sie mußte ihn erreichen, bevor sich im Schloß das Leben rühren würde, bevor die Ebbe käme.

Am Hafen wartete bei einem der Kais ein Langboot. Es würde Maria zu ihrer Tante bringen. Zu dem stolzen, seetüchtigen Schiff, das sie weit weg von dieser schrecklichen Heirat bringen sollte.

Sie lief über den leeren Platz und drückte sich eng an die Mauern der Kathedrale. Gleich würde sie den Hafen erreichen. Sie roch schon das Brackwasser des Flusses.

Die Schotten sollen nur kommen, dachte sie trotzig. Sie sollen nur kommen.

Kapitel 1

Schloß Stirling, Schottland
März 1528

Auch ein goldener Käfig ist ein Käfig.

John Macpherson, Lord of the Navy, stand mit dem Rükken gegen das schwelende Feuer und beobachtete in gespanntem Schweigen, wie der junge König mit dem fuchsroten Haar in seinem ruhelosen Auf und Ab vor einem der Fenster haltmachte, das sich zum Innenhof von Schloß Stirling hin öffnete. Als er dem Blick des jungen Mannes folgte, sah er einen vereinzelten Raben, der sich über die Mauern des Schlosses in den grauen schottischen Himmel erhob.

Am anderen Ende des Gemachs strich sich Archibald Douglas, Earl of Angus, über den langen schwarzen Bart, nachdem er den letzten der offiziellen Briefe gelesen hatte. Der mächtige Graf faltete behutsam das Dokument zusammen und sah zu dem schwarzgekleideten jungen Mann am Fenster hinüber, bevor er das Pergament mit ein paar Tropfen Wachs verschloß.

John sah, wie ein Lächeln über das Gesicht des Lordkanzlers zog, als er das königliche Siegel vom Tisch hob und es vorsichtig in das weiche Wachs preßte.

»Mit diesen Briefen sollte Sir John keine Schwierigkeiten haben, wenn er Ihre Braut abholt, Kit ... Ich meine, Euer Majestät«, verbesserte sich Archibald, nachdem der König ihm einen kurzen Blick zugeworfen hatte.

John Macpherson verbarg seine wachsende Wut hinter einer unbeweglichen Miene. Er wollte abwarten, was geschehen würde. Der König hatte ihn zum Hof beordert, um ihm Instruktionen für einen Auftrag von höchster Wichtigkeit zu geben. Aber schon nach einigen Minuten in der Gegenwart dieser beiden Männer wußte er, daß die schrecklichen Gerüchte, die er während seiner Abwesenheit vom Hof gehört hatte, der Wahrheit entsprachen. Archibald Douglas, Earl of Angus, Anführer des mächtigen Douglas-Clans,

Lordkanzler von Schottland, Mitglied des Kronrats und ehemaliger Gatte von Königin Margaret, hatte König James, seinen Stiefsohn, völlig in der Hand.

Der Kanzler wandte sich dem schweigenden Mann zu.

»Sir John, Kaiser Karl erwartet Euch vor Ende des Monats in Antwerpen. Ich muß wohl nicht betonen, daß es eine große Ehre ist, wenn er seine Schwester, Maria von Ungarn, unserer Obhut für diese Reise anvertraut.«

»Jawohl, Mylord«, antwortete John und sah dabei den König an.

»Seine Majestät wird Ostern auf Schloß Falkland verbringen«, fuhr Angus fort. »Aber falls Ihr mich brauchen solltet, ich bin im Süden und werde die dortige Grenze zu England von dem herumstreunenden Pack säubern.«

Der König wandte sich John zu, und ihre Blicke trafen sich. John Macpherson sah, wie es in den Augen des jungen Mannes aufblitzte. Dasselbe furchtlose Glitzern, das er schon vor Jahren an dem vaterlosen Jungen bemerkt hatte. James war noch ein kleines Kind gewesen, als sein Vater in einer Schlacht gegen die Engländer auf dem Flodden Field gestorben war. Der Kronprinz war einer mutigen Frau und einer Handvoll treuer Anhänger anvertraut worden. Sie hatten ihn in den Highlands versteckt, während einige Adelige alles für seine Rückkehr vorzubereiten versuchten. Und dann war er zurückgekehrt, in die Arme der Königinmutter. Noch nicht einmal zwei Jahre alt, wurde der kleine Kit zu James V. gekrönt, König von Schottland und den Inseln des Westens.

An diesem Tag hatte John Macpherson ihn das erstemal gesehen. An dem Tag seiner Krönung. Ein Kind, das auf dem Thron eines im Chaos versinkenden Landes saß. Aber jedem, der vor ihm gekniet war und ihm vor Gott seine Treue geschworen hatte, war bewußt gewesen, daß dieser Junge ein Stuart war. Schweigsam, ernst und unbewegt hatte Kit während der Zeremonie allen gezeigt, daß er das Blut, den Mut und die Klugheit seiner Vorfahren besaß. In ihm würde sich die Tradition fortsetzen. Er war der neue König, der eines Tages Schottland vor seinen Feinden retten würde. Der Schottland vor sich selbst retten würde.

John sah, wie der König auf ihn zuging, nicht darauf achtend, daß der Kanzler unverwandt weitersprach.

Der Lordkanzler. Jener Mann, der die verwitwete Königin nur geheiratet hatte, um das Machtvakuum zu füllen, das in Schottland nach dem verheerenden Verlust auf dem Flodden Field bestand. Jeder in Schottland wußte, daß die Macht der Familie Douglas durch diese Vereinigung wachsen sollte, und das tat sie tatsächlich. Seit der Heirat war der junge König ein Spielball in den Händen des Earl of Angus, der schließlich die absolute Macht innehatte – indem er in dessen Namen herrschte.

Seit die Königin sich nun beim Papst um eine Annullierung ihrer Ehe bemühte, verstärkte der Lordkanzler, so hatte John gehört, seinen Druck auf den jungen König und überwachte ihn mit Argusaugen.

Wie alle wußte John, daß es niemanden gab, der mächtig genug war, den Lordkanzler herauszufordern. Vor nicht einmal einem Jahr hatten das ein paar Tausend Mann am Linlithgow versucht und waren gescheitert. Als sie blutig niedergemetzelt auf dem Schlachtfeld lagen, hatte Angus auch noch behauptet, er habe nur die Krone beschützt.

John straffte die Schultern, als der rothaarige König vor ihn trat. Er überragte den jungen Mann um Haupteslänge. Unverwandt sahen sich die beiden in die Augen.

»Hältst du mich für schwach, Jack Heart?« fragte der König leise.

Jack Heart. John lächelte. Schon lange hatte er seinen Spitznamen nicht mehr gehört – seit den Tagen, als der kleine König sich noch in der Obhut der Königinmutter befunden hatte. Damals war James in seinen Freiheiten lange nicht so eingeschränkt gewesen, und John hatte dem Jungen beigebracht, in den Bugwellen der *Queen's Ferry* zu segeln. Sie hatten einen ganzen Sommer miteinander verbracht, und in dieser Zeit hatte der junge König den Spitznamen aufgeschnappt, mit dem die Matrosen der Schiffe von den Macphersons John gerufen hatten. Zwischen den beiden war er zum Zeichen der Zuneigung geworden. Nur noch wenige erinnerten sich an diesen Namen, und noch weniger Männer hätten es gewagt, den Lord of the Navy so vertraulich anzusprechen.

Außer Kit.

»Du stimmst also zu.«

»Nein«, sagte John. »Ihr seid nicht schwach, junger Mann. Ihr sitzt nur in der Falle.«

»Mein Vater hätte sich anders verhalten.«

»Dein Vater war in deinem Alter weder von seinen Leuten abgesondert noch gefangengehalten worden«, fuhr John mit größerer Entschiedenheit fort. »Und sosehr ich ihn als König liebte, auch er hatte seine Fehler.«

»Aber er war ein Soldat. Mein Vater hatte Mut. So wie du.« James starrte auf den Tartan des Kommandanten. »Niemals hättest du dich in dieses Schicksal gefügt, wenn du in meiner Lage gewesen wärst.«

»Aber, Mylord ...«

»Jack Heart«, fiel ihm der junge König ins Wort, »du warst nicht einmal ein Jahr älter als ich, als du dich – neben meinem Vater bis zu den Knöcheln im Schlamm stehend – auf dem Flodden Field behauptetest. Du bist mutig, Jack, und du hast Entschlußkraft. Ich bin und habe nichts von alledem und noch vielem mehr, das weiß ich, mein Freund.«

»Das meint Ihr vielleicht, Mylord. In den Herzen aller treuen Schotten seid Ihr der König, seid Ihr unsere Zukunft.«

James blickte zu John auf, und in seinen Augen lag Wehmut. »Ich möchte mein Volk nicht enttäuschen.«

»Ihr werdet es nicht enttäuschen, Sir«, antwortete John mit fester Stimme, als er die Verzweiflung des jungen Mannes bemerkte. Der König reichte ihm mittlerweile schon fast an die Schulter. Aber er war noch so jung. Vielleicht zu jung, um das Böse zu bekämpfen, welches da an seiner Seite thronte. »Ihr werdet die ... Schwierigkeiten überwinden, und damit werdet Ihr die Herzen aller Schotten gewinnen. Ihr werdet den Thron ganz übernehmen, wenn die Zeit gekommen ist. Und dann werden die Berichte über Euren Mut, die Geschichten Eures Großmuts, die Erzählungen von Eurer Güte alles in den Schatten stellen, was von Eurem Vater und den Vätern Eures Vaters gesagt wird. Erinnert Euch immer daran, Kit: Euer Volk sieht die Verheißungen der Zukunft, darum will es Euch, und darum verehrt es Euch.«

James sah ihn vertrauensvoll an. »Ich will mein Bestes geben, um mein Volk nicht zu enttäuschen. Ich werde mich aus dieser Falle befreien.«

»Wie ein richtiger Fuchs eben.« Aus Johns Worten sprach seine Zuneigung.

»Wie mein Vater.« Der König sprach leise. Und dann war das Gesicht des jungen Mannes plötzlich wie verwandelt. »Gut, Jack. Dann bringst du sie also zu mir.«

»Wenn das Euer Wunsch ist.« John hielt inne und warf einen raschen Blick zu dem Kanzler hinüber, der sie vom anderen Ende des Gemachs her argwöhnisch musterte. »Natürlich könnten wir andere Mittel und Wege ersinnen, um dieses ... um diesem unglücklichen Zustand ein Ende zu bereiten.«

Der junge König lächelte traurig und sah auf seine noch unschuldigen Hände hinunter. »Wenn es nur so einfach wäre. Aber wenn wir diesen Weg gehen würden, hieße das, daß andere meinen Kampf führen müßten. Solche wie du, Jack Heart. Wäre ich dagegen frei ...«

John wartete, daß er fortfuhr, aber Kit wechselte unvermittelt das Thema.

»Er hat mir und dem Rat sein Wort gegeben, sich nach dieser Heirat nach und nach zurückzuziehen.« Der junge Mann blickte kurz über die Schulter. »Das ist das Beste. Ich wünsche nicht, daß noch weiteres Blut unschuldiger Schotten vergossen wird, wenn es eine andere Möglichkeit gibt, diese schreckliche Sache zu einem Ende zu bringen. Dafür bin ich ganz allein verantwortlich, Jack. Es liegt in meiner Hand. Dir mag das vielleicht unwichtig erscheinen, aber für mich ist es das nun einmal nicht. Ich habe zum erstenmal die Gelegenheit, meine Entschlossenheit und meine Stärke zu zeigen, und das ist mir alles wert.«

»Aber Ihr seid noch so jung ... Ihr habt eingewilligt, eine Frau zu heiraten, die Ihr nicht kennt, die Ihr kein einziges Mal gesehen habt!«

»Ich tue es für Schottland. Und es wird mich meinem Volk näherbringen.« Die Augen des jungen Mannes leuchteten bei diesem Gedanken auf. »Später werde ich genug Zeit haben, Streitigkeiten zu schlichten ... wenn ich erst einmal frei bin. Jack, bitte, ich will diese Möglichkeit ergreifen, es bedeutet mir sehr viel.«

John nickte. Wie konnte er seinem König eine so dringende Bitte abschlagen?

»Bring sie her, Jack.« Der junge Mann ergriff seinen Arm. »Ich werde sie heiraten. Es ist Gottes Wille.«

Energisch schritt der Kanzler durch den Raum und reichte John den versiegelten Brief. Archibald Douglas' Stimme war kalt, sein Blick durchdringend.

»Es darf ihr nichts geschehen, Sir John.«

John nickte dem Kanzler knapp zu, und nach einem letzten vielsagenden Blickwechsel mit dem König verbeugte er sich vor beiden und verließ das Gemach.

Kapitel 2

Die Nordsee, vor der Küste Dänemarks

Marias Hände waren blutig gerieben.

Unbeholfen schob sich die junge Frau die Ruder unter die Arme und drückte mit den Fingern vorsichtig auf die schmerzenden blutigen Stellen an den Handinnenflächen. Plötzlich ergriff eine kleine Woge das Boot, eines der Ruder schnellte in die Höhe und traf sie hart unter dem Kinn.

»Also zum Matrosen bist du ganz sicher nicht geboren, Kleine.« Isabel versuchte sich in beißendem Sarkasmus, auch wenn ihre alternden Augen schwer vor Müdigkeit waren.

Maria blickte traurig auf die vor ihr sitzende Frau. Blutverlust, Kälte und Erschöpfung forderten ihren Tribut.

»Ich glaube, es wäre besser, wenn du schliefest, Tante.«

Isabel streckte die müden Beine aus und versuchte, die Taubheit aus ihren Händen zu schütteln, die sich allmählich in ihrem Körper ausbreitete.

»Ich kann nicht schlafen. Ich will auch gar nicht schlafen. Nicht mit einer solchen Anfängerin an den Rudern. Wenn es mein Schicksal sein soll, die Beute irgendeines halbgefrorenen Nordseefischs zu werden, dann möchte ich das bei Gott mitbekommen.« Isabel seufzte. »Lange kann es nicht mehr dauern, das spüre ich. Der Lärm deiner Ruderversuche genügt, um das Gesindel selbst bei diesem Nebel geradewegs zu uns zu führen. Hörst du sie nicht schon? Glaubst du vielleicht, die haben unser Schiff gestürmt, nur um uns dann davonkommen zu lassen?«

Maria verdrehte die Augen und versuchte weder ihre Angst noch die feuchte, bis in die Knochen kriechende Kälte zu beachten. Unter Schmerzen schloß sie die Finger um das feuchte Holz der Ruderschafte und spannte die verkrampften Schultern, um das kleine Boot wieder durch den nicht enden wollenden Nebel zu stoßen.

»Denk nur daran, womit du deine Zeit verbracht, ach, schlimmer noch, verschwendet hast!« fuhr Isabel fort. »Die Zeit, die du dazu aufgewendet hast, elegante Gobelins zu sticken, hättest du besser dazu verwandt, etwas Sinnvolles zu lernen! Etwas über das Meer! Wie man sich verhält, wenn man in Seenot ...«

Maria seufzte. Jedes Wort ihrer Tante schien noch mehr Kraft aus ihren Armen zu ziehen. Jeder Ruderschlag. Die junge Frau versuchte, ihren Schmerz und die wachsende Hoffnungslosigkeit nicht zu beachten. Sie zwang sich, sich nur auf das Geräusch der auf das trübe schwarzgrüne Wasser schlagenden Ruder zu konzentrieren. Aber es schien nichts zu helfen, Isabels Redefluß konnte sie sich nicht entziehen.

Schiffbrüchig. Angreifbar.

Diese Gedanken brachen mit einer kalten, noch nie erfahrenen Klarheit über der jungen Frau herein. Maria unterdrückte ihre Tränen und blickte über die Schulter auf den Spanier, der am Bug des Bootes hingestreckt lag. Wie leicht wäre es, wie dieser sich hinzulegen, die Augen zu schließen und der Natur ihren Lauf zu lassen. Der Matrose hatte sich schon seit längerem nicht mehr bewegt oder auch nur gestöhnt. Sie fragte sich, ob er überhaupt noch lebte. Er sah so friedlich aus. Die Musketenkugel, die ihre Tante verwundet hatte, hatte sich danach in die Brust des armen Mannes gebohrt. Vielleicht wäre es besser gewesen, wenn Maria an seiner Statt gewesen wäre. Vielleicht hätte sie dann ihren Frieden, weit weg von der Kälte und dieser kaum zu bezwingenden Müdigkeit. Sie schüttelte den Kopf und versuchte, den Gedanken zu verdrängen.

Als ihr Blick auf die Tante fiel, überlegte Maria einen Moment lang, ob sie diese nicht bitten sollte, nach dem Matrosen zu sehen. Aber dann fürchtete sie, daß es schon gefährlich wäre, die Tante auch nur zu bitten, die Ruder zu halten, um sich selbst um ihn zu kümmern. Schon der Gedanke, wie stark dann das Boot ins Schaukeln geraten könnte, hielt sie davon ab. Das würde für sie alle möglicherweise in einer Katastrophe enden.

Ihre Tante hatte recht gehabt. Sie war kein Matrose.

»Ich glaube, wir sind im Kreis gerudert«, murmelte Isabel mißmutig.

»Da hast du wahrscheinlich recht. Du kannst also auch noch fehlende Navigationskenntnisse der Liste meiner Mängel hinzufügen«, flüsterte Maria und betrachtete das Blut auf dem Ruderschaft, das von ihren Händen stammte. Die Finger waren steif und taub und die Muskeln verkrampft, so daß sie kaum noch Kraft in den Armen verspürte.

Vergeblich versuchte John Macpherson durch den dichten Nebel zu spähen, der die *Great Michael* einhüllte. Er sah die Nebelschwaden, die durch die Takelage zogen und selbst das bunte Banner verschwinden ließen, das – wie er wußte – zusammengefallen von der Spitze des Hauptmastes hing. Bei dem wechselhaften Märzwetter ließ sich nicht vorhersagen, wann sich der Nebel auflösen würde.

Nicht lange nach Sonnenaufgang waren sie in eine Flaute geraten, und das Schiff war bald in dem aufziehenden Nebel verschwunden. Seine drei anderen Schiffe hatte John etwa vor einer halben Seemeile das letztemal auf dem unbewegten Meer dümpeln sehen.

Der Morgen war schleppend vorübergegangen, bis sie plötzlich gedämpften Kanonendonner vernommen hatten – irgendwo im Süden wurde anscheinend ein erbitterter Kampf ausgefochten. Aber seit einigen Stunden hatten John und seine Mannschaft nichts mehr gehört.

Als hätte er seine Gedanken erraten, kam David Maxwell, der Schiffsnavigator, die Schiffstreppe herauf und stellte sich neben seinen Kommandanten. »Wären wir nicht in diesen dicken Nebel geraten, Sir John, wären wir jetzt vielleicht in ein nettes kleines Getümmel verwickelt.«

»Stimmt, David«, gab John mit einem Seitenblick zurück. »Es wäre eine Situation, die wir auf dieser Fahrt nicht suchen.«

»Dann mag in diesem teuflischen Nebel vielleicht doch auch göttlicher Wille liegen, was?«

»Vielleicht, David.« Der Highlander verstummte, um

gleich darauf den untersetzten kleinen Mann zu begrüßen, der sich zu ihnen gesellte. Wieder beschlich John der Gedanke, daß er sich während der ersten Tage dieser Reise nicht umdrehen konnte, ohne fast mit Sir Thomas Maule zusammenzustoßen. Colin Campbell, der Earl von Argyll, hatte ihn vorgewarnt, aber John wollte seine Reisepläne deshalb nicht ändern. Schließlich war Sir Thomas auch ein brauchbarer Mann, sah man von seiner krankhaften Angst um die Aufgaben ab, die er für die seinen hielt. John wollte den alternden Ritter nicht von dem ehrenvollen Auftrag ausschließen, die nächste Königin Schottlands nach Hause zu bringen.

Dachte John darüber nach, dann war ihm klar, daß das Problem nicht durch Sir Thomas ausgelöst wurde. Die Schwierigkeit lag vielmehr darin, daß die junge Frau, die Sir Thomas auf dieser Reise begleitete, keine andere als Caroline Douglas war – jene Caroline, die bekanntlich John Macphersons Geliebte gewesen war. Soweit es John betraf, wußten die Menschen aber auch, daß die wechselvolle Affäre zwischen beiden schon längst beendet war, als die Lady die Hand von Sir Thomas Maule angenommen hatte. Für John war Caroline jetzt nur noch eine alte Bekannte.

»Nun, Navigator«, erkundigte sich der untersetzte Mann, »wie weit südlich waren diese Kanonenfeuer deiner Meinung nach heute morgen entfernt?«

»Es ist schwer zu sagen, Sir Thomas«, antwortete David vorsichtig. »Wie jeder Seemann Euch bestätigen kann, birgt der Nebel Tücken in sich. Dieser Kampf kann sich in fünfundzwanzig Seemeilen oder auch nur in fünf Seemeilen südlich abgespielt haben. Ich würde meine Heuer auf keine genaue Schätzung setzen.«

»Nun, ich hätte aber eine etwas präzisere Auskunft erwartet, Bursche. Aber vielleicht fehlt dir noch die Erfahrung.« Sir Thomas Maule wandte sich dem Kommandanten des Schiffes zu. »Und Sir John? Würdet Ihr Euch trauen, die Entfernung zu schätzen?«

»Es tut mir leid, ich muß David zustimmen«, antwortete John mit einem Blick auf das verärgerte Gesicht des Navigators. »Wir wären leichtsinnig, alle Vorsicht außer acht zu lassen, in dem Glauben, sie seien weit weg. Wer auch immer sie sind, die Möglichkeit besteht, daß sie Blut geleckt haben und ihre Kampfeslust unstillbar ist. Die Annahme, sie seien ganz in der Nähe, wäre aber ebenso unklug, sofern wir dadurch die Nerven verlören und unsere Männer ganz sinnlos mit Sonderwachen erschöpfen würden. Der Nebel wird uns erst einmal von ihnen abschirmen. Wenn er sich auflöst und Wind aufkommt, dann haben wir noch genug Zeit für die Entscheidung, ob wir kämpfen müssen. Auf jeden Fall sind wir für alle Möglichkeiten gewappnet.«

»Wenn wir in anderer Mission unterwegs wären, Sir John«, nickte Thomas Maule ernst und klopfte sich mit dem Schwert ans Bein, »hätte ich nichts gegen einen kleinen Kampf einzuwenden.«

»Nur kann man die Kämpfe auf See nicht mit denen an Land vergleichen«, erklärte David, noch immer verärgert. »Der stärkste Arm und das gewaltigste Schwert sind nichts wert, wenn Ihr den schwankenden Schiffsboden unter den Füßen nicht gewohnt seid.«

John unterdrückte ein Grinsen. Die Fahrt von Edinburghs Hafen bei Leith hatte für seine Männer schon zu lange gedauert. Die meisten von ihnen konnten zwar den hübschen Gesichtern der Frauen und Töchter der Edelmänner etwas abgewinnen, hatten aber wenig Respekt gegenüber deren Ehemännern und Vätern. Die Anwesenheit einiger adliger Landratten an Bord hatte auf der *Great Michael* schon zu einer Reihe von Problemen wegen der rauhen und unverblümten Sprache der Seeleute geführt, auch wenn bisher alle Unannehmlichkeiten ausgemerzt werden konnten. Aber John ahnte, daß es bei der Rückfahrt nach Schottland zu Schwierigkeiten mit der Disziplin kommen würde, denn dann hatten sie eine Königin und ihr Gefolge an Bord, für die sie die Verantwortung trugen.

»Für uns, die wir bis zu den Knöcheln im Schlamm stehend auf dem Flodden Field gekämpft haben«, gab der untersetzte Krieger zurück, »wird kein Schiffsdeck der Welt jemals Anlaß zur Besorgnis sein.«

»Ihr habt ganz recht, Sir Thomas«, mischte sich John ein, um den drohenden Streit noch einmal abzuwenden. »Aber wie Ihr selbst sagt: Wenn dies eine andere Mission wäre. Aber so, wie die Situation sich darstellt, braucht Ihr Euer Schwert nicht zu zücken, sondern könnt es beruhigt an der Seite stecken lassen. Vielleicht werden wir hier ja auch eine ganze Weile festgehalten.« Er wandte sich seinem Navigator zu. »Danke, David.«

Auf diesen Wink seines Kommandanten hin verneigte sich David Maxwell kurz vor den beiden Edelleuten und entfernte sich. John sah dem Navigator nach, dessen weiße Feder auf der leuchtendblauen Kappe lustig auf und ab wippte, während er mit jedem Matrosen, dem er begegnete, einige Worte wechselte.

»Diesem Burschen«, begann Sir Thomas, »fehlt ja jeglicher Respekt vor Rang und Namen, seid Ihr nicht meiner Meinung?«

John sah immer noch seinem Mann nach. »Wir alle haben Fehler, Sir Thomas. David Maxwells Zunge mag so scharf sein wie die Klinge Eures Dolchs, und er hat vor niemandem Angst. Aber er ist auch Schottland treu wie keiner, daher mag er vielleicht auch ein bißchen stolz auf sich und seine Kameraden sein.« Er wandte sich um und blickte den untersetzten Kämpfer neben sich an. »Diese Seefahrer haben genauso ein Recht, Krieger und Helden genannt zu werden, wie jene Männer, die auf dem Land kämpfen. Aber den meisten gesteht man das nicht zu.«

Sir Thomas rieb sich mit seinen dicken weißen Fingern gedankenverloren das Kinn.

»Und wenn man wie Ihr ein Mann ist, der sein ganzes Leben in den Dienst seines Landes gestellt hat«, fuhr John fort, »dann weiß man, wie man einen jungen Mann wie diesen anspornt.«

Der ältere Mann nickte verhalten.

»Er ist der beste Navigator, den ich kenne.« John blickte wieder auf das Nebelmeer hinaus. »Er war bereits in der Neuen Welt, er ist um Afrika gesegelt und bis nach Indien. David Maxwell ist schon ein erfahrener Mann, Sir Thomas.«

Er konnte nichts darauf erwidern. Sir Thomas merkte, daß er ganz geschickt eine Rüge erhalten hatte. Die Macphersons im allgemeinen und dieser im besonderen hatten eine Art, einem das Gefühl zu geben, nicht ganz bei Verstand zu sein.

Sir Thomas wandte sich um und sah zwei weißen Seevögeln zu, die wie ein Geisterpaar aus dem Nebel auftauchten. Sie flogen durch die Takelage und ließen sich auf der Großrah nieder. Dort saßen die beiden Vögel und blickten unruhig umher, als würden sie ihrem unerwarteten Glück, ein solches Schiff entdeckt zu haben, nicht trauen. Ohne Warnung schrie einer von den beiden plötzlich, pickte auf den anderen ein und vertrieb ihn schließlich von seinem Platz. Der eine Vogel blickte den anderen wütend an, als der sich nicht weit von ihm wieder niederließ.

Sir Thomas war nicht ganz wohl zumute, neben dem hünenhaften Kommandanten zu stehen. Er wußte um das Problem; es war das nagende Bedürfnis, sich mit John Macpherson zu messen. Schließlich verglich seine Frau sie bei jeder Gelegenheit miteinander. Es tat ihm weh, die Wahrheit anzuerkennen; er war ihr gegenüber so hilflos – ihm fehlten einfach das gute Aussehen, die Gestalt und die Stärke eines John Macpherson. Vor allem beneidete er ihn um dessen Jugend. Macpherson war in der Blüte seiner Jahre. Der alternde Krieger haßte diesen Mann. Er hatte das Bedürfnis, gegen ihn zu kämpfen und dem schönen Gesicht Narben zuzufügen. Aber wie sollte er das bewerkstelligen? Mit welcher Begründung?

Die Züge von Sir Thomas verfinsterten sich, und er zwang sich, seine Gefühle tief in sich zu begraben. Sie führten zu nichts.

Warum seine schöne junge Frau ihn – einen alternden Mann mit einer Tochter ihres Alters – diesem jungen und einnehmenden Krieger vorgezogen hatte, konnte er sich nicht erklären. John Macpherson hatte vor Jahren das Bett mit Caroline geteilt, und sosehr Sir Thomas es auch versuchte, er konnte sich des Gedankens nicht erwehren, daß sich Caroline jedesmal, wenn er sie zu Bett trug, John Macpherson an seiner Statt vorstellte.

Sir Thomas hatte auch die Gerüchte bei Hof gehört. Daß es nur eine Sache der Zeit sei, bis Macpherson seinen Verlust spüren und die langjährige ehemalige Geliebte wieder umwerben würde. Aber das schien sich nicht zu bewahrheiten. Der Mann hatte nie auch nur die Spur einer solchen Absicht gezeigt. Caroline war in ihrer Kajüte geblieben und Sir John an Deck. Und selbst das ärgerte Sir Thomas in gewisser Weise. Drei Tage lang waren sie nun schon auf See, und die beiden hatten noch keine Anstalten gemacht, sich wiederzusehen.

Die Situation quälte ihn, und er wünschte, sie wären niemals mit auf Fahrt gegangen.

John Macpherson sah schweigend zu, wie die Wache abgelöst wurde. Sechs Männer tauchten vom Vordeck auf, grüßten den Kommandanten, bevor sie flink die tropfnassen Taue der Takelage zu ihren Posten hinaufkletterten. Einige Augenblicke später stiegen die Matrosen, die abgelöst worden waren, den Weg zum Deck herunter, um in den Mannschaftsquartieren zu verschwinden.

Mit Ausnahme von Sir Thomas hatte die Delegation von Edelleuten, die auf der *Great Michael* segelte, kaum je einen Fuß auf Deck gesetzt. Das war John Macpherson allerdings nur recht.

Bei den wenigen Gelegenheiten, bei denen er ihnen unten begegnet war, merkte er, daß ihre Gespräche aus demselben müßigen Geplauder bestanden, das er von jedem europäischen Hof kannte. Das letztemal, als der Highlander unter Deck gewesen war, hatte einer der wortführenden Adligen seine Meinung über Maria von Ungarn und ihre angebliche Unfähigkeit, Kinder zu gebären, lautstark geäußert. Ein schlechtes Zeichen, hatte der Edelmann geraunt, und die anderen am Tisch hatten genickt. Die zukünftige Königin, hatte er mit einem Kopfschütteln gesagt. Unfruchtbar, da gab es keinen Zweifel. Und was würde dann aus dem Geschlecht der Stuarts werden?

John hatte nur mit den Achseln gezuckt. Die Vorhersagung gehörte bestimmt nicht mit zu seinen Pflichten.

Der Highlander verabscheute solches Geschwätz und

war angewidert gegangen. Mit Sir Thomas im Schlepptau natürlich.

John beugte sich über die Reling und warf einen prüfenden Blick auf den Schiffrumpf. Er dachte über den Ritter nach. Er wußte, daß Sir Thomas ihn nicht aus den Augen ließ. Das konnte er auch ohne weiteres verstehen. Schließlich kannte er ja Carolines Spielchen. Er hatte sich schon gefragt, ob sie ihren unglücklichen Ehemann nicht schon längst bis zur rasenden Eifersucht getrieben hatte. Nachdem er sie so gut kannte, wäre John aber auch nicht um eine angemessene Antwort verlegen, sollte die Zeit kommen und das Spiel auch für ihn beginnen.

Über sein Gesicht huschte ein Schatten. Er wußte, daß es hart auf hart kommen konnte, daß vielleicht Blut fließen würde, wenn Sir Thomas es nicht anders wollte. Wenn er diese Mission hinter sich bringen sollte, ohne mit Caroline Maule aneinanderzugeraten, käme das einem Wunder gleich.

»Sir John, vielleicht könnt Ihr mir erklären, wie es kommt« – Sir Thomas fuhr mit seinen klobigen Händen gedankenverloren über die Reling –, »daß Karl, Kaiser des Heiligen Römischen Reiches, der mächtigste Monarch neben Suleiman, dem Prächtigen, sich damit einverstanden erklärt, daß wir seine Schwester holen und ihrem neuen Gemahl zuführen.«

»Tradition, nehme ich an«, antwortete John nach einer kurzen Pause, erleichtert, daß der neben ihm stehende Mann ein unverfängliches Gesprächsthema angeschnitten hatte. »Zudem ist es eine Frage der Übereinkunft. Denn sollte ihr etwas zustoßen, würde es zum Krieg kommen, um die Lage zu bereinigen und um die Forderung nach Rückgabe der ersten Mitgiftzahlung durchzusetzen, die der Lordkanzler in einer Truhe auf Schloß Stirling unter Verschluß hält.«

Sir Thomas zögerte einen Augenblick, suchte nach den richtigen Worten. »So etwas kann leicht ... zu einer häßlichen Angelegenheit werden, nicht wahr?« fragte er schließlich und seufzte tief. »Ich meine natürlich eine Heirat.«

»Dieser Ansicht sind viele, Sir Thomas.«

»Aber es muß nicht sein.« Der Mann starrte noch immer auf seine Hände. »Nachdem ich das Ganze nun zum zweitenmal mitmache, betrachte ich es von einer anderen Warte aus.«

John nickte unverbindlich.

»Ich bin geneigt zu glauben, daß nicht nur königliche Heiraten, sondern die meisten Verlobungen – selbst in den niedersten Ständen – durch finanzielle Erwägungen zerstört werden.« Sir Thomas wandte sich um und musterte den Krieger. »Was ist Eure Ansicht zu diesem Thema, Sir John?«

Der Kommandant wußte, worauf Sir Thomas abzielte, und er war bereit, ihm eine ehrliche Antwort zu geben.

»Ich persönlich habe mit der Ehe keinerlei Erfahrung, Sir Thomas. Und doch glaube ich, daß Ihr recht habt. Nur gibt es sicherlich auch Ausnahmen. Und ist eine Ehe erst einmal geschlossen, vermag vielleicht die Liebe jenes echte Band zu schaffen.«

»Ja, ja. Aber was meint Ihr – was unterscheidet eine glückliche von einer unglücklichen Ehe? Was ist es, das manchem die Gunst erweist, auf Dauer glücklich zu sein?«

John starrte auf das Meer; noch immer stiegen die Nebelfetzen um das Schiff auf. In diesem Nebel lag wahre Schönheit, auch wenn er die Erledigung seines Auftrages verzögerte. Könnte er nur die Fragen von Sir Thomas beantworten! Sein Gesicht verfinsterte sich.

»Ihr sprecht mit dem Falschen, Sir Thomas.«

Keine Antwort. Wenngleich Carolines Name noch nicht gefallen war, hatten die beiden Männer noch nie so offen miteinander über sie gesprochen.

»Ihr seid der einzige von Euch Brüdern, der noch nicht geheiratet hat«, sagte Sir Thomas ohne Umschweife.

John wandte sich um und sah ihn an. »Das ist richtig.«

»Wenn Ihr tatsächlich glaubt, was Ihr soeben gesagt habt, was hat Euch dann davon abgehalten? Nach allem, was man hört, bekommt den Macphersons die Ehe ganz ausgezeichnet. Sie scheinen zu den besagten Ausnahmen, den wenigen Glücklichen zu gehören.« Die Augen des älteren Kriegers blickten durchdringend. »Warum also Ihr nicht?«

Der Highlander schwieg. Zu gern hätte er eine Antwort auf diese Frage gehabt und den Mann damit beruhigt. Aber er hatte keine. Wie sollte er von dem Glück seiner Brüder sprechen, ohne so zu klingen, als beneide er sie um all ihre Freuden?

Er hätte Caroline um ihre Hand bitten können. Viele hatten dies von ihm erwartet. Ihre Affäre hatte sich trotz Höhen und Tiefen über nahezu sieben Jahre erstreckt. Aber dennoch, als sie eine Entscheidung von ihm gefordert hatte, war es ihm unmöglich gewesen, um ihre Hand anzuhalten, und so hatte er sie gehen lassen.

Sie war weder Fiona, noch war sie Elizabeth. Solche Frauen, wie seine Brüder das Glück hatten, sie geheiratet zu haben, gab es nur selten, und das wußte er nur zu genau. Caroline war nicht wie sie, und was zwischen ihnen gewesen war, unterschied sich grundlegend von dem, was er von seiner Familie her kannte. Sie hatten Momente der Leidenschaft geteilt, das wohl, aber um wahre Liebe hatte es sich zwischen ihnen niemals auch nur annähernd gehandelt. Ihre Leidenschaft war allerdings wohl kaum das passende Gesprächsthema für ihn und Sir Thomas.

»Darauf kann ich nur antworten«, erwiderte John schließlich, »daß ich ... bislang noch nicht bereit war für eine Ehe. Noch nicht.«

»Also keine geheimen Pläne?« fragte Sir Thomas mit ruhiger Stimme.

John erwiderte seinen Blick. Überraschenderweise war in dem offenen Gesicht keinerlei Feindseligkeit zu erkennen. John war sich durchaus bewußt, daß der andere ein Recht hatte zu fragen.

»Nein. Keinen einzigen.«

Das laute Kreischen eines Seevogels hoch über ihnen brachte die ältere der beiden Frauen wieder zurück in die Gegenwart.

Isabel beugte sich nach vorn und warf einen besorgten Blick auf ihre Nichte. Mein Gott, was hatte sie getan? Der zerrissene und blutverschmierte Umhang, der über den

Schultern der jungen Frau lag, war in einem weit besseren Zustand als diese selbst. Isabel sah die Wunde auf Marias Stirn und eine weitere an ihrem Kinn, die vom Ruder herrührte. Sie sah die blasse Haut und die blutleeren Lippen. Marias Augen hatten ihren Glanz verloren und lagen tief in ihren Höhlen. Isabel konnte kaum glauben, daß sie jener Königin gegenübersaß, die für ihre makellose Schönheit berühmt war. Innerlich verwünschte sie sich, daß sie Maria nahegelegt hatte, dem Willen ihres Bruders, was diese sinnlose Heirat anging, keinesfalls nachzugeben, falls es sie unglücklich machte. Isabel verwünschte sich, ihre Nichte in diese Lage gebracht zu haben und am Ende gar in diesem dahintreibenden Alptraum sterben zu müssen.

Karl, wo bist du? rief sie stumm. Begegne der Torheit deiner Tante doch einmal in deinem Leben mit Entschlossenheit! Such nach uns, mein Junge. Such nach deiner Schwester. Bitte Karl.

Als sie schließlich zu sprechen anhob, schlug sie einen viel sanfteren Ton an.

»O Maria, ich wünschte, ich könnte dir eine Hilfe sein. Aber sicherlich wird uns eines der anderen Langboote unserer Galeone bald aufgreifen.«

Überrascht über den Tonfall der Tante, blickte Maria auf. Dann lächelte sie. Sie wußte, daß die ältere Frau trotz all der rüden Worte und des barschen Auftretens, das sie üblicherweise zutage legte, einer der warmherzigsten Menschen war.

»Das würde ich auch gern glauben. Aber wir rudern schon seit Stunden durch diesen Nebel.« Sie blickte um sich. Seit sie sich von dem sinkenden Schiff entfernt hatten, hatten sie rein gar nichts mehr erkennen können. Keine Menschen, keine Boote, nicht einmal treibende Wrackteile. Nichts. »Wir wissen nicht einmal, wo wir sind oder welche Richtung wir einschlagen sollten!«

»Sei nicht kindisch, Maria«, schalt Isabel. »Du hast uns auf einem Kurs gehalten, der so gerade wie der Flug eines Pfeils ist. Das hast du wirklich ausgezeichnet gemacht, wenn man bedenkt, daß du zum erstenmal am Ruder sitzt. Wir müßten bald die Küste von Dänemark erreichen.«

Maria schenkte ihrer Tante ein schwaches Lächeln. »Oder in ungefähr einem Monat in England landen!«

»Also weißt du, Kind.« Isabel schimpfte ihre Nichte halbherzig, während sie versuchte, irgend etwas in dem dichten Nebel auszumachen.

Maria betrachtete den Ausdruck auf dem Gesicht ihrer Tante. Zumindest war Isabel inzwischen klargeworden, in welcher Lage sie sich befanden, und sie hatte aufgehört herumzumurren. Es schien, als würde sie das erstemal, seit diese Katastrophe über sie hereingebrochen war, sich der Gefahr bewußt werden, in der sie sich befanden. In der Hölle des brennenden Schiffes, als die Männer die Langboote in Panik heruntergelassen hatten, war keine Zeit gewesen nachzudenken. Sie hatten das französische Kriegsschiff weniger als einen Tag, nachdem sie in Antwerpen abgelegt waren, gesichtet, und da hatte auch schon die Jagd begonnen. Es war ein Fehler gewesen, die spanische Flagge zu hissen – die Flagge der Silberflotte war den Franzosen Anlaß genug, sie anzugreifen. Jeder Pirat und Freibeuter in der Nordsee wußte von den Gold- und Silberschätzen, die die Spanier aus der Neuen Welt mit sich führten.

Während des ersten Kanonenfeuers hatte der Kapitän das kleine Schiff gewendet, um nach Norden zu fliehen. Er hatte gehofft, daß ihnen der Wind auf dem offenen Meer ausreichend Geschwindigkeit verleihen würde. Aber das französische Schiff war schneller gewesen. Von da an verloren sich Marias Erinnerungen in dem Durcheinander des Gefechts. Schüsse, Schwerter, die Schreie der Männer. So viel Blut. Sie rieb ihre Wange gegen ihre Schulter, um die Tränen wegzuwischen, die ihr in den Augen standen.

»Es tut mir leid, Maria.«

Die junge Frau hielt inne und sah ihre Tante an.

»Das alles tut mir leid. Daß ich dich fortgebracht habe.« Isabel ließ sich zurücksinken und sah zur Seite. »In meinem Alter, so sollte man meinen, müßte ich weiser sein, mehr über die Dämonen wissen, die auf der Welt umherziehen.

»Aber du bist weise. Ich weiß deine Klugheit sehr zu schätzen.«

Isabel wandte ihren Blick wieder ihrer Nichte zu und lächelte sanft. »Ich hätte mich nicht in deine Zukunft einmischen sollen. Ich hätte dich das angenehme Leben weiterführen lassen sollen, an das du gewohnt bist.«

Maria lehnte sich über die Ruder, versuchte, ihrer Tante direkt ins Gesicht zu sehen. Das war nicht die Frau, die sie kannte. Aus diesen Worten sprach die Angst vor dem, was ihnen bevorstehen mochte. Gedanken über das Ende. »Sag so etwas nicht, Isabel. Wir beide wissen, daß das, was du getan hast, richtig war.«

»Nein, das war es nicht. Kannst du das denn nicht verstehen?« Sie weinte. »Dies hier ist der letzte Beweis. Weißt du, wie oft ich in meinem Leben zwischen Antwerpen und Spanien hin und her gesegelt bin? Hunderte von Malen. Und nur einmal, vor zwanzig Jahren, wurde ein Schiff, mit dem ich reiste, angegriffen. Aber dieses Mal …«

»Du hattest einfach immer Glück. Das ist alles. Und ich habe dieses Glück eben nicht.« Maria versuchte all ihre Kräfte zu sammeln. Sie durfte nicht zulassen, daß sich Isabel Vorwürfe machte. Sie mußte ihr Leben in ihre eigene Hand nehmen. Sehen, was die Welt ihr zu bieten hatte. Das war es, was sie schon seit langem tun wollte. »Liebste Isabel, vielleicht werden wir hier auf dem Meer unseren Tod finden, vielleicht werden wir auch die Beute eines Fisches, wie du es so unverblümt genannt hast, aber du sollst die Wahrheit erfahren. Ich würde lieber einen solchen Tod sterben, als noch einmal ein Leben, das Karl für mich ausgehandelt hat, einfach hinzunehmen.«

»Lieber sterben als Königin von Schottland zu werden …« Isabel verdrehte ihre Augen. »Übertreibst du nicht ein wenig, Kind?«

»Nein, das tue ich nicht«, antwortete Maria entschieden. »Diese Flucht … dieses Abenteuer … mit dir zu Mutters Schloß in Kastilien zu segeln … Das ist das erstemal in den dreiundzwanzig Jahren meines Lebens, daß ich etwas tue, das auf meinem freien Willen beruht. Schottland ist nicht mein einziger Grund. Aber kannst du dir vorstellen, wie quälend es ist, wenn andere Menschen das eigene Leben seit dem dritten Lebensjahr verplanen? Mir wurde vorgeschrieben, mit wem ich mich anfreunden sollte und mit wem nicht, was ich tun und was ich unterlassen sollte, wohin ich gehen und wohin ich nicht gehen durfte. Wen heiraten und wen nicht. Und letzteres nicht nur einmal, sondern jetzt auch noch ein zweites Mal!«

Isabel konnte ihr Lächeln nicht länger unterdrücken.

»Ich weiß, meine Liebe. Aber trotz all der Pflichten, die man dir auferlegt hatte, hast du dir deinen Willen bewahrt. Zu jeder Stunde!«

»O nein!« Maria konnte die Tränen, die ihr über die Wangen liefen, nicht länger aufhalten. »Und keinesfalls bei eben dieser zweiten Heirat, die Karls Wunsch, auf jedem Thron in der christlichen Welt einen Habsburger sitzen zu sehen, entspricht. Dieses Geschäft mit den Schotten ... ich konnte nichts dagegen tun, als läge ich unter Stein begraben, als wäre ich nicht einmal mehr imstande, mich zu rühren. Ich kann das alles nicht noch einmal durchmachen.«

Isabel sagte nichts, blickte sie nur an. Sie hatte es gewußt. Maria hatte sich stets mit allem einverstanden erklärt und sich untergeordnet – war es da nicht vorauszusehen gewesen, daß sie gegen eine zweite Verheiratung aufbegehren würde? Wieder mit einem Heranwachsenden, einem sechzehnjährigen König! Für jeden außer Karl war allein der Gedanke daran unfaßbar. Karl konnte die Trostlosigkeit, die eine solche Verbindung mit sich brachte, nicht nachfühlen, aber sie, Isabel, sehr wohl. Und aus diesem Grunde war sie mit Maria geflohen.

»Wenn wir dies mit Gottes Hilfe überleben«, sagte Isabel, »wird dein Bruder nach dir suchen, das weißt du, nicht wahr? Wenn wir das Glück haben und Kastilien erreichen sollten, wird er nicht davor zurückschrecken, das Schloß eurer Mutter zu belagern.«

Maria nickte. »Natürlich, er erwartet, daß ich die von ihm getroffene Vereinbarung einhalte. Diese schreckliche Ehe auf mich nehme.«

»Doch was willst du dann tun, mein Kind?« fragte Isabel. »Wir müssen uns einen Plan ausdenken.«

Maria war die ganze Zeit gerudert und bemerkte erst jetzt, wie das Blut von ihren Händen auf die graue Wolle ihres Kleides tropfte. Sie würde nicht nach Schottland gehen, sie konnte es nicht. Sie würde James V. nicht heiraten. Sie würde ihrem schlauen Bruder, der meinte, die Welt nach seiner Laune gestalten zu können, nicht gehorchen.

»Ich werde einfach so tun, als sei ich wahnsinnig geworden. Sie werden denken, daß ich wie meine Mutter bin. Sie nennen sie ja nicht umsonst Johanna die Wahnsinnige. Es wird nicht lange dauern, und sie werden auch mir diesen Beinamen verleihen. Keiner wird daran einen Zweifel hegen. Wie die Mutter so die Tochter. Ich werde toben und brüllen und nachts den Mond anheulen. In meinem Wahn werde ich außer mir sein. Ich werde meine Kleider zerreißen, mir Knochen ins Haar stecken und nackt im Regen herumlaufen.«

Beide schwiegen. Maria blickte auf und sah den schreckerfüllten Ausdruck im Gesicht ihrer Tante. Isabel wollte etwas sagen, aber kein Laut kam über ihre Lippen. Nur ein Krächzen. Ihr Mund öffnete und schloß sich wieder.

»Ja, Tante?«

»Schnell!« Isabels Stimme war bloß ein Flüstern. »Schnell, kehr um und rudere. Rudere, als sei der Teufel hinter dir her!«

Maria drehte sich um und blickte auf ein riesiges Schiff, das in wenigen Metern Entfernung wie ein Geisterschiff aus dem Nebel auftauchte. Sie hatte noch nie ein so großes Schiff gesehen. Doch als ihr müder Verstand endlich den Grund für die Angst ihrer Tante erkannte, war es schon zu spät. Das kleine Boot krachte mit aller Wucht gegen den schwarzen Rumpf des Schiffes.

Maria war einfach weiter in die einmal eingeschlagene Richtung gerudert.

Sie war eben kein Matrose.

Kapitel 3

Wie eine Schlange, die auf ihre Beute zuschnellte, fiel die Leine des Matrosen gegen das dahintreibende Langboot.

Das kleine Boot schlug hilflos gegen den Rumpf des Schiffes. An Bord der *Great Michael* hatten sich die Seeleute entlang der Reling aufgereiht oder hingen in der Takelage und versuchten etwas in dem dichten Nebel auszumachen, um eingreifen zu können. Die Besatzung des Langboots machte keinerlei Anstalten, auf das Schiff zu klettern. Die schottischen Seeleute warteten voller Ungeduld und warfen ihrem Kommandanten fragende Blicke zu, was als nächstes zu tun sei.

»Woher, zum Teufel, kommt dieser Kahn?« brüllte John Macpherson, während er sich einen Weg zur Reling bahnte.

»Sieht so aus, als wäre es ein einzelnes Boot, Mylord«, antwortete sein Navigator. »Und nur drei Mann Besatzung.«

»Bringt sie hoch!«

»Sollte man das tatsächlich wagen?« mischte sich von hinten eine Stimme ein.

John wandte sich der großen blonden Frau zu, die sich an seine Seite schob. Caroline.

»Was, wenn sie bewaffnet sind?« fuhr sie fort. »Und wäre es nicht möglich, daß sie erst freundlich tun und uns dann, während wir schlafen, die Gurgel durchschneiden?«

Ohne ihr eine Antwort zu geben, wandte John seinen Kopf und warf Sir Thomas einen mißbilligenden Blick zu.

»Komm bitte, Caroline«, sagte ihr Mann sanft, nahm seine Frau am Ellbogen und zog sie von der Reling weg, um zu verhindern, daß der Kommandant doch noch etwas Unhöfliches erwiderte. Dies war weder die rechte Zeit noch der rechte Ort für einen Streit. »Ich denke, das hat Sir John zu entscheiden.«

Dieser blickte wieder am Rumpf seines Schiffs hinab, während einige seiner Männer sich an Tauen zu dem Boot herunterließen.

»Frauen, Mylord!« rief ihm einer der Matrosen zu. »Zwei Frauen und ein Mann.«

Auf diesen Ruf hin stürzte ein Haufen überraschter Männer an die Reling. John lehnte sich nach vorn und sah zu, wie sich ein weiterer Matrose herunterließ. »Bring sie hoch! Sofort!«

»Es sind verdammte Spanier, Mylord!«

»Und wenn sie die Abkömmlinge des Teufels sind!« gab John wütend zurück.

»Der Mann ist tot, Mylord«, rief der Matrose und deutete auf den Mann am Bug des Bootes. »Er hat ein Loch in seiner Brust, so groß wie meine Faust.«

»Bring sie hoch!«

»Auch den Toten?«

»Mann Gottes!« schäumte John ungeduldig. »Natürlich auch den Toten!«

Als die Matrosen die Wut in der Stimme ihres Kommandanten vernahmen, begannen sie eilig mit der Bergung.

John trat einen Schritt zurück, nachdem seine Männer sich endlich in Bewegung gesetzt hatten, und überließ dem Maat alles weitere. Er drehte sich um und bemerkte erst jetzt, daß sich die Delegation um ihn versammelt hatte. Das erstemal, seit sie in See gestochen waren, hielten die Edelleute etwas für unterhaltsam genug, um sich aus den bequemen Kajüten locken zu lassen. Wie ein Haufen neugieriger Kinder drängelten sie sich nach vorn, um einen besseren Blick auf die Neuankömmlinge werfen zu können.

Und genau das paßte ihm ganz und gar nicht. Seine Männer konnten eine solche Ablenkung im Moment nicht brauchen.

John ging zu Sir Thomas, der mit Caroline und seiner Tochter Janet am Hauptmast stand, und flüsterte ihm einige Worte zu. Der alternde Krieger setzte sich daraufhin sogleich in Bewegung. John wußte, daß der Ritter genau danach suchte – nach einer Gelegenheit zu handeln und von Nutzen zu sein.

John drehte sich wieder zur Reling und ignorierte die

Flut von Klagen, die auf Sir Thomas' barsche Aufforderung hin, sich wieder unter Deck zu begeben, losbrach.

Er reagierte auch nicht auf die Hilfsangebote derjenigen, die auf Deck geblieben waren, sondern dankte vielmehr im stillen, daß ihnen auf dieser Reise ein Gefecht bislang erspart geblieben war. Nicht daß die *Great Michael* einem Angriff nicht Widerstand leisten konnte, aber John war sich sicher, daß das Durcheinander auf Deck viel schwerer in den Griff zu bekommen wäre als ein Angriff des Feindes.

Als er sich einen Weg durch die Menge bahnte, sah John, wie David und der Maat einer älteren Frau vorsichtig über die Reling auf Deck halfen. Von dem blutgetränkten Mantel zu schließen, mußte sie eine Verletzung erlitten haben. John hielt den Atem an, als sie den Arm eines Matrosen ergriff und versuchte, einige Schritte zu machen. Aber sie vermochte sich nicht aufrecht zu halten und stützte sich mit all ihrem Gewicht auf den Matrosen, bis sie schließlich auf das Deck niedersank.

Hastig ging John auf die Frau zu und kniete sich neben sie.

»Sie ist verletzt«, hörte er hinter sich eine erschöpfte Frauenstimme sagen. »An der Schulter.«

John drehte sich zu der anderen Überlebenden um, die soeben an Bord gebracht worden war. Ihm fiel auf, daß sie, sobald sie an Bord war, höflich, aber bestimmt die Hilfe seiner Männer zurückwies. Sie schwankte, als sie sich der älteren Frau näherte, fing sich aber schnell wieder. Da kann man ja Mitleid bekommen, wenn man die Kleine sieht, dachte er und ließ seinen Blick über ihre nassen, mitgenommenen Kleider und den zerzausten Haarschopf gleiten. Auch auf ihrem Kleid waren dunkle Flecken zu sehen, die sicher von einer Wunde herrührten, aber der Zustand der jungen Frau schien weniger ernst zu sein als der der Älteren. Nach ihrer Verfassung zu schließen, hatten die beiden Frauen eine schlimmere Prüfung hinter sich, als nur im kalten Nebel rudern zu müssen.

John wandte seinen Blick von der jungen Frau ab und zog behutsam den blutgetränkten Mantel von der Schulter der älteren, um sich die Wunde anzusehen. Die beiden müssen Überlebende des Gefechts sein, das sie am Morgen gehört hatten, dachte er. Die ältere hatte, nach den Verbrennungen auf der Haut um die Wunde zu schließen, einen Musketenschuß abbekommen. Aber die Wunde war nicht lebensbedrohlich, entschied er, solange sie sich nicht entzündete.

»Schiffsmaat«, rief er über seine Schulter, »hol den Arzt aufs Deck, er soll einen Blick auf diese Wunde hier werfen.«

Dann stand er auf und wandte sich der anderen Frau zu, die nun direkt neben ihm stand.

Maria beobachtete, wie er sich erhob, und ihr stockte der Atem. Während er neben Isabel hockte, hatte der Mann bei weitem nicht so einschüchternd ausgesehen wie jetzt. Sein finsterer Blick überschattete sein dunkles Gesicht; zudem überragte er jeden Mann um ihn herum um Haupteslänge. Schnell wandte sie ihren Blick von ihm ab und richtete ihre Aufmerksamkeit wieder auf ihre Tante. Sie wagte nicht, ihn ein weiteres Mal anzusehen.

»Und Ihr?« fragte er kurz angebunden. »Irgendwelche Verletzungen?«

»Nein«, gab sie zurück, drehte sich weg und fiel beinahe um, als sie sich zu ihrer Tante hinabbeugen wollte.

John sah auf die schmale, tropfnasse Gestalt zu seinen Füßen, und Mitleid regte sich in ihm. Er hatte das Zittern in ihrer Stimme wohl vernommen. Sie hatte etwas Kindliches, Unsicheres an sich, und er fragte sich, woher sie die Kraft genommen hatte, auf hoher See zu überleben.

Das graue Wollkleid, das die Frau unter ihrem Mantel trug, mußte einmal sauber gewesen sein, aber jetzt war es von dunklen Flecken und Meerwasser verschmutzt. Als habe sie seine Gedanken gelesen, zog die junge Frau ihren schweren Mantel enger um sich und machte es dadurch nahezu unmöglich, Rückschlüsse auf ihre Person zu ziehen.

Maria hatte ihre Finger auf die kalte, schlaffe Hand ihrer Tante gelegt und kämpfte gegen das Verlangen an, vor dem Blick des hinter ihr stehenden Hünen davonzulaufen. Obwohl sie ihm ihren Rücken zugewandt hatte, konnte sie spüren, wie sich seine Augen in sie bohrten. Einen kurzen Augenblick lang hatte sie gedacht, der Seemann wüßte, wer sie war, aber dann lenkte ihre Tante wieder ihre Aufmerksamkeit auf sich, als sie in ihrer Bewußtlosigkeit leise vor sich hin zu murmeln begann. Es war nicht von Belang, was dieser Mann wußte oder nicht – daran konnte sie so oder so nichts ändern; als erstes mußte sie sich um Isabel kümmern. Das war das einzige, was von Bedeutung war.

Sie scheint sehr jung zu sein, dachte John, aber ein eigentümliches, bittersüßes Gefühl stieg in ihm auf, als ihm klar wurde, das fast jede Frau, die er in letzter Zeit kennengelernt hatte, sehr jung zu sein schien. Die Aufmerksamkeit, die sie der anderen Frau schenkte, deutete darauf hin, daß sie miteinander verwandt waren. Mutter und Tochter vielleicht.

»Auf Eurem Mantel ist Blut. Seid Ihr sicher, daß Ihr nicht auch verwundet seid?«

»Nein, das bin ich nicht«, sagte sie mit ruhiger Stimme. »Das muß das Blut des Matrosen sein, nicht meines.«

Sie wandte ihm nicht einmal ihren Blick zu, während sie sprach, aber er konnte sehen, daß sie erschauderte. Der Schock, dachte John. Frierend und durchnäßt in einem Boot auf dem Meer zu treiben würde den stärksten Mann auf die Probe stellen.

»Sind noch andere Boote auf dem Wasser?« fragte er. »Gibt es noch weitere Überlebende?«

»Wir haben keine gesehen«, flüsterte sie.

»Wie lange wart Ihr in dem Boot?«

»Lange.«

»Wie lange?«

Sie antwortete nicht, sondern zuckte nur mit den Schultern.

»Ist Euer Schiff untergegangen?«

Wieder gab sie ihm keine Antwort. So interessant sie auch sein mochte – John war es doch inzwischen müde, seine Worte an den Hinterkopf der Frau zu richten.

»Wo bleibt denn der verdammte Arzt?« rief er gereizt über seine Schulter hinweg und kniete sich neben die Verletzte, der jungen Frau gegenüber, und blickte diese an.

»Er kommt, Mylord«, antwortete der Schiffsmaat, als er durch die Reihen der Umstehenden trat.

»Wer hat Euch angegriffen, und wie viele Schiffe waren an dem Gefecht beteiligt?« fragte John und zwang sich, ruhig zu bleiben.

Maria starrte auf die geschlossenen Augen ihrer Tante. Zumindest durfte sie sich ausruhen. Maria war noch immer nicht in der Lage, ihren Blick auf den Mann zu richten. Sie fühlte sich verwundbar und verloren und bemühte sich, das Zittern zu verbergen, das durch ihren Körper lief. Sie mußte sich nicht umdrehen, um zu wissen, daß Dutzende von Neugierigen jede ihrer Bewegungen beobachteten, jedes ihrer Worte aufschnappten. Wie ein Reh fühlte sie sich – gejagt, verletzt und schließlich gefangen. Was würden sie mit ihnen machen? Der Hüne, der die Fragen stellte, war eindeutig der Kommandant, die anderen hatten offensichtlich Angst vor ihm. Sie wußte, daß auch sie Angst haben sollte. Er hatte sie Abkömmlinge des Teufels genannt.

»Ich muß das wissen.« Seine Stimme klang schärfer, als er beabsichtigt hatte. John berührte vorsichtig die Schulter der jungen Frau. »Wie viele Schiffe waren es?«

»Nur eines.« Kurz sah sie ihn an, senkte aber sogleich wieder die Lider.

Ihre Augen hatten die Farbe von heller Jade, dachte John und ertappte sich dabei, wie er sie anstarrte. Wie schön sie waren. Die Blässe ihres Gesichts unterstrich die überwältigende Wirkung des Grüns ihrer Augen.

»Es war ein französisches Schiff«, fuhr sie fort. »Nur eines.«

John nickte. Mit ihrem Gesicht vor Augen fand er keine Worte. Er ließ seinen Blick zu ihren bloßen Händen gleiten und sah, wie diese zitterten, als sie versuchte, den Mantel der älteren Frau zu fassen. Schnell blickte er wieder in ihr Gesicht. Sie war tatsächlich jung, sehr jung. Unter den bleichen, schmutzigen Wangen und dem schwarzen Haarschopf war eine verschreckte junge Frau zu erkennen.

Das dünne, trunkene Gerassel einer Stimme war hinter der Reihe der um sie stehenden Männer zu vernehmen. Der

Arzt, ein Angehöriger des Douglas-Clans und ein Mann, von dem sich John sicher war, daß er als Angus' Spion diente, kam mit unsicheren Schritten auf sie zu. Er war ein aufgedunsener Mönch mit trüben Augen und einem größeren Interesse an Wein und einem weichen Bett als an dem Wohlergehen seiner Männer und ihren Seelen. In John stieg die Wut auf, als er sah, wieviel Zeit sich der Mönch ließ, um seinem Befehl nachzukommen.

»Wir werden später einige Worte miteinander wechseln«, knurrte er, während der Arzt sich durch die Menge drängelte. Ohne den Mann eines weiteren Wortes zu würdigen, rief er den Maat zu sich heran. »Die Frau ist schon lange genug hier draußen an der feuchten Luft. Bring sie nach unten, der Arzt kann sich dort um sie kümmern.«

»Darf ich etwa nicht bei ihr bleiben?« fragte Maria und stellte sich neben den Kommandanten. Es war nicht auszumachen, ob ihre Worte eine Bitte oder eher ein Befehl waren.

Dieses Mal trafen sich ihre Augen, wenn auch nur für den Bruchteil einer Sekunde, bevor Maria verlegen ihren Blick senkte.

»Ja«, antwortete John, »natürlich. Meine Männer werden für alles Nötige sorgen. Ich werde Euch baldmöglichst aufsuchen. Ihr seid mir noch immer eine Antwort auf meine Fragen schuldig.«

Sie nickte, stand dann schweigend da und wartete darauf, daß die Männer ihre Tante forttrugen.

Maria hatte nur wenig Platz und konnte nirgendwo in der kleinen Kammer direkt neben Isabels Kajüte ihre nassen, verschmutzten Kleider ausbreiten. Ein Schiffsjunge war gleich nach ihr in die Kajüte gekommen und hatte ihr wortlos ein Kleid aus Wolle und leinene Leibwäsche überreicht. Maria war froh über diese aufmerksame Geste, wenngleich sie nicht wußte, wem sie dafür zu danken hatte. Sie hatte viele Männer und Frauen auf Deck herumstehen sehen, die nach der neuesten Mode bei Hofe gekleidet waren. Während sie darüber nachdachte, war sie überrascht, wie viele

Frauen sich an Bord befanden. Bestimmt war es eine dieser Frauen, der sie ihren Dank schuldete.

Die nasse Wäsche in Händen, blickte sie sich hilflos suchend in ihrer Kajüte um. Von dort, wo sie stand, konnte sie ein leises Gemurmel aus der Kajüte ihrer Tante hören, die glücklicherweise das Bewußtsein wiedererlangt hatte, und dann das Geräusch schlurfender Schritte, die auf den Korridor hinaustraten.

Sie legte ihre Kleider sorgfältig zusammen in eine Ecke des Raumes. Auf einem Brett an der Wand stand eine kleine Waschschüssel mit einem Wasserkrug, und Maria säuberte vorsichtig die schmerzenden Blasen auf ihren Handinnenflächen und Fingern. Sie wickelte sich Verbandsstreifen um die Hände und versuchte erfolglos die Enden des Verbands festzustecken. Ihre Hände schmerzten so sehr, daß sie zu fast nichts mehr zu gebrauchen waren. Abgesehen davon hatte sie, was das Anlegen von Verbänden betraf, keinerlei Übung. Ärgerlich schüttelte sie ihren Kopf. Selbst an den einfachsten Aufgaben scheiterte sie.

Enttäuschung und Müdigkeit nagten an Maria, als sie unter Tränen die weiten, tannengrünen Ärmel des Kleides bis über die Handgelenke zog. Nachdem sie sich die Tränen von ihrer Wange gewischt hatte, öffnete sie die schmale Tür und trat in Isabels geräumigere Kajüte.

Der Blick ihrer auf dem Bett liegenden Tante wandte sich ihr sofort zu. Die ältere Frau legte einen Finger auf die Lippen, um Maria vom Sprechen abzuhalten. Die junge Frau kam ihrem Wunsch nach und blieb im Hintergrund stehen, während der Gehilfe des Arztes die blutigen Verbandsstreifen von dem kleinen Tisch auflas.

»Ihr hattet Glück, Mylady«, schnarrte der Arzt, als er die Kajüte wieder betrat. »Die Kugel hat Euch nur einen Kratzer zugefügt. Aber Euer Matrose hatte keine Chance.«

»Er ist also tot«, sagte Isabel.

»Jawohl. Er steht jetzt vor seinem Schöpfer.« Er warf der älteren Frau einen Blick zu. »Sir John möchte den Namen des Mannes wissen. Für die Gebete, wenn wir ihn dem Meer übergeben.«

»Ich ... ich kenne ihn nicht«, sagte Isabel verlegen und sah Maria an.

»Sein Name war Pablo«, sagte die junge Frau leise. Maria hatte ihn danach gefragt, als sie seinen Platz an den Rudern eingenommen hatte. Aber sie wußte, daß seine Seele längst bei seinem Schöpfer war, bevor die Gebete der Matrosen ihn erreichen konnten.

»Pablo«, wiederholte der Mann kurz und drehte sich zu Isabel um. »Gut, gut. War das eigentlich Euer Schiff, das da unterging?«

Isabel schüttelte den Kopf. »Nein, es war nicht unser Schiff.« Sie hatte nicht vor, diesem Mann mehr zu erzählen, als unbedingt notwendig war.

»Ja, dann.« Der Mann ging zur Tür, blieb aber noch kurz vor Maria stehen und deutete auf eine kleine Schüssel mit einer Flüssigkeit und etwas sauberem Verbandsmaterial. »Ich lasse Euch das da. Ihr solltet den Verband wechseln, wenn er anfängt, schlecht zu riechen. Sir John wird übrigens gleich hier sein. Er scheint voller Ungeduld darauf zu warten, daß Ihr ihm seine Fragen beantwortet. Und macht Euch keine Sorgen um Eure Mutter, meine Liebe. Ihr wird es bald wieder gutgehen.«

»Sie ist nicht ...« Maria verstummte plötzlich und fing sich dann wieder, »in Lebensgefahr, oder?«

»Nein, meine Kleine«, der Mönch seufzte erschöpft, bevor er sich wieder der Tür zuwandte. »Ich habe ihr etwas zum Schlafen gegeben. Später werde ich den Burschen noch einmal zu Euch schicken. Wenn Ihr mich braucht, so laßt mich einfach rufen.«

Ohne jede weitere Höflichkeitsbekundung schlurfte der Mann in den dunklen Korridor hinaus, den Burschen in seinem Schlepptau.

Maria wartete, bis sich die Kajütentür hinter den beiden geschlossen hatte, und eilte sodann an das Bett ihrer Tante.

»Es sind Schotten!« sagte sie mit sorgenvoller Stimme.

Isabel klopfte neben sich auf das Leintuch, und Maria setzte sich ohne Zögern hin.

»Ja, ich weiß, meine Liebe«, stimmte ihr Isabel zu und

betrachtete die elegante Ausstattung der Kajüte. »Und nicht nur irgendwelche Schotten. Zweifellos gehört dieses Schiff zu der Flotte, die dein Bruder angefordert hat, um dich zum König zu geleiten.«

Jetzt sah sich auch Maria in der Kajüte um. Sie war bislang noch nicht oft auf Schiffen gewesen, aber die Größe des Raumes überraschte sie. Sie ließ ihren geschwollenen Finger über das frische weiße Leinentuch fahren, das ihre Tante bedeckte, und blickte auf den reichen, burgunderfarbenen Damastvorhang, der um die Koje hing, und die passende Überdekke. Auf einem Platz am Bullauge lag ein samtenes Kissen, und um einen Tisch standen reich geschnitzte Stühle. Auf dem Tisch waren feines Kristall und verschiedene Teller mit Käse und Früchten ansprechend arrangiert. Ein schrecklicher Gedanke beschlich Maria, als ihr zu Bewußtsein kam, wohin der Kommandant des Schiffes sie gebracht hatte.

»Das sollte meine Kajüte sein«, stöhnte sie entsetzt auf.

»Na und? Du wirst doch deine alte Tante nicht hinauswerfen wollen, oder?« Die ältere Frau kicherte.

»Darum geht es doch gar nicht!« Maria nahm Isabels Hand. »Was soll ich denn jetzt tun? Was werden sie denken, wenn sie herausfinden, wer wir sind?«

»Ist es wichtig, was sie denken?« Isabel gähnte und streckte sich in dem bequemen Bett aus.

»Wenn ich ihre Königin werden soll …«, flüsterte Maria.

»Da hast du recht«, sagte Isabel. »Wenn du tatsächlich ihre Königin wirst, dann, glaube ich, hast du jetzt schon jeglichen Respekt verloren. Schließlich solltest du erhobenen Hauptes und trockenen Fußes in Antwerpen sitzen und auf ihre Ankunft warten, statt auf offener See herumzurudern und ihnen zu entfliehen versuchen. Vorausgesetzt, du wirst jemals ihre Königin werden.«

»Ich kann ihnen nicht sagen, wer ich bin«, sagte Maria entschieden. »Ich gehe nach Kastilien und nicht nach Schottland.«

»Du …«, Isabel gähnte nochmals. »Im Augenblick befindest du dich jedenfalls auf dem Weg nach Antwerpen, meine Liebe. Das ist ihr Ziel.«

Maria sah ihre Tante hilflos an. »Aber das geht doch nicht. Kannst du dir vorstellen, wie peinlich das sein wird? Ich wäre nicht imstande, Karl gegenüberzutreten. Er würde mir niemals vergeben. Verloren auf hoher See, werde ich von genau den Leuten aufgefischt, die mich zu meinem neuen Zuhause geleiten sollen. Bei allen Heiligen, stell dir diese Schmach vor.«

»Ich war der Meinung, das wäre dir egal. Ich war der Meinung, du wärst bereit, den Zorn deines Bruders auf dich zu nehmen.«

»Ich war auch bereit dazu«, sagte Maria verzagt. »Allerdings nur unter der Voraussetzung, daß wir dann weit weg von ihm wären. Nicht, wenn wir zu ihm zurückgezerrt und ihm geradezu ausgeliefert werden. Du weißt, über welche Macht er verfügt. Wie überzeugend er ist. Ich habe mich in meinem ganzen Leben noch in keinem Streit mit ihm durchsetzen können.«

Maria seufzte. Sie erinnerte sich nicht gern daran, aber ihr Bruder hatte, schon als sie klein war, immer seinen eigenen Willen gehabt. Schon als Kind war er ein Tyrann gewesen – und wieviel mehr nun als Erwachsener, mit all seiner Macht.

»Warum können wir nicht unseren Plan weiterverfolgen?« brach es aus der jungen Frau hervor, die sich bemühte, die Verzweiflung in ihrer Stimme zu unterdrücken. »Ich möchte nicht zurück, Isabel. Ich kann nicht.«

Die Tante versuchte ihre Schläfrigkeit abzuschütteln.

»Du hast das Langboot kaputtgemacht, Kind.«

Maria mußte lächeln. »Du weißt genau, daß ich nicht gemeint habe, wir sollten weiterrudern.« Sie wandte ihren Kopf ab und starrte zu dem kleinen Bullauge. »Wir müssen einen anderen Weg finden. Wir sind doch nicht weit entfernt von Dänemark. Wenn wir Kopenhagen erreichen könnten, ließe sich vielleicht ein Schiff anheuern, das uns nach Kastilien bringt.«

Isabel öffnete mühsam ihre schweren Lider. »Aber zum Schwimmen ist es zu weit, Maria. Und mir wird gerade etwas wärmer ...«

Maria sah ein Lächeln um die Lippen ihrer Tante spielen, bevor sie sich schließlich der Wirkung der Arznei hingab.

»Wir müssen uns einen Plan ausdenken«, flüsterte Maria, mehr zu sich selbst. »Ich will die Hoffnung nicht aufgeben. Vielleicht können wir jemandes Hilfe erkaufen? Es sind so viele Leute auf diesem Schiff ...«

»Der Kommandant«, sagte Isabel mit einen Spaltweit geöffneten Augen. »Der Schotte, Sir John nennen sie ihn. Er ist doch ein junger und ansehnlicher Mann. So einem gutaussehenden Seemann bin ich in meinem ganzen Leben noch nicht begegnet ...«

»Was willst du denn damit sagen?« fragte Maria und strich Isabel eine silberne Haarsträhne aus dem Gesicht.

»Nichts, nichts!« Isabel schloß ihre Augen. »Wenn man bedenkt, daß du schon mal verheiratet warst ...«

»Isabel!« protestierte Maria, und die Röte stieg ihr ins Gesicht. Aber ihre Tante war bereits eingeschlafen.

Kapitel 4

Wenn John Macpherson etwas nicht leiden konnte, dann war es das Gefühl, im Ungewissen gelassen zu werden.

Er trug eine Dochtlampe, die einen kleinen Lichtkreis in den finsteren Korridor warf, und als er die an der Wand hängende Lampe anzündete, nickte John dem jungen Matrosen zu, der vor der Kajütentür Wache hielt.

»Etwas Neues?«

»Nichts, Mylord«, antwortete der Mann. »Als ich vorhin das Tablett mit Essen hineinbrachte, schlief die ältere Frau, und die junge ging in dem Raum auf und ab. Sie sagte kein Wort, Mylord. Aber ich hörte, wie sie die Tür abschloß, sobald ich draußen war.«

John trat neben den Mann und klopfte an der Tür.

Hastige Schritte und das Geräusch, wie jemand sich mit einem Schloß abmühte, drangen von der anderen Seite durch die Tür. Nach einer kurzen Stille öffnete sich die Tür einen Spaltweit, und der Highlander blickte in ein Paar leuchtendgrüner Augen, die ängstlich in die seinen sahen.

»Darf ich eintreten?«

Sie zögerte einen Moment, drehte sich dann um und deutete vage in das Dunkel des Raumes. »Meine …, sie schläft.«

»Ich werde nicht lange bleiben«, sagte John und zog seinen Kopf ein, als er an ihr vorbei durch die niedrige Tür trat.

Maria stand da, unsicher, was sie tun sollte. Was hätte sie dagegen einwenden können, daß er einfach so hereinplatzte? Schließlich war es sein Schiff. Ihre zitternde Hand lag noch immer auf dem Türknauf, und sie preßte sich mit dem Rücken gegen die hölzerne Wand der Kajüte. Ein Blick aus dem Fenster, das hinter dem großen Schotten lag, zeigte ihr, daß die Dämmerung schnell in das Dunkel der Nacht übergegangen war, und die junge Frau war froh über die wachsende Dunkelheit. Sie betrachtete ihn, als er zuerst ihre Tante und dann den Stapel frischen Verbandszeugs und eine Schüssel mit Wasser musterte, die auf dem Tisch standen.

Als er sich zu ihr umwandte, leuchtete sein Gesicht im Schein der Lampe auf. Sie konnte ihn von ihrem Platz aus betrachten, ohne Angst haben zu müssen, daß er sie eingehend mustern würde. Isabel hatte recht gehabt. Man konnte durchaus sagen, daß der Mann gut aussah. Recht gut sogar. Und es schien so, als wolle er sein gutes Aussehen hinter seinem grimmigen Ausdruck in seinem Gesicht verbergen. Sie ließ ihren Blick über seine Gestalt wandern. Er war stark. Das lange schwarze Haar hatte er mit einer ledernen Schnur zurückgebunden. Seine Augen durchforschten das Zimmer.

Als er spürte, daß er beobachtet wurde, hielt John die Lampe in ihre Richtung und sah, wie die junge Frau den Blick senkte. Sie wirkte so jung, wie sie sich da im Schatten der Dunkelheit verbarg. Er hatte den Eindruck, daß sie am liebsten mit dem dunklen Holz der Wand hinter sich verschmelzen würde.

Jetzt war sie an der Reihe, taxiert zu werden, das wußte Maria. Wieder kämpfte sie gegen eine in ihr aufsteigende Angst an, die verhinderte, daß sie zu ihm hinsah und seinen Blick erwiderte. Das vertraute Kribbeln in ihrem Bauch sagte ihr, daß sie wieder einmal nicht auf das, was geschah, vorbereitet war – daß sie einfach nicht imstande war, mit dem Leben fertig zu werden. Mit dem wahren Leben.

Das ließ sich nicht abstreiten. Schließlich hatten weder seine Erscheinung noch sein Verhalten die Angst in ihr geschürt. Maria wußte, daß es etwas anderes war. Ihr ganzes Leben lang war sie beschützt und von der Gesellschaft der Männer abgeschottet worden. An ihren Vater, Philipp den Schönen, konnte sie sich nicht erinnern. Ihre Mutter war nach seinem rätselhaften Tod untröstlich gewesen, Maria aber war fortgebracht worden und in einem Kloster in Kastilien, umgeben von Frauen, aufgewachsen. Sie sah ihre Brüder so gut wie nie und hörte auch nicht von ihnen, bis der älteste, Kaiser Karl, veranlaßte, daß sie ihrem Verlobten, dem sechzehnjährigen König von Ungarn, begegnete. Diesem war sie mit drei Jahren versprochen und mit siebzehn angetraut worden. Bis sie den Schutz der Mauern des Konvents verließ, hatte Maria nie Umgang mit einem erwachsenen Mann gehabt, abgesehen von ihrem alten Beichtvater.

Erst als sie in Ungarn eintraf, erkannte sie, wie verletzlich, wie lebensunfähig sie war. Sie war weder darauf vorbereitet, ihr Leben zu meistern, noch mit den Menschen, denen sie begegnete, fertig zu werden.

Als sie so in der schwach erleuchteten Kajüte schweigend dastand, verfluchte sie ihre eigene Schwäche – aber das half ihr auch nicht weiter, sie konnte ihren Blick nicht von den breiten Planken des Bodens heben. In ihrer Rolle als Königin hatte sie gelernt, ihre Angst zu verbergen. Aber ohne ihren Hofstaat, ihr Gefolge und den geschützten Raum, den das ganze Zeremoniell mit sich brachte, hatte sie nichts, wohinter sie sich verbergen konnte.

John blickte noch immer auf die junge Frau, die verlegen im Schatten neben der Tür stand, ohne ein Wort an sie zu richten. Irgend etwas an ihr machte ihn unruhig. Die beiden Neuankömmlinge verbreiteten etwas Geheimnisvolles um sich. Sie hatte erwähnt, daß sie von einem französischen Schiff angegriffen worden waren. Bestimmt hatte sie Angst, waren doch die Franzosen und Schotten seit mehr als hundert Jahren die engsten Verbündeten. Aber dachte sie etwa, daß er sie denselben Leuten übergeben würde, die versucht hatten, sie umzubringen? Nun ja, das läge durchaus im Bereich des Möglichen, und sie sah entsprechend verschreckt aus. Sie konnte sich nicht sicher sein, was mit ihnen geschehen würde. Und abgesehen von den gegenwärtigen politischen Unwägbarkeiten konnte man das Schicksal von zwei auf See verlorengegangenen Frauen kaum jemals als verheißungsvoll ansehen – selbst unter den besten Umständen nicht.

Seiner Ansicht nach – auch nach Ansicht all derer, die auf den Meeren zu Hause waren, war allein die Tatsache, daß die beiden Frauen eine solche Hölle überlebt hatten, als reines Wunder zu betrachten. Der Spanier in dem Langboot mußte schon eine ganze Weile tot gewesen sein. Mehrere

Stunden. Das Überleben der Frauen hatte also allein in ihren Händen gelegen.

In diesen zarten Händen.

Maria sah, wie der Schotte seine Aufmerksamkeit wieder auf Isabel richtete. Mit der Lampe in der Hand beugte er sich über die schlafende Frau. Offensichtlich suchte er etwas. Maria nahm all ihren Mut zusammen, entschlossen, Isabel zur Seite zu stehen. Nach den regelmäßigen Atemzügen zu schließen, schlief ihre Tante noch immer tief. Aber bevor sie den ersten Schritt tun konnte, drehte er sich um.

Maria blieb wie angewurzelt stehen.

Mit großen Schritten ging er auf sie zu.

Sie preßte sich gegen die Kajütenwand, ihre Hand ließ den Türknauf los und umklammerte hinter ihrem Rücken die andere Hand. Sie hoffte, sein Besuch wäre hiermit beendet, und starrte wieder auf die hölzernen Planken.

Er blieb vor ihr stehen. Keiner von beiden sagte etwas. Maria konnte die Wärme der Lampe auf ihrem Gesicht spüren. Sie preßte sich mit aller Kraft gegen die Wand, als wolle sie darin verschwinden. Warum ging er nicht? Sie sah ihn an.

Selbst in dem gedämpften Licht waren seine Augen klar, tief und blau. Wie eine Meereswelle brandeten sie gegen ihren Blick. Maria fühlte sich, als wäre sie eine kleine, leere Muschel am Strand, die in den Sog der Wellen geriet und hilflos hinausgeschwemmt wurde. Als könnte sie nicht anders, sich in diesen blauen Tiefen zu verlieren.

»Wartet bitte«, knurrte er.

»Was?« Sie errötete und sah schnell weg.

»Wartet hier.« Der Hüne machte einen Schritt durch die Tür und gab dem Wache haltenden Matrosen einen kurzen Befehl, woraufhin dieser durch den Korridor davoneilte.

Maria blickte nervös zu ihrer Tante. Sie wünschte, die ältere Frau wäre wach. Isabel konnte mit Männern soviel besser umgehen, als sie selbst es wohl jemals vermochte. Maria linste zurück zur Tür, nur um zu sehen, wie der Schotte wieder in die Kajüte trat.

»Ich habe Euch schon vorhin, als wir auf Deck waren, gefragt, ob Ihr verletzt seid.«

Als er wieder vor ihr stand, senkte sie ihren Blick und sah auf das weiße Leinen seines Hemdes. »Ja, das habt Ihr.«

»Und, seid Ihr's?«

»Nein, das bin ich nicht.«

John hielt das Licht näher an ihr Gesicht. Er sah die Schürfwunde auf ihrer Stirn, den kurzen Schnitt an ihrem Kinn, doch vor allem sah er, wie sich die Röte auf ihren Wangen ausbreitete. Sie hatte die allerweicheste und blasseste Haut. Und noch immer mied sie seinen Blick.

»Warum habt Ihr Eure Wunden nicht meinem Schiffsarzt gezeigt?«

»Ach, das sind doch bloß Kratzer.«

John hielt das Licht noch näher an sie heran. »Aus dem Schnitt am Kinn tritt aber Blut.«

Rasch hob Maria ihre Hand ans Kinn. Er griff nach ihrem Handgelenk, und sie packte seine Finger mit der anderen Hand. Doch sein Griff war wie ein Schraubstock, und in einem kurzen Augenblick voller Panik wurde ihr bewußt, daß er nicht vorhatte, sie so bald wieder loszulassen.

»Laßt mich«, flüsterte sie.

»Bloße Kratzer?« John sah unverwandt in ihr erschrockenes Gesicht, und sie gab ihren schwachen Versuch des Widerstandes auf. Sie ließ die freie Hand sinken und blickte zur Seite.

John drehte ihre Hand in der seinen und schob den Rand ihres weiten Ärmels nach oben. Mit einem kritischen Blick musterte er den blutigen, losen Verband um ihre Hand.

Plötzlich stieg Wut in Maria auf, sie begehrte auf und versuchte ein weiteres Mal, ihre Hand aus seinem Griff zu winden, aber er hielt sie fest. Der Schmerz durchzuckte sie, und sie gab den Kampf auf.

»Bitte laßt mich los«, bat sie mit leiser Stimme.

»Erst wenn ich mir das genauer angesehen habe.«

»Es ist nichts Ernstes«, flüsterte sie. »Nur ein wenig Haut, die aufgeschürft ist.«

»Zeigt mir Eure Hände«, befahl er. »Beide.«

Einen Augenblick lang standen die beiden einander gegenüber und starrten sich wütend an. Welches Recht hatte er, sich hier Einlaß zu verschaffen und die Verantwortung für ihr Wohlergehen zu übernehmen? dachte Maria zornig. Aber der schweigende Blick des Kommandanten beantwortete ihre innere Frage. Es war seine Verantwortung. Die Verantwortung für sein Schiff und alle, die sich an Bord befanden.

John wartete geduldig. Er hatte alle Zeit der Welt. Wenn sie die Stärke hatte, so nah vor ihm stehenzubleiben, die eine verletzte Hand zu verbergen und die andere unfreiwillig in seinem Griff zu lassen, dann sollte sie das nur tun. Er konnte warten. Aber er wußte, sie würde sich nicht gegen seinen Willen behaupten können. Das konnten nur wenige.

Unschlüssig zog Maria ihre Hand hinter dem Rücken hervor. Sie war müde und hatte Schmerzen. Wenn es ihn zufriedenstellte, ihre verletzten Hände zu untersuchen, dann sollte er das eben tun, dachte sie.

»Das ist schon besser«, brummte er zufrieden. Er drehte sich zur Seite und steckte die kleine Lampe in eine Halterung an der Wand.

John sah auf die schlecht bandagierten Hände und lockerte dabei seinen Griff. Von den angetrockneten Blutflekken auf dem Verband, der ihre Handflächen bedeckte, zu schließen, war die Haut darunter bis aufs Fleisch abgeschürft. Wenn er ihr nicht gleich einen neuen Verband anlegte, würde der Stoff an der Wunde festkleben.

»Was Ihr heute getan habt, hat großen Mut erfordert.« Er blickte nicht auf, sondern tat so, als wäre er mit ihren Händen beschäftigt, als sie zu sprechen begann. »Ich ...«

Der Matrose klopfte leise und trat dann mit eingezogenem Kopf in die Kajüte. John wies auf den Tisch, ohne dabei ihre Handgelenke loszulassen. Der Mann stellte den Tontopf neben den Stapel von Verbandsstoff. Nachdem er seinem Kommandanten zugenickt hatte, ging er hinaus und schloß die Tür hinter sich.

John merkte, daß die junge Frau ihn mit fragenden Augen ansah, als er sich ihr erneut zuwandte.

Er mußte sich anstrengen, um sich an das zu erinnern,

was er ihr soeben hatte sagen wollen. Wie sie ihm so gegenüber stand, schien es ihm, als habe sie Zauberkräfte. Das straff zurückgebundene schwarze Haar unterstrich die Schönheit ihrer Gesichtszüge eher noch, als daß es sie verbarg. Ihre Augen glänzten wie polierte Jade. Er spürte, wie er magisch von ihnen angezogen war.

»Ich heiße John Macpherson«, sagte er schließlich.

Sie nickte höflich und ließ die Hände sinken.

»Und Ihr?« fragte er.

Sie warf einen panischen Blick in Isabels Richtung. Ihre Tante schnarchte leise vor sich hin.

»Euer Name?«

»Maria«, flüsterte sie.

»Maria ...?« Er wartete.

Sie hielt einen Augenblick inne und sagte dann: »Maria. Mein Familienname hat keinerlei Bedeutung für Euch.«

Anstelle von Trotz las John das Zögern und die Angst, die aus ihrem Gesicht und ihrer Haltung sprachen. Er mußte sie beruhigen. Kein Zweifel, sie dachte wohl, er würde sie gegen ein Lösegeld zurück zu ihrer Familie bringen. Das war kein unübliches Vorgehen mit den Überlebenden eines Schiffsunglücks. Aber es war nicht das, was er zu tun beabsichtigte. Und vielleicht weil es in seiner Macht gestanden hätte, sie seinem Willen zu unterwerfen, hatte er jetzt das Bedürfnis, die junge Frau zu überzeugen, daß sie und ihre Begleiterin nicht in Gefahr schwebten. Er wollte aus ihrem Unglück keinen Vorteil ziehen.

»Nun ... dann eben nur Maria. Ich nehme an, Ihr würdet gern Näheres über dieses Schiff und sein Ziel erfahren.«

Sie nickte langsam und überlegte dabei, wie sie sich verhalten sollte. Ihm mitzuteilen, was sie und Isabel bereits vermuteten, wäre wohl kaum angebracht. Das Beste war, sie hörte ihm einfach zu, ließ ihn reden und gab selbst nichts preis. Erwartungsvoll blickte sie ihn an.

»Ihr seid auf einem schottischen Schiff namens *Great Michael* mit Kurs auf Antwerpen. Wenn sich dieser Nebel lichtet, sind wir, je nach Windverhältnissen, ungefähr noch drei Tage von dem Hafen entfernt. Sobald wir angekommen sind, solltet Ihr keine Schwierigkeiten haben, auf einem anderen Schiff eine Passage zu bekommen … wo auch immer Ihr ursprünglich hinwolltet. Es sei denn, Euer eigentliches Ziel ist Antwerpen.« Er hielt einen Moment lang inne und wartete auf eine Antwort. Ein Zucken lief über ihr Gesicht, dann wandte sie sich ab. »Ich möchte, daß Ihr wißt, daß Ihr auf diesem Schiff in Sicherheit seid. Ihr habt nichts zu befürchten, was mein Verhalten und dasjenige meiner Männer Euch gegenüber anbelangt.«

»Ich danke Euch.« Sie sah ihn an und nickte. Es gab keinen Grund, warum sie seinen Worten nicht Glauben schenken sollte. Von dem Augenblick an, als sie an Bord dieses Schiffes gebracht worden waren, waren sie und Isabel mit der größten Sorge und dem höchsten Respekt behandelt worden.

»Wenn Ihr es gestattet, würde ich mir jetzt gern Eure Hände ansehen.«

Instinktiv verbarg Maria die Hände in den Falten ihres Rockes, und ihr Gesicht rötete sich. Der Mann war hartnäkkig, aber es war nicht von Belang, daß ihr seine Aufmerksamkeit unangenehm war. Was, wenn er noch mehr Fragen stellte? dachte sie. Gut, er war freundlich. Und höflich. Und gutaussehend. Aber auch gefährlich, dachte sie. Maria wurde klar, daß es ihr auf Dauer immer schwerer fallen würde, ihm die Stirn zu bieten, und sei es nur, um ihn anzulügen. Und doch, in ihr stritten Dankbarkeit und Vorsicht um die Vorherrschaft.

»Meine Hände sind in Ordnung«, sagte sie schließlich.

»Das stimmt nicht.« Er kam näher. »Der Verband ist schon ganz von Eurem Blut durchtränkt. Wenn die Wunden nicht umgehend versorgt werden, werden sie sich wahrscheinlich entzünden. Und dann seid Ihr womöglich in weit größerer Gefahr als Eure schlafende Begleiterin. Den Verband werde ich auf jeden Fall wechseln.«

»Das ist nicht nötig«, protestierte sie. »*Ich* kann ihn wechseln.«

»Nein, das könnt Ihr nicht. Und es ist auch nicht das einzige, was getan werden muß.« Als sie zurückwich, hielt er inne. »Wenn Ihr mir nicht traut ... Ich kann auch den Schiffsarzt bitten wiederzukommen und sich Eure Hände anzusehen. Er hat eine schon oft erprobte Behandlungsmethode, die er bei den Matrosen anwendet, wann immer sie sich Verletzungen zuziehen. Sie ist äußerst wirkungsvoll. Ich bin überrascht, daß er sie nicht bei Eurer Begleiterin angewendet hat.«

»Ja, vielleicht solltet Ihr ihn rufen«, antwortete Maria. Wenn der alte Arzt sich ihre Hände ansehen würde, würde sie sich ihm nicht widersetzen. Schließlich hatte er auch Isabel geholfen. Und wenn sie ehrlich sein sollte, hatte sich das Klopfen in ihren Wunden verstärkt, auch wenn sie alles tat, um den Schmerz nicht weiter zu beachten. Sie war sehr müde nach diesem grauenvollen Tag, aber irgendwie konnte sie sich nicht vorstellen, mit diesen Schmerzen besonders gut schlafen zu können. »Wenn es nicht zu spät ist, könnte man ihn vielleicht zu Rate ziehen ...?«

»Das käme auch mir ganz gelegen«, log John. »Aber er kann Eure Wunden nicht hier versorgen. Vielleicht begeben wir uns besser in die Kombüse. Dort werdet Ihr Eure Freundin nicht mit Euren Schreien aufwecken.«

»Schreien?!«

John nickte, ohne eine Miene zu verziehen. Ihre Augen waren weit aufgerissen, und die Farbe war ganz aus ihrem Gesicht gewichen. »Ja, natürlich!«

»Was wird er denn tun?« fragte sie schließlich. »Euer Arzt, meine ich.«

»Wenn ich ehrlich sein soll, junge Frau, ist es vielleicht besser, wenn Ihr es nicht wißt«, erwiderte John todernst. Er war schon auf dem Weg zur Tür, als er sich noch einmal umdrehte: »Ich will ihn nur eben rufen lassen, und dann kann er beginnen.«

»Einen Augenblick bitte«, sagte sie, und in ihrer Stimme schwang ein Befehl mit.

John sah sie erwartungsvoll an.

Mit sanfterem Ton fragte sie: »Was wird er tun?«

John zögerte. »Er versiegelt Eure Wunde mit kochendem Öl.«

Maria schauderte und wich einen Schritt zurück. »Das ist ja barbarisch.«

»Stimmt, aber es tut seine Wirkung. Wirklich«, sagte er und blickte zu Isabel. »Das ist für Schußwunden seit, nun ich würde sagen, über dreißig Jahren die übliche Behandlung. Vielleicht hatte er keine Lust, die Schreie Eurer Begleiterin zu hören.«

Maria schüttelte den Kopf. »Auf keinen Fall. Er wird mir nicht zu nahe kommen.«

John beobachtete, wie sie sich fest gegen die Wand drückte. »Dann erlaubt Ihr mir, daß ich mich um Euch kümmere?«

»Ist Eure Art der Behandlung denn besser?«

»In gewisser Weise schon.«

»Laßt mich raten«, sie sah ihn zweifelnd an. »Ihr werdet mir die Hände abhacken, bevor Ihr sie in kochendes Öl werft.«

»Aber nicht doch! Ich bin doch kein Barbar!« Er schüttelte entsetzt den Kopf. Ein Lächeln spielte um seine Lippen, als er sah, daß sie sich entspannte; dann fuhr er fort: »Nein, ich werde kein kochendes Öl verwenden. Das Öl könnte für andere, wichtigere Zwecke auf dem Schiff gebraucht werden.«

»Ich verstehe.« Maria bemühte sich, den plötzlichen Wunsch zu lachen zu unterdrücken. Die Jungenhaftigkeit seines Lächelns ließ sein sonst so grimmiges Gesicht ganz anders aussehen. Es wirkte viel sanfter. Maria wunderte sich über sich selbst. Sie durfte den Empfindungen, die in ihr aufstiegen, auf keinen Fall Beachtung schenken – dieser plötzlichen Weichheit. Sie legte ihre Hand auf ihre Stirn. Hatte sie am Ende Fieber?

»Da Euer Öl so wertvoll ist«, fuhr sie fort, »gehe ich davon aus, daß Ihr mir die Hände nur abhacken werdet.«

»Nein, das wird kaum helfen. Es gäbe auch zuviel Blut.«

»Und Ihr erwartet, daß ich Euch vertraue?« platzte sie heraus. »Nachdem Ihr mir nun erzählt habt, was Ihr nicht vorhabt zu tun, bitte ich Euch endlich zu verraten, was Ihr zu tun gedenkt.«

»Nun, etwas anderes!« John trat noch einen Schritt näher und streckte seine Hand einladend aus.

»Eine solche Antwort genügt mir nicht. Bei weitem nicht.« Sie blieb stehen. »Ich muß wissen, was Ihr vorhabt. Die Methode Eures Arztes mag möglicherweise eine Wohltat im Vergleich zu Eurer sein.«

»Habt Vertrauen, bitte.« John mußte über ihre Sturheit lächeln. »Ich will ein Mittel auf Eure Hände streichen«, sagte er sanft. Noch immer hielt er ihr seine Hand ausgestreckt entgegen, und plötzlich war ihm wichtig, daß sie ihm ihr Vertrauen schenkte. »Und ich verspreche, es wird nicht weh tun – zumindest nicht sehr weh.«

»Dann habt Ihr zweifellos vor, mich bewußtlos zu schlagen. Ich kann mir kaum vorstellen, daß jemand meine Hände berührt, ohne mir schreckliche Qualen zu bereiten.«

John sah in ihr verschrecktes Gesicht. »Eben noch waren es nur ›bloße Kratzer‹, und jetzt heißt es ›schreckliche Qualen‹. Wie denn nun, junge Frau?«

»Nun, ich ...«

»Auf diesem Schiff gibt es eine Reihe von Leuten, die ich mit Vergnügen bewußtlos schlagen würde.« Er sah, wie sich die Verwirrung auf ihrem Gesicht ausbreitete. »Aber zu denen zählt Ihr gewiß nicht.«

Maria hielt inne. Noch immer forderte er sie auf, seine ausgestreckte Hand zu ergreifen. Der Hüne würde nicht aufgeben. Wenn sie ehrlich sein sollte, hatte er sogar mehr Geduld gezeigt, als sie erwarten konnte. Mit einem Seufzen gab sie sich schließlich geschlagen und legte ihre Hand, mit der Innenfläche nach oben, in die seine.

»Das ist genau der Mut, auf den ich hoffe!« John drehte sich um und führte sie zum Tisch. Dort zog er einen Stuhl heran und forderte sie auf, sich hinzusetzen.

Maria setzte sich ängstlich; ihr Rücken war so steif wie ein Brett.

John nahm die Lampe von der Wandhalterung und stellte sie wieder auf den Tisch. Nachdem er keine zweite Lampe in der Kajüte sehen konnte, fiel ihm der Vorratsschrank in der Bedienstetenkammer nebenan ein, in der jetzt die junge

Frau untergebracht war. Wortlos durchschritt er den Raum, öffnete die Tür und trat in die Dunkelheit der nächsten Kabine.

Abgesehen von dem Leinenzeug und anderen Luxusgütern, die hier für die Rückreise der zukünftigen Königin aufbewahrt wurden, bargen die Vorratsschränke, die in die Wände eingelassen waren, auch eine Vielzahl nützlicher Dinge. In der Dunkelheit des kleines Raums ließ John seine Finger suchend über die glatte hölzerne Fläche der Schranktüren wandern, bis zu dem Schrank, in dem sich seines Wissens nach mehrere Dochtlampen und Kerzen befanden.

Als er eine Hand auf die hölzerne Ablage an einem der Schränke legte, berührten seine Finger einen kleinen metallenen Gegenstand, der, bevor er ihn an sich nehmen konnte, zu Boden fiel. Was auch immer es war, der Gegenstand klikkerte hell, als er auf die Bohlen unter seinen Füßen fiel.

Leise fluchend ließ sich John auf die Knie sinken und tastete den Boden ab. Seine Hände strichen über die ganze Länge der polierten Bohlen, bis er mit dem Kopf gegen eine offenstehende Tür stieß. Er schreckte zurück und fluchte ein weiteres Mal, als er mit einem Hemdärmel an einer Leiste hängenblieb.

John hockte sich auf seine Fersen und mußte über sich selbst grinsen. Was für ein Bild ich wohl abgebe, dachte er. Ich, Lord of the Navy, krieche hier wie ein Trottel durch das stockfinstere Schlafgemach einer jungen Frau, die ich soeben aus dem Meer gefischt habe. Er seufzte laut.

Keine Frage, irgend etwas nagte an ihm seit der ersten Sekunde, in der er sie gesehen hatte. Selbst als sie völlig durchnäßt und zerzaust auf dem Deck gestanden hatte, hatte ihre Schönheit ihn in ihren Bann gezogen: die Vollkommenheit ihrer Gesichtszüge, das tiefe Jadegrün ihrer Augen. Aber gleichzeitig vernahm er unablässig eine warnende Stimme in seinem Inneren. Sie sah jung aus. Zu jung. Sie konnte nur halb so alt sein wie er mit seinen zweiunddreißig Jahren. Er war ein erfahrener Mann, hatte die Welt und die Frauen kennengelernt. Ohne Frage war er aber auch ein Mann, dessen bestes Alter bald hinter ihm läge. Wenn er ehrlich sein sollte, war er sich nicht einmal sicher, ob er die Geduld oder die Ausdauer aufbringen konnte, einer Frau, die so schüchtern und verletzlich war wie diese, den Hof zu machen.

Mein Gott, dachte er. Obendrein ist sie sicher auch noch Jungfrau.

Er stand wieder auf und öffnete die Tür zum Korridor. Das Licht der Lampe, die er draußen angezündet hatte, erleuchtete die Kajüte. Er ließ seinen Blick durch den kleinen Raum wandern und hielt bei dem Stapel feuchter Kleidung auf der gegenüberliegenden Seite inne. Auf dem, was wie das Kleid und der Mantel, die Maria getragen hatten, aussah, lag ihre nasse Wäsche. Ein Lächeln zuckte um seine Mundwinkel, als er sich den schockierten Ausdruck in ihrem Gesicht vorstellte, wüßte sie, was er gerade so eingehend betrachtete. Er trat zu den Schränken, um noch einmal nach dem Gegenstand, der von der Ablage gefallen war, zu suchen.

Direkt vor sich entdeckte John etwas Glitzerndes in einem Spalt zwischen dem Deck und der Koje. Er beugte sich hinunter und holte den Gegenstand vorsichtig hervor, damit er ihm nicht noch einmal entkam. Es war ein Ring, der an einer langen Kette hing.

Er hielt die Kette hoch und betrachtete den vorzüglich gearbeiteten Goldring. Das schwache Licht in dem Raum machte es unmöglich, mehr zu erkennen, aber des einen war er sich sicher: Was er da in seinen Händen hielt, war ein Ehering.

Maria wandte sich um und sah zu der einen Spaltweit geöffneten Tür. Sie fragte sich, wo er wohl blieb. Er schien nach einer weiteren Dochtlampe zu suchen. Sie selbst hatte keine gesehen, als sie sich in der Kajüte nebenan trockene Kleider angezogen hatte.

Sie wünschte, sie könnte sich die Locken ihres fülligen schwarzen Haares aus dem Gesicht streichen, aber ihre pochenden Hände ließen sich zu immer weniger gebrauchen. Sie spürte, daß der lockere Haarknoten noch von den Kämmen zusammengehalten wurde, aber sie fragte sich, wie lange er wohl halten würde. Sanft strich sie mit dem Rücken ihrer Hände über das enge, bestickte Mieder mit dem eckigen Ausschnitt. Sie wollte sich eigentlich nicht mit solchen Äußerlichkeiten aufhalten, aber irgendwie war es ihr plötzlich wichtig, wie sie aussah.

Was macht er wohl? dachte die junge Frau ängstlich. Hoffnungsvoll warf sie einen Blick auf Isabel, aber diese weilte immer noch selig träumend in einer anderen Welt. Die Kerze flackerte, noch bevor der Mann in den Lichtkreis trat. Sie spürte ein unerwartetes Kribbeln in ihrem Bauch und ließ sich in den Stuhl zurücksinken, wobei sie so tat, als hätte sie an etwas ganz anderes gedacht.

John stellte die Kerzen neben einer großen Schüssel frischen Wassers auf den Tisch und packte den Verbandstoff aus. Ohne den Blick von ihr zu wenden, nahm er den Korken von dem Krug.

Es war durchaus möglich, entschied er. Der Ring. Es war bestimmt ihrer. Es mußte so sein. Eine so schöne Frau war selbstverständlich verheiratet. Obwohl sie noch so jung war. Aber wo war ihr Ehemann? John dachte nach. Daß er nicht auf dem gesunkenen Schiff gewesen war, war mehr als wahrscheinlich – schließlich zeigte sie keinerlei Anzeichen von Trauer. Vielleicht wartete er an ihrem Ziel auf die beiden. Natürlich, so war es, entschied er und kämpfte dabei gegen die Verwirrung an, die sich in ihm breitmachte. Irgendein junger Spund vielleicht, der vor kurzem aus der Neuen Welt zurückgekehrt war. Die Taschen voll mit Silber und Juwelen für seine junge Braut. Wie dumm von ihm zu glauben, daß man nach ihr, wie nach so vielen Schätzen, die das Meer zu bieten hatte, einfach nur die Hand ausstrecken mußte.

Maria zuckte überrascht zurück, als ihr der Geruch aus dem Krug in die Nase stieg. »Das riecht ... igitt, das riecht faulig!«

Er setzte sich vor sie hin und löste den fleckigen Verband von ihren Händen. »Ich sehe, daß Ihr nicht viel Zeit auf See verbracht habt.«

Oberhalb des Ausschnitts ihres Kleides glühte die Haut

ihres Dekolletés, ihres Halses und Gesichts im Schein der Lampe und der Kerzen. John konnte das Flattern ihrer Pulsschläge an ihrem zarten Hals erkennen. Ihre großen, dunklen Augen blickten ihn fragend an. Verdammt.

»Dieser Geruch ist wohl kaum faulig zu nennen. Hättet Ihr mehr Erfahrungen mit der Seefahrt, würdet Ihr ihn wahrscheinlich als angenehm empfinden.«

»Ich mag den Salzgeruch des Meeres.«

»Ach ja, tatsächlich?«

Sie lehnte sich nach vorn und roch nochmals an dem Krug.

»Aber das ist ein ... so scharfer Geruch!«

»Terpentin«, gab er zurück. »Eigelb, Rosenöl und Terpentin.«

»Von so etwas habe ich noch nie gehört – Terpentin«, flüsterte sie. »Das hört sich nach einer seltsamen Mixtur an.«

»Ja, aber sie wirkt. Terpentin ist wirkungsvoller als Meerwasser und viel weniger schmerzhaft als heißes Öl.« John zog den letzten der losen Verbandsstreifen weg und runzelte beim Anblick ihrer Handflächen und Finger die Stirn.

Maria folgte seinem Blick und starrte mit einem seltsam distanzierten Gefühl auf ihre Hände. Sie bestanden fast nur noch aus barem Fleisch, aus dem Blut und Eiter quollen. Zu ihrem Schrecken und mit leichtem Ekel merkte sie, daß Stükke des Leinens an den entzündeten Wunden festklebten.

Er blickte hoch, in der Erwartung zu sehen, wie sie ohnmächtig wurde. Es wäre auch besser so, dachte er.

Sie starrte noch immer auf ihre Hände.

»Das wird weh tun.«

»Ihr habt mir Euer Wort gegeben, daß es nicht weh tun wird«, protestierte Maria leise.

»Es ist schlimmer, als ich erwartet hatte«, brummte er. John stand auf, froh, sich über etwas ärgern zu können, und ging zum Schrank. Er nahm eine Karaffe heraus, goß eine Flüssigkeit in einen Becher und stellte beides auf den Tisch. »Kratzer!«

Er setzte sich nieder und schob den Becher über den Tisch. »Trinkt das.«

»Kochendes Öl?« fragte sie mit einem schwachen Lächeln.

»Trinkt!« befahl er. Die junge Frau streckte die Hand nach dem Becher aus, und da merkte John, daß ihre Hände zitterten. Wie konnte sie überhaupt etwas mit diesen Händen berühren? fragte er sich. Seine Stimme war weicher, als er bekräftigte: »Das wird Euch guttun.«

Er half ihr und hob vorsichtig den Becher an ihre Lippen. Sie beugte sich vor und nahm einen Schluck. Es brannte an ihren Lippen.

»Das ist stark. Ist das auch Terpentin?«

John lachte leise auf. »Das ist Whisky. Ein gutes schottisches Gebräu. Aber vielleicht ist er nicht stark genug.« Er führte den Whisky wieder an ihre Lippen, und sie hob ihre Hand und trank, bis nichts mehr in dem Becher war. Als er ihn wieder senkte, bemerkte er die braunen Tropfen, die wie Edelsteine auf ihren vollen Lippen glitzerten. Gedankenlos wischte er sie weg.

Seine Berührung war so sanft. Maria wußte, daß die Benimmregeln eigentlich diktierten, daß sie vor dieser Liebkosung zurückwich, aber sie tat es nicht. Auf irgendeine Weise fühlte sie sich hier, in dieser Kajüte, zwischen den dunklen Wänden losgelöst von ihrer Vergangenheit. Vom höfischen Leben. Von all dem, was ihr jemals beigebracht worden war. Ihre Augen fingen seinen Blick auf.

John starrte sie einen Augenblick lang an und zog dann seine Hand zurück, als wäre er derjenige, der verletzt war. Sie war verheiratet, das durfte er nicht vergessen.

Maria senkte verwirrt ihre Lider. Sie wußte nicht, was mit ihr geschah. Ihre Sinne loderten, und sie konnte spüren, daß ihr Gesicht brannte. Vorsichtig nahm er ihre Hände und tauchte sie in das Wasser.

Tränen stiegen ihr in die Augen, und sie wollte ihre Hände wegziehen, aber er hielt sie fest. Der Schmerz kroch ihr die Arme hoch, aber sie spürte bald, daß sie ihn ertragen konnte.

Sanft tupfte John die offenliegenden Wunden mit dem feuchten Leinen ab, während Maria versuchte, sich auf andere Dinge zu konzentrieren. Ihr Blick war nun auf ihrer beider Hände gerichtet, aber nicht um mitanzusehen, was er tat, sondern um den Unterschied in der Größe, der Farbe, der Stärke seiner Hände, die ihre Wunden mit der größten Vorsicht pflegten und zu heilen versuchten, zu betrachten.

»Es muß ganz unerwartet gewesen sein.«

Sie fuhr aus ihrer Versunkenheit auf und blickte ihn fragend an. Ein sengender Schmerz schoß ihr in das Handgelenk, und sie zuckte zusammen.

»Der Angriff auf Euer Schiff«, fuhr er fort. »Warum sonst solltet Ihr mit nur einem Mann zu Eurem Schutz zurückgelassen worden sein?«

Der Schmerz in ihren Händen wurde immer stechender. Sie erschauerte. Immer wenn sich das Wasser bewegte, sandten die Wunden glühendheiße Pfeile in ihr Handgelenk und ihren Arm.

»Wohin hattet Ihr Kurs genommen?«

Maria sah nicht auf.

»Welcher Hafen war Euer Ziel?« Er erntete zwar nur Schweigen, fuhr aber dennoch fort, bemüht, einen ruhigen Ton beizubehalten. »Sie werden nach Euch suchen, wenn Euer Schiff nicht ankommt.«

Sie preßte ihre Lippen fest aufeinander.

John wandte sich wieder seiner Aufgabe zu. Er goß etwas Whisky aus der Karaffe in die Wasserschüssel, woraufhin Maria erneut zusammenzuckte. Er hatte gehofft, sie von ihren Händen abzulenken, wenn er sie in ein Gespräch verwickelte, aber sie gab ihm keine Antwort.

»Es besteht die Möglichkeit, daß wir noch andere Überlebende auffischen. Gab es viele Beiboote auf dem Schiff?«

»Ein paar.« Sie nickte, blickte aber nicht von ihren Händen auf.

John zog sanft an einem Stück Leinen, das sich nicht von allein von ihren Wunden lösen wollte. Sie schnappte nach Luft.

Er konnte den Schmerz in seiner eigenen Brust ziehen spüren. Er hätte es kaum für möglich gehalten, daß Maria noch blasser werden konnte, aber als er in das geisterhafte

Gesicht blickte, war er sicher, daß es so war. In ihren Augen standen die Tränen, aber tapfer hielt sie sie zurück. Immer noch blickte sie stur auf ihre Hände. Er hatte schon viele Verwundete im Kampf gesehen, schon viele Verletzte auf seinem Schiff versorgt. Aber nie war eine Frau dabeigewesen, und nie war jemand so schön und so tapfer gewesen. Er spürte, wie sie von einer neuerlichen Schmerzwelle durchzuckt wurde, aber sie ertrug es.

»Sprecht über etwas«, ordnete er an. »Erzählt mir irgend etwas, Hauptsache, Ihr sprecht.«

»Es tut weh!«

»Ich weiß«, knurrte er. »Aber wenn Ihr vorher nicht versucht hättet, Eure Verletzung zu verbergen, wäre es jetzt nicht so schmerzhaft!«

Sie sagte nichts, wandte nur ihren Blick von den Händen ab und starrte in die Dunkelheit.

»Redet mit mir, Maria. Bitte glaubt mir, das wird helfen. Ihr dürft nicht an Eure Hände denken. Ihr müßt Euch von Eurem Schmerz lösen.«

»Das kann ich nicht!«

»Natürlich könnt Ihr das, verdammt noch mal!« gab er in scharfem, kommandierendem Ton zurück.

Sie hob ihren Kopf, und John sah, wie ihr die Tränen über ihr Gesicht liefen. Er nahm den Becher, goß noch ein wenig Whisky hinein und hielt ihn an ihre Lippen.

»Trinkt das«, ordnete er ruhig an, und sie folgte seinem Befehl ohne Widerworte und leerte den Becher.

Ein sanfter Ruck, und das Stück Leinen löste sich. Erleichtert seufzte er auf. Er war fast fertig.

»Mir fällt aber nichts ein, was ich sagen könnte«, sagte sie mit einem kleinen Hicksen. »Es tut so weh.«

Ein größerer Hautfetzen mußte noch weggeschnitten werden. John zog seinen rasiermesserscharfen Dolch aus der Scheide in seinem Gürtel hervor und legte ihn auf den Tisch. Er wünschte sich plötzlich, sie hätte nicht solch einen starken Willen, den Schmerz zu ertragen.

»Eine Geschichte«, schlug er vor. »Erzählt mir eine Geschichte.«

»Ich kenne keine Geschichten. Was habt Ihr mit dem Dolch vor?«

Er legte ihre Hände zurück auf den Tisch. »Denkt an einen glücklichen Moment in Eurem Leben. Vielleicht an etwas, was bald sein wird. Oder an eine schöne Zeit in Eurer Vergangenheit. Ich muß dieses Stück Haut wegschneiden. Ihr werdet es nicht spüren.«

Sie fühlte sich benommen. »In meinem Leben hat es keine glücklichen Momente gegeben.« Voller Schrecken sah sie zu, wie er die Klinge sorgsam mit dem Leinen reinigte und dann mit einem schnellen Schnitt die Haut entfernte. Aber er hatte recht behalten, sie hatte nichts gespürt.

»Denkt an Euren Ehemann«, sagte er, ohne den Blick von ihr zu wenden. »Denkt an Eure Ehe.«

John nahm ein wenig von der Salbe aus dem Tontopf und strich sie sanft auf die Innenfläche und die Finger der Hand, die weniger stark verletzt zu sein schien. Sie leugnete nicht, verheiratet zu sein. Ihr Atem ging stoßweise.

»Stellt Euch sein Gesicht vor, wenn er erfährt, daß Ihr am Leben seid. Daß Ihr das Schiffsunglück überlebt habt.«

Sie schüttelte ihren Kopf.

»Versucht es!« befahl er ihr.

»Ich kann nicht«, sagte sie mit schwacher Stimme.

»Ihr müßt es. Er wartet.« John verteilte die Salbe so sanft wie möglich auf die andere Hand. »Er wird bei Eurer Ankunft mit offenen Armen auf Euch warten. Sein Herz wird überquellen vor Freude. Er wird bei den Docks stehen. Und ihr werdet auf ihn zulaufen. Froh, ihn wiederzuhaben ...«

John hielt inne. Sie starrte ihn plötzlich mit völlig ausdruckslosem Gesicht an. Ihm kam es so vor, als habe sie sogar das Atmen eingestellt. »Maria?« Er berührte sie am Oberarm, um sie leicht zu schütteln.

Für den Bruchteil einer Sekunde versuchte Marias Blick ihn zu erfassen. »Aber er ... er ist tot!«

John reagierte zu langsam, und ihr Kopf schlug dumpf auf der Tischplatte auf.

Sie war nicht verheiratet.

Kapitel 5

John Macpherson konnte sich nicht konzentrieren.

Noch immer spürte er, wie sich ihr fülliges schwarzes Haar gelöst und sich weich und geschmeidig wie Seide um seinen Arm gewunden hatte. Sie war so leicht wie eine Feder gewesen, so schön wie ein Engel und so voller Vertrauen wie der Tod.

Am Schluß war sie doch noch ohnmächtig geworden.

Der Kommandant hörte, wie sein Navigator irgend etwas zu ihm sagte, aber er war mit seinen Gedanken woanders. Die beiden Männer beugten sich über die Karten, die auf dem hohen Arbeitstisch in seiner Kajüte ausgebreitet lagen. Johns Blick folgte Davids Finger, der dorthin deutete, wo er ihre Lage vermutete. Sein Navigator schlug ihm einen neuen Kurs vor. In seinen Gedanken verweilte John aber bei einem anderen Bild.

John hatte geglaubt, daß er der bewußtlosen Maria mühelos den frischen Verband anlegen konnte, aber er hatte sich geirrt.

Er hatte sie in ihre Kajüte getragen und war neben ihr auf dem Rand der schmalen Koje sitzengeblieben. John hatte auf die junge Schönheit, auf ihre elfenbeinerne, im flackernden Schein der Lampe erglühende Haut niedergesehen. So hatte er lange Zeit dagesessen, nicht fähig, sich loszureißen, nicht einmal, um den frischen Verband aus der anderen Kajüte zu holen. John hatte sich über sich selbst wegen seines jungenhaften Verhaltens lustig gemacht, doch er war sitzen geblieben und hatte an das gedacht, was sie gesagt hatte.

Ihr Ehemann lebte also nicht mehr. Aber wann war er gestorben? Hatten sie gemeinsame Kinder? Warum trauerte sie nicht? Und wo wollte sie hin? Welcher Art war das Verhältnis zwischen Maria und ihrer Begleiterin? Er hatte keine Ahnung, wer ihm auch nur eine dieser Fragen beantworten sollte. Er mußte geduldig sein und warten, bis sie ihm vertraute.

John hatte sich dazu gezwungen, noch einmal ihre aufgerissenen Handflächen und Finger anzusehen. Die Salbe würde helfen. Aber es gab noch immer Fragen, die beantwortet werden mußten.

Ihr regelmäßiger Atem hatte ihm gesagt, daß die Ohnmacht in Schlaf übergegangen war. Ein Lächeln zeigte sich auf seinem Gesicht, da er den Grund kannte, warum sie in Ohnmacht gefallen war.

Wahrscheinlich hatte es eher an der Erschöpfung und dem starken Whisky gelegen, den er ihr gegeben hatte, als an dem Schmerz, der von dem Auftragen der Salbe herrührte. Sie war erstaunlich hart im Nehmen. Aber dennoch hatte er sie dort nicht einfach allein liegen lassen können.

Nachdem er den Schnitt an ihrem Kinn und die Prellungen untersucht hatte, hatte er entschieden, daß sie nicht verbunden werden mußten. Auch diese Blessuren konnten weder ihre Schönheit mindern noch die Aura des Magischen, die sie umgab, zerstören.

Kaskadenartig lag ihr Haar um ihr Gesicht ausgebreitet wie ebenholzschwarze Wellen auf dem weißen Kissen. Er hatte das gleichmäßige Heben und Senken der sanft gerundeten Brust beobachtet, die blasse, im goldenen Licht erglühende Haut ihres Halses, die vollen, sinnlichen Lippen. Seine Augen waren an diesen Lippen hängengeblieben, und er hatte sich gefragt, ob sie wohl so süß schmeckten, wie er es sich vorstellte.

John schüttelte den Kopf, um diesen Gedanken zu vertreiben, und warf einen Blick auf den grauen Morgennebel, der das Schiff nach wie vor einhüllte.

»Gewiß, sie ist ein sehr hübsches Mädchen.«

John starrte in das lächelnde Gesicht des Navigators. David stand auf der anderen Seite des Tisches, über die Karten gebeugt. Sein Gesichtsausdruck war voller Schalk.

Wahrscheinlich mußte John ihm dankbar sein. Als David letzte Nacht leise an der Kajütentür geklopft hatte, war eines der wenigen Dienstmädchen, die mit an Bord waren, bei ihm gewesen. John hatte sich gefragt, wie weit sein junger Freund seine Gedanken erraten konnte.

Da die Frau die Nacht bei den beiden schlafenden Schiffbrüchigen verbringen würde, hatte es keinen Grund mehr für ihn gegeben, dazubleiben. Und als er mit seinem Navigator noch ein Weilchen im Korridor herumgestanden hatte, war ein seltsames Gefühl der Erleichterung in ihm aufgestiegen. Zu schnell war er in den Bann der jungen Frau geraten. Zu schnell …

»Ihr braucht mir nicht zuzuhören, wenn Ihr es nicht wünscht, Mylord«, fuhr David fort. »Aber ich sage trotzdem noch einmal, daß sie ein süßes Ding ist. Und Ihr scheint kaum geneigt, mir zu widersprechen.«

»Wer?« fragte John wie nebenbei und ließ seine großen Hände über die Karten gleiten. »Janet Maule? Nein, David. Da widerspreche ich dir nicht, David. Ich finde sie richtig sü…«

»Nein!« unterbrach ihn der Navigator. »Ich spreche von der Kleinen, die wir aus dem Meer gefischt haben. Diejenige, die Euch in Ihren Bann gezogen hat.«

»In den Bann …!« John funkelte David an. »Du bist verrückt. Wie kommst du denn darauf?«

»Naja, innerhalb der letzten Stunde habe ich Euch, Mylord, schon zweimal auf der Karte bis zur Neuen Welt geführt und wieder zurück, und der verdammte Ort ist nicht einmal darauf eingezeichnet. Aber Ihr habt immer nur genickt und mir bei allem, was ich gesagt habe, zugestimmt. Wenn ich es mir genau überlege, hätte ich eigentlich zehn Beutel Gold und ein eigenes Schiff verlangen sollen.« David grinste seinen Kommandanten an. »Ihr seid für die Welt verloren, würde ich sagen. Sie hat Euch verhext.«

John wußte, daß es sinnlos war, seinem Navigator zu widersprechen.

»Nun gut, David. Sie ist eine schöne Frau. Das muß ich zugeben.« Weiter würde er jedoch nicht gehen. Auf der anderen Seite konnte er es aber auch nicht zulassen, daß David ihn die nächsten Tage unablässig aufzog. »Wie auch immer, ich bin lediglich ein Betrachter dieser Schönheit, ein Bewunderer aus der Ferne. Anders als ein gewisser Navigator auf diesem Schiff, der seiner Mistreß Janet ganz unverblümt den Hof macht.«

»Sie ist nicht meine Mistreß Janet, um Gottes willen«, protestierte der andere. »Und ich mache ihr überhaupt nicht den Hof. Wenn Euer Lordschaft weiterhin so fahrlässig darüber redet, dann gibt es bald einen Navigator, der das Kurzschwert eines Vaters im Halse stecken haben wird.«

»Nun, David, so etwas geschähe nicht zum erstenmal«, sagte John mit ernster Miene, froh, daß jetzt der Jüngere dran war. »Wenn ich mir so überlege, wie du den Mann gestern behandelt hast, dann könnte man meinen, du hättest nur auf eine Gelegenheit gewartet.«

»Eine Gelegenheit zu was?« protestierte David. »Daß Sir Thomas mir die Kehle durchschneidet?«

»Nein. Die Klingen zu kreuzen«, antwortete John milde. »Du kannst es nicht verbergen, Davy, du hegst einen Groll gegen den Mann. Gib es ruhig zu. So sehr du die Tochter magst, so wenig kannst du den Vater leiden.«

David drehte sich vom Tisch weg. »Das ist wahr, warum sollte ich lügen? Ich kann nichts dagegen tun. Auch wenn es nicht so schlimm steht, wie Ihr meint.«

»Warum aber?« fragte John. »Was hat er dir getan, daß du ihm gegenüber so empfindest?«

»Ehrlich gesagt – nichts!« David wandte sich wieder seinem Kommandanten zu und ging in großen Schritten im Zimmer auf und ab. »Es ist nur, wie er sich verhält. Ihr, Sir John – Ihr seid von edelstem Blut, aus einer der besten Familien Schottlands. Ihr seid viel besseren Blutes als er. Und obendrein seid Ihr noch mein Kommandant. Aber mit Euch kann ich reden. Ihr behandelt mich wie einen Menschen. Ich glaube, Ihr habt mir meine heutige Verantwortung übertragen, weil ... naja, weil ich Eure Achtung gewonnen habe. Darauf bin ich sehr stolz, Mylord.«

David hielt inne und legte seine Hände wieder auf die Karten. »Sir Thomas jedoch nutzt jede Gelegenheit, mich daran zu erinnern, daß ich aus dem einfachen Volk stamme, er dagegen von Adel ist. Und noch mehr: daß er dem Douglas-Clan angehört. Daß ich von niederer Geburt bin und er von hoher und zudem mächtig ist. Daß ich ein Nichts bin.«

»Es gibt viele wie ihn, David. Besonders unter den Angehörigen des Douglas-Clans. Alte Adelige, die fähige Männer wie dich fürchten, Männer vom neuen Schlag, die ihr Handwerk verstehen.« John stand hochaufgerichtet vor ihm, die Arme vor seiner breiten Brust verschränkt. »Früher hast du bestimmt vieles hingenommen, oder, vielleicht besser ausgedrückt, es ist dir gelungen, deine Wut zu unterdrücken. Was immer du auch empfunden hast, es hat dich nicht innerlich verzehrt. Aber diese Feindseligkeit gegenüber Sir Thomas scheint an deinem Inneren zu nagen.«

David trat zum offenen Fenster hin.

»Könnte es sein, so frage ich mich«, fuhr John fort, »könnte es sein, daß dich seine Stellung bei Hofe wegen deiner Zuneigung zu seiner Tochter um so mehr ärgert?«

»Ja, das mag stimmen.« David blickte in das graue Nichts hinaus.

Keiner von beiden wollte das plötzliche Schweigen brechen. John kannte den Kampf, den der junge Mann mit sich ausfocht, nur zu gut. Es war Unsicherheit, die an einem zerrte, wenn man gesagt bekam, man sei nicht wertvoll genug. Davids Kampf war dem sehr ähnlich, den er so lange zum Vergnügen Carolines ausgefochten hatte.

Er mochte zwar adligen Blutes sein, aber John Macpherson war der dritte Sohn seines Vaters und hatte daher den Fußstapfen seiner zwei äußerst erfolgreichen Brüder zu folgen, ein Weg, der ihm äußerst viel abverlangte – so viel, daß John als junger Mann oft verzweifelt war, ob er den Anforderungen je genügen konnte. Oder seinen eigenen Platz in der Welt zu finden vermochte. Seine eigenen Zeichen setzen konnte. Die Tradition, daß der dritte Sohn dem Klerus beitritt, war ihm zu keinem Zeitpunkt angemessen gewesen, wußte doch jedermann, daß John eher ein Pirat als ein Priester war. Und so war er auch etwas Ähnliches wie ein Pirat geworden. Ob unter dem Banner des Königs von Schottland oder unter seinem eigenen, John Macpherson war zum meist gefürchteten Krieger geworden, der die nördlichen Meere besegelte.

Aber all die Jahre über hatte Caroline nichts anderes getan, als ihn herabzusetzen. Schon vor ihrer Ehe mit Sir Thomas gehörte sie dem mächtigen Douglas-Clan an und hatte allzuoft Anlaß gefunden, an seinem Stolz zu rütteln und ihn an all ihre Besitztümer zu erinnern, an all den alten Reichtum, den sie geerbt hatte.

Doch sein Reichtum übertraf den ihren um ein Zehnfaches. Seine Siege auf dem Meer und die gefundenen Schätze hatten ihm zudem Macht und einen Namen eingebracht. Aber er hatte nichts entgegnet und seine Gefühle tief in seinem Inneren vergraben. Als sie mit der Zurschaustellung ihrer Überlegenheit nicht hatte aufhören wollen, hatte er noch immer geschwiegen. Er hatte seine Wut unterdrückt und nicht zugelassen, daß sie sein wahres Ich zu sehen bekam. John Macpherson war im Sinne einer Lebensweise erzogen worden, in der man seinen Wert mit dem Hieb der Klinge beweisen mußte, nicht mit seiner scharfen Zunge.

Er hatte ihre Arroganz viel zu lange ertragen, glaubte er inzwischen. Die Leidenschaft, die sie füreinander empfunden hatten, hatte nichts mit Liebe zu tun gehabt. Später, als Caroline schlußendlich versucht hatte, ihn mit Hinweisen auf andere Bewerber bei der Stange zu halten, war John nicht mehr imstande gewesen, das noch länger zu ertragen, was er sieben Jahre lang ertragen hatte. Er hatte dem allen ein Ende bereiten wollen.

Seltsamerweise und so gar nicht ihrer Art entsprechend, hatte Caroline auf die Drohung hin, ihn zu verlieren, eine Chance gefordert, sich zu ändern. Und er hätte ihr die Chance gegeben, hätte sie sie nicht wiederum an Bedingungen geknüpft. Plötzlich war es für sie von Bedeutung, daß er sie heiratete. Sie hatte versprochen, sich zu ändern und ihn nicht mehr als eifersüchtigen Narren hinzustellen. Aber er hatte es nicht gekonnt. John hatte seinen Kopf geschüttelt und sich abgewandt. Und damit war es zu Ende gewesen. Zumindest hatte er das angenommen.

»Ich war zu unbekümmert«, sagte David schließlich. »Ich

war dumm. Sie ist schließlich von Stand, und ich bin nur ein Matrose. Ein ganz gewöhnlicher Matrose.«

»Ein großartiger Navigator«, warf John ein. »Der beste, den es gibt.«

»Und trotzdem ein Gemeiner, ein Mann aus dem Volk. Wenn Sir Thomas herausbekommen sollte, daß ich seiner Tochter hinter seinem Rücken den Hof mache, würde er mir bei lebendigem Leibe die Haut abziehen. Und weiß Gott, was er ihr antun würde.«

»Dein Werben um Janet Maule war bisher doch völlig unschuldig – zumindest soweit ich das weiß. Und sie hat entsprechend darauf reagiert. Sie ist doch kein Kind mehr, Davy. Was soll also Schlechtes daran sein?« John griff nach der Karaffe auf der Anrichte und goß seinem Mann einen Whisky ein. Auch wenn er wußte, daß David nicht so schnell unterzukriegen war, konnte er nicht mitansehen, wie aufgewühlt er war. Der junge Mann stand gewiß einer Herausforderung gegenüber, und es gab nicht viel, was John tun konnte, außer zu versuchen, seine Stimmung zu heben. »Und ich glaube nicht, daß es etwas ausmacht, daß sie so blind wie ein Maulwurf ist. Ein ausgesprochen süßer Maulwurf dazu!«

»Ihr glaubt also, daß sie nur deshalb an mir interessiert ist, weil sie nicht weiter als eine Armlänge sehen kann?«

»Warum wohl sonst, Mann?« John nickte. »Wenn sie erst mal dein häßliches Gesicht gesehen hat ...«

»Zufällig mag sie mein häßliches Gesicht«, gab David lachend zurück. »Und was ihre Sicht angeht, ist auch das kein Hindernis, glaube ich. Ja natürlich, sie klagt, daß Menschen und Dinge bloße Schatten sind, wenn sie sie von weitem sieht, aber genau da komm' ich ins Spiel. Sie hakt sich bei mir unter, und ich zeige ihr all das, was sie allein nicht sehen kann. Zumindest solange ihr Vater nichts davon weiß.«

»Und es ist durchaus wahrscheinlich, daß Sir Thomas nichts davon mitbekommen wird. Zumindest so lange, wie er an Bord der *Great Michael* ist.«

David blickte ihn verständnislos an. John fuhr fort und reichte ihm den Becher. »Er ist viel zu sehr damit beschäftigt zu beobachten, ob seine frisch angetraute Ehefrau mich im geheimen trifft. Etwas anderes interessiert ihn nicht, so glaube ich zumindest.«

»Ja«, der Navigator nickte wissend. »Lady Caroline mag ihn geheiratet haben, aber er ist sich seiner Sache bestimmt nicht so sicher.«

»Wie kommst du darauf?« fragte John, überrascht über die Worte des jungen Mannes. Er hatte gedacht, er wäre der einzige, dem die Unsicherheit von Sir Thomas aufgefallen wäre.

»Er verbringt viel Zeit in Eurer Gesellschaft, Mylord.« David schüttelte den Kopf. »Ich frage mich, ob er je von selbst das Gespräch mit Euch darauf bringen wird.«

John sah ihn unverwandt an, bevor er antwortete. »Er hat es getan, wenn auch nicht direkt. Und ich habe wiederum getan, was ich konnte, um ihn zu beruhigen.«

»Aber das hat nicht gereicht, oder?«

»Das ist schwer zu sagen«, antwortete John. »Da ich Caroline nun mal kenne, vermute ich, daß sie ihre Spielchen mit ihm treibt – und dazu gehört auch, ihn eifersüchtig zu machen. Ich vermute, daß sie gerade dabei ist, ihn sich zu unterjochen.«

Der Kommandant goß sich selbst einen Becher Whisky ein und trank ihn in einem Zug. Lächelnd fuhr John fort, als er die Beunruhigung im Gesicht des anderen sah: »Ich bin nur froh, daß sie jetzt mit ihm spielt und nicht mehr mit mir, Davy. Traurig nur für Sir Thomas, daß sie scheinbar nichts dazugelernt hat.«

Maria küßte Isabel sanft auf die Stirn und strich ihr das Haar zurück. Das Medikament des Arztes wirkte noch immer. Nachdem sie bald in den Schlaf gesunken war, hatte ihre Tante keinen Laut mehr von sich gegeben.

Sie wandte sich an das Dienstmädchen, das den Raum in Ordnung brachte.

»Bist du sicher? Bitte ich dich da nicht um zuviel?«

»Nein, das tut Ihr nicht, Mylady«, antwortete die junge Frau beflissen. »Mistreß Janet gab mir den strikten Befehl, in Eurer Kajüte zu bleiben, bis sie zurückkommt.«

Maria blickte zu ihrer schlafenden Tante. »Wenn sie aber aufwacht oder nach mir fragt?«

»Dann sage ich ihr, Ihr seid zu Sir John gegangen und werdet bald wieder zurück sein.«

Maria nickte dankend und wandte sich zum Gehen. Das Zittern in ihren Beinen und das Kribbeln in ihrem Bauch verlangsamten ihre Schritte. An der Tür hielt sie noch einmal inne und holte tief Luft. Vielleicht war das gar keine so gute Idee. Isabel! Wie konnte ihre Tante sie nur in so etwas hineinreden? Sie drehte sich um und sah zu der schlafenden Frau hinüber.

»Stimmt etwas nicht, Mylady?« Die junge Dienerin trat neben sie.

»Nein ... nein.« Maria sah auf ihre bandagierten Hände. Die Ereignisse der letzten Nacht waren ihr noch lebendig in Erinnerung. War er lange in der Kajüte geblieben? Wer hatte sie in ihre Koje gebracht und zugedeckt? Sie erinnerte sich, daß er furchtbar viele Fragen gestellt hatte. Und dann war sie ohnmächtig geworden. Maria errötete bei dem Gedanken.

Vielleicht sollte sie vorsichtiger sein und nicht gleich zu ihm gehen. O Isabel, du erwartest zuviel von mir. Ich will mir ja Mühe geben, aber wann wirst du lernen, daß ich nicht so bin, wie du es dir wünschst? Enttäuscht legte Maria ihre Hand auf den Türknauf.

»Oh, es tut mir ja so leid, Mylady. Ihr könnt den Türknauf nicht drehen, nicht wahr?« Und schon hatte die Frau die Tür geöffnet und hielt sie für Maria auf.

Mit einem zaghaften Nicken schritt Maria schüchtern über die Schwelle und betrat den Korridor. Dort hielt sie einen Moment inne, bis sich ihre Augen an das Dunkel gewöhnt hatten. Als sie den engen Flur hinuntersah, konnte sie den Matrosen sehen, der am Fuß einer steilen Treppe stand und jetzt auf sie zukam.

»Braucht Ihr etwas, Mylady?«

Maria mußte erst einmal schlucken, als sie diesen Mann, der mittleren Alters war, vor sich stehen sah. Es war nicht der junge Matrose, der am Tag zuvor Wache gehalten hatte.

Aber gleichviel, er nickte freundlich, während er sie ansprach. Sie hatte sich schon mehr als einmal über die Höflichkeit und den Respekt, mit denen sie hier von allen behandelt wurde, gewundert und sich gefragt, ob die Leute an Bord nicht doch von ihrer wahren Identität wußten.

»Ich hatte gehofft ... Wenn du vielleicht so freundlich wärest ...« Sie fand die richtigen Worte nicht. Solche Situationen war sie einfach nicht gewohnt. Wo war nur ihr Gefolge? Wo waren die Dutzenden von Frauen, die sie stets umgaben und ihr als ein menschliches Schutzschild gedient hatten? Hinter denen sie sich verstecken konnte ...

Der Mann wartete geduldig.

»Ich muß zu deinem Kommandanten«, brachte sie schließlich hervor.

Der Mann nickte freundlich. »Wenn Ihr so freundlich wäret, in der Kajüte zu warten, dann werde ich nach ihm schicken.«

»Ich würde es vorziehen ...« Sie nahm all ihren Mut zusammen. »Ich würde lieber selbst zu ihm gehen. Ich brauche ein wenig frische Luft, und daher dachte ich ...«

Der Mann fuhr sich mit seiner schwieligen Hand über das graue Gesicht und dachte nach.

Maria fragte sich, ob sie noch weitere Erklärungen abgeben sollte. Obgleich er einige Jahre älter war, sah der Matrose auch nicht anders aus als die Seeleute, denen sie bislang auf dieser verhängnisvollen Reise begegnet war. Er erinnerte sie an den Matrosen, der sein Leben bei ihrer Flucht eingebüßt hatte – Pablo. Nun ruhte er auf dem Grund des graugrünen Meeres.

»Bitte«, sagte sie einfach. »Ich brauche deine Hilfe.«

Der gebeugte Rücken des Mannes richtete sich ein wenig auf, und die harten Linien auf seinem windzerfurchten Gesicht wurden bei dem Klang ihrer Bitte weicher.

»Ich kann mir nicht vorstellen, daß Sir John etwas dagegen haben könnte.« Der Matrose blickte den Korridor entlang. »Doch bevor ich Euch zu ihm bringen kann, müßt Ihr hier einen Augenblick warten, da ich einen Kameraden finden muß, der meinen Posten übernimmt.«

Maria nickte, und der Mann eilte den Korridor hinunter.

Sie wurden also bewacht. Sie war der Meinung gewesen, daß der Matrose vor allem vor der Tür postiert worden war, um ihnen zu Diensten zu stehen. Wie dumm von mir, dachte sie. Natürlich ließ Macpherson sie beobachten.

Nun, sie würde sich nicht davon abhalten lassen, trotzdem zu ihm zu gehen und ihre Bitte an ihn zu richten. Gesetzt den Fall, sie würde den Mut aufbringen, auch nur eine der Fragen zu stellen, auf die sie eine Antwort suchte. Maria blickte auf, als sie im Korridor hinter sich Schritte hörte. Es war der Junge, der gestern und heute vormittag dem Arzt geholfen hatte. Er blieb vor ihr stehen.

Maria blickte auf die lockigen, sandfarbenen Haare und die großen braunen Augen, die sie über einen Stoß Leinenzeug hinweg ansahen. Er reichte ihr kaum an die Schulter, und sie fragte sich, wie ein so junger Mensch ein so hartes Leben auf See überstehen konnte. Einen Augenblick lang stand er nur da, ohne etwas zu sagen, offensichtlich unsicher, ob er sie ansprechen sollte.

»Geht es Euch besser, Mylady?« fragte er schließlich.

»Ja, danke«, antwortete sie mit sanfter Stimme. Immer noch blieb der Junge vor ihr stehen und blickte sie an. Maria überlegte einen Moment, ob sie ihm etwa im Wege stand. Aber auch als sie sich noch dichter an die Wand des Korridors gepreßt hatte, machte der Bursche keine Anstalten, an ihr vorbeizugehen. »Wie heißt du?«

»Andrew Maxwell, Mylady. Und Ihr?« Der Junge wurde blaß. »Oh, Entschuldigung, Mam. Ich weiß gar nicht, ob ich so etwas fragen darf!«

»Das macht nichts, Andrew«, sie lächelte ihn an. »Ich heiße Maria. Und wie alt bist du?«

»Ich bin neun – naja, eigentlich werde ich erst nächstes Jahr neun.« Er straffte seine Schultern. »Aber ich bin so stark, als wäre ich zehn.«

Sie mußte einfach lächeln, als der Junge verlegen mit einem Fuß über die Planken des Decks scharrte. »Und welche Aufgaben hast du auf dem Schiff?«

»Ich bin Mädchen für alles, Mylady.« Das Gesicht des

Jungen verfinsterte sich, als er sich klar wurde, was er soeben gesagt hatte. »Ich bin der Bruder des Navigators hier auf diesem Schiff.«

»Ich habe angenommen, daß du auf jeden Fall der Gehilfe des Arztes bist, da du ihn doch immer begleitest.«

»Das bin ich nicht«, sagte Andrew schnell, und in seinen Augen blitzte Trotz auf. »Ich helfe dem Mann, weil Sir John mich dazu angewiesen hat. Er sagt, wenn ich allen, die nach mir rufen, helfe, dann lerne ich mehr als nur segeln.«

Maria nickte anerkennend. »Das ist sehr klug.«

»Aber wenn ich erst einmal erwachsen bin, dann werde ich Lotse wie mein Bruder.« Andrew hielt inne. »Nur muß man dazu ganz schön viel wissen.«

Maria betrachtete den Jungen nachdenklich.

»Durchaus. Aber ich bin mir sicher, daß du die besten Voraussetzungen dazu hast, Andrew.«

John Macpherson war mit der von seinem Navigator vorgeschlagenen Route einverstanden. Es waren immer noch zwei Wochen bis zu der vereinbarten Audienz mit Karl V., dem Herrscher über das Heilige Römische Reich, die für Ende März angesetzt war, aber niemand konnte voraussagen, wann sich der Nebel lichten würde. Nach Davids Berechnungen würden sie noch mehr als eine Woche in diesem Nebel stecken, und aus diesem Grunde sollten sie die Gelegenheit ergreifen und versuchen, eine der gelegentlich aufkommenden leichten Brisen zu nutzen und sich auf ihrem Weg nach Osten in Richtung der dänischen Küste vorzuarbeiten. Von dort aus könnte ein berittener Bote durch Friesland und die Niederlande nach Antwerpen und zum Schloß des Kaisers eilen und ihre Lage erklären. Mit einem schnellen Pferd sollte der Mann imstande sein, den Hof in weniger als vierzehn Tagen zu erreichen. Das letzte, was John wollte, waren irgendwelche Probleme wegen der Hochzeit, nur weil sie dem Wetter nicht die Stirn bieten konnten.

»Ich denke, auch wenn wir eine ganze Woche festsitzen, muß uns das nicht weiter beunruhigen«, brummte John und strich sich mit der Hand über sein Kinn.

David nickte zustimmend, aber John konnte nicht umhin, das Grinsen zu bemerken, das um die Mundwinkel seines Navigators spielte.

»Was ist denn nun schon wieder?« fuhr er ihn an.

»Eine Woche. Eine ganze Woche – und nichts zu tun.« Der junge Mann konnte die Heiterkeit in seinen großen braunen Augen kaum verbergen.

»Wir sind auch früher schon in eine Flaute geraten«, sagte John, der nicht geneigt war, sich erneut aufziehen zu lassen.

»Nicht so, Mylord«, sagte David vergnügt. »Nein, ich glaube nicht, daß Ihr schon einmal auf diese Weise einfach so umhergetrieben worden seid.«

»Was meinst du denn damit schon wieder? Wo soll denn der Unterschied sein zwischen diesem Nebel und irgendeinem anderen …«

»Oh, da besteht wohl ein großer Unterschied, Mylord!«

John blickte finster zu seinem Navigator, als dieser sich über die Karten beugte.

»Ach ja? Würde es dir etwas ausmachen, mir näher zu erläutern, was du damit meinst?« knurrte der Kommandant. »Oder macht es dir einfach nur Spaß, mir meine Laune mit Rätselraten zu verderben?«

»Ich würde schon etwas sagen, wenn Ihr nicht so muffig wärt«, erklärte David und nahm weitere Messungen an seinen Karten vor. »Ja. Unter diesen Umständen solltet Ihr vielleicht besser vergessen, daß ich überhaupt etwas gesagt habe, Mylord.«

»Fahr zur Hölle, du mausgroßer Krallenaffe«, fluchte John. »Wenn ich es nicht besser wüßte, würde ich sagen, du hast zuviel Schläge auf den Hinterkopf abbekommen, ein bißchen zuviel Meerwasser geschluckt und mit zu vielen Hafenhuren das Bett geteilt. Aber wo auch immer du dir das geholt hast – ich glaube, du hast sie nicht mehr alle.«

Trotz Davids übertrieben verängstigter Miene starrte John ihn weiterhin finster an.

»Danke für all Eure Anteilnahme, Sir John.« Der Navigator grinste. »Aber Ihr wißt doch, daß ich niemals Meerwasser schlucke.«

»Weißt du was? Du kannst dir gleich eine fangen«, grummelte sein Kommandant. »Ich gebe ja sogar zu, daß du nicht viel für die Frauen in den Spelunken übrig hast. Aber wenn du glaubst, mich verspotten zu können …«

»Also, Mylord. Es ist doch so, daß selbst ein so großes Schiff wie die *Great Michael* einem in einem solchen Nebel nicht mehr Schutz gibt als ein Langboot.«

»Sei nicht dumm! Schutz vor wem oder was?«

»Vielleicht bin ich wirklich dumm, Sir John«, räumte David ein und zuckte mit den Schultern. »Aber nach dem, was ich so mitkriege, sind hinter Euch, Mylord, zu viele her. Viel zu viele. Euer hart erworbener Ruf wird Euch zu guter Letzt noch zum Verhängnis werden.«

»Hinter mir her …?« stieß John ungeduldig hervor.

David richtete sich auf und blickte seinem Kommandanten ins Gesicht. »Nun, Mylord, da ist zum einen diese verheiratete Dame. Das arme Ding sitzt da unten in ihrer Kabine und tut nichts anderes, als von Euch zu träumen und sich über ihren Verlust zu grämen. Zumindest dann, wenn sie nicht gerade damit beschäftigt ist, ihren Gatten zu quälen.«

»Ich kann kaum glauben, daß Lady Caroline einem wie dir ihre geheimsten Gedanken anvertraut.«

»Tut sie auch nicht, Mylord. Aber ich höre das eine oder andere von ihrer Stieftochter«, antwortete David. »Der schönen Mistreß Janet.«

»Oh, natürlich. Mistreß Janet erzählt dir also alles brühwarm weiter.«

»Aber ja! Die arme Lady Caroline war einst, wie jeder in Schottland weiß, eine recht lebenslustige Dame. Aber jetzt schmollt und seufzt sie und kriegt Wutanfälle und verflucht die *Great Michael* und alle, die auf ihr fahren, und Mistreß Janet wird ohne Grund aus ihrer Kajüte geworfen. Oh, es muß schrecklich sein, mit dem einen verheiratet zu sein, sich aber nach dem anderen zu verzehren.« David schüttelte den Kopf. »In Wahrheit habe ich allerdings Mitleid mit Mistreß Janet – die da mittendrin sitzt und nicht weg kann.«

»Außer zu dir.« John nickte skeptisch, aber im tiefsten

Inneren wußte er, daß David – abgesehen von der Häme – höchstwahrscheinlich recht hatte.

»Ja. An wen sollte sich das Mädchen denn sonst wenden? Sie hat sich mir erst anvertraut, als sie sich – über jemanden Euch Nahestehenden – versichert hatte, daß die Gefühle der Dame nicht auf Gegenseitigkeit beruhten. Jane hat weder das Herz noch den Mut, solche Dinge mit ihrem Vater zu besprechen, aber trotzdem fühlt sie sich verpflichtet, etwas zu unternehmen. Nein, nein, das sieht nicht gut aus. Erst zwei Monate Eheglück und schon Hintergedanken.«

David ging zum Fenster, setzte sich auf einen der hohen Stühle und lehnte sich an den Rahmen. John war bewußt, daß David noch nicht zu Ende gesprochen hatte, und trommelte ungeduldig mit den Fingern auf der Tischplatte.

»Was noch, Navigator? Nur heraus damit.«

»Nun ja, Mylord«, fuhr der jüngere Mann ernst fort, »es bleibt noch zu erwähnen, daß Ihr beruhigt sein könnt, daß ich Euch und Eure Gefühle für die Dame ganz der Wahrheit entsprechend dargestellt habe. Ich habe Janet versichert, Ihr seid nicht nur glücklich für Lady Caroline, sondern gar hoch erfreut, daß sie einen solch tapferen Krieger und aufrechten Mann wie Sir Thomas gewählt habe. Ich habe ihr gesagt, daß Ihr weder Bedauern oder irgendwelche Sehnsüchte nach dieser Frau hegt.«

»Das hast du gut gemacht, David. Auch wenn ich nicht annehme, daß du für mich sprechen mußt.«

»Ich habe es aber gern getan, Mylord«, sagte der Navigator.

»Nun, das kann ich mir denken ... unter diesen Umständen. Aber ...«

»Ich bin noch nicht fertig, Sir John.«

»Nein, noch nicht? Erzähl mir nicht, daß du deinen bisherigen Beruf aufgibst und der Beichtvater auf diesem Schiff werden willst.«

»Nein, das nicht.« David schwieg einen Augenblick. »Auch wenn ich bereit bin zu wetten, daß man keinen schlechten Gewinn damit machen würde, wenn man an die

Mitglieder der Gesellschaft, die uns auf unserer Fahrt begleiten, Ablässe verkauft und …«

»Möchtest du fortfahren mit dem, was du sagen willst?« brummte John.

Mit einem Nicken begann der Jüngere wieder zu sprechen. »Nun, der treue Sir Thomas steht an Eurer Seite, wo auch immer er Euch aufspüren kann. Aber habt Ihr auch gewußt, daß der gute Herr den übrigen Tag damit verbringt, auf Deck herumzugehen, um jemanden aus der Mannschaft aufzutun, den er bestechen kann? Damit er ihn über Euer Tun und Lassen in Kenntnis setzt.«

»Mein Tun und Lassen?«

»Ja, Mylord. Das tut er.«

»Das glaube ich nicht!«

»Doch, das tut er«, entgegnete David trocken.

John trat ans Fenster. »Dieser mißtrauische Halunke!« Abgesehen davon, daß John nie aus freien Stücken mit Caroline allein sein würde. Aber er war doch überrascht, daß der alte Teufel auch nur annehmen konnte, Johns Mannschaft dazu zu bringen, ihren eigenen Kommandanten zu hintergehen. »Sich einzubilden, ich wollte ihm Böses. Ich hoffe, die Männer nehmen sein Gold an. Ich hoffe, sie nehmen ihm alles ab.«

»Das tun sie. Beutelweise.« David nickte. »Aber das ist noch nicht alles.«

»Ach hör auf, David«, sagte John ärgerlich. »Was ist denn noch?«

»Nun ja, vielleicht sollte ich Euch nicht auch noch mit den Geschichten belästigen, welche die Männer über all jene jungen Frauen an Bord aufschnappen, verheiratet und unverheiratet, die bei Eurem Anblick in Ohnmacht fallen und zusammenbrechen.«

»Bei Gott, ich bin stets froh, meinen Männern gute Unterhaltung sowie einen lukrativen Nebenverdienst durch Sir Thomas bieten zu können.«

»Sie wissen es zu schätzen, Sir John.« David machte um des besseren Effektes willen eine Pause. »Aber vielleicht, und das ist nicht unwichtig, spricht auch das hübsche, grünäugige Mädchen, das sich in der Kajüte der Königin befindet, von niemand anderem als von Euch.«

»Maria?« fragte John überrascht. »Woher – ich wage es kaum zu fragen – weißt du denn das nun schon wieder?«

»Die Frau, die wir ihr gestern abend zu Diensten gegeben haben, hatte heute morgen anderen Aufgaben nachzugehen, und daher hat es Mistreß Janet, in all ihrer Güte, auf sich genommen, nach den beiden zu sehen.«

»Ich habe doch Anweisung gegeben, daß keiner der Passagiere zu den Frauen darf.«

»Wir haben darauf geachtet, daß Eure Befehle wortwörtlich ausgeführt werden – zumindest fast«, bestätigte David. »Aber ich nehme an, daß Ihr Janet Maule damit nicht gemeint haben könnt. Ich habe gehört, wie Ihr gesagt habt, daß sie anders ist als die anderen. Und irgend jemand mußte heute nach den beiden sehen. Da die Hände der Jüngeren nun mal verbunden sind, kann doch niemand erwarten, daß sie sich ohne Hilfe auch nur anziehen kann, oder? Gar nicht davon zu reden, daß sie sich um die Ältere kümmert. Es sei denn … es sei denn, Ihr habt vor, zu ihnen zu eilen und selbst …?«

Johns finsterer Blick brachte den anderen zum Schweigen. »Nein, das hatte ich nicht.«

»Natürlich nicht, Mylord. Das habe ich auch keinen Augenblick lang geglaubt.« David maß zum zwanzigstenmal die Entfernung zwischen ihrer Position und der dänischen Küste.

»Wie auch immer«, fuhr der Navigator ohne aufzublikken fort, »Mistreß Janet hat mir gesagt, daß die ältere Frau ein wenig fiebert, es ihr aber sonst den Umständen entsprechend zu gehen scheint. Der Arzt kam heute morgen kurz nach Janet zu den beiden, um noch mal nach der älteren Frau zu sehen. Er hat ihr wieder etwas von seinem Zaubertrank gegeben. Nun, und in der Zwischenzeit hatte Janet … ich meine Mistreß Janet natürlich, die Möglichkeit, mit der Kleinen zu plaudern. Nach dem zu schließen, was sie mir erzählt hat …«

David blickte plötzlich auf und schüttelte seinen Kopf.

»Es tut mir leid, Mylord. Ich langweile Euch sicher mit

meinem müßigen Geschwätz.« Er beugte sich ein weiteres Mal verbissen über die Karten. »Bei einem solchen Wetter kommt man so verdammt leicht vom Kurs ab.«

John holte tief Luft und rieb sich das Kinn. Auch wenn David sich das vielleicht wünschte, er würde nicht auf sein Spiel eingehen. Er wußte, auf was der Halunke aus war.

»Ich denke, Mistreß Janet und ich müssen einmal miteinander sprechen«, sagte er schließlich.

»Ach ja, Mylord? Und worüber?«

»Darüber, guten Mutes zu bleiben, auch wenn sich auf diesem Schiff die Ratten breitgemacht zu haben scheinen«, erwiderte John. »Darüber, daß sie mit ihrem Mitleid nicht jedem häßlichen Hund und jeder geschwätzigen Zunge zum Opfer fallen darf, die ihren Weg kreuzen.«

»Ihr meint doch nicht etwa mich damit?« fragte David in vorgetäuschtem Schrecken.

»Wen sonst, du übler Schurke! Ja, wenn ich ...!«

Das laute Pochen an der Tür ließ die beiden Männer verstummen. Mit wenigen Schritten war David an der Tür und öffnete sie. Die Überraschung stand ihm ins Gesicht geschrieben, während der hinter ihm stehende Kommandant kaum ein verächtliches Schnauben unterdrücken konnte.

»Lady Caroline!« verkündete David und deutete eine kurze Verbeugung an.

Die großgewachsene Frau betrat die Kajüte und ging an dem Navigator vorbei, ohne ihn auch nur im geringsten zu beachten.

David drehte sich um und sah den Kommandanten fragend an.

»Bleib nur, David«, befahl John ernst. »Und fahr mit deiner Arbeit fort. Wenn ich nicht ganz falsch liege, sollte diese Unterhaltung nicht allzu lange dauern.«

Der Highlander drehte sich um und sah die junge Frau an, die nun auf der anderen Seite des Tisches stand. »Was kann ich für Euch tun, Lady Maule?«

»Ich wünsche einige Worte unter uns zu wechseln«, sagte Caroline leise. »Dieser Besuch betrifft eine persönliche Angelegenheit. Sie ist nicht für die Ohren von ... nun ...«

»Es tut mir leid«, antwortete John kurz angebunden und mit ausdrucksloser Miene. »Ein persönliches Gespräch in meiner Kajüte ist unmöglich ... unter diesen Umständen zumindest.«

Caroline hatte kurz vor ihrer Heirat einige Male versucht, mit ihm in Verbindung zu treten. Er war ihren Bitten nicht nachgekommen und hatte sich geschworen, seiner Wege zu gehen. Die Zeit, die sie zusammen gewesen waren, hatte endlich ein Ende gefunden.

»Lady Caroline«, fuhr er förmlich fort, »es gibt nichts, was zwischen uns zu besprechen wäre, von dem David nichts wissen dürfte. Er ist der Erste Offizier auf diesem Schiff.«

Der Frau stieg die Zornesröte ins Gesicht. Ihre Augen verengten sich zu Schlitzen, als sie Johns Worte vernahm. Für einen Moment blickte sie geradewegs in das ausdruckslose Gesicht des Kommandanten.

»Nun gut«, sagte sie schließlich. »Wenn du meinst, daß dies die richtige Art ist, mit mir umzugehen, dann bitte.«

John blieb, wo er war, und sah zu, wie das Gesicht seiner Besucherin den ihm wohlbekannten beleidigten Ausdruck annahm. Es schien ihm Äonen her zu sein, daß er diesen Ausdruck verführerisch gefunden hatte. »Liegt Euch etwas Bestimmtes auf dem Herzen, Lady Maule, weswegen Ihr mich sprechen wolltet?«

Caroline ließ ihre Augen über die Karten auf dem Tisch wandern. Sie warf ihren Kopf zurück, und ihr goldenes Haar fiel kaskadenförmig auf ihre hohe, gerundete Brust und schimmerte im Kontrast zu dem dunkelblauen Samt ihres Kleides. Ja, Caroline Maule war eine ausgesprochen schöne Frau. Aber sie weckte – durchaus zu Johns Überraschung – nicht mehr wie früher jenes Begehren in ihm.

»David und ich müssen weiterarbeiten«, sagte John schließlich. »Wenn Euer Besuch also gesellschaftlicher Art ist, muß ich Euch bitten ...«

»Ich bin nicht aus ›gesellschaftlichen‹ Gründen hier, John«, antwortete sie scharf.

John nickte kurz. Ihre Worte hatten etwas anderes als ihre

Augen gesagt. Während er geduldig darauf wartete, daß sie fortfuhr, beobachtete er, wie Carolines Finger den Rand des Tisches entlangfuhren, während ihr Blick über seinen Körper wanderte. Als ihre Augen schließlich bei seinem Gesicht angelangt waren, schien es ihm, als würde sie es darauf anlegen, ihn mit ihrem Blick zu verführen.

Aber er war nicht länger ihr Spielzeug. »Was willst du, Caroline?« fragte John gepreßt.

Der Schatten eines Lächelns huschte über ihr Gesicht. Er wußte, daß es ihr Ziel war, daß er seine Gelassenheit verlor, und das war ihr gelungen.

»Nun, der Grund für meinen Besuch ist, daß ich mir vor wenigen Stunden etwas Zeit nahm und zu unseren beiden Neuankömmlingen ging.« Mit einem Seufzer ließ sie sich auf einen Stuhl neben dem Tisch sinken. »Doch mir wurde der Zutritt zu ihrer Kajüte verwehrt.«

John entfernte sich so weit wie möglich von ihr, dann drehte er sich um und sah sie an. »Ist das der Grund für deinen Besuch?«

Caroline wartete einen Moment, bevor sie antwortete. Schamlos ließ sie ihren zärtlichen Blick über seinen Körper wandern und verriet damit nochmals mehr, als Worte es vermochten. Sie wandte sich ihm wieder zu, ihr Gesicht errötet. »Deshalb und wegen der Unverschämtheit dieser unmöglichen Person, die an der Tür Wache hält.«

John sah David an.

»Christie hat heute morgen Wache, Mylord. Aber er ist keiner, der ...«

John brachte den Navigator mit einer Geste zum Schweigen. Er wußte, daß David nichts sagen konnte, was Caroline in ihrer Sicht der Dinge erschüttern könnte. Sie hatte mit ihm allein sein wollen und sich eine Abfuhr geholt. Daher bestand ihre nächste Maßnahme darin, sich beleidigt zu geben. Und das bliebe sie über jedes Argument, jede Erklärung und jede Entschuldigung hinweg. So war sie nun einmal.

»So lauteten meine Befehle«, sagte John zu der jungen Frau. »Christie befolgt nur meine Befehle. Wenn dich einer meiner Männer in der Art und Weise, wie er mit dir gesprochen hat, oder sonstwie persönlich angegriffen hat, wie du behauptest, werde ich mich darum kümmern.«

Carolines Miene verhärtete sich. »Er hat mich berührt.«

»Christie?« fragte David ungläubig und trat einen Schritt vor.

Das schöne Gesicht der jungen Frau verlor etwas von seiner Anziehungskraft, als sie sich zwei Paar ungläubig dreinblickenden Augen gegenübersah. Sie verzog ihren Mund zu einem höhnischen Lächeln. »Er hat mich beiseitegeschoben und sich dabei an mir vergriffen.«

»Das wäre ein schlimmer Vorwurf, Lady Maule, wenn David und ich den Mann nicht besser kennen würden«, antwortete John mit Mißtrauen in der Stimme. Vor allem John kannte Caroline nur zu gut. »Wäre es nicht näher an der Wahrheit, wenn man sagen würde, der alte Mann versuchte zu verhindern, daß Ihr Euch an ihm vorbeidrängeltet, nachdem er Euch gebeten hatte, fernzubleiben?«

Caroline sah weg und strich sich ihre blonden Haare zurück.

»Kam es Euch nicht in den Sinn, daß der Mann vielleicht seine Befehle hatte?« John blieb unnachgiebig.

»Mich soll also jedes gemeine, seefahrende Schwein herumschubsen können? Solange er nur unter deinem Befehl segelt?«

»Der Mann hatte Anweisung, Besucher von der Kajüte fernzuhalten.« John erwiderte ihren starren Blick mit kalten Augen. Als sie aber mit den Schultern zuckte und sich in vorgetäuschter Gleichgültigkeit von ihm abwandte, fuhr er sie mit scharfen Worten an. »Für den Fall, daß Ihr es noch nicht verstanden habt, Mylady, Ihr seid hier zu Gast auf einem Kriegsschiff. Die Männer an Bord haben wie alle kampfbereiten Soldaten gelernt, Befehlen zu gehorchen. Für sie ist es vollkommen bedeutungslos, ob Ihr eine Frau oder ein Mann seid, adlig oder gemein. Christie hat eine Aufgabe zu erfüllen. Er ist stolz auf seine Treue gegenüber dem König und auf alle die Jahre, die er unter meinem Kommando dient.«

»Ich verstehe genau, was Ihr meint, Sir John. Aber meine

Klage geht dahin, daß die Befehle an Eure Männer auf mich gemünzt sind, und zwar ausschließlich auf mich.« Caroline stand auf und warf ihren Kopf trotzig in den Nacken. »Ich habe den Eindruck, daß ihm befohlen worden war, nur mir den Zutritt zu verweigern!«

»Niemanden wird der Zutritt gewährt, Lady Maule. Nicht nur Euch nicht, niemanden.« John warf David einen Blick zu. »Bis der Befehl sich ändert.«

»Bis wer den Befehl ändert, wenn ich fragen darf?« Sie ergriff die Gelegenheit.

»Bis ich oder mein Erster Offizier David Maxwell einen anderen Befehl erteilen.«

Carolines Züge verhärteten sich, als sie sich umdrehte, um den Navigator anzublicken. »Das erklärt alles.«

John hielt David zurück, als dieser einen Schritt nach vorn machte.

»Was erklärt das, Caroline?« fragte John und zog damit ihre Aufmerksamkeit wieder auf sich.

»Den Umstand, daß ich Zeugin wurde, wie Janet Maule aus der Kajüte der Spanierinnen trat, als wäre das Schiff ihr Eigentum, während ich von einem gemeinen Matrosen angefeindet und körperlich mißhandelt wurde.« In Carolines Stimme schwang Leid, doch ihre Augen blieben kalt.

David setzte zu einer Erklärung an, aber wieder brachte ihn sein Kommandant mit einem Blick und einem Kopfschütteln zum Schweigen.

»Euer Gatte, Lady Maule, hat unseren schiffbrüchigen Mitreisenden großzügigerweise seine Unterstützung angeboten. Und Mistreß Janet, seine Tochter, hat uns sehr geholfen, als sie sich um die beiden Frauen kümmerte.« John funkelte die vor ihm stehende Frau an. »Hättet Ihr das Mitgefühl und das Verständnis Eures Ehemannes oder Eurer Stieftochter, dann würdet Ihr nun endlich mit diesem kindischen Gejammere aufhören und Euch um Eure eigenen Angelegenheiten kümmern.«

Caroline schoß das Blut in die Wangen, und sie erwiderte wutentbrannt: »Auch ich habe Mitgefühl und bin imstande, mich um die beiden zu kümmern.«

John nickte kurz. »Wir werden uns an Eure Worte erinnern, wenn wir das nächstemal einen gestrandeten oder schiffbrüchigen Reisenden auflesen. Aber fürs erste würde ich sagen ...«

»Mit dieser Antwort kann ich mich kaum zufriedengeben, Sir John.« Caroline beugte sich aufgebracht nach vorn und umschloß mit ihren Fingern den Rand des Arbeitstisches, bis ihre Knöchel weiß wurden. »Ich lasse es nicht zu, daß du mich einfach ausschließt.«

»Ich Euch ausschließen?« Gleichgültig betrachtete John sie in ihrer Wut, und seine folgenden Worte waren messerscharf. »Vergeßt nicht, Mylady, Ihr wart diejenige, die Angst hatte, daß Eure Kehle durchschnitten wird, als es darum ging, die beiden an Bord zu holen.«

Caroline hob zu einer Antwort an, hielt dann inne und sank auf ihren Stuhl zurück.

»Das war etwas anderes«, gab sie trotzig zurück und wandte sich ab. »Das war, bevor ...«

John wartete erwartungsvoll. »Bevor was, Mylady?«

Caroline suchte nach den richtigen Worten und wickelte dabei eine Locke um ihre Finger.

»Ihr könnt ganz offen sein.«

Sie sah ihn an. »Das war, bevor ich wußte, daß eine der beiden eine junge Dame ist ... eine junge Dame von hoher Geburt. Und bevor ich wußte, daß Ihr sie sogar in die Kajüte der Königin bringen lassen würdet.«

Darum ging es also. Und es sagte auch schon alles über Caroline aus.

»Macht das für Euch einen Unterschied, Lady Maule?« fragte er. »Heißt das, Euer Mitgefühl für andere erwacht nur, wenn Ihr die Größe Ihrer Kajüte kennt oder Euch jemand zeigt, daß er Erziehung genossen hat?«

Der Highlander beobachtete sie, wie sie still vor sich hin brütete. »Würde es sich anders verhalten, wenn ich Euch sagte, die beiden seien so arm wie Bauern, und ich hätte ihnen nur aus dem Grunde die beste Kajüte überlassen, weil sie die einzige noch zur Verfügung stehende war ... und ich wohl kaum davon ausgehen konnte, daß Ihr die Eure abtreten würdet? Wäre es etwas anderes, wenn ich Euch sagte, ich könnte sie nicht in den feuchten Laderaum des Schiffes unterbringen, weil die Jüngere ein kleines, häßliches Mäuschen mit schwerem Atem und einem schrecklichen Husten ist? Wärt Ihr immer noch so bemüht, wenn Ihr wüßtet, daß sie für Euch und alle anderen auf diesem Schiff völlig bedeutungslos ist? Daß sie in keiner Weise schön oder anziehend ist und von keiner Herkunft, wie Ihr sie schätzt? Würdet Ihr dann immer noch dieses ›Mitgefühl‹ zeigen, das Ihr jetzt so anpreist? Wäret Ihr immer noch so versessen darauf, sie in ihrer Zurückgezogenheit zu stören?«

Caroline Maules Gesicht war rot angelaufen, und sie schien unter einem plötzlichen Verlust ihrer Sprache zu leiden.

»Nein, das glaube ich nicht«, sagte er und ließ das wütende Blitzen ihrer Augen über sich ergehen. »Ich denke, Euer Besuch ist zu Ende, Mylady. Fürs erste, so hoffe ich.«

Er machte eine Geste Richtung Tür und sah zu, wie sie sich langsam von ihrem Stuhl erhob.

»Meine Befehle bleiben bestehen. Und bis David oder ich die Zeit für gekommen halten, unseren Gästen all den Charme – und das Mitgefühl – unserer adligen Mitreisenden aufbürden zu können, werden sie für sich bleiben.«

Für den Moment geschlagen, blieb Caroline Maule eine Weile stehen und starrte den hünenhaften Mann an, der noch nie gewagt hatte, so mit ihr zu sprechen. Als schließlich die Wut der Kälte wich, drehte sie sich auf dem Absatz um und begab sich zur Tür.

»Ich werde so bald wie möglich diese ... diese kleine Plauderei fortsetzen«, sagte sie über ihre Schulter hinweg, als sie bei der Tür angekommen war, »in einem etwas privateren Rahmen.« Dann wandte sie ihr finsteres Gesicht David zu und wartete ungeduldig.

Wie ein Diener, dem die Peitsche droht, eilte David der wütenden Frau zu Hilfe, um den Türknauf für sie zu betätigen. Lady Caroline machte jedoch keinerlei Anstalten, auf den Flur zu treten. David warf einen Blick vor die Tür.

Dort stand Maria.

Kapitel 6

Sie war schön, charmant, wohlerzogen – und noch vieles mehr.

John sah die junge Frau in der Tür stehen, und er spürte, wie er gegen das Bedürfnis ankämpfte, einfach vor die schottische Adelsfrau zu treten, die ihr den Weg versperrte. Der Ausdruck auf Marias Gesicht war selbstbewußt und kühl. Sie hatte etwas Unnahbares an sich.

Maria stand schweigend da, überrascht wegen des kalten Blicks der großen blonden Frau, die ihr im Weg stand. Als sie bei der Tür angekommen war, die man ihr genannt hatte, hatte sie nicht einmal die Gelegenheit gehabt zu klopfen, denn im selben Moment schwang die Tür weit auf, und ihr gegenüber stand die blonde Frau wie eine Löwin, die ihre Höhle verteidigt. Maria fragte sich, ob sie tatsächlich an der richtigen Tür angelangt war, und schaute der imposanten Erscheinung über die Schulter. Erleichtert erblickte sie den Kommandanten des Schiffes und seinen Navigator.

»Ich muß mich für die Störung entschuldigen«, sagte Maria ruhig und sah dabei von der finsteren Miene der Frau zu Sir John, dessen Gesicht ... ja, Willkommen, Überraschung, vielleicht auch Erleichterung ausdrückte. »Soll ich zu einem späteren Zeitpunkt noch einmal wiederkommen?«

Kurze Zeit sagte niemand etwas. Schließlich war es John, der ihr antwortete.

»Ihr stört keineswegs«, gab er freundlich zurück. »Lady Maule war gerade im Begriff zu gehen. Wenn Ihr mich entschuldigen wollt, Mylady?«

John faßte Caroline an die Schulter und drängte sie sanft auf die andere Seite der Türöffnung.

»Wir wurden einander noch nicht vorgestellt«, sagte Caroline kurz angebunden.

»Ich heiße Maria.«

Caroline wandte ihren Blick nicht von der grünäugigen

Schönheit, und plötzlich kam es Maria in den Sinn, daß ein Knicks vielleicht angemessen sei, eine Gewohnheit, die vor langer Zeit von ihr abgefallen war.

»Maria von ...« fragte Caroline rüde in die Stille hinein.

»Einfach Maria«, mischte sich John ein und zog Carolines vernichtenden Blick auf sich, als er der neu Hinzugekommenen seine Hand bot.

Maria machte keine Anstalten, seine Hand zu ergreifen, bemühte sich aber, einen freundlichen Tonfall anzuschlagen, als sie sagte: »Und habe ich Sir John Euch nicht soeben Lady Maule nennen gehört?«

Carolines stählerner Blick wanderte von Johns ausgestreckter Hand zu der jungen Frau.

»Steht Ihr in irgendeiner verwandtschaftlichen Beziehung zu Mistreß Janet Maule?« fuhr Maria fort. »Wir waren in der glücklichen Lage, heute morgen ihre Gesellschaft genießen zu dürfen.«

»Das ist Lady Caroline Maule, die Mutter von Mistreß Janet«, sagte John leichthin und unterdrückte ein Grinsen, als Maria verwirrt zurück zu Caroline blickte. »Ihre Stiefmutter, sollte ich wohl besser sagen. Bitte tretet ein, Mylady.«

Zögernd hob Maria eine ihrer bandagierten Hände. Ohne Caroline noch einmal anzusehen, nahm John vorsichtig die verwundete Hand und geleitete Maria an der schottischen Adelsfrau vorbei.

»Es freut mich zu sehen, daß Ihr Euch aus Eurer Kajüte gewagt habt, Lady Maria«, fuhr der Schiffskommandant fort. »Ich wollte mich gerade zu Euch begeben, um Euch meinerseits einen Besuch abzustatten.«

Maria warf einen Blick auf die blonde Frau, die noch immer in der Tür stand. John folgte ihrem Blick.

»O ja, Lady Maule«, sagt er im geschäftsmäßigen Ton, »bitte vergeßt nicht, Eurem Ehemann für seine Hilfe bei der Gesundung dieser Lady und ihrer Freundin meinen Dank zu bestellen. Und wenn Ihr jemals wieder Schwierigkeiten mit meinen Männern haben solltet, rate ich Euch, zuerst mit Sir Thomas darüber zu sprechen. Ich bin mir sicher, wir beide können seinem Urteil in weltlichen Dingen vertrauen.«

Caroline wich die Farbe aus dem Gesicht, und es kam John in den Sinn, daß der Kajütenboden voller Leichen wäre, wenn Blicke töten könnten.

»David, wenn du so freundlich wärst und Lady Caroline ...«, begann der Kommandant.

»Nun, das erklärt eine Menge.« Carolines Worte, scharf wie Dolche, waren an John gerichtet, aber auch Maria traf ein bösartiger Blick. »Ja, das erklärt tatsächlich alles.« Und ohne ein weiteres Wort rauschte Caroline mit wütend vorgerecktem Kinn durch die Kajütentür.

Maria sah verlegen von dem Navigator zu dem hünenhaften Kommandanten, die beide der Frau nachblickten, und erkannte auf Sir Johns Gesicht ein Unbehagen, das darauf hindeutete, daß Lady Maules Anwesenheit unerfreulicher gewesen war, als seine Worte vermuten ließen.

»Ich habe es ehrlich gemeint, als ich sagte, daß ich später wiederkommen kann, wenn es jetzt ungelegen sei«, warf sie leise ein.

John faßte sie am Arm und zog sie ein wenig zu sich heran.

»Nein, meine Liebe. Ihr hättet Euch keinen besseren Zeitpunkt aussuchen können, um hierherzukommen. Und es hat sich gezeigt, daß Ihr für den Augenblick Siegerin seid und alle anderen vom Feld vertrieben habt.«

Maria errötete heftig und senkte den Blick, um dem seinen zu entgehen. Sie wandte sich dem anderen Mann zu, der sich zu ihnen an den Arbeitstisch gesellt hatte. Sie machte einen Knicks und erwiderte den direkten Blick des Navigators.

John beobachtete, wie Davids Gesicht in einem noch tieferen Rot als Marias anlief und er sich vor der jungen Schönheit verbeugte. Der Kommandant konnte sich nicht helfen, er mußte über die Freude des jungen Mannes, mit einem solchen Respekt behandelt zu werden, lächeln.

»Navigator, ich denke, das wäre eine gute Gelegenheit, zu Christie zu gehen und mit ihm über die Klage von Lady Maule zu sprechen.«

»Ihr wollt wohl kaum, daß ich ihm eine Tracht Prügel verabreichen lasse, oder, Mylord?« fragte David besorgt.

»Nein, Navigator, natürlich nicht«, antwortete John. »Ich möchte nur, daß du dem Mann ein paar Ratschläge gibst, was zu tun ist, wenn ... wenn ... na, du weißt schon, was du zu tun hast.«

»Aber Sir John, ich habe doch gehört, wie Ihr selbst gesagt habt, daß Christie nur den Kurs eingeschlagen hat, den ein guter Seemann genommen hätte.« David verstummte, bemüht, weiterhin verwundert dreinzublicken ... und nicht zu grinsen.

Der Ausdruck auf dem Gesicht seines Herrn ließ keinen Zweifel daran, daß dieser wünschte, David wäre längst fort, aber der junge Navigator konnte der Gelegenheit, Sir John aufzuziehen, einfach nicht widerstehen.

»David«, brummte John mit kaum verhohlener Gereiztheit, »geh bitte und tu, was ich dir aufgetragen habe.«

»Jawohl, Mylord. Die Karten ...« Der Navigator streckte seine Hand langsam über den Arbeitstisch nach dem Kartenmaterial aus.

»Laß sie liegen«, platzte es aus John heraus, wobei sein Tonfall langsam drohend wurde. »Ich kann Mistreß Janet bitten, die Karten für dich aufzubewahren.«

»Meine Karten wird niemand anderes als ...« David hielt inne und sah den Kommandanten an. »Ihr habt vor, Mistreß Janet zu treffen?«

»Jawohl, ich denke, in Anbetracht gewisser Gerüchte, die mir zu Ohren gekommen sind ... über bestimmte Leute ...« Das war unmißverständlich.

»Es gibt keinerlei Gründe sie damit zu belästigen, Mylord. Ich bin schon auf dem Weg!« David beeilte sich und rollte seine Karten in bemerkenswerter Geschwindigkeit zusammen.

Er steckte sich die Rolle unter einen Arm, verbeugte sich vor Maria und trat hastig seinen Rückzug an.

»Endlich«, murmelte John und unterdrückte ein befriedigtes Grinsen, als er sich wieder seinem Gast zuwandte.

Maria entzog ihm ihre Hand und ging zu dem hohen

Tisch, der auf einer Seite der Kajüte stand. Auf einem Stuhl lag eine blaue Kappe – bestimmt die des Navigators, dachte sie –, in der eine vorwitzige weiße Feder steckte. An dem Tisch und den Papieren, die darauf lagen, konnte man sehen, daß dies hier tatsächlich ein Arbeitszimmer war. Die Helligkeit in der Kajüte war eine angenehme Abwechslung zu den dunklen Räumen im Bauch des Schiffs. Wenn sie aus den offenen Fenstern an der einen Wand sah, konnte sie die Schaumkronen der graugrünen Wellen erkennen. Der Nebel war noch immer so weiß und dicht wie am Tag zuvor, und von oben waren die rauhen Stimmen der an Deck arbeitenden Männer zu hören.

Langsam ließ sie ihre Augen durch die Kajüte wandern, bis sie plötzlich innehielt. In einer Ecke der Kajüte befand sich eine große Koje mit einem schweren blauen Damastvorhang. Ein plötzliches Unbehagen erfaßte sie, als sie erkannte, daß dies zugleich auch das Schlafgemach des Kommandanten war, und sie wandte ihren Blick von dem riesigen Bett ab.

Um das Bett herum, unter den Regalen und den Schränken, an der Schiffswand, waren mehrere Truhen in Nischen untergebracht. Bunte Banner und ein schottisches Plaid waren um glänzende Waffen an der Wand drapiert. Ein großes Wappenschild, auf dem Schiffe, Dolche und eine Katze mit ausgefahrenen Krallen dargestellt waren und das von dem dunklen Holzrahmen der Schlafkoje herunterhing, zog ihre Aufmerksamkeit auf sich.

Die männliche Prägung des Raumes faszinierte sie, trug aber auch wesentlich zu ihrem Unbehagen bei. Maria war noch nie in dem privaten Gemach eines Mannes gewesen, gar nicht davon zu reden, dort allein mit ihm zu sein, und sie begab sich schnell zu den Fenstern. Ihr Gesicht war bei dem bloßen Gedanken ganz heiß geworden.

Sie wandte sich nicht um, hörte aber hinter sich das leise Geräusch einer Tür, die ins Schloß fiel.

John blieb an der Tür stehen, seine Augen ruhten auf dem geraden Rücken der Frau am Fenster. Sie war genau zur rechten Zeit gekommen, als Caroline einen ihrer weniger anziehenden Momente hatte. Er mußte sogar sagen, daß er in all den gemeinsamen Jahren seine ehemalige Geliebte nie unbeherrschter gesehen hatte als soeben. Sie war nicht nur einfach wütend davongelaufen. Ihre Gefühle hatten sie regelrecht davongetrieben.

Aber er wußte, daß Carolines Flucht im Moment das beste war. Als er so im Türrahmen lehnte, dachte er, daß er sich einen Plan ausdenken mußte, um Caroline weiter in Schranken zu halten. Dem Charakter der blonden Lady entsprach es, sich jeder Herausforderung zu stellen, und John mußte sich auf alles gefaßt machen. Er war sich sicher, daß sie nichts Gutes im Schilde führte. Wenn sie entschied, ihn zurückhaben zu wollen, ließe sie keinen Einwand gelten. Und kein Mensch wußte zu sagen, wie weit sie gehen würde. Für Caroline gab es in solchen Fällen keine Ehre, kein Maß und kein Ehegelübde, das sie zu halten vermochte. Nichts.

Maria wandte sich in seine Richtung und sah ihn schüchtern an. John lächelte, als wäre er unvermittelt von einem Alptraum in einen glücklichen Traum versetzt. Nun, vielleicht gab es einen Weg, Caroline davon abzuhalten, zuviel Unheil anzurichten – für sich und alle anderen.

»Ihr laßt uns bewachen«, bemerkte Maria ernst.

»Ja, um Euch zu beschützen«, antwortete er.

Überrascht hob Maria ihre Augenbrauen. »Vor wem wollt Ihr uns schützen?«

»Vor Besuchern wie Lady Caroline.«

Die junge Frau dachte kurz nach und nickte dann. Das konnte sie gelten lassen. »Einen Augenblick lang war ich … da war ich nicht sicher, ob mich Lady Caroline vorbeigehen lassen würde«, sagte Maria mit ernstem Gesicht.

»Oh, dieses Gefühl kenne ich«, antwortete John und näherte sich ihr. »Ich erinnere mich, wie ich einst, als ich mit meinen Männern nicht weit von Stirling Castle unterwegs war, den schweren Fehler beging, mit meinem Pferd auf einer Brücke haltzumachen, um mit einem Mönch zu reden. Lady Caroline kam mit einer Reihe von Freunden und Angehörigen ihrer Sippe hinter uns hergeritten und befahl uns, den Weg freizumachen. Sie kann sich durchaus Respekt verschaffen.«

»Und was geschah dann?«

»Nun ja, es ist schon eine ganze Weile her, aber soweit ich mich erinnere, entschied ich, daß wir, da wir alle auf dem Weg zum Hof waren, nur einige ihrer Begleiter niederschlagen würden und dann so großmütig sein sollten, sie ziehen zu lassen.«

John lächelte und schüttelte bei der Erinnerung den Kopf. Dieses Zusammentreffen – und die Ereignisse, die ihm am selben Tag noch folgen sollten – waren der Beginn eines Abschnitts seines Lebens, von dem er inzwischen wünschte, er wäre endlich abgeschlossen.

»Habt Ihr heute morgen etwas gegessen, Maria?« fragte er gastfreundlich, wieder in der Gegenwart.

»Mistreß Janet sorgte dafür, daß wir etwas zu essen bekamen, Sir John«, antwortete Maria und sah zu ihm auf. Im Licht der Kajüte war der Mann noch anziehender als in ihrer Erinnerung. Heute war in seinen dunklen Zügen nichts von der Grimmigkeit der vergangenen Tage zu entdecken. »Sie war sehr freundlich.«

John schritt zu einem Schrank unter einem der offenen Fenster und holte eine Karaffe und zwei Becher hervor. »Darf ich Euch etwas zu trinken anbieten?«

Höflich schüttelte sie ihren Kopf.

John hielt inne, in seinen Augen lag ein schelmisches Lächeln. »Wenn ich so darüber nachdenke, kann ich Euch keinen Vorwurf daraus machen, daß Ihr nichts mehr aus meiner Hand annehmt.«

»Warum sagt Ihr das?« fragte sie und versuchte das Gefühl zu ignorieren, das sein schiefes Lächeln und der Blick aus seinen Augen in ihr hervorriefen.

»Gestern abend habe ich Euch etwas zu trinken gegeben, und innerhalb von Sekunden wart Ihr eingeschlafen.«

Maria blickte verlegen auf ihre verbundenen Hände. Er hatte recht. Sie konnte sich nicht mehr erinnern, was geschehen war, nachdem sie sich in Isabels Kajüte an den Tisch gesetzt hatten. Das erste, woran sie sich wieder erinnern konnte, war, wie sie im morgendlichen Dämmerlicht in das freundliche Gesicht von Janet Maule geblickt hatte.

»Ich muß zugeben, abgesehen von Wein habe ich nicht viel Erfahrung mit Alkohol.«

»Nun, es muß Euch keineswegs peinlich sein. Ich kenne mehr als einen Schotten, der einen Abend so beendet hat wie Ihr den gestrigen.«

»Danke«, sagte sie. »Das ist sehr beruhigend.«

John trat näher an sie heran. Wie verschieden diese beiden Frauen doch waren. Caroline war lauthals in die Kajüte geplatzt und hatte sich gleich in ihr breitgemacht, als wäre es ihre. Maria stand unruhig am Fenster und hatte den Mantel eng um sich geschlungen. Ihre Haltung verriet ihm, daß sie noch immer nicht sicher war, ob sie gehen oder bleiben sollte.

»Doch wie geht es Euch heute morgen?« fragte er, um das Thema zu wechseln, während er vorsorglich für sie einen Becher eingoß und in der Fensteröffnung abstellte.

Ihre Augen folgten seinem Blick auf ihre Hände.

»Sie sind ein wenig geschwollen, aber ich habe keine Schmerzen mehr.«

Einen Moment lang sah John besorgt zu ihr auf, bis er erkannte, daß sie nicht ganz ehrlich war.

»Sagt die Wahrheit, Maria«, forderte er sie ernst auf und stellte seinen Becher neben dem ihren ab. »Empfindet Ihr nicht wenigstens ein kleines bißchen Schmerz? Vielleicht ein leichtes Pochen?«

»Nun, ich …«

»Sagt mir doch«, fuhr er fort und hob sanft eine ihrer Hände und lockerte die Finger. »Spürt Ihr nicht, wie Euch heiße Stiche den Arm hochlaufen, wenn ich das tue?«

Er sah zu, wie ihr die Farbe aus dem Gesicht wich. John wußte, daß Maria große Schmerzen hatte, ob sie es nun zugeben wollte oder nicht.

»Sehr gut«, grummelte er.

»Ach ja?« fragte sie und versuchte vorsichtig ihre Hand aus der seinen zu ziehen. Aber John hielt ihr Handgelenk fest umschlossen. »Es gefällt Euch also, wenn ich Schmerzen leide?«

»In diesem Fall tut es das«, antwortete er ehrlich. »Wenn Ihr noch immer nichts gespürt hättet, hätte ich mir Sorgen gemacht, daß die Wunden anfangen zu eitern.«

»Ich verstehe«, murmelte Maria. Daran hatte sie noch nicht gedacht. »Werde ich für immer Narben zurückbehalten?« fragte sie, fast gedankenverloren.

Er hielt seine eigene Hand neben ihre und zeigte ihr die Handinnenfläche. »Höchstwahrscheinlich werdet Ihr keine Narben davontragen, aber wenn Ihr die Wunden nicht pflegt oder großes Pech habt, werden sie so aussehen wie diese hier.«

Sie starrte auf seine Hand. Sie war stark, groß und von Narben überwuchert. Ihr Herz setzte kurz aus.

»Aber keine Angst«, fuhr er witzelnd fort. »Sie sind noch zu gebrauchen. Die Hände eines Seemanns.«

»Ich werde die meinen ganz sicher pflegen.«

»Hat sich heute morgen schon jemand um sie gekümmert?« fragte John und blickte in die Tiefe ihrer grünen Augen.

Maria schüttelte den Kopf und versuchte ihre Unruhe zu verbergen. Ohne ein weiteres Wort langte John zu ihr hinüber und zog an dem Knoten ihres Mantels. Der schwere Stoff fiel zu Boden. Sie war zu überrascht, um laut zu protestieren.

Er wußte, daß er sie mit seiner Forschheit erschreckt hatte. Aber wenn sie sich nicht entscheiden konnte, ob sie gehen oder bleiben wollte, dann mußte er das eben für sie tun. Er ließ ihre Hand los und beugte sich vor ihr hinunter, um ihren Mantel aufzuheben, den er an einen Haken an der Wand hängte. »Hat mein Arzt Euch denn heute morgen nicht besucht?«

»Doch, das hat er«, antwortete sie mit einem leichten Zittern in der Stimme, als der Hüne sie beim Arm nahm und ohne großes Zeremoniell zu einem Stuhl am Arbeitstisch führte. Maria fragte sich kurz, ob alle Männer die Frauen außerhalb der Mauern des Hofes so behandelten oder ob das nur für die Schotten galt. Jedenfalls setzte sie sich folgsam hin. »Er wollte sie sich ansehen, aber ich habe ihn gebeten, noch bis zum Nachmittag zu warten. Er sagte, daß er dann zurückkommen wollte.«

John zog den einzigen anderen Stuhl in der Kajüte heran und setzte sich vor sie hin. Als er nach ihren Händen greifen wollte, verbarg Maria sie hastig in ihrem Schoß.

»Ihr müßt sie nicht ansehen«, sagte sie hoffnungsvoll und blickte in sein anziehendes Gesicht. »Ich werde Eurem Arzt erlauben, den Verband zu wechseln, wenn er das nächstemal kommt.«

Aber die junge Frau wußte, daß sie weder seinem Blick noch seinen ausgestreckten Händen länger widerstehen konnte.

»Das ist nun wirklich nicht nötig«, wiederholte sie und senkte ihren Kopf. Sie war nicht hergekommen, damit er sich um ihren Verband kümmerte. Sie hatte eine Aufgabe zu erledigen und ein Gespräch zu führen, das sie leise flüsternd mit Isabel genau einstudiert hatte, bevor diese wieder in den Schlaf gesunken war. Sie wußte genau, was sie zu sagen und zu tun hatte. Aber alles schien plötzlich viel komplizierter zu sein, als Isabel es vorhergesagt hatte. Hier, allein mit diesem großen, starken Mann, waren ihr all die Worte entfallen, die sie auswendig gelernt hatte. Sie war ihm so nahe, daß sie seinen frischen, männlichen Geruch riechen konnte. Und sosehr sie auch versuchte, es zu vermeiden, konnte sie doch nicht anders, als in sein markantes Gesicht zu sehen – die dunklen, scharfgeschnittenen Züge, die schwarzen Haare, die er aus der Stirn gestrichen hatte, und die tiefblauen Augen.

Je länger sie so dasaß, desto stärker wurde ihr die Röte bewußt, die ihr in die Wangen gestiegen war, und auch die Hitze- und Kälteschauer, die abwechselnd über sie liefen. Je länger sie so dasaß, um so unmöglicher schien es ihr, ihr ursprüngliches Vorhaben auszuführen.

Mit den Händen im Schoß wartete John geduldig ab. Er war im Augenblick vollauf zufrieden, sie im Tageslicht betrachten zu können.

Sie wirkte noch schöner als im Kerzenlicht, ihre Lippen waren noch verheißungsvoller.

Er hatte bereits angenommen, daß sie eine Dame war, und jetzt war er sich dessen sicher. Und was für eine. Die bandagierten Hände im Schoß, saß sie auf der Kante des Stuhls und fühlte sich ganz offensichtlich in der gegenwärtigen Situation nicht sonderlich wohl. Sie schien ihm etwas sagen zu wollen, sonst wäre sie sicher nicht zu ihm in die Kajüte gekommen. Aber was immer es auch sein mochte, es fiel Maria nicht leicht.

John wußte, daß sie in dieser Hinsicht nicht anders war als andere Frauen. Er erinnerte sich an eine Reise nach Spanien, auf der er den Graf Pedro de Ayala nach Hause geleitet hatte. Der alte Herr hatte einige Jahre am Hof der schottischen Könige verbracht, und die beiden Reisenden hatten viel über seine amüsanten Vergleiche zwischen der Art der Schotten und der des restlichen Europa gelacht. Wie Ayala meinte, so erinnerte sich John, drückten nur englische Frauen ihre Empfindungen noch unumwundener aus als schottische – in jeglicher Hinsicht. John selbst hatte sich nie weiter damit beschäftigt, aber er hatte keinen Grund, das anzuzweifeln.

Auf jeden Fall war Maria, wie so viele Frauen, denen John auf seinen Reisen begegnet war, darum bemüht, Distanz zwischen ihr als einer Frau und ihm als einem Mann zu überbrücken. Und gleichzeitig spielte noch eine Zurückhaltung mit, die ihren Charakter auszeichnete. Eine Vornehmheit in ihrem Verhalten, die ihre natürliche Schönheit unterstrich, aber genauso dazu diente, sie selbst zu schützen.

Überheblich war sie bestimmt nicht, dachte er. Die Überheblichkeit und Eitelkeit einer Caroline Maule schienen dieser jungen Adelsfrau völlig fremd zu sein. Tatsächlich hatte er sie anfangs für so jung gehalten, weil sie keinerlei Dünkelhaftigkeit zeigte.

Vielleicht war all dies aber auch nur Fassade, die dazu dienen sollte, sie vor möglichen Übergriffen zu bewahren. Schließlich befand sie sich in einer gefährlichen Lage, und John wußte, daß sie gute Gründe hatte, besorgt zu sein. Sie mußte sich fragen, welches Schicksal auf sie wartete, war sie doch vollkommen in seiner Hand, solange sie sich an Bord der *Great Michael* befand. Und John hatte bereits seine Schlüsse gezogen, daß sie sich eben diese Frage zu stellen schien. Vielleicht begegnete er hinter all der Ruhe, der Vornehmheit und Reserviertheit ihrem wahren Ich. Der wahren Maria.

Er fragte sich nur, warum er den Gedanken, diese Maria zu entdecken, so anziehend fand.

Maria mußte nicht aufsehen, um zu wissen, daß er sie betrachtete. Ihr Schweigen begann sie nervös zu machen, aber sie hatte nicht den Mut, es zu brechen. Sie rutschte auf dem Stuhl hin und her. Das ist doch reine Torheit, dachte sie und ärgerte sich über sich selbst. Er ist nur ein Mann. Ein Krieger, der es gewohnt ist, seine Entscheidungen zu treffen. Sie blickte ihn kurz an, senkte dann aber gleich wieder ihre Lider.

John spürte, daß ihr seine Nähe Unbehagen bereitete. Aber der Teufel sollte ihn holen, entschied er, wenn er seinen Stuhl wegrücken und so Distanz zwischen ihnen schaffen würde. Vornehmheit hin oder her, sie war aus eigenem Antrieb zu seiner Kajüte gekommen und war viel zu anziehend, als daß er sie einfach wieder gehen lassen konnte. Sie wollte etwas. Deshalb war sie hier. Aber sie war zu schüchtern, vielleicht auch zu verängstigt, um darum zu bitten. Nun, er würde es ihr nicht einfacher machen. Je länger sie brauchte, ihre Bitte auszusprechen, desto besser. Selbst wenn sich der Nebel heute noch auflösen würde, müßten sie je nach Windstärke zumindest noch ein paar Tage auf See zubringen. Und die Aussicht, Marias schönes Gesicht betrachten zu dürfen, machte den Gedanken an die Reise das erstemal verlockend.

Aber noch etwas anderes ging John durch den Kopf. Marias Anwesenheit an Bord könnte Caroline Maule zügeln. Er mußte darüber nachdenken. Vielleicht …

Maria wußte, daß *sie* das Schweigen brechen mußte. Aber während sie um Worte rang, fesselten die Hände des Kommandanten ihren Blick Sie waren groß und stark, so anders als die weichen, zarten Hände ihres Ehemanns. Sie betrachtete die feinen dunklen Haare auf den Handrücken, seine wettergegerbte und braungebrannte Haut.

»Ich habe noch nie jemanden kennengelernt, der so zufrieden ist, einfach dazusitzen und irgend jemandes Hände zu studieren.« John gab ein leises Lachen von sich. Er hielt seine Hände ans Licht, um sie selbst zu betrachten. »Ja, sie sind nicht häßlich, könnte man sagen. Und sie haben auch ein ausgesprochenes Talent zu heilen. Nicht zu vergessen, daß ich es ihnen zu verdanken habe, daß Ihr in meine Kajüte gekommen seid.

Maria blickte kurz auf und schüttelte ihren Kopf.

»Aber nein, Sir John. Das habt Ihr ganz falsch verstanden. Der Grund für mein Kommen ist ...«, entfuhr es der jungen Frau, die ihren Blick nicht von seinem Gesicht abwendete. Er sah sie ganz offen an, sein breiter Mund verzog sich zu einem warmen Lächeln, das ihr den Atem stocken ließ. Wieder verschlug es ihr die Sprache, und sie verlor sich in der tiefen Meeresbläue seiner Augen. Verschwommen nahm sie den Rest seines Gesichtes wahr – um seine Augen waren Lachfältchen zu sehen, und seine Haut war braun vom Kuß der Sonne. In Maria schien sich eine Flamme zu entzünden.

John legte seine Hände wieder in den Schoß. In diesem Augenblick erinnerte sie ihn an die jungen Falken, die sein älterer Bruder abrichtete. Zumindest bis seine Frau Fiona sie alle freigelassen hatte. Maria sah im Moment so aus, als würde sie am liebsten davonfliegen. Als er wieder seine Worte an sie richtete, hatte seine Stimme einen tiefen und sanften Klang.

»Ich habe nur Spaß gemacht. Ihr braucht natürlich keine Angst zu haben, weil Ihr hierhergekommen seid – und auch sonst nicht.« Er sah ihr nur kurz in die Augen, wandte seinen Blick dann ab und schob einen der Becher vorsichtig zu ihr über den Tisch. »Diesmal ist es kein Whisky, nur Wasser.«

Maria griff nach dem Becher und nahm ihn in beide Hände, um daraus zu trinken. Sie hatte keinen Durst. Aber sie suchte verzweifelt nach etwas, hinter dem sie sich verstekken konnte – vor seiner Anziehungskraft und vor den Gefühlen, die in ihr aufstiegen. Gefühle, die kaum jemals während ihres Ehelebens in ihr geflackert hatten. Gefühle, von denen sie geglaubt hatte, sie nie empfinden zu können.

Gefühle, die sie gerade jetzt aber auch nicht empfinden wollte.

»Geht es Eurer Begleiterin besser?« fragte er, als sie den Becher wieder auf den Tisch gestellt hatte.

»Sie ist ... also, nein, sie ist nicht ...« Maria hielt verlegen inne und starrte den Becher an. Konzentrier dich doch, schalt sie sich selbst. »Was ich sagen wollte, ist, daß sie keine Schmerzen hat, wenn sie schläft. Aber wenn sie wach ist, fühlt sie sich, glaube ich, sehr elend.«

»Nun, das kann ich mir gut vorstellen, nach dem, was sie durchgemacht hat.«

Maria nickte. Die Worte ihrer Tante klangen ihr noch in den Ohren. Sie sollte sagen, daß sie noch große Schmerzen habe und es ihr nicht besser zu gehen schien. Sie sollte fragen, ob es nicht möglich wäre, daß das Schiff an der nächsten Küste landete, um die beiden Frauen von Bord gehen zu lassen. Zum Beispiel in Dänemark.

Wenn er dieser Bitte nicht nachkommen wollte, dann sollte Maria lügen und sagen, daß Dänemark auch ihr ursprüngliches Ziel gewesen war. In Anbetracht von Isabels gesundheitlichem Zustand wären sie dem Kommandanten des Schiffs zu tiefstem Dank verpflichtet. Daß Sir John reich belohnt werden würde mit ihrer ewigen Dankbarkeit und einer großen finanziellen Entschädigung. Maria wußte genau, was sie zu sagen hatte.

Aber irgendwie lenkte Sir John sie ab. Ein Blick auf ihn – und Maria spürte, wie ihre Gedanken durcheinandergerieten und sie all ihre einstudierten Worte vergaß.

Nun, wenn sie ihre kleine Rede loswerden wollte, dann sollte sie besser schnell damit beginnen, solange sie noch die Gelegenheit dazu hatte. »Ich ... ich bin hierhergekommen, Sir John, um Euch unserer großen Dankbarkeit – Isabels und meiner – für all das, was Ihr für uns getan habt, zu versichern.«

»Isabel!«

Maria sah ihn erschrocken an. Hatte sie soeben den Namen ihrer Tante genannt?

Der Kommandant zuckte mit den Schultern. »Nun, jetzt kenne ich wenigstens den Namen Ihrer Begleiterin. Und ihre Beziehung? Zu Euch, meine ich.«

Maria überlegte einen Augenblick und wog ab, welche Gefahren mit der Wahrheit verbunden waren. Aber soweit sie es absehen konnte, waren es keine. Irgend etwas in ihr sagte ihr, daß es das beste wäre, so nah an der Wahrheit zu bleiben wie möglich. Sie hatte wenig Erfahrung im Lügen, aber es schien ihr, es würde später um so leichter fallen, bei dem einmal Gesagten zu bleiben, je weniger man erfand.

»Meine Tante. Lady Isabel ist meine Tante.«

»Und seid Ihr und Isabel allein auf Reisen gewesen? Oder waren noch weitere Familienangehörige an Bord, als das Schiff angegriffen wurde?«

»Allein?« wiederholte sie. Wieder hatte er sie in der Hand und diktierte die Richtung, die das Gespräch nahm, aber das durfte Maria nicht zulassen. Sie versuchte, ihre Gedanken zu sammeln, aber noch nie in ihrem Leben hatte sie sich dermaßen all ihrer Worte beraubt gefühlt. »Nein, sonst war niemand von unserer Familie mit auf Reisen.«

John wollte gerade eine weitere Frage stellen, machte aber sofort wieder den Mund zu, als Maria ihre Hand hob. Er blickte fragend in ihr ernstes Gesicht.

»Ich will alles, soweit es möglich ist, erklären«, sagte sie ruhig. »Aber bitte stellt mir im Augenblick keine weiteren Fragen.«

»Wenn Ihr das wünscht, natürlich«, antwortete John, kaum von der offensichtlichen Gequältheit der jungen Frau überrascht. Sie hatte ihr Gesicht abgewandt, und John betrachtete ihr Profil: Ruhelos wanderten ihre Augen umher, und er konnte sehen, wie ihr Puls unter der hellen Haut ihres schlanken Halses flatterte.

Eine solche Reaktion hatte er noch nie bei einer Frau, die älter als sechzehn Jahre war, hervorgerufen. Sie schien Angst vor ihm zu haben, und das fand er einfach furchtbar. Er fragte sich, ob er nicht doch zu rauh mit ihr umgesprungen war. Vielleicht übte er zuviel Druck mit seinen Fragen aus. Er mußte etwas anderes versuchen.

»Aber ich habe Sorge«, setzte er mit einem Lächeln fort, »daß wir, wenn ich Euch keine weiteren Fragen mehr stelle, hier in vollkommener Stille sitzen, bis Ihr – auch noch jedes Interesse an meinen Händen verlierend – merkt, daß es keinen Grund mehr gibt, noch länger hierzubleiben, und Ihr dann fortgeht.«

Maria starrte in sein freundliches Gesicht. »Und was wäre falsch daran? Wenn ich gehen würde?«

»Einiges, würde ich meinen!« sagte John bestimmt. »Zum einen ginge ich Eurer angenehmen Gesellschaft verlustig. Zum anderen, und das ist wichtiger, muß ich doch für Eure Sicherheit sorgen.«

»Für meine Sicherheit?« rief sie aus.

»Jawohl. Lady Caroline könnte da draußen herumstehen und darauf warten, daß Ihr herauskommt.«

»Aber Ihr laßt doch meine Tür bewachen.«

»Ja«, antwortete er, »Eure Tür schon.«

Maria blickte ihn unsicher an. »Ihr wollt damit doch nicht etwa sagen, daß ich Schutz brauche, wenn ich aus Eurer Kajüte trete?«

»Nein, meine Liebe«, John beugte sich zu ihr vor und sprach im vertraulichen Ton weiter. »Nicht Ihr. Wir sprechen von *meinem* Schutz.«

»Sicher machte er seine Scherze mit ihr, aber Maria fand keine weiteren Hinweise darauf in seinem Gesicht.

»Entschuldigt, Sir John, aber Ihr seht wahrhaftig nicht so aus, als bräuchtet Ihr Schutz vor irgend etwas oder irgend jemanden.«

»Aber es stimmt«, sagte John, zog seinen Stuhl noch näher an sie heran und senkte seine Stimme zu einem Flüstern. »Während nämlich die Lady hinter der einen Ecke wartet, steht ihr Ehemann hinter der nächsten. Beide scheinen erpicht darauf zu sein, mir bei der erstbesten Gelegenheit zu schaden.«

»Euch?«

»Ja, mir«, sagte John.

Maria sah ihn zweifelnd an. »Aber warum?«

John schüttelte den Kopf und warf ihr dann einen bedeutsamen Blick zu. »Kann ich im Vertrauen mit Euch reden?«

Maria sagte nichts, sondern betrachtete nur sein Gesicht. Sie hatte das sichere Gefühl, daß er seine Scherze mit ihr trieb, aber abgesehen von einem Zucken seines Lides verriet ihn nichts. Nun, es schadete nicht, wenn er sie für vertrauenswürdig hielt. Sie nickte, wenn auch etwas zweifelnd.

»Ihr müßt mir versprechen, dies niemandem zu erzählen. Nicht einmal Eurer Tante.«

»Um wen geht es bei dieser Vertraulichkeit?« fragte sie.

»Um Lady Caroline natürlich. Und ihren Ehemann, Sir Thomas Maule.«

Maria nickte. »Ihr habt mein Wort.«

John rückte mit seinem Stuhl noch näher an die junge Frau heran. Er kämpfte damit, sein Lächeln zu verbergen, als sie sich zu ihm hin beugte. Wenn er mit Klatschgeschichten ihren Widerstand brechen und die Angst vor ihm vertreiben konnte, dann würde er Märchen und Verleumdungen nur so erfinden, daß sogar ein Betrüger stolz darauf wäre.

»Sir Thomas Maule«, flüsterte er, »Lady Carolines Gatte. Ihr habt ihn kennengelernt, oder nicht?«

Maria schüttelte den Kopf. »Nein, das habe ich nicht. Es sei denn, er gehörte zu den Männern, die zusahen, als Ihr uns an Bord holtet.«

»Ja, das tat er.« John stützte sich auf seine Knie. »Nun, Ihr müßt wissen, der Mann ist rund zwanzig Jahre älter als Lady Caroline.«

»Ist das so schlimm?« fragte Maria neugierig. Was sie selbst anging, war sie ein Jahr älter als ihr Ehemann gewesen und würde sieben Jahre älter als der schottische König sein.

»Das kann ich nicht sagen, Maria, doch ich kann auch nicht sagen, daß es das nicht ist. Ich denke, es hängt von den Umständen ab. Lady Caroline ist achtundzwanzig Jahre alt. Noch immer jung, aber kaum mehr ein Mädchen zu nennen. Das eigentliche Problem besteht darin, daß der Altersunterschied Sir Thomas zu schaffen macht.« John beobachtete ihr Mienenspiel. Sie wirkte so jung. »Wie alt seid Ihr, Maria? Wenn ich fragen darf?«

»Dreiundzwanzig.«

»Ach, tatsächlich?« John hob erstaunt eine Augenbraue. »Ich bin zweiunddreißig.«

»Neun Jahre Unterschied. Das scheint mir nicht viel für ...«

Maria hielt unvermittelt inne, senkte ihr gerötetes Gesicht und sah auf ihre bandagierten Hände, die in ihrem Schoß lagen.

Dieses Mal verbarg John sein Lächeln nicht, wollte aber den einmal gewonnenen Boden nicht wieder verlieren. Er reichte ihr ihren Becher.

Erleichtert nahm sie ihn und hob ihn an ihre Lippen.

»Ja genau, neun Jahre. Aber wo war ich stehengeblieben?«

Sie reichte ihm den Becher. »Ihr wart dabei, mir von Sir Thomas zu erzählen.«

»Ja.« Geistesabwesend betrachtete John den leeren Becher in seinen Händen. Ohne darüber nachzudenken, wischte er mit seinem Finger einen daranhängenden Tropfen ab und fuhr sich über seine Lippen.

Maria beobachtete jede seiner Bewegungen.

»Dies ist Sir Thomas' zweite Ehe«, sagte John schließlich, aus seinen Träumen auftauchend.

»Das habe ich angenommen, Sir John. Mistreß Janet ist eine reizende Frau.«

»O ja, natürlich. Das ist wahr. Ihr kennt ja das Mädchen.«

»Was ist mit seiner ersten Frau geschehen?«

»Ein Fieber hat sie ihm genommen. Das muß vor fünf Jahren gewesen sein.« John drehte den Becher langsam in seiner Hand. »Sie war eine gute Frau, glaube ich. Mistreß Janet scheint mir ein Mensch zu sein, der in Liebe aufgewachsen ist. Aber diese zweite Ehe nun ...«

»Da ist keine Liebe im Spiel«, sagte Maria ernst.

John lächelte innerlich. Er liebte es, den Teufel zu spielen. Er war sich sicher, daß kaum etwas über die Ehe zwischen Sir Thomas und Caroline nicht Gegenstand der Gerüchteküche des Hofes war. Was er mit seiner kleinen Plauderei hier erreichen wollte, war, mehr von der grünäugigen Schönheit zu erfahren, die ihn nun ganz gespannt ansah.

Er fragte sich, welche Geheimnisse sie wohl preisgeben würde.

»Liebe?« John dachte nach. »Naja, ich weiß nicht. Die meisten Leute denken dieser Tage doch, daß eine Ehe nicht viel mit Liebe zu tun hat. Um ehrlich zu sein, dieser Meinung möchte ich mich nicht anschließen, aber bei Sir Thomas weiß man nicht so recht.« John setzte den Becher vorsichtig auf dem Tisch ab.

»Ich selbst bin nicht verheiratet, aber ich frage mich, ob es möglich ist, mehr als einmal im Leben zu lieben?«

Maria sah ihn an, um eine Antwort auf die Frage verlegen.

»Ihr wißt bestimmt, was ich meine.« John ließ nicht lokker. »Ihr habt mir erzählt, daß Ihr schon einmal verheiratet wart. Könntet Ihr jemals wieder lieben – jemals wieder aus Liebe heiraten –, nachdem Ihr die Liebe und Zuneigung Eures ersten Mannes erfahren habt?«

Maria starrte auf ihre Hände. Wie konnte sie nur so dumm gewesen sein, das Thema Liebe in bezug auf Ehe aufzubringen? Plötzlich ging es um sie, und sie hatte keine Ahnung, was sie antworten sollte. Was wußte sie schon von einer echten Ehe? Wann hatte sie je die Liebe eines Ehemanns empfunden? Wann hatte sie geliebt?

»Euer Bild von der Ehe ist ein wenig wirklichkeitsfremd, Sir John.«

Im Bruchteil einer Sekunde hatte ihr Gesichtsausdruck von ernst zu verzagt gewechselt, und John wußte, daß er sich nun in schwierigen Gewässern bewegte. Aber untergründig trieb ihn eben dieser Ausdruck einer Empfindung an, weiterzusprechen.

»Wie lange wart Ihr eigentlich verheiratet, Maria?«

Sie sah ihn an. »Vier Jahre.«

»War es eine Liebesheirat?« John glaubte die Antwort auf diese Frage zu kennen, aber er wollte sie von ihr hören.

Maria schwieg einen Moment und schüttelte dann den

Kopf. »Nein, es war eine arrangierte Ehe ... zu dem ... nun, zu dem wechselseitigen Nutzen unserer Familien.«

Plötzlich spürte die junge Frau, daß ihr Knie das seine berührte, und trotzdem folgte sie nicht der Notwendigkeit – oder auch nur dem Bedürfnis –, es wegzubewegen. In den vier gemeinsamen Jahren, dachte sie, war sie nie allein mit ihrem Mann Louis zusammen gesessen, nie hatten sie so miteinander gesprochen. Nur während seiner seltenen und allzu kurzen Besuche in ihrem Bett waren sie allein gewesen. Sie erinnerte sich an jene schrecklichen Momente. Von Anbeginn an hatte sie gewußt, daß Louis andere ... nun, daß er andere Interessen hatte. Und dann hatte er seine Truppen gegen die von Suleiman den Prächtigen angeführt, und das war es gewesen.

John sah, wie sie sich innerlich zurückzog. »Nun, warum auch immer die beiden geheiratet haben mögen – und welche Gefühle Lady Caroline auch für ihren Mann hegen mag –, ich glaube, daß zumindest Sir Thomas so sehr in seine Frau vernarrt ist, daß man seine Gefühle für Liebe halten könnte. Und das führt uns zu dem Grund, warum er möchte, daß ich tot bin.«

»Tot?« wiederholte sie, erschreckt von dem unheilvollen Ton in seiner Stimme. »Aber warum nur?«

»Offensichtlich denkt er, ich hätte eine Affäre mit seiner Frau.«

Marias Augen verengten sich. »Und? Habt Ihr die?«

John schüttelte seinen Kopf. »Nein, ich habe keinerlei Interesse an ihr. Ich halte nichts davon, etwas mit einer verheirateten Frau anzufangen.«

»Nun, Sir John«, murmelte sie und sagte das erstbeste, was ihr durch den Kopf ging, »das ist ... ehrenwert.« Sie fragte sich jedoch, ob sie ihm wirklich Glauben schenken konnte. Er war anziehend genug, daß er mit welcher Frau auch immer eine Affäre beginnen konnte.

»Danke.« John strich über die Spitzen ihrer bloßliegenden Finger und sah, wie sie den Impuls, ihre Hände wegzuziehen, unterdrückte. »Aber ich glaube nicht, daß Sir Thomas sich allein durch meine Worte beruhigen läßt.«

Die Neugier vertiefte das Jadegrün ihrer Augen, und sie lehnte sich nach vorn, um seinen Blick aufzufangen und sein Gesicht eingehend zu betrachten. »Aber es muß einen Grund für seine Annahme geben, Sir John«, sagte sie. »Ich nehme doch an, daß die Männer von Schottland nicht aus Gewohnheit Vorwürfe so schwerer Art erheben, wenn nicht irgend etwas ihre Vermutungen bestätigt, ihren Verdacht hervorgerufen hat. Warum sollte er Euch verdächtigen und nicht die anderen Männer auf dem Schiff? Warum überhaupt kann er seiner Frau nicht vertrauen? In meiner Heimat ist es sehr unehrenhaft für eine Frau, einen solchen Verdacht auf sich zu ziehen.«

»Für einen Mann nicht?« konnte sich John nicht enthalten zu fragen.

»Das wißt Ihr so gut wie ich, Sir John. Männer unterliegen anderen Wertvorstellungen. Aber in diesem Fall scheint ja auch die Treue der Frau in Frage zu stehen und nicht nur die Eure, nicht wahr?«

Der Highlander erhob sich von seinem Stuhl und ging durch die Kajüte zu einem der Fenster. Dort blieb er stehen, wandte sich um und sah sie forschend an, als ob er versuchte, zu einer Erleuchtung zu finden. Unvermittelt ging er wieder zurück und setzte sich vor sie hin. Nun konnte er sich ihrer vollen Aufmerksamkeit sicher sein.

»Lady Caroline war einmal meine Geliebte«, erklärte er. Auf ihrem Gesicht zeichnete sich Mißbilligung ab, doch er fuhr fort. »Lange bevor sie diesen Mann heiratete. Und unserer beider Liaison war beendet, als die beiden heirateten.«

»Wie lange war sie Eure Geliebte?« fragte Maria unter gesenkten Augenlidern. Jetzt konnte sie die Eifersucht des armen Ehemanns besser verstehen.

John unterdrückte ein Lachen. Ihr Tonfall und Verhalten zeigten offen ihren Tadel. Aber zu sehen, wie Maria aus ihrem Schneckenhaus kam, war die Gefahr, die mit einem solchen Geständnis verbunden war, durchaus wert. »Sieben Jahre.«

»Sieben Jahre?« fragte sie ungläubig. »Das ist ja länger als ich verheiratet war.«

»Sie war eine freie Frau«, brachte John zu seiner Verteidigung vor. »Und es stand ihr auch frei, ihre Zeit mit wem sie wollte zu verbringen.«

»Sieben Jahre!« wiederholte Maria.

»Und es gab andere Männer in ihrem Leben«, John versuchte weiter, seine Unschuld zu beteuern. »Ich hatte viele, viele Monate eines jeden dieser Jahre auf See verbracht. Und in diesen Zeiten konnte sie tun und lassen, was sie wollte.«

»Der arme Sir Thomas.« Maria schüttelte mißbilligend ihren Kopf. »Welche Qualen muß der Mann durchstehen?« Sie sah ihn durchdringend an. »Ihr scheint nicht zu leiden.«

»Das glaubt Ihr nicht?« protestierte John. »Hier bin ich, verfolgt von ihrem Gatten wegen etwas, an dem ich vollkommen unschuldig bin. Und gleichzeitig weiß ich natürlich … daß …«

»Was wißt Ihr?« drang Maria auf ihn ein und berührte dabei unbewußt seine Hand.

John rückte näher an sie heran und flüsterte ihr zu: »Ich weiß, daß sie mich noch immer bevorzugen würde. Trotz meiner Anstrengungen, sie zu entmutigen, will sie mich noch immer.«

»Aber sie ist doch verheiratet!« Maria schüttelte ihren Kopf. Mein Gott, was für ein behütetes Leben hatte sie doch geführt. Bislang.

»Ich bekomme langsam den Eindruck, daß das Ehegelübde ihr nicht viel bedeutet.«

»Aber Euch bedeutet es doch hoffentlich etwas«, platzte sie heraus und wartete auf seine Bestätigung.

John nickte. »O ja. Ich möchte nichts mit ihr zu tun haben. Ich liebe sie nicht. Ich interessiere mich nicht für sie, und ich möchte, daß sie sich von mir fernhält. Das ist ja wohl auch nicht zuviel verlangt? Es wäre tatsächlich für mich und meine Familie sehr unehrenhaft, wenn ich Sir Thomas töten müßte, während wir … nun, während wir uns auf dieser Fahrt befinden.«

»Ihn töten?« Maria war schockiert.

»Naja, um mich selbst zu verteidigen. Wenn ich dazu gezwungen wäre.«

»Könnte es denn dazu kommen?« Das Ganze schien eine viel ernstere Angelegenheit zu sein, als sie angenommen hatte.

»O ja, das könnte es«, antwortete John ehrlich. »Der Mann ist für sein Temperament bekannt, er ist ein Hitzkopf – und es mangelt ihm an Vertrauen in seine neue Frau. Je nach dem, wie sich Caroline verhält, wird an Bord dieses Schiffes Krieg oder Frieden herrschen. Und das könnt Ihr mir glauben – für den Frieden bete ich.«

Maria sah ihn an. Trotz seiner Neigung, sie aufzuziehen, schien der Seemann jetzt die Wahrheit zu sagen. Nichts als die Wahrheit. »Warum erklärt Ihr das nicht Lady Maule? So, wie Ihr es mir gerade erklärt habt? Warum macht Ihr ihr nicht die gefährlichen Konsequenzen eines solchen Verhaltens klar?«

»Das habe ich, Maria, vor langer Zeit schon. Und ich hatte dummerweise angenommen, sie hätte mich verstanden. Aber jetzt weiß ich, daß es ein Irrglaube war anzunehmen, wir wären miteinander fertig.«

»Und Ihr denkt, ihr Ehemann weiß Bescheid?« Sie sah ihn an. »Ihr glaubt, er weiß von ihren Absichten? Und meint, er verdächtigt Euch?«

»Sir Thomas wäre mit Blindheit geschlagen oder ein Dummkopf, einen solchen Verdacht eben nicht zu hegen«, erklärte John mit einem Nicken. »Und er ist keines von beiden. Ja, diese Frau macht ihn verrückt vor Eifersucht, und sie weiß nicht, wann es genug ist. Er ist ein Mann, Maria. Nur ein Mann. Ich weiß, wie es mir an seiner Stelle erginge. Männer sind getrieben von ihrem Ehrgefühl und ihren Besitzansprüchen.«

»Frauen sind also Besitztümer, oder was meint Ihr?« gab sie sarkastisch zurück.

John hatte sich ungeschickt ausgedrückt, und er wußte es. Aber er hatte nur beschrieben, wie viele Männer ihre Frauen tatsächlich behandelten. Zumindest glaubte er das. »Ihr habt eine Frage gestellt. Ich glaube, daß Sir Thomas fälschlicherweise annimmt, daß ich noch immer an seiner Frau interessiert bin.«

Maria lehnte sich zurück, unfähig, ihren Blick von ihm abzuwenden. John neigte seinen Kopf zur Brust und sann über die Lage nach. Die Falte zwischen seinen Brauen vertiefte sich. Er hatte Maria in einer äußerst persönlichen Angelegenheit ins Vertrauen gezogen. Eine Strähne seines Haares entwand sich seinem Schopf und fiel ihm in die Stirn. Sie wünschte, sie berühren zu können. Er war so offen gewesen und hatte so vieles von sich offenbart. Als sie sich noch einmal durch den Kopf gehen ließ, über was sie alles gesprochen hatten, fühlte sie sich in einer unbestimmten Weise geehrt. Der Gedanke, seine Vertraute zu sein, erregte sie. Aber dann hielt sie inne, denn plötzlich kam ihr die Frage nach seinen Beweggründen in den Sinn. »Warum erzählt Ihr mir das alles?«

»Weil ich Eure Hilfe brauche.« Der Blick des Kommandanten war offen, und in seinem Gesicht wie in seiner Stimme lagen nun keine Anzeichen mehr von Heiterkeit.

»Meine Hilfe?« Ungläubig hob sie ihre Augenbrauen.

»Ja«, sagte er ruhig. Ihr könntet mir sehr helfen, was diese Angelegenheit angeht.«

»Aber Ihr habt mich erst gestern kennengelernt. Welche Hilfe könnte ich Euch schon bieten?« So aufregend es war, sich vorzustellen, daß er ihre Hilfe suchte, und so einladend ihr die Aussicht auch schien, mehr Zeit mit ihm zu verbringen, hatte sich Maria doch, wenn sie ehrlich war, wenig um die Wachsamkeit Lady Carolines gekümmert. Davon abgesehen wollte Maria so wenig Aufmerksamkeit wie möglich auf sich und ihre Tante ziehen, vor allem in Anbetracht von Isabels Zustand. Das letzte, was ihnen fehlte, war, in die schmutzige Affäre zwischen einem attraktiven schottischen Kapitän und seiner eifersüchtigen Ex-Geliebten hineingezogen zu werden.

»Ihr wißt noch gar nicht, um was ich Euch bitten will, und schon überlegt Ihr Euch, wie Ihr es am geschicktesten ablehnen könnt.«

»Nun, natürlich. Es ist alles so … so …« Sie schüttelte ihren Kopf, ohne auf seine Worte einzugehen.

John Macpherson stützte sich mit seinen Ellbogen auf

den Knien auf und lehnte sich zu ihr vor. Ihr trotzig vorgeschobenes Kinn und die Ungehaltenheit, die in ihren Augen aufblitzte, machte sie in seinen Augen nur noch interessanter. Ja, er hatte ihr Innerstes nach außen gekehrt, und was er nun vor sich sah, gefiel ihm. Sie war so vollkommen ungekünstelt.

»Ich dachte, wir könnten vielleicht eine Vereinbarung treffen, aber wenn ich Euer Zögern sehe, Euer durchaus verständliches Zögern ...« Seine Worte versiegten.

»Eine Vereinbarung?« fragte sie, ihre Augen direkt auf ihn gerichtet. »Was meint Ihr damit?«

John erwiderte ihren Blick. »Warum wolltet Ihr mich sehen, Maria?«

Sie erstarrte plötzlich, dann öffnete sie ihren Mund zu einer Erklärung und schloß ihn wieder, ohne etwas gesagt zu haben. War sie so leicht zu durchschauen?

»Ihr seid doch nicht nur hierhergekommen, um mir für Eure Rettung zu danken? Das hättet Ihr genausogut gestern abend in Eurer Kajüte machen können oder wenn ich Euch das nächstemal besucht hätte.« John sah auf ihre Hände. »Und Ihr seid auch nicht gekommen, um Euch Hilfe wegen Eurer Verletzungen zu holen, denn die zu leisten habt Ihr mir bislang nicht gestattet. Was könnte also der Grund Eures Kommens sein?« Einen Augenblick ließ er seinen Blick auf ihren Lippen verweilen, lange genug, daß sie errötete, und dann schüttelte er seinen Kopf. »Nein, nachdem ich Euch ein wenig näher kennenlernen durfte, hege ich keinerlei Hoffnungen, daß der Anlaß für Euren Besuch der Wunsch nach einem Liebesabenteuer ist.« Johns Augen bohrten sich in die ihren. »Ihr wollt etwas, Maria, aber ich weiß nicht, was. Nur bin ich ehrlich genug zuzugeben, daß auch ich etwas will. Daher halte ich es nicht für völlig unmöglich anzunehmen, daß wir vielleicht ... nun ja, zu einer Art Vereinbarung kommen könnten.«

Ihr Gesicht war bei der Direktheit seiner Worte heiß geworden, in ihrem Kopf jagten sich die Vermutungen darüber, was er in bezug auf seine Wünsche gesagt hatte. Jetzt war für sie die Gelegenheit gekommen. Er hatte ihr eine

Möglichkeit geboten. Wenn sie sich nur dazu durchringen konnte, ihre Bitte auszusprechen, dann ließe sich vielleicht verhindern, daß sie nach Antwerpen zurückkehrten. Maria zwang sich, ruhig zu bleiben.

»Was Ihr sagt, ist wahr«, antwortete sie und versuchte dabei, ihre Hände still in ihrem Schoß zu halten. »Ich kam hierher, um eine Bitte zu äußern. Bevor ich diese nun aber offenlege, müßt Ihr mir die Eure verraten.«

John nickte zustimmend. »Gut, meine Liebe. Das ist nur gerecht. Meine Bedingungen sind die folgenden: Ich sage Euch, wie Ihr mir helfen könnt, und dann müßt Ihr Euch entscheiden, ob Ihr mein Angebot annehmt oder ablehnt.«

Da war keine Freundlichkeit, keine Zuvorkommenheit mehr in der Stimme des Mannes. Er wirkte geradezu geschäftsmäßig. Aber damit konnte Maria gut umgehen. Schließlich nickte sie.

»Ich möchte, daß Ihr meine Geliebte werdet.«

»Eure Geliebte?« brach es aus der jungen Königin heraus, und sie sprang auf ihre Füße. Der Stuhl kippte mit einem lauten Krachen auf den Boden.

»Ja«, antwortete John ernsthaft und ohne sich zu regen. »Ich möchte, daß Sir Thomas überzeugt ist, daß ich an seiner Frau kein Interesse habe.«

»Sir Thomas? Ihr … So etwas könnte ich nicht … Ich habe nie …«

John lächelte angesichts ihres Stotterns und ihrer Ungläubigkeit, die drohte sich sehr bald in einen grünäugigen Wutanfall zu verwandeln.

»Wir tun doch nur so als ob«, setzte er fort, um ihrer Wut die Spitze zu nehmen.

»Nein! Niemals!« brachte sie gerade noch heraus. Maria holte tief Atem und versuchte sich zu beruhigen. Sie verschränkte ihre Arme vor der Brust, wandte sich um und sah zu der geschlossenen Tür. »Ich denke, ich …«

»Ja, aber bevor Ihr geht, würde ich gerne etwas erklären.«

»Das ist nicht nötig, Sir John. Ihr habt Eure Absichten vollkommen klar dargelegt«, sagte sie kurz angebunden, drehte sich um und nahm ihren Mantel von dem Wandhaken.

»Ihr müßt ganz einfach Euch … meinen Vorschlag erläutern lassen.«

»Nein, so etwas muß ich mir ganz bestimmt nicht erläutern lassen!« Maria starrte ihn an, während sie sich wutentbrannt bemühte, den Mantel um ihren Hals festzubinden.

John sah das Mißtrauen in ihrem verärgerten Gesicht. Er wußte, daß er sie vielleicht dazu zwingen könnte, ihm zuzuhören, aber das würde nur dazu führen, daß sie Angst vor ihm bekäme. Und das war nicht gerade das, was er wollte. »Ich dachte, Ihr wärt eine vernünftige Frau.«

Ihre Augen verengten sich. »Offensichtlich habt Ihr Euch geirrt!« Die junge Frau drehte sich um und ging auf die Tür zu.

Er sprang auf die Füße und war vor ihr dort angelangt.

Als Maria merkte, daß er sich ihr in den Weg stellen wollte, stieg Panik in ihr auf. Sie blieb stehen und wandte ihren Blick nicht von dem weißen Leinen seines Hemdes. John sagte nichts. Langsam hob Maria ihren Blick. »Ich möchte gehen«, sagte sie ruhig, und das Zittern in ihrer Stimme war kaum zu hören.

»Maria, ich weiß, daß meine Worte unverschämt geklungen haben. Ich möchte mich dafür entschuldigen. Aber bevor Ihr geht, wünschte ich, Ihr würdet es zulassen, daß ich mein Angebot darlege. Ich möchte nur, daß Ihr mir zuhört, nur einen Moment. Nicht länger.« John trat zur Seite und gab ihr die Möglichkeit zu gehen, falls sie das wirklich tun wollte. Offensichtlich aus der Fassung gebracht, rührte sich die junge Frau nicht vom Fleck, aber der Kommandant wußte, daß er schnell sein mußte, bevor sie sich doch dazu entschloß zu gehen.

»Alles, was ich will, Maria, ist, daß Ihr mit mir ein wenig Zeit verbringt. Ganz unschuldig«, fügte er zur Klarstellung hinzu. »Der Grund, warum ich das Wort ›Geliebte‹ gebraucht habe, ist, weil Caroline Maule in solchen Kategorien denkt. Ich möchte nicht mehr, als daß es so aussieht, Maria. Nicht mehr.«

Maria war wie angewachsen stehengeblieben, sie kam sich dumm vor, sogar albern. Er hatte lediglich dieses Wort in den Mund genommen, in Wirklichkeit jedoch nichts Unschickliches gewollt. Offensichtlich hatte sie sich über nichts und wieder nichts aufgeregt. »Aber es ist doch Sir Thomas, von dem die Gefahr ausgeht«, sagte Maria. »Er kennt mich nicht und wird daher kein Wort von dem glauben, was ich sage.«

»Ihr werdet gar nichts sagen müssen«, unterbrach John sie. »Euch mit mir zu sehen wird Sir Thomas schon beruhigen.«

Maria versuchte klar zu denken. Es ging alles so schnell. Seine Bitte, ihr Wutanfall. Und jetzt die Darlegung seines Plans. Sie sah ihm in die Augen. Er wirkte immer noch so geschäftsmäßig. Sie wünschte, sie könnte derart gelassen sein.

»Bitte überlegt es Euch, Maria.«

In ihrem ganzen Leben hatte sie noch nie etwas auch nur annähernd Ähnliches überlegen sollen. Nie. Maria, Königin von Ungarn, Schwester des Herrschers über das Heilige Römische Reich – die Geliebte von Sir John Macpherson. Nun, nicht wirklich seine Geliebte, verbesserte sie sich schnell. Aber war das vielleicht besser, als seine zukünftige Königin zu sein?

»Nur darum bitte ich Euch«, sagte John und unterbrach ihre Gedanken. Er konnte die widerstreitenden Gefühle von ihrem Gesicht ablesen. Als sie zu ihm aufblickte, nickte er ernst. »Erzählt mir nun, um was zu bitten Ihr gekommen seid.«

»Ich wollte Euch bitten …« Sie hielt inne und schluckte. Wenn sie ihm antwortete, würde er vielleicht glauben, daß sie seinen Vorschlag angenommen hatte. »Ich muß darüber nachdenken. Worum Ihr mich bittet, ist nicht … nun, so etwas ist völlig neu für mich. Aber wenn Ihr hören wollt, worum ich Euch bitte: Ich möchte nach Dänemark gebracht werden.«

»Dänemark?« entfuhr es ihm. »Aber wir sind auf dem Weg nach Antwerpen.«

»Dänemark«, sagte sie entschieden. »Das ist meine Bedingung.«

John erwiderte ihren direkten Blick. Er wußte, daß es außer Frage stand, daß die *Great Michael* den Kurs änderte und Dänemark ansteuerte … es sei denn, der Nebel würde sie dazu zwingen. Ansonsten konnte er es nicht rechtfertigen, mit einer Flotte von vier Schiffen nach Osten zu segeln, zwei Tagesreisen vom eigentlichen Kurs abzukommen. Aber es gab keinen Grund, warum sie das wissen sollte, entschied er. Und wenn sie in Antwerpen angekommen waren, würde er den beiden eine Passage zahlen, wohin auch immer sie wollten.

Aber erst dann, dachte er.

»Dänemark.« Der Kommandant nickte ernst. »Gut, wenn Ihr mein Angebot annehmt, bringe ich Euch nach Dänemark.«

Kapitel 7

Der Arzt drehte die reich verzierte Brosche in seinen knochigen, gelblichen Händen. Er hielt den glänzenden roten Stein an die einzige Kerze in dem dunklen Raum und beugte sich vor, um den Wert des Schmuckstücks schätzen zu können.

Caroline Maule schritt durch den Raum und nahm ihm die Brosche wieder aus der Hand.

»Das reicht fürs erste.« Mit finsterem Blick sah sie den verärgerten Mann an, der jetzt mit leeren Händen dastand. »Beantwortet meine Fragen, und Ihr dürft sie behalten.«

Der Mönch nickte nervös die große, einen Schritt vor ihm stehende Adelsfrau an. Er hatte Durst. »Sie kommen aus Spanien. Das ist sicher. Und reich sind sie dazu. In das Kleid der alten Frau ist ein Goldfaden eingewebt. Gar nicht von den Juwelenringen zu sprechen, die sie an jedem ihrer Finger trägt.«

Caroline sah, wie die Augen des kleinen Mannes zu den Flaschen wanderten, und nahm die Brosche vom Tisch.

»Was noch? Was noch?« brach sie ungeduldig hervor. »Was weißt du von der Jüngeren? Sind sie von Adel?«

»Nun, das würde ich doch schwer annehmen«, antwortete der Arzt, während sein Blick zwischen den Flaschen und der Brosche in der Hand der Frau hin und her wanderte. Ein zu der Brosche passender Ring blitzte plötzlich im Kerzenlicht auf und hielt seinen Blick gefangen. »Aber die beiden sind nicht gerade gesprächig – die Kleine noch weniger als die Ältere. Keine hat etwas gesagt, was ihren Rang verraten könnte – oder auch ihr wahres Vermögen.«

»Du mußt doch mehr wissen!« Caroline stampfte mit ihrem Fuß auf. »Er hat ihnen die Kajüte der Königin überlassen. Dafür muß es doch einen Grund geben. Irgend etwas verbirgt er vor uns.«

Der Mönch zuckte mit den Schultern. »Ich sage Euch, Ihr macht aus einer Mücke einen Elefanten. Ich bin zwar nicht gerade ein Freund dieses Mannes, aber Macpherson ist bekannt für eine solch eigentümliche Art der Zuvorkommenheit. Seine Männer erzählen, daß er selbst zu der Zeit, als er noch alles kaperte, was seinen Weg kreuzte – ob Engländer, Spanier oder Flamen –, ein zu großes Herz hatte, die Opfer dem Tod im Meer zu überlassen. Allerdings ist das gar nicht dumm, denn wenn man jemanden rettet, erhält man ein Lösegeld, und der Ruf verbessert sich noch dazu. Deshalb, sagen sie, nennt man ihn Jack Heart. Da gibt es so eine Geschichte, die mit einem brennenden Schiff zusammenhängt und ...«

»Sei still, du Dummkopf!« fuhr Caroline ihn an. »Ich bezahle dich nicht dafür, daß du mir irgendwelches Geschwätz oder das Seemannsgarn betrunkener Matrosen auftischst. Ich möchte mehr von den Frauen wissen. Über die jüngere der beiden. Ich möchte wissen, warum er sie so zuvorkommend behandelt.«

Die Augen des Arztes wanderten noch einmal von der Flasche zu Carolines Ring. »Vielleicht hat er ja ein Auge auf sie geworfen. Sie sieht schließlich ganz nett aus, die Kleine.«

Caroline warf ihm einen ihrer tödlichsten Blicke zu. »Ihr sprecht über John Macpherson. Wenn er nur hinter ihren Röcken her wäre, hätte er sie gleich zu sich in die Kajüte bringen lassen. Nein, nein, da muß etwas anderes dahinterstecken.«

John zählte gewiß nicht zu den Männern, die einer Frau lange den Hof machten. Caroline erinnerte sich noch, wie sie sich in Stirling kennengelernt hatten. Zu guter Letzt war sie noch am selben Tag in seinem Bett gelandet. Und es war unglaublich gewesen. Wenn sie sich an seine Fähigkeiten als Liebhaber erinnerte, erschauerte sie unwillkürlich. Er hatte allerdings auch nie versäumt, ihre Talente zu genießen. Das Bett war eigentlich der einzige Ort gewesen, an dem es keinen Streit zwischen ihnen gegeben hatte.

»Ich würde sagen, Lady Caroline, wenn Ihr zu der Brosche noch den Ring legt, könnte ich vielleicht das Dienstmädchen überzeugen, das herauszufinden, was Ihr wissen wollt.« Bevor Caroline verärgert einen Einwand erheben konnte, sprach der Mönch schnell weiter. »Ich wette, die Kleine weiß jetzt schon mehr über die beiden als selbst Sir John.«

Caroline hielt ihm noch einmal die Brosche hin und steckte sie dann mit einer verächtlichen Miene in ihre Rocktasche.

»Überbringe mir, was sie weiß, und wenn es mehr wert ist als das, was du mir bereits erzählt hast, bekommst du beides, die Brosche und den Ring.«

Mit einer schnellen Bewegung zog sich Caroline die Kapuze ihres Mantels über den Kopf und ging zur Tür. Das Gespräch war reine Zeitverschwendung gewesen, und sie würde ganz bestimmt nicht auch noch ihren Schmuck darauf verschwenden. Sie hätte ihrem ersten Impuls folgen und noch einmal zu John gehen sollen.

Als sie durch die Tür trat, zuckte ein böses Lächeln über ihr Gesicht. Ja, genau das würde sie tun, aber dieses Mal würde sie es anders angehen.

Sie wollte ihn. Diese Maria war bloß ein kleines Hindernis, und Caroline würde sie wie Staub aus dem Weg fegen. War sie schließlich nicht Caroline Douglas? Von einer solchen unbedeutenden Figur würde sie sich gewiß nicht zur Verzweiflung bringen lassen.

Sie wollte John Macpherson. Und sie kannte ihn – in jeder Hinsicht.

Maria vergaß ihre eigene Verlegenheit und fiel ihrer Tante ins Wort. »Isabel, bitte. Mir schien es eine Möglichkeit zu sein, nicht nach Antwerpen zurückkehren zu müssen. Also ergriff ich sie.«

»Aber zu welchem Preis?« fuhr Isabel sie an. »Wo hast du nur deinen Kopf, Kind? Siehst du nicht, welche Konsequenzen eine solche Vereinbarung hat? O Maria, wie konntest du nur so naiv sein?«

Maria ließ sich auf die Kante des Bettes neben ihre Tante sinken.

»Ich bin nicht im Begriff, etwas Falsches zu tun. Er hat

mich um nichts Ungebührliches gebeten.« Sie senkte ihren Kopf und hatte das Gefühl, als würde jemand seine Hände um ihren Hals legen und zudrücken. »Sir John hat mir ein völlig unschuldiges Angebot gemacht. Auf das ich um unseretwillen eingegangen bin, da es vielleicht der einzige Weg ist, der uns in die Freiheit führt.«

»Unschuldig?« Isabel war nahe daran zu explodieren. Als sie bemerkte, wie ihre Nichte zusammenfuhr, unterdrückte sie das Bedürfnis, mit ihrer Tirade fortzufahren. Als sie wieder etwas ruhiger wurde, sah sie die Traurigkeit im Gesicht ihrer Nichte und versuchte das Schuldgefühl, das nun in ihr aufstieg und die Wut verdrängen wollte, beiseite zu schieben. Die alte Frau schüttelte ihren Kopf. Wieder einmal wurde ihr klar, warum der liebe Gott dafür gesorgt hatte, daß sie nicht geheiratet hatte oder Kinder bekommen hatte. Mit dieser Ungeduld wäre sie keine gute Mutter geworden. Zudem war sie anscheinend auch keine gute Ratgeberin.

Sie betrachtete die verzweifelte junge Frau und dachte darüber nach, welches Durcheinander sie in dem Leben ihrer Nichte angerichtet hatte. War sie, Isabel die Dumme, nicht diejenige gewesen, die Maria zur Kajüte des Kommandanten geschickt hatte? Das war wieder einmal eine ihrer glänzenden Ideen gewesen. Dumme, dumme Frau, dachte sie. Nichts weiter als eine dumme alte Frau. Sie räusperte sich und schlug einen sanfteren Tonfall gegenüber ihrer Nichte an. »Es war ein Fehler von mir, dir vorzuschlagen, ihn aufzusuchen, Maria. Selbst wenn es anders ausgegangen wäre, selbst wenn er sich einverstanden erklärt hätte, uns ohne weitere Bedingungen nach Dänemark zu bringen, so würde uns auch dieses Land doch nur für eine begrenzte Zeit Zuflucht bieten.«

»Vielleicht. Aber immerhin wäre es eine Zuflucht. Dänemark ist ein weiterer Schritt weg von Karl.« Maria faßte sich ein Herz in Anbetracht der milderen Worte ihrer Tante. »Isabel, bitte, denk doch nicht gleich das Schlimmste. Laß es mich versuchen. Ich kann einfach nicht nach Antwerpen zurück. Ich kann meinem Bruder nicht gegenübertreten. Du weißt doch besser als irgend jemand sonst, was das bedeuten würde. Ich habe alle Regeln verletzt, ich habe das Undenkbare getan. Ich bin Karl entkommen, als ich aus seinem Schloß und aus seiner Stadt weglief. Ich bin auf ein Segelschiff geflüchtet, und dann wurde das Schiff angegriffen. Und ich habe ...«

Ihre Stimme versagte. Sie ergriff den Arm ihrer Tante mit der bandagierten Hand. Isabels Miene verriet nicht, was sie dachte, und ihren Blick hielt sie auf die verletzte Hand ihrer Nichte gesenkt.

»Hör mir bitte zu«, fuhr die junge Frau mit gefestigter Stimme fort. »Was mich Sir John zu tun gebeten hat, ist nichts im Vergleich zu dem, was ich selbst schon zum Nutzen meiner Familie getan habe. Dieser Schotte ist ein ehrenwerter Mann, Isabel. Er weiß nichts von uns, und doch werden wir gut behandelt, nicht wahr? Ich bin überzeugt, daß er meint, was er sagt, daß er nicht mehr von mir will als das, was er mir und ich dir gesagt habe.«

Isabel ließ ihre Augen über Marias Gesicht wandern. »Du hast mich eben gebeten, dir die Schwierigleiten, die dieser Plan mit sich bringen könnte aufzuzeigen. Überlege, was du gerade gesagt hast – er weiß nichts über uns. Rein gar nichts.«

Maria sah ihre Tante gespannt an. »Ja und?«

»Maria, er weiß nicht, daß du eine Königin bist. Er weiß nicht, daß du seinem eigenen König versprochen bist. Er weiß nicht, daß du die Schwester von Karl V. bist, dem mächtigsten Herrscher dieser Welt.«

»Was willst du damit sagen? Was hat das schon zu bedeuten? Genau diese Dinge soll er doch auch gar nicht wissen.«

»Natürlich nicht, aber überleg doch mal, was es bedeutet. In seinen Augen unterscheiden wir uns nicht von irgendwelchen anderen Menschen, die er im Meer treibend findet. Er hat keinen Grund anzunehmen, daß wir etwas anderes sind als das, was wir gesagt haben. Er ist frei von jedem Zwang, außer den Zwängen natürlich, die sonst auf ihm lasten. Und da er ein Mann ist, gibt es solche Zwänge im Grunde genommen nicht, glaube mir. Sein Auftrag, seine Loyalität – von diesen Dingen ist sein Denken im Moment frei.« Isabel hob Marias Kinn an. »Dieser Schotte hat eine schöne Frau im Auge, das ist alles. Eine Frau ohne Bindung, verletzlich, frei verfügbar. Ich bin eigentlich überrascht, daß er dich nicht schon in sein Bett gezerrt hat.«

Maria schüttelte den Kopf. »Du liest da Dinge hinein, die nicht wahr sind. Du sprichst, als habe er nur Lasterhaftigkeit und Schlechtes im Sinn.«

»Nein, ich habe nichts von Schlechtigkeit gesagt. Dein Sir John ist lediglich ein Mann und interessanterweise einer, den zu verteidigen du eilfertig bereit bist, meine Liebe.«

Maria stieg die Röte in die Wangen, und Isabel hakte nach. »Laß mich raten, was du in ihm siehst. Und du hast ihn dir genau angesehen, nicht wahr, Maria? Welche Frau würde das nicht? Laß mich raten. Du hast sein charmantes Verhalten bemerkt, seinen Edelmut vielleicht. Du hast in diesen dunkelblauen Augen, in der Art, wie er sich bewegt, wie er spricht, Selbstvertrauen gespürt. Ich weiß das, mein Kind. Mir ging es schließlich nicht anders. Und ich erinnere mich nicht, jemals einen besser aussehenden Mann als diesen getroffen zu haben.« Isabel hielt nachdenklich inne. »Aber er ist ein Jäger, Maria. Er ist einer von jenen, die überzeugt sind, der liebe Gott habe ihnen die Erlaubnis gegeben, sich all das zu nehmen, was sie sich wünschen. Er ist nicht auf irgendwelche unschuldigen Freundschaften angewiesen. Er kann haben, wen immer er will.«

Isabel setzte sich mühevoll im Bett auf. Es schwindelte ihr etwas, da sie noch immer sehr entkräftet war. Vorsichtig lehnte sie sich in ihr Kissen zurück und seufzte, bevor sie ihre Aufmerksamkeit wieder ihrer Nichte zuwandte. »Und er will bestimmt nichts Unschuldiges von Dir, Maria.«

Maria sah auf, als Isabel ihre Hand nahm.

»Hör mir zu, Kind. Frauen werfen sich Männern wie ihm üblicherweise an den Hals. Das ist er gewohnt. Keine Treue, keine Liebe, keine Bedingungen – bloße Hingabe. Das ist er gewohnt, und das erwartet er auch von dir.«

Maria stand auf und ging zum Tisch. Die ganze Zeit schon kämpfte sie gegen die Wut an, die Isabels Worte in ihr auslösten. Ihre Tante ging davon aus, daß er nichts anderes im Sinn hatte, als sie sein Bett zu bekommen.

Maria dachte an die kurzen Begegnungen zwischen ihnen beiden. Der Schotte war ihr immer ruhig, immer aufrichtig erschienen. Offensichtlich hatte er sich wohl gefühlt – mit ihr. John Macpherson war genau so, wie Isabel ihn beschrieben hatte, und mehr. Viel, viel mehr.

Mit funkelnden Augen und zusammengekniffenen Lippen wandte sich Maria wieder ihrer Tante zu. In der jungen Königin brannte die Wut. Wut auf Isabel, daß diese erkannt hatte, wofür sie blind gewesen war. Wut auf den Kommandanten wegen seines ungezügelten Charmes und seiner direkten Art. Wut sich selbst gegenüber, so naiv gewesen zu sein.

Aber tief in ihr, verborgen in den geheimen Nischen ihres Inneren spürte Maria, daß es um etwas anderes ging. Beruhte nicht vieles von dem, was Isabel gesagt hatte, auf reiner Spekulation? Spekulation, die auf den wenigen kurzen Zusammentreffen fußte, seit man sie an Bord der *Great Michael* gebracht hatte. Und auch wenn Maria sich innerlich schon damit abgefunden hatte, der Vereinbarung doch nicht nachzukommen, auf die sie sich mit dem Kommandanten des Schiffes geeinigt hatte, war es wichtig für sie, ihn – und seine Ehre – zu verteidigen. Dieses kleine, nagende Gefühl im Innern verlangte danach.

»Er benutzt Frauen nur, Maria. Das ist sein Wesen. Ich weiß das. Ich habe mehr als meinen Teil abbekommen.«

»Wie kannst du nur so hart über ihn urteilen? Bedenke, was er alles für uns getan hat. Wir müssen gerecht sein, Isabel, und ihn nicht wegen der Schwäche einer Frau verurteilen.« Marias Stimme konnte die Enttäuschung nicht verbergen, die sie infolge der harten Worte der Tante empfand, aber auch die Enttäuschung über sich selbst. »Meine Unfähigkeit, ein einfaches, bis ins letzte durchgespieltes Gespräch zu führen, ist der Grund, warum du so sprichst, Isabel. Abgesehen von diesem Versagen meinerseits hat uns nichts – weder die Worte von Sir John, noch seine Handlungen oder selbst seine Bitte an mich –, nichts hat uns einen

Hinweis auf eine solche Charakterschwäche gegeben, wie du sie beschreibst. Er ist zivilisiert, höflich und galant und sonst nichts. Auf jeden Fall ist er nicht der rücksichtslose Verführer, als den du ihn darstellst.«

»Es hat offenbar keinen Zweck, mit dir darüber zu streiten.« Isabel schüttelte ihren Kopf und strich die Decke über ihrem Schoß glatt. Sie wußte, daß das, was ihre Nichte sagte, nicht unbegründet war, aber sie war zu alt, zu müde und zu dickköpfig, um sich mit solchen Feinheiten abzugeben. »Du bist unbedarft, Maria, du weißt nicht, wie es in dieser Welt zugeht, du bist ahnungslos in Herzensangelegenheiten und in deiner Einschätzung der Männer. Ich habe keine Lust mehr, noch länger darüber zu reden.«

»Ich muß dir widersprechen, Tante«, sagte Maria mit fester Stimme, nicht gewillt, der älteren Frau das letzte Wort zu lassen. »Es mag sein, daß um mich nicht wie um andere Frauen geworben worden ist. Und wahr ist auch, daß ich mich nicht oft in der Gesellschaft von Männern aufgehalten habe. Aber auch ich kenne, so wie du, Angelegenheiten, die das Herz betreffen. Und was die Einschätzung der Männer angeht – niemandes Leben ist so sehr den Männern unterworfen gewesen wie meines. Darüber hinaus, Isabel, kenne ich den Unterschied zwischen richtig und falsch, zwischen gut und böse.«

Als sie sah, daß ihre Tante sich unter der Bettdecke ausstreckte, wußte sie, daß ihr Gespräch bald zu einem Ende kommen würde. »Tante Isabel, John Macpherson ist kein schlechter Mann.«

»Das habe ich nie behauptet«, sagte die ältere Frau mit süßer Stimme. »In jüngeren Jahren wäre es für mich vielmehr die Erfüllung eines Traumes gewesen, einem Mann zu begegnen, der derart ansehnlich und galant ist. Da ich damals aber auch sehr aufsässig war, hätte ich mich kaum um die Folgen gekümmert … oder um die Meinung meiner zukünftigen Untertanen.«

Maria sah zu, wie ihre Tante noch tiefer in die Kissen sank und kaum mehr ihre Augen offenhalten konnte, als die Arznei zu wirken begann.

Die junge Königin beugte sich zu ihr hinunter und zog ihr die Decke bis unters Kinn. Wie so viele Gespräche mit Isabel würde auch dieses weder eine Lösung finden noch ein echtes Ende haben.

Plötzlich öffneten sich Isabels Augen noch einmal. »Maria, deine Vereinbarung mit dem Mann hat sich erledigt ... verstehst du? Sie hat sich erledigt.«

Maria nickte. »Wie immer weißt du es am besten.«

Als John sich zum Heck des Schiffes begab, blickte er durch den starken Nebel auf das Eis, das sich in der Takelage zu bilden begann. Das Licht der mittschiffs hängenden Laterne schien sich um den kalten Schleier, der das Schiff einhüllte, zu legen und spiegelte munter die glitzernden Tropfen, die in den Tauen hingen, wider. Der Nebel war unverändert dicht, aber die Temperatur war seit Stunden gesunken. Und das war ein vielversprechendes Zeichen.

John blickte in den Nebel hinaus.

»Mylord, mein Bruder Andrew sagt, Ihr sucht mich?«

John drehte sich um und erblickte seinen Navigator. »Ja, David. Hol deine Karten und komm zu mir in die Kajüte.«

David nickte. Aber als er sich zum Gehen wandte, hielt er noch einmal inne, und seine Lippen verzogen sich zu einem Lächeln. »Der Gedanke, hier für eine Woche festzusitzen, hat seine Anziehungskraft doch nicht etwa verloren, Mylord? Dazu war wohl nur nötig, ein Abendessen mit allen in der Offiziersmesse einzunehmen?«

John strich sich mit der Hand über sein Gesicht und zog sich seinen Mantel enger um die Schultern. Es war wahr, er hatte die letzten paar Stunden in der Gesellschaft der schottischen Delegation in der Offiziersmesse des Schiffes verbracht. Aber überraschenderweise war die Zeit auf recht angenehme Weise und ohne große Beschwerden verstrichen. »Es war nicht so schlimm, wie es hätte sein können. Sir Thomas hatte wieder einmal Anker neben mir geworfen, und wir haben die Zeit damit verbracht, uns über Routen und Karten zu unterhalten. Es war keineswegs so übel.«

»Und was hat Lady Caroline die ganze Zeit über gemacht?« stichelte David.

»Gott sei Dank habe ich davon keine Ahnung. Sie war nicht dabei. Sir Thomas sagte, sie fühle sich unwohl, und ich habe nicht weiter nachgefragt.« John machte sich auf, um zur Kajüte zu gehen, weil er keine Lust hatte, noch länger darüber zu sprechen. »Geh und hol die Karten, Junge. Sir Thomas wird bald zu uns stoßen.«

»Ihr gebt ihm unsere Route bekannt, Sir John?« David pfiff durch die Zähne. »Na so was, das hör ich ja zum erstenmal.«

John sah den Navigator an. »David, der Mann hängt wie eine Klette an mir. Er müßte nur noch ein bißchen näher kommen, und ich könnte ihn als Kilt tragen.«

»Ja, ich verstehe, da habt Ihr ein kleines Problem«, David schüttelte seinen Kopf, unterdrückte aber nur mit Mühe sein Grinsen. »Nun, ich bin auf jeden Fall froh, daß sein Interesse auf Euch und nicht auf mich gefallen ist.«

»Ja, das kann ich nachvollziehen. Es gibt Mistreß Janet ein bißchen mehr Freiheit, nicht wahr, David?« sagte John mit unverhohlener Ironie. Der junge Navigator zuckte lediglich mit den Schultern und blickte ungerührt in den Nebel. »Der Mann weiß auf jeden Fall eine Menge über die Landwege Richtung Niederlande. Ich dachte, ich zeige ihm die Karten und frage ihn nach seiner Meinung, falls wir einen Mann über Land schicken müssen.«

David hob an, etwas zu sagen, verkniff es sich dann aber und nickte bloß resigniert. Er machte sich auf den Weg, um seinem Befehl nachzukommen.

»David«, rief John ihm nach.

»Ja, Mylord?«

»Du mußt nicht freundlich zu ihm sein.«

Johns Hand verharrte ausgestreckt in der Luft, als er nach dem Türknauf greifen wollte. Er runzelte die Stirn – die Tür war nur angelehnt. Mit einer schnellen Bewegung zog er seinen rasiermesserscharfen Dolch, der in seinem Gürtel steckte. Dann öffnete er die Tür einen Spaltweit.

Das einzige Licht in dem langen Korridor stammte von der Flamme einer Dochtlampe, aber als John in seine Kajüte blickte, sah er, daß jemand darin eine Kerze angezündet hatte. Von dem Blickwinkel aus, den der schmale Spalt ihm eröffnete, konnte er niemanden sehen.

Es war unmöglich, daß David vor ihm angelangt war. Und Sir Thomas, dachte John, hätte draußen gewartet. Außer dem Navigator würde es niemand auch nur wagen, daran zu denken, in das Heiligtum des Schiffskommandanten einzudringen. Als ihm die Wertsachen einfielen und die Truhe, in der sich der Lohn der Männer befand, verfinsterte sich Johns Gesicht, und er überlegte, welcher der Edelleute die Unverfrorenheit besitzen könnte, in seine Kajüte einzudringen.

Er richtete seinen Dolch nach vorn und stieß die Tür ein Stück weiter auf. Wer immer es war, er würde dafür bezahlen.

Der Schatten des damastenen Bettvorhangs verbarg das Gesicht einer Frau, aber die transparente, spitzenbesetzte Wäsche, in die sie eingehüllt war, verdeckte nichts. Einen Moment stand John von dem Anblick der verführerisch ausgestreckten Frau wie gebannt auf der Türschwelle. Seine Augen erfaßten die vollen Rundungen, die unter dem feinen Stoff sich dunkel abzeichnenden Spitzen ihrer Brüste. Sein Blick wanderte über die langen, wohlgeformten Beine des Eindringlings. Der anschmiegsame Stoff verbarg nichts von den weiblichen Reizen.

»Ich dachte nicht, daß du jemals wiederkommen würdest«, sagte Caroline sanft, und ihr langes blondes Haar fiel nach vorn, als sie sich ins Licht beugte.

Der Ausdruck in Johns Gesicht wurde hart und grimmig, als ihm klar wurde, wer da in sein privates Reich eingedrungen war. Er kämpfte mit dem Ärger, der sich in ihm anstaute, als er sah, wie sich plötzlich ein Schrecken auf Carolines Gesicht abzeichnete, während sie hinter ihn in den Korridor blickte. John wirbelte herum, bereit, den Todesschuß von ihrem Ehemann zu empfangen. Aber der fiel nicht.

Maria stand neben ihm. Sie starrte die Frau an, die da fast nackt in seinem Bett lag.

Kapitel 8

Maria war über ihre eigene Naivität entsetzt und fühlte sich mit einmal sehr elend. Sie stieß gegen die Tür, als sie unwillkürlich einen Schritt nach hinten machte. Verzweifelt versuchte sie so schnell wie möglich von dort wegzukommen. Isabel hatte recht gehabt. Er war nichts anderes als ein Schürzenjäger und ein Betrüger. Und sie war so dumm gewesen, ihn in Schutz zu nehmen. So dumm, alles zu glauben, was er ihr erzählt hatte.

Eine starke Hand hielt sie am Handgelenk fest, als sie über die Schwelle trat, und ihr entfuhr ein spitzer Schrei. Verzweifelt versuchte sie, ihre Hand aus seinem Griff zu winden, als sie seinen flehenden Gesichtsausdruck wahrnahm.

»Laßt mich gehen!« rief sie. »Laßt mich ...«

John Macphersons starke Hände bekamen auch noch ihre andere Hand zu fassen, und er hielt sie beide fest und zog Maria von der Tür weg. Er blickte in ihr wütendes Gesicht, in ihren Augen blitzte unübersehbar der Abscheu auf. Er spürte, daß sie am ganzen Körper zitterte, aber sie gab es auf, sich von ihm befreien zu wollen. Seine Worte waren kurz und eindringlich. »Ich brauche Eure Hilfe!«

Maria schüttelte ihren Kopf und versuchte noch einmal, ihre Hände aus seinem Griff zu winden. »Ihr tut mir weh. Laßt mich gehen.«

John warf rasch einen Blick in den Korridor. Es war niemand zu sehen. Noch nicht. »Hört mir zu ...«

»Nein, ich will nicht!« Maria versuchte ihn mit aller Kraft beiseite zu stoßen. »Geht doch zu ihr. Bittet sie doch um Hilfe. Sie wartet doch nur auf Euch.«

Er ließ ihre Hände los und packte sie statt dessen mit einem Griff. »Es ist nicht so, wie es aussieht. Ich bin kurz vor Euch hier eingetroffen. Ich war genauso ahnungslos wie Ihr.«

»Spart Euch Eure Lügen für jemand anderen auf.« Maria blickte auf die sich verfinsternden Züge des Kommandanten und spürte, wie ihre Knie plötzlich unter ihr nachgaben.

Sein Blick wanderte kurz den Korridor auf und ab und blieb dann an ihrem Mund hängen. Maria holte tief Luft, um zu schreien, und wand sich in seinen Armen. Plötzlich preßte er sie gegen den Türstock – seine große Hand nagelte sie förmlich an das Holz. Sie dachte, daß ihre Lungen jeden Moment explodieren würden.

»Verdammt noch mal. Ich sage die Wahrheit.« John blickte in ihr wütendes Gesicht, in ihre vor Angst starren grünen Augen, die nur wenige Zentimeter von den seinen entfernt waren. »Ich kann nichts dafür. Sie versucht hier ein schreckliches Durcheinander anzurichten. Ihr Ehemann muß jeden Augenblick auftauchen.«

Maria schüttelte den Kopf, sie vermochte kein Wort über die Lippen zu bringen. Sie glaubte ihm nicht. Er erdrückte sie fast. Sie mußte weg, sich von seinen Worten abschotten.

»Maria, haltet Ihr mich etwa für so dumm? Würde ich mich mit Sir Thomas in meiner Kajüte verabreden, wenn ...«

Vom anderen Ende des Korridors hörte sie das Quietschen einer Tür, die vom Deck hier herunter führte. Sie merkte, wie er sich versteifte. Und sie konnte den verzweifelten Klang in seiner Stimme hören, als die Schritte zögernd näher kamen.

»Er ist da!« flüsterte John und hob mit seiner Hand ihr Kinn. Ihre Schulter schmerzte, und sie spürte, wie ihr die Meeresluft feucht und kalt um die Füße kroch. Seine Stimme hörte sich bittend, nicht befehlend an. »Küßt mich, Maria. Küßt mich.«

Sie versuchte ihr Gesicht den Schritten zuzuwenden, um nach Hilfe rufen zu können. Aus dem Augenwinkel heraus konnte sie den untersetzten Mann erkennen, der am anderen Ende des Korridors stand, hinter ihm kam der junge Navigator. Als sie sich aber umdrehte, preßte sich Johns Mund auf ihre Lippen. Überrascht riß Maria ihre Augen auf, als ihre Lippen von den seinen geradezu verschlungen wurden.

Als der Kommandant sie in seinen Armen etwas zur Seite drehte, konnte Maria sehen, wie ein mißtrauischer Ausdruck über das Gesicht des alternden Kriegers huschte. Dann erkannte sie das Glitzern eines Dolches an seinem Gürtel, und in ihrem Kopf begannen die Gedanken zu rasen. Ihr Mund war von Johns rauhen und fordernden Lippen und Zähnen gefangen. Aber sie konnte an nichts anderes denken als daran, was Carolines kriegerischer Mann wohl tun würde, wenn er seine Frau nackt in der Kajüte vorfinden würde. In der Kajüte dieses Mannes.

Ihre Hände waren frei. Es wäre ein leichtes für sie, auch ihren Mund frei zu bekommen und laut zu schreien. Wenn sie das täte, würden die beiden Männer ihr bestimmt zur Hilfe eilen, dachte sie. Aber was dann? Alles war so plötzlich gegangen, es war, als sei sie in einen Sog geraten, dem sie nicht genug Widerstand mehr zu leisten vermochte. Wenn Sir Thomas bis zu der Kajütentür käme, würde er garantiert seine Frau erblicken. Und wenn er Lady Caroline in dieser unwürdigen Situation sehen würde, müßte er dann nicht allein um der Ehre willen mit dem Schotten kämpfen? Bestimmt, da war sie sich ganz sicher, und dann würde es einen Verletzten geben. Vielleicht sogar einen Toten.

John Macpherson fühlte sich ein wenig unbeholfen. Marias Lippen kamen ihm kein bißchen entgegen, ihr Körper war steif wie ein Besenstiel, und er nahm an, daß sie ihm nicht aus der Klemme helfen würde. Sir Thomas stand noch immer am Ende des Korridors. Er fragte sich vermutlich gerade, ob er sie beide unterbrechen oder gemeinsam mit David wieder umkehren sollte. Carolines Absichten zu durchschauen war nicht besonders schwer gewesen. Aber er wußte nicht, ob sie soweit gehen würde, ein Blutvergießen zu provozieren. Aus dem Inneren der Kajüte war kein Laut zu hören. Es war wohl übertrieben anzunehmen, die Dame wünschte ihrem Ehemann den Tod. Aber genau dazu konnte es kommen, und John wog schnell die Folgen ab.

In einem letzten Versuch, den drohenden Kampf an Bord des Schiffes zu verhindern, schob John seinen Mund nah an Marias Ohr und flüsterte: »Glaubt mir, Maria. Ich will das nicht. Ich muß ihn töten, wenn er noch näher kommt.«

Er spürte, wie sich mit einemmal ihre Haltung änderte, als habe sie verstanden, um was es hier ging. John spürte, wie sich ihre Hände aus freien Stücken um ihn legten.

Er hielt die noch immer starre Frau fester, küßte ihr weiches Ohrläppchen und flüsterte nochmals: »An all dem ist allein Caroline schuld. Helft mir, Maria, bitte.«

Sie mußte verrückt sein mitzuspielen, aber sie konnte seine Bitte einfach nicht zurückweisen. Einen kurzen Moment zögerte sie und schloß dann ihre Augen vor der Welt und der Schande, die sie vermutlich auf sich ziehen würde. Zärtlich ließ sie ihre Hände über John Macphersons Schulter gleiten und gab sich seinen Küssen hin.

Sobald er dies spürte, verstärkte er seinen Griff und preßte ihren Körper gegen seinen und zog sie von der Wand weg. Er blickte in das Jadegrün ihrer Augen.

Maria stellte sich auf die Zehenspitzen und umschloß mit ihren Fingern seinen Nacken. Mit ihrem ganzen Gewicht lehnte sie sich gegen ihn und preßte ihre Lippen auf seinen erwartungsvollen Mund. Sie spürte, wie seine Muskeln sich bei diesem kühnen Angriff anspannten.

Zu einem früheren Zeitpunkt wäre John froh gewesen – mehr als froh –, sie einfach in die Kajüte zu ziehen und die Tür hinter sich zu schließen. Er nahm an, daß Sir Thomas Maria erkannt hatte, und das würde den Mann überzeugt haben, sie erst mal allein zu lassen, um später wiederzukommen. Aber John wußte nicht mehr, was er noch eine Sekunde früher gedacht hatte.

Denn plötzlich war alles anders. Ein ganz ursprüngliches Verlangen floß durch seine Adern. Die schöne Frau in seinen Armen küßte ihn noch immer, sie hatte ihre Arme um seinen Nacken geschlungen, ihre Hände griffen in sein Haar und zogen ihn näher zu sich heran. Ihr weicher Mund war kosend, verführerisch, hingebungsvoll gegenüber seinen Lippen, ihr Körper schmiegte sich in einer Weise an seinen, die er nur zu gern mit gleichem vergalt. Wieder preßte John sie an den Türstock, und seine Hände glitten nach oben, über ihre Schultern, und vergruben sich in der seidenen Fülle ihrer Haare.

»Ähem«, der ältere Mann räusperte sich direkt aus der Ferne.

»Wir sind wohl etwas zu früh«, sagte der andere.

Maria hörte, wie ihre Haarnadeln auf den Boden zu ihren Füßen fielen. Dann erschauderte sie unwillkürlich, als sie fühlte, wie ihr langes Haar über seine sanften Hände fiel.

John glitt mit seinem Mund über ihre brennenden Lippen, drängte sie, sie zu öffnen. Sie ergab sich seinem stummen Befehl. Als er seine Hände in ihr Haar grub, hörte sie, wie er einen kehligen Laut von sich gab. Seine Zunge tauchte in die weichen Tiefen ihres Mundes ein.

Eine stumme Erregung packte sie, und sie wurde von einem bislang verborgenen Begehren durchflutet. Gefühle, die sie niemals gekannt hatte, brachen plötzlich aus ihr hervor. Sie war verloren in dem betäubenden Spiel seiner Zunge, der Hitze seiner Umarmung, seinen wandernden Händen. Sie reagierte mit neu entdeckter Glut. Ihr Körper sehnte sich nach seiner Berührung, ihr Herz raste, und ihre Gedanken kreisten in der berauschenden Nähe seiner Umarmung. Maria stöhnte noch einmal leise auf, als sie seinem Drängen nachgab, ihre Lippen noch weiter öffnete und ihn tiefer in sich aufnahm. Sie öffnete sich ihm ganz, aber sein suchender Mund forschte noch tiefer. Und sie gestattete es ihm.

»Vielleicht sollten wir ja gehen?« murmelte der junge Navigator aus der Entfernung.

»Aber er hat mich doch hierhergebeten«, antwortete der ältere Mann.

Noch nie war sie in dieser Weise geküßt worden. Sie konnte seinen Körper spüren, spüren, wie sich seine Hüften – hart und pulsierend – gegen ihre preßten. Wie eine Verdurstende beim Anblick einer Quelle fühlte sie, wie ihr ganzer Körper nachgab, eben noch erfüllt von Empfindungen kristalliner Klarheit, dann versunken in Eindrücken nebelartiger Dunkelheit. Sie gab seiner Berührung nach, in Leidenschaft erschaudernd, und fiel in seinen Rhythmus ein. Marias Händen wanderten seine Schultern entlang. Sie wollte seine Stärke spüren, den Zauber, den er in sich trug.

Der Hüne strich über ihre schmale Taille, seine Finger wanderten unter den schweren Mantel zu ihrem Mieder und tasteten durch den dicken Stoff ihres Wollkleides nach ihren festen Brüsten. Maria stöhnte auf und drückte sich noch enger an ihn. Sie bemerkte, wie sein Körper als Ausdruck auf ihre Hingabe aufloderte.

Für Maria war das alles wie ein Traum. Die Stärke der Lust, die drohende Gefahr, die überwältigende Sinnlichkeit – so etwas hatte sie noch nie zuvor erfahren. Und weil sie nichts davon gewußt hatte, hatte sie auch nie danach gesucht. Unter dem nicht nachlassenden Druck seiner Zunge und seinen suchenden Händen war sie völlig hilflos. Und zu ihrem Schrecken genoß sie diese unglaubliche Hilflosigkeit auch noch. Sie schloß ihre Hand fester um seinen Nakken und zog sein Gesicht noch weiter zu sich herunter, um den Kuß zu vertiefen.

Marias Atem stockte, und sie mußte ihren Kopf gegen die Tür lehnen, als sich seine Hände sanft durch das Kleid auf ihre Brüste legten. Als sich seine Lippen zögernd zu ihrem Ohrläppchen bewegten, neigte sie ihren Kopf zur Seite und bot sich ihm ganz dar. Mit Zunge und Mund fuhr er eine imaginäre Linie ihren Hals hinunter, und ihr war, als bliebe ihr das Herz stehen.

»Mein Gott, bist du süß«, murmelte er mit heiserer Stimme. »Und so schön …«

Vielleicht war es die Berührung seines suchenden Mundes, der sich seinen Weg in den Ausschnitt ihres Kleides bahnte und einen Funken Bewußtsein in den pulsierenden Nebel um ihre Sinne schlug. Sie wußte nicht, woher der Gedanke kam, aber irgendwoher tauchte das häßliche Gefühl auf, daß sie nicht mehr als eine Ablenkung war, die der Kommandant dazu benutzte, um Sir Thomas' Aufmerksamkeit von der Frau in seiner Kajüte abzuziehen.

Wut und Scham stiegen in ihr hoch und verdrängten die Gefühle, die eben noch eine solche Macht über sie gehabt hatten.

Caroline! Maria erstarrte, während der Kommandant weiter ihren Hals küßte, während seine Hände ihren Körper unter dem Mantel mit Geübtheit erforschten. Was für ein Publikum für ihn, dachte sie, und Traurigkeit gesellte sich zu ihrer zerstörten Selbstachtung.

Eine Stimme vom anderen Ende des Korridors drang zu

ihr vor. »Nun, Sir Thomas, ich habe den Eindruck, daß sich unsere Pläne geändert haben.«

Maria wußte, daß Sir John so tat, als habe er Davids Worte nicht gehört. Er legte seine Hand um ihren Rücken und preßte seine Lippen und eine neckende Zunge gegen ihre Haut. Seine Hände glitten wie zufällig über die Kurven ihres Pos und umfaßten sanft ihre Hüften, die er gegen die seinen zog.

»Ja«, sagte der ältere Mann mit einem kurzen Lachen, »es scheint, als habe Sir John gerade etwas anderes im Kopf.«

John gab ihren Mund frei, und Maria merkte, wie er sie hinter seine hünenhafte Gestalt zog. Er tat so, als seien sie ertappt worden und als müsse er sie schützen. Trotzdem lag in seiner Stimme ein amüsierter Ton, als er sprach. »Oh … Sir Thomas … David. Ihr seid also gekommen, wie ich sehe. Also, ich denke, morgen ist es früh genug, daß Ihr erfahrt, was ich Euch sagen wollte, Sir Thomas. Gut bis morgen dann.«

Maria beobachtete, wie die beiden Männer den Korridor zurückgingen, während sie hin und wieder einen schelmischen Blick über die Schulter warfen.

»Ich denke, morgen vormittag ist noch ein wenig zu früh«, sagte der Navigator so laut, daß sie es hören konnten.

»Ja, Bursche. Ich muß sagen, ich bin ziemlich müde«, sagte Sir Thomas. »Ich denke, ich werde mich in meine Kajüte zurückziehen und sehen, ob es Lady Maule nicht schon ein wenig besser geht.«

John merkte, wie sich Maria plötzlich versteifte. Er meinte zu wissen, was ihr durch den Kopf ging.

»Das ist das Problem von Lady Caroline, nicht unseres!« flüsterte er und nahm ihre Hand in die seine.

Maria entzog sie ihm wieder, als er sich umdrehte, um sie anzusehen. Er hielt sanft ihre Arme fest und lächelte auf sie hinunter. Die Zufriedenheit stand ihm ins Gesicht geschrieben. Maria entwand sich ihm und stieß mit ihren Händen gegen seine breite Brust.

»Hört auf!« Maria begann leise zu weinen und drehte wütend ihr Gesicht weg, als er sie überrascht ansah. »Sie sind fort! Laßt mich in Ruhe!«

Erschrocken über die Tränen, die ihr in den Augen standen, starrte John auf sie nieder. Ihr Gesicht war gerötet, aber er wußte nicht, ob vor Wut oder vor Lust. Ihre Lippen waren von seinen Küssen geschwollen, ihre Augen umschattet. Er legte seine Hände auf ihre Wangen. In seinem Inneren brannte der Hunger nach ihr. Wie sie sich in seinen Armen angefühlt hatte, ihre süße Hingabe, wie sie auf seine Berührungen geantwortet hatte – all das schürte sein Begehren noch mehr. Kurze Zeit hatte er sogar vergessen, daß sich jemand anderes in Sichtweite befand.

Aber jetzt machte sie den Eindruck, als wollte sie schnellstmöglich davonlaufen. Mit sanfter und beruhigender Stimme fragte er sie: »Was ist mit dir, Maria?«

»Sie wartet auf Euch!« brach es aus ihr heraus, und sie deutete mit dem Kopf in das Innere der Kajüte, ohne hineinzusehen. Verzweifelt preßte sie ihre Hände gegen seine Brust und versuchte sich aus seiner Umarmung zu winden, aber er ließ sie nicht frei. »Ich habe Euch geholfen, ihren Mann zu vertreiben, jetzt laßt mich gehen.«

John schüttelte seinen Kopf, um wieder klar denken zu können. Caroline! Die gab es ja auch noch. Er fluchte innerlich und blickte auf die bewegungslose Gestalt auf seinem Bett. Was wohl in diesem verdrehten Kopf vor sich ging, fragte er sich. Sie hatte die ganze Szene beobachtet, aber kein Wort gesagt.

»Was ich vorhin über sie gesagt habe, entspricht der Wahrheit«, sagte John und richtete seinen Blick wieder auf Maria. Sanft umfaßte er ihre Schultern. »Welchen Grund hätte ich denn, dich anzulügen?«

Maria wandte ihren Kopf von ihm ab. »Ich habe getan, um was Ihr mich gebeten habt. Jetzt laßt mich gehen.« Sie mußte unbedingt fort, und zwar schnell. Es war beschämend, mit welcher Lust sie auf ihn reagiert hatte. Wie hatte sie nur so dumm sein können? Jetzt noch waren ihre Sinne wie betäubt von dem Gefühl seiner starken Hände, dem Geruch seines männlichen Duftes, seinem Geschmack. Noch immer konnte sie das Reiben seines Tartans auf ihrer Haut spüren.

Wie naiv sie doch war. Trotz allem fühlte sie sich noch

zu ihm hingezogen. Er war ihr zu nahe. Sie mußte weg von ihm. Langsam drehte sich John um. Er vermied es, noch einmal in seine Kajüte zu blicken. Auf keinen Fall wollte er jetzt Caroline sehen. Er ließ seine Hände von Marias Schultern sinken und trat einen Schritt zurück. »Ich bringe dich zu deiner Kajüte.«

»Das wird nicht nötig sein«, antwortete sie kurz angebunden, beugte sich vor und sammelte ihre Haarnadeln vom Boden auf.

John betrachtete nachdenklich ihr Gesicht. Dieselbe Frau, die eben noch in seinen Armen dahingeschmolzen war, war offensichtlich dabei, ihre Verteidigungswälle wiederaufzurichten. Sie zwang sich dazu, seine Gegenwart zu ignorieren, und schlang ihre Haare zu einem losen Knoten.

Maria wußte, daß es das Wichtigste war, von ihm fortzukommen, aber sie wußte auch, daß sie in diesem aufgewühlten Zustand nicht zu ihrer Kajüte zurückkehren konnte. Wenn Isabel wach war, wußte sie sofort, was geschehen war.

»Ich bringe dich zurück«, sagte er leise. Und dann, mit erhobener Stimme – offensichtlich, damit die Frau in seiner Kajüte ihn vernahm –, fügte er in ernstem Ton hinzu: »Und ich werde ein paar Männer herunterschicken, damit sie alle unerwünschten und uneingeladenen Eindringlinge hier herausschaffen.«

Er bot Maria seinen Arm an, aber die junge Frau ignorierte ihn. Sie mied seinen Blick, während sie sich mit den letzten widerspenstigen Haarsträhnen abmühte und ihre Schritte den Korridor hinunterlenkte.

John folgte ihr und betrachtete dabei die seidige Masse ihres Haares. Trotz ihres Bemühens drohten ihre ebenholzschwarzen Locken schon wieder den Rücken hinabzufallen. Er erinnerte sich noch, wie weich und duftig sie waren. Wenn er über ihre Schulter sah, konnte er einen Teil ihres Gesichtes erkennen – die Porzellanhaut, eine zarte Röte, die sich über ihre hohen Wangenknochen zog. Er erinnerte sich daran, wie samten sie sich angefühlt hatte, als er sie mit seinen Lippen liebevoll geneckt hatte. Er konnte nicht davon ablassen, ihre Schönheit zu bewundern, genauso wie er sich nicht die Leidenschaftlichkeit ihrer Küsse, das Flattern ihres Pulses, als er die Haut an ihrer Kehle geschmeckt hatte, das Drängen ihrer Hüften und den tiefen Blick in ihren grünen Augen aus dem Kopf schlagen konnte. Er merkte, wie sein Blut erneut in seine pochenden Lenden strömte.

Sie schien die Hitze seines Blicks zu spüren, denn auf einmal beschleunigte sie ihren Schritt. »Es gibt keinen Grund, sich so zu beeilen«, sagte er ruhig, als sie die Tür erreicht hatte, die auf Deck führte.

Ohne etwas zu erwidern, drehte sie an dem Türknauf. Der kalte feuchte Nebel schlug ihr ins Gesicht, als sie auf das windgepeitschte Deck trat und zwang sie abrupt stehenzubleiben.

»O doch, es gibt viele Gründe, sich zu beeilen«, rief sie und wirbelte zu ihm herum, als er zu ihr auf das Deck herausgetreten war.

Der selbstgefällige und amüsierte Ausdruck auf seinem Gesicht machte sie nur noch wütender.

»Ich habe getan, um was Ihr mich gebeten habt.« Sie bemühte sich, wieder zu Atem zu kommen. »Aber Ihr solltet wissen: Was dort unten geschehen ist, geschah gegen meinen Willen … gegen besseres Wissen. Ich bin zu Eurer Kajüte gegangen, um Euch zu sagen, daß unsere Vereinbarung nicht mehr gilt, und dann habt Ihr … Ihr …«

»Willst du mir damit sagen, du hast deine Meinung geändert?«

»Jawohl, das habe ich. Es gibt keine Abmachung mehr«, sagte sie wütend. »Ich lehne es ab, meine Zeit mich Euch zu verbringen. Ich lehne es ab, an diesem schmutzigen, hinterlistigen Spiel teilzuhaben. Und ich lehne es ab, zum Gegenstand des Klatsches auf diesem Schiff zu werden. Ich lehne es ab, für Eure … Eure …«

»Für meine Geliebte gehalten zu werden?« fragte er mit hochgezogenen Augenbrauen.

Es klang so schön von seinen Lippen. Nach diesem Wort hatte sie zwar nicht gesucht, aber es berührte sie – gerade in dem melodischen Akzent des breiten Schottisch gemurmelt – in ihrem Innersten. Der Wind wehte Strähnen seines feuchten schwarzen Haares über sein Gesicht. Oh, wie sie ihn haßte.

Schnell wandte sie sich ab und ging zur Reling. Die Flamme in der großen geschützten Lampe am Hauptmast flakkerte heftig, und die Regentropfen, die auf den Lampenschirm trafen, zischten laut.

»Genau«, sie nickte knapp und wandte ihm ihr Gesicht zu. »Genau das meinte ich.«

Als sie trotzig, mit vorgestrecktem Kinn vor ihm stand und Regentropfen in ihrem Haar wie Diamanten glitzerten, konnte John sie nur hingerissen anblicken. Und auf einmal wurde dem Kommandanten bewußt, daß – egal, was sie auch sagte – die Begegnung gerade eben vollkommen unerwartete Folgen nach sich ziehen würde. Nach ihren Worten und den zusammengebissenen Zähnen zu urteilen, hatte er keinen Zweifel, daß Maria entschlossen war, jedem weiteren amourösen Zusammentreffen aus dem Weg zu gehen. Doch ihre großen grünen Augen mit den dunklen Wimpern teilten ihm etwas anderes mit. In ihnen zeigte sich, daß sie wegen des Vorgefallenen genauso durcheinander war wie er. Beide hatten sie die Hitze und die Leidenschaft gespürt, und das wußte er.

Aber jetzt, da er ihre Lippen gekostet und ihre Reaktion auf ihn gespürt hatte, wollte er mehr.

John hob langsam seine Hände und zog die Kapuze ihres Mantels über ihren Kopf. Sie zuckte zusammen, aber er schien nicht darauf zu achten. Zumindest lief sie nicht weg oder beschimpfte ihn.

»Ich denke, das eben Geschehene läßt sich nicht mehr zurücknehmen. Aber was auch immer du schließlich vorhast, hier in diesem Regen herumzustehen wird dir dabei nicht unbedingt helfen. Zugegeben, es ist wunderbares Wetter. Genauso, wie wir es von zu Hause gewohnt sind. Da du aber nicht aus den schottischen Hochebenen kommst, solltest du dich vielleicht ins Warme und Trockene begeben – bis du wieder ganz zu Kräften gekommen bist, natürlich. Komm, ich bring dich zu deiner Kajüte.«

Maria stand da, ihr war der Mund offen stehen geblieben. All die Worte, die sie sich zurechtgelegt hatte, blieben ihr in der Kehle stecken. Sie wollte Geschäftliches regeln und mit ihm über Dänemark reden. Sie war bereit, falls es nötig sein sollte, ihm eine Belohnung anzubieten, wenn er sie nach Dänemark bringen würde. Aber Maria wollte ihm auch eingestehen, daß er vermutlich recht hatte, als er sagte, es sei zu spät, es sich anders zu überlegen. Daß sie schließlich schon ihren Teil des Handels erfüllt hatte, als Sir Thomas zusah, wie sie sich im Flur küßten. Jetzt wollte sie ihm um so mehr sagen, daß nun er daran sei, seinen Teil des Handels einzulösen.

Aber bevor sie auch nur ein Wort herausbringen konnte, nahm John sie brüsk am Ellbogen und führte sie zurück zu der Tür, die nach unten führte. Einen Augenblick lang überlegte Maria, ob sie ihm ihren Arm wieder entziehen und ihn zwingen sollte, ihr zuzuhören, aber dann entschied sie sich dagegen, da sie tief in ihrem Innersten wußte, wenn sie ihn auch dazu bringen konnte, stehenzubleiben und zuzuhören, müßte sie die Begegnung gerade eben vielleicht noch einmal erwähnen.

Vor Marias Kajütentür erblickte John den alten Matrosen auf seinem Posten.

»In die Kombüse mit dir, Christie«, ordnete der Kommandant an. »Sag dem Koch, daß du ein bißchen was brauchst, was dir dein Inneres wärmt. Und wenn du fertig bist, sieh zu, daß du hierher zurückkommst.«

Christie zog eine Augenbraue in die Höhe und stieß sich von der Wand ab, an die er sich gelehnt hatte.

»Jawohl, Mylord«, antwortete er vergnügt und zwinkerte Maria zu, als er an ihr vorbeiging. »Auch wenn es mehr als ein bißchen braucht, um diese alten Knochen heute abend aufzuwärmen.«

Maria sah zu, wie der alte Matrose mit einer Leichtigkeit die Treppe hinauflief, die sein Alter Lügen strafte. Als er nach dem Türknauf griff, wandte sie sich schließlich John zu – dessen Blick sie bislang beharrlich vermieden hatte –, um ihn zu verabschieden. Damit wäre die Sache erledigt, dachte sie. Dies war das letztemal gewesen, daß sie die Kajüte verlassen hatte, bis das Schiff in Antwerpen anlegte. Welchen Plan sie auch aushecken würde, um ihrem Bruder Karl zu entkommen, er würde erst in die Tat umgesetzt werden, wenn sie Antwerpen erreicht hatten.

»Adieu, Sir John«, murmelte sie beklommen und wandte sich zur Tür,

Der Kommandant legte seine Hände auf ihre Schultern, drehte sie um, und zog sie an sich heran.

»Nein«, flüsterte er. »Du entkommst mir nicht so leicht.«

Sie sah überrascht in seine tiefblauen Augen.

»Aber, aber ...« Die Worte erstarben ihr auf den Lippen, als sie spürte, wie seine Finger ihren Nacken hinaufwanderten und ihr Gesicht von den großen, starken Händen umschlossen wurde.

Sein Blick streifte über ihre Lippen, und mit dem Daumen strich er ihre volle Unterlippe entlang.

»Was tut Ihr da?« flüsterte Maria wie aus großer Ferne.

»Ich werde dich wieder küssen.«

»Gegen ... gegen meinen Willen?« fragte sie mit zitternder Stimme.

»Nein, meine Liebe, nicht gegen deinen Willen«, flüsterte er und senkte langsam seinen Kopf. »Aber vielleicht gegen dein besseres Wissen.«

Sein Mund bedeckte den ihren, und in ihrer Brust ging ein Funkenregen nieder. Dieser Kuß war so anders. So anders als der vorherige. Jetzt war er ein Mann mit all der Geduld und der Zeit der ganzen Welt. Anfangs war der Kuß ganz zart – überredend, versuchend, erkundend. Und dann, als sich seine Hände ihren Rücken hinunterbewegten, um sie näher an sich heranzuziehen, wurde er besitzergreifend. Benommen schob Maria ihre Hände unter sein Hemd, ließ sie über seine Brust und die breiten Schultern wandern, und dann schlang sie ihre Arme um seinen Hals.

Als sie sich an ihn schmiegte, öffnete sich sein Mund weiter, und seine Zunge wurde fordernder. Maria fühlte, wie sie unter der Macht seiner Berührung erschauerte. Sein muskulöses Bein schob sich zwischen die ihren und preßte sich eng an sie. Ihre Hände suchten sich ihren Weg zu seinem Rücken.

Johns Hand schlüpfte unter ihren Mantel und legte sich über ihre unter dem Kleid verborgene Brust, während seine andere Hand rastlos über ihren Rücken wanderte und sich um ihren Po legte und sie gegen sein aufgerichtetes Glied zog.

Maria drückte ihre Hüften gegen seine mächtige Gestalt und fühlte sein heißes Erwachen, das sich ihr entgegenrichtete. Als Maria sich im Rhythmus mit ihm bewegte, waren alle heraufbeschworenen Gedanken an Widerstand im Bruchteil von Sekunden vergessen. Statt dessen strebte ihr Körper ihm und seiner Berührung entgegen.

Schließlich löste John seine Lippen von ihrem Mund, und Maria fand sich in einem Meer von Licht treibend wieder. Irgendwo in der Ferne konnte sie das Hämmern von Hufschlägen hören, die in einem wilden Galopp dahinrasten. Wie seltsam, dachte sie verschwommen, das Geräusch von Hufschlägen. Mitten auf dem Meer? Widerstrebend richtete die junge Frau ihr Bewußtsein auf den Klang, bis er deutlicher wurde.

Erkennbar. Keine Pferde. Sie mußte über sich selbst lächeln. Eher doch das Geräusch eines Herzens. Ihres eigenen? fragte sie sich. Als sie langsam wieder zu Sinnen kam, bemerkte Maria, daß sie sich in seiner Umarmung befand und ihr Kopf auf seiner Brust lehnte, und da wußte sie, daß sie sein Herz hörte. Seines. Schnell, fest und wahrhaftig.

Aber als sie versuchte, sich zu erklären, was da eben mit ihr geschah, merkte sie, daß ihr Herz unleugbar im selben Rhythmus wie das seine schlug.

John hob langsam ihr Kinn, bis sich ihre Blicke trafen.

»Ob nun gegen deinen Willen oder wider besseren Wissens, wir scheinen auf jeden Fall nicht genug voneinander bekommen zu können.« Seine Stimme war rauh. »Was werden wir jetzt wohl machen?«

Maria trat aus seiner Umarmung zurück und schüttelte ihren Kopf. Ihr Gesicht brannte. Es ging nicht. Es ging einfach nicht.

»Machen?« flüsterte sie, und ihre Stimme brach. Sie langte nach dem Türknauf. »Nichts! Nichts werden wir machen, Sir John. Ich werde Euch nicht wiedersehen.«

Der Kommandant legte seine Hand auf die ihre und hinderte sie, die Tür zu öffnen. »Dieses Schiff ist klein, Maria.«

»Bitte macht es mir nicht schwerer, als es ist.« Sie schob seine Hand beiseite, öffnete die Tür und trat in die Kajüte. Nachdem sie über die Schwelle getreten war, zögerte sie. Ohne in seine Augen zu sehen, wandte sie sich noch einmal zu ihm um. »Ich werde innerhalb dieser vier Wände bleiben, und dort werdet Ihr nichts zu suchen haben.«

John stemmte sich mit der Hand gegen die Tür, als sie sie schließen wollte.

»Das ist doch nicht das, was Ihr wollt, Maria.«

»Bitte!« wiederholte sie, und keiner von beiden überhörte den Anflug von Panik in ihrer Stimme, als sie die Tür zuschlug. »Bleibt fort!«

Kapitel 9

Der Blick wog schwer auf der schlafenden Frau.

Sie konnte in ihrem Traum dieses sie niederdrückende Gewicht spüren. Sie war gerannt und gefallen, das Gewicht überwältigte sie und begrub sie unter sich.

Janet Maules Augen öffneten sich und – ohne daß sie sich bewußt war, wo sie war – starrten auf die blaue Kappe mit der Feder, die auf dem Kissen neben ihrem Kopf lag.

»David?« flüsterte die junge Frau alarmiert, als sie sich schnell aufsetzte. Das Dämmerlicht des frühen Morgens vermochte die kleine Kajüte kaum zu erhellen. Janet sah erst zu der geschlossenen Tür hin und ließ dann ihren Blick durch den Raum schweifen. Ihre Augen hielten unvermittelt inne, als sie eine verschwommene Figur ausmachte, die in der hintersten Ecke ihrer Kajüte saß.

»David!« rief sie leise und zog sich die Bettdecke bis an ihr Kinn hoch. »Bist du das?«

»Nein, du Flittchen. Der Kerl hat sich davongemacht!«

Die Hand der jungen Frau fuhr erschrocken zu ihrem Mund, als sie die kalte Stimme ihrer Stiefmutter Caroline erkannte.

»Wie lange sitzt du da schon?«

»Lange genug.« Caroline Maule erhob sich von dem dreibeinigen Stuhl und ging langsam auf die schmale Koje zu. »Lange genug, um dich deine eigene Ehrlosigkeit aussprechen zu hören.«

Der Schal der Frau rutschte von ihrem Haar auf die Schultern. Verächtlich schüttelte sie ihren Kopf.

»Seinen Namen auszurufen.« Caroline blieb neben dem Bett ihrer Stieftochter stehen und starrte auf sie herab. »Diese Schande. Dein Vater, der alte Dummkopf, war letzte Nacht krank vor Sorge um dich. Wegen nichts, soweit ich das sagen kann. Aber was ich auch sagte, Sir Thomas gab keine Ruhe, bis ich seinem Wunsch nachgab, hierherzukommen und nach dir zu sehen. Und wie es scheint, kennt dieser Mann seine Tochter! Aber für mich bist du doch eine echte Überraschung!«

Janet fror bei diesen Worten. Letzte Nacht hatte sie David vor der Tür gute Nacht gewünscht. Ihr Gesicht rötete sich bei der Erinnerung an ihren ersten Kuß. Das süße Kribbeln war für lange Zeit auf ihren Lippen geblieben, bis sie endlich einschlief. In ihren Träumen, später dann, waren sie zusammen gewesen. Aber das war eben nur in ihren Träumen geschehen. Diese glücklichen Momente waren reine Einbildung gewesen, die durch das Gewicht dessen erdrückt worden war, das sie verfolgt, niedergedrückt und schließlich aufgeweckt hatte.

Und dieser Kuß war das äußerste, was bislang zwischen ihnen beiden vorgefallen war. Niemals hatte David einen Fuß in ihre Kajüte gesetzt.

Aber wie kam dann seine Kappe hier herein? Ihre Augen blieben an dem blauen Stoff hängen, an der lustigen Feder. Das konnte nur Davids sein. Schnell langte Janet nach der Kappe. Sie mußte sie verstecken. Aber Caroline war schneller und nahm sie ihr vor der Nase weg.

»Zu spät, um den Beweis verschwinden zu lassen, du Schlampe.«

Janet sah mit Bestürzung zu, wie sich ihre Stiefmutter auf den Rand der Koje setzte. Sie hielt die blaue Kappe in der einen Hand, während sie langsam mit der anderen die lange Feder zerdrückte.

»Das muß natürlich dein Vater zu Gesicht bekommen.«

»Mein Vater?« Janet schluckte hörbar.

»Es tut mir leid, das sagen zu müssen, aber ich glaube, er hat es schon eine ganze Weile vermutet.« Anklagend sah Caroline Janet an. »Warum sonst hätte er mich gebeten, in dieser gottverlassenen Stunde nach dir zu sehen?«

Janet zuckte in ihrem Bett zusammen und zog ihre Beine ängstlich an sich heran. »Nein, Caroline! Es ist alles ganz anders. Ich kann mir das mit der Kappe nicht erklären, aber ...«

Die große Schottin stand langsam auf und trat, immer noch mit der Kappe des Navigators in den Händen, zu dem kleinen Fenster.

»Da wird Blut fließen«, erklärte sie, Janet den Rücken zugewandt. »Unsere Familie wird in Schande geraten, aber der üble Kerl wird dafür mit seinem verderbten Blut bezahlen.« Caroline wirbelte zu der jungen Frau herum. »Ja! Er wird dafür bezahlen. Dessen kannst du dir sicher sein.«

»Blut wird fließen? Warum?« Janet starrte auf den verschwommenen Schatten der anderen. Sie wünschte, sie könnte Carolines Gesichtsausdruck sehen, aber diese stand außerhalb der Reichweite ihrer kurzsichtigen Augen. »Aber warum? Und warum gebrauchst du solche Worte?«

»Worte? Dies sind mehr als Worte, du Hure. Wenn Macpherson keinen Schritt gegen diese schändliche Kreatur wegen eines so ungeheuerlichen Verbrechens an unserer Familie unternimmt, bedeutet das einen Kampf bis ans bittere Ende. Und wie ich deinen Vater kenne, wird er nicht ruhen, bis der Schurke tot ist.«

»David tot?« fragte Janet voller Schrecken. »Aber warum? Warum sollte er mit David kämpfen wollen? Ich habe dir doch gesagt, er hat nichts Falsches getan. Genausowenig wie ich.«

Ein Grinsen kroch über Carolines Gesicht. Ein Grinsen, von dem sie wußte, daß Janet es nicht sehen konnte. »Die Unschuld von Sir Thomas Maules einziger Tochter zu stehlen ist nicht nur falsch, Janet. Es ist ein üble und böse Sünde. Es ist ein Verbrechen, das diesen Hund teuer zu stehen kommen wird.«

»Meine Unschuld!« wiederholte Janet verblüfft. »Caroline! Er hat nichts dergleichen getan. Er … David ist ein Mann von Ehre. Er hat … nun, er hat auf jeden Fall nichts Unschickliches getan.«

Verärgert erhob Caroline ihre Stimme. »Du nennst es also schicklich, wenn er die Nacht in deiner Kajüte, in deinen Armen verbringt? Du nennst es schicklich, wenn sich einer bei der ersten Dämmerung aus dem Zimmer einer Jungfer schleicht? Nennst du es schicklich, wenn er den Beweis zurückläßt, der euch beide verurteilt?« Caroline winkte mit der Kappe in der Luft.

Janet sprang vom Bett auf und lief zu ihrer Anklägerin. »Bitte, Caroline, bitte!« rief sie. »Jeder auf diesem Schiff wird dich hören. Bitte klage ihn nicht solcher Dinge an. Wenn ich nur erklären könnte …«

»Es gibt nichts zu erklären.« Caroline lächelte höhnisch, ihr Gesicht war finster und verschlossen. »Mir gegenüber jedenfalls nicht. Ja, wenn dein Vater diese Kappe erst einmal gesehen hat, sage ich ihm, daß ich mit meinen eigenen Augen verfolgt habe, wie sich der gemeine Kriecher heute morgen aus deiner Kajüte gestohlen hat …«

Janet faßte ihre Stiefmutter am Mantel. Die Tränen strömten ihr die Wangen herunter, und ihre Stimme zitterte vor Angst und Pein. »Bitte, Caroline. Bitte tu das nicht. Du mußt mir glauben, wenn ich dir sage, daß David nicht während der Nacht zu mir kam. Alles, was geschehen ist, ist, daß er mir einen Gutenachtkuß gegeben hat und mich dann vor der Tür verlassen hat. Da habe ich ihn das letztemal gesehen. Und jetzt … und jetzt …«

»Dich geküßt?« Caroline sah auf die jüngere Frau herab, und ihr stand dabei so große Verachtung ins Gesicht geschrieben, daß Janet laut aufschluchzte. In ihrer Verzweiflung umklammerte sie noch immer den Mantel ihrer Stiefmutter. Caroline zischte ihr zu: »Jetzt reiß dich doch zusammen!«

Janet versuchte ihre Verzweiflung zu unterdrücken, vermochte sie aber nur in ein Schluchzen zu verwandeln, das ihren Körper erschütterte.

Janet Maule kannte ihren Vater. Sie kannte seine Launen. Wenn ihm Caroline tatsächlich von all diesen Dingen erzählte, gäbe es keine weitere Möglichkeit, ihm noch irgend etwas zu erklären. Er würde David verfolgen. Und dann würde einer von beiden mit höchster Wahrscheinlichkeit verletzt. Oder getötet.

Seit ihre Mutter gestorben war, hatte Janet nur ihren Vater gehabt. Er war ein ausgesprochen launenhafter und besitzergreifender Mann, aber Sir Thomas liebte sie von ganzem Herzen. Allerdings hatte er sich inzwischen auch geändert. Seine Besitzansprüche gegenüber Dingen – und

Menschen –, die er als die seinen erachtete, wurden zur bestimmenden Kraft in seinem Leben. Mißtrauen und Eifersucht lasteten ständig auf ihm und traten mit einer unerklärlichen Gewalt an die Oberfläche, die Janet erzittern ließ.

Und David? David, der sie mit solcher Zuneigung behandelte, war der einzige Mann, der ihr jemals das Gefühl gegeben hatte, schön und intelligent zu sein – und begehrenswert.

Aber jetzt würde einer von ihnen beiden – vielleicht sogar beide – verletzt werden. Mein Gott. Sie weinte und vergrub ihren Kopf in ihre Hände. Wie konnte ich nur zulassen, daß das geschah? Einer von beiden wird bestimmt getötet. Mein Gott! Mein Gott!

Das scharfe Klopfen an der Tür ließ die junge Frau zusammenfahren. Caroline sah sie mit kalten Augen an.

»Janet! Caroline!« Sir Thomas' wütende Stimme dröhnte auf der anderen Seite der Tür. »Was geht da drinnen vor sich?«

Janet spürte, daß sie ihr Zittern nicht mehr unter Kontrolle bekam. Als wäre ihr die tödliche Kälte des Winters in die Knochen gekrochen, zitterte sie am ganzen Leib. Sie wandte ihren verängstigten Blick ihrer Stiefmutter zu.

Carolines Stimme war nicht mehr als ein Zischen direkt hinter ihrem Ohr. »Du wirst tun, was ich dir sage, verstanden?««

Janet starrte in die Augen, die sich tief in ihre Seele bohrten, ohne zu begreifen, was vor sich ging.

»Caroline! Öffne die verdammte Tür!«

»Wenn du kein Blutvergießen willst, dann tust du genau das, was ich dir sage.« Caroline packte Janets Arm und hielt die blaue Kappe vor das Gesicht der Jüngeren. »Hast du verstanden?«

Sir Thomas schlug jetzt wild gegen die Tür. Wie betäubt nickte Janet, die Tränen flossen ihr über die Wangen.

»Wasch dein Gesicht, du Närrin«, schimpfte Caroline. »Ich tue, was ich kann, um deine elende Haut zu retten ... und die deines mißratenen Matrosen.«

»Wenn du nicht sofort aufmachst, dann trete ich diese verdammte Tür ein. Ich werde ...«

Caroline schob den Riegel beiseite, und die Tür schwang auf. Dann stand sie gelassen vor dem kleingewachsenen, aber um so wütenderen Mann und hatte den Ausdruck vollkommener Unschuld im Gesicht.

Sir Thomas machte einen Schritt nach vorn. Er sah sich in der Kajüte um.

Janet riß sich zusammen und ging schnell zu ihrem Bett, hob die Decke und legte sie sich um die Schultern.

»Was, zum Teufel, ist hier losgewesen?« fragte der Ritter. »Jeder von hier bis nach Rom konnte hören, wie ihr beiden gestritten habt.«

Bevor sie die Tür geöffnet hatte, hatte Caroline die Kappe vorsichtig in die Innentasche ihre Mantels gesteckt. Jetzt nahm sie ihren Mann am Ellbogen.

»Wir Frauen streiten nie, mein Lieber.« Sanft versuchte sie ihn in Richtung Tür zu schieben, aber sie hätte genausogut versuchen können, Schloß Edinburgh um seine Achse zu drehen. »Wir haben höchstens einmal eine kleine Meinungsverschiedenheit. Aber um deine Frage zu beantworten – ja, wir waren heute morgen nicht ganz derselben Ansicht. Aber ist das nicht häufig so in einer neugegründeten Familie?«

»Ja, aber ...«

»Ich wußte doch, du würdest mich verstehen«, fuhr sie fort.

»Und du bist bestimmt froh zu hören, daß wir unsere kleine Meinungsverschiedenheit inzwischen beigelegt haben. Wenn du also so nett wärst und uns beide allein lassen würdest, dann könnten wir ...«

»Ich gehe nicht, bis ich nicht weiß, über was ihr gestritten habt.« Dieses Mal hatte sich der alte Krieger an seine Tochter gewandt. Sir Thomas blickte Janet ins Gesicht und sah dort eine Träne, die noch nicht getrocknet war.

»Es ging um nichts von Bedeutung, Vater«, platzte die junge Frau heraus. »Wirklich, um gar nichts. Und mir geht es gut, Vater. Glaub mir.«

Der Mann rührte sich nicht von der Stelle, erstaunt über die letzten Worte seiner Tochter. »Natürlich geht es dir gut. Warum sollte es das nicht tun, mein Mädchen?«

»Genau, das würde ich auch sagen, Thomas«, mischte sich Caroline ein. »Jetzt mach dich aber auf den Weg und klopf nicht mehr an irgendwelchen Türen zu dieser Stunde. Wir müssen nicht noch mehr Aufmerksamkeit auf uns ziehen, als wir bereits getan haben.«

Sir Thomas öffnete seinen Mund, um ihr zu widersprechen, aber er wurde schnell durch die Hand seiner Frau zum Schweigen gebracht, die sich auf seine Lippen preßte, gefolgt von einem flüchtigen Kuß auf seine Wange.

»Mütter und Töchter haben einfach das Recht, manchmal unterschiedlicher Meinung zu sein, mein Lieber«, zwitscherte sie, während ihre Hände sich auf seine gewölbte Brust legten. »Und Janet und ich haben dir beide bestätigt, daß alles wieder in Ordnung ist. Also kannst du dich getrost auf den Weg machen, mein großer Bär. Janet und ich wollen unser Gespräch nur noch rasch zu einem Ende bringen.«

Die Augen der Mannes wurden ganz weich, als sie seinen Arm an ihren warmen Körper drückte. Caroline hatte noch nie so offen ihre Zuneigung gezeigt.

»Geh nur zurück zu deiner Kajüte«, schnurrte sie verführerisch, »ich komme dann gleich nach – sobald wir hier fertig sind. Und dann erzähl ich dir alles, was du wissen möchtest.«

Als er den verschleierten Blick seiner Frau sah, gab er ihr sogleich nach.

»Ja«, nickte Caroline bedeutungsschwer. »Alles.«

Als sich die Tür hinter ihrem Vater schloß, beobachtete Janet ängstlich, wie sich ihre Stiefmutter umwandte und mit einem bösartigen Siegerlächeln auf den Lippen auf sie zutrat.

Janet Maule erschauderte vor Angst.

»Schachmatt!«

»Zweimal hintereinander. Und kein Mitleid mit einer armen, verwundeten Frau!«

Isabel starrte entsetzt auf das erlesene Schachbrett aus Elfenbein und Ebenholz, das neben ihr auf der Decke lag, dann blickte sie drohend auf den gutaussehenden Kommandanten, der auf einem Stuhl neben ihrem Bett Platz genommen hatte.

»Wenn Ihr mich damit beeindrucken wollt, junger Mann, dann liegt Ihr aber falsch.«

»Euch beeindrucken?« wiederholte John mit einem Lächeln. »Nein, Lady Isabel, dieser Gedanke wäre mir nie in den Sinn gekommen. Und warum sollte ich das auch wollen?«

»Weiß der Himmel«, gab Isabel verdrießlich zurück. »Vor allem wenn man bedenkt, daß Euch das so oder so nicht gelingen würde.«

John stellte die geschnitzten Spielfiguren zurück auf ihren Platz und blickte gelegentlich auf, um den forschenden Blick der alten Frau zu erwidern.

»Was habt Ihr gegen mich?« fragte er und griff nach der schwarzen Königin, die halb verborgen in den Falten des Bettüberwurfs lag.

»Welche Absichten habt Ihr?« fragte Isabel zurück. »Was Maria betrifft.«

John ließ seine Finger über die kühle Oberfläche der schwarzen Schachfigur gleiten. Er stellte die Königin neben den König auf das Brett und richtete dann seine Aufmerksamkeit wieder auf Isabel.

»Ganz einfach, Lady Isabel. Freundschaft.«

»Ach was, Freundschaft ist alles andere als einfach, Sir John. Aber selbst wenn es das wäre, dann erwartet Ihr doch nicht ernsthaft von mir – einer Frau von Welt –, daß ich so etwas glaube. Maria ist viel zu schön, und Ihr seid viel zu anziehend für so etwas ›Einfaches‹.«

»Mylady, Ihr seid zu großzügig mit Euren Komplimenten gegenüber einem solch wettergegerbten Seewolf wie mir«, witzelte John.

»Ihr seid ein Narr, wenn Ihr denkt, ich mache Euch Komplimente«, Isabel zog die Decke bis an ihr Kinn hoch. »Ich sage Euch nur, was ich sehe und wovor mich meine Erfahrung warnt.«

»Ich gehe davon aus, daß wir nicht mehr weiterspielen«, sagte er und stellte rasch die Königin auf ihren Platz auf dem Brett.

»Fürs erste«, antwortete die Frau.

Der hünenhafte Kommandant stand auf und trug das Schachbrett ans andere Ende des Zimmers. Isabels Mittagsmahl stand auf einem Tablett auf dem Tisch, und der Kommandant nahm das Tablett und kehrte damit zu ihr zurück.

Während sie ihn so beobachtete, war Isabel mehr denn je überzeugt, daß zwischen Maria und diesem Krieger den Abend zuvor etwas vorgefallen war. Die verwundete Frau hatte nach dem Abendessen vor sich hingedöst, als das Geräusch der hinter Maria zufallenden Tür sie aufgeweckt hatte. Isabel war in ihrem Bett geblieben, in Sorge um ihren jungen Schützling, und hatte sich gezwungen, wach zu bleiben. Sie wußte, daß die junge Frau zu Sir John gehen wollte. Maria hatte ihm zuvor ihr Wort gegeben, und die junge Königin hatte noch einmal mit ihm sprechen wollen, um die getroffene Vereinbarung aufzukündigen.

Der Schleier der Arzneien hatte sich über ihr Gedächtnis gelegt, aber Isabel konnte sich noch wie von ferne daran erinnern, wie Maria in der schwach erleuchteten Kajüte gestanden und mit dem Rücken gegen die Tür gelehnt in die Luft gestarrt hatte. Beim ersten Morgendämmern war Isabel noch einmal kurz aufgewacht und hatte im flackernden Schein der Lampe unter Marias Kajütentür den Schatten ihrer jungen Nichte gesehen; sie war hinter der Tür auf und ab gegangen. Maria war offensichtlich die ganze Nacht wach gewesen.

Irgend etwas war zwischen den beiden vorgefallen, und Isabel konnte sich gut vorstellen, was das gewesen sein mochte.

Die Ankunft des Schiffskommandanten an diesem Morgen, kurz nachdem das Dienstmädchen gegangen war, paßte dazu. Der Schotte hatte sich nicht nach Maria erkundigt, aber Isabel war nicht dumm. Der Mann hatte in der Kajüte herumgetrödelt, den Krankenpfleger gespielt und ein Gespräch mit der alten Frau angefangen. Immer wieder, wenn er geglaubt hatte, daß Isabel es nicht bemerken würde – hatte der Schotte einen verstohlenen Blick auf Marias geschlossene Tür geworfen.

Inzwischen war es nach Mittag, und Maria war noch immer nicht aus ihrer Kajüte herausgekommen. Aber Isabel war sich sicher, daß ihre junge Nichte sich sehr wohl der Gegenwart des Kommandanten bewußt war. Die Tür zwischen den beiden Räumen vermochte sein tönendes Lachen und seine klare Stimme wohl kaum zu dämpfen. Aber Maria blieb weg.

Isabel ignorierte das Tablett mit dem Essen und blickte den schwarzhaarigen Hünen argwöhnisch an. Sie mußte mehr herausfinden. Sie war älter und schlauer als diese beiden jungen Leute zusammen. Sie würde mehr über ihr Spiel herausbekommen. Schließlich befahl das schon ihre Verantwortung gegenüber Maria als ihrer Nichte.

»Trinkt das«, ordnete er an und hob eine Tasse von dem Tablett. Isabel betrachtete mißtrauisch den Becher, den John ihr hinhielt.

»Was soll das sein? Ein Liebestrank, damit ich Euch lieber mag?«

»Nun, diese Möglichkeit besteht wohl kaum, oder?« antwortete John und lächelte die alte Frau mit jenem schwachen Lächeln an, das sie ihm zubilligte. »Nein, es ist selbstverständlich Gift.«

»Das hätte ich mir doch gleich denken können.« Isabel nahm den Becher und roch an der Flüssigkeit. »Es wird ein Schlaftrunk sein. Einer, der mich für Tage bewußtlos macht, damit der Weg zu meiner Nichte frei ist.«

»Es ist nur Wasser und ein paar Tropfen von diesem und jenem«, antwortete John und ging über ihre spitze Bemerkung hinweg. »Jedenfalls wird es Euch helfen, wieder zu Kräften zu kommen ... wenn nicht gar wieder zu Eurem Humor.«

Isabel hob die Tasse an ihre Lippen. »Wie kommt Ihr darauf, daß ich jemals so etwas hatte?«

»Kräfte?«

»Nein, Humor natürlich.«

»Euer Alter, Lady Isabel. Ihr müßt beinahe ... vierzig sein?«

»Oh, wie hinterlistig Ihr doch seid!«

»Und niemand kann die Jugend hinter sich bringen und dabei die ganze Zeit so reizbar gewesen sein wie Ihr.« John sah unschuldig auf die alte Frau, als sich auf deren Gesicht ein boshaftes Lächeln breitmachte.

»Ihr seid ein Teufel, wißt Ihr!« rief sie aus und erhob einen Finger gegen den lächelnden Schotten. Ein weiteres Mal führte sie den Becher an ihre Lippen.

»Aber zu der Frage, wie ich Euch aus dem Weg schaffe ...«

Die Frau unterbrach ihn plötzlich. »Es ist Gift, oder?«

»Nein, ist es nicht, ich versichere es Euch.« Er schüttelte seinen Kopf. »Aber ich muß mit Maria sprechen, nichts weiter, ich möchte nur mit ihr sprechen, und zwar unter vier Augen.«

Isabel nippte an dem Becher und betrachtete ihn. Auch er hatte die letzte Nacht nicht viel Schlaf abbekommen, vermutete sie. »Habt Ihr deshalb den ganzen Morgen bei mir den Krankenpfleger gespielt?«

»Nein, denn ich habe wenig Spaß daran, mich mit Worten zur Schnecke machen und mit mir umgehen zu lassen, als wäre ich irgendein Spitzbube. Ihr habt also ganz recht.«

»Ich bin froh, daß wir uns so gut verstehen.« Isabel nickte zufrieden.

John machte den Mund auf, um fortzufahren, aber erkannte dann, daß es – zumindest im Moment – klüger wäre, sich fürs erste geschlagen zu geben.

»Ihr sagt also, Ihr möchtet mit meiner Nichte unter vier Augen reden.« Isabel antwortete auf das kurze Nicken des Kommandanten mit einem heiteren Lächeln. »Wozu?« rief sie und warf mit einer ausladenden Geste beinahe das Tablett mit dem Essen um.

John blickte die Frau an. »Lady Isabel, ungeachtet dessen, was ich eben noch gesagt habe – wart Ihr eigentlich schon immer so freundlich, oder hat die Wunde an Eurer Schulter noch zu Eurem Charme beigetragen?«

Isabel ignorierte seine Bemerkung. »Hört auf, mich anzuknurren wie ein Köter und beantwortet meine Frage.«

»Ich soll derjenige sein, der knurrt ...?« Johns Augen

wurden schmal. »Warum kümmert Ihr Euch nicht um Eure eigenen Angelegenheiten und hört auf, in den Affären anderer Leute herumzuschnüffeln?«

»Affären! Da habt Ihr ja wohl ein angemessenes Wort gewählt!« schnaubte Isabel. »Ich werde nicht meine Umgangsformen ändern, nur weil ein schottischer Pirat es von mir verlangt!«

»O doch, das werdet Ihr«, antwortete John. »Maria ist dreiundzwanzig Jahre alt, um Gottes willen. Wenn die Frau in Schottland leben würde, würde sie jetzt schon ihr sechstes Kind nähren und nicht nur versuchen mit ihren Affären fertig zu werden ... ähm, ich meine Angelegenheiten ..., sondern obendrein noch mit denen ihres Ehemanns und ihrer Kinder. Und wenn sie mit einem Gutsherren verheiratet wäre, dann wäre sie in der glücklichen Lage, sich auch noch um die Angelegenheiten all derer, die in dem Dorf leben, zu kümmern.«

»Haltet ein!« unterbrach ihn Isabel. »Wollt Ihr damit sagen, daß sie alt ist?«

»Nein, ich will damit nur sagen, daß Ihr Euch in Dinge einmischt, die Euch nichts angehen!«

Bevor Isabel das Wort ergriff, setzte sie mit einem lauten Knall ihren Becher auf dem Tablett auf. »Ich bin für Maria verantwortlich. Ich muß mich um sie kümmern.«

»Man muß sich um ein Kind kümmern«, wandte John ein. »Aber doch nicht um eine erwachsene Frau.«

Isabel biß sich auf die Zunge. So groß die Versuchung auch war, sie konnte ihm nicht die Wahrheit über Maria sagen. Daß Maria als Königin und Schwester des Kaisers – egal, wie alt sie war und in welcher Lage sie sich befand – jemanden brauchte, der sich um sie kümmerte. Sie war versucht, ihm zu sagen, was für ein gefährliches Spiel er da – unwillentlich – spielte.

»Isabel, Ihr scheint mir eine intelligente, weltgewandte Dame zu sein ...«

»Bringt mich bloß nicht zum Lachen«, unterbrach sie ihn barsch.

»Nun gut, dann nicht«, antwortete John. »Isabel, Ihr seid

doch eine schlaue, mißtrauische, widerspenstige Frau und Anstandsdame.«

»Das ist schon besser«, Isabel strich die Decke auf ihrem Schoß glatt. Als sie seine hochgezogenen Augenbrauen sah, nickte sie ruhig. »Ihr dürft fortfahren.«

»Danke. Was ich sagen wollte – wenn Ihr mich nicht noch einmal unterbrecht –, ist, daß Ihr mit all Eurer Weltgewandtheit und all Euren großartigen Einsichten nicht über Euren eigenen Tellerrand hinauszusehen vermögt. Ja, Ihr habt von Maria nicht die geringste Ahnung.«

»Aber Ihr, so nehme ich an!«

John hob eine Hand, um Ruhe zu bitten. »Laßt mich ausreden.«

»Nun gut. Das wird bestimmt recht unterhaltsam.«

»Daß ich heute morgen aus dem Wunsch, Eure Nichte zu sehen, hierhergekommen bin, dient sowohl ihrem als auch meinem Wohl. Und Ihr werdet doch nicht auch nur einen Moment lang glauben, daß ich die Stirn habe, Euch zu besuchen, wenn ich Maria zu meiner Geliebten machen wollte.« Als er sah, daß ihre Lippen ganz schmal wurden, wußte John, daß er sich jetzt zumindest ihrer Aufmerksamkeit sicher sein konnte. »Ich kenne Maria erst seit ein paar Tagen, aber ich glaube, ich habe in dieser Zeit eine Seite an ihr kennengelernt, die Ihr offensichtlich, nachdem Ihr schon ihr Leben lang in ihrer Nähe seid, nicht bemerkt habt.«

»Das bezweifle ich«, warf Isabel ein.

»Natürlich. Weil Ihr die Wahrheit nicht hören wollt.« John beugte sich nach vorn und stützte die Ellbogen auf seine Knie. Seine Augen bohrten sich in Isabels. »Maria besitzt sowohl außerordentliche Schönheit als auch erstaunliche Intelligenz, aber in ihr stecken noch die Ängste eines Kindes. Sie scheint verschreckt, unsicher, verloren. Sie ist eindeutig nicht bereit, dem Leben die Stirn zu bieten. Ich würde – von dem ausgehend, was ich gesehen habe – meinen Lohn verpfänden, daß Maria es immer als das Sicherste ansehen würde, vor Hindernissen davonzulaufen, statt stehenzubleiben und sie zu überwinden versuchen. Nachdem ich Euch kennengelernt habe, Lady Isabel, und gesehen habe, wie Ihr sie beschützt, ist es nicht allzu schwer, sich vorzustellen, daß es ihr auch stets gestattet war, vor Problemen davonzulaufen. Solchen Problemen natürlich nur, die Ihr nicht für sie löst.«

»Das ist nicht …«

»Laßt mich ausreden«, unterbrach John sie. »Versetzt Euch in ihre Lage. Behandelt sie so wie Ihr behandelt werden wollt, wenn Ihr in Marias Alter und in ihrer Lage wärt. Nur darum bitte ich Euch. Vergeßt nicht, ein Kind wird niemals gehen lernen, wenn Ihr seine Hand nicht loslaßt.«

»Aber es könnte fallen.«

»Ja, und dann steht es wieder auf, und irgendwann kann es allein gehen«, antwortete er.

»Aber manche Kinder dürfen nicht hinfallen.«

Isabel hielt inne und verfiel für einen Moment in Schweigen. Sie selbst war nie vor dem Leben geschützt worden wie Maria. Aber sie war auch nur die alternde Tante des Herrschers über das Heilige Römische Reich.

»Ihr habt genug gesagt«, sagte sie leise. »Wenn das nicht meine Angelegenheit sein soll, ist es noch viel weniger Eure.«

»Vielleicht, Mylady«, fuhr John fort. »Aber da ist noch mehr. Maria ist unglücklich. Wir haben miteinander gesprochen, Isabel, und ich glaube, sie war noch nie wirklich glücklich. Noch nie.«

»Sie hatte eine … gute Ehe«, warf Isabel zaudernd ein und wußte in dem Augenblick, als sie die Worte aussprach, daß Marias Ehe, was Glück und Liebe anging, wenig für sich in die Waagschale werfen konnte.

»Ich weiß, daß sie verheiratet war. Sie hat mir davon erzählt. Und ich weiß, was für eine Art von Ehe es gewesen sein muß, wenn sie nach vier gemeinsamen Jahren kein Gefühl des Verlustes für ihn in ihrem Herzen trägt. Ich kenne diese Art Ehe, Isabel. Es ist eine Ehe, die Familien gemäß ihrer ureigensten Interessen vereinbaren.«

»Hat Sie Euch das erzählt?« fragte Isabel, und der Schreck stand ihr ins Gesicht geschrieben. Kein Wunder, daß Maria eine schlaflose Nacht verbracht hatte.

John nickte. »Sie braucht einen Freund, Isabel. Und für die wenigen verbleibenden Tage möchte ich ihr dieser Freund sein.«

Isabel starrte ihn lange an. Er gab sich eindeutig Blößen, um sie von seinen guten Absichten zu überzeugen. Ein Mann seines Ranges und seines Aussehens hätte eine andere Haltung annehmen können, eine, die keine Auseinandersetzung mit Isabel mit sich gebracht hätte.

»Es ist wahr, wir scheinen in diesem Nebel nirgendwohin zu steuern, aber warum solltet Ihr Eure Zeit mit Maria verschwenden, Sir John?« fragte sie schroff. »Es sei denn, Ihr gebt zu, andere Motive zu haben?«

»Welche anderen Motive?« fragte John ruhig.

»Mich legt Ihr nicht herein, junger Mann. Dinge ...« Sie wischte mit der Hand durch die Luft. »Dinge, die zwischen Mann und Frau passieren. Ich habe noch nicht dieses fortgeschrittene Alter erreicht, in dem man wie hinter den Mauern eines Klosters lebt, müßt Ihr wissen.«

»Da bin ich mir sicher, Mylady. Aber dann frage ich Euch, warum Ihr Maria so behandelt, als sollte sie hinter Klostermauern leben.«

Isabel blickte ihn an, unfähig, diese Frage zu beantworten.

»Lady Isabel, es ist nicht von der Hand zu weisen, daß Maria Euch vertraut. Aber dieses eine Mal haltet Euch fern und laßt Maria auf ihren eigenen Füßen stehen. Ich will sie nur darum bitten, mit mir und mit anderen ein wenig Zeit an Bord zu verbringen. Wie Ihr schon gesagt habt, dieses Schiff wird bei einem solchen Nebel nirgends hinfahren. Was kann denn schon angerichtet werden, wenn wir, solange wir an Bord sind, ein paar freundliche Worte miteinander wechseln?«

»Sie hat ihren Ruf zu verlieren«, warf Isabel ein. »Und ... um ehrlich zu sein, ich bin nicht besorgt wegen irgendwelcher Worte, die Ihr miteinander wechseln könntet.«

Er wollte es zwar nicht zugeben, aber John wußte genau, worauf sie anspielte.

»Gut, ich fühle mich von dem Mädchen angezogen, aber

ich gebe Euch mein Wort, daß ich sie, während wir auf See sind, nicht in meine Kajüte locken und sie nicht in mein Bett ziehen werde.«

Seine Offenheit und dieses Angebot brachten Isabel zum Schweigen. Er hatte das Versprechen gegeben, was sie ihm hatte abnehmen wollen. »Euer Wort darauf?«

»Mein Wort«, wiederholte er.

Die alte Frau dachte über das eben Gesagte nach. Wenn sie ihm ins Gesicht sah, hatte sie keinen Zweifel daran, daß er es mit seinem Versprechen ernst meinte. Sie hatte Maria dumm genannt, weil sie seinen Worten vertraut hatte. Und jetzt tat sie es selbst. Sie ließ es zu, sich von ihm einwickeln zu lassen.

Aber er hatte ja recht. Maria war unglücklich. Sie war immer unglücklich gewesen. Diese Traurigkeit war der Grund gewesen, warum sie Kastilien verlassen hatten. Um Maria vor sich selbst und vor ihrem Bruder zu retten. Oh, ich möchte in der Hölle schmoren dafür, schwor sich Isabel leise. Wenn dieser Schotte Maria zum Lachen bringen und sie glücklich machen konnte, und wenn auch nur für wenige Tage, dann sollte er das tun. Maria hatte immer in einer Art von Düsternis gelebt, erkannte sie, es war ihr nie wirklich erlaubt gewesen, die Sonne oder den Regen auf ihrer Haut zu spüren. Was die Zukunft für sie bereithielt, war unklar, aber Isabel wußte, daß die Nachteile weit überwogen. Bald würde Maria ihren Platz als Königin einnehmen, und wenn nicht in Schottland, dann an einem anderen Ort. Dies war vielleicht ihre einzige Möglichkeit. Hier, in diesem Nebel.

»Nun gut, zeigt ihr etwas vom Leben«, sagte Isabel schließlich.

Kapitel 10

Die junge Frau machte einen Knicks, bevor sie die Münze in ihrer Schürze verschwinden ließ und eilig aus dem Zimmer trat.

Als sie leise die Tür hinter sich zugemacht hatte, sprang Caroline aus ihrem Bett. Sie warf ihr dichtes blondes Haar nach hinten und ging zu dem hohen Tisch, auf den sie soeben den Ring und die Goldkette gelegt hatte. Nur mit Mühe war es Caroline gelungen, der Dienerin nicht zu zeigen, wie erpicht sie auf jedwede Art von Information über ihre Feindin war. Wenn sie zuviel Interesse zeigte, würde sie nur die Preise in die Höhe treiben. Caroline lächelte selbstgefällig, als sie daran dachte, wie billig sie davongekommen war. Die kleine Spionin war auf Carolines Schauspielerei hereingefallen. Soweit es die junge Frau anging, hatte das, was sie aus Marias Kajüte gestohlen hatte, keinerlei Wert, und entsprechend gering war sie auch von Caroline entlohnt worden.

Caroline nahm den verzierten Ring und die Kette in ihre Hand und hielt beide näher an das flackernde Licht der Kerze. Der Ring sah wie ein Ehering aus, diente aber wohl gleichzeitig als Siegelring. Die komplizierte, sehr auffällige Prägung stellte ein Wappen dar, das Caroline schon einmal gesehen hatte, aber im Augenblick nicht wiedererkannte. Sie musterte den Ring eingehend und bewunderte den wilden Löwen, der eine Krone trug und in einem Kranz von eingravierten Blättern und Blumen saß. Sie sah noch einmal hin. Das Schild auf der Brust des Löwen zeigte ein anderes Symbol. Sie zwinkerte. Es war ein doppelköpfiger Adler.

Viele Familien in Europa verwendeten diese Tiere in ihrem Wappen, aber dieses hier war besonders elegant. Sie durchforstete ihr Gedächtnis und versuchte sich zu erinnern, wo sie diese Kombination schon einmal gesehen hatte, aber vergeblich.

Nun, es war ein Anfang, dachte sie und ließ den Ring an der Kette baumeln. Caroline lächelte, als sie die Schmuckstücke in ihrer Hand wog. Sie würde noch mehr herausfinden. Schließlich war dies erst der Anfang.

»Was meinst du damit, wir bekommen Gesellschaft?« fragte Maria und blickte auf Isabels Kleid. Das tiefe Braun des Stoffes zauberte ein wenig Farbe in das Gesicht ihrer Tante. Isabel sah so gut wie lange nicht mehr aus.

»Da hinten, neben dem Schachbrett, liegt dank unserer Gastgeber auch ein schönes Kleid für dich. Ich empfehle dir, es anstelle des alten anzuziehen.« Isabel gab der Dienerin einen Wink. »Ich bin es müde, dich Tag für Tag in demselben Fetzen zu sehen. Und an deiner Stelle würde ich mich auch beeilen, denn ich brauche deine Hilfe. Es ist nicht mehr viel Zeit, bis unsere Gäste zum Abendessen kommen.«

Verwundert sah Maria zu, wie ihre Tante das Dienstmädchen herumkommandierte. Noch als sie in ihrer Kajüte gewesen war, hatte sie überrascht gehört, wie ihre Tante dem jungen Mädchen ihre Befehle erteilte, als sie aber Isabels Raum betrat, hätte sie nie erwartet, in ein solches Durcheinander zu geraten. Die Möbel waren umgestellt worden, und ein weiterer Tisch, beladen mit Brot, Fisch und Kuchen, war hereingebracht und in einer Ecke aufgestellt worden. Das Mädchen stand hinter ihr, bereit, ihr zu helfen, aber Maria richtete ihre Aufmerksamkeit auf Isabel.

»Du bist seit gestern abend zu einer anderen Frau geworden«, sagte Maria anklagend. »Dieses Abendessen hier! Unterhaltung! Isabel, du kennst doch keine Menschenseele auf diesem Schiff. Warum lädst du sie dann zum Essen ein?«

Maria deutete auf den wunderschön gedeckten Tisch, der auf sie wartete. »Wir sind hier doch nicht auf deinem ...« Maria wollte schon ›Schloß in Kastilien‹ sagen, unterbrach sich aber, als sie sich der Anwesenheit der anderen Frau bewußt wurde. »Du bist doch zu Gast hier! Gar nicht von der Wunde an deiner Schulter zu reden, die noch lange nicht so weit geheilt ist, daß ...«

»Ich will nichts mehr davon hören, junge Frau. Nun mach

dich endlich fertig. Geh. Zieh dich um und mach dich schön. Ich möchte hier nicht für alles allein verantwortlich sein.«

Maria unternahm keinerlei Anstalten zu gehen. »Wie bist du denn überhaupt auf die Idee gekommen? Das hat etwas mit dem Besuch von Sir John heute morgen zu tun, nicht wahr?«

»Hast du etwa am Schlüsselloch gelauscht, Maria?«

»Da ist doch gar kein Schlüsselloch!« gab Maria zurück. Und sofort breitete sich auf ihren Wangen eine leichte Röte aus, als sie daran dachte, daß die Dienerin ihnen die ganze Zeit zuhörte. »Du weißt, daß ich so etwas nie tun würde.«

»Du hast aber mitbekommen, daß er hiergewesen ist.«

Maria nickte. »Gewiß, ich habe seine Stimme erkannt, als er hereinkam, aber ich habe bei eurem Streit natürlich nicht gelauscht.«

Isabel lächelte. »Du hast uns also streiten gehört?«

Maria wurde tiefrot und blickte ihre Tante an. »Beantworte doch einfach meine Frage, Isabel. Hat dieses Abendessen etwas mit dem Besuch von Sir John zu tun?«

»Begleite sie rüber«, befahl Isabel der jungen Dienerin, ohne auf Marias Frage einzugehen. »Begleite sie rüber und hilf ihr beim Umziehen. Und wenn ihr beide schon mal dabei seid, sieh zu, was du mit ihren Haaren anstellen kannst. Irgend etwas Nettes, ja?«

Maria sagte nichts, wollte aber auch nicht klein beigeben. Da klopfte es an der Tür, und sie sah zu ihrem höchsten Erstaunen, daß auf die Aufforderung ihrer Tante hin Christie und zwei Matrosen hereinmarschiert kamen und Teller mit Früchten und Weinflaschen brachten.

»Nun mach schon, Maria«, sagte Isabel ungeduldig.

Maria kehrte dem Trubel in der Kajüte den Rücken und trat in die Stille ihrer eigenen kleinen Kammer. Das Mädchen hatte bereits die Unterkleider und das Kleid auf der schmalen Koje ausgebreitet.

»Ich komme schon allein zurecht«, sagte Maria freundlich zu dem jungen Mädchen. »Du wirst meiner Tante zu größerem Nutzen sein als mir.«

Als das Mädchen einen höflichen Knicks gemacht hatte

und gegangen war, blieb Maria erst einmal reglos stehen und dachte über die neue Wendung der Ereignisse nach. Sie war fest entschlossen, ihn nicht mehr zu sehen. Und sie hatte Isabel auch nicht angelogen, als sie sagte, daß sie das Gespräch heute morgen nicht belauscht hatte, auch wenn es nicht leicht war, nicht hinzuhören, als ihre Stimmen lauter wurden.

Die letzte Nacht war lang und aufreibend gewesen. Sie hatte stundenlang in ihrer schmalen Koje wach dagelegen, verfolgt von den widerstreitenden Gefühlen von Verpflichtung und Freiheit – und auch wegen anderer Dinge. Sie hatte in das flackernde Licht der Dochtlampe gestarrt, innerlich aber stand ihr sein Bild vor Augen – John Macpherson und seine magischen Berührungen, seine sanften Worte. Wie sie so dalag, konnte sie immer noch die unglaubliche Leidenschaft ihrer Begegnung spüren. Wie kam es, daß sie nie zuvor ein solches Begehren empfunden hatte? Warum hatte sie niemals auch nur geahnt, daß solche Gefühle existieren? Ein Leben voller Disziplin, in dem sie immer das Richtige tun und alle ihre Gefühle kontrollieren mußte, war in einem einzigen Moment durcheinandergewürfelt worden. Er hatte dem Vergessen und der Leidenschaft die Bahn bereitet. Ein Aufruhr von Gefühlen rüttelte an den Grundfesten ihrer Vernunft, aber noch gab sie nicht auf. Sie konnte es sich nicht erlauben, völlig zu kapitulieren. Ihre Zukunft war zu unsicher. Und was als ihre Zukunft geplant war, war zu ... zu eng mit ihm verknüpft.

Als sich die Dämmerung mit ihrem ersten Grau, das den östlichen Himmel heraufzog, ankündigte, war sie erschöpft in einen unruhigen Schlaf gesunken. Sie wußte, daß sie gute Gründe hatte, sich von ihm fernzuhalten – auch nachdem sie von dem sanften, einnehmenden Klang seiner Stimme in der Kajüte nebenan aufgeweckt worden war. Aber jetzt, nachdem sie gesehen hatte, welche Pläne in Isabels Kajüte geschmiedet worden waren, fragte sie sich, ob es wirklich das Richtige gewesen war.

Maria zog die Bänder auseinander, die ihr Kleid auf der Vorderseite zusammenhielten, und stieg aus dem Gewand.

Wer mag wohl zu dem Abendessen dazukommen? fragte sie sich. Die schottischen Adelsmänner und -frauen schienen sich die meiste Zeit mit Kartenspielen in der Offiziersmesse zu vertreiben oder damit, in den engen Korridoren miteinander zu plaudern. Soweit sie es mitbekommen hatte, hatten nur wenige der Schotten Interesse an ihnen beiden gezeigt. Allein Janet Maule war von Anfang an freundlich zu ihnen gewesen und um ihr Wohl bemüht. Natürlich hatte auch keiner der anderen sie aufgesucht. Maria betrachtete das weiche, cremefarbene Kleid, das auf ihrer Koje lag, und hätte wetten mögen, daß es eine Gabe von Janet war. Und was die Gesellschaft heute abend betraf, wußte Maria, daß weder sie noch Isabel irgend jemanden außer der Familie Maule von der schottischen Delegation kennengelernt hatten.

Während sie sich umzog, spürte Maria plötzlich einen Kälteschauer durch sich hindurchgehen, auch wenn die Kajüte vor den niedrigen Temperaturen draußen einen guten Schutz bot. Rasch stieg sie in das weiche Wollkleid.

Gedankenverloren zog sie die Bänder vorn an dem tiefen Ausschnitt zu und sann über die verschiedenen Möglichkeiten nach, wer sie besuchen kam. Es waren nur wenige. Abgesehen von dem Arzt, den Isabel wiederum nicht sonderlich zu schätzen schien, gab es eigentlich nur die Maules.

Ihr Blut stockte ihr fast in den Adern bei dem Gedanken, mit Sir Thomas an einem Tisch zu sitzen und zu speisen. Der schottische Ritter hatte sie in den Armen von Sir John gesehen. Er hielt sie bestimmt für ein ganz und gar loses Frauenzimmer. Und dann war da noch Lady Caroline Maule. Letzte Nacht hatte sie nackt und äußerst willig im Bett des Kommandanten gelegen. Caroline Maule war ein loses Frauenzimmer. Maria überlegte, welche Strafe in Schottland wohl auf Ehebruch stand. Schließlich war da noch Janet. Die liebe, stets bemühte Janet. Maria war fertig und hatte ihre Bänder geschlossen. Janet würde sie gern näher kennenlernen.

Vielleicht käme ja auch David Maxwell. Der angenehme

Schotte würde eine unterhaltsame Bereicherung für jede Gesellschaft darstellen. Maria wußte, daß Janet Maule nichts dagegen haben würde, wenn der Navigator anwesend wäre.

Und dann war da noch John Macpherson.

Maria beugte ihren Kopf zur Seite und begann, ihre lange, ungebändigte Mähne mit schnellen Bürstenstrichen zu glätten. Sie konnte die Hitze in ihrem Gesicht spüren, das Kribbeln ihren Rücken hinunter. So gern sie es geleugnet hätte, der bloße Gedanke an den Mann jagte einen Schauer durch ihren Körper.

Sie strich ihr schwarzes Haar über die Schultern, richtete sich auf und hielt auf einmal inne. Ja, er würde da sein. Sie würde ihn wiedersehen ... heute abend. Mit einemmal war sie sich ihres Herzschlags in ihrer Brust gewahr, und sie blickte an sich hinunter und fragte sich besorgt, wie sie wohl aussah. Dann wurde ihr plötzlich klar, wie absurd all ihre Gedankengänge doch waren, und sie mußte lächeln. Den einen Augenblick beklagte sie sich darüber, was Isabel getan hatte, den nächsten zitterte sie vor Aufregung vor der Aussicht auf den bevorstehenden Abend.

Vor dem Spiegel, den ihr das Dienstmädchen an das Fenster gestellt hatte, prüfte Maria ihr Erscheinungsbild. Ihr schwarzes Haar fiel ungeflochten und schmucklos über ihre Schultern. Auf dem cremefarbenen Kleid waren mit Goldfäden strenge geometrische Formen eingewoben, aber das Kleid wirkte insgesamt sehr einfach. Es hatte keine Knöpfe aus Perlen oder Gold als schmückendes Beiwerk, und auf Marias Haut blitzten auch keine Juwelen. Es gab keine glamouröse oder majestätische Fassade, hinter der sie sich vor der Welt hätte verstecken können. In einem Augenblick unbändiger Freude sah Maria sich selbst im Spiegel und genoß den Anblick, der sich ihr bot, vielleicht zum erstenmal in ihrem Leben. Wenn sie in den Spiegel sah, dann erblickte sie dort eine Frau. Einfach, ungekünstelt, ungeschmückt ... echt.

Die Faust des jungen Navigators schlug heftig gegen die Tür. Er wußte, daß Janet da drinnen war. Sie war weder in der Offiziersmesse mit ihrem Vater noch oben auf den Decks gewesen.

»Mistreß Janet!« Er hob noch einmal seine Hand, aber bevor er erneut anklopfen konnte, schwang die Tür auf.

Mit einem einzigen Blick in das verweinte Gesicht der jungen Frau löste sich Davids Zorn in Luft auf; er betrat das Zimmer und nahm sie in seine Arme.

Janet Maule ließ sich in seine Umarmung sinken. In ihr breitete sich das Gefühl von Geborgenheit und Sicherheit aus, als er seine Arme um sie schloß. Den ganzen Tag lang war sie in ihrer Kajüte geblieben und hatte verzweifelt um irgendeine Eingebung gebetet, einen Plan, der sie durch den Alptraum, der ohne Zweifel auf sie wartete, geleiten könnte.

»Schließ die Tür, bitte«, flüsterte sie. »Ich möchte nicht, daß er dich in meiner eigenen Kajüte von hinten ersticht.«

»Erstechen?« Davids Augenbrauen gingen vor Überraschung in die Höhe. »Wer will mich erstechen, meine Liebe?«

»Mein Vater«, platzte sie heraus, bevor sie sich seinen Armen entzog. Sie trat hinter ihn, blickte nervös in den Korridor und schloß dann die Tür.

David beobachtete, wie ihre langen weißen Finger zitterten, als sie den Riegel vorschob.

»Was ist geschehen, Janet?«

Sie wandte sich um und sah ihn an. Erschöpft lehnte sie sich mit ihrem Rücken gegen die Kajütentür. »Inzwischen wird Caroline ihm mit ziemlicher Sicherheit gesagt haben, daß du letzte Nacht hiergewesen bist.«

»Letzte Nacht?« widerholte David. Es war doch niemand im Korridor gewesen, als er Janet einen Gutenachtkuß gegeben hatte. »Was ist denn los?«

Die junge Frau wischte sich die Tränen ab, die ihr die Wangen hinunterliefen. »David, warum bist du nicht weggeblieben?« Ihre Stimme überschlug sich fast vor Angst. »Warum bist du bloß zurückgekommen, während ich geschlafen habe?«

»Während du geschlafen hast?« David fühlte sich langsam wie ein Narr, weil er alles, was sie sagte, erst einmal wiederholte, aber er hatte keine Ahnung, wovon sie eigentlich sprach.

»Es ist so demütigend, wenn man auf diese Weise entdeckt wird«, fuhr sie unter Tränen fort. »Caroline hat mich behandelt, als wäre ich irgendeine dahergelaufene ...«

»Einen Augenblick bitte, Kleines«, David schüttelte den Kopf. »Ich habe keine Ahnung, wovon du eigentlich sprichst. Wenn wir in übles Wetter segeln ...«

Janet ging von der Tür weg und schob sich an ihm vorbei. Ihr Gesicht hatte einen gehetzten Ausdruck angenommen.

»Sie hat dich gesehen, David. Sie hat dich gesehen!« Janet schluchzte. »Und ich bin mir sicher, daß sie es meinem Vater sagen wird – wenn sie es nicht schon längst getan hat.« Die junge Frau stürzte zu ihm und ergriff seine Hände. »David, du mußt dich verstecken! Gibt es einen Ort, wo du hingehen kannst? Auf eines der anderen Schiffe. Du mußt fort. Mein Vater ... er darf dich nicht finden!«

»Jetzt mach einmal langsam, Janet!« David erhob seine Stimme. »Ich laufe vor gar nichts davon. Warum sollte ich auch, Janet?«

»Mein Vater! Sir Thomas wird ...«

»Ich werde dafür sorgen, daß die Dinge mit deinem Vater wieder ins reine kommen. Aber erst muß ich wissen, was überhaupt ins reine zu bringen ist!«

»Du muß verschwinden, David! Er darf dich hier nicht finden!«

»Ich bleibe nur einen Augenblick, mein Liebes. Dein Vater hat gerade zum Abendessen Platz genommen, du hast also genug Zeit, mir zu erzählen, was eigentlich los ist. Setz dich doch erst einmal hin.« David führte die aufgewühlte junge Frau zu der Schlafkoje, und sie nahmen Hand in Hand Platz, während Janet sich langsam wieder faßte. »Ich bleibe nur so lange, bis du mir erzählt hast, was geschehen ist.«

Janet nickte dankbar, und er lächelte sie an.

»Nun also, warum behandelt dich Lady Caroline so schlecht? Nein, wir fangen am besten am Anfang an. Wer hat mich gesehen? Und wo? Wir haben doch nichts getan, dessen wir uns schämen müßten, Janet.«

Sie blickte ihn voller Unverständnis an. »Aber du warst doch letzte Nacht hier.«

»Ja, Kleines. Im Korridor. Da ist doch nichts dabei.«

»Nein! Du warst in meiner Kajüte!«

»Nein, das war ich nicht, Janet. Und das weißt du so gut wie ich. Ich habe dich im Korridor stehend verlassen.« David sah sie mit festem Blick an. »Oder hast du das schon vergessen?«

»Nein, natürlich habe ich das nicht vergessen«, rief sie aus und errötete bei der Erinnerung.

David lächelte. »Das hätte ich auch nicht angenommen.«

»Aber als du zurückgekommen bist, hat dich Caroline gesehen und ...«

»Zurückgekommen? Ich bin nicht zurückgekommen, Janet.«

»Caroline behauptet aber etwas anderes«, antwortete sie und rang die Hände. »Und dann ist da auch noch deine Kappe!«

»Meine Kappe?« entfuhr es ihm. »Was ist mit meiner Kappe?«

»Sie lag in meiner Koje, als ich heute morgen aufgewacht bin. Neben mir auf dem Kissen.«

»Janet, ich bin letzte Nacht nicht zurückgekommen.« David zwang sich zu überdenken, was Janet ihm da erzählte. Seine Kappe. Er hatte seine Kappe in der Kajüte von Sir John gelassen, auch wenn sie heute morgen nicht mehr dort zu finden war. »Das letztemal, daß ich meine Kappe gesehen habe, war beim Kommandanten. Das war gestern, Kleines. Da ich mir kaum vorstellen kann, daß er mitternächtliche Besuche bei dir unternimmt, denke ich, müssen wir versuchen herauszubekommen, wie sie ihren Weg hierher gefunden hat.«

Mit großen Augen starrte Janet in das Gesicht des jungen Mannes. »Dann warst du letzte Nacht also nicht da?«

»Natürlich nicht, Janet. Das habe ich doch schon gesagt.« Davids Augen glitten über ihr hübsches Gesicht. »Auch wenn ich mich natürlich schuldig gemacht habe, insofern ich mir das gewünscht hätte. Aber nein, Liebes, ich habe bis gerade eben noch nie einen Fuß in diese Kajüte gesetzt.«

Janet umarmte ihn und schmiegte ihren Kopf an seinen Hals. Einen Moment lang hielt David sie eng umschlungen, befreite sich dann aber wieder und brachte sie dazu, ihm alles zu erzählen, was seit dem Morgen geschehen war – von dem Zeitpunkt an, an dem sie seine Kappe auf ihrem Bett entdeckt hatte. Nach und nach entwirrte sich der Knoten für ihn ... und für Janet.

»Caroline! Aber warum nur?« fragte Janet. »Von dem Tag an, an dem sie mein Vater nach Hause gebracht hat, habe ich sie mit dem höchsten Respekt behandelt. Ich habe ihr nie Grund gegeben, mich nicht zu mögen. Und noch viel weniger habe ich ihr einen Anlaß gegeben, mich absichtlich verletzen zu wollen.«

»Ich weiß nicht, Kleines.« David streichelte die weiche Haut ihrer Hand, die in der seinen ruhte. »Aber vielleicht ist sie ja auch hinter mir her.«

Als er den Ausdruck des Befremdens auf ihrem Gesicht sah, fuhr der Navigator fort. »Ja, Janet, es ist wahr. Ich habe nichts getan, um sie gegen mich aufzubringen – soweit ich weiß zumindest. Aber ich diene dem Mann, dessen Aufmerksamkeit sie scheinbar unbedingt erringen will.«

»Sir John?« fragte sie entsetzt.

»Ja.« David nickte. »Und ich glaube, daß sie gestern morgen in seiner Kajüte ihren Plan gefaßt hat. Der Kommandant hat ihr vor anderen Mitreisenden klargemacht, daß er weder das Interesse noch die Absicht hat, sie wiederzusehen.«

»Vor welchen anderen?«

»Vor Lady Maria und deinem ergebenen Diener. Wir waren beide da. Und Caroline verzog sich, ihre Wunden leckend.«

»Aber das wäre Ehebruch!«

»Ja, Janet. Manche halten es für eine Sünde, andere wiederum sind weniger bereit, darüber so streng zu urteilen.«

Janet starrte ungläubig auf ihre Hände. »Und du denkst,

sie will uns den Preis für ihre Demütigung zahlen lassen? Dich und mich?«

David sah, wie ihr die Tränen in die Augen stiegen und vereinzelt über ihre anmutigen Wangen rannen. Er wischte die glänzende Spur sanft mit seinem Daumen weg, nur um sehen zu müssen, wie weitere Tränen der Spur folgten.

Seine Stimme wurde härter. »Was hat dich Lady Caroline zu tun geheißen? Als sie mit dir allein war?«

»Nichts«, antwortete Janet, von seiner Frage überrascht. »Sie hat mir nur gedroht, daß ich darauf vorbereitet sein müsse zu zahlen, aber viel mehr hat sie nicht gesagt. Und dann ist sie gegangen und hat sich versichert, daß ich sehe, wie sie deine Kappe einsteckt. Ich bin fest davon überzeugt gewesen, daß sie ohne Umwege zu Sir Thomas gehen würde.«

David stand auf und ging mit großen Schritten in der Kajüte auf und ab. Sein Kopf arbeitete fieberhaft. Er mußte eine Möglichkeit finden, Carolines Attacke abzuwehren. Wenn er nur wüßte, was sie plante. Er blieb stehen und blickte zu Janet, die in der Koje saß und unverwandt ihre Augen auf ihn gerichtet hatte. »Ich habe mittags kurz mit deinem Vater gesprochen, und er zeigte sich kein bißchen verärgert.«

»Dann kann sie es ihm noch nicht gesagt haben«, warf Janet mit Gewißheit ein, als der junge Mann erneut auf und ab ging. »Aber worauf wartet sie?«

»Dein Vater?« David hielt an. »Hat er irgendeinen Verdacht ... wegen uns, meine ich?«

Janet starrte den gutaussehenden jungen Matrosen an und wurde sich plötzlich bewußt, was ihren Problemen eigentlich zugrunde lag. Sie hatte mit ihrem Vater nicht über David gesprochen. Sie konnte es nicht. Sie wußte, was ihr Vater von einer Beziehung mit einem Mann aus dem Volk halten würde. Sein Zorn würde schrecklich sein. All die Qualitäten von David wären angesichts seines fehlenden Rangs bedeutungslos. In den Augen ihres Vaters war David Maxwell ein Gemeiner und niemals etwas anderes.

»Mein Vater ist ein guter Mann, David, und er liebt mich.

Aber seit seiner Heirat mit Caroline … und besonders, seit wir an Bord dieses Schiffes sind … da ist er mürrisch und erregt. Jedenfalls hat er mich, seit wir Schottland verlassen haben, nicht mehr sonderlich beachtet.«

»Ich kann nicht sagen, daß mich das unglücklich macht, Liebes.«

»Mich auch nicht, David. Aber um deine Frage zu beantworten: Der letzte Mensch, von dem er erwarten würde, daß ich bei ihm … wäre … na ja …«

»Wäre ein Matrose«, beendete er den Satz für sie. »Ein einfacher Matrose.«

»Ja, David«, antwortete sie schnell. »Mein Vater ist ein sehr stolzer Mann.«

»Ja«, gab der junge Navigator zurück und wandte sich ab.

Soweit David es sehen konnte, war die Welt voll mit stolzen Männern, aber nur wenige hatten solche Töchter wie Janet Maule. Sein Mund wurde schmal, als er mit seinem Rücken zu ihr stand, seine Arme über der Brust verschränkt. Was erwartete er? Er war ein Mann aus dem Volk, und all das, was diese Tatsache mit sich brachte, belastete ihn – mehr denn je. Er wollte diese Frau, mehr als alles, was er je gewollt hatte. Aber in den Augen der Welt – in den Augen ihres Vaters – war er der Staub auf dem Boden, auf dem sie standen.

In seinem Kopf wirbelte alles durcheinander, als er über Janet nachdachte. Er wußte, daß sie kein Gefühl der Überlegenheit ihm gegenüber hegte. Er war das für sie, was sie für ihn war. Lady Caroline hatte ganz sicher vor, ihr Geheimnis, ihre Gefühle füreinander, zu benutzen, um ihre Stieftochter zu erpressen. Warum, das wußte er nicht. Aber er würde ihr keine Gelegenheit dazu geben.

Janet erhob sich von ihrer Koje und trat neben ihn. Sanft legte sie ihre Hand auf seinen Arm. »Es tut mir leid, David. Mir sind solche Dinge gleichgültig …«

»Du mußt dich nicht entschuldigen«, antwortete er. Seine Stimme klang hart, selbst in seinen Ohren, und er bemühte sich, einen weicheren Ton anzuschlagen. »Janet, wir haben nichts Unschickliches getan. Wenn ich jetzt aus dieser Kajüte gehen und nicht mehr zurückblicken würde, dann gäbe es nichts, dessen man uns bezichtigen könnte – nichts, was dein Vater gegen dich vorbringen könnte.«

Janet fühlte, wie sich etwas Kaltes, Stählernes um ihr Herz legte. Er wollte fortgehen, sie verlassen. Dies war das Ende ihres kurzen Glücks. Sie wandte sich ab, unfähig, der Traurigkeit, die in ihr aufstieg, Einhalt zu gebieten. Das Atmen fiel ihr so schwer, daß sie einen Augenblick glaubte, sie müßte ersticken. Janet lehnte sich mit ihrer Hand gegen die Wand der Kajüte. Sie wollte weinen, aber es kamen keine Tränen.

David wandte sich um und blickte auf ihren schlanken Rücken, beobachtete, wie sich ihre Schultern hoben, als sie tief Luft holte. Hin und her gerissen zwischen seinem Wunsch, sie zu umarmen und zu beruhigen, und der Notwendigkeit, sie nicht in Gefahr zu bringen, stand er da, unentschlossen und unfähig, sich zu rühren.

Und dann wußte er, daß er sich nicht von ihr fernhalten konnte. Er war dumm gewesen, das auch nur in Erwägung zu ziehen. Seine Arme umfaßten ihre Taille, und er zog sie zu sich heran und barg sein Gesicht in ihren Haaren.

Janet drehte sich in seiner Umarmung zu ihm um. Wie ein Sonnenstrahl hüllte sie ihn ein. »Bitte, geh nicht.«

Diese schlichten Worte waren alles, was er sich jemals erhofft hatte. Er preßte seine Lippen auf ihren Mund und zeigte ihr damit, daß es unmöglich wäre zu gehen. Er konnte es nicht. Es war für sie beide schon zu spät. Was immer das Schicksal für sie bereithielt, es galt ihnen gemeinsam.

Kapitel 11

John gab den Dienern mit Ausnahme von zweien zu verstehen, daß sie nicht länger gebraucht wurden, trat dann auf die Seite des Bettes und reichte Isabel seine Hand.

Die ältere Frau strich ihr Kleid glatt, bevor sie die ausgestreckte Hand des gutaussehenden Mannes ergriff. Sie stellte sich auf die Füße und verstärkte ihren Griff, als sie plötzlich von einem Schwindel erfaßt wurde. Aber es ging ihr gleich wieder besser.

»Seid Ihr sicher, daß Ihr Euch diesem Abend gewachsen fühlt?«

»Ich war schon zu lange ans Bett gefesselt.« Isabel wandte sich zu ihm um und sah ihn mit finsterem Blick an. »Aber wenn Ihr meint, Ihr würdet mich zum Verstummen bringen, indem Ihr Mitleid für meinen Zustand heuchelt ...«

»Davon würde ich nicht einmal zu träumen wagen!«

Er half ihr, die paar Schritte zum Tisch zu gehen, und zog einen Stuhl für sie heran. Dann wartete er, bis sie sich vorsichtig niedergelassen hatte.

Isabel ließ ihren Blick über den Tisch wandern und bemühte sich, ihre Überraschung zu verbergen. Das aufgetischte Festmahl und die Eleganz des geschmückten Tisches waren tatsächlich den besten Häusern Europas angemessen. Sie durfte nicht vergessen, dem Koch des Schiffes ihre Empfehlung für seine Kunst auszusprechen.

»Würdet Ihr mir bitte die Decke dort gegen die Zugluft und ein paar Kissen für meinen Rücken bringen.«

»Zu Diensten, Euer Hoheit«, gab John mit einem Grinsen zurück und verbeugte sich kurz vor ihr, bevor er tat, um was sie ihn gebeten hatte. »Was ist nur los mit ihr?« dachte er bei sich. Sie sollte besser aus ihrem kleinen Versteck nebenan herauskommen, oder ich trete noch die Tür ein. Es kommt überhaupt nicht in Frage, daß ich einen ganzen Abend allein mit Isabel verbringe und mich wie einen Dienstboten behandeln lasse ... John lächelte gezwungen, als er mit den gewünschten Dingen zurückkehrte. Er mochte die alte Frau ja, aber genug war genug.

Maria stand da, den Türknauf noch in der Hand, und sah zu, wie der gutaussehende Kommandant ihrer Tante die Kissen in den Rücken schob. Sie starrte ihn von der Seite an, seine breiten Schultern und seine Hände, die sanft die Dekke um die alte Frau breiteten. Als sie sich erinnerte, wie diese Hände sie berührt hatten, durchlief sie eine Hitzewelle, und sie mußte tief Luft holen.

Isabel saß mit dem Rücken zu Maria, als zwei Bedienstete in einer Ecke des Zimmers Teller für die Gäste zu füllen begannen. Maria überlegte, ob sie nicht besser aus der Kajüte fliehen und erst mit den anderen Gästen zurückkommen sollte. Es war bestimmt viel leichter, wenn mehr Menschen um sie herum waren. Und um so vieles sicherer.

Sie gab keinen Laut von sich, aber John schien ihre Gegenwart zu spüren. Plötzlich drehte er sich um.

Mit einemmal schien sich der ganze Raum um Maria herum aufzulösen, und nur noch John Macpherson blieb übrig. Der schottische Kommandant sah sehr elegant in seiner tadellosen Highlander-Tracht aus, in seinem weißen Leinenhemd, den Tartan über die breite Brust gelegt, dem Kilt und den hohen weichen Stiefeln. Sie stand nur da, blickte ihn an, ließ ihre Augen, ohne sich dessen bewußt zu sein, über seinen ganzen Körper wandern und nahm ihn in sich auf.

Und dann hielt sie inne. Sein Bild vereinnahmte den ganzen Raum, all ihre Sinne und füllte eine unbekannte, unnennbare Lücke in ihrem Herzen.

Eine Ewigkeit schien zu vergehen. Maria zwang sich, wieder zu atmen, sie zauberte ein kleines Lächeln auf ihre Lippen und spürte, wie sich die Röte auf ihrer Haut ausbreitete. Johns Lächeln war die magische Antwort auf ihren eigenen zaghaften Versuch; sie spürte ein Ziehen in ihrer Brust und schloß die Augen. Maria fühlte sich wie betäubt und schrecklich nervös. Sie konnte ihn nicht länger ansehen.

Nicht ein einziges Mal – zumindest seit sie erwachsen war – hatte John Macpherson an den Himmel mehr als einen kurzen Gedanken verschwendet. Nicht einmal hatte er überlegt, ob es Engel auf Erden gab. Nicht ein einziges Mal.

Bis jetzt.

Augenblicklich war der Heide konvertiert, der Barbar unterjocht, der Wilde gezähmt. Wie sie so in der offenen Tür stand, wußte John plötzlich, wie der Himmel aussah, wie der Anblick eines Engels die Seele eines Mannes verwandeln konnte. Maria in ihrem elfenbeinfarbenen Kleid strahlte Eleganz und Schönheit aus. Ihr Haar, von den üblichen Bändern befreit, fiel in ebenholzfarbenen Kaskaden bis zu ihrer Taille hinab. Als er ihre schwarzen Locken betrachtete, erinnerte er sich an ihre seidene Weichheit und ihren Duft. Sein Blick verlor sich in der weichen Linie ihres Halses, der milchweißen Haut, welche ihr engelsgleiches Gesicht und ihr Dekolleté bis zum Ansatz ihrer vollen Brüste zierte, die sich über den einfachen, überkreuzten Bändern des eckigen Ausschnitts erhoben. Seine Augen taten, was er selbst nicht konnte, und verschlangen sie geradezu.

John ließ seinen Blick schamlos über ihre vollendeten Züge wandern, über die weiblichen Rundungen ihres Körpers. Plötzlich wünschte er sich, daß sie diesen Blick fühlte. Er wollte, daß sie das Ausmaß seiner Lust spürte, seines Begehrens. Er wollte, daß sie das Feuer gewahrte, das ihn verschlang und auch sie beide verschlingen konnte.

Ein Schauder durchlief sie, als sie seinem Blick folgte. Sie sah zu, wie seine blauen Augen die Bänder ihres Kleides lösten; ihre Lippen öffneten sich langsam, als sie die Macht seines Blickes spürte, der ihr das Gewand von den Schultern zog. Schicht um Schicht entkleidete er sie. Er enthüllte sie. Sie fühlte sich, als stünde sie vor einem Spiegel, es war wie in einem Traum. Sie konnte sich durch seine Augen sehen, und da war kein Kleid, nichts, hinter dem sie ihren Körper hätte verstecken können, kein Schloß, um ihr Herz zu verschließen. Nackt und verletzlich stand sie vor ihm. Und tief in ihrem Inneren fühlte Maria noch etwas anderes. Sie fühlte sich begehrt. Und wenn ihr bei diesem Gedanken etwas schwindlig wurde, dann nur vor Glück.

»Nun, das wird doch nicht zu guter Letzt Maria sein?«

rief Isabel aus, noch immer mit dem Rücken zu ihnen. Ihr war sehr wohl klar, was das ausgedehnte Schweigen der beiden zu bedeuten hatte.

»Ja, Isabel«, antwortete Maria, und ihre Stimme war nicht mehr als ein Flüstern. Sie entfernte sich von der Tür und trat ganz in die Kajüte.

»Es wurde auch Zeit, daß du uns Gesellschaft leistest, meine Liebe. Ich weiß nicht, wie lange ich ihn noch alleine hätte. Es ist doch eine recht verdrießliche Angelegenheit, weißt du!« Sie winkte mit der Hand über ihre Schulter. »Kommt. Kommt, Ihr beide. Das Gebräu des Arztes wird mich schon bald wieder außer Gefecht setzen. Und das hier wird dann das ganze Ausmaß an Unterhaltung gewesen sein, das mir von diesem Abend bleibt.«

Maria erhaschte einen Blick auf Johns Miene und lächelte. Es war klar, daß Isabel, wenn es nach John Macpherson ging, schon seit Stunden im Bett sein konnte.

Mit der gebotenen Höflichkeit ging der Kommandant des Schiffes auf die junge Frau zu und bot ihr seine Hand. Der saubere Verband bedeckte jetzt nur noch einen Teil ihrer Hände, und ihre Finger waren wieder frei. Zu ihrer eigenen Überraschung zögerte sie nicht einen Moment, ihre Hand in die seine zu legen. Als er ihre Finger an seine Lippen hob und einen Kuß auf sie hauchte, rieselte eine Hitzewelle durch ihren ganzen Körper.

»Ich dachte, ich hätte Euch gebeten wegzubleiben«, flüsterte sie ihm zu. Sie konnte seinen warmen Atem auf ihrer Haut spüren. Die Erinnerung, wie ihre vollen Lippen sich auf die seinen gepreßt hatten, drang nun wieder an die Oberfläche. Sie versuchte diese Bilder zu verscheuchen, aber vergebens, und Maria spürte, wie sie sich der Verlockung ergab.

Widerstrebend ließ John ihre Hand sinken, aber er weigerte sich, sie ganz freizugeben. »Das habt Ihr ja«, erwiderte er im Flüsterton.

Sein Blick ließ sie nicht los, seine Finger streichelten ihre zarte Hand. »Und ich wäre auch … weggeblieben. Wenn ich nur hätte glauben können, daß Ihr das auch tatsächlich so gemeint habt!«

Sie wollte sich ihm entziehen, aber er ließ sie nicht gehen. Statt dessen blieb er dicht an ihrer Seite und sprach mit ihr, als sie zu Tisch gingen.

»Was werden wir denn nun machen, Maria?«

Seine Worte waren wie eine Liebkosung. Sie fühlte sich, als wäre sie geküßt worden.

»Und wehe, Ihr schweigt einfach!« Er zog einen Stuhl für sie heran, damit sie sich setzen konnte. »Das werde ich nicht akzeptieren.«

»Was werdet Ihr nicht akzeptieren?« fragte Isabel ohne Umschweife und bemühte sich, ihre Belustigung über die Verwirrtheit der beiden jungen Leute zu verbergen.

Als würde sie aus einer Trance erwachen, wurde sich Maria plötzlich wieder ihrer Umgebung bewußt. Sie war so sehr von Johns Gegenwart vereinnahmt, daß sie Isabel beinahe vergessen hätte. Errötend setzte sie sich auf den Stuhl, den John ihr anbot. Auf der Suche nach etwas, hinter dem sie sich verstecken konnte, ergriff sie das Kristallglas, das vor ihr stand. Sie hob es an ihre Lippen.

»Es ist leer!« erklärte Isabel ihrer Nichte, bevor sie sich an den Kommandanten wandte. Sie wiederholte ihre Frage. »Nun, was wollt Ihr nicht akzeptieren?«

John füllte Marias Glas und nahm ihr gegenüber Platz. Als er sich niederließ, lächelte er ihr ermutigend zu. Schnell führte sie das Glas Wein an ihre Lippen. Er wandte sich an die ältere Frau. »Ich werde ihre Forderung nicht akzeptieren, mit ihr ins Bett zu gehen.«

Maria wäre fast an ihrem Schluck erstickt.

Isabel sah ihn von ihrem Platz aus drohend an. »Und warum nicht?«

Dieses Mal hätte sich John beinahe verschluckt, hätte er sich nicht inzwischen an Isabels eigentümlichen Humor gewöhnt. So wahrte er seine Haltung. »Weil sie es nicht ernst meint. Sie will mich nur benutzen. Und so sehr fühle ich mich ihr wiederum auch nicht verpflichtet, daß ich mich irgendwann einfach ablegen lasse. Mein Ruf wäre ruiniert.«

Die ältere Frau dachte über Johns Worte nach. »Ja, ich

verstehe. Euer Ruf. Also gegen alle Regeln der höfischen Etikette lehnt Ihr es ab, mit dieser Frau ins Bett zu gehen.«

Bevor er antwortete, sah John zu Maria, um sicherzugehen, daß sie noch lebte. Und sie tat es. Während ihr Teint einen Farbton angenommen hatte, der dem des Klatschmohns nicht unähnlich war, blitzten ihre grünen Augen auf und tanzten amüsiert zwischen Isabel und ihm hin und her. John blickte wieder zu Isabel.

»Zum Teufel mit der höfischen Etikette«, brummte er. »Wie ich sehe, Isabel, habt Ihr, weil Ihr bewußt einen Streit vom Zaun zu brechen versucht, einfach das Versprechen vergessen, das Ihr mir abgerungen habt. Nun, wenn Ihr es wünscht, dann bin ich bereit, die einmal getroffene Abmachung zu überdenken und, wenn es sein muß, mich bereit zu erklären, Marias Wünschen Folge zu leisten.«

Isabel schüttelte zwar mit Entschiedenheit ihren Kopf, aber ihr sardonisches Grinsen war Antwort genug, und John hob die Karaffe.

»Noch etwas Wein?« fragte er die ältere Frau freundlich.

»Welches Versprechen?« brachte Maria vor. Nach dem Geplänkel der beiden zu urteilen, dachte sie, konnte sie ihren Schutzschild fallenlassen. Und wenn die Antwort auf ihre Frage auch recht offensichtlich war, wollte sie sich doch nicht die Gelegenheit entgehen lassen, die beiden verlegen zu machen – falls dies überhaupt möglich war.

Niemand antwortete ihr. Einen Moment lang dachte Maria, daß John reden würde, aber nachdem ihm Isabel einen drohenden Blick zugeworfen hatte, lächelte er Maria einfach nur spitzbübisch an.

»Sollten wir nicht langsam essen?« fragte Isabel barsch und gab den wartenden Dienern ein Zeichen, mit dem Servieren zu beginnen.

»Wird denn sonst niemand mehr kommen?« fragte Maria.

»Wer denn?« Isabel schnaubte und gestikulierte mit einem Messer in Johns Richtung. »Dieser Herr hier meint jetzt schon, daß die festliche Runde um eine Person zu groß ist, denke ich. Nein, meine Liebe. Ich wette, unser netter Gastgeber hier zieht es vor, wenn er das Bild deiner Schönheit und das Vergnügen deiner Klugheit nicht mit anderen teilen muß.«

John lächelte unschuldig und spießte ein Fischfilet von dem Goldteller auf, den ihm einer seiner Männer hinhielt. Was Isabel sagte, traf zu. Er legte tatsächlich keinen Wert darauf, Maria mit irgend jemandem an Bord zu teilen. Er wollte sie ganz für sich allein.

»Siehst du, Maria? Er leugnet es nicht«, sagte Isabel und hob den Wein an ihre Lippen. »Ist das spanischer Wein, Mylord? Ich hätte nicht gedacht, daß Ihr über soviel Geschmack verfügt, spanischen Wein auf Lager zu haben.«

»Wenn ich ehrlich sein soll, Maria«, sagte John offen und überging Isabels Bemerkung, »dann hielt ich es kaum für angemessen, die Adelsdelegation den Launen Eurer Tante auszusetzen.«

»Das war ausgesprochen umsichtig von Euch, Sir John«, gab Maria mit einem Lächeln zurück.

Der Kommandant lehnte sich in seinem Stuhl zurück. »Großzügig ist ein besseres Wort. Wir treiben hier schließlich schon einige Tage auf dem Meer, und ich möchte nicht, daß der ganze Adel über Bord springt, nur weil Eure Tante ihn so schlecht behandelt.«

»Tss-tss!« zischte Isabel, ließ sich aber nicht beim Essen stören.

Maria lächelte in sich hinein, weil sie nicht das Risiko eingehen wollte, den Blick ihrer Tante aufzufangen. »Ich sehe, Sir John, daß Ihr bereits das Vergnügen hattet, einen guten Teil Eurer Zeit mit meiner Tante zu verbringen.«

»Vergnügen?« Johns Augenbrauen gingen in die Höhe. »Wir sprechen immerhin von Lady Isabel!«

»Na und?« warf die ältere Frau ein und sah erwartungsvoll auf.

»Selbstverständlich ist ›Vergnügen‹ ein allzu oberflächlicher Begriff, um den wahren Geist dessen zu erfassen, was ich … nun, was ich durch sie erfahren durfte.«

Als sie das Grinsen ihrer Tante sah, wußte Maria, daß der Kommandant ihre Zuneigung gewonnen hatte, auch wenn die beiden so rüde miteinander umgingen.

»Ich entschuldige mich, Mylord«, antwortete die junge Frau. »Es hat Euch, da bin ich mir sicher, wohl einige Unbill bereitet. Aber abgesehen von dem Verfall ihres Äußeren ...«

»Wessen Verfall?!« begehrte Isabel auf.

»Nun, unter dieser angegriffenen Fassade schlägt ein wirklich gutes Herz.«

»Das möchte ich erst einmal sehen«, gab John zurück und warf Isabel einen abschätzenden Blick zu. »Aber wenn man sich überlegt, daß der Musketenschuß in ihre Schulter ihr beinahe den einzig guten Teil weggenommen hätte!«

»Das ist wahr. Das wäre wirklich eine Schande gewesen«, gab Maria zurück und nahm sich ein wenig von dem Obst.

»Ich denke, ich habe jetzt genug von Euch beiden.« Isabel nahm sich eine lange gelbe Frucht von einem der Tabletts. »Was für eine Schaluppe ist das eigentlich, daß sie zu dieser Zeit noch Jerusalem-Äpfel mit sich führt?«

John beugte sich zu Maria. »Wenn man sich vorstellt, wir hätten dieses Abendessen zu zweit miteinander verbringen können ... Nur wir beide. Wie schade!«

Maria blickte über den Tisch in seine tiefblauen Augen. Das Licht der Kerzen spiegelte sich in ihnen wider und verlieh seinem Gesicht etwas Schelmenhaftes. Nur sie beide, dachte sie. Er wußte nicht einmal, welches Durcheinander seine Worte in ihr auslösten. Isabel sah von einem zum anderen, beide offensichtlich voneinander bezaubert. »So, jetzt habt Ihr Euch genug auf meine Kosten amüsiert, jetzt könnt Ihr Euch ein anderes Thema suchen.«

Maria stocherte mit der Gabel in ihrem Teller herum und sah von Zeit zu Zeit auf. Johns Augen ließen nicht von ihr ab – das wußte sie –, und immer wenn sich ihre Blicke trafen, errötete sie. Isabel war deutlich bemüht, den freundlichen Kommandanten in ein nüchternes Gespräch über die verschiedensten Themen zu verwickeln, und Maria hörte aufmerksam zu und warf ab und an ein Wort ein. Alles, was aus seinem Munde kam, interessierte sie, aber noch eifriger war die junge Frau bedacht, seine schweigenden Blicke, die sich wie eine Liebkosung auf ihrer Haut anfühlten, aufzufangen. John Macpherson richtete seine Worte zwar an Isabel, aber unter dem Tisch streckte er seine langen Beine zu Maria hin und preßte sein Knie – aus Versehen, natürlich – gegen ihre Beine.

Obgleich es sich ein bißchen wie ein Traum anfühlte, wußte Maria doch, daß es Wirklichkeit war. Dieser Mann wollte Zeit mit ihr verbringen, er hatte sie in den Mittelpunkt seiner Aufmerksamkeit gerückt. Und wenn sie nur wollte, konnte sie bald seine starken Hände auf ihrem Körper fühlen, wie sie sie eng an sich heranzogen, und seine vollen und sinnlichen Lippen würden ihren Mund verschlingen.

»Stimmst du nicht zu, Maria?« Isabels Stimme riß Maria aus ihrer Träumerei.

»Was hast du gesagt, Isabel?«

»Ich sagte eben, daß ich bei all meinen Seereisen nie größeren Komfort und mehr Annehmlichkeiten auf einem Schiff erfahren habe wie auf der *Great Michael.* Ich wäre fast versucht zu sagen, daß die schottischen Seeleute die bei weitem verwöhntesten Seeleute auf der Nordsee sind. Würdest du mir da nicht zustimmen?«

Maria sah den Ausdruck auf dem Gesicht des Schiffskommandanten. Er wartete auf eine Antwort. »Wie du schon oft gesagt hast, Isabel: Ich bin kein Matrose. Und ich habe längst nicht soviel Zeit wie du an Bord der unterschiedlichsten Schiffe verbracht, um zu wissen, welche Annehmlichkeiten die Seeleute genießen und welche nicht.«

»Nun, mein Kind, das war auf jeden Fall eine äußerst diplomatische Antwort.« Isabel wandte sich an John. »Diese Eigenschaft kann sie kaum von meiner Seite der Familie geerbt haben, darf ich Euch versichern.«

»Das hätte ich auch nicht vermutet«, antwortete John, ohne seinen Blick von der jungen Frau zu nehmen.

»Ich bin mir allerdings sicher, daß am ehesten Sir John in der Lage ist, uns zu verraten, ob der Komfort auf der *Great Michael* nur bei schottischen oder auch bei anderen Schiffen üblich ist.« Maria hoffte, daß er Isabels Hinweis auf ihre Familie nicht mittels irgendwelcher Fragen aufgreifen würde. Sie vergnügte sich bei diesem Gespräch so sehr, daß sie es nicht wegen dieses Gegenstandes abbrechen wollte.

»Nun, Sir John?« fragte Isabel. »Wärt Ihr so freundlich, uns aufzuklären?«

John sah von der einen Frau zur anderen. So neugierig er in bezug auf Marias Familie war, so konnte er an dem warnenden Blick, den Maria ihrer Tante zuwarf, erkennen, daß sie noch immer nicht bereit war, über ihre Familie zu reden. Vielleicht zu einem späteren Zeitpunkt.

Es gab tatsächlich keinen Grund, die beiden Frauen nicht über seinen Auftrag aufzuklären. Schließlich wußte halb Europa über die baldige Königliche Hochzeit Bescheid, und der Auftrag der *Great Michael* war kein Geheimnis.

»Die *Great Michael* wurde für diese Reise besonders luxuriös ausgestattet, Maria. Dieses Kriegsschiff und die drei Begleitschiffe sind die größten der schottischen Marine, und die *Great Michael* ist das größte und beste Schiff der Welt. Aber der Wert eines Kriegsschiffs hängt ganz von der Größe der Segel, der Geschwindigkeit, mit der es fahren kann, und der Zahl der Kanonen, die es tragen kann, ab. Was den Komfort und den Luxus angeht, den Ihr hier seht, entspricht das kaum dem Standard, den meine Männer und ich auf See gewohnt sind. Ich weiß nicht, wieviel Ihr schon über die Umstände dieser Reise erfahren habt«, fuhr John fort und wandte seine Aufmerksamkeit Isabel zu. »Aber da Ihr bisher abgelehnt habt, mir mitzuteilen, ob Ihr irgendwelche Freunde oder Verwandten in Antwerpen habt, ist es auch möglich, daß Ihr nichts darüber wißt. Wie dem auch sei, die Annehmlichkeiten, wie Ihr es so schön genannt habt, werden an Bord dieses Schiffes bereitgehalten, um es der Ladung, die wir von Antwerpen zurück nach Schottland bringen sollen, möglichst bequem zu machen.«

»Ladung!« rief Isabel überrascht aus.

»Nun, könnte man Träger der Krone denn treffender beschreiben?« fragte John unschuldig, als er sich Maria zuwandte.

Sie verbarg ihre Hände in den Falten ihrer Röcke und bemühte sich, möglichst unbeteiligt auszusehen.

»Träger der Krone?« fragte Isabel und versuchte die Aufmerksamkeit des Kommandanten von Maria abzulenken.

Die plötzliche Blässe der jungen Frau würde diese am Ende noch verraten. »Ihr wollt das Mitglied einer königlichen Familie an Bord nehmen?«

»Ja«, antwortete John, »Maria, Königin von Ungarn. Sie wird meinen König, James von Schottland, heiraten. Habt Ihr nicht von der bevorstehenden Eheschließung gehört?«

Isabel antwortete schnell. »Es tut mir leid, aber ich fürchte, wir haben nicht viel mit dem Leben am Hof zu tun. Ich denke, ich spreche für uns beide, wenn ich sage, daß die Welt der Politik nicht die unsere ist.«

»Daran tut Ihr nicht ganz unrecht«, gab John zurück. Er hielt inne, als ihm etwas einfiel. »Aber vielleicht kennt Ihr sie oder habt von ihr gehört?«

»Eine Königin?« Isabel schnaubte und winkte ab. »Mein Lieber, es ist ja sehr ehrenvoll, daß Ihr denkt, wir bewegen uns in solchen Kreisen ...«

»Ich dachte nur, zumal Ihr einen spanischen Akzent habt – auch wenn Ihr nicht viel geredet habt.« Er richtete seine Worte an Isabel. »Und soweit ich weiß, ist die Königin von Ungarn eine Spanierin.«

»Spanien ist ein großes Land, Sir John«, begann Maria.

»Bevor Ihr sie in Empfang nehmt, solltet Ihr erst einmal Eure Lektion lernen, Kommandant«, warf Isabel erregt ein. »Ihr Blut mag ja königlich sein, aber sie ist nun wirklich keine reine Spanierin.«

»Ach wirklich?« fragte John und gab sich unwissend.

»Das stimmt«, fuhr Isabel fort. »Sie ist die Tochter von Philipp dem Schönen, einem Burgunder, und der Enkelin von Maximilian I. aus dem Hause Habsburg, römisch-deutscher Kaiser, König von Flandern und den Niederlanden und Spanien. Ihr Mutter aber ist Johanna von Kastilien, und ihr Großvater war Ferdinand von Aragon, insofern hat sie also tatsächlich spanisches Blut. Aber das Mädchen ist nicht einmal in Castile geboren. Sie wurde als Kind nach Castile gebracht, um dort aufgezogen zu werden, bis ihr erster Ehevertrag abgeschlossen wurde ...«

Plötzlich verfiel Isabel in Schweigen. Ein Blick auf Maria sagte ihr, daß die junge Frau der Ohnmacht nahe war.

»Nun«, nickte John zustimmend. »Es hört sich so an, als hätte ich recht gehabt mit meiner Vermutung, daß Ihr sie kennt.«

»Wir haben gewisse Kenntnisse über sie«, unterbrach ihn Isabel. »Nur Kenntnisse, mein Lieber.«

Sie schob ihren Teller von sich weg und gab vor, ein Gähnen zu unterdrücken. Vielleicht könnte ja jemand ihre Zunge lähmen.

»Und jetzt bin ich müde«, fuhr Isabel fort. »Meine Schulter quält mich furchtbar. Bevor Ihr mich also verfrüht zu Grabe bringt mit Eurem endlosen Geschnatter, könntet Ihr Euch überlegen, ob Ihr ein Gentleman sein und mich zu meiner Koje begleiten wollt. Maria wird Euch und Eure Männer hinausbegleiten.«

»Aber der Abend ist doch noch so jung«, protestierte John und half Isabel auf die Füße.

»Und ich bin schon so alt«, antwortete Isabel und winkte Maria zu sich heran.

Maria nahm den Arm ihrer Tante und sah kurz zu dem Kommandanten. Seine Augen lächelten, als sich ihre Blicke trafen.

»Wohl kaum«, gab er bedeutungsvoll zurück und wandte seine Aufmerksamkeit wieder ihrer Tante zu. Die Männer huschten um sie herum und räumten die Reste des Abendessens ab.

Er wandte sich an den nächststehenden der Männer. »Geh und hol das Dienstmädchen.«

»Wozu braucht Ihr die denn?« fragte Isabel scharf.

»Ich brauche sie nicht. Ihr braucht sie. Ich nehme Maria nämlich für einen Spaziergang mit auf Deck.«

»Habt Ihr die Erlaubnis dazu?« fragte Isabel, als sie sich umwandte und sich auf dem Rand des hohen Bettes niederließ.

John sah direkt in Marias Augen. »Ich bitte darum, Isabel. Aber ich bitte Maria, nicht Euch.«

Marias Atem stockte. Sein Blick ließ nicht von ihr ab, und schließlich nickte sie. Als er lächelte und wegsah, überspülte sie eine Welle der Erregung.

Das Dienstmädchen kam in die Kajüte und eilte zu der alten Frau, um ihr ins Bett zu helfen.

John verneigte sich höflich vor Isabel. »Ich möchte Euch danken, Isabel.«

»Nun, Ihr braucht bloß nicht glauben, daß wir Euch jetzt jeden Abend hier sehen wollen.« Die Frau lächelte und nickte Maria zu, die sich entfernte. John wandte sich um, damit auch er sie ansehen konnte.

Isabel war überrascht über die Sicherheit in Marias Schritten. Zufrieden seufzte sie und dachte bei sich, daß es ja auch an der Zeit war.

Kapitel 12

Der Nebel hatte sich verzogen.

Die frische Meeresbrise umspielte Marias Mantel, als sie auf das Deck trat. Ihr Haar wehte ihr ins Gesicht, und für einen Moment konnte sie nichts sehen. Sie flocht ihre schwarzen Haare zu einem dicken Zopf, steckte ihn unter den Mantel und zog die Kapuze hoch. Die Luft war klar und kalt und die Nacht schwarz. Es war angenehm, hier oben auf Deck zu sein.

Maria hatte Einwände von Isabel erwartet. Aber sie blieben aus. Es überraschte die junge Frau, daß ihre Tante keinerlei Versuche unternahm, sie zu behüten. Sie gab nicht einmal irgendwelche Unterstellungen von sich. Marias Entscheidung, mit ihm zu gehen, hatte genügt. Kein fragender Blick, kein wissendes Lächeln, das Bände über Motive oder Folgen gesprochen hätte. Maria fragte sich, ob ihre Tante eine Ahnung hatte, wieviel ihr das bedeutete.

Soweit sie es in der Dunkelheit erkennen konnte, hielten nur ein paar Männer, die vereinzelt auf Deck postiert waren, nächtliche Wache. Maria beobachtete, wie der Kommandant auf den Matrosen zuging, der bei der einzelnen, vom Hauptmast hängenden Lampe stand. Sie mußte nicht hören, was er zu dem Mann sagte, sie wußte es bereits. Den ganzen Abend über hatten sie allein sein wollen. Jetzt endlich ergab sich eine Möglichkeit. Die ganze Zeit während des Abendessens hatte sie an kaum etwas anderes gedacht als daran, wann sie für sich sein konnten. Sie hatte sich sogar gefragt, ob er ihr wieder den Hof machen würde. Ob ein solches Verhalten irgendein Ritual beinhalten könnte, von dem sie nichts wußte. Vielleicht gab es etwas, das gesagt werden mußte, bevor er sie wieder in seine Arme nahm, bevor er wieder jene Leidenschaft in ihr entfachte. Das würde dem guten Ton entsprechen, vermutete sie. Aber im Grunde, dachte sie mit einem Seufzer, war John Macpherson doch ein Schurke.

Als sie nach oben sah, blickte Maria in die mondlose

Nacht, in der Sterne, so hell wie Diamanten, über den schwarzen Satin des Himmels verstreut waren. Sie empfing ihren glitzernden Gruß, stieg die paar Stufen zum Achterdeck hoch und schritt durch die Dunkelheit zur Reling. Neben ihr lag das Langboot, mit dem sie gerudert war, mit dem Kiel nach oben an der Reling gesichert. Als sie näher trat, um das rauhe Holz zu berühren, stieß sie mit dem Knie gegen ein Faß, das an dem Geländer festgebunden war.

Unter ihr rollte die tiefschwarze und mächtige See gegen den Schiffsrumpf. Die Grenze zwischen Wasser und Himmel ließ sich in der Ferne nicht ausmachen – nur die funkelnden Sterne zeigten an, wo der Horizont lag. Weit entfernt, jenseits der schwarzen Leere, die die *Great Michael* umgab, konnte Maria die Lampen der drei anderen Schiffe erkennen.

Und dann spürte sie, wie er sich hinter sie stellte, spürte die Wärme seines Körpers, die Macht seiner Gegenwart.

Seine Hände umfaßten ihre Taille und zogen sie eng an sich. Sie ließ ihren Kopf gegen seine Brust sinken, als seine Hände die ihren ergriffen und sie einander umschlangen. Sie liebte das Gefühl, wie er sie hielt, seine Kraft, seine Sanftheit. Er hatte kein Wort zu ihr gesagt, seit sie die Kajüte verlassen hatten, aber sie wußte, daß auch er auf diesen Augenblick gewartet hatte. Nichts tun, als sich zu umarmen und die Berührung des anderen zu genießen. Soweit es nach Maria ging, könnten sie für immer auf See bleiben. Und heute nacht würde sie nicht gegen ihre Gefühle ankämpfen, heute nacht würde es keine Unsicherheit, keine Schüchternheit geben.

»Der Nebel hat sich verzogen«, sagte sie leise.

Seine Hände umfaßten sie stärker. »Ja, Liebste. Wir werden beim ersten Tageslicht die Segel setzen.«

»Nach Antwerpen«, flüsterte sie.

»Maria, ich habe …«

»Bitte, John. Nicht jetzt.« Sie schmiegte sich an ihn. Er ließ sie nicht mehr los. Ihre Hände gegen seine Brust gepreßt, fand sie sich in seiner engen Umarmung wieder. Als sie in seine Augen sah, war es, als blickte sie in die Sterne. »Wie lange wird es dauern … bis wir ankommen?«

»Abhängig vom Wind … vielleicht zwei, drei Tage.« Er

zog sie enger an sich heran, als er spürte, wie ein Schauder durch ihren Körper lief.

»So bald schon«, flüsterte sie, die Wange an seiner breiten Brust. Die Wolle seines Tartans rieb sanft gegen ihre hohen Wangenknochen. Sie spürte, wie seine Hände über ihren Rücken strichen, sie im Innersten wärmten, und wie er sie noch näher an sich zog. Sie verschmolzen fast miteinander. Maria schloß ihre Augen und fühlte seine Lippen, die sich fest auf ihre Stirn preßten und sie liebkosten.

Traurigkeit hatte sich über sie gesenkt. Maria preßte ihr Gesicht noch enger an ihn. Sie konnte sein Herz schlagen hören. Warum hatte sich sogar die Natur mit ihren Kräften gegen sie verschworen? Wie brutal ist doch die Macht des Schicksals, dachte sie. Das erstemal in ihrem Leben stand sie vor einer aufregenden neuen Entdeckung, vor einem neuen Horizont – einer neuen Welt, die mit der Verheißung von Empfindungen lockte, die so neu für sie waren und so unbekannt wie die Kräfte, die die Sterne am Himmel kreisen ließen. Und sie war bereit, einen Schritt zu machen, die Mauer zu überspringen und sich dem anzuvertrauen, was immer auf der anderen Seite auf sie wartete. Ja, mit einer Sicherheit, die sie bis in ihr Innerstes spürte, wußte sie, sie konnte es wagen – weil sie seine Arme um sich spürte. Sie war vollkommen bereit dazu, das Leben, das sie kannte, aufs Spiel zu setzen, jenes Leben, in dem sie keine Stimme hatte, das eine Zukunft für sie bereithielt, der sie kaum entkommen konnte. Ja, sie war mehr als bereit, über die Mauer zu springen, weil sie hoffte, dort jenen Auftrieb zu erhalten, der sie zu dem neuen, verheißungsvollen Horizont bringen würde, den sie am Himmel erblickte.

Und der über sie spottete.

Der Nebel hatte sich schließlich aufgelöst. Sanft rieb sie ihre Wange an seiner Brust und verdrängte die Traurigkeit, die sie empfand, da sie nur noch so wenig Zeit füreinander hatten.

»Es muß nicht in Antwerpen enden.« Er lehnte sich nach vorn und zog ihr die Kapuze des Mantels vom Kopf. Sanft küßte er ihr schwarzes Haar. »Du kannst bei mir bleiben, während ich meine neue Königin zu James bringe. Die Rückfahrt müßte schnell vonstatten gehen. Dann bringe ich dich nach Dänemark. Ich könnte deine Familie kennenlernen …«

Maria hob ihre Hand und legte die Finger auf seine Lippen. Sie wollte nicht lügen. Nicht mehr. Sie hatten nur diese wenigen, kurzen und wertvollen Tage auf See. Sie würde Träume für ein ganzes Leben in diesen paar Tagen sammeln. Sie erhob sich auf ihre Zehenspitzen und folgte der Spur ihrer Finger mit den Lippen. Sanft küßte sie ihn, und dann umfaßten ihre Hände seinen Nacken. Ihr Mund schmeckte seine vollen, empfindsamen Lippen.

»Maria, ich möchte viel Zeit mit dir verbringen. Ich möchte dich kennenlernen.«

Wieder brachte ihr Kuß ihn zum Schweigen. Sie neckte ihn und ließ ihre Zunge über seine Lippen wandern. Aber er hielt sich zurück. Wartete. Sie gab nicht auf. Sie ließ ihre Lippen zu seinem Nacken gleiten und bahnte sich den Weg zu seinem Ohr, knabberte an seinem Ohrläppchen. Er seufzte. Kühner geworden, machten sich ihre Lippen zurück auf den Weg zu seinem Mund. Die Küsse waren sanft, aber entschieden, einfach, aber betäubend. Mit ihrer Zunge spielte sie über seine vollen Lippen, und dieses Mal öffneten sie sich für sie. Zögernd glitt sie weiter und machte sich auf ihre Entdeckungsreise.

John lehnte sich gegen die Reling und war bemüht, die Kontrolle zu bewahren, die ihre Berührung zu untergraben drohte. Sie machte ihn fast verrückt vor Lust, aber er wußte, er durfte ihr nicht dorthin folgen, wohin sie ihn führte. Gleichzeitig vermochte er aber auch nicht, sich zurückzuziehen. Etwas in seinem Inneren sagte ihm, daß er ihr im Moment die Führung überlassen sollte. Daß sie hier in der Dunkelheit das Vertrauen finden würde, um ihre Gefühle für ihn zu erkunden. Hier, unter dem schwarzen und sternenübersäten Himmel, konnte sie die wilde Leidenschaft entdecken, die zu empfinden sie fähig war, das wußte er.

Aber John beherrschte sich, da er wußte, daß dieses Spiel seine Grenzen haben mußte.

Marias Finger bahnten sich ihren Weg unter sein Hemd.

Sie berührten das weiche Haar auf seiner Brust, und die ganze Zeit über sehnte sich ihr Mund nach mehr.

John versuchte an all die Seeschlachten zu denken, die er geschlagen hatte, an Blut, an Unwetter, an brennende Schiffe. An alles, nur nicht an die Sanftheit und Schönheit der Frau in seinen Armen. Seine Muskeln waren so hart wie Stein, und seine Männlichkeit – steif und pochend – schmerzte vor Lust.

Sein Blick war verhangen und sein Gesichtsausdruck grimmig, als Maria sich seinen Armen entzog und in seine dunklen Züge blickte. Es irritierte sie, daß er zögerte, die Führung zu übernehmen, wie er es am gestrigen Abend getan hatte, und ängstlich wandte sie ihren Blick ab. »Hat sich dein Interesse an mir mit dem Nebel verzogen, John?«

Der Kommandant holte tief Luft, bevor er ihre Hüften an seine Lenden preßte.

Sie hielt einen Moment inne, als ihr klar wurde, was sie spürte. Nun, sein Interesse schien noch zu bestehen, ein ziemlich großes Interesse sogar. Sie mußte über ihre eigene Unerfahrenheit lächeln und preßte sich mit schüchterner, aber unwiderstehlicher Neugier an ihn.

»Warum dann …?« Sie verstummte, unfähig, die Worte auszusprechen!

Er beugte sich herunter, küßte sie auf ihre Nase und dann auf die Wange. Er konnte ihren Atem auf seinen Lippen spüren. Seine Finger strichen über ihr Kinn. »Weil ich deiner Tante mein Wort gegeben habe, daß ich dich nicht in mein Bett ziehe, solange wir an Bord dieses Schiffes sind.«

Seine Stimme verriet seine Anspannung, und für sie klang es, als hätte er Schmerzen. Maria biß sich auf die Lippen, um nicht loszulachen. Mein Gott, sie hatte sich nicht einmal überlegt, wohin all das eigentlich führen könnte. Aber als er die Worte ausgesprochen hatte, war ihr bewußt, daß ihr Liebesspiel im Bett geendet hätte. ›Bett‹. Sie versuchte sich zu erinnern, aber ihr Ehebett war für sie kaum ein erinnerungswürdiger Ort während der vier Jahre ihrer Ehe gewesen. Und ihren Mann zu küssen war auch nicht gerade bemerkenswert gewesen.

»Meine Tante hat dir also dein Wort abgenommen.«

Er nickte und lehnte seine Stirn gegen ihre. »Ja, meine Kleine. Ich habe ihr mein Wort gegeben.«

»Und du wirst dein Wort halten.«

John lehnte sich zurück und sah ihr in die Augen, tiefgrüne, magische und scheinbar von innen leuchtende Augen. Seine Worte waren kaum mehr als ein Brummen. »Bis ans Ende aller Zeiten.«

Maria wußte jetzt, warum Isabel nichts dagegen hatte, sie beide allein zu lassen. Seine Finger spielten mit ihrem Haar.

Sie streckte sich, gab ihm einen Kuß auf die Wimpern und versuchte verzweifelt, ihre Enttäuschung darüber zu verbergen, daß sie ihr Spiel wohl beenden mußten. Aber der Schotte war ein ehrenhafter Mann, und das hatte sie zu respektieren. »Heißt das, du bist bereit, mich in meine Kajüte zurückzubegleiten?«

John sagte nichts und blickte hinaus auf das Meer. Dann setzte er sich plötzlich auf ein neben ihnen stehendes Faß und zog Maria zwischen seine Beine. Mit beiden Händen hielt er sie dort fest. Ihre Augen befanden sich jetzt auf gleicher Höhe.

»Es hat mich eine Ewigkeit gekostet, dich dort herauszuholen«, murmelte er, zog sie näher an sich heran und rieb seine Lippen über die Haut direkt unter ihrem Ohr. »Es wird mich vielleicht noch einmal eine Ewigkeit kosten, dich dorthin zurückzubringen.«

»Aber du hast gerade gesagt …« Sie neigte ihren Kopf zur Seite, um seinem Mund einen besseren Zugang zu gewähren.

»Ich mußte dich doch nur wissen lassen, daß es Grenzen gibt.«

»Grenzen?« wiederholte sie fragend, und seine Lippen knabberten an ihrem Ohrläppchen.

Sie wand sich leicht in seinen Armen, als seine Hand ihren Weg unter ihren Mantel gefunden hatte. Seine Finger wölbten sich um die Rundung ihrer Brüste, und Maria stockte der Atem, als er durch die weiche Wolle ihres Kleides über ihre Brustwarzen strich.

Sie schob sich zwischen seine muskulösen Beine und drängte sich gegen seinen Kilt, bis sie spürte, wie sich sein Schaft eng an ihren Schenkel preßte. Seufzend vergrub sie ihre Lippen in seinen Haaren, als er die Bänder aufzog, die den Ausschnitt ihres Kleides zusammenhielten.

»Erzähl mir mehr von diesen Grenzen«, flüsterte sie. »Wie weit ...«

Gleichzeitig mit den letzten Worten seufzte sie tief auf, da Johns Finger ihr Mieder aufgezogen hatten und eine ihrer Brüste entblößte. Sie lehnte sich gegen ihn, als seine Hand ihre nackte Haut berührte.

Ein Schauder jagte durch sie hindurch und hinterließ eine Erregung, die nichts ähnlich war, was sie jemals empfunden hatte. Wie von großer Ferne sah sie ihm verwundert zu, wie er ihren Mantel weit öffnete und seinen Mund auf ihre Brust senkte. In ihrem Körper loderte es, und sie schob sich seinen Lippen entgegen, ihre Hände in seinem Haar vergraben. Ein Strom von Hitze floß durch sie hindurch. In ihrer Schamgegend flackerte ein wildes Feuer auf. Maria wußte nicht, wie sie diesen Zauber zu bändigen vermochte. Sie versuchte es aber auch gar nicht.

John küßte und neckte ihre Brüste, wanderte von einer zur anderen, zwang sich zur Langsamkeit. Er wollte sich nicht ganz in ihrer Süße und ihrer Fülle verlieren. Maria konnte nicht mehr stillhalten. Ihre Hände waren überall, ihr fester Körper preßte sich gegen seine Lenden, und ihr Schenkel rieb aufreizend an seiner pochenden Männlichkeit. Aber er gestattete es sich nicht, daß sein Begehren die Herrschaft über ihn gewann. Er durfte sie nicht nehmen. Er würde sie nicht nehmen. Nicht an Bord seines Schiffes. Aber das hieß nicht, daß er sie niemals nehmen würde.

Maria schmiegte sich in seine Arme, als er sie noch enger in seine Umarmung zog. Sein Mund setzte mit seinem Spiel dabei nicht aus, und er ließ seine Zunge um ihre Brust kreisen. Sie keuchte auf, als seine Hand ihre Röcke hochhob und sich ihren Weg bahnte. Sie schloß ihre Augen, und ihre Arme zogen ihn eng an ihre Brust, als seine Finger ihre Strümpfe hochglitten. Zum Teufel mit der Königlichkeit, dachte sie wild und betete, seine Finger würden ihr Ziel finden. Ihr Körper schrie nach seiner Berührung.

Es war wie ein Flehen. Er schob ihre Wäsche beiseite, und Maria weinte bei seiner Berührung fast laut auf.

Als seine Finger in ihre feuchte Öffnung eintauchten und dort ihr Spiel begannen, versuchte John verzweifelt, seine Ohren vor dem Klang ihres Stöhnens zu verschließen. Es gab Grenzen. Das hatte er ihr gesagt. Aber diese Grenzen waren nur ihm gesetzt, nur dazu hatte er sich einverstanden erklärt. Ihr Vergnügen zu bereiten, ihr Erfüllung zu schenken, verstieß nicht gegen die Vereinbarung. Er konnte und er würde ihr alles geben, aber nichts nehmen.

Nie hatte Maria geglaubt, daß es so sein könnte. Sie biß sich auf ihre Unterlippe, als seine Finger weiter in sie eindrangen. Sie nahm nichts anderes mehr wahr als die Schauer der Erregung, die durch ihren Körper rieselten, während er ihre empfindsamsten Stellen streichelte. Sie drängte sich immer stärker gegen seine Hand und öffnete sich seiner Berührung. Ihr innerliches Beben schob jeden bewußten Gedanken zur Seite. Und in ihr wuchs ein Begehren nach etwas, für das sie nicht einmal ein Wort kannte.

Sein Mund, mit dem er ihre Lippen bedeckte, war rauh. Er dämpfte ihre Schreie ab, als seine Finger immer tiefer in sie eindrangen. Sie war so nahe, so nahe daran loszulassen. Ihr Atem kam stoßweise, ihr Stöhnen war heftig und wild. Wie ein Vogel, der voller Ungeduld fliegen wollte, bog sich ihr schlanker Körper in seinen Armen. Und schwang sich empor.

Ströme von flüssigem Licht und Farben von Feuerrot und glänzendem Gelb explodierten in glühenden Wellen vor Marias innerem Auge, schmolzen in dem Lavastrom von Leidenschaft und Ekstase. Welle um Welle trieben sie durch ihr Innerstes, erhellten eine Welt, die verschlossen und grau gewesen war, streiften jede Spur von Zurückhaltung von ihr ab, jede Spur von Beherrschtheit. Maria war frei, vollkommen frei, und sie stieg unbeschwert auf, glitt auf den Strömen; die Fesseln waren durchschlagen, der Horizont endlos.

Von seinen Armen umschlungen, erschauerte Maria noch immer. Die Minuten vergingen, ohne daß sie imstande gewesen wäre, sich wieder auf so triviale Dinge wie Zeit und Raum zu besinnen. Aber nach und nach setzte ihr bewußtes Denken wieder ein. Als das Feuer des Augenblicks von einem wundervollen, dunklen Leuchten abgelöst wurde, machte sich ein melancholischer Gedanke in ihr breit. Sie erkannte, daß sie in ihrer Ehe nie eine solche Wonne empfunden hatte. Sie hatte es auch nie für möglich gehalten, diese Ekstase erleben zu können. Dann lächelte Maria, und der Gedanke war wieder verschwunden.

Als er langsam seinen Mund von dem ihren löste, war Maria noch immer nicht wieder ganz auf die Erde zurückgekehrt. Johns Hände streichelten ihren Rücken, und seine Lippen ruhten in der süßen, reinen Weichheit ihres Haars. Aber innerlich war er in Brand gesetzt, und heftig schlug sein Herz in seiner Brust. Seine Lenden schrien förmlich nach Erleichterung, aber er versuchte, die animalischen Instinkte zu ignorieren, die ihn dorthin zu treiben drohten, wohin zu gehen er abgeschworen hatte. Und zumindest einen Augenblick lang war er sicher, er würde sich behaupten können. Aber dann befreite Maria eine Hand aus ihrer Umarmung und legte sie auf seinen Schenkel. Sie ließ sie unter seinen Kilt gleiten und umspannte mit ihren Fingern seinen aufgerichteten Schaft.

Maria stöhnte auf, als John sie von seinem Schoß herunterhob, so als wäre sie nicht schwerer als eine Feder. Mit einer einzigen Bewegung zog er seinen Dolch und durchschnitt das Seil, das die Fässer zusammenhielt. Dann warf er den Deckel eines Fasses herunter, hob es hoch und ließ das kalte Wasser über seinen Kopf fließen. Voller Überraschung sah Maria zu, wie er ein zweites Faß hob.

»Alte Gewohnheit der Highlander«, sagte er bloß und leerte das zweite Faß über seinem Kopf aus.

Maria blickte durch die Dunkelheit auf sein Gesicht, von dem das Wasser heruntertropfte. Das nasse Haar klebte an seinem Kopf, sein Hemd war durchnäßt und lag eng an seiner Brust, die sich schnell hob und senkte. Aber der Anblick der Wölbung unter seinem Kilt genügte, und schon raste ihr Herz wieder.

»Sie nützt nichts«, sagte sie und lachte. »Die alte Gewohnheit, meine ich!«

»Noch mehr kaltes Wasser.« John sah an sich herunter. »Ich brauche noch mehr kaltes Wasser.«

»Vielleicht kann ich dir ja helfen ... während du suchst.« Es war nicht zu leugnen – es war ein Vergnügen, seinen Kampf zu beobachten. Sie schmiegte sich eng an ihn, schlang ihre Arme um seine Taille und drückte sich an seinen nackten Körper. »Wir haben erst März, wie du dich vielleicht erinnerst. Die Meeresluft ist kalt. Während du also suchst, kann ich dich ja wärmen.«

»Maria«, brachte er nur hervor, während sie ihre Lippen auf seinen Hals preßte. Entschieden legte er seine Hände auf ihre Schulter, aber schließlich konnte er sich doch nicht dazu durchringen, sie wegzuschieben. Statt dessen zogen seine Hände sie näher heran. Seine Stimme war ein Murmeln, als er zärtlich in ihr Ohrläppchen biß und sagte: »Du spielst mit dem Feuer, Weib. Aber ich werde mich trotz dem, was ich im Augenblick empfinde, auch weiterhin ehrenhaft verhalten.«

»Ja«, seufzte sie. »Dessen bin ich mir ganz sicher.«

Sie stellte sich auf die Zehenspitzen und gab ihm einen Kuß.

John blickte in die glühenden Tiefen ihrer Augen. Er zog ihren Kopf noch einmal zu sich heran und küßte sie mit einer Leidenschaft, die drohte, die dahingeschmolzenen Wellen, die in ihrem Innersten zur Ruhe gekommen waren, von neuem aufbranden zu lassen. Er drang in die tiefsten Winkel ihres süßen Mundes vor, seine Zunge spielte mit ihr und koste sie, bis er fühlte, wie alle Anspannung aus ihrem Körper wich. Er hingegen konnte keinen Augenblick der Spannung mehr ertragen. Er mußte aufhören. Er ließ sie los und spürte, wie sie sich ein wenig zurückzog, ganz außer Atem und unsicher auf den Beinen.

»Es ist an der Zeit«, sagte er mit heiserer Stimme. »Es ist an der Zeit, daß ich dich zurück zu deiner Kajüte bringe.«

Kapitel 13

Die große blonde Frau stand mittschiffs im hellen Morgenlicht an der Reling und rührte sich nicht. Für einen zufälligen Beobachter mochte es so aussehen, als ob Caroline Maule bloß auf die wolkengleichen weißen Segel blickte, die sich über dem Achterdeck im Wind blähten. Aber in Wahrheit starrte sie das nahe beieinanderstehende Paar an, und wenn Blicke töten könnten, wäre die *Great Michael* ab sofort ohne Kapitän.

»Meine Liebe, du hast etwas in deiner Kajüte vergessen.« Die dröhnende Stimme ihres Ehemanns, der sich ihr von hinten näherte, ließ sie höhnisch grinsen. Doch bevor sie sich zu ihm umdrehte, zauberte sie schnell ein süßliches Lächeln auf ihr Gesicht. »Du bist abgehärtet, sicher, aber es ist immerhin erst März. Heute morgen weht eine steife Brise, und ich kann nicht zulassen, daß du dir eine Erkältung holst, nicht wahr?«

Die breiten Hände des Mannes legten den Reisemantel um die hochgezogenen Schultern seiner Frau, und er sah an ihr vorbei auf den Kommandanten des Schiffs, der auf dem Achterdeck stand und seinen Arm um das hübsche junge Ding gelegt hatte, das er aus dem Meer gefischt hatte. Mit einem breiten Lächeln zog Sir Thomas Caroline an seine Seite und sah ihr ins Gesicht. Es war ein schöner klarer Morgen, aber es wehte tatsächlich ein kalter Wind.

»Bei einer solchen Brise treffen wir in Antwerpen ein, ehe du dich versiehst, meine Liebe.« Sir Thomas wandte sich um und sah zum Vordeck in Richtung ihres Zieles. Es war noch kein Land in Sicht. Die *Great Michael* war von beiden Seiten von den Kriegsschiffen flankiert, die sie auf ihrer Fahrt begleiteten. Die Schiffe hoben und senkten sich nur leicht, als sie sich ihren Weg durch die windgepeitschten weißen Wogen bahnten. Der alternde Ritter ergriff Carolines Hand, als er sich gegen die Reling lehnte. »Ich bin immer noch der Ansicht, daß alte Krieger wie ich auf ein Pferd gehören, mit einer Lanze in der einen Hand und einem Schild in der anderen.«

»Alte Krieger, wie du sie nennst, sind vor allem berühmt für ihre Sentimentalitäten.« Carolines Stimme war kalt und gefühllos, während sie ein paar Möwen beobachtete, die über dem blaugrünen Meer schwebten.

»Was muß ich da hören?!« Sir Thomas sah sie mit zusammengekniffenen Augen an.

»Entschuldige, ich fühle mich nicht sehr wohl heute morgen.«

»Hmm«, brummte er, nicht wirklich versöhnt. »Nun, wenn du dich unwohl fühlst, mein Mädchen, dann warst du vielleicht nicht gut beraten, heute morgen so bald aufzustehen. Warum hast du schon in aller Herrgottsfrühe unser warmes Bett verlassen?«

»Ich weiß nicht, wie überhaupt jemand bei diesem Geschrei schlafen konnte, das die Matrosen heute morgen veranstaltet haben.« Die Mannschaft hatte beim ersten Morgengrauen Posten bezogen, die Segel gesetzt und die *Great Michael* auf Kurs gebracht.

»Ich fand es angenehm, im Bett zu liegen und den Männern bei ihrem geschäftigen Treiben zuzuhören.«

Caroline verkniff sich eine Antwort. Sie wandte ihre Augen von ihm ab und blickte unwillkürlich wieder zu John Macpherson und diesem spanischen Frauenzimmer. Abscheu stieg in ihr auf, als sie sah, wie John beschützend und liebevoll ihren Arm umfaßt hielt.

»Ich habe mich schlecht gefühlt«, klagte sie, »und ich tue es noch immer. Ich habe fast alles, was ich gestern gegessen habe, wieder von mir gegeben. Ich bin es einfach nicht gewohnt, mit einer solchen Geschwindigkeit zu reisen.«

»Ich dachte, du bist ein Mädchen, das einen schnellen Ritt genießt?« Sir Thomas lächelte über seinen eigenen Witz, bis Caroline mit einem Eisesblick jegliche Schalkhaftigkeit in ihm zerstörte. »Ach, Caroline, es wird doch nicht mehr lange dauern. Wir sind schon fast da. Zwei Tage noch, höchstens drei. Und dann werden wir den Komfort eines der schönsten Schlösser Europas genießen. Man sagt, jedem einzelnen von Karls Gästen warten fünfzig Diener auf. Und bis wir ankommen, stehe ich dir immer zur Seite und halte deine Hand ... und wenn es notwendig sein sollte, auch den Kopf. Ich tue, was immer du willst, nur damit die Reise für dich angenehmer wird.«

Den meisten Frauen wären die einfühlenden Worte dieses Mannes angenehm gewesen, aber Caroline vernahm sie mit höchstem Widerwillen. Sie haßte ihn. Sie haßte sie alle. Ihren Mann, dessen Tochter und diesen Haufen nutzloser Adeliger, der mit ihnen reiste. Sie hatte versucht, Mißtrauen unter ihnen zu säen, böse Gefühle gegen die zurückhaltende Spanierin zu wecken, aber nicht einer von ihnen hatte auch nur die Spur von Interesse gezeigt. Jeder einzelne von ihnen war ein Narr.

Unablässig streichelten und massierten die Hände ihres Mannes ihren Rücken, um ihre Verspannungen zu lösen, und Caroline vermochte kaum ihren Ekel zu verbergen. Sie wollte Johns Arme um sich haben, sonst niemandes. Sie wollte aus seinem Munde Zärtlichkeiten hören. Wieder hob sie ihren Blick und beobachtete mit Geringschätzung, wie der Kommandant seine Aufmerksamkeit für die Frau bekundete, die sich an ihn gelehnt hatte.

»Ich frage mich, was die Königin von Ungarn dazu sagen wird, wenn sie feststellt, daß die Kajüte, die allein für den königlichen Gebrauch bestimmt war, in Beschlag genommen wurde von einer billigen Matrosen...« ›...braut‹ hatte Caroline sagen wollen, aber sie konnte sich gerade noch zusammenreißen. Sie war nicht dumm. Sie würde ihre Feindseligkeit nicht so offen vor ihrem Mann zur Schau stellen. Nein, es war besser, ihm weiterhin vorzumachen, daß sie unter dem Seegang litt.

»Ich kann mir nicht vorstellen, daß Königin Maria viel dagegen einzuwenden hat«, antwortete Sir Thomas. »Bei Leuten von königlichem Geblüt weiß man das natürlich nie. Aber die Kleine hat König Jamie schließlich noch nicht geheiratet, es sind noch immer ein paar Einzelheiten auszuarbeiten. Und ich glaube kaum, daß Sir John vorhat, sie mit den beiden Frauen, die zur Zeit in ihrer Kajüte wohnen, zusammenzustecken.«

»In dieses Schiff wurde doch ein Vermögen gesteckt, um

es für die Königin auszustatten«, meckerte Caroline, nicht imstande, ihren Ärger noch länger zu unterdrücken. »Wenn du meinst, daß Karls Schwester in einem solch kränkenden Verhalten keine Ehrbeleidigung sieht, dann bist du dumm. Ich bin mir sicher, daß der Earl of Angus mit mir einer Meinung sein wird.«

»Meine Liebe, es mag ja sein, daß du dich ein wenig schlecht fühlst, aber ich möchte dich trotzdem bitten, deine Zunge im Zaum zu halten. Und wenn du denkst, daß John Macpherson sich aus Angst vor Angus' Rache anders verhalten würde, dann sage ich dir, du irrst dich. Er ist einer, der tut, was ihm gefällt, egal, was Angus – oder sonst jemand – davon hält. Er ist Herr dieses Schiffes, und hier hat niemand seine Entscheidungen in Frage zu stellen.« Sir Thomas' Gesichtsausdruck wurde weicher, und zärtlich zog er seine Frau zu sich heran. Wenn er ehrlich sein sollte, dann war er sehr erfreut, daß Macpherson ein solches Interesse an der kleinen Spanierin bekundete. »Du hast doch wohl nicht erwartet, daß John sie wieder den Fischen übergeben würde, oder?«

»Sie aus dem Meer zu fischen und sie wie eine Königin zu behandeln sind zwei ganz unterschiedliche Dinge«, wandte Caroline beleidigt ein.

»Na komm schon, meine Kleine. Was hätte er denn tun sollen? Sie mitten unter den Matrosen ihrem Schicksal überlassen?« Sir Thomas lachte auf und schüttelte den Kopf. »Sie braucht ein gewisses Maß an Schutz.«

»Wir sind doch noch mit drei anderen Schiffen unterwegs«, gab Caroline verärgert zurück. »Bedenkt man die Bedeutung dieser Mission, hätte er anders handeln sollen. Und du kannst sagen, was du willst, das dicke Ende kommt noch, wenn Angus etwas davon erfährt.«

Sir Thomas kicherte, als er sie näher an sich zog. »Ach du, du verstehst die Männer einfach nicht. Angus interessiert sich doch gar nicht dafür, was alles geschieht, bis wir Antwerpen erreichen. Und bedenkt man die offenkundige Anziehungskraft der Spanierin, wäre er der letzte, der John Macpherson seine kleine Liebelei mißgönnte. Ich tue es ganz sicher nicht.«

Caroline konnte ihre Wut fast nicht mehr zügeln, und ihre Stimme war nun kalt wie Stahl. »Da du selbst ein Mitglied des Douglas-Clans bist, hast du hier die Verantwortung zu tragen. Es ist erschütternd, wie frivol du mit einer so ernsthaften Angelegenheit umgehst.«

Sir Thomas versuchte gelassen dreinzublicken. Er wollte nicht die Gefühle seiner jungen Frau verletzen. »Meine Liebe, ich habe soeben gesagt, daß Sir John sich keinen Deut darum schert, was andere denken. Es ist wahr, ich kenne ihn noch nicht lange, aber der Mann ist ...«

»Du scheinst zu vergessen, daß ich ihn gut kenne.« Caroline schüttelte den Arm ihres Mannes ab und sah ihm direkt ins Gesicht. »Ja, du hast tatsächlich vergessen, daß ich ihn gut kenne.« Sie lächelte, als sie sah, wie sich das Gesicht ihres Mannes verfinsterte. »Du scheinst eine Menge vergessen zu haben. Aber das ist bei deinem Alter auch nicht weiter verwunderlich.«

»Caroline!« Sir Thomas' wütender Ausruf klang wie der Schrei eines verwundeten Tiers.

»Ja, mein Lieber?« sagte sie kalt, und wie ein Dolch in die Brust drangen ihre Worte zu ihm durch.

Erschreckt starrte Sir Thomas auf die Fremde, die da vor ihm stand.

»Das reicht«, sagte er mit rauher Stimme. Er kämpfte gegen das Gefühl von Machtlosigkeit an, das sich in ihm breitmachte. »Du wirst jetzt nach unten gehen. Ich denke, es wäre das beste, wenn du in deiner Kajüte bliebest.«

Er spürte, wie das Blut in seinen Schläfen pochte, während er zusah, wie seine Frau sich langsam umdrehte und ging. Den kalten Wind, der ihm bis auf die Knochen drang, schien nur er zu spüren. Caroline Maule schritt davon, ihr Mantel, ihr Haar, ihre Miene waren vollkommen unbewegt.

Maria versuchte noch einmal, ihr Haar in die Kapuze ihres Mantels zu stecken, aber der Wind, der über das Achterdeck pfiff, vereitelte ihre Bemühungen. Voller Ungeduld drehte sie die dichten, losen Strähnen ihres Haars zu einem Strang und hielt ihn auf einer Seite fest. Mit leuchtenden Augen blickte sie nach oben, nur um zu sehen, wie der Schiffskommandant zu ihr herunterlächelte. Selbst seine Augen, blau und glänzend, schienen zu lächeln.

»Ich muß aussehen wie ein Meeresschlange, die sich in einem Haufen Algen verheddert hat.«

»Nein, meine Liebe. Allenfalls würde ich sagen, daß du wie eine schöne Prinzessin aussiehst, die mit einer Meeresschlange aneinandergeraten ist.«

»Was meinst du damit?« fragte Maria erschrocken und zupfte wieder an sich herum, in dem Versuch, etwas ordentlicher auszusehen.

»Na ja, du wirkst ein wenig zerzaust«, erklärte John, bevor er ihr half, ihr Haar festzustecken. Er hatte nur nach einem Grund gesucht, sie zu berühren. Das Bedürfnis, ihr Haar anzufassen, seine Lippen auf ihre weiche Haut zu pressen, hatte ihn fast die ganze Nacht wachgehalten.

»Ja, aber die Meeresschlange?«

»Als ich noch ein kleiner Junge war, hat uns unser Vater Märchen von Meeresschlangen und Prinzessinnen erzählt«, antwortete er und ließ sich Zeit, Marias ebenholzfarbenes Haar zu glätten. »Wenn wir die Märchen gespielt haben, mußte immer ich die Rolle dieses seltsamen Ungeheuers übernehmen. Das Zerzausen der Prinzessin war dabei meine liebste Stelle gewesen.«

»Nun, darin bist du ziemlich gut.« Sie lächelte und versuchte, nicht an die verborgene Wahrheit in seinen Worten zu denken. Seine Finger berührten ihre Lippen. Ein Schauder rieselte durch sie hindurch, und Maria spürte das Bedürfnis, ihr Gesicht gegen seine Brust zu schmiegen und ihre Augen vor der Welt zu verschließen – und vor allem und jedem in ihr. Nur nicht vor ihm.

Als hätte er ihre Gedanke gelesen, umfaßte er ihren Arm und zog sie eng an sich. Da erhaschte sie einen Blick auf die blonde Frau, die mit großen Schritten auf die Tür zusteuerte, die unter Deck führte. Maria bemerkte selbst auf diese Entfernung den verächtlichen Blick, den Caroline Maule in ihre Richtung warf. »Ich habe den Eindruck, wir werden von unseren Mitreisenden beobachtet.«

»Ach, die Mitreisenden sollen zum Teufel gehen!« brummte John mit rauher Stimme. Als er die weiche weiße Haut hinter ihrem Ohr erblickte, hatte er plötzlich das Gefühl, sie jetzt gleich auf diese Stelle küssen zu müssen, koste es, was es wolle. Aber er spürte ihr Zögern und rückte ein wenig von ihr ab, um sich gegen die Reling zu lehnen. Beschützend legte er seinen Arm um sie und sagte: »Ich stehe ja auch nicht den ganzen Tag herum und glotze sie an. Warum sollten sie es tun? Du hast nichts mit ihnen zu tun, und sie sollen sich gefälligst um ihre eigenen Angelegenheiten kümmern.«

Maria konnte nicht umhin und mußte ihm zustimmen. Sie war für die Leute bedeutungslos geworden, und wenn ihr das Glück zur Seite stand, dann blieb das auch so. Wenn Gott es wollte, würde sie niemals mehr Männer wie ihren Bruder über ihr Leben bestimmen lassen müssen. Sie steckte eine widerspenstige Strähne hinter ihr Ohr. Wenn sie genug Mut aufgebracht und ihrem Bruder von Anfang an widersprochen hätte, dann hätte ihr Leben vielleicht einen anderen Weg genommen. Aber dann wiederum hätte sie wahrscheinlich auch niemals John Macpherson getroffen. Dieser Gedanke löste eine plötzliche tiefe Traurigkeit in ihr aus.

Maria sah sich zögernd um. Die Männer, die in den Segeln hoch über ihnen saßen, waren mit ihren Aufgaben beschäftigt, und Caroline war nach unten verschwunden. Niemand beobachtete sie. Einige Schiffsoffiziere konnte man über Deck gehen sehen; sie riefen den Männern in der Takelage Befehle zu und beaufsichtigten diejenigen, die auf Deck arbeiteten, aber sie waren viel zu beschäftigt, um ihnen beiden ihre Aufmerksamkeit zu schenken. Keiner der schottischen Adligen schien sich dafür zu interessieren, was auf Deck vor sich ging, und nicht einer von ihnen genoß die Sonnenstrahlen. Doch, einer schon: ein einzelner untersetzter Mann, der mit dem Rücken zu ihnen stand. Er lehnte gegen die Reling und starrte auf das Meer hinaus.

»Sir Thomas Maule«, erklärte John, der ihrem Blick gefolgt war. »Ich glaube nicht, daß du ihm schon vorgestellt worden bist, oder?«

»Nein, das bin ich nicht«, gab sie zurück. »Irgendwann einmal – aber nicht jetzt – möchte ich ihm persönlich danken.«

»Ihm danken?« fragte John neugierig. »Wofür?«

»Weil er einfach so reingeplatzt ist, vor zwei Tagen.« Sie sah ihn kurz mit ihren leuchtendgrünen Augen an, bevor sie ihre Hände auf die Reling legte und ihre Blicke über das schimmernde Meer schweifen ließ. »Wenn er an diesem Abend nicht bei deiner Kajüte aufgetaucht wäre, hättest du mich niemals geküßt. Wir hätten nie …«

Maria verstummte und errötete bei der Erinnerung an die vorhergehende Nacht, an das, was er mit ihr gemacht hatte, als sie hier, genau auf diesem Fleck, in der Dunkelheit gestanden hatten. Die Erinnerung war wundervoll, aber noch wagte sie nicht, das auch auszusprechen.

John legte seine Hand um ihre schlanken Finger. »Mit oder ohne Sir Thomas und seinem Einfühlungsvermögen bezüglich des richtigen Zeitpunkts für seinen Auftritt war es doch nur eine Frage der Zeit, bis ich dich geküßt hätte, Maria. Ich weiß, daß deine Lippen mich von dem Augenblick an, als ich dich das erstemal sah, dazu verlockten.«

Sie erschauerte, als seine warmen Finger sanft ihre Hand streichelten. Sie blickte ihm ins Gesicht und lächelte unsicher.

»Ist das die übliche Methode, mit der du Frauen, die du aus dem Meer fischst, behandelst?«

»Weißt du, es ist recht seltsam«, antwortete John und lächelte sie an. »Schon länger als die Hälfte meines Lebens befahre ich die Meere, doch du bist die erste Frau, die ich darin gefunden habe.« Ihre Augen waren von einer bezaubernden Farbe, nicht mehr grün wie Jade, sondern wie Smaragde. Sie zogen ihn unwiderstehlich an, nahmen ihm mit ihrer Tiefe und Ausstrahlung den Atem. Die Röte auf ihren Wangen steigerte ihre unglaubliche Anziehungskraft auf ihn. Seine Antwort hatte ihr offensichtlich gefallen.

»Ich bin froh«, flüsterte sie, »ich bin froh, die erste zu sein.«

Seine Hand drückte die ihre.

»Und du …«, fuhr sie fort, »du bist … auch der erste.«

»Der erste …?« fragte er.

»Der erste«, antwortete sie stockend. »Nun … der mich … wie eine Frau behandelt. Der erste, der mich begehrt … und sich um mich bemüht. Du hast mir soviel Lust geschenkt, daß ich das Gefühl hatte, in mir ist ein Feuerwerk explodiert. Ich hatte das Gefühl, ich würde zu den Sternen emporgehoben.«

John nahm sie in die Arme. Es war ihm gleichgültig, daß andere in der Nähe waren, daß sie von allen gesehen werden konnten. »Aber dein Ehemann? Hat er denn niemals …?«

Sie schüttelte ihren Kopf. »Was du letzte Nacht mit mir gemacht hast …« Sie hielt inne, um ihren ganzen Mut zusammenzunehmen. »Ich habe nie so etwas gefühlt wie … Ich hätte es nie für möglich gehalten, daß …«

Da konnte er nicht länger warten. Er packte ihre Hand und zog sie zu den Stufen.

»Wohin bringst du mich?« fragte sie und beeilte sich, mit ihm Schritt zu halten.

»Zu meiner Kajüte.«

»Aber letzte Nacht hast du gesagt …« Sie senkte ihre Stimme und sah sich vorsichtig um. »Hast du es dir anders überlegt?«

Er eilte weiter. Weder gab er ihr eine Antwort, noch ließ er überhaupt erkennen, daß er ihre Frage gehört hatte. Maria spürte, wie ihre Erregung wuchs, als sie schnell neben ihm herlief. Und da wurde ihm bewußt, daß sie hoffte, so sehr hoffte, daß er es sich anders überlegt hatte. Lange genug schon hatte sie die Rolle des unmündigen Kindes akzeptiert. Von nun an wollte sie das Leben einer Frau leben. Was auch immer er mit ihr in seiner Kajüte tun wollte, sie wollte dasselbe – und noch mehr. Jetzt zählte nur eines – und das war, mit ihm zusammenzusein. Nur mit ihm.

»Komm Mädchen, erzähl's mir. Wer ist es? Wie heißt er? Was hält deine Familie von ihm?« Janet Maule lief hochrot an, aber Isabel übte unerbittlich, wenn auch sanft, Druck auf sie aus.

»Vielleicht sollte ich erst einmal nachfragen, ob deine Familie überhaupt von ihm weiß?«

An Isabel ging so gut wie nichts unbemerkt vorbei. Ohne den Arm der jungen Frau loszulassen, schritt sie den Raum auf und ab. Der Arzt, der Isabel an diesem Morgen schon besucht hatte, hatte nichts dagegen einzuwenden gehabt, daß sie aufstand und sich bewegte. Die Wunde an ihrer Schulter war gut verheilt, und mit Ausnahme der Steifheit in ihren Gelenken fühlte sich Isabel immer mehr wie die alte.

»Schweigsamkeit geziemt jungen Frauen durchaus, aber wenn sie abwechselnd von einem Lächeln und heftigem Erröten begleitet wird, weiß eine erfahrene Frau, was los ist.« Isabel hielt inne und richtete ihre Aufmerksamkeit wieder ganz auf Janet. Die ältere Frau behielt das Mädchen genau im Auge, als deren Gesicht von der Farbe eines schönen Sonnenuntergangs überzogen wurde, während sie verlegen auf ihre Hände starrte.

»Deine Mutter – sie ist verstorben, nicht wahr?«

»Ja«, antwortete Janet schlicht.

»Maria mag dich. Sie spricht sehr viel von dir. Sie war es, die mir von deiner Familie und deiner neuen Stiefmutter erzählt hat. Es muß schwer sein, niemanden zu haben, dem man vertrauen kann. Laß mich dir etwas sagen: Maria hatte fast ihr ganzes Leben lang im Grunde genommen dasselbe Problem. Ich glaube, das ist ein Grund dafür, daß sie sich so sehr zu dir hingezogen fühlt.«

»Ist ihre Mutter auch gestorben?« fragte Janet leise.

»Nein, sie lebt«, antwortete Isabel mit einem Kopfschütteln. »Meine Schwester ist noch sehr lebendig, aber in gewisser Weise könnte sie genausogut tot sein. Sie ist krank, und ihr Zustand hat sie von ihren Kindern seit deren frühester Kindheit ferngehalten. Maria war nicht einmal ein Jahr alt, als man sie ihrer Mutter wegnahm. Ach, ich weiß gar nicht, warum ich das alles erzähle. Das ist nicht der richtige Zeitpunkt für traurige Geschichten.«

»Das tut mir leid«, antwortete Janet. »Es muß sehr traurig für Maria gewesen sein … und für Eure Schwester natürlich auch.«

»Es ist hilft nicht, über die Kümmernisse meiner Schwester zu reden, Kind. Laß uns über die deinen sprechen. Dinge, bei denen man Abhilfe schaffen kann.« Isabel ging zu dem Tisch, der unter dem kleinen, offenen Fenster stand. Janet folgte ihr. Die kühle Brise, die durch das Fenster strömte, war frisch und rein.

Nachdem sie sich auf einen der Stühle gesetzt hatte, lud sie Janet mit einem Winken dazu ein, es ihr nachzutun. »Nun erzähl mir, Kind, was dich heute morgen so bedrückt. Ich habe dich, seit du hierhergekommen bist, beobachtet. Äußerlich scheinst du recht heiter zu sein, aber deine Augen haben manchmal so einen traurigen Ausdruck. Etwas lastet auf dir, nicht wahr?«

Janet blickte Isabel an. Sie kannte die Frau erst wenige Tage, aber es war etwas Besonderes in ihrer Art, in ihrer Direktheit und der Autorität, die man aus ihren Worten heraushören konnte. Man spürte ihre Sorge, das Versprechen einer Freundschaft, weshalb man ihr unmittelbar vertraute und ihr von den eigenen Sorgen erzählen wollte – und dem Herzschmerz.

Was Isabel sagte, traf zu. Janet hatte niemanden. Niemanden, bei dem sie Rat suchen konnte. Und gerade jetzt, mit all dem, was sie für David empfand und er für sie, brauchte die junge Frau einen guten Rat, jemand, der frei war von Boshaftigkeit. Der ein Gefühl für Gerechtigkeit hatte und Mitgefühl und Vernunft zeigte.

»Laß mich raten – dein Kummer hat mit einem Mann zu tun. Du hast etwas getan, was du für falsch hältst, oder du wirst etwas tun, was dein Vater für falsch halten könnte.« Isabel hielt inne. »Habe ich recht?«

Janet nickte und platzte dann heraus: »Ja. Das stimmt. Ich bin verliebt. Aber mein Vater … mein Vater wird niemals …«

»Lassen wir erst einmal deinen Vater beiseite. Erzähl mir zunächst von deiner Liebe. Glaubst du nur, daß du verliebt bist, oder …«

»Ich bin verliebt, ja, da bin ich mir ganz sicher. Ich denke an nichts anderes mehr als an ihn. Nur er ist noch von Bedeutung. Und wir haben nichts Falsches gemacht. Aber ... so, wie wir füreinander empfinden, habe ich Angst ...«

»Du hast Angst, daß es nur eine Frage der Zeit ist, bis du etwas Falsches tust. Habe ich recht?«

Janet sah sie an. Letzte Nacht war sie bereit gewesen, sich ihm ganz hinzugeben, aber er hatte ihrer Leidenschaftlichkeit nicht nachgegeben. David hatte gesagt, daß sie nicht miteinander schlafen durften. Nicht bis zu dem Tag, an dem sie ohne Schuld und Traurigkeit wegen der möglichen Folgen zu ihm stehen konnte.

»Liebt er dich auch?« fragte Isabel sanft.

»Ja, mehr, als ich es verdiene.« Nervös spielte sie mit ihren Händen. »Er ist ein guter Mann und sehr ehrenwert. Er arbeitet hart und hat sich kraft seiner Fähigkeiten einen Platz in der Welt geschaffen und nicht, weil er über einen Titel oder Reichtum verfügt, die ihm von seinen Vorfahren vererbt wurden.«

»Dann ist er also imstande, dich zu ernähren. Aber wird er dich auch heiraten? Dir ein Haus geben und, was viel wichtiger ist, dir Glück schenken und das Haus beleben?«

Sie nickte mit Tränen in den Augen. »Ja, all das ... und noch mehr.«

Isabel legte der jungen Frau eine Hand auf den Arm. »Was hält dich dann zurück?«

Janet wischte mit ihrem Handrücken die Tränen fort und wandte den Blick zum offenen Fenster. Sie wurde etwas ruhiger, und all die Qual, das ganze Durcheinander löste sich ein wenig auf. Das Leben am Hof inmitten der adligen Freunde ihres Vaters bedeutete ihr nichts. Niemals hatte sie nach dem Reichtum und der Etikette, die mit dem Rang ihrer Familie verbunden waren, verlangt. David konnte ihr all diese Dinge kaum bieten, aber das war ihr gleichgültig. Nach Äußerlichkeiten hatte sie noch nie gestrebt.

Aber es gab etwas, das ihr wichtig war.

»Der Segen meines Vaters«, sagte Janet leise. Ihr Blick war fest und ihre Stimme ruhig, als sie wieder zu Isabel sah. »Ich wünschte, ich hätte seinen Segen.«

Isabel dachte – aber nur für einen kurzen Augenblick –,

daß sie dieser jungen Frau vielleicht besser keinen Rat hätte geben sollen. Zweifellos hatte sie schon ihrer eigenen Nichte die Heimat geraubt und jede Chance, daß sie weiterhin an den Höfen des Heiligen Römischen Reiches Respekt genießen würde. Aber dann erinnerte sie sich an den Anblick von Maria, strahlend und glücklich, als sie heute morgen die Kajüte verlassen hatte. Isabel wußte, daß eben dies das alles wert war. In ihren dreiundzwanzig Jahren war Maria noch nie so schön gewesen oder hatte so gelöst ausgesehen wie heute.

Vergib mir, Jungfrau Maria, betete Isabel im stillen und blickte dabei Janet Maule an, aber diese junge Frau soll ihr Glück erfahren.

Isabel nickte. Sie würde alles in ihrer Macht Stehende tun, damit Janet den Segen ihres Vaters erhielt.

Kapitel 14

Zum Teufel mit sämtlichen ehrenwerten Absichten, dachte John.

Nein, das geht doch nicht, dachte er daraufhin und haderte weiter mit sich selbst. Du kannst sie nicht einfach nehmen, nachdem du dein Wort gegeben hast. Natürlich war ihre Tante niemandes Aufseher, rief sich John ins Gedächtnis, doch er hatte sein Wort verpfändet. Und Isabel wiederum hatte ihres gehalten, als sie das Abendessen arrangiert hatte. Er würde Maria jetzt nicht hier gegenüberstehen, wenn Isabel kein Vertrauen in ihn gesetzt hätte.

»Vielleicht würde es etwas nützen, wenn du mich an dem Widerstreit in dir teilnehmen lassen würdest«, schlug ihm Maria neckend vor. Sie saß kerzengerade auf ihrem Stuhl und musterte den gutaussehenden Kommandanten, der im Zimmer vor ihr auf und ab schritt, mit wachem Blick. Sein ganzes Mienenspiel zeugte von dem Kampf, den er im Innern mit sich ausfocht. »Vielleicht kann ich ja helfen.«

John hielt inne, lehnte sich mit dem Rücken gegen den Rahmen des offenen Fensters und sah sie an. Ihr Haar war jetzt locker in einem schwarzen, seidigen Knoten im Nakken zusammengehalten. Die Haut ihres Halses schien nach seiner Berührung, nach seinen Lippen förmlich zu schreien. Es bedurfte nur eines Blicks auf sie, und schon pulsierte das Blut wieder in seinen Adern.

Es würde schwierig werden. Äußerst schwierig.

Als sie das obere Deck verlassen hatten, wollte John Macpherson nichts anderes, als Maria ins Bett zu ziehen, sobald sie seine Kajüte erreicht hatten. Sie war bereit, das wußte er, und als sie ihm erzählt hatte, wie es ihr die Nacht zuvor ergangen war – welche Empfindungen er in ihr hervorgerufen hatte –, hatten seine Lenden Feuer gefangen. Er wollte sie.

Doch auf ihrem Weg nach unten in seine Kajüte wurden sie wegen fünfzig, nein, hundert unwichtigen Angelegenheiten aufgehalten, da seine Offiziere, die gesamte Adelsdelegation und selbst der Trunkenbold von einem Arzt es scheinbar für absolut notwendig erachtet hatten, sich ihnen in den Weg zu stellen und endlos auf ihn einzureden. Irgendwann einmal war er dann ungeduldig an dem nächsten vorbeigelaufen und mit Maria im Schlepptau nach unten gestürmt.

Nun, da er ein wenig klarer zu denken vermochte, war er für all die Unterbrechungen dankbar. Wenn es diese Verzögerung nicht gegeben hätte, sagte er sich, dann hätte er sein Wort gegenüber Marias Tante bereits gebrochen.

Er verschränkte die Arme vor seiner breiten Brust.

So irritierend es zunächst auch gewesen war, so hatte Maria es bald hochinteressant gefunden, hinter John zu stehen und zu beobachten, wie er seinen Pflichten als Herr über die *Great Michael* nachkam.

Sie war sich im klaren darüber gewesen, wie ungeduldig er war, nach unten in seine Kajüte zu kommen – genauso wie sie –, aber die Art, wie er mit seinen Männern und den schottischen Edelleuten umging, hatte sie fasziniert. Dies war eine reine Männerwelt, eine Welt, in der barsch und ohne Höflichkeitsfloskeln miteinander gesprochen wurde, in der die Artigkeiten der höfischen Sprache und gute Umgangsformen nicht von Bedeutung waren.

John Macpherson regierte sein Schiff mit fester Hand und einem Verstand, der in der Kunst der Seefahrt geschult war. Sein Wissen und sein klares Denken zeigten sich in allem, was er sagte. Sie hatte den Ausdruck in den Augen seiner Männer bemerkt. Den Ausdruck des Respekts, des Vertrauens in den Mann, der vor ihnen stand. Selbst sie hatte seine Stärke gefühlt, die Macht, die ihn umgab. Maria wußte, warum seine Männer ihm gehorchten.

Das Leben auf See schien die Menschen mit dem Gefühl der Unabhängigkeit zu infizieren. Vielleicht, hatte sie gedacht, als sie ihn mit einem solchen Selbstvertrauen seine Befehle erteilen sah, war es das Wissen, daß das einzige, was zwischen Leben und Tod entschied, zwischen der Sicherheit und den Gefahren des Meeres stand, die eigenen Fähigkeiten waren. Wenn man ein guter Seemann war, hatte man guten Grund, stolz und selbstbewußt zu sein. Und man hatte auch guten Grund, glücklich zu sein. Als sie John durch das Schiff gefolgt war, hatte auch Maria sich stark und selbstbewußt gefühlt – und glücklich. Sie wußte, daß sie für das Heute lebte. Und das Gefühl von Freiheit, das sie empfand, versetzte sie in Hochstimmung.

Aber jetzt waren sie allein, und sie hatte den Eindruck, ihr Herz würde ihr bis zum Hals hinauf schlagen. Sie hatte versucht, die Intensität, die sie umgab, mit oberflächlichen Bemerkungen zu zerstreuen, aber offensichtlich war es ihr nicht gelungen. Jedesmal, wenn er seinen Blick auf sie richtete, konnte sie seine Leidenschaft spüren, und sie erbebte innerlich vor Vorfreude. Die Erwartung des Kommenden, die Spannung, die unleugbare Lust, die in ihrem Körper brannte, wirbelte ihren Verstand durcheinander.

Maria sah auf die Karte, die auf dem Arbeitstisch ausgebreitet lag. Sie wußte nicht, wie oder wann es passiert war, aber irgendwann in den letzten zwölf Stunden hatte sie eine Schwelle überschritten. Sie war nicht mehr nur angezogen von ihm. Er war für sie nicht länger nur der attraktivste Mann, den sie je in ihrem Leben gesehen hatte. Jetzt schlug auch ihr Herz für ihn. Im Innersten ihres Wesens sehnte sie sich nach seiner Nähe. Sie war verzaubert, gespannt, voller Leidenschaft. Maria senkte ihren Kopf. Es war Liebe.

John ging zu ihr und stellte sich vor sie hin.

Sie blickte in sein Gesicht. Seine tiefblauen Augen bohrten sich in ihre. Er hatte kein Wort gesagt, seit sie in der Kajüte angekommen waren, aber sie wußte, daß er jetzt bereit war zu sprechen.

»Maria, du kennst mich nicht.«

Sie konnte die Anspannung in seiner Stimme hören. Beim Anblick seiner gefurchten Stirn wurde es ihr eng ums Herz. Er würde alles beenden, dachte sie. Darum ging es. Es war Schluß. Was sonst würde er tun wollen? Jungfrau im Himmel! Maria fragte sich verstört, was sie Falsches gesagt hatte. Was sie getan hatte.

Sie stand auf und sah ihm ins Gesicht. »Was meinst du damit?«

»Du kennst mich nicht gut genug. Du weißt nicht, wer ich bin.«

»Ich weiß mehr von dir als du von mir.«

»Das ist wahr. Aber ich spreche von anderen Dingen«, setzte er dagegen. »Was ich von dir weiß, genügt mir im Augenblick.«

»Wie das?« brachte sie vor. »Wie kann es sein, daß das wenige, was ich dir von mir erzählt habe, ausreicht, aber das, was ich von dir weiß, nicht ausreichen soll?«

John sah, wie Maria trotzig ihr Kinn vorschob, sah das Funkeln in ihren Augen. Er wollte sagen, was gesagt werden mußte, und damit sollte es gut sein. Er wollte ihr all das sagen, was schwer auf seinem Herzen und seinem Gewissen lastete. Er hatte keine Lust auf irgendwelche Täuschungsmanöver oder Tricks. Er wollte, daß sie ihn so sah, wie er war, bevor sie sich ihm mit all ihrer Leidenschaft hingeben würde.

»Ich warte auf deine Antwort«, forderte sie ihn heraus. Einen Augenblick lang fragte sie sich, ob er wohl hören konnte, wie heftig ihr Herz in ihrer Brust schlug. Sie wußte nicht, ob eine Enttäuschung auf sie wartete, aber diese neue Maria, zu der sie geworden war, würde keine Niederlage ohne Kampf akzeptieren.

»Maria«, begann er stockend, »ich habe mein halbes Leben auf See verbracht. Es ist schwer ... ich habe die Fähigkeit verloren ... nun, Frauen sind ...«

John suchte verzweifelt nach Worten. Als er sich zum Fenster wandte, legte er seine Hand auf das glatte Holz des Rahmens. »Maria, ich bin der dritte Sohn meiner Familie. Das erscheint dir vielleicht bedeutungslos, aber du mußt es wissen.« Er suchte nach Anzeichen der Enttäuschung in Ihrer Miene, nach irgendeiner Reaktion, fand aber nichts dergleichen. »Weißt du, was das bedeutet?«

»Ich bin das fünfte Kind«, antwortete sie. »Nein, ich scheine nicht zu wissen, was das bedeutet.«

John starrte sie an. Sie reichte ihm kaum bis ans Kinn, aber die Art, wie sie mit ihm sprach ... sie hatte die Ausstrahlung einer Riesin. »Das bedeutet, daß ich keinen Titel erben werde. Ich bin reich, das stimmt. Aber ich habe keinen Rang. Ich werde nie meinen Clan führen. Ich werde nie der Herrscher einer Region werden ...«

»Ist das für dich von Bedeutung?« fragte sie ihn ruhig. »Macht es dir etwas aus, daß du kein Königreich dein eigen nennen kannst?«

»Ich will kein Königreich, Maria. Und ich will auch keinen Grafentitel oder sonst etwas. All diese Dinge bedeuten mir rein gar nichts.«

»Warum bringst du sie also ins Gespräch ein?« Sie blickte ihn ruhig an. »Warum?«

John sah sie finster an. »Weil du eine Frau bist, die, auch wenn sie eine Witwe ist, eine gute Partie darstellt. Und ich weiß, daß dir solche Dinge viel bedeuten.«

»Mir?« rief sie erstaunt aus. Jetzt runzelte auch sie die Stirn. »Warum sollten mir Titel etwas bedeuten?«

»Um Himmels willen, Maria, auch wenn du es nicht gesagt hast, so ist es doch offensichtlich, daß du eine Frau aus guter Familie und von Rang bist. Eine junge, schöne Frau noch dazu. Ich bin ein Mann, der seine beste Zeit schon hinter sich hat, und deiner Familie, da bin ich mir sicher, schweben wesentlich bessere Anwärter für dich vor als jemand wie ich.«

Ihr Herz setzte für einen Moment aus. Für jemanden, der nichts über ihre Familie wußte, hatte er eine recht genaue Vorstellung von ihrem Bruder und dessen Plänen. »Wir reden aber doch über uns beide und nicht über unsere Familien.«

»Du bist trotzdem von Adel.«

»Na und?« Sie zog eine Augenbraue hoch und fuhr fort, ohne auf eine Antwort zu warten. »Kann man mir das etwa zum Vorwurf machen? Wäre es besser, wenn ich jemand anderes wäre? Vielleicht hätte ich vorgeben sollen, von niedriger Geburt zu sein. Ein Bauernmädchen. Inwiefern hätte das deine Gefühle für mich beeinflußt?«

John schüttelte seinen Kopf. »Maria, ich empfinde genau das für dich, was ich eben empfinde. Und wenn du ein ganz anderes Leben vorgeben würdest – und wenn du vorgeben würdest, die Königin von Ungarn zu sein –, würde das nichts daran ändern, was ich von dir hielte oder was ich für dich empfinde.« Er holte tief Luft. »Aber deswegen habe ich dieses Gespräch nicht begonnen. Ich wollte, daß du weißt ... Ich möchte nicht, daß das Fehlen von Titeln ...«

Maria hob eine Hand und unterbrach ihn ein weiteres Mal. »Sieh doch einfach nur die Person, die vor dir steht. Sieh mich an, John. Ich bin es.«

Die Worte, die er sagen wollte, verschwanden von seinen Lippen, weggeweht von einer frischen, frühlingshaften Brise, die er durch seine Seele fegen spürte. Ihre sprühenden grünen Augen umfaßten ihn, zogen ihn in ihrer Schönheit und in der Güte, die sich in ihnen zeigte, zu ihr hin.

John hielt an sich. Die Frau, die da vor ihm stand, war nicht Caroline Maule. Er hatte plötzlich den Eindruck, als sähe er diese Frau zum erstenmal, und sein Herz machte bei dieser Empfindung einen Sprung. Er war so mit sich selbst beschäftigt gewesen, mit seinen eigenen Unzulänglichkeiten – seinem Alter, seinem Rang, seinem Versagen, irgend jemandes Erwartungen nicht zu entsprechen ... John rieb sich mit dem Fingerknöchel übers Kinn. Er hatte sich darauf eingestellt, von Maria dieselben Klagen zu hören wie aus dem Munde von Caroline. Wegen seiner fehlenden Titel. Er wurde sich bewußt, daß er von Maria dieselben Beschuldigungen erwartet hatte, die Caroline stets gegen ihn vorgebracht hatte – womit sie ihn tief in seinem Stolz verletzt hatte. Er stand da, sah auf das Mädchen, das er im Nebel treibend gefunden hatte, und merkte, daß er nichts mehr zu sagen vermochte.

Die Linien um seine azurblauen Augen wurden weicher. Die schweren Wolken, die auf seinem Gemüt gelegen hatten, lösten sich auf, und Maria ging einen Schritt auf ihn zu.

»Nichts von dem, was du eben gesagt hast, kann etwas an dem Mann ändern, wie ich ihn kenne. Nichts. Rang, Macht und aller Reichtum dieser Welt – ich kann mich, ohne auch nur eine Sekunde zu zögern, von all diesen Dingen abwenden.« Sie hielt inne und ließ ihren Kopf sinken. Sie hatte sich in John verliebt. Dieser Mann war das einzige auf der Welt, das sie nicht verlieren wollte. Aber wie sollte sie ihm das sagen, wie sollte sie sich ihm erklären, wenn sie, sobald sie Antwerpen erreicht hatten, für immer aus seinem Leben verschwinden mußte? Maria blickte ihn an und lächelte. Sie war nicht bereit, ihr Geheimnis preiszugeben, aber etwas in ihr trieb sie dazu, zumindest Bruchstücke ihrer Vergangenheit mit ihm zu teilen. »Nun hast du also aus deinem Leben gebeichtet. Aber du hast noch nicht erklärt, warum du dich bislang zufriedengegeben hast, so wenig von meinem Leben zu wissen.«

Als sie ihn unter ihren dichten Wimpern hervor ansah, spürte John, wie die Leidenschaft sich wieder in seinen Lenden zu regen begann. Sie sah schöner und verführerischer aus denn je. Oh, sie war eine Hexe … nein, sie war ein Engel. Als sie ihr Kinn hob und ihn ihre Augen wie Smaragde anblitzten, erschien sie ihm so bezaubernd wie nie zuvor. John versuchte sich darauf zu konzentrieren, was sie eben gesagt hatte … daß sie all das ablehnte, was andere Frauen in Männern suchten. Seine Hände wollten sie nah an sich heranziehen, aber dann hielt er inne. Er hatte noch nicht alles gesagt.

»Was mir an dir wichtig ist, Maria, das weiß ich schon«, sagte er schnell. »Aber ich möchte trotzdem mehr von dir wissen.«

»Dann sag mir, was du von mir wissen möchtest.« Ihre Aufforderung war kaum mehr als ein Flüstern. Sie wußte nicht, wie weit sie gehen würde, aber sie spürte – ohne sich deshalb Sorgen zu machen –, daß ihr Herz die Herrschaft über die Vernunft gewonnen hatte. John hatte einiges von seiner Vergangenheit offengelegt, und nun fragte sie sich, wieviel sie von ihrer Vergangenheit preisgeben durfte.

Er sah tief in ihre Augen, und dann, als er sich nicht mehr zurückhalten konnte, ergriff er ihre Hände. Es war wahr, was sie gesagt hatte – viel wußte er nicht von ihr. Er drehte ihre Hände und sah auf die neue zarte Haut, die sich über ihren heilenden Wunden gebildet hatte. Sie hatte heute die Verbände abgelegt. »Sieh mal – deine Haut heilt schnell. Soviel weiß ich jetzt schon.«

Sie nickte und ermunterte ihn fortzufahren.

Sein Daumen strich sanft über die Innenflächen ihrer Hände und führte sie dann an seine Lippen. »Du hast die weicheste Haut, die ich je an einer Frau kennengelernt habe.«

»Na, keine Übertreibungen bitte, nur damit ich dir gewogener bin.« Sie lächelte. »Keine Lügen. Nur Wahrheiten, wenn es möglich ist.«

Er nickte. Er legte ihre Hände um seinen Hals und zog sie eng an sich heran. »Du hast die magischsten Augen ...«

»Bitte nur Tatsachen, Mylord«, unterbrach sie ihn und umarmte ihn fester. Ein Schauder der Erregung durchlief sie, als sie sich gegen seine Brust preßte. »In meinen Augen ist keine Magie.«

»Ich kann nur sagen, was ich sehe.«

»Vielleicht siehst du nur, wie sich das Licht deiner eigenen Augen in den meinen spiegelt.«

»Du bist sehr klug, aber du hast trotzdem unrecht. Deine Augen haben die Farbe eines seltenen Edelsteins, und das Licht in ihnen kommt aus deinem tiefsten Inneren.«

»Na, na, Sir John. Sie übertreiben schon wieder.« Sie stellte sich auf die Zehenspitzen und streifte seinen Mund sanft mit ihren Lippen.

Seine Arme waren wie Stahl, als er sie eng an sich zog.

»Du bist leidenschaftlich, eine ausgesprochen reizende Person, klug und zweifellos gutherzig.« Als sie ihren Mund öffnete, um ihm zu widersprechen, brachte er sie mit einem Kuß zum Schweigen. Seine Stimme war nicht mehr als ein Flüstern an ihren Lippen. Und du bist unverheiratet.«

»Denkst du vielleicht, Witwen sollten ins Kloster?« Sie lächelte, als sie seine Augenbrauen in die Höhe schnellen sah.

»Manche vielleicht, aber nicht alle.«

»Aber du denkst, eine Frau sollte sich wegen ihrer Zukunft Sorgen machen.«

»Ja, aber dich scheint nicht zu interessieren, was ich dir alles nicht zu geben habe, und du scheinst dir auch keine übermäßigen Sorgen zu machen, was der nächste Tag bringen wird.«

Ihre Finger strichen durch sein langes schwarzes Haar, und ihr Körper preßte sich eng an den seinen. »Und dir gefällt das?« hauchte sie gegen sein Ohr.

»Im Augenblick schon.« Seine Hände streichelten ihren Rücken hinauf, bis zum Ausschnitt ihres Kleides. »Aber ich glaube, die Zeit wird kommen, daß ich deswegen anfange zu leiden.«

Sie arbeitete sich mit ihren Händen unter sein Hemd vor. Es waren noch zwei Tage bis nach Antwerpen.

»Dann laß uns die Zeit, die wir bis dahin haben, genießen.« Ihre Hand berührte seine Haut. »Und wenn wir bei jener anderen Zeit angekommen sind, werde ich mit dir leiden.«

»Maria«, flüsterte er und hob sie in seine Arme. Sie umarmte ihn, als er sie zu seinem Bett trug. Ihr Mund wanderte über ihn und kostete die Haut seines Gesichts, seines Nakkens.

Er stellte sie wieder auf die Beine und lehnte sich gegen das Bett. Sanft zog er die Bänder ihres Kleides auf; es fiel auf den Boden und lag zu ihren Füßen. Maria trat, gebannt von all ihren Empfindungen, näher zu ihm hin. Seine Lippen spielten mit ihrem Mund, während seine Hände sich um ihren Po schmiegten und ihre Hüften sich eng an seinen aufgerichteten Schaft preßten. Sie wurde mutiger, als er den Kuß vertiefte, und rieb sich an ihm, während ihre Hände immer mehr drängten. Ihre Finger kämpften mit den Barrieren, die sich zwischen ihnen befanden. Der Gedanke an das Gefühl von seiner Haut auf der ihren, daran, daß er nackt neben ihr läge, machte sie fast verrückt vor Lust. Aber John schob ihre Hände weg.

Das war der reine Wahnsinn, dachte er. Etwas zu versprechen und sich dann von der Leidenschaft derart in Bann schlagen zu lassen. Einen Moment lang fühlte er sich wie ein Junge in einer Klosterschule, der mit der Tochter des Kochs herumspielte. Aber gleichzeitig konnte sich John einfach nicht dazu bringen, von Maria zu lassen. Seine Hand glitt über ihren festen Po.

Verdammt, wenn das Wetter hielt, dann dauerte es nur

noch zwei Tage bis nach Antwerpen. Und so, wie die kaiserlichen Kriegsschiffe diesen Teil der Nordsee kontrollierten, müßte er bis dahin vielleicht die ganze Zeit auf Deck verbringen und könnte Maria nicht mehr sehen. Abgesehen davon hatte er noch alles in der Hand. Bis jetzt war es ein harmloses Spiel. Gleichzeitig fragte er sich, wie er die Fahrt der *Great Michael* wohl noch beschleunigen könnte.

Als sie nach der Nadel griff, die seinen Tartan zusammenhielt, nahm John ihre Hände und hielt sie hinter ihrem Rücken zusammen.

»Warum darf ich dich nicht berühren?« klagte sie sanft.

»Wegen meines Versprechens«, brummte er, seine Aufmerksamkeit auf die vollen runden Brüste gerichtet, die sich gegen das enge Leinen ihres Hemdes abzeichneten. Er konnte die Spitzen ihrer harten Brustwarzen sehen, die sich durch den Stoff drückten. »Eine Berührung von dir, und ich kann nicht mehr dafür garantieren, daß ich noch länger imstande bin, dieses Versprechen zu halten.«

Ihr Atem stockte, als er sie näher an sich heranzog und sie auf die Stelle ihres Halses küßte, an der ihr Puls wie die Flügel eines kleinen Vogels flatterte. Seine Lippen bewegten sich tiefer, und sie bog sich zurück, als er sie auf ihr Herz preßte. Als er sich wieder wegbewegte, öffnete Maria ihre Augen und blickte ihn an. John schob mit seiner Hand zunächst den einen, dann den anderen Träger des Hemdes von ihren Schultern. Mit einem Seufzen ließ sie ihren Kopf nach hinten fallen, als er ihr Hemd nach unten zog. Maria erschauerte, als sich das weiche Leinen sanft über ihre Brüste schob, bevor es auf den Boden fiel.

Johns Lippen schlossen sich um eine ihrer rosenfarbenen Brustwarzen, seine Zunge leckte und tanzte um die Spitze. Seine Hand legte sich um ihre Brust und drückte sie sanft, ohne daß seine Zunge ihr Spiel aufgab.

»John«, keuchte sie, und ihre Stimme war rauh vor Lust. »Mir ist dieses Versprechen egal. Ich möchte, daß du dich in mir verlierst, so wie ich mich in dir verliere.«

»Wenn es soweit ist, dann … werde ich …« Er setzte sich zurück und ließ sie los. Er brachte keinen Ton mehr hervor, als seine Augen über ihren nackten Körper wanderten. Sie tat nichts, um sich zu verstecken. Im Dunkel der Nacht auf dem Deck hatte er das Ausmaß ihrer Schönheit nicht gesehen oder sich auch nur vorstellen können. Sie war wie ein Engel. Ihre Haut schimmerte und war so weiß wie die Wolken an einem blauen Sommerhimmel. Sein Blick wanderte nach unten. Ihre Brüste waren voll und fest und verlangten nach seiner Berührung. Die Rundung ihrer Hüften und das dunkle Dreieck, das den Schatz ihrer Weiblichkeit verbarg, lockten ihn. Ihre Beine waren glatt und geschmeidig. Seine Augen wandten sich wieder ihrem Gesicht zu, das nun von einem tiefen Rot überströmt war.

»Mein Gott«, murmelte er, »du bist so schön.«

Sie hatte nie gedacht, daß sie einmal in dieser Weise vor einem Mann stehen würde. Sie hätte es nie für möglich gehalten, daß sie einmal das Gefühl haben könnte, ihr wäre jemand so sehr zugetan. Seine dunklen Augen bohrten sich in die ihren, glühend vor Verlangen.

»Nimm mich«, flüsterte sie, ohne jede Angst. Sie kannte die Wahrheit. Sie gehörte ihm, wie sie noch nie einem Mann gehört hatte. John Macpherson war der erste und würde der letzte sein.

Seine Hände zitterten, als er sie wieder in seine Arme zog.

»Ich bin noch nie so schwach geworden bei einer Frau«, flüsterte er, während er die Finger über die glatte Haut ihrer Schultern, ihrer Brüste, ihres Bauches und ihrer Hüften wandern ließ.

»Warum ...«, Maria erschauderte bei seiner Berührung. »Warum halten wir eigentlich Anziehung für eine Schwäche?«

»Ich habe dich hierhergebracht, um dir Lust zu bereiten, da ich wußte, daß ich mich zurückhalten muß – zumindest bis wir Antwerpen erreichen. Aber du hast meine Barrieren weggedrängt. Du hast mich verhext, ein Netz gesponnen, mir meine Disziplin mit dem Zauber deiner Schönheit, deiner Sanftmütigkeit geraubt.

»Ich bin keine Hexe«, antwortete sie, fast atemlos. »Ich

spiegele nur den Zauber wider, den du auf mich ausübst. Deine Anziehungskraft, die mich meines Verstandes beraubt.«

Maria nahm seine Hände und schob sie zur Seite, preßte sich an ihn und küßte seinen Hals dort, wo sie das Pochen seines Blutes sehen konnte. Als sie ihren Kopf an seine Schulter schmiegte, spürte sie, wie sich seine Arme um sie schlangen, die nackte Haut seines Knies ihren Schenkel berührte. Sie legte ihre Hand auf sein muskulöses Bein.

Ich habe noch alles im Griff, sagte sich John. Ich kann warten. Er wußte, daß ein Vulkan zwischen ihnen beiden brodelte, und das war seine Schuld. Und gleich würde sein Körper endgültig die Herrschaft über seinen Geist übernehmen. Aber ich werde meinem Begehren nicht nachgeben, dachte John, nahm sie in seine Arme und trug sie auf das Bett.

Zwischen halbgeöffneten Lidern beobachtete sie, wie er sich neben sie legte. Der Kontrast zwischen ihnen beiden – er in seinem weißen Leinen, dem Tartan, dem Kilt und dem breiten Ledergürtel über seiner Brust, und sie nackt auf dem dunklen Grün des Bettüberwurfs – war fremd und aufregend. Sie langte zu ihm hinüber, ergriff die Schnalle seines Gürtels. Er legte sich auf sie.

Sie keuchte bei dem Gefühl des auf ihr liegenden Gewichts und seines steifen, starken Schaftes, der sich hart an ihren Innenschenkel preßte.

Er schloß seine Augen und drückte seine Stirn gegen ihre, um wenigstens für einen Moment zu Atem zu kommen. Ich habe noch alles im Griff, sagte er sich wieder und wieder. Maria hob ihr Knie und öffnete sich ihm, als er sich tiefer zwischen ihre Beine sinken ließ. Ich kann das hier jederzeit abbrechen, dachte er, als ihre Hände seinen Rücken streichelten.

Sie bewegte sich unter ihm und mußte lächeln, als er laut aufstöhnte. Ihre Hände streichelten ihn am Rücken und bewegten sich über seine Taille. Ihr ganzer Körper war entflammt, und sie rieb ihre Scham, feucht vor Lust, an seinem Körper. Ihre Hände umfaßten seinen festen Po. Langsam, ganz langsam, schob sie seinen Kilt nach oben.

»Maria«, murmelte er und versengte ihren Mund mit einem leidenschaftlichen Kuß. Er bekam ihre Hände zu fassen und hielt sie über ihrem Kopf zusammen.

Maria gab ihm atemlos nach. Sein Mund, seine tastende, forschende Zunge hatte sich nie so wundervoll angefühlt. Mit seiner freien Hand hatte er keinen Augenblick aufgehört, sie zu streicheln, zu reizen und Schauer der Lust in ihr Innerstes zu schicken. Ihre Beine waren ineinander verschränkt, und als sich John an ihrem Körper hinunterbewegte, um ihre Brustspitze in den Mund zu nehmen, füllten ihre Lustschreie den Raum. Seine Hand spielte mit ihren Brüsten, während seine Zunge ihre Brustwarzen neckte. Als er schließlich daran zu saugen begann, verzehrte eine weißglühende Flamme des Begehrens jeden bewußten Gedanken in ihr.

John glitt an ihrem Körper ein Stück weiter nach unten. Beinahe hätte er seine Kontrolle verloren, er wußte, er mußte etwas tun und sich auf etwas anderes konzentrieren ... statt sich immer tiefer in sie zu vergraben. Du mußt, befahl er sich. Du mußt alles im Griff behalten.

Maria bewegte sich ungeduldig unter ihm, ihre Hüften bewegten sich in dem Liebestanz, der tief aus ihrem Inneren kam. Sie war sich nur mehr des Feuers bewußt, das sie zu verzehren schien. Aus einem ungekannten Winkel ihres Inneren stieg die Lust auf, ihn zu berühren und seinen Körper genauso zu erfahren, wie er den ihren erfuhr. Aber all die Empfindungen, die durch sie hindurchliefen, waren so neu, so unverfälscht, und sie wußte nicht, wie sie sie steuern konnte. Ihr Keuchen verwandelte sich in ein Stöhnen, als seine Hüften sich über die empfindliche Haut ihres Bauches nach unten bewegten. Und dann bewegte er sich tiefer, immer tiefer.

Maria fiel fast aus dem Bett, als sein Zunge in sie sank. Sie griff nach dem Bettlaken, als seine Lippen und seine Zunge den Quell ihrer Freude gefunden hatten. Ihr Stöhnen stieg zu einem Schreien an, als in ihr eine Welt in Blitzen aus Rot und Weiß explodierte. Maria zerrte an dem Laken, befahl, daß er aufhörte, bettelte, daß er weitermachte.

John wußte, daß es kein Zurück mehr gab. Ihre ekstatischen Schreie, die flüssige Hitze, der Geruch von Liebe, der die Luft erfüllte – all das vereinigte sich, um die kärglichen Reste seiner Selbstkontrolle vollends zu zerstören. Disziplin, Versprechen, jede Spur von Erziehung – weggespült von den Wellen seines Begehrens. Er trieb sie auf die Spitze der Lust. Als sich Maria in dem Augenblick höchster Wonne aufbäumte, hielt er inne. Er hörte, wie sie seinen Namen ausrief, und legte sich sanft auf sie, schloß sie in seine Arme.

»Wir werden nicht mehr lange warten müssen, mein Liebstes«, murmelte er, als sie nach Atem rang. Er biß in ihr samtenes Ohrläppchen. »Ich will aber ...«

Ihre Hände drängten ihn auf den Rücken, und er ließ es willig zu, als sie an seinem Kilt zog und darunterlangte. Ihre Finger umfaßten seinen pochenden Schaft. Ihre Berührung raubte ihm den Atem. John stöhnte tief auf und ließ seinen Kopf neben Maria sinken, als ihre Hände ihn streichelten und rieben.

»Ich habe so etwas noch nie getan«, flüsterte sie mit rauher Stimme und schob sich auf seine Brust. »Aber es gibt so vieles, was ich lernen will.«

John sah, wie ihre Brüste sich hoben, als sie sich aufsetzte und an seinem Hemd zu ziehen begann.

»Maria«, murmelte er.

»John«, antwortete sie. Ihre grünen Augen funkelten, als sie die bronzefarbene Haut unter seinem Hemd bloßlegte.

»Das ist nicht der richtige Zeitpunkt, um mit mir Spiele zu spielen.«

»Ja, da stimme ich dir zu, das ist es nicht.« Sie senkte ihren Mund auf seinen Bauch, ließ ihre Zunge über die straffen Muskeln fahren. »Aber ich habe etwas gelernt, und ich habe vor, es gleich selbst auszuprobieren.«

Ich habe alles im Griff, sagte er sich.

Und dann bewegte sie sich weiter nach unten.

David nickte dem ergrauten Matrosen an der Kajütentür zu. »Hast du Sir John gesehen, Christie?«

»Nein, Sir. Nur Miss Janet ist da drin.«

»Ach?«

»Ja, ich habe das süße Mädel sagen hören, daß sie nur kurz bleiben will, aber ich glaube, sie hat Anker geworfen.«

Bevor David etwas antworten konnte, öffnete sich die Kajütentür, und Janet trat in den engen Korridor hinaus.

Die Stille, in die die beiden sofort verfielen, als sie sich gegenübersahen, blieb weder von Christie noch von der Frau, die in der Kajüte stand, unbemerkt. Isabel mußte lächeln, als sie die beiden Liebenden so sah. Sie waren wie hilflose Kinder – sie sahen nur noch einander und waren blind gegenüber den Umstehenden. Aber niemand bringt heutzutage den Kindern noch etwas bei; die Kunst des Liebens ist eine Kunst, die gelernt sein will, dachte Isabel verschmitzt. Und diese beiden brauchten wirklich ein paar Übungsstunden. Sie räusperte sich laut.

»Lady Isabel!« David fuhr zusammen und errötete, als er die ältere Frau erkannte.

»Haben alle Schotten die Angewohnheit, hinter Türen zu lauern, oder seid Ihr der einzige, der diese Eigenheit besitzt, Sir?«

»Lauern?« fragte David.

»Ja, lauern«, fuhr sie fort. Isabel warf einen Blick auf Christie. »Aber es betrifft scheinbar nicht nur Euch. Dieses hinfällige Wesen drückt sich hier auch schon die ganze Zeit herum. Es muß also tatsächlich eine Sitte Eures Volkes sein.«

»Herumdrücken ...?« brummte Christie entgeistert.

»Ich habe nicht ... Ich weiß nicht ...« David brachte nicht mehr als ein Stammeln hervor.

»Hinfällig! Wie kommt denn gerade die dazu, so was zu sagen?« grummelte Christie.

»Ich war auf der Suche nach ...«

»Mistreß Janet vielleicht?« fragte Isabel, ihre Amüsiertheit verbergend. »Natürlich, mein Lieber. Wie Ihr seht, steht Mistreß Janet direkt vor Euch.«

»Ja, ich meine, nein!« stieß er hervor. »Ich habe nach Sir John gesucht.«

»Sir John?« fragte Isabel. »Ihr wißt nicht, wo er geblieben ist?«

»Nein, ich weiß es nicht. Ich meine, doch, schon. Also, was ich sagen wollte, ist, ich ...« David schüttelte seinen Kopf. Was war nur an der Frau, daß er sich dermaßen unbeholfen gebärdete. »Ich suche gerade nach ihm.«

»Und so kamt Ihr hierher.« Isabel warf dem jungen Mann einen höchst spöttischen Blick zu. »Alles, was ich dazu sagen möchte, ist, daß Ihr Euren Kommandanten finden solltet, und zwar sofort. Und genauso möchte ich, daß Ihr meine Nichte findet. Mir gefällt das überhaupt nicht. Macht Euch auf den Weg, Navigator, rasch.«

David nickte ergeben und verbeugte sich vor den beiden Frauen. Mit einem schnellen, sanften Blick auf Janet eilte der Schiffsoffizier davon.

»Netter junger Mann«, sagte Isabel mit freundlicher Stimme zu Janet.

»Hmmmh«, gab Christie von sich und lehnte sich lässig gegen die Schoten.

»Ich sollte hier nicht so herumstehen, Janet, neben solchen Gestalten.« Isabel warf dem alternden Matrosen einen Eisesblick zu und schloß dann die Kajütentür mit einem lauten Knall.

»Ja, David. Behalt den Kurs bei«, befahl John kurz. Maria betrachtete seinen breiten Rücken, während er die einen Spaltweit geöffnete Tür zu seiner Kajüte blockierte. David war eindeutig besorgt wegen der Segelschiffe, die in südlicher Richtung am Horizont gesichtet worden waren. »Ich werde gleich auf Deck sein.«

John schloß die Kajütentür und wandte sich zu ihr um. Seine blauen Augen glitten über sie hinweg, als wäre die Decke, unter der sie sich verbarg, durchsichtig. Flüssige Hitze pulsierte durch ihre Adern, und Maria fühlte sich regelrecht wollüstig, wurde sie doch schon allein von seinen Blikken erregt.

John holte tief Atem, als er zurück zum Bett ging. Maria hatte sich unter der Decke versteckt, und jetzt linste sie unter dem einen Ende hervor. Obwohl es einen Augenblick gedauert hatte, bis ihr Kopf wieder klar geworden war und sie begriffen hatte, daß jemand vor seiner Tür stand, hatte das Klopfen Maria in Panik versetzt. Er lächelte, weil ihre langsame Reaktion ihn in gewisser Weise befriedigte. Als er sie so betrachtete, überkam ihn plötzlich ein Gedanke, der wohl schon länger verborgen in einem Winkel seines Kopfes gelauert hatte: Er wollte sie nur für sich, und er hatte nicht die Absicht, sie aufzugeben. Nicht heute, nicht morgen, niemals.

»Du mußt gehen«, sagte sie leise.

»Ja, Maria. Ich werde auf Deck gebraucht«, sagte er, setzte sich neben das Bett und zog die Decke von ihrem Gesicht. Als sie sich auf die Ellbogen stützte, rutschte ihr das Laken aufreizend bis fast über die Brüste, und John spürte, wie erneut ein heißes Begehren in ihm aufflammte. Er schüttelte seinen Kopf, um ihn freizubekommen. Ihre sprühenden grünen Augen sahen ihn an. »Von hier aus sind wir bald an der Küste von Antwerpen, und bei all den Kanonen, die wir mit an Bord führen, ist es wichtig, daß uns nicht jemand sichtet, der denken könnte, daß wir Händel suchen.«

Sie nickte. Sie hatte gehört, was David gesagt hatte.

Sein Mund senkte sich auf ihren und küßte ihn. Er zog sie in seine Arme und streichelte über die kühle, glatte Haut ihres nackten Rückens. Dann ließ er von ihr ab, beide waren ganz atemlos.

»Und vielleicht hast du auch gehört«, flüsterte er, »daß deine Tante dich sucht?«

»Habe ich.« John vernahm den rauhen Ton der Lust in ihrer Stimme.

»Wir lassen hier etwas unerledigt zurück, oder?«

»Ich weiß. Aber eigentlich hast du dein Versprechen nicht gebrochen«, sagte sie schnell.

Er lachte und zog sie mitsamt der Decke in seinen Schoß. »Ja, Euer Ehren. Das hast du gesagt wie ein wahrhaftiger Vertreter von Recht und Ordnung: Ihr seid von jedem Anklagepunkt freigesprochen. Aber wenn wir ehrlich sein sollen, dann stimmt es gar nicht, weil wir beide das Verbrechen ja nur zu gern begangen hätten.« John gab ihr einen Kuß. Dann hielt er sie auf Armeslänge von sich und sah ihr in die Augen. »Aber nicht mehr lange, Maria, da werden wir an Land sein, und dann kann uns nichts mehr aufhalten.«

Ihre Hände umfaßten seinen Nacken, und die Decke rutschte tiefer, als sie sich an ihn schmiegte.

»Es ist möglich, Maria, daß wir nicht mehr unter uns sind, bis wir in Antwerpen einlaufen. Aber sobald wir dort angelangt sind, wirst du mit Isabel in der Kajüte bleiben, bis ich zu euch komme.«

Sie verbarg ihr Gesicht in der Beugung seines Halses und blieb ihm eine Antwort schuldig. Da war so viel, was er nicht wußte. Er ging davon aus, daß niemand in Antwerpen auf sie wartete. Daß sie noch immer nach Dänemark wollten.

Maria atmete schwer aus. Sie hatte jeden Gedanken an das Kommende verdrängt. Jeden Gedanken daran vermieden, daß das einzige Glück, welches sie jemals kennengelernt hatte, bald enden sollte. Vermieden, daran zu denken, daß sie John Macpherson verlassen und in der Dunkelheit verschwinden würde. In den Nebel. Antwerpen.

Kapitel 15

Der Luftzug, der durch das offene Fenster drang, bereitete der alten Frau eine Gänsehaut. Dunkel erinnerte sie sich an einen Spruch, den sie in ihrer Kindheit gelernt hatte: Der Westwind ist wie ein Monarch, der verrückt geworden ist und seine Höflinge in den Schiffbruch und Tod treibt. Unwillkürlich erschauerte sie, und sie blickte in die zunehmende Dunkelheit hinaus. Dann schüttelte sie ihren Kopf und rief sich zur Räson. Ich muß wohl senil sein, wenn mich solche dummen Gedanken überkommen, dachte sie.

Isabel wandte ihre Aufmerksamkeit Maria zu und blickte von dem Gesicht zu den Händen ihrer Nichte, die zügig den Verband an ihrer Schulter wechselte. Maria war mittlerweile sehr geschickt darin. Sie war vollkommen auf ihre Aufgabe konzentriert, und ihre Finger arbeiteten flink und gewandt. Sie ist eine ganz andere geworden, dachte Isabel. Die junge Frau hatte sich so sehr verändert, seit sie auf der *Great Michael* waren. Was Isabel zaghaft zu erreichen gehofft hatte, nämlich Maria der Drangsal durch Karl zu entziehen, schien sich geradezu über Nacht eingestellt zu haben. Vor ihren Augen war das Mädchen körperlich und geistig zur Reife gelangt. Mit einemmal war Maria selbständig. Ja, natürlich, Isabel hatte gesehen, wie Maria ihre Rolle als Königin erfüllt und den kaiserlichen Pomp zur Schau getragen hatte, der Macht verlieh und Unparteilichkeit vortäuschte. Aber jetzt … jetzt schien dieses Selbstvertrauen keine Hülle mehr zu sein, sondern aus ihrem Innern zu kommen. Noch nie hatte Isabel gesehen, daß Maria so sehr eins mit sich war.

Isabel lachte in sich hinein, als sie an das Gespräch dachte, das sie nach Marias Rückkehr in ihrer Kajüte geführt hatten. Der Blick Marias hatte genügt, und sie hatte sich die Frage, wie Maria und der gutaussehende Schiffskommandant ihre Zeit verbracht hatten, lieber verkniffen. Es schien ihr, als wären sie und Maria an einer Weggabelung angelangt, die zu einer neuen Etappe ihrer Freundschaft führte.

Isabel hatte den Eindruck, daß sich Maria nicht mehr so leicht fügen würde. Sie wäre hoch erfreut, wenn die Beziehung zwischen ihr und Maria auf mehr Gleichberechtigung beruhen würde. Vielleicht hatten ja auch sie beide sich auf dieser Reise geändert, überlegte Isabel.

»Ich habe gehört, daß wir schon morgen abend Antwerpen erreichen werden«, begann Isabel.

»Ja, das habe ich auch gehört«, erwiderte Maria leise.

Isabel wartete darauf, daß Maria noch etwas sagte, aber die junge Frau schien sich voll und ganz auf ihre Aufgabe zu konzentrieren. Isabel schwieg einen Augenblick und fuhr dann fort.

»Hast du schon darüber nachgedacht, was du tun wirst? Ich meine, wenn wir erst einmal im Hafen angelangt sind?«

»Ich gehe weder zu Karl zurück noch überhaupt ins Schloß«, sagte Maria entschlossen und hob trotzig ihr Kinn. »Das weiß ich mit Sicherheit. Aber frag mich nicht, wie ich das anstelle – vielleicht bleibt mir nichts anderes übrig, als ins Meer zu springen, sobald wir vor Anker gegangen sind.«

»Das Wasser ist kalt, Kind. Du würdest mit Sicherheit an einer Erkältung sterben.«

»Das stimmt«, gab Maria zu. Aber trotzdem, selbst das war vermutlich besser, als ihrem Bruder in die Hände zu fallen. »Nun, ich denke, eine andere Möglichkeit wäre, mir meine Haare abzuschneiden oder sonstwie mein Aussehen zu verändern und zu hoffen, daß ich von niemandem in der Stadt erkannt werde. Vielleicht könnte ich mich ja unter das gemeine Volk mischen und irgendwo Unterschlupf finden?«

Ein Lächeln huschte über Isabels Gesicht. »Es würde nicht klappen, meine Liebe. Was würdest du tun? Du bist viel zu hübsch und zu wenig kränkelnd, um als Hafenmädchen durchzugehen. Und ich glaube, du ziehst auch nicht in Betracht, was der gute Sir John von einem solchen Plan halten würde. Ich denke, er würde dir höchstwahrscheinlich bei lebendigem Leibe die Haut abziehen, wenn er dich je unter solchen Umständen leben sähe. Er weiß schließlich, daß du keine Frau aus dem Volk bist.«

Marias Hände ließen von ihrer Arbeit ab, und sie setzte sich auf einen Stuhl. Sie konnte spüren, wie ihr bei dem Gedanken, daß John Macpherson sie vielleicht beschützen könnte, die Röte ins Gesicht stieg. Es erschien ihr noch immer wie ein Traum, wenn sie an die leidenschaftlichen Momente dachte, die sie miteinander geteilt hatten. Verlegen stellte sie fest, daß ihre Tante schweigend vor ihr saß und sie eingehend beobachtete. Maria war bewußt, daß sich ihre Gefühle in ihrem Gesicht widerspiegelten. Sie befürchtete, daß Isabel spürte, was in ihrem Inneren vor sich ging. Aber im Gesichtsausdruck ihrer Tante lag kein Spott. Kein Anzeichen von Mißbilligung, kein strafender Blick. Maria stand auf, beendete den Verbandswechsel und half ihrer Tante, sich das Kleid über die Schulter zu ziehen.

»Mir muß etwas einfallen, Isabel. Ich wünschte, ich hätte Freunde in Antwerpen. Irgendeinen Ort, an dem ich mich verbergen, jemanden, zu dem ich gehen könnte. Aber ich habe niemanden. Ich kenne nicht einmal die Stadt besonders gut. Die einzigen beiden Male, die ich in Antwerpen gewesen war, hat mich Karl zum Schiff gebracht – die güldene Braut. Ich war erst einen Monat im Palast, bevor er mich nach Ungarn abgeschoben hat. Und dieses Mal ... nun, ich habe in meinen Gemächern vor mich hin gebrütet, bis du mir geholfen hast davonzulaufen.« Isabel schwieg, während ihre Nichte mit dem bloßen Gedanken an die Lage, in der sie steckte, zu kämpfen hatte. Als die göttliche Macht eingegriffen und sie gerettet hatte, als das Schiff gekapert wurde, hatte sich Isabel gefragt, ob es nicht das beste für Maria wäre, zu ihrem Bruder Karl zurückzukehren. Das Schicksal sollte sie führen. Aber diese neuerliche Wendung – die offensichtliche Schwäche, die Maria für John zeigte – machte alles weitaus komplizierter. Vielleicht würde das Schicksal ja ein weiteres Mal eingreifen.

Maria setzte sich wieder hin und sah hinaus in die Dämmerung. Sie konnte ihn nicht aus ihren Gedanken verbannen. Er war um sie herum, und wo auch immer sie sich hinwandte, konnte sie seine Gegenwart spüren. Sie fragte sich, ob er ihre Abwesenheit genauso spürte wie sie die seine.

Wahrscheinlich nicht, dachte sie. Er hatte seine Pflichten, das Schiff würde ihn völlig in Anspruch nehmen. Die Verantwortung für ihrer aller Leben. Die Verantwortung für seinen Auftrag. Sie seufzte leise, als sie daran dachte, wie attraktiv er war. Er hatte bestimmt schon viele Frauen gehabt. Aber wenn sie daran dachte, wie sein Körper unter ihren Küssen erschauerte, wann immer sie seine Berührung erwiderte … Er schien fast Ehrfurcht vor ihr zu haben. Und gleichzeitig Vergnügen an ihr zu finden. An ihr – Maria von Nirgendwo! Eine Dahergelaufene, ein Niemand. Keine große blonde schottische Edelfrau. Nur … Maria. Er hatte Freude an ihrem Körper und empfand eine Leidenschaft, die sie teilte. Aber fühlte er auch noch mehr für sie? Kurz dachte sie darüber nach. Ihre Gespräche waren so innig. Aber selbst wenn seine Gefühle nicht an ihre heranreichten, so würde er vielleicht doch eines Tages auf dieselbe Art empfinden …

Maria schüttelte ihren Kopf und biß sich auf die Lippe. Was sollte sie tun? Nein, es gab keine Zukunft, und doch saß sie hier und machte sich Hoffnungen. Unerfüllbare Hoffnungen.

Isabel wandte ihre Augen von der jungen Frau ab und versuchte sich vorzustellen, was wohl dabei herauskommen würde, wenn sie Maria zu ihrem Bruder zurückbrachte. Sie war sich sicher, daß der jungen Königin eine gemeinsame Zukunft mit dem König von Schottland nun versagt wäre. Aber wie weit würde der Zorn des Bruders reichen? Bestenfalls würde Maria den Rest ihres Lebens in einem Kloster verbringen. Schlimmstenfalls …

Mit einemmal war alles klar, und Isabel mußte keine Sekunde länger darüber nachdenken, was zu tun war. Ein weiterer Blick auf Maria, und Isabel war entschlossen: Sie mußten den ursprünglichen Plan weiterverfolgen. Sie hatten keine andere Wahl.

»Ich habe Freunde in Antwerpen«, erklärte Isabel energisch und unterbrach Maria in ihren melancholischen Gedanken. »Menschen, die uns helfen können. Aber ich kann dich nicht einfach zu ihnen bringen. Sie werden dich sogleich erkennen. Und selbst wenn ich sie überzeugen könnte, ihre Freundschaft mir gegenüber über die Loyalität ihrem Herrscher gegenüber zu stellen, würden sie ihr Leben einbüßen, wenn man sie dabei erwischte, wie sie sich seinen Wünschen widersetzen. Aber ich habe eine Idee.«

Marias Miene hellte sich auf, und schnell sprang die Begeisterung ihrer Tante auf sie über.

»Weiß John Macpherson inzwischen mehr von dir?«

Maria sah sie mit festem Blick an und spürte, wie ihr die Röte ins Gesicht stieg. »Du meinst, über meine wahre Identität?«

Isabel nickte.

»Nein.« Maria schüttelte entschieden den Kopf. »Wann hätte ich ihm davon erzählen sollen?«

»Das ist gut«, antwortete Isabel. »Das macht es für uns leichter zu verschwinden.«

Sie hielt inne und dachte über die Einzelheiten ihres Planes nach.

Sie würde Maria sich selbst überlassen. Sie blickte auf die junge Frau und wußte, daß es das Risiko wert war.

»Komm, Isabel, erzähl schon«, forderte Maria sie ungeduldig auf. »Wie kann ich eine Entscheidung treffen, wenn ich deinen Plan nicht kenne?«

Isabel lächelte. Sie mochte diese neue, fordernde Maria wirklich sehr.

»Janet Maule hat mich heute morgen besucht«, erklärte die ältere Frau. »Und während wir uns unterhielten, erzählte sie etwas, was für uns von Interesse und uns bei unserer Flucht dienlich sein könnte.«

Maria zog ihren Stuhl näher zu dem ihrer Tante heran.

»Janet erwähnte, daß die schottische Delegation zu Karls Schloß gebracht wird, wenn wir Antwerpen erreicht haben, John Macpherson aber woanders wohnen wird. Ambrose Macpherson, der Diplomat, ist offensichtlich sein älterer Bruder.« Isabel blickte Maria an, aber offensichtlich sagte ihr der Name nichts. »Natürlich kennst du ihn nicht. Ich habe den Mann nie gesehen, aber als Janet den Namen erwähnte, erinnerte ich mich, daß einige Frauen mir von ihm erzählt haben. Wenn ich mich recht erinnere, fanden sie ihn alle sehr anziehend.«

»Schön, Isabel. Erzähl weiter.«

»Nun ja. Ambrose und seine Frau, die Bildhauerin oder etwas ähnlich Empörendes ist … nein, jetzt fällt es mir wieder ein: sie ist Malerin – du würdest sie bestimmt wunderbar finden –, nun, die beiden haben Besitztümer über ganz Europa verstreut. Und wie es der Zufall will, haben sie auch ein Anwesen in Antwerpen, und dort wird John wohnen.«

Maria saß ungeduldig da, ihr Herz schlug ihr bis zum Hals. Sie hing förmlich an Isabels Lippen.

»Ja, ich dachte, dies würde dich interessieren.« Isabel nickte, um den Mund ein wissendes Lächeln. »Meiner Meinung nach müssen wir folgendermaßen vorgehen. Wir bitten den Schiffskommandanten, dich mitzunehmen, wenn wir den Hafen erreichen. Das müßten wir ihm erklären können, schließlich denkt er ja, daß du niemanden hast und – nachdem unser Schiff untergegangen ist – ohne Geld dastehst. Hast du erst einmal in dem Haus seines Bruders Unterschlupf gefunden, bist du sicher – fürs erste zumindest. Es ist praktisch unmöglich, daß Karl eine Verbindung zwischen dir und John Macpherson, Lord of the Scottish Navy, herstellt.«

Maria verharrte schweigend.

»Nie im Leben würde dich dein Bruder dort suchen!«

Mit John zusammensein, dachte Maria, nicht mehr länger an das Versprechen gebunden, das sie hier an Bord zur Zurückhaltung gezwungen hatte, die Möglichkeit des …

Maria seufzte tief und versuchte, Klarheit zu bekommen. Sie durfte jetzt nicht daran denken … Nur sie beide, allein, und wenn auch nur für kurze Zeit. Sie bemühte sich, die in ihr aufsteigende Lust zu unterdrücken.

Isabel fuhr mit der Darlegung ihres Plans fort. »Also, ich denke, Sir John wird mit der Delegation gleich nach Anlegen des Schiffes zum Palast müssen. Das heißt, ich lasse mir eine Entschuldigung einfallen, gehe, sobald wir den Hafen erreicht haben, zu meinen Freunden und bitte sie, uns baldmöglichst eine sichere Passage nach Kastilien zu verschaffen. Da du mich nicht begleiten wirst, haben sie keine Möglichkeit draufzukommen, wem ich zu helfen versuche. Sie trauen mir. Wenn sie in der Stadt sind – und davon gehe ich aus, da der Hof ja auch hier ist –, sollte ich nicht mehr als ein paar Stunden brauchen, um alles zu regeln. Wenn am nächsten Morgen ein Schiff nach Kastilien den Hafen verläßt, könnten wir schon mit ihm segeln.«

»Aber was ist mit meinem Bruder?« wollte Maria wissen. Ein paar Fragen waren in Isabels Plan noch ungeklärt. »Glaubst du nicht, daß er schon einen Preis auf deinen Kopf ausgesetzt hat, weil du mir geholfen hast, aus der Stadt zu fliehen? Ich glaube nicht, daß er lange überlegen mußte, wer meine Flucht aus Antwerpen eingefädelt hat. Es ist gut möglich, daß deine Freunde die Wahrheit kennen, Isabel. Es wäre ihre Pflicht, uns an ihn auszuliefern.«

Isabel schüttelte entschieden ihren Kopf. »Ich kenne deinen Bruder besser, als du denkst, mein Mädchen. Er würde niemals – und das möchte ich wiederholen – niemals in der Öffentlichkeit zugeben, daß seine eigene Tante oder gar seine eigene Schwester irgend etwas tun würden, was seinen Wünschen nicht entspricht. Für ihn bedeutet das Habsburger Blut ein unzerstörbares Band. Ich wäre nicht überrascht, wenn sich seine Minister auf seinen Befehl hin eine wasserdichte Entschuldigung für dein Verschwinden ausgedacht haben. Wahrscheinlich werden sogar selbst diejenigen, die ihm am nächsten stehen, denken, daß er dich weggeschickt hat – bis auf diesen Grafen Diego natürlich.«

»Was ist mit dem Sinken unseres Schiffes?« fragte Maria. »Er muß davon gehört haben.«

»Er wußte nichts von unserem Ziel, nicht einmal, ob wir über Land oder auf dem Seeweg verschwunden sind. Ich hoffe ja nur, daß er nicht denkt, du verbirgst dich noch in der Stadt.«

»Aber es muß ihm doch klar sein, daß Kastilien unser Ziel ist«, wendete Maria ein.

»Bestimmt«, Isabel nickte. »Und dann läge die Vermutung nahe, daß wir per Schiff reisen. Aber auf welchem Schiff? In Antwerpen leben hunderttausend Menschen, und jeden Tag verlassen Dutzende von Schiffen den Hafen oder legen an. Es ist undenkbar, daß er uns mit diesem Schiff in Verbindung bringt. Vergiß nicht, Maria, daß ich deine Flucht geplant hatte.«

»Du glaubst also, daß er nichts von unserer Rückkehr ahnt.«

»Selbst wenn er von dem Schiffsuntergang gehört hat, wird er annehmen, daß wir entweder tot oder, schlimmer noch, in die Hände der Franzosen geraten sind.«

»Und dann würden wir natürlich nicht hier wieder auftauchen können.«

Isabel nickte. »Und erst recht nicht in Begleitung derjenigen, denen du zu entkommen versucht hast. Und ich werde mich versichern, daß meine Freunde nicht verraten, daß sie mich in Antwerpen gesehen haben. Es ist nichts Ungewöhnliches, daß ich komme und gehe, wie es mir paßt, und ich werde dafür sorgen, daß sie niemandem erzählen, daß ich in der Stadt bin.«

»Was, glaubst du, wird Karl den Schotten sagen, wenn sie mich sehen wollen? Es wird reichlich seltsam wirken, wenn ich nicht erscheine, um sie zu begrüßen.«

»Pah, er und Graf Diego werden sich schon irgend etwas ausgedacht haben.« Isabel schüttelte ihren Kopf. »Vermutlich behauptet er, er habe dich ins Kloster geschickt. In der Zwischenzeit wird wahrscheinlich eine ganze Flotte seiner neuen Schiffe über deine arme Mutter herfallen. Bestimmt wird er sie wegen deines Verbleibs ausfragen.«

»Juana la Loca kann für sich selbst sorgen«, warf Maria ein. »Mutter ist, meiner Meinung nach, der einzige Mensch, vor dem Karl wirklich Angst hat.«

»Das ist richtig. Weißt du, es ist wirklich seltsam, daß sie so willig den Namen trägt, den er ihr gegeben hat. Johanna die Wahnsinnige. Die Frau macht von ihren Fähigkeiten besseren Gebrauch, als eine von uns es vermag.«

Maria dachte noch einmal über das eben Besprochene nach. Mit Isabels Plan gab es die Hoffnung, zumindest eine kleine Hoffnung, daß sie ihn eines Tages wiedersehen könnte. Wenn er sie mögen würde oder sich in ihm gar jene Liebe für sie entwickelte, die sie schon jetzt für ihn empfand ... nun, dann könnte er ihr möglicherweise eines Tages nach Kastilien folgen. Sie würde ihm einen Brief hinterlassen. Sie würde versuchen, alles zu erklären. Wenn er erst einmal die wahren Umstände erführe und die Motive und die Gründe für ihr Davonlaufen, würde er sie verstehen. Er mußte sie einfach verstehen. Es gab Hoffnung. Es könnte Jahre dauern, bis sie sich wiedersahen, aber es gab Hoffnung.

»Ich möchte, daß du weißt, Maria, daß unsere Probleme nicht aus dem Weg geräumt sind, wenn wir eine Passage nach Kastilien bekommen haben«, fügte Isabel hinzu. »Es steht außer Frage, daß Karls Männer dort auf uns warten und daß wir mit ihnen fertig werden müssen. Aber es gibt keinen Grund, sich darüber schon jetzt den Kopf zu zerbrechen. Wir müssen erst einmal das hier durchstehen.«

Maria sagte nichts darauf, sondern nickte nur. Sie war nicht imstande, ihrer Tante noch länger zuzuhören. Sie dachte an John Macpherson. Daran, daß sie das Schiff verlassen und mit ihm zusammensein würde. Und daran, wie schwierig es werden würde, wenn sie ihn den nächsten Tag verlassen sollte. Aber vielleicht würde es nur für kurze Zeit sein, versprach sie sich selbst. Er würde nachkommen. Ihr Herz sagte ihr, daß er das tun würde.

»Fahren viele schottische Schiffe nach Kastilien?« rutschte es ihr heraus, und erschrocken hielt sie sich den Mund zu.

Isabel starrte sie einen Augenblick lang an. Als sie antwortete, war ihre Stimme sanft.

»Maria, du mußt die Hoffnung aufgeben.« Die Worte ihrer Tante, so sanft sie auch gesprochen waren, durchbohrten ihr Herz.

»Du wirst ihn nie wieder sehen!«

Maria stand auf und ging zu dem offenen Fenster. Die salzige Brise füllte ihre Lungen und stach ihr in den Augen.

»Darüber mußt du dir im klaren sein, Kind. Mach das Beste aus der euch verbleibenden Zeit.«

Maria wirbelte herum, öffnete den Mund, um zu widersprechen und mit ihrer Tante über ihre gemeinsame Zukunft mit John zu streiten, aber dann schloß sie ihn wieder. Isabel erhob sich, ging mit langsamen Schritten zu ihr und ergriff die Hände der jungen Frau. Maria wußte, daß ihre Tante noch mehr zu sagen hatte.

»Ich weiß nicht, wie weit du Männer wie John Macpherson kennst, aber du sollst wissen, was mir Janet Maule über ihn erzählt hat.« Isabel führte sie zu ihrem Stuhl zurück und setzte sie dort hinein, ohne ihre Hände loszulassen. »John Macpherson hat eine ganz und gar treue Anhängerschaft unter den Seeleuten und Adligen, die den Boden, auf dem er geht, geradezu verehren. Nach dem, was Janet über ihn weiß – durch ihren Vater, nehme ich an – respektieren und bewundern ihn selbst jene, die mit seiner Einstellung nicht konform gehen. Und die besteht im wesentlichen darin, daß John Macpherson seit Jahren schon Krieger, Sieger und ergebener Gefolgsmann der Stuarts ist. Seiner Tapferkeit und seinem Verdienst als Lord of the Scottish Navy ist es zu verdanken, daß jener herumziehende Schwerenöter, König Heinrich von England, nie einen Versuch gemacht hat, die Herrschaft über die Küste von Schottland zu gewinnen.«

Isabel lehnte sich in ihrem Stuhl zurück. »Jeder König, jeder Herrscher braucht Männer wie ihn. Sie sind die eigentliche Macht, die hinter einem Thron steht. Sie sind diejenigen, die die Auseinandersetzungen austragen.« Isabel sah ihren jungen Schützling mit festem Blick an. »Sir John ist ein Mann, der sein Leben, ohne auch nur eine Sekunde nachzudenken, für das, woran er glaubt, opfern würde. Er ist ein Mann, der, obwohl er damals eigentlich noch ein Junge war, ein Schwert in die Hand nahm und neben seinem König in die Schlacht am Flodden Field zog. Und er ist ein Mann, der als Erwachsener alles tun würde, um die Interessen des Sohnes jenes unglücklichen Königs zu unterstützen. Maria – John Macpherson wird nie etwas anderes als ein Mann für Schottland sein, und ein Mann für die Könige der Stuarts.«

»Aber ich will ihn ja auch gar nicht ändern oder an seiner Überzeugung rütteln.«

»Aber verstehst du denn nicht, Kind?« rief Isabel. Genau das tust du jetzt schon. Diese Heirat zwischen dir und

James V. ist nicht nur zum Wohle deines Bruders und wegen seiner wilden Fantasien über eine Weltherrschaft ersonnen worden. Diese Heirat dient gleichermaßen den Schotten. Ich bin vielleicht nicht genauestens darüber informiert, was in jüngster Zeit in diesem abgelegenen Winkel der Welt vorgefallen ist, aber seit dem Tod des Vaters dieses Königs auf dem Flodden Field war Schottland in größter Unordnung. Der junge König, den du heiraten wirst ... den du heiraten solltest, hat noch nicht wirklich die Herrschaft über sein Land angetreten. Doch ein Königreich, dessen Regentschaft in den Händen von Splittergruppen des Adels liegt, die sich untereinander bekämpfen, wird niemals gedeihen.«

Maria hielt ihre Tränen zurück, aber die Traurigkeit, die ihr die Kehle zusammenschnürte, wollte sich nicht legen.

»Deine Heirat hätte Karl und die Schotten gegen Heinrich VIII. von England vereint. Die Schotten wären in die Lage gekommen, gemeinsam mit dem übrigen Europa zu handeln. Frankreich, ihr bisheriger Verbündeter, entfernt sich immer mehr von der übrigen Welt. Die Schotten brauchen also einen neuen Verbündeten, und deine Heirat hätte ihnen einen solchen verschafft. Ich will mit all dem nicht sagen, daß es für dich möglich ist, noch einmal alles rückgängig zu machen, was wir getan haben, aber du darfst dich selbst nicht betrügen und glauben, daß du eine Zukunft mit John Macpherson hast. Der Mann müßte sich von allem abkehren, an das er glaubt! Von dem König, dem zu dienen er sein Leben gäbe.«

Maria senkte ihre Lider und holte tief Luft. Das Leben war so kompliziert, jeder Schritt war von Bedeutung. Dann öffnete sie die Augen wieder und blickte ihre Tante fest an.

»Isabel, ich möchte nie mehr um eines anderen Landes Wohl geopfert werden. Egal, wie sehr es Karl verdient oder wie nötig James V. es hat, sie müssen beide eine andere Möglichkeit finden ... oder jemand anderen. Ich werde es nicht sein. Ich werde es nicht noch einmal tun.«

Isabel ergriff Marias Hände und drückte sie leicht. »Mißverstehe mich nicht, Kind. Ich pflichte dir in allem, was du sagst, bei. Du hast schon mehr als deinen Teil für das Heilige Römische Reich – und für deinen Bruder – getan, als du Ludwig II. von Ungarn geheiratet hast. Und für deine Freiheit hast du einen hohen Preis gezahlt. Jetzt ist ein anderer dran.«

»Warum empfinde ich dann eine Schuld, die mich fast erdrückt? Warum fühle ich mich wie ein Deserteur, wie ein Flüchtling?«

Isabel schwieg einen Moment, bevor sie wieder sprach. »Es fällt dir schwer, dich von deinem Bruder abzuwenden. Du sorgst dich um ihn – möglicherweise mehr, als er es verdient. Aber jetzt verstehst du wenigstens, warum er dich so behandelt, wie er es tut. Ein großes Reich braucht einen Herrscher wie Karl. Einen, der so handelt wie er.« Isabel drückte die Hand der jungen Frau. »Aber wir brauchen nicht zuzulassen, daß er unsere Leben zunichte macht, oder?«

Maria schüttelte ihren Kopf. »Nein, aber um ehrlich zu sein, all das, was du über Schottland gesagt hast ... und über John ... bereitet mir größere Sorgen.«

»Kann es sein, daß du Angst hast, was er sagt, wenn er die Wahrheit erfährt?«

»Ich kenne die Antwort bereits. Er wird mich hassen«, flüsterte sie und wandte ihren Blick von der Tante ab. »Er wird mich niemals wieder sehen wollen.«

»Aber du möchtest John Macpherson nicht ändern, nicht wahr?« Sanft hob Isabel Marias Kinn an, so daß sie ihr direkt in die Augen sah. »Mach keine Zukunftspläne, Kind. So wie es jetzt aussieht, kannst du einfach nicht wissen, was dir die Zukunft bringen wird. Du kannst nur für dich selbst planen und danach handeln, und du mußt dich auf eine Zukunft ohne ihn einstellen.«

Maria konnte ihre Tränen nicht mehr länger zurückhalten und ließ ihnen freien Lauf.

»Genieße die verbleibende Zeit mit ihm«, flüsterte Isabel. »Was immer du mit ihm tun willst, tu es heute, denn morgen wirst du diese Erinnerungen bitter nötig haben – Erinnerungen jeder Sekunde, die du mit ihm verbracht hast, die dich den Rest deines Lebens begleiten.«

Kapitel 16

Am Kai tummelten sich Hunderte von Zuschauern. Das imposante, mit dicken Tauen festgemachte Kriegsschiff stellte eine echte Attraktion für die Bevölkerung von Antwerpen dar. Die Massen drängten und schoben sich auf dem Kai, um eine bessere Sicht auf den schottischen Koloß zu bekommen. Am Fuß der Landungsbrücke standen Reihen von bewaffneten Matrosen, welche die Leute aus der Stadt zurückhielten, während Hafenarbeiter Kisten und Truhen für Karl und die Königin von Ungarn zu den in der Nähe abgestellten Karren trugen. An Bord des Schiffes wartete die herausgeputzte schottische Delegation auf eine Eskorte, die sie zum Palast geleiten sollte. Das letzte Licht des Tages verblaßte, und leichter Regen fiel zur Erde.

Von der Kommandobrücke aus sah John Macpherson zufrieden zu, wie die *Eagle*, das letzte der schottischen Kriegsschiffe, sicher neben der *Toward* festgemacht wurde. Er konnte die schottischen Adelsleute sehen, die sich auf Deck der *Christopher* versammelt hatten. Er blickte auf die breite Mündung des Flusses Scheldt und starrte durch die wachsende Dunkelheit auf die vier Galeonen, die sie seit gestern begleitet hatten. Sie hatten eine Position im Hafen eingenommen, von der aus sie Schüsse auf die schottischen Schiffe abgeben konnten, sollte sich die Notwendigkeit dazu ergeben. John spürte die Augen der Galeonen-Kommandanten auch in diesem Moment auf sich ruhen.

»Später vielleicht, Jungs«, murmelte er und wandte seine Aufmerksamkeit dem Geschehen auf dem Kai zu.

Antwerpen besaß einen eindrucksvollen Hafen. Die Mauern der Stadt stiegen in der Ferne empor. Neben den vielbefahrenen Fuhrwegen, die bei den Stadttoren endeten, gab es auch ein weitverzweigtes Kanalsystem für Kähne, die von den langgezogenen Kais entlang des Flußufers bis in die Stadt hineinfuhren. Handelsschiffe, viele von beachtlicher Größe und auch bewaffnet, sammelten sich an den

Docks, noch mehr aber lagen in dem Hafenbecken vor Anker.

John spähte in die lärmende Menge, hinter die Fackeln, die zischten und flackerten. Ein junger Mann kämpfte sich durch die Menschenansammlung, um so schnell wie möglich zu seinem Kommandanten zurückzukehren. Der Navigator blickte hoch und winkte John über die Köpfe der wogenden Menge zu. Nicht lange danach hatte sich David zu dem Schiff vorgearbeitet, war die Landungsbrücke hochgeeilt und trat nun auf das Achterdeck.

»Angeblich sind letzte Woche zwei flämische Schiffe untergegangen«, berichtete David atemlos, als er zu John vorgedrungen war. »Es heißt, daß die Galeonen des Kaisers mehrere französische Kriegsschiffe in der Nordsee ausgemacht hatten, die Franzosen es jedoch vorzogen, sich davonzumachen. Wie auch immer, die Gerüchte laufen darauf hinaus, daß die Franzosen die beiden Handelsschiffe versenkt haben. Es könnten auch mehr sein, sie wissen es nur noch nicht. Eine ganze Reihe von Schiffen werden bereits seit einer Woche erwartet, allerdings kann auch der Nebel, in dem wir festsaßen, der Grund für ihr Ausbleiben sein. Mehr habe ich nicht herausbekommen. Aber der Matrose, mit dem ich gesprochen habe, meinte, wir könnten wahrscheinlich mehr Informationen – oder Gerüchte, wie man's nimmt – an der Börse erhalten. Er hat gesagt, daß sie jeden Abend für eine Stunde öffnet. Ich habe ein paar Kaufleute gesehen, die von den Schiffen kamen und sich sogleich auf den Weg in die Stadt machten.

»Ja, die gehen zweifellos als erstes zur Börse.« John dachte einen Augenblick nach.

»Es stimmt, die Börse scheint der Mittelpunkt allen Treibens zu sein.« David blickte zu den schottischen Edelleuten, die auf Deck standen. Er konnte Janet Maule sehen, die sich neben ihren Vater und Lady Caroline gestellt hatte. Der Navigator zwang sich, seine Aufmerksamkeit wieder dem Kommandanten zuzuwenden. »Wünscht Ihr, daß ich mich auf den Weg dorthin mache?«

»Nein, soviel Zeit bleibt uns nicht«, antwortete John, während er die tanzenden Lichter von Fackeln beobachtete, die Männer, die soeben den Hafen erreichten, trugen. Das mußte die Eskorte sein, entschied er und erblickte die bewaffneten Reiter an der Spitze der Truppe. Er hatte gehofft, Nachrichten für Maria und Isabel über irgendwelche Überlebenden ihres unglücklichen Schiffes in Erfahrung bringen zu können, aber so wie es jetzt aussah, mußte das bis morgen warten. Er wandte sich an seinen Navigator. »Ich möchte, daß du Lady Maria zum Hart-Haus begleitest. Elisabeth und Ambrose haben eine Nachricht dorthin gesandt, um mich anzukündigen; das Haus sollte also bereit sein. Pieter, der Hausverwalter, kennt dich, versichere dich aber, daß ihm klar ist, daß Maria mein ganz besonderer Gast ist und auch als solcher behandelt wird. Und was Lady Isabel angeht, nimm ein paar Männer mit und bring sie zu dem Haus ihrer Freunde. Sie sagte, sie könne sich nicht an den Namen des Platzes erinnern, ist sich aber sicher, den Weg dorthin zu finden.«

David nickte seinem Kommandanten zu.

»Ich muß diese Eskorte zum Schloß begleiten. Sobald ich dort weg kann, ohne unseren Gastgeber zu beleidigen, begebe ich mich direkt zum Hart-Haus.«

»Wißt Ihr, wie lange wir hier bleiben werden?«

John blickte zu der Eskorte hin. Der Anführer der Truppe riß hart an den Zügeln seines aufgeregten Pferdes, um seine Macht über das Tier zu demonstrieren. John schüttelte den Kopf und runzelte die Stirn. Wie lange es wohl dauern würde? Er wollte es nicht zugeben, aber er hätte nichts gegen einen längeren Aufenthalt einzuwenden. Trotz all der unsinnigen Aufregung um diese Königin von Ungarn und die Heirat freute er sich darauf, Zeit mit Maria zu verbringen, und solange er hier in der Stadt war, stand ihm diese Möglichkeit offen. »Das werde ich erst erfahren, wenn wir den Kaiser und seine Schwester treffen – oder zumindest die Delegation, die uns empfangen wird.«

Die Aufmerksamkeit der beiden Männer wurde auf eine Szene am Kai gelenkt, als der Anführer einen seiner Männer anbrüllte, der den Fehler begangen hatte, das halsstarrige Streitroß zu beruhigen, während der Höfling absaß.

John mußte bei dieser Vorführung lachen. »Nun, es scheint, als hätten die Kräfte des Reiches hier alles unter Kontrolle.«

»Ja«, stimmte David grinsend zu. Das Gesicht des Navigators wurde ernst. »Wird sie mit uns nach Schottland zurückkehren, Sir John?«

»Das hoffe ich natürlich«, antwortete John und sah zu, wie sich die Adligen der Delegation über die Landungsbrükke in Richtung des Höflings auf den Weg machten. »Schreckliche Vorstellung, daß wir diese Reise gemacht haben, um mit leeren Händen zurückzukehren.«

»Was?« fragte David und warf ihm einen Blick zu, bevor ihm dämmerte, wovon John gesprochen hatte. »Nein, Sir. Ich habe nicht Maria von Ungarn gemeint. Ich habe von Lady Maria gesprochen. Wird sie mit uns zurückkehren?«

John sah mit festem Blick zu David hin. Er hatte sie bislang nicht gefragt – offiziell zumindest nicht. Aber es gab vieles zwischen ihnen, was sie verstanden, ohne es aussprechen zu müssen.

»Sie kehrt mit uns zurück«, brummte er. Es gab keinen Grund, warum sie das nicht tun sollte.

»Wenn du nach einem Ort suchst, an dem du dich verstekken kannst«, gab Isabel zu bedenken, als sie im Korridor stand und in Marias Kajüte schaute, »dann solltest du dir etwas Besseres einfallen lassen.«

Maria strich ihr schwarzes Haar über die Schulter, als sie sich aufrichtete und ihre Tante finster anblickte.

»Sehr lustig.« Zum tausendstenmal ließ sie ihren Blick durch die kleine Kajüte wandern und sah dann wieder zu ihrer Tante. »Du hast doch eine große Dochtlampe in deiner Kajüte. Wärst du so nett, sie herüberzubringen? Vielleicht kann ich ja mit etwas mehr Licht ...«

»Nach was, um Himmels willen, suchst du denn, meine Liebe?«

»Ich suche nach meinem Ring, Isabel.«

»Deinem Ring?« Jetzt war es an der älteren Frau, finster dreinzuschauen. »Du trägst doch nie einen Ring, Maria!«

»Meinen Ehering«, gab Maria zurück und machte sich wieder auf die Suche. »Ich trage ihn an einer Kette um meinen Hals.«

Maria kroch über den Boden, während sie vorsichtig mit den Fingern in die Ritzen tastete, wo sich die Planken verzogen hatten. Isabel zuckte mit den Schultern und holte die Dochtlampe aus ihrer Kajüte. So gut es ging, hielt sie das Licht über Maria. Mit der zusätzlichen Lampe wurde es merklich heller in der Kajüte.

»Danke, Isabel«, sagte Maria und fügte hinzu: »Ich frage mich, was sich hier unter uns befindet.«

»Ich dachte, du hättest den Ring nicht mehr getragen, seit Ludwig verstorben ist?«

»Nein, das habe ich nicht.« Sie hatte sich damals alles genau überlegt. Als es hieß, die ungarische Armee wäre vernichtend geschlagen worden – und ihr Mann gefallen –, hatte sich Maria in die Einsamkeit ihres Turmzimmers in dem tristen Steinschloß in Budapest zurückgezogen. Dort hatte sie gründlich über ihre Zukunft nachgedacht. Und über den Tod von Ludwig.

Von einer Ehe hatte ihr Zusammenleben nie viel gehabt. Als sie aber den Ring in das verblassende Licht des Tages gehalten hatte, hatte sich Maria gefragt, was ihr diese Vereinigung bedeutet hatte. Die verschlungenen eingravierten Insignien verbanden das Wappen der Habsburger und das von Louis' Familie auf eine sehr ansprechende Weise miteinander. Der Goldschmied hatte mit diesem Entwurf ausgezeichnete Arbeit geleistet. Weit bessere jedenfalls als sie und Ludwig damit, einen Erben zur Welt zu bringen, dachte sie mit einem Schuldgefühl. Aber die Türken rückten unaufhörlich näher, und so hatte Maria weder Zeit für Schuldgefühle noch für Selbstmitleid. Sie war zu dem Schluß gekommen, daß die Ehe ihr zumindest ein Gefühl für ihre eigene Identität gegeben hatte, und daher hatte sie den Ring an eine goldene Kette gehängt und sich diese um den Hals gelegt.

»Ich habe ihn nicht abgelegt«, wiederholte sie. »Ich habe ihn mitgenommen und als Siegel für meine Briefe verwendet.«

Erst jetzt, als sie ihre wenigen Sachen gepackt hatte, hatte Maria das Fehlen ihres Rings bemerkt.

Isabel saß auf dem Rand der Koje und hielt noch immer die Lampe. »Bist du sicher, daß du ihn nicht verloren hast, bevor die Schotten uns aufgegriffen haben?«

»Nein, ich habe ihn getragen, als wir hierherkamen.«

»Wann hast du ihn denn dann das letztemal gesehen? Und wo hast du ihn hingelegt?«

Maria hockte sich auf ihre Fersen und sah in das Gesicht ihrer Tante. »Ich habe ihn von meinem Hals genommen an dem Tag, an dem wir angekommen sind. Und ich dachte, ich tue ihn ..., nein, ich bin mir sicher, daß ich ihn auf das Regal gelegt habe. Hierhin.« Ihre Hände fuhren über die leere Fläche der hölzernen Ablage. »Da ich die ganze Zeit über keine Briefe geschrieben habe, habe ich ihn natürlich auch nicht gebraucht und nicht nach ihm gesehen.«

Isabel blickte sich in der Kajüte um. »Nun ja, er scheint jedenfalls nicht mehr da zu sein.«

Maria erhob sich und suchte noch einmal alles mit ihren Augen ab.

»Glaubst du, daß ihn jemand an sich genommen haben könnte?« fragte Isabel.

Maria schüttelte ihren Kopf. »Der Ring ist nicht viel wert. Zwar ist er aus Gold, aber er ist nicht mit Edelsteinen besetzt ...«

»Nicht viel wert?« entfuhr es Isabel. »Ein goldener Ring, den ein König seiner Königin geschenkt hat? Und dann sagst du mir auch noch, daß er das königliche Siegel trägt! Du hast scheinbar keine Ahnung, was Reichtum ausmacht, meine Liebe – besonders für Leute, die nicht über ihn verfügen.«

»Entschuldige. Du hast vollkommen recht.« Maria ergriff Isabels freie Hand. »Vielleicht wäre es angemessener, wenn ich sagen würde, der Ring könnte einem Dieb bei weitem nicht jenen weltlichen Reichtum verschaffen wie einer deiner Ringe?«

Isabel sah nur stumm auf die erlesenen Juwelen herunter, die an ihren Fingern blitzten. Schließlich nickte sie und murmelte: »Was du da sagst, ist sicher richtig, meine Liebe.«

»Und du vermißt keinen deiner Ringe?« forschte Maria weiter.

»Auch das ist wahr. Ich habe keinen einzigen verloren.« Isabel nickte wieder. »Und ich muß zugeben, ich habe nicht sonderlich auf sie aufgepaßt, als mir meine Schulter so weh tat. Und auch als es mir besser ging, habe ich sie immer wieder offen herumliegen lassen.«

»Eben«, sagte Maria und half Isabel auf die Füße. Sie gingen zusammen in die größere Kajüte und nahmen die Lampe mit. Isabel ließ sich in einen Stuhl bei dem Tisch fallen, während Maria zu dem halbgeöffneten Fenster ging. Sie konnte das Licht der Fackeln auf dem Kai, an den das Schiff festgemacht war, erkennen und zusehen, wie Schiffe, die weiter unten vertäut waren, gelöscht wurden. Selbst in der Dunkelheit war der Hafen ein geschäftiger Ort.

»Möchtest du einen Schluck Wein, Maria?« fragte Isabel und goß sich selbst einen Becher ein. »Er ist viel zu gut, um weggeschüttet zu werden, würde ich sagen.«

Maria schüttelte dankend den Kopf. »Meinst du, es kommen welche von den Ratgebern Karls an Bord? Glaubst du, Karl selbst wird kommen?«

Isabel stand auf und stellte sich hinter ihre Nichte, um ihr über die Schulter zu blicken. »Wenn es dazu kommen sollte, werden wir von der herrschaftlichen Überheblichkeit deines Bruders profitieren, meine Liebe. Ich vermute, er würde furchtbar gern ein so stolzes Schiff wie dieses besichtigen, aber er müßte erst darum gebeten werden, um das auch zu tun. Jedenfalls bin ich mir sicher, daß morgen früh Minister vom Schloß hierher geschickt werden – vielleicht sogar Graf Diego de Guevara persönlich –, um dafür zu sorgen, daß alles zu deiner Bequemlichkeit für die Reise eingerichtet ist.«

Maria wandte ihr Gesicht ab und bemerkte die amüsierte Miene ihrer Tante. »Aber ich bin gar nicht da.«

»Ja, mein Kind. Nur wird der Hof nicht zugeben, daß es Schwierigkeiten gibt … jetzt noch nicht!«

»Hmmm ...« Maria blickte auf die in der Nacht schwarz aufragenden Schiffe. »Karl liebt tatsächlich große und stolze Schiffe. Ich glaube, die *Great Michael* ist größer als jede seiner neuen Galeonen. Er kommt ganz gewiß.«

Isabel warf ihren Kopf zurück und stolzierte in der Kajüte auf und ab, als wäre sie ein großer Monarch. Maria wandte sich um und starrte sie mit großen Augen an.

»Die Welt soll zu mir kommen und vor meinem Thron knien.« Die Tante legte ihre Hand auf die Lehne eines Stuhls und nahm eine königliche Haltung ein. »Ich bin der bedeutendste aller Könige, der Herrscher über das Heilige Römische Reich, ich habe mich selbst durch die Hand eines Papstes auf den Thron erhoben. Und du ... und du, hmmh, passabel aussehendes Schiff ... du bist nichts – mit deiner niedrigen schottischen Herkunft. Alles künftige Untertanen, falls du es noch nicht wissen solltest.«

Maria lächelte und schloß das Fenster. »Wir machen uns bereits des Landesverrats schuldig, weil wir seinen Wünschen nicht gehorchen, aber ich glaube nicht, daß wir auch noch Staatsgeheimnisse verraten sollten.«

»Karls Pläne sind doch kein Geheimnis, mein Kind. Aber um deine Frage zu beantworten, wir werden schon längst weg sein, bevor er sich herablassen wird, der *Great Michael* einen Besuch abzustatten. Er wird bestimmt nicht bei Dunkelheit kommen.«

Maria sah ihre Tante einen Augenblick lang an und ging dann durch die Kajüte zu dem Haken, an dem ihr Mantel hing.

»Wir können noch nicht gehen«, sagte Isabel. »Wir müssen warten, bis dieser reizende junge Navigator kommt, um uns zu begleiten.«

»Ich weiß ... ich weiß«, antwortete Maria, unfähig, den Gedanken abzuschütteln, wie weit entfernt sie vielleicht schon wäre, wenn es morgen wieder Nacht wurde. Mit einem Zittern legte sie sich den Mantel um die Schultern. »Mir ist plötzlich kalt, Isabel.«

Kapitel 17

Auf dem Groenplaats wurde ein Feuerwerk dargeboten und lockte Maria wieder ans Fenster.

Von ihrem eleganten Schlafgemach in einem der oberen Stockwerke, das ihr zugewiesen worden war, blickte die junge Frau auf das bunte Treiben auf dem großen Platz, der voll von Menschen war. Zweifellos krümmte sich der brave Geistliche in der verdunkelten Kathedrale gegenüber vor Entsetzen – angesichts solcher Festivitäten mitten in der Fastenzeit. Ach nein, stellte sie mit einem Lächeln fest, da war ja der Kardinal und genoß, umgeben von seinem Gefolge, offensichtlich den Lärm und das farbenfrohe Spektakel.

Pieter, der rundliche Hausverwalter der Macphersons, hatte ihr erzählt, daß die Kaufleute von Antwerpen diese Vorführung als Willkommensgruß für die Delegation von König James arrangiert hatten. In der kurzen Zeit, die Maria sich vor ihrer verhinderten Flucht in der Stadt aufgehalten hatte, hatte sie einige solcher Feuerwerke von den Fenstern des Schlosses aus beobachtet. Sie blinzelte, um etwas durch die Rauchschwaden, die von den letzten Explosionen herrührten, erkennen zu können, und blickte zu einem Platz nahe der Statue, von dem aus der Kaiser den Feuerwerksdarbietungen beizuwohnen beliebte. Der Wind vertrieb den Rauch sogleich wieder, und Maria konnte das königliche Gefolge ausmachen. Aber John konnte sie nicht erkennen, und Enttäuschung wallte in ihr auf.

»Sei nicht dumm, Maria«, murmelte sie leise und ließ ihren Blick weiter durch die Menge schweifen. Sie nahm die Bürste wieder in die Hand und fuhr fort, ihr noch feuchtes Haar zu glätten. Das ist ein sehr netter Zug an den Bewohnern von Antwerpen, dachte sie, daß sie jeden Anlaß zu feiern willkommen heißen. Der Fanfarenstoß, den sie soeben gehört hatte, mußte dem Kaiser gegolten haben. Er war mit ziemlicher Sicherheit sehr erfreut über diesen Zeitvertreib für seine Gäste, währenddessen er seine Suche nach dem eigentlichen Grund ihres Kommens fortsetzen konnte.

Maria flocht ihr Haar zu einen dicken, schwarzen Zopf, während sie geistesabwesend zusah, wie ein junger Mann über eine Leiter zur Spitze eines hohen Holzpfahls kletterte, auf dem der nächste Feuerwerkskörper befestigt war. Während er mit der umstehenden Menge herumwitzelte, hatte er seine Vorbereitungen beendet und ließ sich schnell zu Boden gleiten. Er nahm eine Fackel, die an einer langen Latte befestigt war, und entzündete den Feuerwerkskörper. Dann zog er sich in die Menge zurück, die den Pfahl umringte. Die Explosionen waren ohrenbetäubend und ließen die Scheiben in Marias Zimmer klirren. Als der Lärm nachließ, mußte Maria lächeln, da sie den jungen Mann erspähte, wie er sich vor der begeisterten Menge verbeugte, bevor er zu dem nächsten Pfahl lief, auf dem ein weiterer Feuerwerkskörper angebracht war.

Der Weg vom Hafen zur Stadt und auf den Groenplaats und von dort aus zu Macphersons Stadthaus war zu Marias Freude ereignislos verlaufen. Sie hatte bislang niemals die Gelegenheit gehabt, eines dieser großen Steinhäuser zu betreten, die um den offenen Platz herum gruppiert waren, und das Hart-Haus, das Heim der Macphersons, stellte eine außerordentliche Überraschung für sie dar. Maria war durch eine massive Eichentür in das Foyer getreten und hatte dort die riesige Marmorstatue eines Hirsches, dessen Geweih fast drei Meter in der Breite umfaßte, erblickt. Maria war gleich überzeugt gewesen, daß die Besitzer des Hart-Hauses ganz besondere Menschen sein mußten.

Das Hart-Haus war zwar nicht groß im Vergleich zu den Palästen und Schlössern, in denen sie bislang gelebt hatte, aber es war bei weitem das angenehmste Haus, das sie je gesehen hatte, und zudem ausgesprochen kostspielig möbliert. Selbst die Privatgemächer des Kaisers wirkten im Vergleich dazu fast karg. Maria war nie von dem oberflächlichen Pomp eines Palastes beeindruckt gewesen; dieses Haus war von einer Wärme erfüllt, die nicht von seinen luxuriösen Möbeln stammte. Es herrschte ein Gefühl der Harmonie, und das Hart-Haus schien das Glück auszustrahlen, das Maria vom ersten Augenblick an, in dem sie das Haus betreten hatte, empfunden hatte.

Nachdem sie angekommen waren, hatte David kurz mit dem Verwalter gesprochen und war dann wieder gegangen, um Marias Tante durch die immer größer werdende Menschenmenge zu ihren Freunden zu begleiten. Pieter, der rundliche Verwalter, erwies sich als ein freundlicher Mann mit einem kleinen Buckel und schelmisch blitzenden Augen. Er scheuchte die neugierig herumstehenden Diener mit jovialen Befehlen vor sich her und führte Maria von der Eingangshalle in einen Saal, in dem sich die Mitglieder des Haushalts zweifellos zu den Mahlzeiten wie auch zu vielen anderen Anlässen trafen. Am Ende des Raumes schenkte ein knisterndes Feuer Wärme und erhellte die weiß getünchten Wände.

Als Pieter sie zu der breiten Treppe, die aus dem großen Raum nach oben führte, geleitet hatte, erblickte Maria die üppigen, farbenprächtigen Gemälde, die die hohen Wände schmückten. Ambrose und Elizabeth Macpherson mußten mehr Bilder als die Medicis haben, dachte sie, während sie die Stufen hinaufstieg. Wie gern hätte sie Zeit gehabt, stehenzubleiben und sie genauer zu betrachten.

Überall hingen Bilder, wie sie feststellen mußte, als sie die Werke erblickte, die die Wände ihres Schlafgemachs schmückten. Erst als sie – dank Pieter – in der schön verzierten hölzernen Wanne saß und den Luxus des warmen, nach Jasmin duftenden Wassers genoß, fiel Maria ein, daß die Bilder, die sie so beeindruckten, wohl von Elizabeth Macpherson stammen mußten. Bis sie das Haus betreten hatte, war ihr nicht klar gewesen, welche Bedeutung Isabel Elizabeth als einer vorzüglichen Malerin beigemessen hatte.

Pieter lächelte Maria nach ihrem Bad an und klatschte seine fleischigen Hände in offensichtlichem Vergnügen zusammen. »Ah, Lady Maria! Wie schön Ihr doch seid.«

»Danke, Pieter.«

Der Verwalter geleitete seinen Gast an den Tisch, wo ihr

mehrere Diener aufwarteten. Die Behandlung, die man ihr zuteil werden ließ, wäre einer Königin angemessen, dachte Maria. Und das wußte niemand besser als sie selbst. Sie war sich nicht sicher, was David zu diesen Leuten über sie gesagt hatte, aber Pieter versicherte, daß man keine Mühe scheuen würde, um für ihr Wohlbefinden zu sorgen.

Eigentlich wünschte sie sich, sie könnte warten und das Mahl später mit John einnehmen, aber sie wußte, daß eine frühe Rückkehr kaum anzunehmen war. Sie kannte die Feierlichkeiten anläßlich der Ankunft von wichtigen ausländischen Besuchern am Hof ihres Bruders nur zu gut. Es würde bestimmt etliche lange Reden geben, die John über sich ergehen lassen mußte, bis Karl ihn entließ. Niemals könnte er dem Abendessen und der folgenden Unterhaltung entkommen. Da Fastenzeit war, war sich Maria ziemlich sicher, daß irgendein schrecklich trübsinniges Moralstück den Abend beschließen würde. Es würde sehr spät werden, bis John im Hart-Haus eintreffen würde.

Sie setzte sich auf den angebotenen Stuhl, und Traurigkeit durchfuhr sie schmerzhaft bei dem Gedanken, daß sie ihn vielleicht niemals wiedersehen würde. Isabel hatte gesagt, daß sie unter Umständen schon mit der morgendlichen Flut ablegen würden. Wenn das so wäre – und wenn John im Palast aufgehalten würde –, dann hatte sie ihn auf dem Schiff zum letztenmal gesehen.

Zum letztenmal.

»Seid Ihr wohlauf, Mylady?« Pieters Stimme war von Sorge erfüllt.

Maria sah hoch und zwang sich trotz des Kloßes in ihrem Hals zu sprechen. »Mir geht es gut. Danke, Pieter.«

Das Abendessen war so erlesen wie die Umgebung, und Maria fühlte sich ein wenig schuldig, das alles überhaupt zu genießen. Zunächst widerstrebend, setzte sich Pieter schließlich doch zu ihr, als sie ihn zum wiederholten Male dazu aufforderte. Maria hatte so viele Fragen, und er erwies sich als ein äußerst leutseliger Gesellschafter.

»Die Gemälde von Lady Elizabeth sind wunderschön, Pieter!« sagte Maria ernst, als sie mit dem Essen fertig war.

»O ja, da habt Ihr recht, Mylady. Wir können uns glücklich schätzen, von solchen Schätzen umgeben zu sein.«

»Fertigt sie auch Skulpturen an?« Maria nippte an ihrem Wein. »Die Statue von dem Hirsch im Foyer – sie wirkt so lebensnah.«

»Ja, das ist sie, Mylady. Es ist das Werk eines Bildhauers namens Pico, einem Schüler von Michelangelo höchstpersönlich. Es stammt direkt aus der Werkstatt des Meisters in Florenz.« Der Verwalter gab einem wartenden Diener einen Wink, und dieser eilte mit der Kristallkaraffe an den Tisch. »Möchtet Ihr noch etwas Wein, Lady Maria?«

»Oh, ich vertrage leider nicht mehr. Aber trotzdem, habt vielen Dank.« Maria lächelte den Mann an. »Was für eine begabte Frau.«

Wie unabhängig mußte sie sich fühlen, dachte Maria. Ganz offen die Kunst der Malerei auszuüben. Zu handeln, wie sie es für richtig hielt, allen Widerständen zum Trotz. Die Tradition zu bekämpfen und das zu tun, wozu nur wenige Frauen – wenn überhaupt – mutig genug waren. Maria hatte noch nie von einer Frau gehört, die Malerin war, und es versetzte sie in Erstaunen. Sie selbst war Königin – die Schwester des Kaisers. Ihr Wort war nie in Frage gestellt worden, ihre Wünsche waren den Ministern Befehl. Aber sie war nicht imstande gewesen, sich von den Fesseln der Tradition und den Beschränkungen durch die Regeln des Anstands zu befreien, zumindest nicht so weit, daß es ihr echten Spielraum bot. Weder für ihr Leben noch für das Leben derer, die sie umgaben. Maria hatte Ideen, aber immer hatte ihr der Mut gefehlt, sie auszuführen – so erschien es ihr nun. Die Werke von Elizabeth bestätigten nur diese Einsicht.

Aber das war Vergangenheit, entschied sie resolut. In Zukunft würde sie sich nicht mehr entmutigen lassen.

»Möchtet Ihr ihr Atelier sehen, Lady Maria?« Pieter lächelte sie an, seine Augen zwinkerten.

»Sie hat hier im Haus ein Atelier?«

»Aber natürlich! Und ich glaube, sie würde sich freuen, wenn Ihr es Euch ansähet.« Der Verwalter stand rasch auf. »Gebt mir nur ein paar Minuten, damit ich alles vorbereiten kann. Wenn Ihr es Euch bitte bequem machen wollt, ich kehre gleich zu Euch zurück.«

Mit einer kurzen Verbeugung verließ Pieter den Raum und verschwand im Korridor. Er bewegte sich sehr elegant für einen Mann seines Umfangs, dachte Maria. Sie lehnte sich in ihrem Stuhl zurück und betrachtete das Porträt eines älteres Paares. Die Frau saß im Vordergrund und sah noch immer eindrucksvoll aus, und der Mann, auf eine rauhe Art anziehend in seiner Highlander-Tracht, stand hinter ihr; seine Hände ruhten liebevoll auf den Schultern der Frau. Maria lächelte. Kein Zweifel – die Eltern von John; er sah ihnen ähnlich. Die beiden wirkten so lebensecht. Sie fragte sich, wie die übrige Familie wohl aussah.

Nach dem, was sie inzwischen erfahren hatte, konnten Ambrose und Elizabeth seit der Geburt ihrer Kinder höchstens drei-, viermal im Jahr ins Hart-Haus kommen; die Pflichten seiner Karriere als Diplomat wurden Ambrose mit dem Anwachsen seiner Familie offensichtlich immer unwichtiger. Aber das Haus in Antwerpen – wie es bei den meisten ihrer anderen Besitztümer der Fall war – hielten sie das Jahr über bereit und boten seine Wärme und Gastfreundschaft Familienmitgliedern und Freunden an, deren Reise sie in dieses Zentrum von Kultur und Handel führte.

Es wäre ein Vergnügen, diese Elizabeth Macpherson kennenzulernen, dachte Maria traurig. Aber so, wie die Dinge lagen, würde ein solches Treffen niemals stattfinden. Maria spürte dieselbe Einsamkeit, die ihr ganzes Leben bis zu diesem Zeitpunkt auf ihr gelastet hatte und die jetzt, in der Wärme und Gastlichkeit ihrer Umgebung, um so deutlicher zutage trat. Und genau diese Einsamkeit war es, die sie in einer trostlosen und sinnentleerten Zukunft erwartete.

Noch einmal versenkte sie sich in Elizabeths Werke.

Ein älterer Diener betrat schlurfend den Raum und zog Marias Aufmerksamkeit auf sich. In der Tür machte er eine halbe Verbeugung und hielt etwas für sie in der Hand.

»Ein Brief für Euch, Mylady«, krächzte er und trat zu dem Tisch, an dem Maria stand. »Ein Bote hat ihn soeben gebracht.«

Marias Herz sank. Das müssen schlechte Nachrichten sein, dachte sie. Vielleicht hatte John ihrem Bruder anvertraut, daß er zwei Frauen aus dem Meer gefischt hatte! Sie nahm dem Diener den Brief mit einem sorgenvollen Nicken ab, erbrach sogleich das Siegel und überflog den Inhalt des Briefes. Mit einem Seufzer der Erleichterung ließ sie sich in ihren Stuhl zurücksinken. Er war von Isabel.

Es war alles in Ordnung, versicherte Isabel. Aber es gab eine kleine Änderung in ihren Plänen. Isabels Freunde hatten die Stadt verlassen, wurden aber im Laufe der Woche zurückerwartet. Bis zu ihrer Rückkehr sollte Maria bleiben, wo sie war, und Isabel selbst würde im Haus ihrer Freunde auf diese warten. In der Zwischenzeit wollte Isabel herauszufinden versuchen, was im Schloß vor sich ging, und auf eigene Faust eine Passage für sie beide erwerben.

Maria las den Brief ihrer Tante ein zweitesmal. Sie mußte sich keinerlei Sorgen machen, sagte sie sich. Sie mußte nur vorsichtig sein und jegliche Aufmerksamkeit der Öffentlichkeit vermeiden – es gab viele Menschen in der Stadt, die Maria als Schwester des Kaisers wiedererkennen könnten. Das war alles, was Isabel ihr riet.

Eine Woche, dachte Maria. Eine ganze Woche.

Maria faltete den Brief zusammen und nahm ihn mit in das andere Zimmer. Als sie sich nach einem Platz umsah, wo sie ihn verbergen konnte, fiel ihr das große Bett mit dem Baldachin ins Auge, und schnell ließ sie den Brief unter eines der prall mit Daunen gefüllten Kissen gleiten. Die junge Frau strich mit der Hand über das glatte Leinen der Bettwäsche und dachte über die Worte ihrer Tante nach. Ihr gesunder Menschenverstand sagte ihr, daß diese Verzögerung zu nichts Gutem führen konnte. Aber ihr Herz sagte ihr, daß sie ein von Gott gesandtes Geschenk sei. Dies war die Gelegenheit, von der sie geträumt hatte. Es war die Gelegenheit, mit ihm zusammenzusein.

Besser gelaunt als zuvor, freute sich Maria, daß der Verwalter bereits auf sie wartete, als sie in den großen Saal zurückkehrte.

Die Besichtigung des Hauses war das reinste Vergnügen

für die junge Königin. Mit einer Spur Besitzerstolz zeigte ihr Pieter die vielen Räume. Er führte sie von dem großen Saal mit seinen hohen Wänden, die voller Bilder hingen, zu der Bibliothek mit etlichen Bücherregalen, beantwortete ihre Fragen und zeigte auf die Schätze, die Ambrose die Jahre über angesammelt hatte, und er erzählte ihr Geschichten von den einzelnen Familienmitgliedern, die auf den unzähligen Bildern Elizabeths zu sehen waren.

Mit höchstem Vergnügen folgte Maria Pieter eine weitere Treppe nach oben. Die Stufen folgten hier der Neigung der Decke, und die junge Frau wußte, daß die Besichtigung fast zu Ende war. Der Verwalter hatte im ganzen Haus Kerzen und Dochtlampen entzünden lassen, und auch in diesem oberen Raum brannten goldene Lichter. Als sie am Ende der Treppe durch eine enge Tür traten, gelangten sie in das Atelier von Elizabeth Macpherson.

Bezaubert ging Maria in dem Raum auf und ab. Große, dicke Leinwandrollen waren in einer abgelegten Ecke des Raums aufgestellt, daneben Stapel von Holzleisten. Die junge Frau nahm einen der Keilrahmen in die Hand, der aus den Holzleisten zusammengesteckt war. Er war leichter, als sie gedacht hatte. Sie fragte sich, welches Gewicht er wohl haben würde, wenn er mit Leinwand bespannt war. Vorsichtig legte sie ihn wieder ab und hob die Deckel von einigen der kleinen Fässer, die die Regale einer ganzen Wand füllten. In ihnen waren sandfarbene Pulver, die kaum Ähnlichkeit mit den glänzenden Farben von Elizabeths Bildern hatten.

Pieter sah den verwirrten Ausdruck in Marias Gesicht. »Wenn die Pigmente mit Öl gemischt werden«, erklärte er und klopfte auf eines der großen Fässer, das neben ihm stand, »erwachen die Farben zum Leben. Lady Elizabeth ist ein Meister darin, Farben in dem richtigen Ton zu mischen. Ein wahres Genie!«

»Ja, das sehe ich!« gab Maria ernst zurück. Sie ging zu einem großen Fenster, das in die Dachschräge eingelassen worden war. Als sie hinaussah, konnte sie nichts erkennen.

Pieters Augen zwinkerten erneut, als er auf eine dicke

Kordel, die neben der Tür hing, deutete. »Ich hatte gehofft, daß Ihr hinaussehen wollt.« Er nahm die Kordel in die Hand und zog daran, und der riesige hölzerne Rolladen, der die Außenseite des Fensters bedeckte, öffnete sich.

Maria blickte verwundert auf die große Stadt, die sich vor ihr ausbreitete. Der offene Platz lag weit unter ihnen hinter dem nächsten Dach, und noch immer brannten die Fackeln. In der Ferne konnte sie die Stadtmauern und dahinter den Hafen ausmachen. Der Nebel, der sie bei ihrer Ankunft in die Stadt empfangen hatte, hatte sich inzwischen verzogen, und die Sterne glänzten hell an einem schwarzsamtenen Himmel.

»Das ist unglaublich«, flüsterte sie.

»Nachdem sie geheiratet haben, hat Sir Ambrose für Lady Elizabeth in jedem ihrer Häuser einen solchen Raum einrichten lassen. Sie ist so begabt, Mylady. Und da sie inzwischen über einen außerordentlichen Ruf verfügt, ist sie überall als Porträtistin sehr gefragt; selbst Könige lassen sich von ihr malen.« In der Stimme des Verwalters war der Stolz auf seine Herrin deutlich zu vernehmen. »Sie und die Kinder begleiten Sir Ambrose stets auf seinen Reisen.«

Sie ging an einer kleinen Staffelei, die offensichtlich einem Kind gehörte und neben einer größeren stand, vorbei. Maria blieb stehen und befühlte die weichen Borsten der Pinsel, die auf einem runden Tisch herumlagen. An der gegenüberliegenden Wand lehnten mindestens zwei Dutzend Gemälde in drei Reihen, die auf ihrer Oberseite jeweils mit Segeltuch geschützt waren.

»Darf ich sie mir ansehen?«

Pieter lächelte, als er die Tücher entfernte. »Ich weiß, daß Lady Elizabeth hoch erfreut wäre.«

Maria nahm sich Zeit und betrachtete jedes Bild ganz genau. »Wie viele Kinder haben die beiden?« fragte sie. Sie wußte, daß sie den armen Mann regelrecht aushorchte, aber die Leute faszinierten sie ganz einfach.

»Drei«, antwortete Pieter. »Ein Mädchen und zwei Jungen. Die Tochter, Mistreß Jaime, ist so aufgeweckt wie ihre Mutter. Ah ja, dieses hier …«, der Verwalter deutete auf ein

Porträt. »Das ist Jaime mit ihrem kleinen Bruder Michael auf dem Schoß. Das war natürlich, bevor der kleine Thomas auf die Welt kam.«

Maria sah sich das Gemälde an und mußte plötzlich lächeln. In den dunklen, schönen Augen des Mädchens blitzte Verärgerung auf, aber ihr Gesichtsausdruck zeigte die Selbstbeherrschung angesichts des Versuchs ihres kleinen Bruders, über sie drüberzuklettern.

»Es war verdammt …«, Pieter hielt inne. »Verzeiht mir … es war sehr schwierig, sie dazu zu bewegen, für Lady Elizabeth stillzusitzen. Sie haben soviel Energie, diese Kinder, aber sie sind auch ein Quell ständiger Freude – und Arbeit – für uns.«

Der Verwalter lächelte und erzählte weiter von den Kindern, während Marias Gedanken abschweiften. Das war eine weitere Erfahrung, die sie vermutlich nie machen würde. Mutterschaft. Sie war sich sicher, daß sie keine Kinder zur Welt bringen konnte. Nach vier Jahren Ehe mit Ludwig hatten die Ärzte am Hof sie für unfruchtbar erklärt. Bislang hatte sie keine Trauer über ihre Unfähigkeit, Kinder zu bekommen, empfunden. Aber hier, in diesem Haus, spürte sie überall den Familiensinn und das Glück, das diese Bilder spiegelten, und fühlte sich mit einemmal verloren.

»Ah ja, diese Festung hier im Hintergrund ist Schloß Benmore, Mylady. Der Clan-Sitz der Macphersons.« Pieter hielt ein Gemälde in seiner Hand. »Ich habe es nur einmal gesehen, aber es ist ein schöner Ort. Mächtig und ziemlich luxuriös ausgestattet, seit es renoviert wurde.«

Maria betrachtete das Gebäude auf dem Bild. »Erzählt mir … erzählt mir von den Brüdern Macpherson, Pieter.«

Einen Augenblick lang verfiel Pieter in Schweigen. Dann stellte er das Bild zurück und begann zu erzählen.

Maria hörte genau zu, erfreut darüber, wie eng die Brüder in Zuneigung und Treue miteinander verbunden waren. Sie erfuhr auch, daß der Kommandant der *Great Michael* seinen eigenen Wert ungeheuerlich untertrieben hatte, was seine Stellung als dritter Sohn anbetraf. John Macpherson war der einzige, der in die Fußstapfen seines Vaters getreten war. Der einzige, der die Liebe seines Vaters zur See teilte. Und John hatte auf diesem Weg ein Vermögen gemacht. Aber all das bedeutete ihr rein gar nichts. Es überraschte sie nur, daß Caroline Maule ihn trotzdem nicht hoch geschätzt hatte. Maria schüttelte den Kopf und erinnerte sich daran, daß sie Gott für das schlechte Urteilsvermögen dieser Frau danken sollte.

Als der Verwalter seine Erzählungen beendet hatte und Maria auch keine Fragen mehr einfielen, machte sich ein angenehmes Schweigen zwischen den beiden breit, und Maria fuhr fort, Elizabeths Werke zu betrachten. Bei dem Porträt einer jungen Königin, die vor einem Kreuz predigte, hielt sie inne. An dem Kreuz rankten sich weiße und rote Rosen empor, und drei wunderschöne Engel schwebten hoch über der Königin und blickten auf sie hinab. Maria seufzte tief.

»Meint Ihr, Lady Elizabeth würde es etwas ausmachen, Pieter, wenn ...?« begann sie zögernd. »Meint Ihr, ich könnte ein Weilchen allein hier oben verbringen?« Die Einsamkeit und Zuflucht, die dieser Raum bot, waren genau das, wonach sie gesucht hatte.

»Ich bin überzeugt, Lady Elizabeth wäre erfreut, wenn sie wüßte, daß Ihr hier ein wenig Eurer Zeit verbringen wollt. Sie selbst hält sich oft viele Stunden in diesem Raum auf.« Der Verwalter machte sich auf den Weg zur Tür und blieb dann noch einmal stehen. »Ich glaube, die Mistreß schöpft in gewisser Weise Kraft aus diesem Raum.«

Nachdem Pieter leise die Tür hinter sich geschlossen hatte, starrte Maria durch die glänzenden Scheiben auf die Stadt unter ihr. Die Bewohner hatten sich zweifellos schon in ihre Betten zurückgezogen und schliefen den Schlaf des Gerechten. Maria blickte hinaus auf die unzähligen verdunkelten Gebäude und seufzte auf.

Die junge Frau wandte sich um und betrachtete Elizabeths Arbeitsplatz. Etwas in diesem Atelier ließ eine Saite in ihr erklingen. In eben diesem Raum schuf eine Frau – eine Frau, die vielleicht gar nicht so anders war als sie – Meisterwerke der Kunst. Maria ging umher, hingerissen von der künstlerischen Leistung und von dem Raum selbst. Bis auf wenige einfache Zeichnungen, die sie in Ungarn angefertigt hatte, war das einzige Kunstwerk, das sie je angefertigt hatte, ein Wandteppich, den sie gemeinsam mit anderen Frauen gestickt hatte. Aber es schien so, als würden immer weniger Frauen sich auf diese Weise beschäftigen. Eine Weile dachte sie darüber nach, nahm einen Pinsel und strich mit den weichen Borsten über die Innenfläche ihrer Hand. Menschen, die Bilder erschaffen konnten, hatten sie schon immer beeindruckt, ob es nun mit Worten, Liedern oder Gemälden geschah. Vielleicht konnte auch sie lernen zu malen. Warum nicht? Wer wußte schon, welche Talente in ihr schlummerten?

Als sie ihren Blick durch den Raum schweifen ließ, erblickte sie eine Reihe von Leinwänden, die gegen eine Wand gelehnt waren. Sie nahm das schützende Tuch ab und betrachtete die ersten beiden Gemälde. Sie waren noch nicht vollendet. Alle Gemälde in dieser Reihe waren nicht fertiggestellt. Neugierig auf den Schaffensprozeß studierte Maria, wie Elizabeth ihre Kompositionen entwarf. Es waren überaus viele Werke. Als sie eines nach dem anderen hervorzog, wunderte sich Maria wieder über die verschiedenen Themen, derer sich Elizabeth, offensichtlich um sich selbst herauszufordern, annahm. Sie beschränkte sich nicht allein auf Porträts. Maria betrachtete eine Vase mit einem Bukett frisch geschnittener Frühlingsblumen, dann sah sie einige Bilder von Schlachten durch, schließlich eine wildromantische Landschaft mit einem Schloß während eines heraufziehenden Sturms. Wenngleich die Bilder nicht vollendet waren, zeigten sie eine außerordentliche Kunstfertigkeit, und Maria konnte die unglaubliche Macht spüren, die von jedem einzelnen Gemälde ausging.

Sie kam schließlich zum letzten Bild in der Reihe. Ihr Herz schlug schneller, als sie in tiefblaue Augen blickte, die denen Johns so sehr ähnelten. Elizabeth hatte in diesem Porträt, bei dem nur noch der Hintergrund gemalt werden mußte, wahrhaftig das Wesen ihres Modells erfaßt. Der Mann auf dem Bild stand offensichtlich im Bann der Malerin. Maria konnte die Weichheit, die sich um seine Augenpartie abzeichnete, erkennen, und auch das angedeutete Lächeln, das seine vollen Lippen umspielte. Sie war sich sicher, daß es sich um ein Porträt von Ambrose handelte. Bis auf die Narbe auf der Stirn und die blonden Locken anstelle von Johns tiefschwarzen Haaren war die Ähnlichkeit zwischen den beiden Brüdern frappierend. Marias Augen wanderten über das Bild. Ambrose war in einen Kilt gekleidet; dazu trug er hohe Stiefel und hatte einen Fuß auf einen Felsen gestellt und den muskulösen Arm auf sein Knie gestützt. Das massive Schwert hielt er locker in seiner Hand, die Spitze ruhte auf einem Schild zu seinen Füßen. Im Hintergrund hatte Elizabeth ein Schloß skizziert, das auf einem Hügel in der Ferne aufragte. Er trug kein Hemd, und Marias Augen betrachteten ihn in seiner ganzen Länge.

»Er ist schon vergeben. Ich dagegen bin noch zu haben.«

Voller Freude wirbelte Maria bei dem Klang von Johns Stimme herum. Schnell forschte sie in seinem Gesicht nach Anzeichen für das, was er erlebt hatte, nach irgendeinem Zeichen, das etwas darüber verriet, was er mit Karl besprochen haben mochte. Aber weder in seiner Stimme noch in der Art, wie er auf sie mit offenen Armen zuging, war ein Zögern zu vernehmen. »Ich habe dich vermißt«, murmelte er.

Sie trafen sich in der Mitte des Raums, ihre Arme umfaßten sich, und ihre Körper verschmolzen miteinander. Sein Mund neigte sich über ihre Lippen, und sein Kuß entzündete einen Taumel des Begehrens.

John lehnte seinen Kopf gegen ihre Stirn und lächelte. »Ich konnte es kaum abwarten, hierherzukommen. Du hast mich verzaubert, das ist mir völlig klar. Wohin auch immer ich blickte, sah ich deine Augen vor mir. Als ich sie gar in denen des Kaisers heraufbeschwor, wußte ich, daß es genug war – ich mußte zu dir.«

»Und deshalb bist du so schnell zurück?« flüsterte sie in sein Haar, als seine Lippen über ihren Hals streiften. »Weil du bemerkt hast, daß du den Kaiser anziehend findest?«

»Ja, meine Liebste. Er ist wirklich ein reizender Kerl«, antwortete John, während seine Hände die Bänder am Rükken ihres Kleides lösten. Er mußte sich zurückhalten, ihr nicht mit einem Ruck das Kleid vom Leibe zu reißen. Er konnte die Wärme ihres Körpers spüren, der sich gegen seinen drängte. Ihre Hände zogen an seinem Kilt. »Ehrlich, mein Schatz. Ich habe gute Nachrichten.«

Maria blickte zur Tür. Sie war verschlossen. Sie wußte, was er wollte, und sie wollte dasselbe. Sie würden miteinander schlafen – hier, dachte sie freudig. Gab es einen schöneren Ort?

»Berichte mir von den guten Nachrichten«, sagte sie und nahm dabei die Brosche ab, die seinen Tartan festhielt.

»Wir werden vierzehn Tage lang hier sein.« Der Highlander nahm den Ledergürtel ab, der über seiner Brust lag, zog ihn über den Kopf und ließ ihn zu Boden fallen.

Der Tartan fiel herab, und Maria zog das Hemd aus dem Kilt und über seinen Kopf. Sie bedeckte seine muskulöse Brust mit Küssen.

»Unsere zukünftige Königin lehnt es bei aller Ehrerbietung ab zu reisen, da die Osterwoche vor der Tür steht, und hat beschlossen, sich bis nach Ostern zurückzuziehen.« Er hatte die Bänder an ihrem Ausschnitt gelöst und schob ihr Kleid über die Taille bis zu den Hüften hinunter. »Das gottesfürchtige Mädchen wollte uns nicht einmal sehen.«

Sie stöhnte auf, als er sich vor ihr auf ein Knie sinken ließ und durch den dünnen Stoff ihres Hemdes an ihrer Brust saugte. Gleichzeitig zog er ihre Hüften zu sich heran und ließ seine Hände über ihren Po wandern. Die Zurückhaltung, die er noch einen Tag zuvor an den Tag gelegt hatte, war nun vergessen.

»Ich wußte vorher nicht, was ich von ihr halten sollte«, sagte er mit heiserer Stimme, als er nach oben griff und ihr das Hemd von den Schultern zog. Ihre vollen Brüste wurden vom Kerzenlicht beschienen, und John streichelte ihre samtene Haut und küßte sanft ihre schön geschwungenen Kurven. Maria griff in seine Haare, als seine Lippen eine ihrer harten Brustspitzen umschlossen, und ihrer Kehle entstieg ein tiefer Seufzer. Endlich streifte er ihr Kleid und Hemd ganz ab, und als er sie darum bat, kniete auch sie sich hin.

»Ja«, fuhr er unbestimmt fort und ließ seine Hände über ihre Haut gleiten, lächelte, als kleine Schauer der Erregung sie durchliefen, sobald er sie berührte. »Jetzt weiß ich, was ich von ihr halten soll.«

Maria ließ zu, daß er ihren Kopf auf den Haufen ihrer Kleider neben ihnen bettete. Sie sah ihm zu, wie er seinen Kilt und die Stiefel auszog und löste ihren dicken Zopf. Er war unglaublich attraktiv. Das Anziehendste, was sie je gesehen hatte. Ihr stockte der Atem, als ihr Blick auf seinen Penis fiel. »Was ... was hältst du von ihr? Erzähl es mir.«

John sah auf und betrachtete dieses Bild der Vollkommenheit vor sich. Marias schwarze Locken fielen in Wellen über ihre rechte Schulter. Als sie ihn weiterhin fragend anblickte, stand er unvermittelt auf und ging durch das Zimmer, um alle Kerzen bis auf eine zu löschen. Er bewegte sich mit der Eleganz einer Raubkatze. Schließlich drehte er das Porträt von Ambrose um und wandte sich ihr wieder zu, mit einem seltsamen Ausdruck auf dem Gesicht.

»Sie ist scheu und zurückhaltend, wurde mir gesagt. Ein nettes Ding, meinen die Leute.« Er ließ sich neben ihr nieder und legte sich zwischen ihre Beine, die sich wie von selbst für ihn geöffnet hatten. Ihr Körper war warm, ihre Arme einladend. »Eine Frau von wenigen Worten ... und noch weniger Leidenschaften, abgesehen von ihrem Wunsch nach Zurückgezogenheit und ihrem Rosenkranz.«

Sie schlang ihre Arme um ihn und genoß das Gefühl seiner Nähe. Es fühlte sich so richtig an, wie sein hartes Glied dort lag, wo ihre Schenkel zusammentrafen. Sie drängte sich noch näher an ihn, in Erwartung dessen, was kommen würde, fast unfähig zu atmen.

»Kann ... kann eine Frau nicht viele Leidenschaften haben?«

Überrascht von ihrer Frage, hob John seinen Oberkörper und sah ihr ins Gesicht. »Natürlich. Eine wirkliche Frau schon, Maria.« Er ließ seinen Körper wieder nach unten sinken und seine Zunge huschte neckend erst über ihre eine Brust und dann über die andere.

»Dann magst du sie also nicht?«

John glitt von Maria hinunter und legte seinen Kopf auf ihre Brust. Er konnte ihr Herz schlagen hören. »Aber nein, Maria! Ich habe mich fest entschlossen, sie zu mögen!« Seine Hand folgte der Linie ihrer Brust bis über den Bogen ihrer Rippen hinunter und weiter zu dem sanften Hügel ihrer Scham und zu dem weichen Spalt, der feucht war vor Lust.

Als er sie dort streichelte, gruben sich ihre Finger in seinen Rücken. »Mit solchen Interessen, Maria, unterscheidet sie sich vollkommen von den Leuten, die gerade in Schottland an der Macht sind. Ja, sie wird uns eine gute Königin sein. Und ... sie hat uns vierzehn gemeinsame Tage geschenkt!«

Maria schloß ihre Augen. Freude stieg in ihr auf. Johns Lippen hatten eine ihrer Brustspitzen umschlossen. Sie konnte spüren, wie seine Zunge um sie spielte, als er daran saugte. Tief innen wurde sie von einem Beben erschüttert. Eine Welle von Farben ergoß sich in ihrem Inneren, und mit einem spitzen Schrei schob sie ihm ihre Hüften entgegen.

»Nimm mich, John«, flüsterte sie mit rauher Stimme. »Bitte, nimm mich!«

Er stützte sich auf seine Hände und blickte in ihre leuchtenden Augen. »Ich liebe dich, Maria.«

Ihr Herz schlug schneller bei seinen Worten. Seine Augen waren dunkel vor Leidenschaft, verrieten ihr aber auch, daß er es mit seiner Erklärung vollkommen ernst meinte. Sie hielt die Tränen des Glücks zurück, die ihr in den Augen standen.

»Bevor ich zu dir komme, möchte ich, daß du meine Gefühle für dich kennst.«

»Ja, John Macpherson. Ich liebe dich auch.« Ihre Stimme erzitterte. »Und ich möchte, daß du meine Gefühle kennst, was auch immer das Morgen bringen wird.«

»Nur Glück, meine Geliebte. Nur Glück«, sagte er und legte sich wieder auf sie.

Maria spürte, wie er seine pochende Männlichkeit gegen ihre feuchte Öffnung preßte, und hob ihre Hüften, um ihn in sich aufzunehmen. Mit einer einzigen Bewegung versank er in ihr.

Wie lange hatte er schon auf diesen Augenblick gewartet, auf das Gefühl, wie sie ihn umschloß. Nur sein Versprechen hatte ihn auf der *Great Michael* davon abgehalten, und jetzt gab es nichts als dieses Gefühl, und außerhalb des Raumes versank die Welt. Er war noch nie ein Mann gewesen, der lange auf etwas gewartet hatte. Im Gegenteil, John Macpherson hatte sich stets genommen, was er wollte. Aber dieser quälende, süße, ihn verrückt machende Aufschub, der Folge seines Versprechens war, hatte seine Erregung nur noch gesteigert. Er stützte sich auf seine Hände und sah auf ihren vollkommenen Körper unter ihm, in ihre Augen, die von Lust erfüllt waren. John kämpfte gegen sein Bedürfnis an, sich aus ihr zurückzuziehen und wieder in sie einzudringen, wieder und wieder ... Sie mit der Essenz seiner Männlichkeit zu füllen.

Statt dessen glitt er in folternder, aber willentlicher Behutsamkeit fast ganz aus ihr heraus. John wollte – nein, er mußte – sich zügeln, ihnen beiden die Gelegenheit geben, das erstemal zu genießen, aber er spürte, wie die Flammen der Lust unaufhaltsam an seiner Selbstbeherrschung leckten. Ganz langsam spannte er sich an, glitt forschend ein Stück tiefer und drang schließlich mit kurzen, wiederholten Stößen ganz in sie ein. Sie keuchte auf, und ihr leises, heiseres Stöhnen wurde zu einem Flehen. Er leckte an ihrem Ohrläppchen, zitternd vor Anstrengung, sich noch zurückzuhalten. Ihre ihn umschließende Enge ließ sich kaum mehr aushalten.

Mit jedem Stoß drang er tief in sie ein. Maria schlang ein Bein um ihn und nahm ihn so tief, wie er es zuließ, in sich auf. Ihre Nägel gruben sich in seinen muskulösen Po. Ihr Körper bog sich seinem entgegen, und ihre Hüften bewegten sich im Rhythmus zu seinen Stößen. Weiß glühende Wellen stiegen in Maria auf und blitzten und explodierten in ihr, als er immer tiefer in sie eindrang, als versuchte er, bis zu ihrem Innersten vorzustoßen. Gemeinsam klommen sie höher und höher, bewegten sich auf den Gipfel einer himmlischen Ekstase zu. Dann plötzlich bäumten sich beide auf und ließen sich in das Reich kristallener Wonnen emportragen.

In der Explosion von Hitze und Farben hatte Maria jedes Bewußtsein über den Raum um sie herum verloren – nur er war noch da. Sie fühlte sich wie noch nie in ihrem Leben, als schwebten sie und ihre Liebe in einer glitzernden Welt aus warmer, feuchter Luft und goldenem Licht.

Später schmiegte sie sich an ihn, und er begann zu reden. Obwohl sie inzwischen einiges von ihm wußte, erzählte er wieder von seiner Familie, von Schloß Benmore und den Highlands. Er erzählte ihr, wohin sie gehen würden, wenn sie in Schottland angekommen wären, was sie unternehmen würden, sobald er seinen Auftrag ausgeführt hatte. Er sprach davon, sie zurück nach Dänemark zu bringen, damit sie Vereinbarungen mit ihrer Familie treffen konnten.

Als John sie nach ihren Verwandten fragte, blieb Maria, soweit es möglich war, bei der Wahrheit. Sie erzählte ihm, daß von ihren Eltern nur mehr die Mutter lebte. Aber als er fragte, wem er seine Aufwartung machen, wen er um ihre Hand bitten sollte, konnte Maria ihre bloßliegenden Gefühle nicht mehr länger zurückhalten.

John hielt sie fest umarmt, überzeugt, sie weinte vor Glück.

Maria gebot ihren Tränen keinen Einhalt, da sie wußte, es waren die Vorboten all der Tränen, die sie noch um sie beide vergießen würde. Um eine Zukunft, die sie nicht miteinander teilen würden.

Und dann hob er sie hoch und trug sie in ihr Schlafgemach.

Kapitel 18

Janet war sich nicht darüber im klaren, was genau sie dazu veranlaßte, Caroline zu folgen. Sie glitt von Schatten zu Schatten, schlüpfte durch die geschmückten Hallen des Schlosses – bemüht, ungesehen an den Dienern und Beamten vorbeizukommen. Als eine Ansammlung von Wachen ihren Weg kreuzte, lächelte die junge Frau ganz unschuldig und ging weiter. Doch als sie die dahineilende Silhouette ihrer Stiefmutter eingeholt hatte, mußte Janet feststellen, daß diese lediglich in ihr Schlafgemach zurückkehrte. Warum nur hatte Caroline sich beim Frühstücksmahl in der Halle so seltsam benommen?

Der Wandel in dem Verhalten ihrer Stiefmutter war ganz plötzlich erfolgt. Als Caroline in ihrem Gemach verschwand, überlegte die junge Frau, was sich im einzelnen zugetragen hatte. Caroline hatte sich über die Großartigkeit des Douglas-Clans ausgelassen und ihre Rede mit Lobeshymnen auf die Herrlichkeit und Freigiebigkeit des Kaisers bestückt, als mit einemmal etwas auf der gegenüberliegenden Wand der Halle ihre Aufmerksamkeit in den Bann gezogen hatte. Caroline war verstummt, und Janet hatte trotz ihrer Kurzsichtigkeit erkennen können, daß ihre Stiefmutter wie gebannt auf ein Wappen starrte, das oberhalb von einem gekreuzten Paar leuchtend bunter Banner befestigt war. Janet hatte sich in der Halle umgesehen. Es hingen vielleicht fünfzig solcher Wappen als Schmuck in der Halle, daher hatte sie dieses eine noch einmal ganz genau betrachtet und sich bemüht, es zu erkennen. Es war kein schottisches Wappen gewesen, dessen war sie sich sicher.

Als Caroline über ein ›plötzliches Unwohlsein‹ geklagt und die Halle verlassen hatte, hatte sich Sir Thomas – zu Janets Erstaunen – nicht darum gekümmert und auch kein Mitleid gegenüber der Unpäßlichkeit seiner Frau gezeigt. Sie selbst hatte irgendeine Entschuldigung gemurmelt und war ihrer Stiefmutter gefolgt.

Jetzt linste Janet zu der Tür hinüber, die sich langsam schloß. Ihr Gemach und das ihrer Stiefmutter und ihres Vater waren durch eine Tür miteinander verbunden. Nachdem Caroline in ihrem Gemach verschwunden war, schlüpfte Janet in ihr eigenes Zimmer und zog leise die Tür hinter sich zu. Irgend etwas stimmte hier nicht, dessen war sich Janet ganz sicher. Carolines plötzliches Verschwinden hatte nichts mit einem Unwohlsein zu tun, und Janet war entschlossen herauszufinden, was ihre Stiefmutter im Schilde führte. Sie eilte zu der schweren Verbindungstür, schob deren Riegel vorsichtig hoch und öffnete die Tür einen Spaltweit. Während sie in das Gemach blickte, suchte sie fieberhaft nach irgendeiner Ausrede, falls sie beim Spionieren erwischt werden würde.

Am anderen Ende des Gemachs beugte sich Caroline über eine ihrer Truhen. Die große blonde Frau suchte offensichtlich nach etwas und strich ihr Haar wütend nach hinten, als es ihr ins Gesicht fiel. Plötzlich hielt sie inne, und Janet wußte, daß sie das Gesuchte gefunden hatte.

»Ah, da bist du ja«, Carolines Worte waren leise, aber deutlich zu vernehmen.

Sie richtete sich wieder auf und verdeckte somit für Janet den Gegenstand, den sie in der Hand hielt. Alles, was Janet aus dieser Entfernung hatte ausmachen können, war etwas gewesen, das in Carolines Hand baumelte. Janet kniff die Augen zusammen und versuchte den Gegenstand zu erkennen. Eine dünne Kette, entschied sie, an der etwas hing. Sie beobachtete, wie Caroline dieses Etwas über einen ihrer Finger streifte, und da wußte Janet, was es war – ein Ring. Ein Ring, der an einer Kette hing.

Caroline betrachtete den Ring eine Weile und sah dann nachdenklich auf. Janet beobachtete, wie sich ein kaltes Lächeln in Carolines Gesicht ausbreitete. Diesen Gesichtsausdruck hatte Janet Maule schon einmal bei ihr gesehen; aus ihm sprach die reine Boshaftigkeit. Langsam ließ die blonde Frau den Ring mitsamt der Kette in ihre Hand gleiten und schloß diese zu einer Faust. Dann schritt sie mit einer hastigen Bewegung, die ihrer heimlichen Beobachterin beinahe einen Schrei entlockt hätte, zu der großen Tür des Gemachs. Janet erholte sich noch von dem Schreck, als sie hörte, wie ihre Stiefmutter, die direkt hinter der Türschwelle stehengeblieben war, ungeduldig nach einem Diener rief, der sofort angehastet kam. Obwohl Janet angestrengt lauschte, konnte sie die geflüsterten Worte ihrer Stiefmutter nicht verstehen.

Als der Diener sich entfernte und Caroline zurück in ihr Gemach ging, zog sich Janet weiter zurück und verbarg sich hinter der Tür. Sie hörte, wie sich die Tür schloß und das gemeine Lachen von Caroline in dem leeren Raum widerhallte.

»Meine liebe Königin Maria.« Ein Schauder lief Janet über den Rücken. »Du gehörst mir!«

»Es geht einfach nicht, John.« Maria versuchte sich ihm zu entziehen und aus dem Bett zu steigen. »Bitte, frag nicht weiter. Ich kann nicht.«

So einfach wollte er sie nicht davonkommen lassen. Seine starken Hände legten sich um ihre Taille und zogen sie an seine Seite.

»Du bist unvernünftig, Maria. Ich bin mir ganz sicher, der Kaiser wäre über die Gelegenheit, ein neues Gesicht kennenzulernen, hoch erfreut. Vor allem, wenn es ein Gesicht ist, daß so schön ist wie deines.«

»Nimm jemand anderen mit«, gab sie heftig zurück. »Ich werde nicht gehen.« Sie konnte ihm wohl schlecht sagen, daß es als ernsthafter Verstoß gegen die Etikette angesehen werden würde, brächte er die vermißte Königin in das Schloß ihres Bruders zum Abendessen mit. Maria war sich sicher, daß Karl sehr ungehalten darauf reagieren würde ...

Sie versuchte wieder, sich ihm zu entwinden, aber er hielt sie fest.

»Ich will niemand anderen mitnehmen.« Er schob ihr Haar zur Seite und bedeckte Wirbel um Wirbel mit Küssen. Bald war er an ihrem Nacken angelangt, wohl wissend, daß sie früher oder später ihren Griff um seinen Arm lockern würde. Er spielte mit Lippen und Zunge auf ihrer samtenen Haut hinter ihrem Ohr und setzte seine Folter fort, bis sie schließlich mit einem Seufzer seinen Arm freigab und ihren Kopf beugte, damit er einen besseren Zugang zu ihrem Nakken hatte. Als er mit seinen Lippen ihr Ohrläppchen berührte, konnte sie seinen Atem hören, und John spürte, wie ihr Körper in seinen Armen nachgab.

»Ich will keine andere Frau an meiner Seite als dich, und das gilt für jetzt und immerdar.« Seine Hände glitten über ihre Taille und streichelten ihre Brüste. Er spürte, wie ihre Brustwarzen sich unter der Berührung seiner Finger aufrichteten. »Ich liebe dich und wäre sehr stolz, wenn du mich begleiten würdest, Maria. Ich will nur dich an meiner Seite. Niemand anderes würde genügen, meine Geliebte.«

Seine zärtlichen Worte trafen sie mitten ins Herz, aber ihr Verstand wußte, daß das, was er forderte, unmöglich zu erfüllen war. Vergeblich suchte sie nach einer Erklärung, gegen die er nichts einwenden konnte. Was fiel anderen Frauen ein, wenn sie vor einem solchen Problem standen? Sie versuchte es sich vorzustellen und mußte über sich selbst den Kopf schütteln. Du bist eine Närrin, Maria, dachte sie. Welche andere Königin würde sich in eine solch mißliche Lage bringen? Keine, antwortete sie sich im stillen. Nur Maria, Königin von Ungarn.

»Ich habe nicht die leiseste Ahnung, wie ich mich verhalten soll.«

»Ich werde es dir zeigen.« Er streichelte über ihre Brüste und fuhr mit dem Daumen in kleinen Kreisen um ihre Brustwarzen. »Ich bin ein guter Lehrer, meine Liebe, und du hast dich bislang als eine recht gelehrige Schülerin erwiesen.«

Sie bemühte sich, die Andeutung in seinen Worten zu ignorieren, aber es fiel ihr immer schwerer, sich zurückzuhalten. »Ach nein, John, ich würde dich schrecklich in Verlegenheit bringen.«

»Im Gegenteil, du wirst eine Unterstützung für mich sein.« Sein muskulöses Bein legte sich um die ihren.

Sie liebte es, in seiner Umarmung zu liegen. Sie konnte seinen steifes Glied spüren, wie es sich gegen ihren Po preßte. Es war ihr unmöglich, auch nur halbwegs klar zu denken. »Ich habe nichts anzuziehen.«

»So etwas höre ich gern«, flüsterte John, während sein Mund weiterhin über ihren Hals strich. »Aber wenn du darauf bestehst, doch etwas anzuziehen, werde ich dich in Gold kleiden.«

Sie biß sich auf die Lippe, bemüht, sich etwas auszudenken, was er akzeptieren würde. In Gold kleiden ... Ihr Körper verriet sie. Es war letzte Nacht passiert, und jetzt passierte es wieder. Jedesmal, wenn er sie berührte, verwandelte sich ihr Körper in reine Empfindung, und jegliche Vernunft löste sich in nichts auf. John Macpherson hatte etwas an sich, was sie einfach nicht ignorieren konnte.

»Maria, bitte komm mit mir«, bat er und knabberte an ihrem Ohrläppchen. »Keine Ausreden mehr. Komm einfach mit.«

Sie drehte sich in seinen Armen und sah ihm ins Gesicht. Als seine Finger über ihren Bauch und dann in den feuchten Spalt ihrer Weiblichkeit glitten, rang sie nach Luft. Sie hatte etwas sagen wollen, aber was auch immer es gewesen sein mochte, sie hatte es vergessen.

»Ich habe Pieter schon die Anordnung erteilt, zu Mittag eine Schneiderin kommen zu lassen.« John drehte sie auf den Rücken und legte sich auf sie. Er hielt inne und sah in ihre schönen, aber besorgt dreinblickenden Augen. »Du brauchst eine neue Garderobe, neue Kleider. Wenn dich also diese Frage davon abhalten sollte ...«

»Nicht, John.« Maria legte einen Finger auf seine Lippen und zog sein Gesicht näher an ihres heran. Sie knabberte an seinen Lippen, wölbte ihren Rücken und preßte ihre Brüste gegen seinen muskulösen Oberkörper. Er versuchte sie zu überwältigen, ihre Verteidigungsmauern wegzuküssen, so daß sie nachgeben und ihn ins Schloß begleiten würde. Aber dieses Spiel können auch zwei spielen, dachte sie belustigt. Sie umschlang seinen Hals und hielt ihn fest, drängte ihre Zunge gegen seine, den Kuß vertiefend.

John stöhnte auf, als sie in seinen Mund drang. Der Tanz ihrer Zungen, die Art, wie sie auf ihn reagierte, erregte ihn zutiefst. Er ließ nur so lange von ihr ab, um die Worte zu flüstern: »Wir haben auf jeden Fall bis Mittag Zeit.« Dann rollte er auf eine Seite, und sie mit ihm. Seine Hände streichelten ihre Brüste, ihre Seiten, ihre Hüften. Hart preßte sich sein Glied gegen ihren Schenkel. »Und wenn die verdammte Schneiderin wieder gegangen ist, hole ich dich hierher zurück, und wir vergnügen uns noch ein bißchen.« Johns Hand bewegte sich zwischen ihre Beine und streichelte sie. »Und wenn wir vom Abendessen im Schloß zurückkommen, werden wir uns die ganze Nacht über vergnügen.«

»Ich habe einen besseren Plan«, stöhnte sie. Auch ihre Hand bahnte sich den Weg zu seinem Körper. »Wir vergnügen uns den ganzen Tag lang und bitten Pieter, uns das Mittagessen hierher zu bringen.« Ihre Finger umschlossen seinen festen Schaft. Sie mußte darüber lächeln, wie heftig sein Körper auf diese Berührung reagierte. »Wir essen hier zu Abend, im Bett. So wie wir sind. Wir lieben uns, während wir essen. Vielleicht könnte ich dich als Unterlage für meine Speisen verwenden.« Sie biß ihm in die Schulter, und sein Kopf sank auf das Kissen.

John hielt es nicht länger aus. Ihre Finger glitten die ganze Länge seines pochenden Schaftes hinauf, berührten die feuchte Öffnung. Er hielt sie an den Hüften fest und stieß ihre Hand beiseite, als er sie wieder auf den Rücken drehte. In einer einzigen Bewegung drang er tief in sie ein.

Sie stöhnte auf, während sie sich ihm öffnete, um ihn in sich aufzunehmen. »Dann … dann machen wir weiter … die ganze Nacht lang.« Sie keuchte, als er seinen Penis aus ihr gleiten ließ und ihn dann wieder in sie hineinstieß. »Vielleicht werden wir gemeinsam … o Gott … baden.«

John umfaßte ihre Hüften und hob sie an, um immer tiefer und kraftvoller in sie hineinstoßen zu können. Ihr Körper bewegte sich im gleichen Rhythmus wie der seine, und die Vorstellung, wie sie beide im Badewasser lagen, erregte sie nur noch mehr.

»Dein Körper … feucht und schimmernd … du gleitest an mir entlang«, flüsterte er heiser. »Wir werden nie … nie … nie wieder an die Oberfläche kommen.«

Als sie ihren Liebestanz immer schneller tanzten, atmete

Maria nur noch stoßweise; jeden Augenblick würde sie explodieren. »Du mußt jetzt aber ...«, keuchte sie, ihr Sprechen vom Stöhnen unterbrochen. »Du mußt ... zur Abendeinladung ... im Schloß ...«

»Wir ... werden ...« Seine Worte drangen kaum durch seine zusammengebissenen Zähne.

»Nein.« Ihre Finger krallten sich in seinen Rücken. »Ich werde ... mich ausruhen ...« Sie hatte ihre Beine um seine Taille geschlungen, während ihre Körper sich schaukelten. »Auf dich ... warten. O John ... John!«

»Ja!« stöhnte er auf, als sie beide zum Höhepunkt gelangten und in den Himmel gehoben wurden. »O Gott, Maria!«

Maria war die erste, die wieder sprechen konnte. Während die Erregung in ihr nachhallte, war John erschöpft auf sie gesunken »Wir haben ... eine lange Nacht vor uns. Ich werde hier auf dich warten.«

»Es tut mir leid, Lady Caroline, aber eine Privataudienz beim Kaiser ist gerade jetzt unmöglich. Und da Ihr Euer Anliegen nicht mir anvertrauen wollt ...«

Janet lehnte sich in ihrem Schlafgemach eng mit dem Rücken zur Wand. Sie konnte alles verstehen, was im Zimmer nebenan gesprochen wurde, und es bestand keine Notwendigkeit, sich zu vergewissern, wer dort sprach. Sie hatte die helle Stimme sofort erkannt – sie gehörte dem Grafen Diego de Guevara, einem der Vertrauten des Kaisers, ein Mann, der sie am Abend zuvor sehr höflich empfangen hatte, bevor Karl erschienen war.

Was auch immer der Inhalt der Botschaft gewesen war, mit der Caroline einen Diener weggeschickt hatte, sie mußte wichtig gewesen sein, da der Minister schon bald darauf erschienen war.

»Ich habe Informationen, die dem Kaiser zu Gehör kommen sollten, Graf Diego. Aber sie sind allein für seine Ohren bestimmt.« Janet hörte die Schärfe in der Stimme ihrer Stiefmutter. »Ich kann Euch versichern, daß der Kaiser Euch sehr dankbar sein wird, wenn Ihr mich zu ihm bringt.«

»Ich glaube Euch, werte Dame. Aber die Antwort bleibt

dieselbe. Er hat leider keine Zeit für eine Privataudienz.« Der Mann räusperte sich. »Da andererseits Eure Botschaft den Kaiser erreichen sollte, würde ich Euch empfehlen, mit Sir John Macpherson zu sprechen. Ich weiß, der Kaiser beabsichtigt, mit ihm so bald wie möglich …«

»Wie bitte?« fiel Caroline dem Minister ins Wort und starrte ihn an. Graf Diego, überrascht von der Heftigkeit ihres Ausbruchs, hielt inne und blickte genauso starr zurück.

Das Schweigen zwischen den beiden zog sich so lange hin, daß Janet Angst bekam, daß sie entdeckt worden war. Gerade als die junge Frau überlegte, ob sie auf den Korridor stürzen sollte, vernahm sie erneut Carolines Worte.

»Ihr behandelt mich so abfällig, nur weil ich eine Frau bin.«

»Kaum, Señora. Ich …«

»Wie könnt Ihr es dann wagen!« rief sie. »Wißt Ihr denn nicht, mit wem Ihr es hier zu tun habt?«

»Aber, natürlich. Ihr seid Lady Caroline Maule, ein Mitglied …«

Ihre Stimme war kalt und scharf vor Zorn. »Ich bin Caroline Douglas, Cousine von Archibald Douglas, dem Earl of Angus. Wir sind es, die in Schottland herrschen, und es ist allein unserem guten Willen zuzuschreiben, daß diese Ehe überhaupt möglich ist. Wir, der Douglas-Clan, können dieser Verbindung zum Erfolg verhelfen … oder sie scheitern lassen. Versteht Ihr mich? Kann ich jetzt wohl den Herrscher sehen?«

Als Graf Diego antwortete, hatte seine Stimme jede Spur von Freundlichkeit verloren. »Natürlich verstehe ich Euch, Señora. Und ich weiß, wer Ihr seid. Nur aus diesem Grund bin ich überhaupt hierhergekommen. Aber da Ihr es ablehnt, auf meine Worte zu hören, werde ich wieder gehen. Ich schlage Euch nochmals vor, mit Sir John zu sprechen.«

»Und was, wenn ich Euch mitteile, daß diese Eheschließung davon abhängig ist, ob der Kaiser über die Information, die ich ihm zu übermitteln habe, verfügt oder nicht? Was, wenn ich Euch mitteile, daß meine Information Euren guten Sir John schwer in Mißkredit ziehen wird?«

Janet hielt es in ihrem Versteck kaum mehr aus. Der Minister schien Carolines Worte sorgfältig zu überdenken.

»Es liegt nicht in unserem Interesse, uns in die schottische Politik einzumischen, Mylady. Aber wenn das, was Ihr zu sagen habt, die Sicherheit der königlichen Familie betrifft...«

»Ich werde kein Wort mehr sagen ... zumindest Euch gegenüber!«

Die nun eintretende Stille war kurz, aber vielsagend. Janet hörte, wie der Graf zur Tür ging.

»Gut, Lady Caroline. Ich denke, ich bin schon viel länger geblieben, als ich sollte. Wenn Ihr mich entschuldigt – auf mich warten andere Angelegenheiten, die meine uneingeschränkte Aufmerksamkeit erfordern.«

»Wartet!« befahl Caroline. »Habt Ihr nicht gehört, was ich gesagt habe? Seid Ihr ein solcher Dummkopf, daß ...«

»Ich habe Euch sehr wohl angehört!« gab Graf Diego scharf zurück. »Aber Ihr solltet Euch in Eurer eigenen Dummheit hören! Wie könnt Ihr es wagen, davon auszugehen, daß der Kaiser wie ein Stalljunge darauf wartet, gerufen zu werden? Ich bin ein Dummkopf? Laßt mich Euch mitteilen, wer ich tatsächlich bin! Ich bin Don Diego, Graf von Guevara und Oliveres, Minister für Finanzen und Vertrauter von Karl V., Herrscher über das Heilige Römische Reich, Herr über Europa und die Neue Welt und durch den Papst zum Hüter des Christentums ernannt. Ich bin in gutem Glauben hierhergekommen, und Ihr dankt mir das, indem Ihr einen solchen Unsinn redet.«

»Unsinn?« Carolines ärgerliche Stimme drohte zu versagen.

»Unsinn!« antwortete er bestimmt. »Die gesamte schottische Delegation von Adelsleuten ist voll des Lobes für Euren Kommandanten. Einen Mann, der bekannt ist für seine Treue und Integrität. Und hier steht Ihr, macht Euch wichtig und schuldigt ihn an – John Macpherson, Lord of the Scottish Navy, er ist Euer Landsmann, um Himmels willen. Ihr schuldigt ihn irgendeines unbestimmten Verrats an und habt nicht die Spur eines Beweises. Und im gleichen Atemzug verlangt Ihr nach einer Privataudienz.« Die Stimme des Mannes wurde lauter, da er langsam seine Geduld verlor. »Ihr könnt von Glück sagen, Lady Caroline, daß Ihr nicht an diesem Hof lebt. Nun, ich mache mich auf den Weg.«

Janet hörte, wie die Tür in dem anderen Gemach geöffnet wurde.

»Ich weiß, wo Eure Königin sich aufhält!« Caroline sprach leise, aber deutlich, und was sie soeben gesagt hatte, ließ Graf Diego erstarren.

»Unsere Königin?« fragte er ruhig. »Königin Isabella ist in ...«

»Nein, nicht Königin Isabella«, fuhr sie mit kühler Stimme fort. »Maria, Königin von Ungarn. Wenngleich sie sich, wie Ihr sicher wißt, einfach nur Maria nennt. Und jetzt verschwindet und sagt dem Kaiser, daß ich eine Privataudienz wünsche.«

»Auf Wiedersehen, Mylady.«

»Halt!« rief sie. »Seid Ihr denn taub? Ich weiß, wo sie sich verbirgt.«

»Nein, ich bin nicht taub«, gab Graf Diego zurück. »Doch Ihr verschwendet bloß Eure Zeit. Da die Schwester des Kaisers nicht vermißt wird, muß uns auch niemand sagen, wo sie sich befindet.«

»Und was ist dann das hier?«

Janet spähte durch den schmalen Spalt in der Tür und sah mit Schrecken, wie Caroline ihre Hand ausstreckte, von der die Kette mit dem Ring baumelte.

»Maria von Ungarn wird also nicht vermißt, sagt Ihr?« Häme und Selbstzufriedenheit schwangen in ihrer Stimme mit. »Dann sagt mir doch bitte, wie ich zu diesem Ding komme.«

Graf Diego nahm den Ring und betrachtete kurz das Siegel. Ohne zu zögern wandte sich der Minister um und schloß die Tür des Gemachs.

»Noch einmal von vorn, bitte«, triumphierte Caroline. »Wann kann ich den Kaiser sehen?«

Kapitel 19

Der Mann war stur wie ein Esel.

Maria hatte angenommen, die Sache wäre erledigt. Aber jetzt, da eine weißhaarige Schneiderin und ihre zwei Gehilfinnen um sie herumscharwenzelten, wußte sie, daß sie sich geirrt hatte. Diese Frauen folgten ganz klaren Anweisungen, und sie konnte sagen, was sie wollte – sie schienen nicht auf sie zu hören. Ihnen war angeordnet worden, zunächst ein Abendkleid zu nähen, unzweifelhaft für die Feierlichkeit am heutigen Abend, dachte sie, und die drei waren allem Anschein nach entschlossen, das Beste aus der wenigen ihnen zur Verfügung stehenden Zeit zu machen. John mußte Pieter angewiesen haben, den Frauen eine Belohnung in Aussicht zu stellen, wenn sie das Kleid rechtzeitig fertigstellten.

Maria hatte anfangs darauf bestanden, daß sie mit einem Reisekleid begännen, aber sie hatten nur gelächelt und miteinander geschwatzt. Maria sprach Niederländisch recht gut, aber seltsamerweise schienen diese drei Frauen ihr Niederländisch nicht zu verstehen. Wie sie so in ihrem Hemd auf einem Hocker mitten in ihrem Schlafgemach stand und von den drei emsigen Schneiderinnen abwechselnd gepikst, gemessen und ignoriert wurde, wünschte sich Maria, daß John bei ihr wäre. Allerdings hatte sie nicht vor, ihm zärtliche Worte zur Begrüßung zu schenken.

Kurz vor zwölf Uhr war er auf die *Great Michael* gerufen worden. Nur eine Probefahrt mit dem Kriegsschiff, auf dem die Königin reisen sollte, hatte der Bote gesagt. Aber der junge Mann hatte auch erwähnt, daß Graf Diego de Guevara persönlich die Hofbeamten begleiten würde.

Maria runzelte die Stirn, als eine der Frauen goldenen Stoff um ihre Schulter drapierte. John hatte nicht gelogen, als er gesagt hatte, er wolle sie in Gold kleiden. Was für ein Dickkopf! Doch als ihre Finger über die feinen Goldfäden des Brokatstoffs strichen, war sie plötzlich tief berührt, und in ihrem Herzen besiegte die Freude jeden Widerstand. Die Geschenke, die ihr in der Vergangenheit gemacht worden waren, hatten ihr nie viel bedeutet. Schließlich hatte sie immer alles gehabt, was sie sich wünschte, und noch viel mehr. Aber Johns Großzügigkeit und sein Bedürfnis, für sie zu sorgen, bedeuteten ihr sehr viel. Dieses Kleid war kein Geschenk für eine Königin. Dieses goldene Kleid sollte seine Geliebte einkleiden.

Ein leises Klopfen an der Tür und das Eintreten eines Dienstmädchens lenkten Marias Aufmerksamkeit wieder in die Gegenwart.

»Mylady, es ist Besuch für Euch da«, flüsterte das Mädchen.

Maria hielt inne und ließ den Stoff von ihrer Schulter gleiten. Vielleicht ein Bote von Isabel, dachte sie. »Bringt er eine Botschaft? Vielleicht einen Brief, den du mir übergeben sollst?«

»Es ist kein ›Er‹, Mylady«, antwortete das Dienstmädchen leise. »Es ist eine Lady. Eine schottische Lady. Und sie will keine Nachricht hinterlassen. Pieter hat ihr gesagt, daß Ihr im Augenblick sehr beschäftigt seid, aber sie bestand darauf, in der Eingangshalle auf Euch zu warten. Sie hat darum gebeten, Euch zu sagen, daß es äußerst wichtig sei, mit Euch persönlich zu reden. Sofort.«

Maria übergab der Schneiderin rasch den goldenen Stoff und langte nach ihrem Kleid. »Hat sie dir ihren Namen genannt?«

»Ja, Mylady«, antwortete das Mädchen. »Mistreß Janet Maule.«

Durch Maria ging ein Strom der Erleichterung. Den Gedanken, am Ende Lady Caroline – aus welchem Grund auch immer – gegenübertreten zu müssen, empfand sie als nicht besonders angenehm. Aber Isabel hatte ihr kurz von dem Problem erzählt, mit dem Janet Maule und David Maxwell zu kämpfen hatten. Sicherlich hatte dieser Besuch etwas damit zu tun. Sie griff an ihren Ausschnitt, um die Bänder zuzuschnüren, aber eine der Schneiderinnen eilte herbei und half ihr beim Ankleiden.

»Danke«, sagte sie, bevor sie sich wieder dem Dienstmädchen zuwandte. »Würdest du die junge Dame hereinbegleiten?«

»Aber Mylady«, warf eine der Näherinnen ein, »wenn Euer Kleid bis heute abend fertig sein soll, muß noch sehr viel getan werden.«

Maria wandte sich an das Dienstmädchen. »Führe bitte Mistreß Janet herein.«

Mit einem kurzen Blick auf die weißhaarige Schneiderin verschwand das Mädchen im Korridor. Als sie fort war, wandte Maria ihre Aufmerksamkeit wieder den drei anderen Frauen zu und sprach zu ihnen. »Wie ich bereits zu erklären versucht habe, brauche ich kein solches Kleid für heute abend.«

»Aber Sir John hat uns ganz genaue Anweisungen gegeben, Mylady. Der Verwalter hat ausdrücklich ...«

»Und ich gebe euch noch genauere Anweisungen«, Maria strich mit einer Hand ihre Röcke glatt. »Ihr seid fürs erste fertig, und ich danke euch für eure Bemühungen.«

»Gut, Mylady.« Die Augen der Frau schienen noch immer Maß an ihr zu nehmen, als sie ihren Helferinnen einen Wink gab, die Stoffe und das Nähzeug zusammenzupacken. »Ich glaube, wir haben alles, was wir brauchen.«

»Bitte versteht ... Ich kann eure Lage durchaus nachvollziehen, aber soweit es das Kleid betrifft ...«

Die Frau lächelte und legte freundlich ihre Hand auf Marias Arm. »Das macht nichts, Mylady. Heute abend werdet Ihr bestimmt ein schönes Kleid mehr haben.«

Maria schwieg, überlegte, was sie sagen könnte, damit diese drei Frauen sie endlich verstehen würden. In diesem Moment ging die Tür zu ihrem Schlafgemach auf, und Janet Maule folgte dem Dienstmädchen in das Zimmer.

Maria breitete ihre Arme aus und lächelte ihre Freundin an. »Ich freue mich so über deinen Besuch, Janet. Vielleicht kannst du mir helfen, diesen Damen meine Wünsche darzu...« Die junge Königin verstummte mitten im Wort. Der Hofknicks, den Janet vor ihr machte, schnürte ihr die Kehle zu. Als sich die junge Frau wieder erhoben hatte, blieb sie schweigend an ihrem Platz stehen und hielt ihren Kopf respektvoll gesenkt.

»Laßt uns allein«, befahl Maria, ohne ihre Augen von ihrer Besucherin abzuwenden. »Geht bitte, sofort.«

Der gebieterische Ton in Marias Stimme ließ keinen Widerspruch mehr zu. Einen Augenblick später hatten alle außer Janet und Maria den Raum verlassen. Nachdem die Tür sich hinter den davoneilenden Frauen geschlossen hatte, ging Maria auf Janet zu und nahm ihre zitternden Hände in die ihren. Die junge schottische Edelfrau hob noch immer nicht ihren Blick.

Maria wußte, was geschehen war, noch bevor sie ihre Freundin gefragt hatte. Aber sie mußte sicher sein. »Erzähl mir, was geschehen ist, Janet.«

Janet blickte sie an. »Meine Stiefmutter Caroline. Sie hat Euren Ring.«

»Meinen Ring!« wiederholte Maria. »Ich konnte ihn nicht finden, als wir die *Great Michael* verließen. Ich dachte, ich hätte ihn verloren.«

»Sie weiß, wer Ihr seid.«

Die beiden Frauen standen sich schweigend gegenüber.

Maria suchte in Janets Gesicht nach einem Zeichen, wie die junge Frau nun zu ihr stand. Ob sie wütend war auf sie. Aber Janet war nicht gekommen, um sich ihrer Wut oder Enttäuschung wegen Marias Verhalten Luft zu machen. Sie war hier, um sie zu warnen. Sie war als Freundin gekommen.

»Das hätte ich mir denken können!« Maria drehte sich um und ging zum Fenster. Auf dem Groenplaats unter ihr herrschte ein geschäftiges Treiben der Händler und Städter. Maria dachte an den Ring mit seinem verschlungenen Wappen. Die beiden Wappen ihrer Familie und das ihres Ehemanns tauchten auf einigen Porträts auf und dienten zum Schmuck im ganzen Palast. Wie naiv sie doch gewesen war zu glauben, sie könne sich in dieser Stadt aufhalten und unentdeckt bleiben. Eine Kompanie behelmter Soldaten, deren lange Speere in den Sonne blitzten, marschierte über den Platz. »Wieviel Zeit bleibt mir noch, Janet?«

»Nicht viel, Euer Majestät. Ich ...«

»O bitte, nenn mich nicht so, Janet«, entfuhr es Maria, sie drehte sich um und trat zu der jungen Frau. Sie nahm sie an die Hand. »Meine Freunde nennen mich Maria. Für dich werde ich immer Maria bleiben.« Janet nickte zögernd, und die junge Königin lächelte ihr aufmunternd zu. »Und jetzt erzähl mir alles, was du weißt, damit wir entscheiden können, was zu tun ist.«

Sie führte Janet zu einer gepolsterten Bank und hieß sie sich neben sie zu setzen. »Erzähl mir alles, was du weißt.«

»Ich ... ich habe mich in meinem Gemach verborgen. Das ist die Wahrheit. Ich bin Lady Caroline gefolgt, habe hinter ihr herspioniert, Euer Majestät ... Maria.« Janet lächelte schüchtern, und Maria nickte ihr auffordernd zu. »Ich habe alles mit angehört. Wegen des Ringes weiß sie, daß Ihr die Schwester des Kaisers seid. Und dann ist ein Minister erschienen, nach dem sie geschickt hatte.«

»Welcher war das?«

»Graf Diego de Guevara. Ich habe seine Stimme vom gestrigen Empfang im Palast wiedererkannt. Als er ihr Gemach betreten hat, hat Caroline ihm befohlen, sie sofort zum Kaiser zu bringen. Sie haben sich deswegen gestritten, aber als sie ihm den Ring gezeigt hat, ist er ihrem Wunsch nachgekommen.«

»Ist sie schon beim Kaiser?« Alarmiert sprang Maria hoch und trat voller Unruhe wieder zum Fenster. »Sie könnten bereits unterwegs sein! Ich werde mit ...«

»Nein«, rief Janet aus und trat neben sie. »Sie hat noch keine Gelegenheit gehabt, den Kaiser zu sehen. Im Grunde weiß ich gar nicht, was als nächstes geschehen wird. Er hat das Schloß mitten in der Nacht verlassen!«

»Verlassen?« Überrascht drehte sich Maria zu Janet um. »Warum?«

»Graf Diego hat gesagt, daß Königin Isabella gestern ein Kind zur Welt gebracht hat«, fuhr Janet fort. »Er hat zu Caroline gesagt, daß sie den Kaiser frühestens heute abend nach dem Willkommensfest sehen könnte.«

»Ein Kind!« Maria konnte die Sorge in ihrer Stimme nicht

verbergen. »Isabella sollte frühestens in einem Monat entbinden. Gibt es irgendwelche Neuigkeiten von ihr? Hat sie die Geburt gut überstanden?« Zwischen Maria und ihrem Bruder gab es sicherlich Differenzen, aber seine Frau, Isabella von Portugal, hatte sie immer geschätzt und auch gemocht.

»Nach dem, was ich gehört habe, sind sowohl Mutter als auch Tochter wohlauf.«

Maria schickte ein kurzes Dankesgebet zum Himmel.

»Graf Diego hat erzählt, daß sie das Kind Maria – nach dir – genannt haben, wobei ich nicht glaube, daß sich Caroline darüber oder auch über das Kind gefreut hat.«

Maria konnte ein Lächeln nicht unterdrücken. Dieser Karl ist doch ein Teufel, dachte sie. Damit versuchte er sicherlich, sie weicher zu stimmen. Aber ihr Lächeln erstarb ihr auf den Lippen, als sie an Caroline und Graf Diego dachte.

»Dann weiß Graf Diego also, daß ich hier bin.« Der Minister ihres Bruders war ein sehr entschlossen handelnder Mann. Er würde sie holen, und wenn er in eigener Person hier auftauchen mußte. Unwillkürlich sah sie wieder aus dem Fenster. »Glaubst du, Caroline weiß, wo ich mich aufhalte?«

»Da bin ich mir ganz sicher«, antwortete Janet. »Jeder von der Delegation weiß, daß Sir John im Hart-Haus wohnt.«

»Dann weiß auch der Minister, wo ich zu finden bin!«

»Nein, das glaube ich wiederum nicht«, sagte Janet langsam. »Caroline hat es abgelehnt, ihm zu sagen, wo Ihr Euch aufhaltet. Und sie hat auch nichts von Eurer … von Eurer Beziehung zu Sir John gesagt. Sie ist entschlossen, mit Eurem Bruder persönlich zu verhandeln. Aber sie hat dem Minister versichert, daß Ihr den ihr bekannten Ort nicht verlassen würdet, und ich gehe davon aus, daß der Minister ihr glaubt.«

Danke, Jungfrau Maria, dachte Maria. Graf Diego war ein guter Mann, aber wenn er auch nur für einen Moment annahm, daß sie ihm durch die Finger schlüpfen könnte, würde er Caroline auf dem Rad foltern, ohne auch nur eine Sekunde zu zögern. Nun, was auch immer Caroline Maule geschehen sollte, sie hatte es sich selbst zuzuschreiben.

»Das kann unser Glück sein«, sagte sie, laut ihre Gedanken aussprechend. »So ist vielleicht genug Zeit, um Isabel zu finden und mit dem nächsten Schiff zu verschwinden.«

Maria sah die Sorge in Janets Gesicht. »Was ist sonst noch, Janet? Du hast mir noch nicht alles gesagt, oder?«

Die junge Frau schwieg kurz, rang mit sich, was sie sagen sollte. »Ihr wißt, daß Caroline an Sir John interessiert ist?«

Maria starrte ihre junge Freundin an. »Du meinst, sie will ihn für sich haben.«

Janet blickte Maria fest an. »Ja, und sie wird ihn vernichten, wenn sie ihn nicht haben kann. Dessen bin ich mir sicher.«

»Und du glaubst, sie hat vor, ihn zu entehren.«

»Ja, Maria. Das zumindest. Ihr kennt sie nicht so, wie ich sie kennengelernt habe. Sie ist böse. Nach dem, was ich heute morgen gehört habe, bin ich mir sicher, daß sie ihn des Verrats bezichtigen wird. Sie hat zwar meinen Vater zum Ehemann gewählt, aber ich weiß, daß sie mit ihm niemals glücklich sein wird. Und ich weiß auch, daß er ihretwegen leidet. Und ebenso weiß ich, daß sie weder ruhen noch rasten wird, bis Sir John irgendeines Verbrechens für schuldig befunden wird. Ihr sollt die Frau von König James werden. Ihr sollt die Königin von Schottland werden. Ich weiß nicht, wie die Gesetze hier sind, aber in Schottland ... Sir John hat seinen Eid gebrochen. Als er Euch geholfen hat zu entkommen, als er ... seine Zeit mit Euch verbracht hat. Er hat sein Leben eingebüßt, soviel ist sicher. Deshalb, glaube ich, besteht sie darauf, mit Eurem Bruder von Angesicht zu Angesicht zu sprechen.«

Maria schüttelte ihren Kopf. »Aber das ist nicht möglich. Er ist nicht schuldig. Ich habe ihm nie gesagt, wer ich bin, und noch viel weniger, daß ich einer erzwungenen Eheschließung mit eurem König zu entfliehen versuche. Er weiß noch nicht einmal jetzt, wer ich bin. Soweit es ihn betrifft, bin ich ein Niemand.«

»Aber sie hat Euren Ring«, wandte Janet ein. »Alles, was sie noch braucht, ist ein Beweis dafür, daß Ihr auf der *Great Michael* wart. Und selbst wenn sie den Ring nicht hätte – alle auf dem Schiff haben Euch miteinander gesehen. Die Männer von Sir John werden vielleicht Stillschweigen bewahren, die übrigen aber – die Adligen, die an Bord waren – werden es bei weitem vorziehen, seinen Kopf vor dem Schloß von Edinburgh auf einer Pike aufgespießt zu sehen als ihren eigenen. Und wenn die Delegation mit Euch zurückkehrt, wird der Earl of Angus nach jemandem suchen, dem er die Schuld zuweisen kann. John Macpherson ist kein Angehöriger des Douglas-Clans. Wenn Caroline sie darin noch bestärkt, werden sie ohne nur zu zögern einen Dolch in seinen Rücken bohren.«

Die Gesetze im Heiligen Römischen Reich unterschieden sich kaum von denen Schottlands. Auch wenn Karl niemals einem Mitglied seiner Familie Böses tun würde, so war es eine vollkommen andere Angelegenheit, wenn es einen Fremden wie John Macpherson betraf. Sollte der Ehevertrag gelöst werden, dann würde der Kaiser John Macpherson bestimmt eines schweren Verbrechens bezichtigen. Und er würde ihn hart bestrafen. John würde sich keinen Augenblick länger Sorgen machen müssen, was mit ihm in Schottland geschähe. Maria ging unruhig im Zimmer auf und ab. Die Gedanken wirbelten ihr durch den Kopf – was sollte sie nur tun? Das war alles ihre Schuld. Johns Leben war in Gefahr, und daran trug sie Schuld.

Maria blieb bei dem Fenster stehen und lehnte sich gegen den Rahmen. Sie würde nicht zusehen, wie John durch Caroline zerstört würde. Das würde sie nicht zulassen, nicht, solang sie lebte. Und dann wurde Maria klar, daß sie Antwerpen nicht verlassen konnte. Der Preis für ihre Freiheit wäre einfach zu hoch. Sie würde sie das Leben von John Macpherson kosten.

»Wie bist du hierhergekommen? Woher hast du gewußt, wo ich bin?«

»Ich habe David eine Botschaft geschickt. Er konnte nicht kommen – die Leute vom Schloß werden an Bord der *Great*

Michael erwartet, aber er hat einige Matrosen geschickt, die mich hierherbegleitet haben.«

»Dann ist also Graf Diego in diesem Moment bei Sir John.« Maria dachte einen Augenblick lang nach. »Janet, glaubst du, daß Caroline möglicherweise mitbekommen hat, daß du zu mir gegangen bist, um mir ihre Pläne zu verraten? Oder daß du überhaupt etwas von ihrem gemeinen Plan weißt?«

Janet verschränkte die Arme vor ihrer Brust. »Nein, Maria. Ich glaube nicht. Aber da fällt mir ein ... Heute morgen bin ich noch eine Weile still in meinem Zimmer geblieben, als der Graf bereits gegangen war, und habe mir das Hirn zermartert mit der Frage, wie ich mich mit Euch in Verbindung setzen könnte.« Janet holte tief Luft. »Und da muß Caroline gemerkt haben, daß die Tür zu meinem Gemach einen Spaltweit offenstand.«

»Und sie hat dich entdeckt?«

»Ja. Sie hat die Tür aufgestoßen und ist zu mir hereingestürmt. Dann hat sie wissen wollen, wie lange ich schon dort war.«

»Und?« fragte Maria besorgt.

»Ich habe gesagt, ich sei gerade erst gekommen und wolle nur meinen Mantel holen.«

»Hat sie dir geglaubt?«

Janet schüttelte den Kopf. »Ich habe keine Ahnung, aber aus welchen Grunde wollt Ihr das wissen?«

Maria ging zu der jungen Frau und ergriff ihre Hände. »Wenn ich das tue, was ich vorhabe, Janet, dann wird Lady Caroline noch gemeiner und rachedürstiger sein als je zuvor. Ich möchte nur sichergehen, daß du nicht das Ziel ihrer Rache sein wirst.«

Auf Janets Gesicht zeichnete sich die Sorge ab, als sie auf die vor ihr stehende junge Königin blickte. »Was habt ihr vor?«

Maria unterdrückte jenes Glücksgefühl, das Johns Umarmungen in ihr hervorgerufen hatten, und nahm ihre ganze Kraft zusammen. Sie hatte sich geschworen, daß sie diesen Schritt niemals tun würde. Nicht für ihren Bruder, nicht für das Heilige Römische Reich. Aber für John würde sie es tun. Sie mußte.

»Ich gehe zurück ins Schloß. Zum Kaiser«, sagte sie schlicht. Hinter der ruhigen Maske, die sie sich aufgezwungen hatte, tobte ein Sturm der Gefühle. »Ich werde Königin von Schottland werden.«

Kapitel 20

Die Kajüte der Königin stand bereit.

Während Graf Diego den Raum inspizierte, lehnte John an der Wand und dachte an Maria. Nie zuvor hatte er eine Frau so sehr begehrt. Jeder Augenblick, den er ohne sie verbringen mußte, zerrte an ihm, doch dieser Schmerz in seiner Seele war nur ein Spiegel seiner Sehnsucht, die er in diesem Moment verspürte. Als er auf die schmale Tür blickte, die zu der kleinen Kajüte führte, in der sie geschlafen hatte, mußte er an ihren vollkommenen Körper denken, wie er friedlich unter dem großen Baldachin des Bettes im Hart-Haus lag. Er schüttelte seinen Kopf, um sich von seiner Erinnerung zu befreien. Sie war nicht bloß ein Fantasiegespinst, sie war eine echte Frau, und er hatte nicht vor, Maria von dem Platz zu verweisen, den sie in seinem Herzen einnahm.

Wann wird dieser Mann hier wohl endlich fertig sein? fragte sich John ungeduldig. Körperlich war er während des formellen Besuchs des Grafen Diego und der übrigen Delegation vom Palast auf der *Great Michael* anwesend, aber nicht geistig. Dankenswerterweise war David eingesprungen, hatte die Gäste durch das große Kriegsschiff geführt und auf die Verbesserungen hingewiesen, die vorgenommen worden waren, seit John es als Kommandant der schottischen Flotte übernommen hatte. Sobald der junge Mann gemerkt hatte, daß die Aufmerksamkeit seines Kommandanten in anderen Gefilden war, hatte er sich eilfertig bemüht, den unterschiedlichen Wünschen der Besucher nachzukommen. Daher hatte sich Sir John nicht lange mit ihnen abgeben müssen und nur einige Fragen, die an ihn persönlich gerichtet worden waren, beantwortet.

John spürte, daß sich einiges in ihm gewandelt hatte. Er war sich sehr wohl der vorsichtigen und abschätzenden Blicke bewußt, mit denen Graf Diego ihn maß. Aber das Urteil des Ministers bedeutete ihm wenig. Was vor einem

Monat für ihn noch wichtig gewesen wäre, zählte heute nicht mehr. Er wußte, daß die *Great Michael* ein beeindruckendes Schiff war, aber seltsamerweise war es ihm völlig gleichgültig, ob die Delegation von ihr beeindruckt war oder nicht. Andererseits war er, als er den Kanal am Hart-Haus entlanggegangen war, vollkommen von der Frage eingenommen gewesen, ob Maria wohl Schloß Benmore, der Sitz seines Clans, gefallen könnte. Er wußte, daß seine Familie Maria mögen würde, aber würde auch sie an seinem Heim und seinen Eltern Gefallen finden wie die Frauen seiner Brüder?

John ließ seine Gedanken wieder zu dem Liebesspiel wandern, das sie beinahe die ganze Nacht wachgehalten hatte. Er war fast schon um die ganze Welt gesegelt und hatte in den Armen vieler Frauen gelegen, aber seine Erfahrungen in der Kunst des Liebens verblaßten im Licht ihrer Begegnung. Es hatte früher in der Tat Momente gegeben, wo er aus dem Liebestaumel erwacht war und hatte feststellen müssen, daß er als kraftvoller junger Mann regelrecht mißbraucht worden war. Bei Maria jedoch konnte er sich ruhig wieder wie sechzehn fühlen – wild, unkontrollierbar und voller lebhafter Aufregung wie beim erstenmal –, und er war stolz auf die Ekstase, in die er sie zu treiben vermochte.

Aber es würde noch schöner zwischen ihnen werden, versprach er sich. Nach dem Festakt am Abend, wenn sie vom Schloß zurückgekehrt waren, würde er ihr eine weitere Seite von sich zeigen. Er würde ihr heute nacht ein Fest bereiten, das sie nie vergessen würde. Und wenn sie erst einmal miteinander verheiratet wären, würden sie viele weitere Nächte miteinander teilen, die sie niemals vergessen würden.

Als die Gäste weitergingen und auf eines der Kanonendecks traten, hörte John, wie Graf Diego sich zu den deutschen Kanonen äußerte, die geladen hinter den geschlossenen Kanonenlöchern standen. Wie aus der Ferne hörte er eine Bemerkung über die ›innige Verbindung zwischen ausgezeichneter Feuerkraft und großer Seefahrtskunst‹.

Eine ›innige Verbindung ...‹! Er konnte es selbst kaum glauben. Der Gedanke an eine Ehe war seit langem für ihn nicht mehr als eine Möglichkeit in ferner Zukunft gewesen. Er hatte sich mit dem Junggesellenleben abgefunden und war dabei keineswegs verzweifelt. Aber jetzt ... jetzt breitete sich ein neues Leben vor ihm aus. Eines voller Versprechungen. Er überlegte, ob er Maria dazu bewegen könnte, ihn gleich nach ihrer Ankunft auf Schloß Benmore zu heiraten. Sie konnten ja auch später noch ihre Familie besuchen – nach der Hochzeit. Ja, er würde sie überallhin bringen, wohin sie auch wollte. Sie würden in der blauen See an der Küste von Indien schwimmen. In China in seidenen Betten liegen. Wenn sie es wünschte, würde er ihr sogar die Wunder der Neuen Welt zeigen!

Die Sonne schien wärmend auf Johns Gesicht, als sie in der erfrischenden kalten Luft auf dem Vordeck standen. Er sah zu den gerefften Segeln hinauf und auf die Flaggen, die lebhaft in der Frühlingsbrise flatterten. Sein Blick verweilte auf der Flagge mit dem Wappen der Macphersons, das eine zum Sprung bereite Wildkatze mit ausgestreckten Krallen darstellte. Dasselbe Banner wehte hoch über Schloß Benmore.

Sein ältester Bruder Alec und seine Frau Fiona hatten sich in Benmore niedergelassen. Vielleicht würde Maria an dem Leben in den Highlands Gefallen finden. Es war ein rauhes und wildes Land, aber er würde ein kleines Schloß mit allem Komfort nur für sie beide bauen. Vielleicht würde sie es aber auch vorziehen, am Hof zu leben oder in einer der schönen Städte Europas – in Paris oder Rom zum Beispiel. Ihre Kinder sollten allerdings auf dem Land aufwachsen, dachte John. Erstaunlicherweise hatte er die Zeit, die er mit seinen Neffen und seiner Nichte verbracht hatte, immer sehr genossen, ohne jemals daran zu denken, daß er selbst Vater werden könnte. Bis jetzt natürlich. Er lächelte bei dem Gedanken an ein Haus voller Töchter, die Marias grüne Augen und ihre schöne elfenbeinerne Haut geerbt hatten. Er mußte ihr von den anderen Kindern der Macphersons berichten. Außer Jaime, der reizenden Tochter von Ambrose, gab es nur Söhne in dieser Linie.

John seufzte tief und erinnerte sich, wie all diese Worte aus dem Munde anderer Männer so bedeutungslos in seinen Ohren geklungen hatten. Wie oft hatte er derartige Vorstellungen auf die Schwäche dieser Männer zurückgeführt. ›Nicht ernst zu nehmen‹ hätte er einst solche Gedanken genannt, die er jetzt selbst voll Begeisterung hegte. Was sonst war von Bedeutung? fragte er sich. Ja, was eigentlich?

John folgte Graf Diego die Landungsbrücke hinunter auf den Kai. Die stahlbehelmten Soldaten nahmen Habachtstellung ein. Es waren spanische Soldaten, und dem Kommandanten des Schiffes waren sie als eine ernstzunehmende Streitmacht bekannt. Nicht daß sie jemals gegen eine Armee von Schotten aus den Highlands angekommen wären …

Er fragte sich, ob Maria Ähnliches für ihn empfand. Er hatte so viele Pläne, ohne auch nur ein Wort mit ihr darüber gewechselt zu haben. John schalt sich selbst. Sie sollte sich auf keinen Fall bevormundet fühlen. Daß sie ihn liebte, das war das einzige, was zählte. Den Rest ihres Lebens konnten sie immer noch gemeinsam planen. Wofür sie sich auch entschied, was auch immer sie glücklich machte, er würde zufrieden damit sein. Solange sie nur an seiner Seite blieb, wäre sein Leben vollkommen.

Graf Diego de Guevara drehte sich um und betrachtete nachdenklich das schöne Schiff, während er mit der Hand über seinen ergrauenden Bart strich. Die Mitglieder der Delegation waren offensichtlich beeindruckt, auch wenn sie sich mit ihren Bemerkungen zurückhielten. David warf John einen Blick zu, der diesen Eindruck bestätigte. Mit einem Wort der Anerkennung und einem letzten Blick auf John stieg der Minister auf sein schwarzes Streitroß und führte seine Leute zurück in die Stadt.

In Kürze war auch John zum Aufbruch bereit. Bereit, zum Hart-Haus zurückzukehren. Zu Maria. Nachdem er David letzte Anweisungen erteilt hatte, was die Mannschaft betraf, wandte er sich zum Gehen. Doch sein Navigator hielt ihn ein letztesmal auf und erzählte ihm von der Nachricht, die er von Janet erhalten hatte – daß sie Lady Maria unbedingt erreichen müsse.

John zuckte mit den Schultern. Höchstwahrscheinlich war Mistreß Janet auf der Suche nach unterhaltsamerer Gesellschaft, als es die Meute langweiliger Höflinge war, mit der sie gekommen waren. John lächelte. Bestimmt hatte sich die junge Frau nur nach Marias Gesellschaft gesehnt. Er würde sie deswegen ganz gewiß nicht tadeln, zudem er gemerkt hatte, daß sich zwischen Janet und Maria eine Freundschaft zu entwickeln schien.

Als John durch das dichte Gedränge in den verwinkelten Gassen Antwerpens eilte, hoffte er allerdings, daß Janet Maule bereits gegangen war. Die beiden hatten genug Zeit gehabt, sich zu unterhalten, entschied er großmütig, und noch während er ging, entwarf er in seinen Gedanken eine kleine, freundliche Rede, welche die junge Frau veranlassen sollte, aufzubrechen und zum Schloß zurückzukehren. Als er aber vor der Eingangstür des Hart-Hauses angelangt war, war er sich nicht mehr so sicher, wie höflich er Mistreß Janet zur Tür hinauszukomplementieren vermochte. Es verlangte ihn danach, Maria zu sehen. Mit ihr allein zu sein. Schnell stieg er die Stufen hinauf und glaubte, sein Herz würde ihm zerspringen, wenn er sie nicht bald in seinen Armen halten könnte, wenn er nicht bald in ihre glänzenden jadegrünen Augen blicken und sich darin verlieren könnte. Die wenigen Stunden, die sie getrennt waren, schienen ihm so lang wie Jahrhunderte. John trat durch die Eingangstür des Hauses und rief ihren Namen.

Er scheuchte die Diener fort, die herangeeilt waren, und nahm die Treppe, die zu ihrem Gemach führte, drei Stufen auf einmal. Ohne zu klopfen, machte er mit einem Schwung die Tür auf – und blickte in ein leeres Zimmer. Seine Geliebte war zwar nicht hier, aber auf dem Bettüberwurf lag ein wunderschönes goldenes Kleid ausgebreitet. Sie würde ihn also doch zu den Festlichkeiten ins Schloß begleiten. Er verließ das Gemach und eilte zu der Treppe, die zu Elizabeths Atelier führte. Da es ihr so gut gefallen hatte, war anzunehmen, daß sie sich hier aufhielt.

Elizabeth würde Maria mögen – dessen war er sich sicher. Ihre bescheidene Art hatte etwas an sich, das es schwermachte, sie nicht sofort ins Herz zu schließen.

John stieß die Tür zum Atelier auf und trat ein. Die Stille und Dunkelheit des Raumes schlugen ihm entgegen. Hier hatten sie sich das erstemal geliebt. Die heruntergelassene Jalousie ließ kein Licht hinein, und er konnte Maria nirgendwo sehen.

»Maria«, rief er leise. Johns Augen gewöhnten sich schnell an die Dunkelheit, aber seine Suche blieb erfolgslos. Eine gähnende Angst kroch ihm langsam den Rücken hinauf.

Plötzlich kam ihm das Wohnzimmer neben ihrem Schlafgemach in den Sinn, und er rannte den Flur hinunter. Ohne hineinzuschauen war er an dem Zimmer vorbeigelaufen, als er in ihr Schlafgemach gestürzt war. Die Arme hatte kaum mehr als einen Bissen Brot heute morgen gegessen, bevor er gegangen war – hatte er ihr doch nur wenig Zeit fürs Frühstück gelassen. Bestimmt würde ihr Pieter ein gutes Mahl bereitet haben, und sie saß gerade im Wohnzimmer und aß. Er hastete die Stufen hinunter.

Beinahe hätte er Pieter umgerannt, als er mit einem Sprung auf dem Treppenabsatz landete.

»Sir John, Ihr seid zurück!«

»Das bin ich, wie du siehst.« John legte den Arm um die Schultern des Verwalters. »Ich werde Lady Maria Gesellschaft leisten. Sag dem Koch, daß ich so hungrig bin, daß ich einen ganzen Bären verdrücken könnte. Wenn ich richtig vermute, hat Maria im Wohnzimmer Platz genommen, oder?«

John ließ Pieter los und machte sich auf den Weg, den Flur hinunter. Schnell holte ihn der Verwalter ein.

»Aber Mylord«, rief Pieter. »Lady Maria ist nicht mehr da.«

Unvermittelt blieb John stehen und wirbelte zu seinem Verwalter herum.

»Was soll das heißen – sie ist nicht mehr da? Wo soll sie denn sein? Wo ist sie hingegangen? Und wann kommt sie zurück?«

Der korpulente Verwalter erblaßte unter Johns finsterem Blick. »Es tut mir leid, Sir John. Aber ich dachte, Ihr wüßtet davon. Die junge Schottin, die Lady Maria abholte, wurde von einigen Eurer eigenen Männer begleitet.«

»Maria ist mit Mistreß Janet fortgegangen?« fragte John verwirrt. »Haben sie dir nicht gesagt, wohin sie gehen?«

»Nein, Mylord. Sie haben nichts gesagt.« Der Verwalter schüttelte seinen Kopf. Ich habe mir große Sorgen gemacht, Sir John. Erst war Lady Maria noch ganz heiter und zankte sich mit der Schneiderin und ihren Gehilfinnen herum. Sie wirkte dabei so zufrieden, wie man es sich nur wünschen kann, und kurz darauf – gleich nachdem sie mit Mistreß Janet gesprochen hatte – war Lady Maria totenbleich und sehr erregt. Was hätte ich tun sollen?«

»Was hat sie so aufgeregt?« fragte John ungeduldig. Das einzige, was er sich vorstellen konnte, war, daß Caroline ihr irgendeine hinterlistige Botschaft geschickt hatte. Aber er ließ diesen Gedanken sogleich wieder fallen: Janet Maule war Marias Freundin. Die junge Frau würde bestimmt keine Rolle in einem betrügerischen Spiel übernehmen, das Caroline inszeniert hatte.

»Ich weiß nicht, Sir John. Lady Maria hat kaum etwas gesagt.« Pieter deutete auf die offene Tür zu ihrem Zimmer. »Nachdem sie mit Mistreß Janet gesprochen hatte, lief sie nur noch eilig in ihrem Gemach hin und her und packte rasch ihre Sachen zusammen.« Das Gesicht des Verwalters zeigte seine Not, als er dem verzweifelten Mann in Marias Schlafgemach folgte. »Wie hätte ich einschreiten können, Mylord? Eure Männer warteten unten. Diese Mistreß Maule schien eine so nette und freundliche junge Dame. Als Lady Maria sich von mir verabschiedete, ging sie eindeutig auf eigenen Wunsch, auch wenn ich einen Augenblick lang den Eindruck hatte, sie würde sogleich zusammenbrechen und zu weinen anfangen.«

John spürte, wie jeder Muskel in seinem Körper sich anspannte. Er mußte sich zügeln, damit er den Mann nicht anbrüllte. »Hast du sie etwas gefragt, Pieter? Zum Beispiel, wann sie zurückkommen wird? Oder was sie vorhat?«

Niedergeschlagen schüttelte der Mann den Kopf. »Es geschah alles so plötzlich, Mylord. Da waren Eure Männer und diese Mistreß Janet, eine Schottin von der Delegation … ich dachte nur … ich hätte niemals angenommen, daß Ihr von dem, was hier vor sich ging, nichts wußtet.«

John wandte sich um und ließ seinen Blick durch das Gemach schweifen. Er sollte den Mann nicht beschuldigen. Das alles mußte auf Caroline zurückgehen, und es war nicht Pieters Fehler, daß er mit einer Frau, die solche Ränke schmiedete, nahezu sieben Jahre lang das Bett geteilt hatte. Es war nicht der Fehler des Verwalters, daß die Frau, die er liebte, von Caroline Maule verletzt werden konnte.

»Es tut mir furchtbar leid, Sir John«, hörte er Pieter im Hintergrund sagen. »Ich hätte nie gedacht … Es besteht doch kein Anlaß, sich Gedanken um ihre Sicherheit zu machen?«

Die Sorge in der Stimme des Verwalters zwang John dazu, sich umzudrehen. Das Gewicht der Verzweiflung schien seinen alten Rücken noch mehr zu beugen. »Nichts von alledem ist deine Schuld, Pieter. Wie du sagst – sie ist mit Janet Maule und meinen Männern fortgegangen. Sie würden nicht zulassen, daß ihr etwas zustößt. Es kann nur bedeuten, daß Mistreß Janet Maria zum Schloß gebracht hat. Aber warum? Das ist es, was ich nicht verstehe. Daß sie mir nicht einmal eine Nachricht hinterlassen hat.«

»Sie ist gegangen, bevor die Schneiderinnen mit ihrem Kleid fertig waren«, warf der Verwalter ein und deutete auf das auf dem Bett liegende Kleid.

John nickte abwesend und ging durch das Zimmer zu dem großen Bett mit seinem Überwurf aus dunkelblauem Damast. Gedankenverloren berührte er die in den Stoff eingewebten Goldfäden. Was, verdammt noch mal, hatte Caroline vor? Wie sonst ließe sich das alles erklären? Und was konnte Janet gesagt haben, das Maria in solche Aufregung versetzte? Das Merkwürdigste war, daß Maria zum Schloß gegangen sein mußte, obwohl sie dort niemanden kannte.

Vielleicht, so dachte er in dem Bemühen, seinen Mut nicht zu verlieren, vielleicht hatte das Ganze ja auch nichts mit Caroline zu tun. Vielleicht wartete eine große Überraschung auf ihn. Schließlich hatte sie rundweg abgelehnt, mit zu den Festlichkeiten zu gehen. Oder sie war ihm böse, was er sich wiederum auch nicht vorstellen konnte.

»Bist du ganz sicher, Pieter, daß Lady Maria aufgeregt war, als sie von hier wegging?« fragte John nochmals.

»Da bin ich ganz sicher, Mylord.« Der Verwalter nickte. »Wenn man in ihre grünen Augen sieht, kann man bis tief in ihre Seele blicken. Und außerdem waren ihre Hände eiskalt und zitterten, als sie sie zum Abschied in meine legte. Ach ja, und schließlich hat sie noch vergessen, den Brief ihrer Tante mitzunehmen.«

John starrte den alten Mann an. »Ein Brief von Isabel? Wann hat sie diesen Brief erhalten?«

»Gestern abend, Mylord. Er kam während des Abendessens. Hier ist er.« Pieter deutete auf den Umschlag, der auf der kleinen Kommode neben dem Bett lag. »Vielleicht hat ihn Lady Maria in der Eile fallen gelassen. Eine der Mägde fand ihn neben dem Bett.«

John wandte sich um und sah auf den Brief. Sie hatte kein Wort davon gesagt, daß sie einen Brief von Isabel erhalten hatte. Aber schließlich waren sie beide auch mit anderen Dingen beschäftigt gewesen. »Danke, Pieter. Das ist zunächst alles.«

»Werdet Ihr heute abend im Schloß speisen, Sir John?«

Er nickte. »Ja, und ich werde auch herausfinden, was all das zu bedeuten hat.«

Als der Verwalter bei der Tür angelangt war, richtete er noch einmal das Wort an den hünenhaften Kommandanten. »Ich hoffe sehr, daß Ihr Lady Maria wieder zurückbringen werdet, Mylord. Sie ist eine wunderbare Frau, wenn ich das so sagen darf.«

»Ja, Pieter. Das ist sie. Und mach dir keine Sorgen, ich werde sie hierher zurückbringen.«

Mit einer kleinen Verbeugung wandte sich der Verwalter zum Gehen.

Einen Augenblick lang blieb John unbeweglich stehen und überlegte, was er als nächstes tun sollte. Er mußte sie suchen. Das war selbstverständlich die einzige Möglichkeit. Erst wenn er herausfand, was Caroline getan hatte, konnte er wieder Ordnung in das Durcheinander bringen, das sie angerichtet hatte. Er mußte gehen, jetzt gleich.

Plötzlich wurde John sich bewußt, daß er die ganze Zeit über Isabels Brief auf der Kommode angestarrt hatte. Vielleicht war Caroline gar nicht die Ursache. Vielleicht war Marias Tante ja etwas geschehen. Als er den Brief in seiner Hand wog, überlegte er, ob er ihn lesen sollte. Das Pergament war schwer und kostbar. Nun gut, wenn er einschreiten wollte, mußte er als erstes das Problem kennen. Was auch immer in dem Brief stand, er würde es vertraulich behandeln. John lächelte grimmig. Isabel konnte auf Papier wohl kaum schockierender sein als in persona.

John faltete den Brief auf und begann zu lesen.

Kapitel 21

Maria bemerkte den scharfen Geruch von brennender Myrrhe nicht. Sie betete schon seit einer Stunde; die Weihrauchwolken, die um den Altar der Kapelle hingen, hatte sie vergessen. *Jungfrau Maria, Segensreiche.* Der Steinboden unter ihren Knien war hart, doch die junge Königin spürte es nicht. *Gebenedeit seist du unter den Frauen.* Maria kniff ihre Augen zusammen. Sie würde sich vor der Welt verschließen. *Gesegnet sei die Frucht deines Leibes.* Eine Träne rann unbemerkt am Saum ihres leinenen Schleiers herunter. *Bete für uns Sündige, jetzt und zur Stunde unseres Todes.*

Sie ließ ihren Kopf auf ihre zusammengefalteten Hände sinken. Die Tränen rannen über ihre Wangen, aber kein Laut kam über ihre Lippen. Als sie das Quietschen einer der schweren Türen auf der anderen Seite der Kirche hörte, preßte sie ihre Fäuste auf die Augen, um dem Tränenfluß Einhalt zu gebieten.

»Bitte, Jungfrau Maria«, betete die junge Frau leise, »hilf mir durch all das hindurch. Laß nicht zu, daß ihm ein Leid geschieht. Wenn jemand bestraft werden muß, dann laß es mich sein. Ich bin diejenige, die gesündigt hat.«

Maria hörte, wie sich die schnellen Schritte eines Mannes von hinten näherten. Sie nahm ihr Gebetbuch in die Hand und wandte sich dem Priester zu, der dastand und wartete. »Es ist an der Zeit, Eure Majestät. Er wartet auf Euch.« Maria von Ungarn erhob sich von ihrem Platz vor dem Altar und nickte dem Mann zu. Wortlos glitt sie an ihm vorbei zur Tür.

»Diese Monate waren nervenaufreibend. Ganz einfach nervenaufreibend!« schrie der Herrscher sie wutentbrannt an. »Das Reich expandiert in alle Richtungen. In Spanien muß ein Aufstand niedergeschlagen werden, der französische König muß in Anbetracht seiner egoistischen Landesansprüche gezügelt werden, der Vormarsch der Türken im

Osten gebremst, die lutherische Häresie in Deutschland unterdrückt und der Papst in Rom zurückgehalten werden! Und um dem Ganzen die Krone aufzusetzen, muß ich meine eigene Schwester über den ganzen Kontinent verfolgen lassen.«

Maria beobachtete, wie ihr Bruder in großen Schritten das Zimmer durchmaß. Er hatte ohne Punkt und Komma geredet und ihr nicht einmal das Wort erteilt, seit sie in sein Gemach geführt worden war.

»Und gerade du – von allen Menschen auf dieser Welt. Die Verantwortungsbewußteste von allen!« Er stand direkt vor ihr. »Jede andere unserer Schwestern: ich wäre nicht schockiert gewesen, nicht einmal überrascht. Jede von ihnen hätte so handeln können, und ich hätte gewußt, was zu tun ist. Eleanor, Katharina, Isabella ...«

»Unsere Schwester Isabella ist schon seit drei Jahren tot«, warf Maria ruhig ein.

»Meinst du denn, ich wüßte das nicht?« brüllte Karl. Nur unter Anstrengung brachte er sich wieder zur Vernunft, leise fluchend. »Gott schenke ihrer Seele Frieden. Aber jetzt muß ich mich darum kümmern, daß ihre Töchter unter die Haube kommen. Wie heißen sie noch gleich?«

»Dorothea und Christina. Und sie sind noch Kleinkinder.« Der Herrscher über das Heilige Römische Reich reckte sich und sah auf sie hinab. »Wir alle sind in eine von Gott gegebene Verantwortung hineingeboren, Maria. Es ist richtig, daß Eheschließungen und Erbschaften unsere Monarchie weiter gefestigt haben. Aber wie ich gelobt habe, als ich diese Kaiserkrone empfing, werde ich oder ein Mitglied meiner Familie über ganz Europa herrschen oder zumindest mit einem jeden Thron Europas durch Heirat verbunden sein. Das ist die einzige Möglichkeit, Suleiman, diesem Teufel von einem Türken, und dem fanatischen Martin Luther Einhalt zu gebieten. Eine vereinte Front ist unsere einzige Möglichkeit! Und Gott selbst hat mich dazu auserwählt, diesen Kampf zu führen.« Maria sah ruhig in das Gesicht ihres Bruders, dessen Blick nun weicher wurde. »Es ist nicht an uns, Gottes Wille in Frage zu stellen, Maria. Wie du weißt, meine liebe

Schwester, wir – und damit meine ich alle Mitglieder dieser Familie – müssen uns Gottes Plan unterwerfen.«

»So wie du dich selbst unterworfen hast«, warf Maria kühl ein.

Er nickte zunächst zustimmend, aber als ihm bewußt wurde, in welchem Ton sie zu ihm gesprochen hatte, starrte er sie schweigend an.

Maria erwiderte den Blick ihres Bruders und wußte, daß er darüber nachsann, daß sie ihm gegenüber noch nie einen solchen Ton angeschlagen hatte. Sie bezweifelte sogar, ihn jemals angesprochen zu haben, ohne von ihm dazu aufgefordert worden zu sein. Und ihre Antworten waren immer nur Zustimmungen gewesen. Nun, es war an der Zeit, ihm einige weitere Schläge zu verpassen.

»Wie es der Zufall wollte, hat sich deine ›Unterwerfung‹ als recht angenehme Angelegenheit herausgestellt, mein lieber Bruder. Das Schicksal hat es so gefügt, daß sich Isabella von Portugal als eine äußerst liebenswerte und anziehende Frau und Königin entpuppt hat. Vergiß aber nicht, daß Unterwerfung eine ganze Reihe von Erfahrungen meinen kann, von denen nicht alle so angenehm wie die deinen sind.«

Maria schenkte ihm ein angedeutetes Lächeln. Sie konnte zusehen, wie durch seine Überraschung hindurch der Ärger in ihm aufwallte. Aber sie war seiner Reden von Gottes imperialen Zielen langsam überdrüssig. Gleichzeitig war ihr bewußt, daß sie den Gegenstand ihres Gesprächs beeinflussen mußte. Schließlich war dies nicht das Thema, das im Augenblick für sie von Bedeutung war.

Mit sanfterer Stimme fuhr sie fort. »Ich möchte dir übrigens gratulieren, Karl. Überall im Schloß ist die gute Nachricht zu vernehmen, daß du wieder Vater geworden bist. Und dieses Mal von einer Tochter.« Die grünen Augen ihres Bruders offenbarten ihr, daß sie mit ihren Worten eine Saite seines Herzens berührt hatte. Sosehr er auch seine Freude zu verbergen suchte, konnte Maria doch das kleine Lächeln erkennen, das um seinen Mund spielte. »Wie befindet sich das Kind? Und Isabella?«

Der Kaiser wandte sich dem Porträt seiner Frau zu, auf

dem sie mit ihrem ersten Sohn abgebildet war. Als er wieder zu Maria sah, konnte sie erkennen, daß er sich noch immer nicht über den Grund für den Wechsel in ihrem Tonfall klar war.

»Das Kind hat blaue Augen«, meinte er schließlich.

»Das sollten wir der Kleinen nicht übelnehmen. Alle Neugeborenen haben blaue Augen«, gab Maria freundlich zu bedenken.

»Sie ist lebhaft und laut.«

»Was konnte man sonst erwarten. Schließlich ist sie deine Tochter.«

»Sie hat keine Haare.«

»Hat dieses Mädchen aber ein Glück!« Maria mußte lächeln, als sie seinen überraschten Blick bemerkte. »Dann wird vielleicht niemals jemand um sie freien.«

Wieder antwortete Karl nicht, bemühte sich aber offensichtlich, den Wandel, der ihm an seiner Schwester auffiel, nachzuvollziehen. Die junge Frau sah, wie eine Reihe von Gefühlen über sein Gesicht huschten und schließlich Mißtrauen übrigblieb.

»Wo ist sie?« fragte er drohend. »Sie hat dir beigebracht, wie man sich verstellt, nicht wahr? Du sollst so tun, als wären dir deine Pflichten nicht bewußt. Aber es wird ihr nichts bringen, ich durchschaue ihr Spiel. Wo ist sie? Sag mir, wo sie ist!«

»Wo wer ist?« fragte Maria mit fester Stimme.

»Isabel!« brüllte er. »Wo versteckt sich Isabel?«

»Ich meine gehört zu haben, daß du sie erst vor einer Stunde bei eurem Kind zurückgelassen hast.«

»Das ist wirklich nicht lustig, Maria«, gab er zurück. »Du weißt ganz genau, daß ich von Isabel, unserer Tante, spreche. Der älteren Schwester unserer Mutter. Die schlaue, Ränke schmiedende, die staatsgefährdende Unruhestifterin Isabel. Diejenige, die dich vor meiner Nase weg entführt hat. Diejenige, die ihr Bestes gegeben hat, um dein Denken von dem Tag an, an dem du geboren wurdest, fehlzuleiten. Diejenige, die nicht den Mut aufbringt, hier vor mir zu erscheinen, nachdem ihr tückischer Plan fehlgeschlagen ist.«

Maria spürte, wie ihr die Zornesröte ins Gesicht stieg. »Ich werde nicht zulassen, daß du sie für etwas bestrafst, was ich in die Wege geleitet habe!«

»Sie gehört hinter Schloß und Riegel. Sie stellt für sich und für das Reich eine Gefahr dar.«

»Das tut sie nicht«, gab Maria zurück, und ihre jadegrünen Augen funkelten verärgert. »Sie ist freundlich und großzügig. Und sie ist die einzige von uns, die einen Funken Verstand in sich trägt.«

Karl öffnete den Mund, um ihr zu widersprechen, aber Maria fiel ihm ins Wort. »Verschwende nicht deine Zeit damit, vorschnell jemanden zu verurteilen, von dem wir alle wissen, daß du ihn im Grunde schätzt und bewunderst ...«

»Ich verachte diese Frau!«

Sie sah ihn durch ihre zusammengekniffenen Augen an. »Warum lädst du sie dann immer wieder ein, trotz der vielen Male, die sie sich über deinen Willen hinweggesetzt hat?«

»Ich muß die Verbindung zu ihr aufrecht halten. Wie ich sie einschätze, wäre sie durchaus imstande, den Familienschmuck an Henry Tudor zu verkaufen.« Karl schnaubte. »Abgesehen davon lade ich sie niemals ein. Sie marschiert hier einfach rein, als würde alles ihr gehören. Nein, ich verachte ihr Tun, und ich verachte sie selbst!«

»Ihr beide seid vom gleichen Schlag, und das weißt du!« Maria ließ nicht locker. »Denn warum sonst solltest du immer dann, wenn Mutter in Kastilien wieder einen Anfall hat, sofort zu Isabel rennen?«

»Weil Isabel sie versteht. Sie ist so krank wie ihre Schwester.«

»Und wie kommt es, daß du sie ins Vertrauen ziehst, wann immer du einen deiner schlauen Schachzüge planst?« Sie merkte, wie sie ihre Stimme hob, bis sie so laut war wie seine. »Sie bedeutet dir genauso viel wie der beste unter deinen Ratgebern.«

»Das ist nicht wahr«, leugnete er. Mißbilligung stand ihm im Gesicht, aber seine Augen sagten ihr, daß sie recht hatte. »Gib es doch zu, Karl. Du magst sie. Du respektierst sie. Und du schätzt ihre Meinung ... Sie ist schließlich der einzige

Mensch, der keine Angst vor dir hat. Niemand außer Isabel bringt den Mut auf, dir zu widersprechen, wenn sie weiß, daß du nicht im Recht bist. Wenn du selbst weißt, daß du nicht im Recht bist. Sie ist die einzige, die den Mut hat, die Wahrheit auszusprechen.«

Karl erhob sich und ging zu einem langen Tisch, der vor einem der Rundbogenfenster stand. Der Herrscher über das Heilige Römische Reich würde niemals zugeben, den Rat einer Frau anzunehmen. »Nichts von dem, was du sagst, ist wahr. Ich hasse diese Frau!«

Jetzt war Maria an der Reihe, in Schweigen zu verfallen. Ihre Augen wanderten über das Profil ihres Bruders, und sie ließ ihn den Zorn ihres Blicks spüren.

»Karl«, sagte sie schließlich, »das Lügen kleidet dich nicht sehr gut.«

Der Schreck stand Karl ins Gesicht geschrieben, als er sich zu ihr wandte und sie anstarrte. Sie hatte noch nie erlebt, daß ihm die Worte fehlten. Er erschien ihr wie ein sinkendes Schiff, dessen ruderloser Rumpf von einem starken Wind durchgerüttelt wurde. Einem unerwarteten Wind.

Der Kaiser schüttelte den Kopf, um wieder klar zu denken. »Du hast viel zuviel Zeit in ihrer Gesellschaft verbracht.« Die Wut war aus seiner Stimme verschwunden, aber seine Worte kamen einem Schuldspruch gleich. »Ich glaube, du bist krank geworden … genau wie sie.«

Maria kämpfte darum, die Befriedigung zu verbergen, die sie bei seinen Worten empfand. Sie holte tief Luft. Das war gut. Wenn es Karl leichter fiel, ihr zuzuhören, wenn er dachte, sie sei verrückt – warum nicht? Sie würde ihm alles erzählen, was sie auf dem Herzen hatte. Sie kannte die Regeln. Immer nur die Hälfte der Wahrheit sagen. Und um nichts bitten. Genau das hatte ihre Mutter immer getan. Und so ging auch Isabel vor. Auch wenn Karl behauptete, sie wären krank, so hörte er ihnen doch zu und handelte im allgemeinen so, daß er ihren Wünschen gerecht wurde.

»Ich glaube nicht, daß Krankheit das richtige Wort ist, aber du kannst selbstverständlich denken, was immer du willst, Karl.« Sie deutete auf den Tisch und die darum stehenden Stühle. »Ich habe dir etwas zu sagen, und das kann eine Zeitlang dauern. Aber ich kann dir versprechen, daß es weit weniger schmerzhaft für dich sein wird, als das, worüber wir soeben gesprochen haben.«

Der ungläubige Ausdruck in seinem Gesicht und das Schütteln seines Kopfes blieben der jungen Königin nicht verborgen. Sie stellte sich vor den Tisch. Mit jedem Zentimeter ihrer Größe würde sie versuchen, sich mehr Geltung zu verschaffen.

»Laß uns beim Anfang beginnen«, schlug sie vor und verschränkte ihre Arme. Die Zeit der Artigkeiten war vorbei; nun mußte sie herausfinden, was Karl über die ganze Situation wußte. »Hast du Caroline Maule kennengelernt?«

»Wer, zum Teufel, ist diese Frau?« fragte er, konnte sich aber noch vage an den Namen erinnern.

»Das ist gut.« Sie nickte befriedigt. »Du hast also noch nicht viel Zeit mit Graf Diego verbracht, seit du im Schloß eingetroffen bist?«

»Ich habe den Grafen gesehen«, antwortete er. »Ich weiß, was du ihm erzählt hast. Von dem Verlust des Handelsschiffes, auf dem du gefahren bist. Daß du von den Schotten gerettet worden bist. Daß diese von deiner Identität keine Ahnung haben. Und ich selbst weiß genug von deinem unerhörten Widerstand gegenüber einer bestens geplanten Heirat mit einem netten jungen König.« Maria überging die letzte Bemerkung. Der gute Graf würde niemals in solchen Worten von ihr gesprochen haben.

»Diese Caroline Mauve ...«, fuhr der Kaiser fort.

»Maule.«

»Nun gut – Mauve, Maule, ist doch egal.« Gereizt machte er eine wegwerfende Handbewegung. »Ist das nicht die Frau, die darauf besteht, eine Privataudienz bei mir zu bekommen?«

»Sie ist eine Verräterin und Opportunistin, die glaubt, wenn sie in meine Kajüte schleicht und mir einen Ring stiehlt, dich davon überzeugen zu können, sie bei irgendwelchen bösartigen Ränken zu unterstützen.« Maria bemühte sich, die Feindseligkeit in ihrer Stimme zu unterdrücken.

Sie verschränkte die Hände hinter ihrem Rücken und kämpfte darum, ihre Gelassenheit wiederzugewinnen.

»Nun, vielleicht sollten wir Graf Diego bitten, sie für ein paar Jahre einzusperren?«

»Nein, Karl, darum geht es mir nicht.«

»Aber es hört sich so an, als wollte sie deinen Ruf beschmutzen. Ich nehme an, daß du diese Frau nicht kanntest. Aus welchem Grund liegt ihr soviel daran, dich zu verleumden?«

»Sie will eine alte Rechnung begleichen«, antwortete Maria ruhig.

»Mit dir?« Die Neugierde des Kaisers gewann beinahe die Oberhand über seine Ungeduld. »Sag mir endlich, was los ist, Maria. Ich war fast die ganze Nacht wach und ...«

»Sir John Macpherson. Ihr hinterhältiger Plan ist gegen Sir John gerichtet, den Kommandanten des Schiffes.« Mehr wollte sie nicht preisgeben, aber der Blick ihres Bruders sagte ihr, daß sie jetzt erst recht die ganze Geschichte darlegen mußte. »Nach dem, was ich an Bord gehört habe, war Lady Caroline vor längerer Zeit eine Bekannte – eine sehr enge Bekannte – des Kommandanten. Und ... nun, es heißt, daß die Lady, obwohl sie kürzlich einen anderen Mann geheiratet hat, noch immer die Absicht hegt, ihre Affäre mit Sir John wieder aufleben zu lassen.«

»Eine nette Person«, warf Karl sarkastisch ein.

Schnell erzählte Maria weiter, überrascht, daß ihr Bruder ihr überhaupt zuhörte. »Es ist erstaunlich, was man über seine Mitreisenden an Bord eines Schiffes erfährt. Soweit ich weiß, nahmen die eigentlichen Probleme für den Kommandanten ihren Anfang, als er die Dame offen vor einigen Leuten an Bord des Schiffes zurückwies.«

Sie hielt inne und ließ sich Zeit, bis ihr Bruder das soeben Gehörte aufgenommen hatte. Er wirkte gereizt, als er zu ihr aufsah.

»Und was hat das alles mit dir zu tun, Maria? Oder mit mir?«

»Nachdem sie meinen Ring gestohlen hat, hat Lady Caroline die Möglichkeit ergriffen, den guten Namen des Kommandanten in den Schmutz zu ziehen. Nach allem, was mir ihre eigene Tochter heute morgen erzählt hat, wird sie versuchen, dich davon zu überzeugen, daß sich Sir John mir gegenüber in einer nicht wünschenswerten Weise verhalten hat. Daß er ...«

»Und – hat er das?« fragte der Kaiser ernst. »Hat er dir etwas angetan?«

Sie stellte sich direkt vor ihn. »Sieh mich an, Karl. Sehe ich wie jemand aus, der nicht gut behandelt worden ist?«

»Nun, du wirkst verändert, Maria!« sagte er.

»Ich habe seit dem Tod meines Gatten sehr viel gelernt«, antwortete sie. »Die Erfahrung, ein Schiff zu verlieren, nicht zu wissen, ob man überleben wird oder nicht, und dann von eben jenen Leuten gerettet zu werden, denen man zu entfliehen gehofft hatte – nun, es waren äußerst lehrreiche Tage für mich. Ich habe gelernt, daß ich nicht länger die Entscheidungen, die andere für mich treffen, einfach so hinnehmen kann. Ich muß mein eigenes Leben leben. Ja, Karl, ich habe mich verändert. Ich bin erwachsen geworden. Ich habe gelernt zu leben. Und ich bin zurückgekehrt.«

Der Bruder dachte über ihre Worte nach. Dann sah er sie plötzlich mit seinen grünen Augen an. »Aber bist du nur körperlich zurückgekehrt, Maria? Wirst du dich weiterhin meinem Willen widersetzen? Oder wirst du dich meiner Entscheidung bezüglich der Verbindung mit Schottland fügen?« Karl erhob sich. »Wirst du in diese Ehe einwilligen?«

Sie atmete tief aus und blickte ihm fest in die Augen. »Mein Körper, Karl, ist hier, und mehr brauchst du nicht, um diese Ehe zu schließen. Ich werde mich deinem Willen in dieser Angelegenheit beugen ... Ich werde nicht noch einmal vor dieser Ehe davonlaufen, wenn das Gottes Wille ist – und wenn es das Beste ist für das Reich und für Schottland.«

Maria sah, wie sich Zweifel in der Miene ihres Bruders zeigten.

»Du hast mich schon einmal hintergangen, Maria. Warum sollte ich dir dieses Mal trauen?«

»Ich bin deine Schwester«, sagte sie mit ruhiger Stimme. »Wir sind vom gleichen Fleisch und Blut. Ich habe einen

Fehler begangen, aber ich habe daraus etwas für mein Leben gelernt. Ich kann das, was einmal geschehen ist, nicht ändern, und ich würde es auch nicht ändern wollen, Karl, weil ich weiß, daß ich heute ein besserer Mensch bin als früher.«

Der Herrscher musterte seine Schwester ernst. Maria war sich nicht sicher, ob er sie als jemanden betrachtete, den er zuvor nicht gekannt hatte, oder einfach als seine Schwester, die er nun erst zu verstehen begann. Vielleicht war das ja auch völlig gleichgültig, solange er sie nur als eine Person anerkannte und nicht als ein Objekt, das für eine Urkunde voller Versprechen oder ein Stück Land verschachert wurde. Sie hob ihr Kinn und blickte ihn gefaßt an.

»Vertrau mir, mein Bruder, und du wirst deinen Nutzen daraus ziehen können. Diese Ehe war deine Idee, Karl, ich habe mir dieses Schicksal nicht ausgesucht. Akzeptiere also den Akt des guten Willens von meiner Seite, oder ich bin fort. Und dieses Mal für immer.«

Karl holte tief Luft und starrte auf seine Schwester. Dem Herrscher über das Heilige Römische Reich setzte man keine Ultimaten, und Maria konnte fast die Räder hören, die sich in seinem Kopf knirschend in Gang setzten. Aber wofür auch immer er sich entschied, Maria wußte, daß sie das, was sie eigentlich wollte, schon erreicht hatte. Auch wenn er ihr noch keine Antwort gegeben hatte, würde Caroline Maules Wort gegen John nach diesem Gespräch für den Herrscher nicht mehr als heiße Luft sein. Der Gedanke an Schottland flackerte in ihr auf. Wenn sie dort nur auch so erfolgreich sein konnte. Doch – genau das mußte sie sein, denn es wäre der nächste Ort, an dem Caroline Maule versuchen würde, ihre bösartigen Verleumdungen zu verbreiten.

»Du wirst an den Festlichkeiten heute abend teilnehmen«, befahl er. Maria sah ihn an, während er auf ihre Antwort wartete. Er war zufrieden damit, was sie ihm gesagt hatte, und das war mehr, als sie hoffen durfte. Sie lächelte und reichte ihm ihre Hand. Sein Händedruck war warm.

»Ich werde Graf Diego veranlassen, eine Erklärung aufzusetzen, die unsere Ehre wahrt. Vielleicht etwas in der Art, daß Mutter krank ist – daß du nach Kastilien reisen mußtest. Der Rest ist dann klar.«

»Ich habe meine Identität nicht enthüllt, als ich auf dem Schiff war.«

»Das ist doch absolut verständlich.« Karl zuckte mit den Schultern. »Der Schock, dein Schiff verloren zu haben, auf dem Meer zu treiben … du warst verängstigt … und krank. Du wußtest nicht mehr, wer Freund ist und wer Feind.«

Karl wandte sich zum Gehen. Plötzlich sah er erschöpft von der Aufregung des letzten Tages aus.

»Außerhalb des Kreises dieser Familie bin ich noch immer der Kaiser, uneingeschränkter Herrscher. Was ich auch sage, sie haben mir Glauben zu schenken.«

Die junge Königin nickte bloß, ein Lächeln unterdrükkend.

»Und was diese … Frau angeht … wie war noch gleich ihr Name?«

»Caroline Maule«, antwortete sie zögernd.

»Ja, genau. Du wirst sie an meiner Statt empfangen. Am besten noch vor dem Festessen. Ich wünsche nicht während der Festlichkeit von ihr belästigt zu werden.« Der Herrscher schlug mit seinen Handschuhen auf seine Handinnenfläche.

»Und, Maria … laß sie etwas von der neuen Maria spüren. Eine Viertelstunde mit dir, und ich bin sicher, daß sie ihre Taschen packen wird und auf das nächstmögliche Schiff nach Schottland flieht. Wenn wir die nur wieder los sind! Aber paß auf dich auf, wenn du erst in Schottland bist – die sind, glaube ich, alle irgendwie miteinander verwandt.«

Wieder nickte Maria. Es würde ihr ein Vergnügen sein, Caroline in ihre Schranken zu weisen. Wenn es darum ging, mit Personen wie ihr fertig zu werden, dann, so erinnerte sich Maria, war es von Vorteil, Königin zu sein.

»Schließlich«, sagte ihr Bruder, der schon an der Tür stand, »werden wir auch noch diesem Kommandanten irgendeine Art von Ehrung angedeihen lassen müssen – eine

Medaille oder eine Belohnung oder so etwas – dafür, daß er dein Leben gerettet hat.«

Maria erwiderte seinen Blick, voller Angst vor den Worten, die nun folgen würden.

»Das kannst du ja auch gleich erledigen. Am besten noch vor dem Festessen.«

Kapitel 22

Leichtfüßig lief Graf Diego die marmornen Stufen hoch und betrat den Bronzesaal.

»Sie kommt, Euer Majestät.« Die junge Königin saß an einem kleinen Tisch und entwarf einen Brief. Die Wand hinter ihr war mit einem Spiegel verkleidet, in dem die sechs Bronzestatuen griechischer Gottheiten, die den Raum füllten, zu sehen waren. Auf diese Weise wurde der Eindruck von Macht, der von der jungen Frau selbst ausging, noch verstärkt.

Maria hob ihren Blick von dem vor ihr liegenden, zur Hälfte beschriebenen Pergament und wandte sich dem Grafen zu. »Ahnt sie, wer sie bei diesem Treffen erwartet?«

»Ich habe ihr nichts gesagt, Euer Majestät. Ich nehme an, sie weiß nichts von Eurer Rückkehr und glaubt, daß sie zu einer Privataudienz beim Kaiser gebracht wird.«

»Danke«, sagte sie schlicht.

Der hochgewachsene Mann verneigte sich vor ihr und begab sich zur Tür, als er, so als hätte er eingehend über die Angelegenheit nachgedacht, seinen Worten hinzufügte: »Seid Ihr sicher, daß ich nicht zugegen sein soll?«

Sie lächelte den Grafen freundlich an. »Nein, ich denke, ich möchte ihr allein begegnen.«

»Sie ist eine recht herrische Person, Euer Majestät. Soweit ich vernommen habe, versucht sie jeden im Schloß auf ihre Seite zu ziehen. Darüber hinaus scheint sie mir von recht zweifelhaftem Charakter. Leider muß ich aus persönlicher Erfahrung mit dieser Frau bestätigen, daß sie eine Diebin und eine Lügnerin ist.« Der Mann hielt inne, als suchte er nach den richtigen Worten. »Vielleicht wäre es das beste, sie ohne weitere Umstände zurück nach Schottland zu schicken.«

Maria schob ihren Stuhl zurück und erhob sich. »Sie gehört zu der schottischen Delegation, die mich zu meinem zukünftigen Gatten begleiten soll. Wir werden sie weder unfreundlich behandeln, noch werden wir ihren Aufbruch von hier beschleunigen. Zumindest jetzt noch nicht. Aber wir könnten sie …« Maria unterbrach sich; sie mußte noch einmal darüber nachdenken, denn auch wenn sie aufgrund ihrer Macht in der Lage wäre, Caroline Maule zu bestrafen, schien es ihr falsch, da schließlich sie selbst für die ganze Sache verantwortlich war. »Ich werde zunächst einmal selbst mit ihr sprechen, Graf Diego. Wenn andere Mittel erforderlich sein sollten, unsere Position gegenüber Lady Caroline zu stärken, werde ich Euch das wissen lassen.«

Mit einem Nicken verbeugte sich der Minister ein weiteres Mal und verließ dann den Raum.

Nachdem sie wieder allein war, nahm sich Maria die Zeit, um sich in dem Raum noch einmal umzusehen. Seine Einrichtung war prunkvoll und zeugte von erlesenem Geschmack, doch gleichzeitig wirkte er kalt und starr. So furchtbar königlich, dachte sie traurig. Nun – so wie die Dinge standen, konnte sie nichts daran ändern. Ihre Augen wanderten zurück zu dem Brief, den sie zu schreiben versucht hatte. Es hatte keinen Sinn, entschied sie, nahm das Pergament zur Hand, legte es dann jedoch wieder hin. Er würde sie nicht verstehen. Wie sollte sie ihm jemals erklären können, warum sie die Wahrheit bei sich behalten hatte, warum sie seine Aufmerksamkeit gesucht hatte und sogar so weit gegangen war, sich nach seiner Liebe zu sehnen, und doch die ganze Zeit über zu wissen, daß sie ihm nie gehören würde. Kein Brief würde diese Fragen wirklich beantworten können.

Kein geschriebenes Wort konnte ihm begreiflich machen, daß ihr Herz gebrochen worden war.

Als Graf Diego Lady Caroline ankündigte, rührte sich die Frau am Fenster nicht. Die Schottin strich sich ihre langen blonden Haare über die Schultern zurück und starrte auf das Gold der reich mit Edelsteinen verzierten Krone. Der kurze Schleier, der von der Krone gehalten wurde, verbarg das Haar der Frau, und der Überwurf, der von ihren Schultern herabfiel, glitzerte von dem mit Goldfäden aufgestickten Muster, welches das Wappen der Habsburger zeigte.

Eine Minute verstrich, und Caroline räusperte sich höflich, um die Aufmerksamkeit der anderen Frau auf sich zu ziehen. Caroline fragte sich erstaunt, ob es üblich war, zunächst von Königin Isabella empfangen zu werden, bevor man sie zum Kaiser vorließ. Überhaupt verstand sie das alles nicht, hatte sie doch gehört, daß die Königin erst gestern eine Tochter zur Welt gebracht hatte. Es war völlig undenkbar, daß sie schon wieder auf den Beinen war und sie hier empfing. Und doch – da stand sie.

»Entschuldigt, Euer Majestät. Mein Name ist Caroline Maule«, sagte sie, als die Frau am Fenster sie immer noch nicht zur Kenntnis nahm. »Wenn Euch nicht wohl sein sollte ...« Die Frau am Fenster bewegte sich etwas. »Ich bin hier, um den Kaiser zu sehen. Er hat sich bereit erklärt, mich zu empfangen.«

Als sich die Frau am Fenster umdrehte, um Caroline anzusehen, blieb deren Blick an der prachtvollen Halskette der Königin hängen, an seinem edelsteinbesetzten Pendant, einem goldenen Gürtel mit schimmernden Troddeln, der den Überwurf zierte und ihn an der Taille zusammenhielt. Ihre Augen wanderten über das Kleid. Die einzigartigen Edelsteine, die auf das Kleid aufgenäht waren, waren so groß, so strahlend – solche Steine hatte sie noch nie gesehen. Ohne zu überlegen, verneigte sich Caroline vor der Königin und machte einen tiefen Knicks.

Maria versuchte, ihr Mißfallen im Zaum zu halten, als sie den geneigten Kopf der Frau vor ihr betrachtete, und sich nur auf das zu besinnen, was getan werden mußte.

»Der Kaiser hat mich gebeten, Euch an seiner Statt zu empfangen. Ihr dürft Euch erheben.«

Maria sah belustigt zu, wie die andere Frau sich zu voller Größe aufrichtete. Sie kämpfte mit sich, nicht in Gelächter auszubrechen, da Caroline noch immer nicht ihre wahre Identität entdeckt hatte. Die Schottin hatte ihr bisher nicht ins Gesicht gesehen, und Maria lächelte spöttisch, als Caroline weiterhin ihren Blick nicht von ihrem Kleid und den Edelsteinen abwenden konnte.

»Mir wurde gesagt, Ihr habt etwas von mir, das Ihr mir gern zurückgeben wollt.«

Bei diesen Worten fuhr Carolines Kopf in die Höhe, und sie klappte ihren Mund auf und zu, ohne ein Wort herauszubringen. Jetzt war sich Maria sicher, daß sie erkannt worden war.

»Mir wurde gesagt, Ihr hättet einen Ring. Einen Ring, der aus meiner Kajüte gestohlen wurde.« Maria sprach das Wort ›gestohlen‹ so laut aus, daß Caroline den Hinweis zweifellos verstand.

Caroline stand eindeutig unter Schock. Kein Wort kam über ihre Lippen. Sie schwankte leicht, und ihr sonst blasses Gesicht war nun aschfahl. Sie sah aus wie jemand, der soeben dem Tod ins Angesicht geblickt hatte.

»Wir möchten etwas klarstellen, Lady Caroline«, sagte Maria kühl und behielt ihren leisen und ruhigen Tonfall bei. »Auch wenn Ihr zu Gast in unserem Lande weilt, seid Ihr nicht vor der Bestrafung für ein solch schändliches Verbrechen, wie Ihr es begangen habt oder zu begehen beabsichtigt, gefeit. Der Kaiser ist über Eure Pläne voll und ganz im Bilde, und Ihr könnt von Glück sprechen, daß Ihr Euch noch auf freiem Fuße befindet. Und die Bestrafung, die er im Sinne hat …« Die junge Frau machte eine wegwerfende Handbewegung. »Nun, Karls Bestrafungen fallen immer wesentlicher härter aus, als daß sie meine Zustimmung finden könnten. Aber in Eurem Fall, scheint mir, könnte es angebracht sein.«

»Nein …« Caroline schüttelte ihren Kopf und rang die Hände.

»Aber ja. Ihr würdet ein treffendes Beispiel für den Gerechtigkeitssinn des Kaisers abgeben, das der Rest der Delegation in Schottland kundtun könnte. Wenn die Strafen und Kerker in Schottland auch nur im entferntesten den hiesigen ähnlich …«

Caroline schüttelte noch immer fassungslos den Kopf. Maria sah, wie ihre Hände zitterten. Sie ging näher zu der Schottin, und ihre Stimme war jetzt kalt wie Stahl.

»Wir werden nicht leichtfertig darüber hinwegsehen«, drohte Maria mit funkelndem Blick.

Demütig sank Caroline Maule vor der Königin auf die

Knie. »Euer Majestät, bitte …« Mehr brachte sie nicht heraus. Maria unterdrückte jegliche Regung von Mitleid – Caroline war noch immer eine äußerst gefährliche Frau.

»Steht auf, Caroline«, befahl sie. Die blonde Frau erhob sich unsicher. Maria schritt wieder zum Fenster.

»Der Kaiser wird über das Bündnis mit Schottland noch einmal nachdenken … und das ist allein Eure Schuld. Aber wird er je eine ruhige Minute haben können, wenn er mich in Euer Land schickt, wissend, daß ich von Menschen wie Euch umgeben sein werde? Denkt einmal darüber nach, wie er sich dabei fühlen muß. Menschen, die ihre zukünftige Königin bestehlen und dann verschlagen genug sind, den Bruder um eine Belohnung zu bitten …«

Maria drehte sich um; Caroline schien langsam wieder etwas von ihrer Farbe zurückzugewinnen. Es war klar, daß sie ihren Blick vor allem deshalb auf den marmornen Boden gesenkt hielt, um sich zu sammeln und zu einem Gegenschlag ausholen zu können. Maria wartete ab, und es dauerte nicht lange, bis die Schottin ihre stechenden Augen auf sie richtete.

»Ihr wart bei Sir John«, zischte sie anklagend. »Daran könnt Ihr auch nichts ändern. Ihr wart an Bord der *Great Michael* und habt das Schiff mit seinen Männern verlassen, um Euch zu seinem Haus zu begeben. Ihr seid seine Geliebte und eine Verräterin an …«

»Schluß jetzt!« befahl Maria, hob ihre Hand und schüttelte dabei mißfallend ihren Kopf. »Wenn Ihr noch ein Wort sagt, wird Euch nichts vor Eurem Schicksal retten können, Lady Caroline!«

Erneut wich jegliche Farbe aus dem Gesicht der anderen.

»Ihr werdet nichts daran ändern können, daß niemand, der über entsprechende Glaubwürdigkeit verfügt, an Bord der *Great Michael* war und Euch gleichzeitig genug schätzt, um dieses ›Wissen‹ mit Euch zu teilen, Caroline. Die Delegation wurde in Kenntnis gesetzt, und die Minister meines Bruders haben bereits einen Brief an König James entworfen, in dem alles, was geschehen ist, zusammengefaßt ist und die Gründe dargelegt werden, warum bestimmte Maßnahmen ergriffen werden mußten. Obgleich ich Euch selbstverständlich keine Erklärung schuldig bin, kann ich Euch versichern, daß sich Sir John nie anders als der Gentleman, der er ist, verhalten hat und er sowohl hier als auch in Schottland für seine Ritterlichkeit reich belohnt werden wird.«

Maria trat zwei Schritte nach vorn. Unverwandt blickte sie dabei Caroline an, und ihre Stimme nahm an Schärfe zu, als sie fortfuhr.

»Aber da wir nun beim Thema Belohnungen sind – und da Eure Haltung als nichts weniger denn reuig beschrieben werden kann … habe ich Euch schon erzählt, daß die Strafe für einen Diebstahl an einem Mitglied der kaiserlichen Familie hundert Peitschenhiebe sind? In aller Öffentlichkeit natürlich. Für jedermann wohl ein unehrenhaftes Spektakel, aber für eine Edelfrau, wie Ihr es seid, Lady Maule …« Maria hielt einen Augenblick inne; ihre grünen Augen durchbohrten die vor ihr stehende Frau. »Aber ich denke, eine solche Aussicht verblaßt vor jeder weiteren Strafe, die Euch erwartet, wenn Ihr diese erst einmal ertragen habt. Verleumdung eines Mitglieds der kaiserlichen Familie, der Vorwurf des … wie wollen wir es nennen … Hochverrats? Ich glaube, der letzte Mensch, der solche Worte wie Ihr gesprochen hat, mußte hängen, bevor man ihm den Bauch aufschlitzte und ihn vierteilte. Seine Zunge wurde an das Stadttor genagelt. Aber vielleicht kann ich Karl auch davon überzeugen, an einer schlichten Enthauptung Genüge zu finden.«

Maria trat einen weiteren Schritt auf Caroline zu; ihre Stimme war nicht mehr als ein Flüstern.

»Was würdet Ihr bevorzugen?«

Maria sah, wie Caroline Maule bei ihren Worten zusammenzuckte, und da wußte sie, daß diese verstanden hatte, was auf sie warten würde. Ein paarmal klappte der Mund der Frau auf und zu, aber Caroline hielt ihre Worte zurück und blieb still. Nur ihre Augen huschten umher, wie die eines wilden Tieres, das in eine Falle geraten ist.

Eines Tages würde sich Caroline Maule rächen, dachte Maria bei sich. Aber solange nicht John ihr Ziel war, war ihr das gleichgültig.

»Folgende Bedingungen stelle ich, Caroline«, sagte Maria förmlich und zog den Blick der Frau wieder auf sich. »Ihr werdet mir zurückgeben, was mir gehört, und dann werdet Ihr Euch von mir fernhalten. Ich wünsche weder Euch zu sehen noch Euch zu hören oder auch nur über Euch sprechen zu hören ... und zwar für immer. Im Gegenzug will ich zumindest versuchen, den Kaiser davon abzubringen, Euch Eure Zunge herauszuschneiden.«

Maria wartete ab und ließ ihre Worte wirken. Als sie merkte, daß Caroline ihren Widerstand noch nicht ganz aufgegeben hatte, wußte sie, daß sie ihre Botschaft noch verstärken mußte.

»Ihr könnt natürlich mein Angebot ablehnen«, fuhr sie fort und ließ Caroline keine Gelegenheit, etwas einzuwerfen. »In diesem Fall werde ich Graf Diego rufen und veranlassen, daß seine Männer Euch zu Eurem neuen Quartier begleiten ..., wo Ihr dann Eures nicht unbedingt angenehmen Schicksals, über das wir uns bereits unterhalten haben, harren werdet.«

Maria gab ihr nur wenig Zeit, um eine Entscheidung zu treffen, und ging dann zu dem Tisch, an dem sie zuvor gesessen und geschrieben hatte. Sie nahm ein Glöckchen in die Hand und klingelte leise.

Bevor die junge Frau auch nur die Zeit gehabt hatte, die Glocke auf den Tisch zurückzustellen, betrat Graf Diego durch eine Seitentür den Raum, dicht gefolgt von zwei behelmten Soldaten.

Als Maria zum Fenster ging, sah sie, wie sich in Carolines Zügen erst Verstehen und dann plötzliche Angst breitmachten. Die blauen Augen der Frau rasten zwischen Maria und den drei Männern hin und her.

»Habt Ihr Euch entschieden, Caroline?«

Die Hände der großen Schottin zitterten, als sie in einen ihrer bauschigen Ärmel griff und Marias Goldkette mit dem Ring daraus hervorzog.

»Ihr könnt sie hierhin legen.« Maria nickte zu dem kleinen Tisch hinüber. »Und was ist mit meinen anderen Bedingungen?«

»Ja, Euer Majestät. Ich akzeptiere Eure Bedingungen.«

Die Worte gingen Caroline zu schnell von den Lippen, zu leichtfertig, um Maria wirklich beruhigen zu können. Trotzdem, sie hatte einen Sieg erlangt. Einen kleinen, aber bedeutenden Sieg.

Kapitel 23

»Ich wünsche aber, daß Isabel mich begleitet«, beharrte Maria hartnäckig.

»Nicht, solange ich Kaiser bin«, erwiderte Karl. Die Lakaien öffneten vor ihnen die Tür, und er und Maria betraten den prachtvollen Saal. Alle Augen wandten sich ihnen zu, und als sie sich unter die Menge mischten, verbeugten sich die Schotten in ihren Kilts auf der rechten Seite des Saales, während die Höflinge Karls ihm von links ihre Verehrung bekundeten.

»Ich wäre doch nicht ganz bei Sinnen, wenn ich euch beiden jemals wieder gestatten würde, Zeit allein miteinander zu verbringen.«

»Wir werden kaum allein sein, Karl.« Ihre Augen wanderten über die Gruppe der Schotten, aber sie konnte John nicht entdecken.

»Du schickst mehr Leute zu meiner Begleitung und Aufsicht mit, als die *Great Michael* Matrosen hat. Die Bevölkerung von Schottland wird sich mit dem Tag unserer Ankunft verdoppeln.«

»Mach dich nur lustig über mich, Maria. Meine Antwort lautet trotzdem ›Nein‹. Isabel wird dich nicht begleiten.«

Maria neigte ihren Kopf leicht vor Janet Maule und einem adleräugigen Sir Thomas. Caroline war auffallenderweise von den Festlichkeiten ferngeblieben. Eines Tages, dachte Maria, werde ich mit Sir Thomas reden müssen. Sie holte tief Luft und ging an der Seite ihres Bruders weiter.

Als sie zu dem Thronsitz kamen, sagte sie: »Nun gut, Karl, wie du wünschst.«

»Das ist sehr freundlich von Euch, Euer Majestät«, antwortete er mit einem sarkastischen Lächeln.

»Wir werden Mutter aus Kastilien kommen lassen, damit sie mich begleitet.«

Danach zu urteilen, daß sich seine Armmuskeln unter ihren Fingern verhärteten, schien er wenig begeistert von ihren Worten. Sie wandte sich ihm zu und betrachtete ihn. Seine Zähne waren fest zusammengebissen, und der Ausdruck auf seinem Gesicht sprach von einem bewunderungswürdig stark unterdrückten Wutanfall.

»Es wäre mir eine Freude, hier auf sie zu warten, bevor ich nach Schottland segle«, fuhr sie fort.

»Du weißt, meine liebe Schwester«, sagte er, »daß mir die alte Maria wesentlich lieber war.«

»Das überrascht mich nicht«, antwortete Maria. »Allerdings mag ich dich noch ganz genauso, wie ich es immer schon getan habe.«

In seinen Augen lag ein völlig neuer Ausdruck, dachte sie. Er sah wahrhaftig etwas in ihr, das er nie zuvor in ihr gesehen hatte.

»Nun, Karl, du bist der Kaiser. Ich wende mich um deiner Weisheit und deines Befehls an dich. Welche von beiden wird mich begleiten? Johanna die Wahnsinnige?« Sie machte eine Pause. »Oder Isabel von Kastilien?«

»Wie du willst.« Karl drohte an seinen Worten zu erstikken. »Dann nimm eben Isabel mit, wenn es sein muß.«

Maria verneigte sich leicht vor ihm. Sie hatte gedacht, sie würde aus der neuen Beziehung zu ihrem Bruder große Zufriedenheit ziehen. Aber das war nicht möglich, solange eine andere Beziehung sie so tief im Herzen schmerzte. Maria ließ ihren Blick noch einmal über die Menge schweifen, um nach John zu suchen, während Karl sie zu den Lakaien am anderen Ende des Raumes führte. Dort würden sie beide die schottischen Gäste feierlich empfangen.

Er war da, soviel wußte sie. Als sie sich mit Caroline getroffen hatte, war der Kaiser mit der schottischen Delegation und John Macpherson zusammengetroffen, um ihnen seine tiefe Dankbarkeit zu übermitteln, daß sie seiner Schwester das Leben gerettet hatten. Er hatte ihnen die offizielle Erklärung der Ereignisse dargelegt, auf die sie beide sich geeinigt hatten, und die Schotten schienen diese zu akzeptieren, ohne sie in Frage zu stellen. Maria hatte Karl nach dem Verhalten von John Macpherson ausgefragt. Er hatte geantwortet, ihm wäre nichts aufgefallen. Aber wie war das möglich? dachte sie. Sie spürte, wie sich ihr bei dem Gedanken, wie sehr sie ihn verletzt haben mußte, die Kehle zuschnürte. Sie blinzelte, um nicht in Tränen auszubrechen. Es wäre sehr unwürdig, vor einer solchen Ansammlung von Menschen zu weinen.

Am anderen Ende des Saales stand John schweigend und mürrisch gegen eine marmorne Säule gelehnt. Die Menschen um ihn herum waren in lebhafte Gespräche verwickelt und fragten ihn immer wieder nach seiner Meinung zu Themen, die ihn überhaupt nicht interessierten. Er war zum Narren gehalten, benutzt und dann beiseite gestellt worden. Er war betrogen worden – oder war er es vielleicht, der betrogen hatte? Was war mit der Pflicht gegenüber seinem König? Geistesabwesend nickte er zu dem, was Graf Diego sagte, und entschied, daß dieses Nicken auch seinen Fragen galt.

Was für einen Narren sie aus ihm gemacht hatte! Sie hatte ihn so schnell besiegt, wie sich die See ein Schiff einzuverleiben mag. Und sie hatte ihn genauso mitleidlos zerstört ... er war nur ein weiteres Opfer. Er fragte sich, wie viele Männer sie mit ihrem Charme schon verzaubert hatte. Wie geübt sie doch war! Dieses Vortäuschen von Naivität, jener unschuldige Ausdruck auf ihrem Gesicht ... und all die Lügen. Ihr mußte die Auswahl an Männern auf der *Great Michael* recht begrenzt vorgekommen sein, war er doch der einzige gewesen, mit dem sie ihre Zeit vertändelt hatte. Er fragte sich, wie viele Männer sie wohl schon in ihr Bett gelockt hatte.

John sah sich um. Die langen Tische, die vor den bunten Wandteppichen aufgereiht waren, waren beladen mit Fisch, Brot und Früchten. Allerdings hatten zwei Diener das mittlerweile leere Weinfaß herausgetragen, aus dem er sich bereits bedient hatte. Wann brachten sie endlich ein neues? fragte er sich verdrießlich.

John wußte, daß sie und der Kaiser den Großen Saal betreten hatten, und er hatte sich so weit nach hinten begeben wie möglich. Dem Kaiser hatte er bereits seinen Respekt gezollt und ihm zu der Geburt seiner Tochter gratuliert. Das mußte genügen.

Töchter. John wurde plötzlich wütend bei dem Gedanken an seine Torheit, seine lächerlichen Pläne für ihre gemeinsame Zukunft. Es gab keine Zukunft. Und das war auch besser so. Hier war er, ein erfahrener Seeheld, ein Krieger – und noch dazu einer, der auf seine Lebensmitte zusteuerte –, und er hatte sich zu dem Gedanken an Kinder verleiten lassen. Kinder! Das mußte man sich nur einmal vorstellen! dachte er.

John erinnerte sich an das Gerede von der Unfruchtbarkeit der Königin. Darin lag ein Segen, dachte er. Man mußte sich nur einmal überlegen ... bei all den Liebhabern! Er ballte seine Faust. So viele Kinder ... wenn er daran dachte, daß er seinen Samen in sie gepflanzt hatte! Er stieß einen verächtlichen Laut aus. Ob das hier wohl die Behandlung war, die sie allen Männern angedeihen ließ, mit denen sie das Bett geteilt hatte? Einfach wegzugehen? Zuerst dieses schreckliche Spiel des Mädchens ohne Namen zu spielen und dann einfach zu verschwinden? Er hatte gesehen, wie sie den Saal betreten hatte, aber er würde einen Teufel tun und zu ihr gehen.

Johns Gesicht brannte vor Scham wegen all dem, was geschehen war. Irgendwo in seinem Kopf trieb das Gefühl, daß es einfach nicht wahr sein konnte, seinen Schabernack mit ihm. Er brachte diese Frau zu seinem König, damit sie dessen Frau wurde. Der unschuldige James, sein eigener Freund, noch immer nicht mehr als bloß ein Junge, und John sollte diese ... diese erfahrene Frau zu ihm bringen. Er fragte sich, welche Spielchen sie mit ihm treiben würde. Und John war sich sicher, daß sie es tun würde, aber der arme Kit es nicht einmal bemerkte.

Mit einemmal zeichnete sich Klarheit in John ab. Das Ganze brauchte ja nicht lange zu währen. Er mußte sie nach Schottland bringen, damit Angus abtreten und König James seine Freiheit gewinnen würde. Aber wenn die Heirat erst einmal ... nun ja, vollzogen worden und James ein eigenständiger Herrscher war, könnte die Ehe annulliert werden. Wegen ihrer Unfruchtbarkeit hätte der Botschafter von König James beim Papst eine gute Chance. Eine sehr gute Chance, dachte er verbittert.

Wie aus der Ferne bekam er Bruchstücke von Graf Diegos Rede mit, und John versuchte sich auf den Inhalt zu konzentrieren, da die Leute ihm wiederholt neugierige Blicke zuwarfen. Er vernahm, daß der Minister ein Loblied auf die gute Behandlung, die der Königin nach ihrer Rettung widerfuhr, angestimmt hatten. Wenn der wüßte, wie gut er die Königin tatsächlich behandelt hatte ...

Wie, zum Teufel, hatte er ein solcher Narr sein können! Er hatte mit seiner zukünftigen Königin geschlafen! Auch wenn sie absichtlich diesen Umstand vor ihm verborgen und ihn in einem Netz aus Täuschungen gefangen hatte, hatte er sich eines abscheulichen Vergehens gegenüber seinem Gastgeber und seinem eigenen König schuldig gemacht. Und es machte auch keinen Unterschied, daß niemand außer den Dienern im Hart-Haus und seinen eigenen Männern von dem Ausmaß der Affäre wußte. Es machte nicht den geringsten Unterschied. Er selbst wußte, was geschehen war, und er würde es niemals vergessen.

Ja, seine Leute würden schweigen und sie auch, dachte John. Nach dem, was ihr Bruder gesagt hatte, war Maria von Ungarn davon begeistert, nach Schottland zu gehen und Königin dieses Landes zu werden. Er fragte sich, ob der Herrscher über das Heilige Römische Reich eine Ahnung von der dunklen Seite des Lebens seiner Schwester hatte. Der Kommandant der *Great Michael* hatte sich nicht dazu geäußert, als der Kaiser von dem strengen Glauben der Königin gesprochen hatte. Immerhin hatten John und dieser Ausbund an Tugend erst einen Tag vorher gemeinsam im Bett gelegen, und das, was sie dort miteinander getan hatten, hatte wenig mit einer Andacht zu tun gehabt, dachte er. Waren alle Habsburger – der ganze Hof – so korrupt wie die Schwester des Kaisers, oder fiel ein jeder – wie er selbst – auf sie herein?

John wurde in seinen Grübeleien unterbrochen, als Graf Diego die Hand auf seine Schulter sinken ließ.

»Es ist an der Zeit, Sir John. Alle warten auf Euch.«

John richtete sich auf und sah den Mann verständnislos an. »Auf was warten sie?«

Der Spanier deutete auf die Gasse, die die Anwesenden vor ihnen gebildet hatten. Die Gäste traten zurück und verschafften ihm einen Durchgang. Er hörte Flüstern und Murmeln, aber er konnte nicht verstehen, was die Leute sagten. Alle Augen schienen auf ihn gerichtet zu sein. Als er so dastand, unsicher, was er tun sollte, wurde die Gasse breiter und immer länger, bis zu ihrem Ziel. Als auch die Leute, die am weitesten von ihm entfernt standen, zur Seite traten, wußte John, ohne auch nur hinzusehen, wer am anderen Ende dieser Gasse stand.

Marias Augen richteten sich von der gegenüberliegenden Seite des Saals auf ihn.

Als sie ihn betrachtete, spürte sie, wie ihr selbst auf diese sichere Entfernung die Angst unter die Haut kroch und in ihrem Gesicht brannte. Was würde geschehen, wenn er sich nicht von der Stelle rührte? Was würde geschehen, wenn er sich dazu entschließen sollte, einfach auf dem Absatz kehrtzumachen und das Fest vorzeitig zu verlassen? Was würde geschehen, wenn er zu ihr käme, aber nur um ihr zu sagen, sie solle sich zum Teufel scheren?

Maria kannte sein Temperament gut genug, um zu wissen, daß er zu all dem fähig wäre, ohne auch nur eine Sekunde darüber nachzudenken. Karl und seine wunderbaren Ideen, dachte sie, während Angst und Kummer um die Vorherrschaft in ihrem Innern kämpften. Einen Augenblick lang verschloß Maria die Augen vor dem möglichen Spektakel und blickte zu ihrem Bruder, der ein paar Schritte zur Seite getreten war. Sie konnte ihm ansehen, daß er das Geschehen mit allergrößtem Interesse verfolgte.

Mit einemmal wurde ihr einiges klar. Er beobachtete sie … er stellte sie ganz einfach auf die Probe! Auf diese Weise konnte Karl mit ansehen, wie sie und John miteinander umgingen. Er wollte wissen, wieviel von dem, was Caroline dem Grafen gegenüber angedeutet hatte, der Wahrheit entsprach. O Jungfrau Maria, betete sie, wenn Karl glaubte, daß sich sein Verdacht, den er in bezug auf sie und John hegte, bestätigte, dann stünde Johns Leben auf dem Spiel.

Ihr Gesicht war gefaßt und kühl, als sie sich wieder der Menge zuwandte, und sie trat an den Rand der Estrade.

Auch John hatte den Kaiser und seinen Minister, der jetzt an dessen Seite stand, beobachtet. Beide Männer musterten jede seiner Bewegungen – genauso wie ihre. Es stimmte also, sie verkaufte sie tatsächlich alle für dumm ... zumindest bis jetzt. Er überlegte, ob er nicht einfach den Saal verlassen, sie einfach stehenlassen sollte. Seinetwegen sollte sie ruhig vor ihren eigenen Leuten entwürdigt werden, dachte er. Aber das wiederum würde das Ende des Ehepaktes bedeuten und damit das Ende jeder Hoffnung auf Freiheit für Kit.

Zum Teufel mit ihr, fluchte er leise.

»Ich bin soweit«, erklärte er dem jungen Pagen, der vor ihm erschienen war, mit unbewegter Miene. »Wenn du vorausgehen möchtest?«

Alle, die in der Halle standen und die beiden beobachteten, sahen lediglich zwei Menschen aus vollkommen verschiedenen Welten. Maria von Ungarn war eine Königin – sanft, aber herrschaftlich und ihrer Familie treu ergeben. Sir John Macpherson war der Kommandant eines Schiffes, ein Krieger – hart, wild, ein Anführer und doch seinem König treu für alle Zeiten.

Was die Leute in der Halle nicht sehen konnten, war die Woge von Gefühlen, die sich in beiden brach – Schuld bei der einen, Wut bei dem anderen. Leid in ihr, Haß in ihm. All das lag verborgen unter der Oberfläche ihrer scheinbar ruhigen Mienen.

John schritt mit steifen Schritten durch die Halle, seine Augen lagen wie gebannt auf der Frau am gegenüberliegenden Ende. Als er näher kam, vernahm er die Worte eines Herolds, der an der Seite des Thronsitzes von Johns Mut und dem großen Glück, das die Königin wie durch ein Wunder zu seinem Schiff geführt hatte, kündete.

Noch mehr Lügen, dachte John. Graf Diego erschien an seiner Seite und flüsterte ihm zu, was jetzt geschehen würde. Weitere Dummheiten, mit denen das Gesicht gewahrt werden würde. Er konnte es kaum erwarten, mit den Leuten hier fertig zu sein. Jetzt war er nur noch wenige Schritte entfernt. Er versuchte nicht, seine Verachtung zu verbergen, als seine Augen über ihr Kleid wanderten. Wie mußte sie über ihn gelacht haben, als er ihr ein Kleid aus Gold angeboten hatte. Allein schon das Glitzern der Edelsteine, die auf das Kleid aufgenäht waren, schien sein einfaches Geschenk zu verhöhnen.

Vollkommen, dachte er. Das Kleid war das vollkommene Symbol dafür, wie unangemessen er für sie gewesen sein mußte, wie unangemessen er tatsächlich gewesen war.

Maria bemerkte den flüchtigen, aber geringschätzigen Blick, den er ihr zuwarf, als er näher kam; dann wandte er seine Augen ab. Sie nahm all den Mut zusammen, den sie aufzubieten vermochte, und wappnete sich gegen die glühenden Schürhaken, die Wunden in ihr Herz zu schlagen schienen. Sie mußte es durchstehen, ermahnte sie sich. Für ihn. Sie betrachtete ihn mit einem Blick, von dem sie hoffte, er würde kalt und reserviert wirken.

Er blieb stehen und verbeugte sich tief. Als er sich wieder erhob, schienen seine Augen einen Punkt genau hinter ihr anzustarren. Er war wirklich attraktiv, dachte sie. Sein langes schwarzes Haar war zurückgebunden, und sein Gesicht schien wie das eines Gottes gemeißelt zu sein. Sein Tartan und der Kilt waren dunkel und bunt gemustert und bildeten einen Kontrast zu dem leuchtenden Weiß seines Leinenhemdes. Er stand mit gespreizten Beinen da, und das weiche Leder seiner hohen Stiefel bekundete nicht nur seinen Reichtum, sondern auch seine ständige Handlungsbereitschaft. Maria blickte in seine blauen Augen, die einmal so voller Liebe für sie gewesen waren, jetzt aber kalt und leer zu sein schienen. Er starrte durch sie hindurch, als ob sie nicht existieren würde.

Die beiden standen sich gegenüber, und einen Augenblick lang herrschte Stille.

Sie atmete tief ein und versuchte ihre zitternden Hände ruhig zu halten. Dann wandte sie sich zu dem Edelmann, der neben ihr stand, und nahm von einem Samtkissen, das der Mann hielt, eine schwere Goldkette und ein Medaillon und hielt sie vor sich hin.

Sie wußten beide, was sie tun mußte, aber sie vermochte die Handlung nicht zu vollbringen, wenn er nicht mithalf. Ihre grünen Augen baten ihn, und er warf einen Blick zurück, in dem nichts als tiefe Verachtung war. Dann senkte er seinen Kopf und gestattete ihr damit, die Kette um seinen Hals zu legen.

»Nehmt das als ein Zeichen unserer Dankbarkeit für Eure Dienste.« Maria betete zu Gott, daß ihre Stimme so klar blieb. Sie nickte in Richtung ihres Bruders. »Der Kaiser selbst hat Vereinbarungen getroffen, Euch reich zu belohnen.«

John verneigte sich höflich vor ihr. Sein Gesicht war eine Maske, und er wandte seinen Blick nicht von Maria ab. »Ich danke dem Kaiser«, sagte John mit starrer Miene, »aber es ist keine weitere Belohnung nötig. Ihr selbst, Euer Majestät, habt mich vollauf belohnt.«

Er verneigte sich ein weiteres Mal, bevor er auf dem Absatz kehrtmachte und durch die Menge davonschritt.

Wenn John ihr ins Gesicht geschlagen und ein Schwert in ihr Herz gebohrt hätte, Marias Schmerz hätte nicht größer sein können als die Qual, die sie empfand, als ihr Geliebter durch die Halle schritt und in der Nacht verschwand.

Kapitel 24

Es war ein Fehler, ihn auf der *Great Michael* sehen zu wollen. Maria wußte das, aber dennoch wartete sie verzweifelt darauf, einen Augenblick mit ihm allein sein zu können. Gestern, an ihrem ersten Tag auf See, hatte sie einen Boten geschickt, um ihn in ihre Kajüte zu bitten, aber er hatte die Botschaft ignoriert und war nicht erschienen.

Inzwischen hatte Maria einen triftigen Grund, ihn zu sehen. Unter der Schiffsbesatzung hatte sich rasch die Neuigkeit verbreitet, daß Janet Maule durchgebrannt war, doch sie hatte erst gerade davon gehört. Und sie mußte durch John in Erfahrung bringen, ob Janet und David tatsächlich in Sicherheit waren und ob für sie angemessen gesorgt war.

Maria hatte gewußt, daß es dazu kommen würde. Die Königin entnahm ihren persönlichen Habseligkeiten den kurzen Brief, den Janet ihr im Schloß hinterlassen hatte, und blickte auf die ansprechende Schrift der jungen Frau. In dem Brief stand, daß Caroline drohte, sie vor ihrem Vater zu entehren, wenn sie sich nicht bestimmten Bedingungen fügen würde, die mit der zukünftigen Königin von Schottland zu tun hätten. Janet mußte Carolines Absichten nicht weiter ausführen, damit Maria wußte, auf was die junge Frau diskret anspielte. Aber, wie Janet selbst sagte, war ihr klar, daß dies erst der Anfang einer Reihe von Erpressungen war, denen sie in Zukunft durch ihre Stiefmutter ausgesetzt wäre. Und da sie auch wußte, daß ihr Vater ihre Liebe für David Maxwell nie akzeptieren würde, so hatte Janet ihr geschrieben, daß vielleicht der Zeitpunkt nahte, an dem sie die Bande zu ihrer Vergangenheit durchtrennen und ein Schicksal an Davids Seite wählen würde.

Maria ließ den Brief in ihren Schoß sinken. Nach ihrer Begegnung hatte sich Caroline nicht mehr aus ihrem Schlafgemach gewagt. Aber Maria wußte, daß dem tiefen Haß der Schottin nicht für immer Einhalt geboten war, besonders wenn die Frau – wegen der freundschaftlichen Beziehung ihrer Stieftochter zu Maria – eine Möglichkeit sah zurückzuschlagen. Von Carolines Standpunkt aus betrachtet, wäre es ihr ein leichtes, über die Freundschaft zwischen Janet und Maria unmittelbar über die Liebesgeschichte der jungen Königin informiert zu werden. Die Tatsache, daß Janet keinerlei Vorurteile gegenüber John hegte, würde sie zu einer wahrlich glaubwürdigen Zeugin machen – was Karl und König James betraf. Maria hatte keinen Zweifel, daß Caroline von ihrer Stieftochter erwartete, ›freiwillig‹ zu kooperieren und mit Einzelheiten aufzuwarten, die die Affäre zwischen Maria und John bestätigten.

Aber Janet hatte die Pläne ihrer Stiefmutter vereitelt. Sie war Caroline an der Seite ihres Geliebten entkommen und in die Freiheit entflohen.

Freiheit. Maria legte den Brief beiseite und ließ sich von einer ihrer Dienerinnen die Kajütentür öffnen. Eilig lief sie durch das Schiff und betrat das Deck. Als ein anderer Diener ihr einen Mantel um die Schultern legte, dachte sie, wie unangenehm es doch war, in jedem Augenblick ihres Lebens von Dienern umgeben zu sein. Solange sie lebte, war das so gewesen, aber bislang war es ihr nicht aufgefallen. Nicht, bis sie den süßen Nektar der Freiheit für einige unschätzbare Tage gekostet hatte.

Sie konnte einfach nicht atmen, wenn um sie herum so viele Menschen waren, die sie umsorgten und alles taten, um ihr zu gefallen. Diese jungen Edelfrauen hatte sie noch nie gesehen, und Maria wußte, daß ihre Anwesenheit Karls Idee war. So war die Gefahr weniger groß, daß etwas geschah, was seinen Plänen zuwiderlief. Um sie herum waren nur Fremde – mit Ausnahme ihrer Tante.

Isabels Anwesenheit auf dem Schiff verschaffte Maria den nötigen Ausgleich zu dem tödlichen Maß an Freundlichkeit, die ihr all diese Frauen zukommen ließen. Sicherlich würde man Isabels Konversation kaum als angenehm einstufen, wenn man ihr so zuhörte. Verschroben und schwierig bis zum Gehtnichtmehr, hatte sich die ältere Frau schließlich einverstanden erklärt, Maria bis zu ihrem Ziel zu begleiten. Aber nicht weiter. An welchem trostlosen Hafen sie auch ankommen würden, es wäre der Hafen, von dem aus sie sofort wieder in See stechen würde. So hatte sie es Maria und Karl erklärt. Tatsächlich konnte ihre Haltung gegenüber ihrer Nichte und ihrem Neffen nicht gerade als feinsinnig bezeichnet werden. Isabel unternahm keinen Versuch, ihre Unzufriedenheit mit der getroffenen Abmachung zu verbergen – genauso wenig wie mit Marias Entscheidung, sich dieser dummen, altmodischen Forderung zu fügen.

Die junge Frau hatte Isabel in Ruhe zugehört und ihr dann mit aller Herzenswärme dafür gedankt, daß sie sie bei diesem schweren Gang begleitete. Auch wenn man Isabels Beitrag soweit kaum als ›moralische Unterstützung‹ bezeichnen konnte, wußte Maria, daß, wenn die Zeit käme, in der sie ihre Tante brauchen würde, Isabel sich als unschätzbare Stütze an ihrer Seite erweisen würde.

Tief in ihrem Inneren war die junge Königin nicht willens aufzugeben. Noch hatte sie den schottischen König nicht geheiratet, und vielleicht bestand doch eine Möglichkeit, sich wieder mit John zu vereinen.

Maria sog die frische Meeresluft tief ein und spazierte zur Reling. Auf Deck befand sich ein bunt zusammengewürfelter Haufen von Menschen, und Maria spürte, wie zwischen den Leuten eine Art Konkurrenzkampf um ihre Aufmerksamkeit entbrannte. Grüppchen von – sowohl schottischen als auch spanischen – ausgelassenen und sich angeregt unterhaltenden Adligen näherten sich Maria, als sie vorbeiging, aber sie nickte ihnen nur zu und schenkte ihnen ansonsten kaum Beachtung. Als sie so dahinschritt, suchten ihre Augen nur nach einem. Aber diese Suche erwies sich als fruchtlos.

Er muß doch hier sein, dachte sie. Schließlich war er der Kommandant dieses Schiffes und der drei anderen, die die *Great Michael* flankierten, während sie ohne seinen besten Navigator nach Schottland segelten. John mußte auf Deck sein! Aber er war nirgends zu sehen. Sie unterdrückte das Gefühl von Hoffnungslosigkeit und Verzweiflung, das sich in ihr breitmachen wollte, und sah zurück zu dem Achterdeck, wo er, wie sie wußte, am liebsten stand, um seine Matrosen, die auf Deck und in der Takelage ihren Aufgaben nachgingen, zu überwachen. Aber auch dort war er nicht. Als ihr Blick zu dem Gang wanderte, der zu seiner Kajüte führte, überlegte sie kurz, ob sie nach unten gehen sollte, hineinstürmen und ein Gespräch mit ihm verlangen sollte. Sie dachte daran, es zu tun, aber nur für einen Augenblick. Maria wußte, daß sie nicht zu seiner Kajüte gehen konnte. Jeder falsche Schritt könnte sich als fatal für ihn erweisen.

Nun, sie konnte warten, entschied sie und schwor sich, so lange dort stehenzubleiben, wie es eben dauerte, damit sie wenigstens einen Blick auf ihn erhaschen konnte. Maria lehnte sich gegen die Reling und tat so, als ob sie die Sonne und die salzige Brise genießen würde, und beobachtete, wie ihre pflichtbewußten Diener es ihr nachtaten.

Plötzlich spürte Maria, daß *sie* von jemandem beobachtet wurde. Nicht von dem großen, gutaussehenden Kommandanten, sondern von einem jungen blonden Burschen, der sie schüchtern anblickte. Es war Andrew, Davids jüngerer Bruder, der nicht weit entfernt neben einem der Schiffsoffiziere stand und den Matrosen half, einen Teil der Takelage zu flicken. Der Junge verhielt sich ganz gleichgültig gegenüber der Gruppe von Adeligen, die auf Deck herumstanden, und warf nur ab und an einen Blick zu Maria herüber. Als es ihr gelang, seinen Blick zu erhaschen, winkte sie ihm zu, damit er näher kam. Aber der Junge drehte sich schnell weg und tat so, als habe er sie nicht gesehen.

Nun, sie sollte doch wohl imstande sein, mit einem Achtjährigen fertig zu werden, dachte Maria. Leise bat sie eine ihrer Dienerinnen, zu dem Jungen zu gehen und ihn einzuladen, zu ihr an die Reling zu kommen.

Maria beobachtete, wie die muskulösen Matrosen innehielten, um die junge Frau, die sich zu ihnen gesellte, zu beobachten. Andrew und Marias Dienerin redeten kurz miteinander und zogen dabei das Lächeln der Zuschauer auf sich. Als sie die junge Frau allein zurückkommen sah, wurde Maria klar, daß das Ganze sich nicht so einfach gestaltete, wie sie gedacht hatte. Der Junge ließ ihr ausrichten, daß er arbeite und es ihm nicht gestattet sei, mitten in seiner Schicht eine Pause zu machen.

Dieses Mal zögerte Maria keinen Augenblick länger und ging los, um ihn selbst zu holen. Sie unterdrückte ein Lächeln, als sie den Schrecken auf seinem Gesicht sah, nachdem er erkannt hatte, daß sie selbst kam, um ihn zu sich zu rufen. Die Matrosen umringten die beiden, als sie zu ihnen trat.

Der Junge hatte wirklich Mut, dachte sie. Offensichtlich kämpfte er gegen den Wunsch an, sich einfach wegzudrehen und davonzulaufen.

»Andrew«, sagte sie und blieb nur einen Meter vor ihm stehen. Sie bemerkte, daß noch weitere Matrosen, die in der Nähe zugange waren, ihre Arbeit unterbrachen und den Wortwechsel aufmerksam verfolgten. »Ich hatte gehofft, wir könnten kurz miteinander reden.«

Er schüttelte ablehnend seinen Kopf und starrte auf das Tau in seinen Händen.

Sie trat näher und strich ihm durchs Haar. Der Junge wurde bleich, und die Matrosen um ihn herum lachten.

»Ich dachte, wir wären Freunde. Ich habe deine Gesellschaft vermißt«, flüsterte sie in sein Ohr, nachdem sie sich zu ihm hinuntergebeugt hatte. »Du hast die Wahl: Entweder ich umarme dich, einen mit allen Wassern gewaschenen jungen Mann, vor versammelter Mannschaft, oder du kommst mit und leistest mir für kurze Zeit Gesellschaft.« Sie richtete sich auf und sah zu ihm hinunter. »Nun, Andrew? Für was entscheidest du dich?«

Maria konnte ihm ansehen, daß er den Tod einer Umarmung vorgezogen hätte. Fast ohne Zögern nickte der Junge knapp, legte das Tau beiseite und verließ den Kreis der grinsenden Seeleute.

Maria folgte ihm zur Reling, wo sie den Dienern einen Wink gab, sich entfernen, damit sie mit dem Jungen ein Gespräch unter vier Augen führen konnte. Andrew drehte sich um und setzte sich auf das Schandeck, nur um sogleich wie von der Tarantel gestochen wieder aufzuspringen.

»Was ist los?« fragte sie besorgt und blickte über die Reling.

Der Junge sah sie verlegen an. »Mir ist es nicht gestattet, in Eurer Anwesenheit zu sitzen, oder doch, Euer Majestät?«

»Natürlich darfst du sitzen«, antwortete sie. »Ich habe dich gebeten, mir Gesellschaft zu leisten, oder nicht?«

Er zuckte mit den Schultern. Maria deutete auf ein paar Fässer in der Nähe, und sie setzten sich hin, wenngleich Andrew immer noch den Eindruck machte, als würde er zum Schafott geführt.

»Gut, du bist also wütend auf mich«, sagte sie bestimmt. »Aber warum nur?«

»Wer sagt, daß ich wütend bin?« In den Augen des Jungen zeigte sich Angst, bevor er schnell zu Boden blickte. Maria biß sich auf die Lippen, um ihr Lächeln zu verbergen, als er unruhig hierhin und dorthin blickte, aber es tunlichst vermied, sie anzusehen.

»Ich bin nicht blind, Andrew. Habe ich dir etwas getan? Etwas, das dich gegen mich aufgebracht hat?«

Wieder zuckte er nur mit den Schultern.

»Antworte mir, Andrew. Oder ich schwöre, ich werde dich auf der Stelle umarmen.«

Er wandte sich sofort mit großen Augen ihr zu.

»Und dann werde ich dich auch noch küssen. Na, habe ich jetzt deine Aufmerksamkeit?«

»Königinnen sind es gewohnt, ihren Willen durchzusetzen, oder?« murmelte er.

»Natürlich, aber offensichtlich nicht so sehr, wie du es gewohnt bist, deinen Willen durchzusetzen.« Maria blickte kurz zu dem Jungen hinunter, bevor sie fortfuhr. Er trug dasselbe Lederwams und Wollhemd, das er schon auf der Fahrt nach Antwerpen getragen hatte. Sein Kilt war zu lang und hing über die grob genähten Schuhe aus Segeltuch. »Ist dir warm genug, Andrew?«

Der Junge sah hoch, überrascht über die Frage. »Ja, natürlich. Mir ist warm, es ist ein schöner Tag.«

»Ja, das ist es«, sagte sie, und ihr Blick wanderte über die glitzernde Weite des Meeres.

»Ja, der Wind kommt aus Südosten, und wir werden im Nu zu Hause sein.« Er stockte.

»Sag mir, was dich so aufgebracht hat.« Abgesehen davon, daß dein Bruder das Schiff verlassen hat, dachte sie im stillen.

Andrew scharrte mit seinen Füßen über das gestrichene Holz des Decks und wand sich verlegen.

»Wenn es etwas gibt, was ich tun kann, um dich ...«

»Du hast den Kommandanten traurig gemacht!« platzte es mit einemmal aus dem Jungen heraus, und seine Augen blitzten auf. »Und wütend!«

Die Anschuldigungen des Jungen ließen sie einen Augenblick lang verstummen.

»Ich bin wütend, weil er es ist«, fuhr Andrew mit der Offenheit eines Jungen seines Alters fort. »Als Sir John gehört hat, daß du hier hochkommst, ist er runter in seine Kajüte. Er will dich nicht sehen und auch nicht mit dir sprechen. Naja, und was Sir John sagt, das gilt auch für mich. Ich antworte nur auf seine Fragen ... äh, Euer Majestät.«

Maria blickte in die großen braunen Augen des Jungen. Der Umstand, daß John ihr so deutlich aus dem Weg ging, daß sogar ein Kind es mitbekam, verletzte sie tief. Und auch der Umstand, daß Andrew von seinem einzigen Anverwandten zurückgelassen worden war, tat ihr weh. Aber was hätte David sonst tun sollen? fragte sie sich.

»Sir John ist ein guter Mann, und man sollte zu ihm aufsehen«, sagte Maria ruhig. »Aber welche Streitigkeiten zwischen Sir John und mir auch bestehen mögen ... nun, ich hoffe, ich kann sie aus dem Weg räumen.«

»Das ist nicht so einfach, weißt du. Bei Mistreß Janet und David war es anders. Damit es gutging ... naja, deswegen mußten sie weggehen und mich zurücklassen. Aber jetzt bin ich beim Kommandanten, und er ist anders als du. So ... so ...« Die Stimme des Jungen verlor sich, und er blickte niedergeschlagen auf den Boden.

Wenn wir unseren Streit beilegen, wirst du wieder allein gelassen, dachte sie traurig. Und dann hast du niemanden mehr.

»Andrew, ich möchte nur Frieden mit Sir John schließen.« Sie legte ihre Hand auf den Arm des Jungen. Dieses Mal zuckte er nicht zusammen. »Er wird an deiner Seite bleiben. Er wird für dich sorgen. Dein Bruder ist ein besonderer Mann, und er hat dich der Obhut eines anderen besonderen Mannes übergeben.« Sie hielt kurz inne, bevor sie fortfuhr. »Hast du sonst noch Verwandte?«

»Ja, ich habe eine Tante, die mich aufnimmt, wenn wir in Dundee angekommen sind.« Er blickte sie trotzig an. »Aber ich bin ein Matrose, kein Bauer.«

»Natürlich«, gab sie sanft zurück.

»Was du zuvor von David und Sir John gesagt hast ...«, der Junge blickte auf seine kleinen schwieligen Hände. »Ich weiß, daß sie gute Männer sind. David hat mit mir gesprochen, bevor er ging. Er sagte mir, daß der Kommandant ihm angeboten hat, sich um mich zu kümmern, und daß er das Angebot angenommen hat. Er hat auch gesagt, daß er und Mistreß Janet bald kommen und mich zu sich nehmen werden. Und was den Kommandanten angeht, so weiß ich, daß er sich um mich kümmert. Als gestern herausgekommen ist, warum Mistreß Janet und David nirgends zu sehen sind, dachte ich, daß Sir Thomas mich statt David schlagen würde. Aber der Kommandant hat beide, Sir Thomas und seine Frau, auf die *Eagle* gebracht ... um meine Haut zu retten.«

»Niemand hat das Recht, einen Unschuldigen für etwas zu bestrafen, was andere getan haben.«

Andrew sah Maria an. »Glaubst du, daß sie etwas Schlechtes getan haben?«

Sie schüttelte ihren Kopf. »Nein, mein Junge. Sie sind einem Weg gefolgt, der zum Glück führt. Ich glaube, das, was sie getan haben, ist gut.«

Andrew nickte zufrieden. »Das hat Sir John auch gemeint. Er hat auch gesagt, daß sie das Richtige getan haben. Aber ich glaube nicht, daß Sir Thomas glücklich darüber ist.«

Maria spürte den Kloß in ihrem Hals. Wenn die Dinge anders gelaufen wären – wenn John ihre wahre Identität gekannt hätte –, hätte er dann seine Liebe über seine Pflicht gestellt? Über seine Treue zum König? Hätte er sie genommen und sie geliebt, wäre glücklich gewesen und hätte sich von allem anderen abgewendet?

Sie schon. Das wußte sie. Aber sie hatte es ihm nie gesagt. Vielleicht ... vielleicht hatte sie auch nie für die Gelegenheit gesorgt, es ihm sagen zu können.

»Dann ist es gut, Lady Mari... Euer Majestät, meine ich«, meinte Andrew. »Jetzt sagen schon zwei Leute dasselbe. Ja, ich werde stolz auf meinen Bruder und Mistreß Janet sein.« Der Junge nickte heftig mit dem Kopf. »Wenn wir im Hafen angekommen sind, hat Sir John gesagt, daß wir vielleicht zum Schloß Benmore gehen. Ich wußte erst nicht, was ich von David erzählen werde, wenn wir dort ankommen. Aber jetzt weiß ich es. Ich werde die Wahrheit über die beiden sagen.«

Maria nahm die Hand des Jungen in die ihre und hielt sie fest. Er zog sie nicht weg.

War es wirklich zu Ende? dachte sie. Hatte sie jede Möglichkeit des Glücks für sie beide zerstört? Diese Frage nagte an ihr. War es falsch gewesen, ihm nicht gleich die Wahrheit zu sagen, als sie sich kennengelernt hatten? Nein, tief in ihrer Seele wußte sie, wenn sie das getan hätte, wäre die Liebe zwischen John und ihr niemals erblüht. Sein Ehrgefühl hätte es nicht zugelassen. Sie wischte sich eine Träne weg.

»Bist du traurig, Euer Majestät?«

»Ja, Andrew. Ein bißchen.«

»Wegen Sir John?«

»Mach dir deswegen keine Sorgen, junger Mann. Es wird sich alles zum Guten wenden.«

»Darf ich jetzt gehen, Euer Majestät?«

Maria sah zu dem Jungen herunter, der neben ihr saß, seine Hand noch immer in der ihren. Sie nickte ihm zu, als sie seine Hand losließ. »Danke, Andrew, daß du mit mir gesprochen hast.«

»Danke«, sagte er. »Ich sage Sir John, daß er dir nicht aus dem Weg zu gehen braucht. Daß du nicht willst, daß er böse ist. Ich sage ihm, daß du nicht mit ihm davonlaufen wirst, so daß er keine Angst haben braucht, mich zurücklassen zu müssen.«

»Aber Andrew ...« Maria sah zu, wie der Junge aufsprang und ohne ein weiteres Wort in der Menge verschwand.

Kapitel 25

Schottland versank im Chaos.

Maria zog ihren Mantel enger um sich, als sie oben auf dem flachen Dach der Abtei von Holyrood stand und durch den Nebel auf die vom Regen dunklen Mauern des Edinburgher Schlosses blickte. Es ragte auf einem steinigen Hügel am anderen Ende der Stadt auf. Die vor ihr liegende Stadt war erst vor fünfzehn Jahren aus Stroh und Lehm wiederaufgebaut worden, doch sie konnte immer noch die Zerstörungen an den Schloßmauern sehen, die die englischen Kanonen angerichtet hatten, nachdem die Burg in Brand gesetzt worden war. Den Engländern war es nicht gelungen, das Schloß einzunehmen. Maria seufzte, als sie über die Gewalttätigkeit der Menschen nachsann, und sie fragte sich, warum die englischen Kommandanten die Abtei und die noch nicht fertiggestellte königliche Residenz verschont hatten.

Nun, die Engländer waren schließlich nach Süden über die Grenze zurückgedrängt worden. In dem nördlichen Land war wieder etwas Ruhe eingekehrt, und der jugendliche König stand jetzt auf der Schwelle zum Erwachsenenalter.

Als es stärker zu regnen begann, überdachte Maria noch einmal alles, was in der letzten Woche geschehen war, und auch alles, was sie nun über die Zeit vor ihrer Ankunft in diesem Land wußte.

Sie waren bei schwerem Regen in der kleinen Hafenstadt am Firth of Forth angekommen. Dort hatte sie keine Delegation zur Begrüßung erwartet. Es war lediglich eine bewaffnete Kompanie von Soldaten dagewesen, um Maria und ihre Bediensteten ohne weiteres Zeremoniell zu der Abtei von Holyrood zu begleiten. Und mit genausowenig Zeremoniell waren die schottischen Edelleute, die sie schon nach Antwerpen begleitet hatten, auf der schlammigen Straße in Richtung des furchteinflößenden Schlosses, das über Edinburgh aufragte, aufgebrochen. Soweit Maria es mitbekommen hatte, schienen in den zwei Monaten seit der Abreise große Veränderungen eingetreten zu sein.

Schon seit einiger Zeit, so schloß Maria aus dem Gehörten, war der regierende Adel Schottlands in verschiedene Lager gespalten. Das Land befand sich offensichtlich seit einem Jahr am Rande eines Bürgerkrieges, wobei einige der dem Stuart-König treu ergebenen Adligen ihre Feindschaft gegenüber dem Lager der Douglas und Lordkanzler Angus nicht länger verbargen. Maria wußte schon, bevor sie nach Schottland ging, daß Angus mit Margaret Tudor, der Mutter des Königs, verheiratet war, seit James IV. auf dem Flodden Field umgekommen war. Sie wußte auch, daß er während James' Kindheit mit ihr um die Macht gerungen hatte. Und jetzt erfuhr sie, daß ein päpstlicher Erlaß in Schottland eingetroffen war, während die Delegation unter John Macpherson in Antwerpen war, und die Ehe zwischen Angus und Margaret Tudor annulliert worden war. Es ging sogar das Gerücht, daß Margaret bald darauf einen anderen Edelmann geheiratet hatte, nämlich Lord Darnley. Offensichtlich hatte Angus, dem plötzlich jeder legitime Anspruch auf eine Herrschaft im Namen der königlichen Familie fehlte, seine ehemalige Frau gefangengesetzt, den König ›unter Aufsicht‹ gestellt und so die Macht an sich gerissen.

Es herrschte tatsächlich Chaos, dachte Maria und blickte Richtung Süden, zu den dunklen Hügeln, die teilweise hinter den schweren, tiefhängenden Wolken verborgen lagen. Während sie so dastand und über die Umstände, soweit sie ihr bekannt waren, nachdachte, kam eine kalte, feuchte Brise auf.

Margarets Bruder, König Heinrich von England, hatte es weitgehend unterstützt, daß Angus die verwitwete Königin geheiratet und die Herrschaft über Schottland übernommen hatte. Aber jetzt, da die Annullierung der Ehe von Rom aus vor weniger als einem Monat abgesegnet worden war, mußte der Lordkanzler ernsthaft in Erwägung ziehen, daß der englische König ihn nicht länger unterstützen würde. Schließlich war Angus nicht mehr mit Margaret Tudor verheiratet. Angus mußte gewußt haben, daß die Annullierung ausgesprochen werden würde, überlegte Maria, und er wußte, daß er einen neuen Verbündeten brauchte – und zwar schnell. Da war Karl, der Herrscher über das Heilige Römische Reich, genau der Richtige, und Maria war sich darüber im klaren, daß Karl wiederum niemand war, der sich einem solchen Angebot verweigern würde.

Mein Bruder wußte von all dem, dachte Maria. Karl wußte, daß Schottland drohte, auseinandergerissen zu werden, aber er sagte nichts weiter dazu. Und dann schickte er sie los, um dort zu heiraten. Dir und deinem neuen Gatten viel Glück, hatte Karl zu ihr gesagt, in seinem Gesicht nichts als Aufrichtigkeit. Das allein schon hätte ihr verraten können, auf welches Durcheinander sie hier stoßen würde. Wenigstens hatte ihre Tante sofort mitbekommen, das alles nicht gerade zum Besten stand, und hatte ihr angeboten zu bleiben. Maria war für ihre Gesellschaft sehr dankbar.

Seit der Woche, die sie nun schon in der Abtei zubrachte, hatte sie nichts vom Lordkanzler gehört und damit auch nichts von ihrem zukünftigen Ehemann. Der Abt war ein ernsthafter und hagerer Mann, der nur in Anwesenheit von Isabel aufzutauen schien. Das wenige, das sie inzwischen über die hiesigen Zustände wußten, stammte von ihm. Er hatte ihnen weiter erzählt – nun, eher hatte er es Isabel erzählt –, daß Angus gezwungen gewesen war, eine große Armee mit in die Grenzgebiete zu England zu nehmen, um die sich dort ausbreitenden gesetzlosen und gewalttätigen Vergehen einzudämmen, welche die Gegend verunsicherten und am Ende gar englische Truppen auf schottisches Territorium bringen könnten, die die Lage selbst bereinigen wollten. Maria mutmaßte, daß Angus seinen südlichen Nachbarn zeigen wollte, daß er das Grenzgebiet genauso wie das übrige Schottland zu kontrollieren vermochte.

Maria hatte nicht geklagt. Je länger sie auf diese gefürchtete Ehe warten mußte, desto unwirklicher erschien sie ihr. Heute morgen jedoch war der Abt zu den Gästequartieren in der Abtei gekommen und hatte sie und Isabel darüber informiert, daß der Earl of Angus seine Truppen in dem

Grenzgebiet verlassen hatte und nach Edinburgh zurückgeritten war, um die zukünftige Königin zu begrüßen.

Er würde die Heirat vorantreiben, wurde ihr klar, nachdem sie die Lage überdacht hatte. Für Angus war die Eheschließung wichtig, um den Vertrag zwischen Schottland und dem Heiligen Römischen Reich zu besiegeln. Angus und der übrige Douglas-Clan waren diejenigen, die für diese sich anbahnende Ehe des schottischen Königs verantwortlich waren. Und nach all dem, was in den letzten ein, zwei Monaten in Schottland geschehen war, konnte sie die Motive des Mannes, der den Pakt mit dem Kaiser anstrebte, sehr wohl durchschauen.

Maria wandte sich um und sah nach Nordwesten, in Richtung der großen Hügel und des Schlosses. Irgendwo dort waren die Highlands. Und Schloß Benmore. Vielleicht war John gerade dort und stand wie sie draußen im Regen. Und blickte nach Süden, in Richtung Edinburgh.

Sie hatte sich bemüht, ihre Verzweiflung über die Nachricht des Abtes zu verbergen, aber sie war sich nicht sicher, ob ihr das auch gelungen war. Sie konnte schon jetzt den Earl of Angus nicht leiden. Er war eindeutig ein machthungriger Mann ohne jegliche Integrität. Seltsam und passend, dachte sie, daß Caroline Maule die Cousine eben dieses Mannes war. Angus hatte dem Abt von der kommenden Hochzeit geschrieben. Der Lordkanzler hatte versprochen, daß sie vollzogen würde, sobald die Probleme im Grenzgebiet eingedämmt waren und der König sicher nach Edinburgh geführt werden konnte.

Maria fragte sich, wieviel von dem, was ihr erzählt wurde, der Wahrheit entsprach. Einige Berichte besagten, daß sowohl Margaret Tudor wie auch ihr neuer Ehegatte in Schloß Stirling gefangengehalten wurden. Andere wiederum behaupteten, daß Lord Darnley sich im Norden in den Highlands aufhielt, um von den dortigen Clans Unterstützung zu beziehen. Alle Berichte waren sich zumindest einig, daß König James gegen seinen Willen auf Schloß Falkland festgehalten wurde, wenngleich der Lordkanzler dies leugnete. Dank Isabel und dem Abt, ihrem willigen Informanten, wurden Maria ständig die neuesten Berichte übermittelt. Sie war wirklich froh, daß Isabel sich einverstanden erklärt hatte zu bleiben.

Ein Blick auf das Durcheinander bei ihrer Ankunft hatte genügt, und Isabel war angesichts der Not ihrer Nichte deutlich zartfühlender geworden. Sie hatte offensichtlich erkannt, daß es niemanden gab, der die junge Königin unterstützen würde. Die Delegation hatte sich bald zerstreut, und die vier Schiffe unter Sir Johns Kommando hatten sogleich wieder Segel gesetzt und waren, wie es hieß, nach Dundee im Norden unterwegs.

John Macpherson war fort, und die Spannungen zwischen ihnen hatten sich nicht gelöst, dachte Maria mit tiefer Traurigkeit. Vielleicht stimmte das so aber auch gar nicht, und es hatte sich eben alles gelöst.

Sie waren in der königlichen Residenz der Abtei untergebracht worden, einem der bevorzugten Aufenthaltsorte von Margaret Tudor, der Königinmutter. Es war seltsam für Maria, daß sie ein Gefühl der Nähe zu dieser Frau verspürte, der sie bislang doch nie persönlich begegnet war. Auch Maria war schon jung verheiratet worden, und auch sie hatte einen herrischen und ehrgeizigen Bruder, der in ihr Leben eingegriffen und es geplant hatte. Aber jetzt, nach zwei Ehen, hatte Margaret Tudor ihre Zukunft in die eigenen Hände genommen und einen Mann geheiratet, den sie selbst gewählt hatte – nur um von ihrem ehemaligen Ehemann gefangengehalten zu werden.

Nach einem letzten Blick nach Norden ging Maria die Wendeltreppe in ihre Kammer hinunter. Sie hing ihren feuchten Mantel an den Haken bei der Tür und setzte sich vor das kleine Feuer. Nachdem sie einige Worte mit Isabel gewechselt hatte, die dasaß und nähte, setzte auch Maria sich hin und wartete auf die Ankunft von Angus.

Während sie so ins Feuer starrte, fragte sie sich, ob sie nichts weiter als eine Marionette war. Eine ausgefallene, teure, elegant gekleidete Marionette, die gekauft wurde, um eine bestimmte Rolle zu übernehmen und die Leute zu amüsieren. Vielleicht war das die Rolle des Adels in dieser Zeit, dachte sie und kämpfte gegen die Wut an, die in ihr aufzusteigen drohte. Sie seufzte und griff nach einem schmalen Band mit schottischen Gedichten, den sie sich aus der Sammlung des Abtes geliehen hatte. Isabels fragenden Blick ignorierte sie. Sie öffnete das Buch an der Stelle, an der sie die Lektüre zuvor unterbrochen hatte, und las weiter von den Taten eines großen Helden namens The Wallace, von denen Blind Harry schrieb.

Archibald Douglas, der Earl of Angus, war ein wahrhaft unliebenswürdiger und arroganter Mann, dachte Maria mit einem erstarrten Lächeln auf den Lippen. Schlimmer noch, als sie ihn sich vorgestellt hatte. Vielleicht wollte er sie mit seinem herrischen ›männlichen‹ Auftreten beeindrucken, vielleicht glaubte er aber auch einfach, daß er sagen konnte, was er wollte, weil Maria bloß eine Frau war. So plusterte er sich auf und gab an, stolzierte in ihrem Gemach herum und strich sich über seinen langen schwarzen Bart – und gab sich dabei keine große Mühe, seinen Machthunger zu verbergen. Das Benehmen von Angus war unerhört, aber Maria blieb ruhig sitzen, wo sie war, und versuchte sich jedes seiner Worte einzuprägen. Sie wäre nicht so dumm und würde ihm irgendeinen Hinweis darauf geben, wie hinterhältig sie seine Pläne fand. Nein, sie hatte sich entschlossen, den Einfaltspinsel zu spielen und mit vollkommen ernster Miene allem zuzustimmen, was er ihr vorschlug. Fürs erste zumindest.

Der Earl of Angus hatte schon einen König und eine Königin gefangensetzen lassen. Sie hatte nicht vor, dem Lordkanzler einen Grund zu geben, sie bis zum Tag der Hochzeit in Schloß Edinburgh einzusperren, was, so meinte sie, durchaus im des Bereich des Möglichen lag. Sie hatte diese Farce bereits mit ihrem Bruder gespielt, und der Kaiser war darin wesentlich besser als dieser Mann. Aber gleichzeitig durfte sie auch Angus nicht unterschätzen. Sie wußte, wie sie das Spiel spielen mußte. Und sie zog es vor, es von der relativen Freiheit der Abtei von Holyrood aus zu inszenieren.

»In zwei Wochen wird Ruhe in den Grenzgebieten herrschen«, gab Angus zufrieden bekannt, »und ich werde unseren jungen König nach Edinburgh zur Hochzeit zurückbringen. Die Unruhestifter werden dann keine Gelegenheit mehr haben, die Festivitäten zu stören, und die ganze Sache kann über die Bühne gebracht werden. Es wird ein Tag der Freude für Euch werden, Eure Hoheit, für Euch und für Schottland.«

Wieder nickte sie nur.

»Ihr wißt, daß ich mich natürlich auf Euch verlasse, Euer Hoheit.« Er hielt inne und warf ihr einen wissenden Blick zu. »Ich verlasse mich darauf, daß Ihr Eurem Bruder sofort Nachricht übermittelt von ... nun also, daß Ihr ...«

Auch wenn es ihr großes Vergnügen bereitet hätte, ihn weiter herumstammeln zu lassen, während er nach einem angemessenen Ausdruck suchte, wußte sie, daß es doch klüger wäre, dem arroganten Kerl über diese Stolpersteine hinwegzuhelfen.

»Daß die Ehe vollzogen wurde?« fragte Maria mit einem reizenden Lächeln.

»Ja. Genau das.« Angus nickte bestätigend. »Da Ihr unfruchtbar seid, gibt es keinen Grund, auf ein Wunder zu warten, bis Euer Bruder uns den zweiten Teil Eurer Mitgift übergibt. Meiner Meinung nach sollte Euer Wort für alle Beteiligten genügen ... Eure Hoheit.«

Er mußte doch wissen, wie unverschämt seine Worte klangen! »Das ist sehr freundlich von Euch, Lordkanzler.«

»Wenn Ihr dem Kaiser schreibt, dann wäre es schön – so Ihr wollt –, wenn Ihr auch die Bitte erwähnen könntet, zusammen mit der Mitgift einige seiner Truppen zu schicken.« Angus blieb am Fenster stehen und blickte in den Hof hinunter. Nach einer kurzen Pause fuhr er fort, wobei er sich anhörte, als würde er laut über etwas nachdenken. »Was die Narren, die sich hoch im Norden aufspielen, angeht, wäre es für uns alle von Vorteil, wenn der Kaiser seine Macht ins Spiel bringen würde.«

Das war mehr, als Maria glauben konnte. Wie hatte dieser Mann all die Jahre an der Spitze der Macht überdauern können? Sie war noch nicht einmal mit James verheiratet, und schon bat Angus sie offen, ihn zu unterstützen und fremde Truppen ins Land zu holen.

»Kann ich mich darauf verlassen, daß Ihr mir diese Bitte erfüllt, Euer Hoheit?«

»Mylord, soweit ich weiß, bestehen zwischen Euch und meinem Bruder ausgezeichnete Beziehungen. Ihr seid in einer so trivialen Angelegenheit bestimmt nicht auf meine Hilfe angewiesen, oder?«

»Doch, Euer Hoheit, das bin ich. Wißt Ihr, ich habe vor, nach der Hochzeit einen Brief an den Kaiser mit eben dieser Bitte zu schicken. Aber einige zusätzliche Worte von Eurer Hoheit, die diese Bitte unterstützen – nun, das würde die erwünschte Antwort Eures Bruders bekräftigen, würde ich meinen.«

Maria konnte das kaum abstreiten. Angus lud den Fuchs ins Hühnerhaus ein, und Karl würde zugreifen, dessen war sie sich sicher.

»Was immer Ihr für das Beste haltet, werter Lordkanzler«, stimmte sie ihm mit vollkommen ausdrucksloser Stimme zu. »Ich weiß nicht, wessen Briefe Karl überhaupt liest, bin mir jedoch ziemlich sicher, daß er den meinen Beachtung schenkt. Wie Ihr wißt, wird mein Bruder in der letzten Zeit sehr beansprucht.« Die Worte des Kaisers wiederholend, fuhr sie in gequältem Tonfall fort. »Mein armer Karl ... sein Reich expandiert in alle Richtungen. Er muß den Aufstand in Spanien niederschlagen, mit dem französischen König kämpfen, dem Vormarsch der Türken im Osten Einhalt gebieten, die lutherische Häresie in Deutschland unterdrücken und dann auch noch den Papst in Rom schützen! Gütiger Himmel ... und obendrein wird er jetzt nach Schottland gerufen. Das wird ihm endgültig die Laune verderben.«

»Aber wenn Ihr ihn vielleicht bitten könntet ...?« fragte Angus.

»Ja, wenn ich ihn bitten würde ...« Maria schenkte ihm ein honigsüßes Lächeln. »Der Gute wird alles tun, worum ich ihn bitte. Macht Euch keine Sorgen, Mylord, ich werde es tun.«

»Dann ist das also erledigt!« Der Mann rieb sich die Hände und strich nachdenklich über seinen Bart.

Als sie ihn dermaßen zufriedengestellt sah, stellte sie ihm ihre letzte Frage. »Ich hoffe nicht, daß Ihr von mir erwartet, daß ich viel Zeit in irgendeinem Jagdschlößchen verbringe, wenn ich erst einmal verheiratet bin?«

»Aber nein, Euer Hoheit. Schloß Falkland entspricht vielleicht nicht dem Komfort, den Ihr gewohnt seid, aber es ist recht bequem. Und wenn ich erst einmal die Gesetzlosen in den Grenzgebieten unterworfen habe und den Rebellen im fernen Norden die Treue abgerungen habe, werden wir dieses Königreich in einen Zustand versetzen, der Euch gefallen wird. Und natürlich könnten wir auch den Bau eines neuen Schlosses veranlassen, sofern Ihr dies wünscht.« Angus zupfte an seinem Bart. »Es ist nur so, daß ich ... nun ja, dem jungen König eine der königlichen Residenzen für einige Zeit ... noch zur Verfügung stellen muß.« Er fügte noch hinzu: »Zu seiner eigenen Sicherheit natürlich.«

»Natürlich«, wiederholte sie mit einem nichtssagenden Lächeln.

Maria sah zu, wie der Earl of Angus sich erhob und erneut seine Hände rieb. Der Mann war offensichtlich sehr mit sich und seinem Schicksal, auf eine so verständige Königin zu treffen, zufrieden.

»Nun will ich Euch nicht weiter belästigen, Euer Hoheit«, sagte er und verneigte sich förmlich vor ihr. »Ich muß für weitere zwei Wochen an der Grenze nach dem Rechten sehen, und wenn ich zurückkomme, werden wir uns hier wohl auf einer Hochzeit wiedersehen.«

»Mylord«, rief sie aus, als ob sie sich soeben an etwas erinnern würde, »wenn es nur mehr vierzehn Tage bis zur Hochzeit sind, denkt Ihr, die Zeit genügt, um ...« Maria hob ihre Hand an den Mund, und ein Ausdruck der Verzweiflung huschte über ihr Gesicht.

»Genug Zeit wofür, Euer Hoheit?«

»Bevor ich abgereist bin, verlangte mein Bruder ... der Kaiser, daß ich ihm sofort ein Hochzeitsporträt zukommen lasse. Und nun bin ich hier schon seit einer Woche und habe nichts getan, um seiner Bitte nachzukommen.«

»Euer Hoheit«, sagte Angus ungeduldig. Ich versichere Euch, Ihr werdet nach Eurer Heirat Zeit genug haben, ein Porträt von Euch malen zu lassen.«

»Nun, dann denke ich, werde ich meinen Brief an den Kaiser noch ein wenig aufschieben müssen, zumindest bis dahin«, gab sie mit leicht gereizter Stimme zurück. »Aber ich nehme an, daß ich dann auch nach Karls Maler, Jan von Vermeyen, schicken kann, wenn ich so lange warten muß, um den einzigen vom Kaiser gewünschten Dank für seine Bemühungen zu beschaffen. Natürlich ist Vermeyen zeitlich immer sehr ausgelastet, und es könnte durchaus sechs Monate dauern, bis er kommen kann. O Gott, dann ist ja schon Winter, nicht wahr? Nun gut, in dem Fall kann er eben nicht vor dem nächsten Sommer kommen.« Maria wandte ihre grünen Augen auf ihn und sagte wieder mit einem fröhlicheren Ton in der Stimme: »Aber es macht Euch ja auch nichts aus, ein Jahr auf ein paar Soldaten zu warten, nicht wahr, Lordkanzler?«

Der Ausdruck des Schreckens, der auf Angus' Gesicht lag, war unbezahlbar, und Maria hielt ein Lächeln zurück.

»Nein, Euer Ehren. Ich fürchte, so lange können wir nicht warten. Es ... wir können einfach nicht. Euer Bruder ist doch ein vernünftiger Mann. Wenn Ihr ihm einen Brief mit dem Versprechen schickt, daß das Porträt bald folgt?«

»Lordkanzler, Ihr wißt offensichtlich nicht, wie der Kaiser in solch wichtigen Angelegenheiten denkt!« Sie wandte sich ihm mit dem süßesten Schmollmündchen zu, das sie hinbekam. »Wenn Ihr denkt, ich schicke meinem Bruder einen Brief, in dem ich ihn um Gold und ein paar Soldaten bitte und ihm nicht einmal die Höflichkeit widerfahren lasse, das von ihm so sehr gewünschte Porträt mitzuschicken, dann liegt Ihr leider falsch, Mylord. Gänzlich falsch.«

»Ich bin mir sicher, daß sich in dem Fall etwas machen läßt.«

»Bestimmt. Wir warten einfach auf Vermeyen.« Maria wurde fröhlicher. »Ihr wißt so gut wie ich, Lordkanzler, daß ich auf den Besten warten sollte.«

Maria beobachtete aus dem Augenwinkel den Widerstreit, in dem Angus sich befand. Karl hatte nicht um ein solches Porträt gebeten. Soweit sie wußte, interessierte sich ihr Bruder nicht im geringsten für Geschenke dieser Art. Aber wenn sie ihre List dazu einsetzen konnte, um die verabscheuungswürdigen Pläne des Lordkanzlers gegenüber jenen, die die eigentlichen Getreuen von König James waren, zu vereiteln ...

»Ich fürchte, Lordkanzler, ich spüre, wie mich ein leichter Kopfschmerz überkommt«, seufzte sie, darauf bedacht, dem Mann nicht die Zeit zu lassen, die Angelegenheit zu überdenken. »Ich bin es nicht gewohnt, soviel ... soviel wirklich harte Arbeit auf einmal zu tun. Wenn Ihr also einverstanden seid, werde ich einen Brief an Vermeyen schikken und ihn bitten, nächsten Sommer hierherzukommen.« Sie legte eine Hand auf ihre Stirn, als wolle sie prüfen, ob sie Fieber habe. »Ich frage mich, ob er es bis dahin schaffen wird, da doch Karl und Königin Isabella das Schloß in Antwerpen zu dieser Zeit umgestalten. Vielleicht wären zwei Jahre realistischer?«

»Ich versichere Euch, es ist nicht nötig, daß Ihr so lange wartet«, gab der Earl gequält zurück. »Schottland rühmt sich einer der besten lebenden Porträtmalerinnen. Elizabeth Boleyn Macphersons Ruf ist weithin bekannt.«

»Eine Frau?« Maria schluckte. »Eine Malerin?«

»Ja. Mir wurde gesagt, sie habe bei Michelangelo selbst gelernt.«

Angus strich sich mit einer Hand über seinen Bart und versuchte offensichtlich zu überdenken, was er gerade vorgeschlagen hatte. Aber es war genau dieser Name, auf den Maria die ganze Zeit über gewartet hatte. Nur war sie nicht bereit, den Lordkanzler wissen zu lassen, daß sie von dieser Frau schon gehört hatte. Nach dem, was sie bislang über Angus wußte, war es offensichtlich, daß die Macphersons wohl kaum seine Freunde waren.

»Ich habe noch nie eine Malerin kennengelernt«, sagte sie. »Wie aufregend!«

Wieder bemerkte Maria den zweifelnden Blick in dem Gesicht des Mannes. »Aber«, sagte sie und tat so, als wäre sie nicht überzeugt, »ich weiß nicht. Ich kenne Vermeyens Werk. Und diese Frau … nun, sie könnte ja eine Hochstaplerin sein. Vielleicht werde ich schrecklich auf ihrem Porträt aussehen. Nein, Lordkanzler …«

»Sie malt ausgezeichnete Porträts, das kann ich Euch versichern. Ganz ausgezeichnete!« rief er aus.

»Ich möchte nicht starrköpfig wirken oder gar herablassend angesichts Eurer offensichtlichen Hochschätzung für das Werk dieser Künstlerin, aber ich habe noch keines ihrer Gemälde gesehen, und bis ich das nicht getan habe und mit ihr über ihre Technik gesprochen habe …« Maria schüttelte den Kopf. »Ich bin nicht bereit, Vermeyens Besuch um ein weiteres Jahr zu verschieben. Würdet ihr mir da nicht zustimmen, Mylord?«

Sie sah ihn fragend an und wartete auf eine Antwort. Die Furchen auf der Stirn des Mannes wurden mit jeder Sekunde tiefer. Er schien direkt vor ihren Augen zu altern.

»Euer Hoheit, wenn ich ein Treffen mit Elizabeth in den nächsten zwei oder drei Tagen vereinbaren könnte, wärt Ihr gewillt, Euch mit ihr zu unterhalten?«

»Ach, ich weiß nicht, Lordkanzler.« Sie strich ihren Rock über dem Schoß glatt. »Wenn ich nur mehr vierzehn Tage bis zu meiner Hochzeit habe, weiß ich nicht, ob die Zeit reicht …«

»Lady Elizabeth hat in einer sehr kurzen Zeitspanne hervorragende Porträts von Margaret … ähm, von der Königinmutter angefertigt. Wenn ich sie dazu bringen könnte, innerhalb der nächsten paar Tage zu kommen, würde sie vielleicht Euer Porträt bis zur Hochzeit fertiggestellt haben.« Angus seufzte mitgenommen. »Wäret Ihr dann vielleicht bereit, mit Eurem Bruder zu korrespondieren, Euer Hoheit?«

Maria war bemüht, ihre Aufregung wegen seiner Worte zu verbergen. Sie ließ sich Zeit mit ihrer Antwort, indem sie so tat, als müsse sie das alles reiflich überlegen. »Nun ja, die Arbeit wird wohl nicht so gut werden, aber vielleicht wird sie Karl trotzdem zufriedenstellen. Er ist sehr genau in diesen Dingen, müßt Ihr wissen.«

»Ja!« sagte Angus glücklich. »Allein die Zufriedenheit Eures Bruders wird für mich schon eine Belohnung sein, Euer Hoheit.«

»Nun gut, Lordkanzler. Dann laßt diese Lady Elizabeth zu mir schicken.«

»Ich glaube, sie befindet sich mit ihrem Ehemann in Stirling, Euer Hoheit. Ihr solltet vielleicht noch wissen, daß die Macpherons ein recht liberal denkender Haufen sind.«

Marias Gesicht zeigte Langeweile.

»Aber sie wird auf jeden Fall in zwei oder drei Tagen hier sein. Das versichere ich Euch.«

Maria nickte. »Sehr gut, Lord Angus. Beeilt Euch mit Euren Angelegenheiten an der Grenze, ja? Ihr könntet mir hier von so großer Hilfe sein.«

Angus setzte zu einer Antwort an, schloß dann aber seinen Mund wieder und verbeugte sich tief.

»Jawohl, Euer Hoheit. Es wäre mir ein Vergnügen, Euch zu dienen«, sagte er und zog sich zurück.

»Ach, noch eines«, rief die junge Königin, und Angus hielt besorgt inne. »Da ich König James nicht vor unserer Hochzeit treffen werde, möchte ich brieflich mit ihm verkehren. Wie wir beide ja schon festgestellt haben, bin ich eine leidenschaftliche Briefeschreiberin. Bitte sorgt dafür, daß mir Kuriere zur Verfügung stehen, die meine Briefe weiterleiten.«

»Ich werde dafür sorgen, Euer Hoheit. Es wird geschehen.«

Kapitel 26

Die Männer, die sich in der Halle von Ambrose Macphersons Stadthaus in Stirling versammelt hatten, verfielen in Schweigen. Der Kreis wandte sich zur Begrüßung von John Macpherson um, der soeben die breite Treppe in die Halle hinabstieg. Er war erst vor einer Stunde nach einem harten Ritt von Dundee angekommen, wo seine Flotte vor Anker gegangen war. Seine schmutzbedeckte Kleidung war kaum gesäubert, als einer der Diener ihm die Nachricht seines Bruders überbrachte. Der Bruder bat ihn, sich dem Treffen zuzugesellen. John mußte gar nicht erst fragen, worum es ging. Er wußte es bereits.

John sah sich in der Halle um und ergriff die Hand seines ältesten Bruders Alec, als sein Freund Colin Campbell, der Earl of Argyll, aufstand und ihm mit der Hand auf die Schulter klopfte. Seine finsteren Züge widersprachen dem Willkommen, das in seinen Augen lag. John kannte jeden der sechs Anwesenden. Neben seinen beiden älteren Brüdern und Colin Campbell waren auch die anderen drei – die Earls of Huntly, Ross und Lindsay – Stuart-Anhänger und erklärte Widersacher des machthungrigen Earl of Angus.

Als John sich ihnen zugesellt hatte, ließen sich zwei von ihnen auf den großen geschnitzten Stühlen nieder, und das Gespräch wurde wieder aufgenommen.

»Ist das wahr, Sir John? Stimmt es, daß dieser Lump darauf drängt, den Hochzeitstermin innerhalb der nächsten vierzehn Tage festzusetzen?«

»Warum fragst du, Ross, wenn du die Antwort bereits kennst?« warf Lord Lindsay ein, bevor John etwas sagen konnte. Er sprach mit gedämpfter Stimme und schüttelte voller Abscheu den Kopf. »Angus hat uns schon alle Einzelheiten und Bedingungen der Eheschließung mitgeteilt.«

Johns Augen starrten auf den juwelenbesetzten Griff von Lord Lindsays Dolch. Er war ein Geschenk von James IV. gewesen, das ihm Königin Margaret überreicht hatte, kurz bevor sie gen Süden, zu jener schicksalshaften Schlacht am Flodden Field, gezogen waren. Die Königin ... Johns Gedanken wanderten zu Maria. Damit wäre also alles vorbei, dachte er und versuchte die brennende Wut zu unterdrükken. Sie sollte also wirklich seine Königin werden.

»Dann sagt uns dies, John. Ist es wahr, daß er Euch gebeten hat, den König von Schloß Falkland nach Edinburgh zu begleiten?« fragte Ross ungeduldig und blickte auf Lindsay.

»Ja, John, stimmt das?« fragte auch Lindsay, der Ross' Blick kühl erwiderte.

John wandte sich von dem erregten Lord Ross zu dem unterkühlten Lord Lindsay und antwortete mit leiser Stimme. »Ich habe einen solchen Befehl erhalten. Aber der gute Lordkanzler ist nicht so dumm, mich den König abholen zu lassen, ohne mir eine Eskorte seiner Wahl beizugesellen. Eine fünfhundert Mann starke Truppe von Angus' Männern begleitet uns bei diesem Unternehmen.«

»Wir können ja schon froh sein, daß es überhaupt einer von uns ist, der Kit begleitet.« Alle drehten sich um, als Huntlys Stimme aus dem Hintergrund ertönte. »Da du, John, so viel unterwegs gewesen bist, wird Angus denken, daß du am wenigsten gegen ihn eingenommen bist. Das müssen wir uns zunutze machen.«

»Angus hat meinen Bruder gefragt, weil er weiß, daß John es nicht zulassen würde, wenn dem König ein Leid geschähe«, warf Alec Macpherson ein. »Er weiß, daß der Junge John bis an das Tor zur Hölle folgen würde.«

»Und die Aufgabe der fünfhundert Soldaten ist sicherzustellen, daß die beiden nicht die falsche Abzweigung dorthin nehmen.« Colin Campbell hatte seine Arme aufgestützt und die Finger ineinander verschränkt. Er streckte seine muskulösen Beine aus. »Da uns nur zehn Tage zur Verfügung stehen, würde Angus dem direkten Weg nach Edinburgh den Vorzug geben.«

»Aber warum?« fragte Lindsay echauffiert. »Angus drängt viel zu schnell auf die Hochzeit. Es widerspricht allem, was wir angenommen hatten. Dabei hat er doch alles, was er wollte, seit die Königinmutter auf Schloß Stirling und der König auf Schloß Falkland hinter Schloß und Riegel sitzen. Wir alle dachten, daß er zumindest diese verfluchte Heirat verschieben würde, bis er die Grenzangelegenheiten in den Griff bekommen und die Lowlands unter seine Herrschaft gezwungen hätte. Ich hätte nie gedacht, daß er es so eilig hat abzutreten.«

»Pah ...« Ross warf seine Hände nach oben. »Ist es zu fassen, daß du seinem Wort noch immer Glauben schenkst, wenn er erzählt, er wird den jungen Jamie im Anschluß an diese verdammten Kämpfe freilassen?« Er wirbelte herum, richtete einen knorrigen Finger auf den Freund des Königs und fragte laut: »Ihr, Sir John, Ihr glaubt doch kein Wort davon, oder?«

John blickte einen nach dem anderen an.

»Es ist alles gelogen!« antwortete er schlicht.

Mit einem zufriedenen Blick auf Lindsay wandte sich Ross zu Ambrose Macpherson, der schweigend am Kamin lehnte, seine Arme über der gewaltigen Brust verschränkt. »Und Ihr, Ambrose? Was meint Ihr?«

»John hat recht. Es ist eine Intrige.« Ambrose sprach die Worte mit vollkommener Überzeugung aus. »Angus und sein Douglas-Clan werden niemals willentlich ihre Macht über den König aufgeben ... oder die über Schottland.«

»Wenn wir Eure Sicht der Dinge als wahr erachten«, warf Lindsay ein, »was bleibt uns dann zu tun? Wir haben schon einmal versucht, Angus zu etwas zu zwingen, und er war mehr als bereit, jeglichen Widerstand zu brechen. Es ist erst ein Jahr her, daß wir sechstausend Mann in Linlithgow hatten. Wir waren damals überzeugt davon, König James befreien zu können. Ich muß Euch nicht daran erinnern, welchen Preis wir dafür bezahlt haben. Ich muß nicht all die Männer mit Namen nennen, die auf seinen Befehl hin gehängt und gevierteilt wurden.«

Der Mann machte eine Geste der Verzweiflung. Die Gesichter der Anwesenden verfinsterten sich bei der Erinnerung an die brutale Vergeltung durch Angus. John konnte die Enttäuschung aus Lindsays Stimme heraushören, als dieser fortfuhr.

»Und nichts hat sich meiner Meinung nach zum Besseren gewandelt. Der König befindet sich noch immer in seinem Gewahrsam, und jetzt wird auch noch die Schwester des Herrschers über das Heilige Römische Reich unsere Königin. Wenn James wieder hinter Schloß und Riegel ist und diese Frau, Maria von Ungarn, auf dem Thron sitzt und Angus unterstützt – wer weiß, was dann aus Schottland wird.« Die anderen murmelten zustimmend. »Ja. Was das betrifft – weiß jemand, wann Karls Truppen hier einfallen werden?«

»Sie werden gleich nach der Hochzeit hier eintreffen.«

Alle Augen wandten sich Ambrose Macpherson zu, einschließlich Johns. Ambrose richtete sich auf und trat einen Schritt vor.

»Aber wir haben auch etwas zu unseren Gunsten in die Waagschale zu legen«, verkündete er und legte seine Hand auf Lindsays Schulter. »Wir haben eine zukünftige Königin, die auf unserer Seite steht.«

John schwieg mit zusammengebissenen Zähnen; seine Gedanken wirbelten durcheinander, als er darauf wartete, daß sein Bruder weitersprach. Mit einemmal kam Leben in die Versammlung, ein Feuer von Fragen ging auf Ambrose nieder.

»Ja, es stimmt«, sagte Ambrose und brachte sie alle mit einer Handbewegung zum Schweigen. »Meine Frau Elizabeth hat die Königin gestern in der Abtei von Holyrood getroffen. Der Gegenstand ihres Gesprächs war allerdings nicht, wie Angus meiner Frau ausrichten ließ, das Malen eines Hochzeitsporträts. Die Habsburgerin hat das nur als List verwendet, um uns eine Nachricht zukommen zu lassen.«

Alle redeten durcheinander, nur John schwieg. War dies eine weitere ihrer Machenschaften? Sollte er ihnen sagen, daß man ihr nicht trauen konnte ... was immer sie auch sagte? Sollte er ihnen alles erzählen? John dachte angestrengt über die Worte seines Bruders nach. Was, wenn sie tatsächlich bereit war, ihnen zu helfen?

»Still, Freunde«, rief Ambrose ihnen zu. »Wollt ihr, daß sie uns bis nach Edinburgh hören können?«

»Zunächst einmal, Ambrose, bin ich überrascht, daß Elizabeth und die Schwester des Kaisers miteinander auskommen!« meinte Colin Campbell. »Wollte sich nicht Heinrich von England von Katharina von Aragon, der Tante Marias von Ungarn, scheiden lassen, um Anne Boleyn, Elizabeths Schwester, ehelichen zu können?«

»Laßt mich ausreden«, antwortete Ambrose. »Elizabeth ging zur Abtei von Holyrood ohne große Erwartungen. Aber als sie zurückkam, dachte sie ganz anders über die Habsburgerin. Meine Frau erzählte mir, daß die Königin im Grunde dieselbe Meinung über diese Angelegenheit hat wie sie selbst. Und offensichtlich fühlte sich keine von beiden gezwungen, die Vorgehensweise ihrer Familie zu verteidigen oder zu verurteilen.«

Alec Macpherson schien langsam seine Geduld zu verlieren. »Dann erzähl uns, wovon sie im wesentlichen gesprochen haben. Was hat sie gesagt, was wir nicht schon wissen?«

»Sie hat Elizabeth erzählt, daß Angus Vorbereitungen trifft, daß der Herrscher über das Heilige Römische Reich ihn gleich nach der Hochzeit mit Truppen versorgt. Des weiteren hat sie ihr erzählt, daß der Lordkanzler eingestanden hat, James weiter unter Schloß und Riegel halten zu wollen – obwohl er dem König sein Wort gegeben hat.«

»Das haben wir doch schon vermutet«, warf Huntly ein.

»Ja, aber das war noch nicht alles«, fuhr Ambrose fort. »Maria von Habsburg hat einen Plan.«

John konnte nicht länger schweigen. »Welche Gründe hat sie, uns zu helfen? Was erhofft sie sich dadurch?«

Alle wandten sich ihm zu.

»Du kennst sie natürlich besser als wir alle«, stellte Alec fest. »Schließlich hast du die Frau aus dem Meer gefischt, da hattest du öfter die Gelegenheit, Zeit mit ihr zu verbringen, als Elizabeth. Hast du irgendein Verhalten an ihr bemerkt, was davon zeugt, daß sie den Plänen ihres Bruders zuwiderhandeln will? Ist diese Maria eine Habsburgerin nur von Geburt, aber nicht von Überzeugung?«

John ließ sich kurz durch den Kopf gehen, was er von ihr

wußte. Maria hatte dieser Hochzeit ungeduldig entgegengesehen. Sie war unterwegs gewesen, um sich um ihre Mutter zu kümmern, als ihr Schiff gesunken war. Das hatte der Kaiser gesagt.

»Mir ist nichts aufgefallen, das zwischen dem Kaiser und seiner Schwester stünde und von einer Feindschaft zwischen den beiden gezeugt hätte.«

»John tut recht, besorgt zu sein«, warf Colin ein. »Wir sind bereit zu handeln, aber wir kennen noch nicht einmal ihren Preis.«

»Ja, wenn man im Nebel steht, sieht man nichts«, stimmte ihm Huntly zu. »Sie ist eine Habsburgerin. Ich bin bereit, darauf zu wetten, daß wir uns ihren Preis nicht leisten können.«

Die anderen sprachen unruhig durcheinander.

»Und wenn sie auch mit uns vor der Hochzeit gemeinsame Sache macht«, fuhr Huntly fort, »heißt das nicht, daß sie uns auch als Königin von Schottland noch freundlich gesonnen ist. Wenn Angus fort ist, gibt es nur mehr wenig, um sie aufzuhalten …«

»Nicht so schnell, meine Herren.« Ambrose hatte seine Hand erhoben. »Ja, Lord Huntly, Ihr habt recht anzunehmen, daß sie auf einen Gewinn aus ist. Und auch du, Colin, liegst nicht falsch, wenn du sagst, daß ein Preis zu zahlen ist. Aber ich bin fest überzeugt davon, daß das, was sie will, nichts mit der Herrschaft über Schottland zu tun hat. Ich glaube auch, daß ihr Plan für die Rettung des Königs sie in ebenso große Gefahr bringt wie uns, wenn nicht in noch größere.«

Johns durchdringender Blick fiel auf seinen Bruder, und sein Ton war ernst. »Was will sie, Ambrose?«

»Ich weiß es zwar, aber noch kann ich Euch nicht mehr sagen, als ich so und so schon getan habe.«

»Wir können nichts tun, wenn sie nicht die Wahrheit sagt«, drängte John.

»Sie hat die Wahrheit gesagt.« Die beiden Brüder sahen sich an. »Und sie möchte, daß ihre Absichten nicht bekanntwerden.«

In der vielsagenden Pause, die daraufhin folgte, fragte sich John kurz, ob Ambrose von ihrer Affäre wußte. Nein, entschied er. Sie würde doch nicht ihre eigene Position mit einem solchen Geständnis untergraben.

»Dann erzählt uns von ihrem Plan, Ambrose«, ermunterte ihn Huntly. »Es ist nur wenig Zeit, um eine Streitmacht aufzustellen, aber wir könnten es schaffen.«

»Für ihren Plan ist keine Armee von Kriegern vorgesehen«, antwortete Ambrose und wandte sich ihm zu. »Auf jeden Fall nicht für die Rettung des Königs.«

»Was meint Ihr damit?« fragte Lord Lindsay. »Wie kann das möglich sein? Angus läßt Schloß Falkland von hundert Kanonen bewachen, und nur der Teufel weiß, von wieviel Mann. Wie sollen wir dort ohne eine gewaltige Streitmacht durchkommen?«

»Laßt mich Euch ihren Plan darlegen.« Ambrose forderte sie alle mit einer Handbewegung auf, sich um den Tisch herum zu versammeln, aber John blieb dort, wo er stand, Marias Gesicht vor Augen. Plötzlich war er sich nicht mehr so sicher, was sie vorhatte. Was hatte Ambrose gemeint, als er sagte, daß ihr Preis nichts mit der Herrschaft über Schottland zu tun hatte? Wie paßte Kits Wohlergehen in ihren Plan? Und was war mit ihrer Heirat?

Ambrose wußte auf all diese Fragen die Antwort, da war sich John sicher, als er seinen wartenden Bruder betrachtete. Und soweit er seinen Bruder kannte, würde er die Wahrheit nicht enthüllen, bis Maria selbst aus dem Dunkel heraustrat und sich erklärte.

Kapitel 27

An der Grenze, Abtei von Jedburgh

Der Earl of Angus entließ den rotgesichtigen, aufgedunsenen Arzt mit einer knappen Geste und sank auf seinen Stuhl. Ein weiteres Mal nahm er den Brief von Caroline Maule zur Hand.

Sosehr er dieses üble Frauenzimmer verabscheute, sah Angus wenig Grund, der halbherzigen Bestätigung des Arztes, was die Anschuldigungen seiner Cousine betraf, zu mißtrauen. Vielleicht war an ihrem Brief wirklich etwas dran, grübelte er.

Nein, das ist vollkommen abwegig, dachte er. Als er den Brief das erstemal gelesen hatte, hatte Angus ihn als das Werk einer eifersüchtigen Frau abgetan. Er wußte so gut wie jeder, daß Caroline an John Macpherson einen Narren gefressen hatte. Als Angus von Carolines Heirat mit Thomas Maule gehört hatte, wußte er, daß dies keine Bindung aus Liebe war, da aber das Grenzgebiet damals in Aufruhr war und sich so viele unter den Adligen wieder in nahezu offener Revolte befanden, hatte der Lordkanzler Wichtigeres zu bedenken als die Ehegeschichten seiner Cousine.

Zwischen den Zeilen dieses Briefes war die Klage einer verschmähten Frau herauszuhören. Zu behaupten, Sir John habe Maria von Ungarn wissentlich verführt, war lächerlich. Angus hatte mit der Habsburgerin selbst gesprochen. Ja, sie war niedlich, das hätte auch der Lord of the Navy so empfunden, aber sie war gleichzeitig nicht mehr als ein einfaches und recht annehmbares Mädchen … wenn man es recht bedachte. Diese Frau hatte so gar nichts Tiefgründiges an sich, soweit er das beurteilen konnte. Nein, nie im Leben wäre sie imstande, ein Komplott mit John Macpherson zu schmieden und dies so gut zu verbergen. Und in Edinburgh konnte sie ja auch niemandem schaden.

Angus las den Brief noch einmal durch. Er blieb bei der Warnung Carolines hängen, daß man Sir John nicht trauen könne. Angus dachte daran, daß er den Mann schon als Begleiter des Königs bestellt hatte. Natürlich würde er von fünfhundert Kriegern des Douglas-Clans flankiert werden, aber …

Er schüttelte seinen Kopf. Noch zwei Wochen, in denen er hart durchgreifen mußte, und dann wären diese Grenzunruhen unter Kontrolle gebracht. Ein paar mehr Aufrührer gehängt, ein oder zwei niedergebrannte Dörfer, und er konnte den Großteil seiner Leute nach Norden ziehen lassen. Aber wenn der König Edinburgh nicht erreichen würde und sich Carolines Vorhersagen bewahrheiteten, wäre alles verloren.

Der Lordkanzler warf den Brief zu Boden und sprang von seinem Stuhl auf. Er würde kein Risiko eingehen. Wenn John Macpherson auch nur im entferntesten den Plan verfolgte, dachte Angus höhnisch, die Hochzeit von König James und dieser Habsburgerin zu hintertreiben, dann würde er sich persönlich darum kümmern, daß der Kopf des Kommandanten bei dem Hochzeitsfest eine Pike schmükken würde.

Angus trat auf den Treppenabsatz vor seinem Gemach und bellte den wartenden Dienern seine Befehle zu.

»Ich will einen Boten zu Schloß Edinburgh. Sir Thomas Maule soll mit tausend Mann Richtung Schloß Falkland ziehen, und zwar sofort!« Er drehte sich auf seinem Absatz um. »Und bringt mir einen Geistlichen, der das Ganze niederschreibt. Ich möchte kein Durcheinander in meinen Plänen.«

Kapitel 28

Abtei von Holyrood

Die letzten fünf Tage hatte Maria täglich einen Brief geschrieben.

Der Abt hatte schnell ihre Gewohnheit erfaßt und auf Befehl von Archibald Douglas, dem Earl of Angus, dafür gesorgt, daß jeden Morgen ein Bote an ihrer Tür und zwei Männer mit ihren Pferden im Hof warteten. Noch bevor die Mönche sich zu ihrem ersten Gebet einfanden, ritten drei Männer, die ein versiegeltes Pergament von ihrer zukünftigen Königin an den König mit sich trugen, durch die Tore der Abtei.

Maria stellte ihren Federkiel in das Tintenfaß und blies die Tinte auf dem Pergament trocken, bevor sie den Brief faltete. Ein weiterer Tag und ein weiterer Brief – und noch immer kein Zeichen dafür, daß irgend etwas in Bewegung kam. Es blieb nur mehr wenig Zeit, und sie fragte sich, wann die schottischen Verschwörer eigentlich vorhatten, ihren Plan auszuführen. Er mußte gelingen – Marias eigene Verzweiflung über ihre unglückliche Zukunft war nichts im Vergleich zu dem Leben in Gefangenschaft, dem James entgegensah, sollte er nicht aus Angus' Klauen befreit werden, bevor diese schreckliche Hochzeit vollzogen wurde. Und nach der Hochzeit würde sich Schottland nur zu bald der noch größeren Macht Kaiser Karls unterordnen müssen. Dies war ihre einzige und letzte Gelegenheit.

Maria hatte Elizabeth die vergangene Woche täglich getroffen und wußte von ihrer neuen Freundin, daß ihr erster Brief ohne Verzögerung zu James gelangt war. Angus' bewaffnete Krieger, die auf dem Gelände um Schloß Falkland ihr Lager aufgeschlagen hatten, waren es gewohnt, Mittler zwischen dem jungen König und der Außenwelt zu spielen. Als sie das hörte, seufzte Maria erleichtert auf. Sie hatte gehofft, daß sie drei harmlose Boten, die Tag für Tag im Schloß eintrafen, nicht verdächtigten.

Maria hielt das Siegelwachs über die Dochtlampe auf ihrem Schreibtisch und ließ es auf das gefaltete Pergament tropfen. Sie versiegelte den Brief und drückte den Ring, den sie immer noch um ihren Hals trug, auf das weiche Wachs.

»Kommt herein«, rief sie auf ein Klopfen hin, und als die Tür zu ihrer Kammer aufging, fügte sie hinzu: »Ihr kommt gerade recht.«

Sie blies auf das Wachs und warf einen Blick auf einen anderen Pergamentbogen, der am Rand ihres Schreibtisches lag – ein Brief, den sie schon fast beendet hatte. Jenen Brief den sie wieder und wieder geschrieben hatte ... an John. Aber als sie traurig auf die Zeilen sah, fragte sie sich, ob sie jemals den Mut haben würde, ihn an John weiterzugeben. Selbst wenn sie es tat – würde er ihr so weit verzeihen können, um ihn überhaupt zu lesen? Sie strich zärtlich über das Papier.

Maria erhob sich aus ihrem Stuhl und zog ihren Schal enger um ihren Hals. Mit dem versiegelten Brief in der Hand wandte sie sich dem Mann zu.

»Bitte sprecht den anderen Reitern in meinem Namen meinen Dank aus.« Sie hielt inne – sie hatte nicht bemerkt, daß der gebeugt dastehende, aber kräftige Bote gar nicht in ihr Gemach eingetreten war. Die Kapuze seines Mantels warf einen Schatten über sein Gesicht.

Das Herz des Mannes klopfte laut in seiner Brust, als er sie von der Tür aus beobachtete. Er wollte sie hassen, sich an ihren Ehrgeiz und ihren Betrug erinnern. Als er sie aber so still an ihrem Schreibtisch sitzen sah, so verhalten und ernst, sprang sein Herz ihrer Verteidigung gegen jede Vernunft bei.

Als diese Frau ihn verlassen hatte, war sie für ihn zur Königin der Finsternis geworden, zur Meisterin der Täuschung, ein Satan, dem man aus dem Weg gehen mußte. Als sie aber jetzt ein paar Schritte auf ihn zuging, ein weißer Schleier auf ihrem wunderschönen Haar, ein einfaches blaues Kleid, das ihre engelsgleiche Schönheit verbarg, konnte er in ihr nichts anderes als Reinheit und Tugend ausmachen. Er wagte es nicht, sie länger anzusehen, und senkte seinen

Blick. Sie würde seine Königin werden; ermahnte er sich. Und er war hierhergekommen, um seinen König zu retten. Er hatte schon einmal sein Herz an sie verloren, als er in den Tiefen ihrer smaragdgrünen Augen versunken war. Dieser Gefahr durfte er sich kein weiteres Mal aussetzen. Auf keinen Fall.

»Jawohl, Euer Hoheit«, sagte er leise, mit krächzender Stimme, um seine wahre Identität zu verbergen, als er seine Hand nach dem Brief ausstreckte.

Maria ging zögernd einen Schritt auf ihn zu, dann machte ihr Herz einen Sprung. Sein starker Arm, die vernarbte Hand. ›Die Hände eines Seemanns‹, hatte er sie genannt. Sie erschauerte am ganzen Körper, als sie auf die groben Finger blickte, die sie so sanft gestreichelt und liebkost hatten. Ihre Augen wanderten die hünenhafte Gestalt entlang zu seinem Gesicht, das noch immer im Schatten verborgen war. Als sie den Mann ansah, durchzuckte sie ein heftiger Schmerz, der alle Gefühle außer dem Schmerz in ihr bloßlegte.

»Warum? Warum mußt du es sein?« Ihr angestrengtes Flüstern zeugte davon, daß ihr bewußt wurde, wie gefährlich der Plan war, den sie selbst gefaßt hatte. Ein Schloß voller Soldaten und ein paar Männer, die dort einbrachen, um einen Plan auszuführen, den eine ganze Streitmacht nicht in die Tat umsetzen konnte. »Warum können sie nicht einen anderen schicken?«

John fluchte leise und trat einen Schritt zurück. Er hätte einen der anderen Männer hochschicken sollen, um den Brief abzuholen, aber seine Dickköpfigkeit hatte ihm einen Streich gespielt. Er wollte ihr Gesicht ein letztes Mal sehen. Er wollte sich an den Grund seines Zorns erinnern. Aber er hatte nicht damit gerechnet, von der Unschuld ihrer Schönheit überwältigt zu werden. Und er hatte vor allem gehofft, nicht erkannt zu werden.

»Bitte, John, bitte veranlasse sie, einen anderen zu schikken!« rief sie fast flehend aus. »Du darfst es nicht sein!«

Ihre Worte nagten an seinem Stolz, und in seinen Augen blitzte der Zorn auf, als er in das Zimmer trat.

»Ich kann Euch beruhigen, Eure Hoheit. Es würde niemandem dienen, dem König von den Ereignissen unserer … unserer gemeinsamen Zeit zu erzählen.« Er blickte durch sie hindurch und versuchte, sich nicht durch den Anblick der Tränen in ihren Augen erweichen zu lassen. »Alles, was zwischen uns geschehen ist, ist tief in mir verschlossen. Ihr müßt also keine Angst haben, daß Euer Geheimnis durch mich enthüllt wird.«

Ihre Stimme zitterte fast. »Glaubst du, ich habe um meine Sicherheit Angst?«

»Was sonst empfindet eine Viper – oder eine Hure, wenn Ihr so wollt?«

»Eine … Hure.« Ihre Stimme war kaum mehr als ein Flüstern.

»Verzeiht, Eure Hoheit«, antwortete John kalt durch seine zusammengebissenen Zähne. »Ich gebrauche dieses Wort nur, um darauf hinzudeuten, als welch tiefer Punkt sich mein Bett im Vergleich zu jenen erwiesen haben muß, die Ihr gewohnt seid. Aber es ist ein schlechtes Wort, das stimmt, nur ist ›Dirne‹ auch nicht viel besser. Wie klingt ›Kurtisane‹ in Euren Ohren? Selbstverständlich müßt Ihr schon des öfteren eine solch bunte Reihe von Worten vernommen haben! In Schottland sagen wir auch ›Flittchen‹. Und wie sagt man auf ungarisch dazu, Euer Hoheit?«

Sie blickte in die zornigen blauen Augen, die ihr Herz durchbohrten, und Maria spürte, wie in ihrem Inneren etwas zusammenbrach, wie ihr Wille von seiner Wut erschüttert wurde. Als sie wieder sprach, kamen ihre Worte nur zögernd aus dem Mund, da sie fast schluchzen mußte.

»Es … es gab nie irgendwelche anderen Liebhaber. Nie … nicht, bis du in mein Leben getreten bist. Und dann gab es nur noch … dich.« Sie holte tief Luft. »Nenn mich also Betrügerin … Lügnerin … Feigling … Aber gib mir keine Namen, die nicht auf mich zutreffen.«

John wandte seinen Kopf. Er mußte weg von hier. Er mußte seine Augen und seine Ohren vor ihr verschließen. Als ob sie eine Hexe wäre, die ihre Beschwörungen murmelte, spürte er, wie es ihn wieder zu ihr hinzog. Er hielt ihr seine Hand entgegen und sah dabei zu Boden. »Der Brief, Euer Ehren. Ich muß gehen.«

Maria hörte die Kälte in seiner Stimme und trat einen Schritt zurück, den Brief gegen ihre Brust gedrückt.

»Du mußt mich anhören«, flehte sie. »Vielleicht werden wir uns niemals wiedersehen.«

»Es gibt nichts mehr zu sagen.« John trat einen Schritt auf sie zu, seine Hand noch immer ausgestreckt. Sie will ja nur ihr Gewissen beruhigen, dachte er. Nun, zum Teufel mit ihrem Gewissen. Er fühlte den Schmerz der Trennung, Tag und Nacht – warum sollte es ihr anders ergehen? »Ich interessiere mich nicht für deine Erklärungen. Den Brief!«

Sie ignorierte seinen Befehl, wandte sich um, ging zu dem Schreibtisch und nahm den offen daliegenden Brief, den sie an ihn geschrieben hatte. Sie sah, wie sich seine Brauen verärgert zusammenzogen, als sie ihn in seine Hand legte und dann zurücktrat.

Er blickte auf die zierliche Handschrift und erkannte seinen Namen. *John, ich muß von Liebe sprechen ...*

Die Worte sprudelten aus Maria hervor. »John, ich weiß, daß ich nie darauf hoffen darf, deine Liebe wiederzugewinnen – und auch nicht deine Achtung, aber du mußt die Wahrheit kennen.«

Er las die erste Zeile und zerknitterte dann das Pergament in seiner Hand.

»Du hast noch niemals die Wahrheit gesprochen!«

»Ich war auf der Flucht, als du mich aus dem Meer gefischt hast«, sagte sie leise. »Wie konnte ich da die Wahrheit sprechen, wenn ich mich einem königlichen Befehl entziehen wollte und genau den Leuten zu entkommen versuchte, die mich dann aus dem Wasser fischten?«

»Du warst unterwegs, um deine Mutter zu besuchen.«

»Das hat doch mein Bruder nur erzählt, um Schwierigkeiten aus dem Weg zu gehen. Er hat das gesagt, um die Familienehre zu retten. Um dieser Hochzeit den Weg zu bereiten.«

»Dann muß ich sagen, daß er eine große Begabung hat, die Wahrheit zu verschleiern. Du hast ihm vermutlich ausreichend Gelegenheit gegeben, sich darin zu üben, vermute ich.«

»Tu mir weh, wenn es das ist, was du willst«, flüsterte Maria. »Aber hör mir zu.«

»Die anderen warten im Hof auf mich«, sagte John kurz angebunden.

»Ich denke, sie werden nicht ohne dich davonreiten«, antwortete sie. »Erinnerst du dich, wie zurückhaltend Isabel und ich dir gegenüber zunächst waren? Wenn Karl die Wahrheit gesagt hat, was für einen Grund hätten wir gehabt, unsere wahre Identität zu verbergen?«

»Vielleicht, um den Liebhaber zu schützen, zu dem du fliehen wolltest?« John lehnte sich an den Türrahmen. Er wußte nicht, wie lange er dies noch aushalten konnte. »Ich bin mir sicher, daß die Enttäuschung über diese mißglückte Reise groß gewesen sein muß.«

Sie unterdrückte die wütende Antwort, die ihr auf der Zunge lag. Maria erinnerte sich daran, daß es besser war, seine verletzenden Worte zu ertragen, als wenn er wegginge, bevor sie gesagt hatte, was sie sagen wollte.

»Es war schrecklich, gerettet zu werden, aber nicht, weil es irgendeinen Liebhaber gab, der auf mich wartete. Nein, sondern weil mir meine Freiheit, mein Wille, meine Selbständigkeit wieder genommen zu werden drohten.« Ihre Hände zitterten, als sie auf den versiegelten Brief sah, der an den König gerichtet war. »Du weißt nicht, wie es ist, wenn man sein ganzes Leben wie ein Vogel in einem Käfig verbracht hat – nie fliegen zu können, niemals auch nur den Himmel sehen zu dürfen.«

John blickte zur Seite, als sie ihn mit ihren verhangenen Jadeaugen ansah.

»Sie hatten mein Leben schon verplant, noch bevor ich geboren war, John. Als ich drei Jahre alt war, hat man mich mit einem Jungen, der zwei war, verlobt. Weißt du, wie es ist, ohne Eltern aufzuwachsen, wenn jeder Tag deines Lebens von irgendeinem Artikel eines Vertrages bestimmt ist?«

»Das ist der Preis für deine königliche Herkunft«, sagte er so schroff, wie er konnte.

»Ja, das ist wohl der Preis«, erwiderte sie traurig. »Aber ich hatte fälschlicherweise angenommen, daß ich den Preis schon gezahlt hatte. Ich heiratete Ludwig, als ich siebzehn wurde. Er war mit seinen sechzehn Jahren damals noch ein richtiger Junge.«

John sah, wie ein trauriges Lächeln um ihre Mundwinkel spielte. Er sah, wie ihre zarte Hand an ihre Wange fuhr, um ihre Tränen wegzuwischen.

»Du warst der erste Mann, dem ich jemals in Liebe begegnet bin, John«, murmelte sie, ihre Augen auf den Brief in ihrer Hand gerichtet. »Er hat mich genommen. Weil es seine Pflicht war, kam er zu mir ins Bett. Ich denke, er verstand diesen Akt – wie du sagen würdest – als den Preis, den er für seine königliche Herkunft zu zahlen hatte. Aber bis auf den Schmerz beim erstenmal fühlte ich nichts. Und auch er fühlte nichts. Die wenigen kurzen Augenblicke in meinem Bett waren für ihn nichts als ein weiteres jener Rituale, die wir beide zu ertragen erzogen worden waren. Ich denke, er wünschte sich einen Erben, aber ich konnte ihm keinen schenken.«

John preßte seine Kiefer aufeinander und kämpfte gegen das plötzliche Bedürfnis an, zu ihr zu gehen und sie in seine Arme zu schließen. Unruhig trat er von einem Fuß auf den anderen.

»Sie haben mich dazu erzogen, eine Königin zu sein. Einem König Kinder zu gebären. Das war alles.« Mutlos zuckte sie mit den Schultern. »Es gab nur eines, was von mir erwartet wurde … und selbst das konnte ich nicht. Ludwigs Enttäuschung wuchs. Er fing an, sich mit … mit anderen Dingen zu beschäftigen. Ich hörte immer wieder davon … von seinem anderen Leben, von einem Verhalten, das dem eines Königs nicht würdig sei. Ich hörte von ihm, aber ich sah ihn nicht mehr. Und wenn ich die Pest gewesen wäre, hätte er mir nicht mehr aus dem Weg gehen können. Zwei Jahre lang, John …« Maria hielt inne und blickte zu ihm auf.

Er konnte nicht wegsehen. Der Schmerz in ihren Augen zerrte an seinem Herzen und untergrub seinen ganzen Widerstand.

»Ich war ihm treu, John. Glaub mir das bitte. Nichts anderes wäre für mich in Frage gekommen. Selbst als ich die endlosen Geschichten über all seine unzähligen Eskapaden gehört hatte, dachte ich nicht ein einziges Mal daran, es ihm heimzuzahlen.« Maria schwieg und sah ihm tief in die Augen. »Weißt du, wie es ist, John, wenn man so lange allein ist – vollkommen allein?«

»Ich bin nicht Euer Ehemann, Eure Hoheit«, sagte er leise, »Ihr müßt mich von nichts überzeugen.«

»Doch, John, das muß ich.« Sie legte den Brief auf ihren Schreibtisch und verschränkte die Arme vor ihrer Brust. »Ludwig hat mich nie geliebt, sich nicht einmal für mich interessiert. Aber er kannte mich gut. Er vertraute mir. Und du ... du hast einmal gesagt, daß du mich willst. Aber du vertraust mir nicht.«

»Ich habe Gründe für mein Mißtrauen.«

»Die hast du.« Sie nickte traurig. »Ich habe dir diese Gründe gegeben. Nur ich bin daran schuld.«

John sah zu, wie sie zum Stuhl ging und sich darauf sinken ließ. Er wußte, wie einfach es sein würde, zu ihr zu gehen, die Arme um sie zu legen und alles, was geschehen war, hinter sich zu lassen. Statt dessen stand er da und tat nichts, als ihr zuzuhören.

»Ludwig starb in der Schlacht von Mohács, als er an der Seite seiner Soldaten gegen die Türken kämpfte.« Sie starrte auf ihre Hände. »Viele sagen, daß es Selbstmord war. Sie waren zahlenmäßig um viele Tausend unterlegen. Aber trotzdem, die Traurigkeit, der Mangel an Liebe in seinem Leben, der unerfüllte Wunsch nach einem Erben – nach etwas, das er nie haben würde und das ich ihm nie geben könnte – all das trieb ihn in den Tod. Und es war kein Heldentod. Er ertrank, John, als man ihn durch das Marschland schleppte, auf der Flucht verwundet in einer Schlacht, die er eröffnet hatte. Er war erst zwanzig Jahre alt.« Maria senkte ihren Kopf, und John sah, wie ihr die Tränen über die Wangen liefen.

»Viele junge Männer sterben auf dem Schlachtfeld«, entgegnete er. »Und es ist nicht Sache ihrer Frauen oder ihrer Mütter, die Schuld für einen Krieg zu übernehmen.«

Das waren die ersten freundlichen Worte, die er sprach. Sie blickte auf und versuchte zu verstehen, woher dieser Wandel kam.

»Ich habe dir nicht ohne Grund von meiner Ehe erzählt«, fuhr sie fort. »Du hast den Preis erwähnt, den wir alle zu zahlen haben. Manchmal ist der Preis zu hoch für ein Leben, das wir uns nicht aussuchen dürfen. Aber weißt du, ich war dumm genug zu glauben, daß ich den Preis bereits gezahlt hatte. Daß ich mir mit der Zeit in Ungarn meine Freiheit erkauft hatte. Aber ich hatte mich geirrt.«

»Ihr sprecht von Eurer bevorstehenden Heirat mit König James.«

Sie nickte, ohne ihn anzusehen. »Ich verließ Ungarn, nachdem Ludwig gestorben war. Karl hatte einen Cousin gesandt, um das Land zu regieren – beziehungsweise das, was die Türken davon übriggelassen hatten. Aber ich hatte mit einemmal eine Zukunft vor mir. Wenn ich nach Kastilien gegangen wäre und mit meiner Mutter gelebt hätte, wäre ich zwar den Rest meines Lebens in ihrem Schloß behütet und bewacht gewesen, aber ich wußte, dort konnte ich glücklich werden. Ich sah wieder die Menschen, die ich liebte, all die Nichten und Neffen, Cousins und Cousinen, und natürlich Isabel. Vor etwas mehr als einem Jahr beorderte mich Karl dann zu sich nach Antwerpen. Ich sollte wieder heiraten, einen anderen Jungen in einem Land, von dem Karl sich Nutzen versprach. Das war mehr, als ich ertragen konnte. Ich sah weitere Jahre der Einsamkeit auf mich zukommen. Da konnte ich mich nicht mehr länger fügen. Ich mußte fort.«

Sie sah hoch und begegnete seinem Blick. »Mein ganzes Leben war ich behütet. Männer haben mir nie etwas bedeutet. Meine Ehe war eine Enttäuschung – nein, eine Katastrophe. In meinem ganzen Leben ist noch keine einzige Entscheidung gefallen, bei der meine Gefühle oder meine Bedürfnisse berücksichtigt worden wären. Nie hat mein Bruder oder sonst jemand in meiner Familie bedacht, was für mich gut sein könnte. In Karls Entscheidungen kommt nur das zur Geltung, was die Macht der Habsburger-Dynastie vergrößert, der Expansion seines Heiligen Römischen Reiches entgegenkommt. Also lief ich weg.«

Fast gegen seinen Willen glaubte John jedes Wort, das sie sagte. Aber trotzdem – sie hatte seine Mission gekannt und ihm gestattet, sie in sein Bett zu holen. Seine Züge verfinsterten sich wieder.

»Als du an Bord der *Great Michael* warst, hättest du dich von mir fernhalten sollen.«

»Ich habe es versucht.«

»Aber nicht genug.«

»Du hast mir den Hof gemacht, John«, sagte sie mit leiser Stimme. »Du hast mich verführt.«

»Du hättest mich aufhalten können«, sagte er harsch.

»Vielleicht hätte ich das gekonnt, wenn ich stark genug gewesen wäre. Wenn ich mehr Erfahrung mit Männern gehabt hätte. Ich hätte es gekonnt ... wenn ich nicht verliebt gewesen wäre.«

»Sei still«, unterbrach er sie barsch. »Du hättest nicht mit mir gehen dürfen, als wir in Antwerpen eingelaufen waren.«

»Als wir miteinander geschlafen haben, dachte ich, wir würden uns nie wiedersehen. Zu der Zeit, in der wir im Hart-Haus waren, bestand der Plan, nach Kastilien zu gehen.« Sie nahm den Brief auf, den sie an James geschrieben hatte. »Es war falsch von mir – das weiß ich –, aber es war wie ein Traum, und jetzt ist es eine Erinnerung, die ich mein ganzes Leben in mir tragen werde. Wir alle brauchen das, nicht wahr? Einen Traum. Einen Augenblick des Glücks. Eine Erinnerung, die wir in uns bewahren.«

»Aber du bist schließlich doch nicht nach Kastilien gegangen. In Isabels Brief stand, daß ihr bereit wart. Aber als die Zeit gekommen war, warst du nicht mehr imstande, der Macht, die dich an der Seite deines Bruders erwartete, den Rücken zu kehren. Du bist zu ihm zurückgekehrt. Du hast mich verlassen, ohne ...« Er verstummte. Bis jetzt hatte er all seine Gefühle zurückgehalten. Maria sollte seine Königin werden, ermahnte sich John, und er sollte seinen König retten. Die beiden würden heiraten. Er hatte kein Recht, sie zu tadeln, dachte John bitter, da sie doch genau das tat, wozu sie erzogen worden war. Und was wäre geschehen, wenn sie nach Kastilien gegangen wäre? Wäre er ihr jemals gefolgt?

Sosehr er es auch leugnen wollte, er wußte, er wäre mit ihr gegangen ... wenn er überzeugt gewesen wäre, daß sie ihn so sehr liebte wie er sie. Dann wäre er bis ans Ende der Welt gegangen.

Aber sie würde seinen König heiraten.

»Es tut mir leid, John«, sagte sie mit leiser Stimme, als sie auf ihn zuging.

John spürte das ganze Gewicht des zerknüllten Briefes in seiner Hand und ließ ihn in die tiefe Innentasche seines Mantels gleiten. Eine Armeslänge weit entfernt blieb sie vor ihm stehen. Seine Augen wanderten über ihr Gesicht, das so bleich, so unschuldig war. Die Tränen ließen ihre grünen Augen glitzern. Seine Arme sehnten sich danach, sie zu umfassen, an sich zu ziehen. Vielleicht war sie kein Engel, aber sie war auch nicht Satan. Sie war eine Frau.

Ein Augenblick des Glücks? Er hatte ihr ein ganzes Leben voller Glück schenken wollen. Aber sie hatte statt dessen etwas anderes gewählt. Daran ließ sich nicht rütteln. Sie war nicht nach Kastilien gegangen, sie war zum Palast der Habsburger zurückgekehrt.

»Hier ist der Brief.« Sie hielt ihm das versiegelte Pergament hin, und Johns große, rauhe Hand griff danach, aber statt den Brief entgegenzunehmen, umschlossen seine Finger ihre Hand. Sie sahen sich in die Augen. Beide konnten die Worte nicht aussprechen, aber sie betrauerten ihren schrecklichen Verlust.

»Warum mußtest du es sein, der diesen Brief überbringt?« flüsterte sie. Da war ein ganz leichter Druck, ein sanftes Streicheln seines Daumens über ihre Hand; dann zog er seine Hand weg und nahm den Brief an sich.

»Der König vertraut mir«, antwortete John schlicht. Das Gefühl ihrer weichen Haut unter seinen Fingern – es war eine Erinnerung, die er im Herzen bewahren wollte. »Und er wird mir überall hin folgen, was er vielleicht nicht bei jedem tun würde.«

Sie lächelte bitter. »Du hast deinen König nicht betrogen, John, das habe ich getan.«

»Du hast nur auf einen Traum gehofft«, antwortete er, drehte sich um und verschwand in der Dunkelheit des Korridors.

Kapitel 29

Die drei Reiter hatten ihre Rosse durch das Tor getrieben. Der gewundene Weg, die steinernen Hütten, welche in größeren Abständen geduckt am Wegrand standen, die kleinen Wäldchen und Hecken – alles war in der Dunkelheit und dem Regen miteinander verschmolzen. Kurz bevor sie Glenrothes erreicht hatten, hatte sich mit einemmal der Sturm gelegt, und die Sterne und der Mond waren strahlend hinter den Wolken aufgetaucht.

Zweimal schon waren sie angehalten worden, seitdem sie den Leven überquert hatten. Angus hatte seine Männer ein ganzes Stück weiter vor Schloß Falkland postiert, als ihnen berichtet worden war. John war davon ausgegangen, daß die Soldaten sich nur in der unmittelbaren Umgebung des Schlosses aufhalten würden. Angus schien demnach etwas zu erwarten, schloß John und trieb sein Pferd an die Spitze des kleinen Trupps. Hoffentlich erwartete er etwas anderes, als auf ihn zukommen würde.

John sah zu seinem schlammbespritzten Begleiter, als sie in den Wald stürmten, der sich von den Lomand Hills bis Falkland erstreckte. Ihre eigenen Mütter würden die beiden Schotten nicht wiedererkennen. Der eine von ihnen, Gavin Kerr, war ein ungeschlachter Hüne mit noch breiteren Schultern, als John und seine Brüder sie vorzuweisen hatten, und einer der wenigen, denen Ambrose Macpherson vertraute. Der andere, Gareth Kerr, war der Kleinste des Dreigespanns, ein Cousin Gavins und ein weiterer treuer Anhänger der Krone der Stuarts.

Wenn nicht einer der früheren Kuriere entdeckt worden war, so wußte John, würden sieben Männer zur Befreiung des Königs zur Verfügung stehen. Die ersten vier Trupps von Kurieren, die Marias Briefe überbracht hatten, hatten jeweils einen Mann auf Schloß Falkland gelassen. Jeder von ihnen war ein königstreuer Krieger und bereit, bei jeder möglichen Gefahr sein Schwert zu erheben.

Die drei Männer galoppierten durch die mondbeschienene Landschaft und erreichten südlich der königlichen Burg offenes Gelände. Sie brachten ihre schäumenden und schwitzenden Pferde zum Stehen. In den Hügeln, die zwischen ihnen und den Stadtmauern lagen, war das Lager einer ganzen Streitmacht aufgeschlagen. John ließ seinen Blick über die Pferde, die Wagen, die Zelte und Tausende von Männern schweifen, die sich um die flackernden Feuer versammelt hatten.

Es mit einer solchen Macht aufzunehmen würde ihren sicheren Tod bedeuten, dachte John finster. Aber dies hier war ihre einzige Gelegenheit, Angus Einhalt zu gebieten. Wie Maria Elizabeth mitgeteilt hatte, würde ihre Heirat, solange Angus an der Macht wäre, bedeuten, daß der Lordkanzler von Kaiser Karl jegliches Aufgebot von Truppen beziehen würde, um seine Macht über Schottland zu sichern. Der Kaiser hatte allerdings kein Interesse, von sich aus – also ohne Angus – einzuschreiten. Während des harten Ritts hatte John ständig an Maria denken müssen und an das, was sie ihm von ihrem Leben und dem, was sie getan hatte, erzählt hatte. Während er über ihr Gespräch nachsann, erkannte er, daß in jedem Wort, was über ihre Lippen gekommen war, nichts als Wahrheit lag. Schließlich hatte er den zerknitterten Brief gelesen, der ihm jedes ihrer Worte bestätigt hatte.

John bemerkte, wie sie von zwei Wächtern auf der anderen Seite des Feldes beobachtet wurden.

»Nun, Männer«, sagte John leise und führte sein Pferd zur Seite. »Für Schottland und König James!«

»Für Schottland und König James!« antworteten die beiden Männer und ritten neben ihn, als er sein Streitroß in Richtung der Türme von Schloß Falkland antrieb.

Pferde und eine größere Ansammlung von Kriegern aus den Highlands erwartete das kleine Gefolge, als es aus dem Boot kletterte, das es über den Firth of Forth gesetzt hatte.

»Ich kann immer noch nicht glauben, daß du einverstanden warst, in einer so wilden Nacht wie dieser das Haus zu verlassen – und das aus einer bloßen Laune heraus!« klagte

Isabel und zog ihren schweren Mantel enger um sich, als sie sich im Sattel niederließ.

»Es war keine Laune, Isabel«, antwortete Maria und blickte um sich, um sicherzugehen, daß ihre Begleiter ihre Tante nicht gehört hatten.

»Wir sollten dankbar sein, daß Elizabeth und Ambrose uns geholt haben. Ich für meinen Teil wäre nicht gern in der Abtei von Holyrood herumgesessen und hätte darauf gewartet, daß sich Angus' Zorn über unseren Köpfen entlädt.«

Die beiden sahen zu, als der große blonde Schotte mit der gezackten Narbe auf der Stirn auf sein Pferd sprang und sich zu seiner Frau gesellte, die schon aufgesessen war. Maria und Isabel waren von Elizabeth und Ambrose Macpherson zur Eile getrieben worden; während sie die Abtei verließen, hatte der Sturm seinen Höhepunkt erreicht. Die Freunde – und nahezu zweihundert Soldaten – hatten sie zu dem Fährmann der *Queen's Ferry* begleitet. Als sie das glitzernde Wasser des Firth erreicht hatten, waren sie auf die Krieger – mindestens noch einmal so viele Mann – gestoßen. Maria dankte dem Himmel, daß auf den Sturm eine kristallklare und mondbeschienene Nacht folgte. Es war eine gute Nacht, um zu reisen.

»Es gibt keine Garantie dafür, daß diese Männer erreichen, was sie sich vorgenommen haben«, flüsterte Isabel ihr zu. »Vielleicht führt das alles zu nichts. Vielleicht werden sie alle getötet, bevor sie beim König eintreffen.«

Bei diesen Worten durchzuckte Maria ein heftiger Schmerz. Sie hatte ihrer Tante alles erzählt – alles außer dem Umstand, daß John derjenige war, der die letzte Botschaft nach Schloß Falkland überbrachte. Maria nahm die Zügel ihres Pferdes fester in die Hände. Wenn ihm etwas geschehen würde, wenn er verletzt würde ... Sie wagte nicht einmal, daran zu denken, und bemühte sich, die Tränen zurückzuhalten, die ihr in den Augen brannten. Rasch wandte sie ihr Gesicht von der Tante ab. Bitte, Heilige Jungfrau, schütze ihn, betete sie. Rette ihn. Bring ihn heil zurück. Auch wenn er niemals zu ihr zurückkehren würde. Auch wenn er sie nicht mehr wollte.

Maria strich sich rasch über die Wangen und wischte sich die verräterischen Tränen weg, bevor sie wieder zu ihrer Tante hinüberblickte.

Elizabeth und Ambrose hielten beim Vorbeireiten nur für einen Augenblick bei ihnen an. Die dunkelhaarige Schönheit ergriff die behandschuhte Hand von Maria. »Bist du bereit?« fragte sie rasch.

»Ja«, antwortete Ambrose mit einem Nicken an Marias Statt und brachte seinen Hengst zum Stehen. »Ich würde darauf wetten, daß die beiden hier uns alle hinter sich lassen können.«

»Ihr seid tatsächlich ein Diplomat, Sir Ambrose«, gab Isabel zurück.

»O ja, das ist er«, pflichtete ihr Elizabeth bei. »Trotzdem haben wir einen langen Ritt vor uns und wollen schon etliche Meilen hinter uns gebracht haben, bis die Sonne aufgeht.«

»Wir sind bereit, Elizabeth«, erklärte Maria, und Elizabeth drückte ihr zur Antwort die Hand.

»Dann sind wir schon so gut wie unterwegs.« Ambrose sah sich kurz zu den Männern um.

Ohne ein weiteres Wort trieben der Mann und seine Frau ihre Pferde an, und Maria und Isabel folgten ihnen in die Dunkelheit.

»Ich würde mich nicht wundern, wenn sie schon herausgefunden haben, daß wir verschwunden sind«, sagte Isabel bestimmt und wandte sich Maria zu.

»Das glaube ich auch«, antwortete Maria. »Aber sie werden nicht wissen, wohin wir unterwegs sind. Ambroses Plan war, daß der Abt und die übrigen annehmen, daß wir entführt wurden. Da der Rest unserer Abordnung zurückgeblieben ist, wird sein Plan vielleicht aufgehen.«

»Sehr klug«, sagte Isabel knapp.

»Sehr freundlich, würde ich sagen«, gab Maria zurück. »Wenn das ganze Unternehmen scheitert – wenn es anders als vorhergesehen läuft –, werden sie für unsere Sicherheit Sorge tragen. Wenn wir zurückkehren.«

»Du meinst, falls wir zurückkehren«, erwiderte Isabel.

Isabel kannte sie gut, dachte Maria. Sie würde nicht zurückkehren. Wenn dieser Plan mißlang, wenn John verletzt werden würde, gab es nichts, was sie dazu bringen könnte, an die Seite des schottischen Königs zurückzukehren. Das hatte sie schon in den Briefen an König James zum Ausdruck gebracht.

John duckte sich ein wenig, damit er kleiner wirkte, und zog die Kapuze seines Mantels in sein Gesicht, wenngleich er davon ausging, daß ihn allein schon die Schlammspritzer, die sein Gesicht und seine Kleidung bedeckten, unkenntlich machten.

Die griesgrämigen Douglas-Männer, die gerufen worden waren, um ihn zum König zu bringen, reichten John die Fackel und gaben ihm ein Zeichen, ihnen die Stufen den Turm hoch zu folgen.

»Ihr beiden wartet hier«, befahlen sie.

John nickte seinen in ihre Mäntel gehüllten Begleitern zu und bemerkte, wie sich Gavin und Gareth wie zufällig so hinstellten, daß sie, falls es nötig werden sollte, die beiden mürrischen Wächter leichter erledigen konnten. Aber er hoffte, daß ihr Vorhaben ohne Komplikationen ablaufen und es nicht zum Blutvergießen kommen würde.

»Ach ja«, sagte der Diener und drehte sich zu John um, »du mußt deine Waffen noch ablegen.«

»Jawohl«, gab John mit leiser, leicht schnarrender Stimme zurück. Im nächsten Augenblick schon hatte er sein Schwert und seinen Dolch an der steinernen Mauer am Fuße des Turmes abgelegt.

Zufrieden führte der Mann den schmutzstarrenden Boten die Wendeltreppe hinauf. Vor der schweren Eichentür auf dem ersten Absatz war keine Wache aufgestellt. Hinter dem Eingang lagen mehrere Schlafkammern für hochrangige Besucher sowie ein Korridor, der in die große Halle führte. Von seinen letzten Besuchen im Schloß wußte John, daß auf der anderen Seite der Tür ein schwerer Balken den Zugang versperrte, aber er hatte keine Ahnung, ob dieser jetzt nicht entfernt war und die Tür somit einen möglichen

Fluchtweg für sie darstellte. Das Fehlen eines Wächters deutete allerdings darauf hin, daß sie, wenn überhaupt, einen Versuch zur Befreiung des Königs außerhalb der schwer bewachten Mauern erwarteten. Als sie die nächste Treppe bis zur Spitze des Turms hinaufgestiegen waren, erreichten sie schließlich die königlichen Gemächer, und der Mann gab John ein Zeichen, daß er warten solle.

Bevor er anklopfen konnte, öffnete sich die Tür, und zwei Gestalten traten aus den Gemächern des Königs. John machte einen Schritt zurück, als er die beiden erkannte, und versuchte die Fackel so zu halten, daß kein Licht auf sein Gesicht fiel. Der kleine stämmige Mann hielt eine Dochtlampe.

»Ah! Lady Maule. Sir Thomas.« Der Mann verbeugte sich leicht. »Ich wußte nicht, daß Ihr beim König wart.«

»Wir hatten schließlich auch mit ihm zu sprechen, Diener, und nicht mit dir«, gab Sir Thomas scharf zurück.

»Selbstverständlich, Sir Thomas«, antwortete der Mann unterwürfig. »Bitte um Verzeihung, Sir.«

»Und wer ist das?« wollte der ältere Ritter wissen und deutete mit seiner Lampe auf John.

»Ein Bote mit einem Brief an den König«, antwortete der Diener beflissen.

»Zu dieser Stunde? Der König ist im Begriff, sich zurückzuziehen.«

John hob seine Augen nicht von Sir Thomas Füßen, doch er spürte, wie der Blick von Caroline gelangweilt über ihn wanderte. Er wollte Thomas Maule nicht töten, aber er war bereit, diese drei Menschen ohne mit der Wimper zu zukken umzubringen, sollte er von Sir Thomas oder seiner Frau erkannt werden.

»Er ist einer der täglichen Boten aus Edinburgh«, erklärte der Mann. »Sie überbringen Briefe von der Braut des Königs.«

»Braut ...«, meinte Caroline verächtlich.

»Nun gut«, sagte Sir Thomas mit einem Blick auf seine Frau. »Wir sind hier fertig. Melde dich an, Diener.«

Der Mann verbeugte sich und klopfte an die offenstehende Tür.

»Einen Augenblick noch!« befahl der Ritter. »Warum sind hier keine Wachen?«

»Ich habe Eure Anordnung an den Kommandanten der Wache weitergegeben, Sir Thomas. Ich weiß nicht ... Wir haben früher immer ... Ich ... Ich gehe sofort zu ihm, wenn ich mit dem König gesprochen habe, Mylord.«

»Kümmere dich darum.« Sir Thomas drehte sich auf dem Absatz um und ging zu den Stufen.

Selbst mit gesenkten Augen konnte John den abschätzigen Blick Carolines noch einmal auf sich spüren, bevor sie an der Seite ihres Mannes auf der Treppe verschwand.

Der Ruf des Dieners, »Verzeiht, Euer Majestät ...«, brachte John dazu, kurz sein Gesicht zu heben, und er begegnete Carolines letztem Blick, bevor sie um die Biegung der Treppe verschwand.

John steckte die Fackel in eine Wandhalterung und folgte dem Diener in ein hellerleuchtetes Gemach. Er fand Kit, in einen Wams aus schwarzem Samt gekleidet, vor seinem Schreibtisch stehend und mit einem Federkiel in der Hand.

»Euer Majestät, ein Brief von Eurer Braut!« verkündete der Mann. Dann wandte er sich um und wies John an: »Leg ihn auf den Tisch neben der Tür. Du hast ihn Seiner Majestät persönlich überbracht, wie dir befohlen war. Jetzt kannst du gehen.«

»Es war mir eine Ehre, Eurer Majestät zu Diensten zu sein.« John zog sich die Kapuze vom Kopf und sah, wie der junge König zu ihm hinüberblickte, während er sich tief vor ihm verbeugte. Als er sich aus dem Zimmer zurückziehen wollte, ließ ihn der Befehl Kits innehalten.

»Geh noch nicht.« König James nahm das Pergament von seinem Schreibtisch. »Brichst du heute wieder nach Edinburgh auf?«

»Wenn Ihr das wünscht, Euer Majestät«, antwortete John.

»Sehr gut. Dann warte so lange, bis ich diesen Brief zu Ende geschrieben habe. Ich möchte, daß er sogleich meiner Braut überbracht wird.«

John antwortete mit einer kurzen Verbeugung und sah zu, wie sich der König an den Tisch setzte und geschäftig zu schreiben begann. Geistesabwesend winkte der König den Diener herbei.

»Bring mir etwas zu essen«, sagte Kit, ohne ihm weitere Aufmerksamkeit zu schenken.

»Etwas zu essen, Euer Majestät?«

»Ja, es dauert vielleicht länger, als ich dachte, und ich bin hungrig.« König James sah zu John hoch. »Bist du auch hungrig, Soldat?«

»O ja, Euer Majestät. Ich glaube, ich verhungere jeden Augenblick.«

»Bring auch etwas für diesen guten Mann mit, Diener.«

»Für diesen ...«, der Diener blickte John mißtrauisch an.

»Bist du taub?« fragte der König und ließ kurz seinen Ärger aufblitzen. »Nun geh schon. Sofort!«

Der Diener sah unsicher von dem König zu dem schmutzstarrenden Boten und trat dann eilig durch die Tür, die er offenstehen ließ.

»Ich denke nicht, daß es richtig war, so abschätzig von der Königin vor ihrem zukünftigen Ehemann zu sprechen, Caroline«, schalt Sir Thomas seine Frau.

»Ich sage nur die Wahrheit«, gab sie zurück. Sie waren schließlich wieder auf schottischem Boden. Maria konnte sie hier nicht in der Weise in Schach halten, wie sie es in Antwerpen getan hatte, dachte Caroline. Sie würde über sie und ihren Charakter reden, wie und wann auch immer sie das wünschte. Sie soll nur versuchen, mich aufzuhalten, dachte Caroline. Schließlich war sie eine Douglas. Jetzt befanden sie sich auf ihrem Terrain. »Als ihr zukünftiger Gatte hat der Junge ein Recht zu erfahren, mit wie vielen Männern sie schon verkehrt hat, bevor sie heiraten.«

Sir Thomas wandte sich in scharfem Ton seiner Frau zu. »Mir hatte auch keiner von deinen Gewohnheiten erzählt.«

Sie blickte sich rasch um. Niemand war auf dem Treppenabsatz zu sehen. »Du wußtest von John«, sagte sie mit einem bösen Lächeln.

»Aber John war nicht der einzige. Oder?«

»Das vielleicht nicht«, höhnte sie. »Aber er war der Beste. Der beste Liebhaber, den ich jemals hatte. Bis zum heutigen Tage. Er hat mir das Gefühl gegeben, eine Frau zu sein. Noch jetzt habe ich manchmal seinen wundervollen, seinen gut gebauten Körper vor Augen, wie er zu mir ins Bett steigt. Ich erinnere mich, wie ich in höchster Lust aufgeschrien habe, wenn er …«

»Sei still!« Sir Thomas griff nach dem Ellbogen seiner Frau. »Sei still, Caroline, bevor du uns beide in den Wahnsinn treibst!«

»Still sein? Niemals!« fuhr sie ihn an und entzog ihm ihren Arm. »Er ist der einzige Mann, den ich je geliebt habe. Der einzige, den ich je begehrt habe.«

Der ältere Krieger sah flehend in das aufgebrachte Gesicht seiner Frau. Seit sie von Antwerpen abgelegt hatten, bekam er jeden Tag diese Worte von ihr zu hören. Immer und immer wieder, zu jeder Gelegenheit erinnerte sie ihn an sein Alter, an seine Unfähigkeit, sich mit Johns Mut und seiner Anziehungskraft zu messen. Als sie sich schließlich der Küste von Schottland genähert hatten, war Sir Thomas klargeworden, daß das Problem nicht bei John Macpherson lag, sondern bei seiner Frau. Der Verlust von John war nur Teil eines größeren Ganzen. Hier, in den steinernen Fluren des Schlosses von Falkland, fürchtete Sir Thomas um ihren Verstand.

Die Heiterkeit und Ruhe, die er einst mit Janet geteilt und genossen hatte, gab es nicht mehr, seit Caroline in sein Leben getreten war. Er war auf ihre Jugend und ihre Schönheit hereingefallen. Er war so dumm gewesen zu glauben, daß seine junge Frau seiner Tochter Freundin und Gesellschaft sein könnte. Wie unrecht er doch gehabt hatte. In den wenigen Monaten seit seiner Hochzeit war er um Jahre gealtert. Er war blind gegenüber dem gewesen, was um ihn herum geschah, und hatte seine einzige Tochter dazu getrieben davonzulaufen.

Er selbst zog sich langsam in sich selbst zurück. Inzwischen verlor er nicht mehr völlig die Kontrolle über sich, wenn Caroline solche Dinge wie gerade eben sagte. Er brauste auf, aber dann hörte er ihr einfach nicht mehr zu. Mittlerweile hatte er Angst vor dem Dunklen, das er in ihr gewahrte. Er verabscheute die Boshaftigkeit, die nicht mehr länger unter ihrer schönen Fassade verborgen lag, sondern nun offen zutage trat. Caroline hieb auf jeden und alles um sie herum ein. Und wer konnte ahnen, wie weit sie in ihrer Grausamkeit gehen würde?

Sir Thomas wollte sein Leben nicht länger mit ihr teilen. Er wünschte, alles wäre wieder so wie zu der Zeit, als sie noch nicht in sein Leben getreten war. Doch als er sich darüber klargeworden war, war es bereits zu spät. Seine Tochter hatte er schon verloren. Geistesabwesend starrte Sir Thomas in die Flamme der Fackel, die an der Wand steckte, und mit einmal fühlte er sich alt. Sehr alt.

»Zieh dich doch in dein Schlafgemach zurück, Alter«, spottete sie und trat einen Schritt zurück. »Geh und laß deinen verbrauchten Körper ausruhen und vergiß nicht, für deine Seele zu beten.«

Sir Thomas starrte sie an. Inzwischen durchschaute er sie. Er sah die schöne Hülle und wußte, es lag nichts dahinter.

»Ja. Und du tu, was immer dir gefällt«, murmelte er im Weggehen und wünschte, er hätte nichts mehr mit ihr zu schaffen.

»Jack Heart, ich wußte, daß du kommen würdest.« Der junge König sprang von seinem Schreibtisch auf und ging auf John zu.

Dieser hob warnend eine Hand und ließ schnell seinen Blick über den Korridor schweifen. Er wollte sichergehen, daß der Diener nicht von der Treppe aus horchte. Dann lehnte er die Tür ans Schloß und drehte sich zu Kit um. Er legte seine Hände auf die Schultern des jungen Mannes.

»Wir haben nur wenig Zeit, mein König. Eine große Streitmacht lagert in der Nähe von Schloß Campbell und wartet auf Eure Ankunft. Der Plan ist, daß wir Euch heute nacht aus dem Schloß bringen. Ihr seid als einer von uns verkleidet. Bis morgen früh wird man Euch nicht vermissen, und dann haben wir schon den halben Weg in die Freiheit hinter uns gebracht.«

»Aber der Diener! Er wird bald zurückkommen und bestimmt die Wachen rufen.«

Ohne ein weiteres Wort zog John einen scharfen Dolch aus der Innenseite seines hohen Stiefels und wog ihn in der Hand. »Er wird niemanden rufen, Sire.«

Mit einem grimmigen Ausdruck auf dem Gesicht nickte der junge König und ging rasch zu dem riesigen Bett, um ein Bündel alter Kleidung darunter hervorzuholen. Er breitete die Kleider, die aussahen, als wären sie einem Stalljungen weggenommen worden, auf dem Bett aus.

»Dies habe ich heute morgen in meinem Gemach gefunden, als ich von der Falknerei zurückkam. Ich weiß nicht, wer die Kleider hiergelassen hat, aber ich wußte, daß bald etwas geschehen würde.«

»Wenn Ihr sie bitte überstreifen würdet, Sire. Ihr werdet damit weit weniger Aufmerksamkeit auf Euch ziehen, wenn wir auf den Straßen unterwegs sind.«

Kit knöpfte sein Wams auf, während John ein weiteres Mal durch den Türspalt hinausblickte.

»Sie haben die Zahl der Soldaten um Schloß Falkland verdoppelt«, sagte der König und streifte sich das zerlöcherte Hemd über den Kopf. »Sir Thomas Maule und seine … und seine Frau trafen gestern in Begleitung von tausend Mann ein. Sie sagten mir, du würdest frühestens nächste Woche kommen, um mich nach Edinburgh zu begleiten. Angus denkt sicher, daß die mir getreuen Anhänger erneut versuchen werden, mich mit Hilfe einer Streitmacht zu befreien. Aber dieses Mal sind wir klüger! Dieses Mal werden wir ihn überwältigen, nicht wahr, Jack Heart?«

John lächelte dem eifrigen jungen Mann über die Schulter hinweg zu. Einige der Adligen hatten gezweifelt, ob König James einverstanden wäre, angesichts des Umstandes, daß seine zukünftige Braut bereits in Schottland war, das Schloß zu verlassen, obwohl sich erst mit der Eheschließung zeigen würde, ob Angus sein Wort hielte oder nicht. Schließlich hatte der Lordkanzler, so meinten sie, sein Wort gegeben, daß er nach der Hochzeit seine Macht an ihn abtreten würde. Als John aber sah, daß Kit ohne Zögern bereit war, mit ihm zu gehen, wußte er, daß er zurecht den Einwand vorgebracht hatte, daß der junge König wußte, daß Angus ein Lügner war. Was John nicht wußte, war, wann genau Kit in den letzten Monaten die zweifelhafte Hoffnung, welche die Heirat für ihn dargestellt hatte, aufgegeben hatte.

»Ja, Euer Majestät. Jetzt ist Eure Zeit gekommen!«

Caroline Maule sah mit kalten Blick auf den Rücken ihres Mannes, bis dieser in ihrem gemeinsamen Gemach verschwunden war. Erst das Zuschlagen der Tür verwandelte ihren Gesichtsausdruck in ein höhnisches Lächeln. Sie hatte ihn tiefer getroffen, als er es ihr gegenüber gezeigt hatte.

Bei dem Geräusch von Schritten auf der Treppe drehte sie sich rasch um und trat zu der offenen Tür, die zu der Treppe führte. Sie wartete in dem schwach beleuchteten Flur. Irgend etwas hatte mit dem Mann – dem Boten der Königin – nicht gestimmt. Dieser bohrende Gedanke ließ ihr keine Ruhe. Sie sah, wie der Lichtschein, den die flackernde Fackel vorauswarf, heller wurde, als der Träger herunterkam, und Caroline war sich sicher, daß sie sich erinnern würde, wenn sie ihm noch einmal begegnete.

Überrascht sah sie, wie der Diener allein um die Biegung der Treppe kam.

»Wo ist der andere?« fragte sie unvermittelt und machte einen Schritt auf den erschrockenen Diener zu. »Da war doch gerade noch einer oben.«

Der Mann, der einen Schritt zurückgewichen war, hob die Fackel, um zu sehen, wo Sir Thomas war. Aber sonst stand niemand auf dem Treppenabsatz. »Der König hat dem Boten gesagt, er solle warten. Seine Majestät schreibt einen Brief an seine Frau, und er will, daß der Mann ihn noch heute nacht überbringt.«

»Sonst sind wohl keine Kuriere zur Hand?« fuhr sie ihn an, während sie ihre Wut kaum mehr zurückhalten konnte. Nachdem sie diesem lächerlichen König doch wohl genug von seiner betrügerischen Braut erzählt hatte … was mußte er ihr da noch einen Brief schreiben? Was für ein dummer Junge, dachte sie finster. Er verdiente es, den Rest seines Lebens eingesperrt zu bleiben. »Als wir ankamen, hat mein Mann ausdrücklich angeordnet, den König nicht mit Fremden allein zu lassen. Er wird deinen Kopf auf eine Lanze aufspießen lassen, wenn dem König etwas geschieht.«

»Aber König James hat nach etwas zu essen verlangt – für ihn und diesen Mann. Was hätte ich tun sollen?« Die Stimme des Dieners nahm einen flehenden Ton an, während er nach weiteren Entschuldigungen suchte. »Er steht doch nur da und wartet, Mylady. Der Mann hat seine Waffen unten bei den Stufen abgelegt ...«

»Hast du diesen Mann schon einmal gesehen?« unterbrach ihn Caroline. »Ist er einer der üblichen Kuriere?«

Der Diener schüttelte langsam den Kopf. »Nein, Mylady. Ich habe ihn noch nie zuvor gesehen. Aber ehrlich gesagt glaube ich, sie schicken jedesmal andere ...«

»Hat er dir seinen Namen genannt?« unterbrach sie ihn wieder. »Oder gesagt, welchem Clan er angehört?«

Der Diener fuhr sich mit der Hand nervös über sein stoppeliges Kinn, bevor er sich erleichtert mit ausgestrecktem Zeigefinger an die Frau wandte. »Ja, Mylady. Jack Heart. Einer von denen, die mit ihm gekommen sind, nannte ihn Jack Heart. Kein üblicher Name, würde ich sagen, aber was seinen Clan angeht, weiß ich nicht ...«

Caroline erbleichte; die Hand, die sich um den Kragen des Dieners schloß, ließ diesen vor Schreck erstarren.

»Du Narr«, flüsterte sie mit heiserer Stimme. »Das ist ein Komplott, um den König zu entführen. Jack Heart ... Jack Heart ...«

Caroline wiederholte seinen Namen wieder und wieder und stieß den erschrocken Diener von sich. »Lauf und hol meinen Mann. Sag ihm, daß John Macpherson hier ist. Sag ihm, er ist gekommen, um ihm den König unter der Nase weg zu rauben. Und dann gib Alarm.«

Der Diener stürzte auf das Gemach zu, und Caroline lief mit schnellen Schritten die Stufen hoch, ein boshaftes Lächeln auf den Lippen.

»Du gehörst mir, John«, murmelte sie bitter und zog ihren kleinen Dolch aus dem Gürtel. »Dieses Mal bist du mir auf Gedeih und Verderb ausgeliefert.«

»Die Briefe, John«, rief der junge König noch im letzten Augenblick, als sie schon an der Tür waren, um das Gemach zu verlassen. Er deutete auf den Stapel von Briefen auf seinem Schreibtisch. »Bitte nimm die Briefe. Ich kann sie nicht einfach hierlassen.«

John ging schnell zu dem Schreibtisch des Königs und nahm den Stoß gefalteten Pergaments auf. Das müssen die Briefe von Maria sein, dachte er. Aber bevor er wieder bei der Tür angelangt war, wo der König stand und sich eine schmutzige Kappe aufsetzte, sah John ihren Schatten über den Absatz gleiten.

Sie trat hinter den König, bevor John die beiden erreichen konnte.

»Nicht so schnell, John«, sagte sie mit einer kaum wiederzuerkennenden rauhen Stimme. Der kleine Dolch, den sie dem König an die Kehle hielt, blitzte auf. »Ist das nicht sehr viel netter hier als das letztemal, als wir uns gesehen haben?«

John blickte hinter sie auf den Treppenabsatz, aber da stand niemand. Fieberhaft dachte er nach, versuchte zu entscheiden, ob er es wagen konnte, Caroline den Dolch zu entwenden. Aber ein Blick auf den Wahn in ihren Augen und die scharfe Klinge an Kits Kehle überzeugten ihn, daß der Junge verletzt werden würde, wenn er sich auf die beiden stürzte. Kit hätte keine Chance. John mußte sie irgendwie ablenken.

»Du hast mich nicht gewollt. Du hast mich regelrecht aus deiner Kajüte hinausgeworfen, erinnerst du dich?« Ihre Hand zitterte. »Und dieses Muster an Tugend, unsere zukünftige Königin ... du hast diese Hure geküßt, auf der Schwelle zu deiner Kajüte.«

Kits Miene zeigte bei diesen Worten keinerlei Reaktion; er schien nur auf eine Gelegenheit zu warten, sich aus ihrer Umklammerung zu befreien.

»Oh, Seine Majestät weiß alles darüber.« Caroline lachte, als ihr bewußt wurde, was John gerade gedacht hatte. »Ich habe ihm alles erzählt, und Angus auch. Meinst du nicht, daß jeder wissen sollte, daß unser geschätzter Lord of the Navy seine Hände nicht von unserer prächtigen zukünftigen Königin lassen konnte? Und wie vornehm sie ist! Nun, sie hat sich auch nicht von deinem Bett ferngehalten, oder? Und jetzt laß endlich deinen Dolch fallen.«

John fügte sich, biß die Zähne zusammen und kämpfte das Bedürfnis nieder, ihr an die Gurgel zu fahren und ihr für immer den Mund zu stopfen.

»Aber dieses Mal, Jack Heart, ist sie nicht da, um deinen Hals zu retten. Sie wird nicht plötzlich aus dem Nebel auftauchen, wie sie es im Schloß ihres Bruders tat, und Lügen um deiner Ehre willen schwören.«

John spürte, wie sich sein ganzer Körper bei den Worten Carolines anspannte.

»Ja«, fuhr Caroline fort, und ihre Stimme troff vor bitterer Ironie, »um deiner Ehre willen. Sie wußte, daß ich zum Kaiser gehen würde. Sie wußte, daß ich mir deinen Kopf auf einem silbernen Tablett servieren lassen wollte. Oh, du mußt dich in ihrem Bett selbst übertroffen haben, damit diese Hexe ein solches Risiko auf sich nahm.«

John erinnerte sich an Isabels Brief. Sie hatten auf ein Schiff gewartet, und dann war Maria plötzlich aus dem Hart-Haus verschwunden. Es gab nichts, was die beiden davon abgehalten haben könnte, nach Kastilien zu segeln. Sie war also nur seinetwegen zurück ins Schloß gegangen – um sein elendiges Leben zu retten!

Augenblicklich regierte Chaos den Verstand des Highlanders. Er war ein Dummkopf. Wie konnte er nur so blind gewesen sein! Er hatte sich ihr gegenüber so böswillig verhalten und sie ein dutzendmal in größte Gefahr gebracht. Verzweifelt versuchte er das Durcheinander in seinem Kopf zu ordnen und erinnerte sich an die Festlichkeiten in Antwerpen. Sie hatte aus Liebe heraus gehandelt, und er aus Haß. Der Schmerz, die Erinnerung an ihre leuchtenden, tränenfeuchten Augen, die ihn traurig ansahen, als sie sich in der Abtei von Holyrood trennten, zerrte nun an jeder Faser seines Herzens.

»Damals ist es mir beinahe gelungen, dich zu zerstören«, schrie Caroline wütend. »Ich hatte mir eine Audienz beim Kaiser erzwungen, aber im letzten Moment tauchte sie auf, sah aus wie ein Unschuldslamm und schwor Lügen, ohne mit ihren Wimpern zu zucken.« Sie drückte den Dolch fester an den Hals des Königs. »Dieses Mal kann sie dich nicht retten, John. Sie kann es nicht, niemand kann es.«

»Caroline!« rief John aus, als er den wilden Ausdruck in ihrem Gesicht sah. Sie war bereit, die Spitze der Klinge in den Hals des Königs zu stoßen. »Das ist nicht Maria unter deinem Dolch. Das ist nicht mein Hals unter der Klinge. Es ist dein König, den du da festhältst – dein von Gott eingesetzter König. Du mußt deinen Kampf mit mir ausfechten, nicht mit ihm. Für eine Königsmörderin gibt es keine Gnade. Laß ihn los, Caroline.«

Als Caroline ihren Kopf mit dem langen blonden Haar in den Nacken warf und dabei ein schreckliches Lachen ausstieß, sah John, wie Sir Thomas – mit gezücktem Schwert – auf dem Treppenabsatz erschien.

»Der stets getreue John Macpherson. Ich weiß, daß er der König ist, du Dummkopf. Nur ist dieser sonderbare Junge hier dein König und nicht meiner …«

Caroline Maule ließ ihre Augen nicht von John ab, als sie an dem feuerroten Haar des Königs zog und seine Kehle brutal der scharfen Klinge auslieferte.

»Du hast mich in der Hand, Caroline. Es gibt keine Möglichkeit für mich, hier lebend rauszukommen. Was willst du noch? Laß ihn los.«

»Das stellst du dir ein bißchen zu einfach vor, mein Lieber«, säuselte sie. »Dein eigener Tod wird mir kaum genug sein, sei er auch noch so schmerzhaft. Wenn du aber zusehen müßtest, wie jemand, den du so sehr liebst, direkt vor deinen Augen stirbt … Wenn du mit ansehen mußt, wie sein königliches Blut fließt – und nichts tun kannst, um es aufzuhalten … das ist ein Schmerz, den du nicht ertragen kannst. Ich kenne dich, Jack Heart.«

»Du bist wahnsinnig, Caroline! Du kannst nicht einfach den König ermorden!« John trat einen Schritt näher. Kit zuckte plötzlich zusammen – sie war ihm mit ihrem Dolch in die Haut gefahren. John hielt inne und sah, wie ein dünnes Rinnsal von Blut über den Hals des Königs floß. »Du wirst entehrt sein, Caroline. Du wirst öffentlich gefoltert und gehängt werden. Dein Kopf wird eine Lanze direkt neben dem meinen schmücken. Das ist schlimmer, als mich zu verletzen. Wenn du den König ermordest, ermordest du dich selbst ... und die Zukunft Schottlands!«

»Glaubst du, das interessiert mich?«

John blickte Sir Thomas an, der jetzt hinter seiner Frau stand. »Haltet sie auf.«

Caroline blickte kurz über ihre Schulter nach hinten auf ihren Mann. John wartete auf seine Gelegenheit, aber sie lokkerte keine Sekunde lang den Druck ihrer Klinge.

»Ah, da ist ja auch schon unser alternder Held. Es hat ja wohl lange genug gedauert. Wo sind die anderen Männer?«

»Der Diener holt sie.« Die Stimme von Sir Thomas war vollkommen ruhig. »Er kann nicht entkommen, Caroline. Gib den König frei.«

»Und wieder spricht die reine Weisheit aus deinen Worten«, sagte sie lachend, aber ihr Lachen war freudlos, schneidend. »Nun, hier bin aber ich verantwortlich, mein lieber Mann. Sei also still und tu, was ich dir sage. Geh rüber zu John und bringe ihn dazu, sich vor uns hinzuknien. Vor seinem König zu knien.«

»Er ist unbewaffnet, Caroline«, sagte der Ritter leise. »Es gibt keinen Grund, irgend etwas zu unternehmen, bis die anderen eingetroffen sind. Und jetzt gib den König frei.«

»Du Feigling«, höhnte sie. »Du hast nur Angst, daß er dich umbringt.«

»Das ist es doch, was du willst, nicht wahr?« fragte Sir Thomas.

»Vielleicht.« Sie zuckte mit den Achseln und kicherte hysterisch. »Aber man kann schließlich nicht alles haben, was man will, oder? Nun, ich bin durchaus vernünftig. Ich gebe mich auch mit weniger zufrieden.«

Der junge König zuckte vor Schmerz zusammen, als Carolines Klinge sich tiefer in die Haut bohrte. John konnte sehen, wie nah der Dolch an der Hauptschlagader des Jungen war. Das nächstemal, wenn sie seine Augen von ihm abwenden würde, entschied John, würde er sich auf sie stürzen.

»Du bist ein Douglas, mein werter Mann. Im Gegensatz zu deiner ehrenwerten Tochter, die sich gegen mich wandte und die Hurenkönigin in Antwerpen warnte, seien dir deine Sünden verziehen.«

»Janet?« fragte Sir Thomas verwirrt.

»Ihr habt auf dem Flodden Field gekämpft«, rief John dem Ritter zu. »Ihr wart dem König treu. Laßt nicht zu, daß die Treue zum Clan Eure Ehre zerstört. Eure Untertanenpflicht gilt allein dem König.«

»Ja, Janet, die so blind ist wie ein Maulwurf. Dieses dumme Wesen, das du einmal deine Tochter genannt hast. Wenn sie nicht gewesen wäre, wäre John Macpherson tot. Aber ich habe mich um sie gekümmert, ich habe sie vertrieben.«

»Du hast Janet vertrieben?« fragte Sir Thomas ungläubig.

»Thomas«, unterbrach ihn John. »Erinnert Euch an das Blut, an all die Leben, die wir verloren haben, um unsere Freiheit zu gewinnen! Seht Ihr denn nicht, was Angus mit uns vorhat? Mit Schottland? Er hat sich schon an den Kaiser gewandt und ihn aufgefordert, in Schottland einzumarschieren. Laßt das nicht zu, Sir Thomas.«

»Er wird sterben, John. Der Junge wird sterben«, verkündete sie. »Angus wird es egal sein, so wie jedem anderen auch. Angus wird wieder König werden. Auf jeden Fall wird es ein Douglas sein, der den Thron besteigt.«

Als würde er aus einer Trance erwachen, klarten sich plötzlich Sir Thomas' Augen auf, und er machte einen Schritt auf seine Frau zu.

»Halt ein, Caroline. Du bist wahnsinnig. Du kannst den König nicht töten. Laß ihn sofort frei!«

»Bleib weg, du Feigling«, fuhr Caroline ihren Mann an. »Du bist doch noch nie ein wirklicher Mann gewesen – weder im Bett noch sonstwo. Für einen Kampf fehlt dir der

Mumm. Versteck dich weiter hinter mir, dann mußt du das Blut nicht sehen. Oder geh zur Treppe, wenn du noch weniger Mut hast. Geh schon, du Feigling, versteck dich.«

Die beiden Männer sahen, wie Caroline ihre Hand hob, um zustechen zu können.

»Haltet sie auf, Thomas. Hier geht es nicht um den Reichtum oder die Ehre eines Clans. James ist unser König, unsere Zukunft. In Gottes Namen ...«

Kits Hand griff nach dem Dolch, aber Caroline war stark, und die Spitze zeigte nach oben, als sie miteinander rangen. Plötzlich hielt sie inne.

John packte ihre Hand, gerade als die Klinge eines Schwertes Carolines Brust durchdrang und beinahe noch ihn selbst verwundet hätte. Sir Thomas hatte mit aller Kraft zugestoßen. Der Körper der Frau bäumte sich kurz auf und ihre Augen wurden glasig, als sie sie ihrem Mann zuwandte.

Der König hielt den Dolch in seiner Hand, als Sir Thomas Caroline losließ und sie zu Boden sank. Sie starrten auf die tote Frau zu ihren Füßen, während das Blut von dem Schwert in der Hand des Ritters tropfte.

Als Schritte von draußen zu hören waren und zwei Männer in das Gemach stürzten, erinnerte sich John wieder seiner Mission. Er schüttelte leicht den Kopf und hinderte Gavin daran, den Ritter anzugreifen.

»Euch blieb nichts anderes übrig, Sir Thomas«, sagte er, als der alte Mann verzweifelt auf seine tote Frau hinuntersah.

»Sire«, sagte Gavin und wandte sich mit einer leichten Verneigung an den König. Er warf kurz einen überraschten Blick auf die tote Frau und richtete dann seine Aufmerksamkeit wieder auf John. »Jack Heart, wir haben verhindern können, daß uns der Diener verrät, aber es bleibt nicht viel Zeit. Die anderen halten frische Pferde für uns bereit. Wir müssen jetzt gehen!«

John warf dem jungen König einen raschen Blick zu. Dieser stand mit dem Dolch in der Hand da und ließ den schwankenden Ritter nicht aus den Augen.

»Ich werde Euch das nie vergessen, Sir Thomas«, sagte

der König leise zu dem Ritter und brachte den Mann dazu aufzublicken. »Vor langer Zeit habe ich geschworen, daß, wenn ich einmal frei käme, jeder einzelne Douglas meine Vergeltung zu spüren bekäme. Ihr habt mich dazu gebracht, diesen Schwur noch einmal überdenken.«

Mit einem Nicken eilte der König zu einem Waschtisch und reinigte sich von dem Blut an seinem Hals. John legte Thomas Maule eine Hand auf die Schulter.

»Es tut mir leid«, sagte er ruhig.

»Ihr seid nie der Grund gewesen«, Sir Thomas warf John einen Blick aus tieftraurigen Augen zu. »Sie selbst hat all das herbeigeführt … und ich auch. Ich war zu blind, um es vorhersehen zu können. Und jetzt ist es zu spät. Eine Frau ist tot, und die andere, die ich am meisten von allen liebe, habe ich verloren.«

»Ihr müßt sie nicht für immer verloren haben, Thomas«, sagte John und bemerkte im selben Moment, wie ungeduldig seine Männer waren. »Wenn Ihr sie bittet, wird sie zurückkommen – jetzt, wo Caroline tot ist. Aber Ihr werdet auch einen Sohn annehmen müssen. Das ist der Preis, den Eure Tochter Euch sicherlich abverlangen wird.«

Die Augen des Mannes hellten sich ein wenig auf. »Es ist ein annehmbarer Preis, und niedrig ist er noch dazu. Einen, den ich gern entrichte. David ist ein guter Mann.«

»Ja«, sagte John. »Ihr werdet sehen, es gibt keinen besseren.«

Ohne weiter zu zögern, machten sich der König und seine Retter zum Gehen bereit.

»Wartet«, rief Sir Thomas, bevor John den anderen dreien auf die Treppe hinaus folgen konnte. Der Ritter schrieb eilig eine Botschaft auf ein Stück Pergament vom Schreibtisch des Königs. Rasch faltete er es, adressierte es und versiegelte es mit seinem Ring.

»Schnell, Jack!« mahnte Gavin von der Tür des Gemachs aus. John teilte seine Sorge. Die vor ihnen liegenden Schwierigkeiten würden unüberwindlich sein, wenn sie in einen Kampf verwickelt werden sollten, noch bevor sie das Schloß verlassen hatten.

»Macht Gebrauch von diesem Schreiben«, sagte Sir Thomas. »Es trägt mein Siegel, und ich habe es an den Earl of Angus adressiert. Sollte man Euch aufhalten, wird es Euch freien Durchlaß durch die Reihen unserer Männer gewähren.«

John trat zu ihm und nahm den Brief entgegen. Als er das Siegel sah, wußte er, daß dies die Freiheit für den König bedeutete. Die Worte von Sir Thomas vermochten mehr auszurichten als die Schwerter, die sie umgebunden hatten. Er streckte seine Hand in Freundschaft aus, und der Ritter ergriff sie.

»Was habt Ihr geschrieben?« fragte John.

»Nur dies: daß seine Zeit gekommen ist.«

Kapitel 30

Schloß Drummond in den Highlands

Das kann doch nicht wahr sein, dachte sie, während sie den Korridor entlangrannte.

Als Maria endlich an ihrem Gemach angelangt war, konnte sie die Tränen nicht mehr länger zurückhalten. Sie stieß die Tür auf, stürzte in das Zimmer und ließ die schwere Eichentür hinter sich ins Schloß fallen. Einen Augenblick lang stand die junge Königin mit dem Rücken zur Tür und starrte in den vor ihr liegenden Raum, ohne etwas zu erkennen. Dann sank sie auf die Knie und begann hemmungslos zu schluchzen.

Durch den Tränenschleier blickte sie an sich hinunter. Sie sah noch genauso aus. Und trotzdem, nichts mehr war so wie immer.

Dem leisen Klopfen an der Tür folgte ein Drücken der Klinke, und schon schlüpfte Elizabeth in das Gemach. Schnell wischte sich Maria die Tränen aus dem Gesicht.

Maria war zwar in ihr Zimmer gelaufen, weil sie allein sein wollte, aber jetzt stieg ein Gefühl der Erleichterung und Dankbarkeit in ihr auf, als sie den besorgten und teilnahmsvollen Blick ihrer Freundin sah. Die Freundschaft, die sie in der Abtei von Holyrood eingegangen waren, hatte inzwischen eine Stärke und Tiefe erlangt, die Maria noch nie zuvor erfahren hatte. Bei Elizabeth war sie keine Königin. Da war sie einfach Maria.

Sie war an Elizabeths Gemächern vorbeigelaufen, als sie zu ihrem Zimmer gestürzt war. Elizabeth mußte sie gesehen haben und ihr gefolgt sein.

»Gibt es Neuigkeiten?« fragte Maria und sah zu Elizabeth hoch.

»Nein, es ist noch immer zu früh«, antwortete diese und sah zu, wie sich die junge Frau wieder aufrichtete. »Auch wenn man davon ausgehen kann, daß alles gutging und sie den König aus Schloß Falkland befreien konnten, vermag keiner zu sagen, auf welchen Widerstand sie in Schloß Stirling getroffen sind.« Maria hatte aufgehört zu weinen, aber ihr gerötetes Gesicht und das Zittern, das durch sie hindurchlief, verrieten, daß ihre Verzweiflung sich keineswegs gelegt hatte. Die beiden Frauen sahen sich an, und dann schloß Elizabeth ihre Freundin in die Arme.

Maria fing wieder an zu weinen.

»Was hat Fionas Arzt gesagt, Maria?« fragte Elizabeth. »Wußte er, was dir fehlt?«

Maria entwand sich Elizabeth und wandte sich dem Fenster zu. Sie war so durcheinander. Den einen Moment dachte sie, was für eine Schande sie doch war – für ihre Familie, wie auch für ihre Freunde. Aber dann wurde ihr bewußt, wie sehr sie sich verändert hatte. Sie war eine andere Frau geworden. Eine leidenschaftliche Frau, eine Frau voller Überzeugungen. Sie wollte gleichzeitig lachen und weinen. Aber wie sollte sie das Elizabeth oder sonst jemandem erklären?

Im Innersten war sie glücklich über die Nachricht. Es war ein Geschenk – und ein Wunder. Vier Jahre lang war sie verheiratet gewesen und hatte ihrem ungeliebten Ehemann keinen Erben schenken können. Doch dann hatte sie eine Nacht mit dem Mann verbracht, den sie liebte ... und schon trug sie ein Kind unter dem Herzen.

Sie weinte vor Glück und doch auch vor Traurigkeit, weil sie John niemals von ihrem gemeinsamen Kind erzählen durfte. Es würde keinen geben, mit dem sie ihre Freude teilen konnte. Sie wußte, was sie zu tun hatte. Ihre einzige Möglichkeit war, nach Kastilien zu gehen und dort ein Leben zu leben, wie ihre Mutter es tat. Sie würde ihr Kind allein aufziehen. Johanna würde ihr helfen, da war sich Maria sicher. Ihre Mutter wußte zu lieben, und sie wußte, wie es war, wenn einem diejenigen, die man liebt, weggenommen werden.

Maria spürte, wie sich die Hände ihrer Freundin sanft auf ihre Schultern senkten.

»Du mußt nicht alles allein ertragen. Ambrose und ich können dir helfen. Du mußt es uns nur erlauben.«

Maria wandte sich um und lächelte ihre Freundin zaghaft an.

»Aber mir fehlt nichts. Der Arzt sagt, ich bin gesund. Du machst dir ganz umsonst Sorgen.«

Elizabeth lächelte sanftmütig, bevor sie Maria an den Händen nahm und zu einem Stuhl führte. Maria setzte sich, und Elizabeth holte ihrer Freundin etwas zu trinken.

»Du solltest nicht versuchen, das alles mit dir allein auszumachen«, sagte Elizabeth ruhig, als sie vor Maria stand und ihr den Becher reichte. »Du solltest mit ihm darüber reden.«

»Mit wem?« fragte Maria erschrocken. Sie hatte mit Elizabeth kein einziges Wort über John oder ihre Affäre gewechselt. Bei ihren Gesprächen in der Abtei hatte sie gesagt, daß sie König James nicht heiraten würde und alles in ihrer Macht Stehende tun würde, um den jungen Monarchen zu befreien. Außerdem hatte sie Elizabeth erzählt, daß John ihr Leben gerettet hatte, als sie das erstemal vor ihrem Bruder davongelaufen war. Wie er sich um ihre Verletzungen gekümmert hatte. Weiter hatte sie nichts erzählt – und erst recht nicht, wie er ihr Herz erobert hatte. Hatte sie sich vielleicht durch irgend etwas verraten?

»Du solltest mit John darüber sprechen.«

Maria konnte nicht verhindern, daß ihr die Röte ins Gesicht stieg. »Ich weiß nicht.« Sie räusperte sich. »Ich weiß nicht, warum sich Sir John für meine Gesundheit interessieren sollte.«

Elizabeth betrachtete einen Augenblick lang das Gesicht der jungen Frau vor ihr. Ihr seltsames Bedürfnis, Maria zu schützen, hatte sie anfangs überrascht. Maria war so anders als ihre Schwester Mary, die weitaus hilfloser und verträumter als Maria war. Etwas in Marias Bestreben, selbst über ihr Schicksal zu entscheiden und ihrem Weg zu folgen, kannte Elizabeth von sich selbst. Sie wußte, wie es war, wenn die eigene Zukunft von anderen bestimmt wurde. Und sie wußte, wie es war, sich dagegen aufzulehnen.

»Ich kann dir versichern, daß sich John sehr für dich interessiert«, sagte Elizabeth, nicht lockerlassend. Sie war durchaus bereit, ihre Rolle als Klatschbase zu spielen, wenn Maria ihr nur zuhören würde. Und als sie sah, daß Maria erneut die Röte ins Gesicht stieg, fuhr sie fort. »Schließlich ist John durch und durch ein Macpherson. Und ich kann dir mit Gewißheit sagen, wenn es um ihre Frauen geht, sind sich alle Macphersons gleich. Ambrose und ich sind seit vier Jahren verheiratet, aber du kannst auch Fiona fragen – sie und Alec gehen gerade ins zwölfte Jahr. Oder du fragst Lady Elizabeth, ihre Mutter. Sie und Alexander sind schon eine halbe Ewigkeit zusammen. Sie wäre die erste, die dir erzählen würde, daß ihre Söhne zwar einer neuen Generation angehören, aber daß ihr Verhalten noch wie das ihres Mannes ist.«

Elizabeth machte eine Pause. Maria hing an ihren Lippen.

»Sie wird dir sagen, daß alle Macphersons gleich sind. Sie suchen vielleicht ihr Leben lang nach der richtigen Frau, aber wenn sie sie erst einmal gefunden haben, lassen sie sie nicht mehr los.« Elizabeth merkte, wie das Glück in ihr aufstieg, während sie so sprach. Sie redete zwar allgemein über die Macphersons, doch ihre Gedanken waren nur bei Ambrose, ihrem Mann. »Sie haben eine Art, ihre Frauen mit einer schützenden Hülle zu umgeben. Sie sind ein Teil ihres Lebens, immer da, immer gebend, immer liebend. Sie schließen sie in ihr Herz und hüten sie dort. Als ihre Frau spürst du ihre Leidenschaft und verstehst ihre Überzeugungen, und sie verstehen deine. Und nach einer Weile sind sie wie die Luft, die du atmest, sie werden zu einem Teil von dir. Du kannst dir nicht mehr vorstellen, ohne sie zu leben – und genausowenig würden sie noch ohne dich leben wollen.«

»Es muß wunderbar sein, so sehr geliebt zu werden«, flüsterte Maria.

»Es ist der Himmel auf Erden. Es ist eine schönere Welt, als irgendein Magier sie heraufbeschwören könnte«, sagte Elizabeth mit einem Lächeln. »Deshalb, glaube ich, solltest du mit ihm sprechen. Es würde nichts nützen, wenn du versuchst, ihn aus deinem Leben auszuschließen.«

»Aber … woher weißt du, daß …« Maria konnte den Satz

nicht zu Ende sagen. Sie konnte ihre Frage nicht stellen, ohne gleichzeitig zuzugeben, was sie und John füreinander empfunden hatten … vor so langer Zeit, wie ihr es jetzt erschien.

Elizabeth legte ihre Hand auf Marias. »Du wußtest von mir und meiner Familie, bevor wir uns kennengelernt haben. Das hast du mir bei unserem ersten Treffen erzählt, erinnerst du dich?« Maria nickte. »John würde niemals soviel von sich preisgegeben haben, wenn du ihm nicht wichtig wärst. Wenn er dich nicht als einen Teil der Familie ansehen würde.«

»Wir waren tagelang auf See …«, brachte Maria wenig überzeugend vor. »Er könnte doch … bloß, um sich die Zeit zu vertreiben …«

Elizabeth bedachte ihre Worte mit einem Lächeln und nickte. »Dann laß uns von verräterischeren Dingen als deinen Worten sprechen.« Sie holte tief Luft, bevor sie fortfuhr. »Wann immer sein Name fällt, fangen deine Augen an zu leuchten, du wirst rot und hältst bei allem, was du tust, inne. Und wenn wir beide miteinander reden, spüre ich, wie deine Gedanken abschweifen, eben wie bei einer verliebten Frau. Dann hat dich John in das Hart-Haus in Antwerpen gebracht. Er hat noch nie eine Frau dorthin mitgenommen. Nein, Ambrose und Alec sind beide der Ansicht, daß John sich geändert hat. Eine Traurigkeit, Wut und auch ein abwesender Blick, der so völlig neu an John ist … sie glauben, daß ihr Bruder verliebt ist.«

Elizabeth hielt inne und suchte in Marias Gesicht nach einer Reaktion auf ihre Worte. Und tatsächlich, die junge Königin konnte sie nicht verbergen.

»Es hat viel Mut von deiner Seite erfordert, deinem Bruder zu trotzen und wegzulaufen. Aber dann wiederum muß es auch einer außerordentlich großen Liebe bedurft haben, dich zurück in das Schloß in Antwerpen zu treiben. Als du geflohen warst, hattest du das Undenkbare getan. Warum also hast du es nicht zu einem Ende gebracht?« Elizabeth sah, wie Maria ihren Kopf senkte und ihren Blick nicht von ihren Händen hob. »Du mußt es nicht aussprechen, meine liebe Freundin. Deine Worte sind dir ins Gesicht geschrieben. Sie zeigen sich in allem, was du tust. Du kannst es nicht verbergen, Maria, und John auch nicht. Er ist bei dir, und das, was ihr beide geteilt habt, hat dich und dein Schicksal verändert. Euer Leben wird nie wieder so sein wie zuvor.«

Maria hob ihre Augen. »Ich habe ihm ein großes Unrecht zugefügt. Ich weiß, daß er jetzt mehr Haß in sich trägt, als er jemals Liebe in sich hatte. Er wird mir nie vergeben, Elizabeth. Wir haben keine gemeinsame Zukunft.«

Elizabeth ergriff Marias Arm. »Unterschätze nicht die Macht dessen, was ihr miteinander geteilt habt, der Worte, die ihr schon gesprochen habt, des Samens, den ihr gepflanzt habt.«

Maria blickte auf, als ihre Freundin ihre Hand sanft auf ihren den Bauch legte. »Du wußtest es also und hast mich doch zu einer Untersuchung bei Fionas Arzt geschickt?«

»Es wäre schwer gewesen, deinen Zustand nicht zu erkennen, da wir doch die gleichen Anzeichen haben.« Elizabeth versuchte erst gar nicht, das Lächeln zu verbergen, das ihr ganzes Gesicht erstrahlen ließ.

Und dieses Strahlen spiegelte sich plötzlich in Marias Gesicht wider. »Weiß Ambrose es schon?«

Elizabeth schüttelte ihren Kopf. »Noch nicht. Ich habe das Ganze schon zweimal durchgemacht, von daher weiß ich, daß ich es ihm jetzt noch nicht sagen sollte. Der Kerl würde mir für die nächsten sieben Monate strikte Bettruhe verordnen.«

»Erst zweimal? Und was ist mit Jaime ...?« Maria unterbrach sich. Sie hatte kein Recht zu fragen. »Es tut mir leid, Elizabeth. Ich wollte nicht neugierig sein ...«

»Es muß dir nicht leid tun.« Die junge Malerin lächelte. »Ich war es ja, die ohne nachzudenken drauflosgeplappert hat. Jetzt mußt du eben unser kleines Geheimnis teilen. Offiziell ist Jaime unsere Tochter, und es gibt nur sehr wenige Menschen, die wissen, daß sie in Wahrheit meine Nichte ist. Ja, jeder denkt, daß Ambrose und ich lange vor unserer Heirat ein Kind hatten. Eine Weile hielt das bei Hof die Gerüchteküche am Brodeln, aber das ist lange her.«

»Wer ist dann ...?« fragte Maria.

Elizabeth schüttelte ihren Kopf. »Das ist eine lange Geschichte – ich werde sie dir in den Monaten unserer Schwangerschaft erzählen.«

»Die Dinge sind nie so einfach, wie sie scheinen, nicht wahr, Elizabeth?«

»Ich weiß es nicht. Vielleicht könnten sie es aber sein.«

»Nein, das glaube ich nicht«, antwortete Maria mit ernster Miene. »Du hast einen Ehemann, ich nicht. Ich kann nicht in Schottland bleiben, und ich werde nicht nach Antwerpen zurückkehren. Manchmal denke ich, es wäre das beste, wenn ich vom Erdboden verschwinden würde.«

»Hör auf, solch einen Unsinn zu reden«, schimpfte Elizabeth. »Du bleibst hier und bringst dein Kind zur Welt. Ich werde nicht von deiner Seite weichen.«

Maria schüttelte ihren Kopf. »Ich kann nicht. Wenn die Leute erfahren, daß ich ein Kind bekomme – Johns Kind –, wird das das Ende für ihn bedeuten. Er wird wegen Hochverrats angeklagt werden. Ich könnte ihm das nie antun. Niemals.«

»Du hättest recht, wenn du den König heiraten würdest, aber das wirst du doch nicht.«

»Trotzdem«, erklärte Maria. »Ich werde Johns Leben nicht noch mehr gefährden, als ich es schon getan habe. Und ich werde nicht erlauben, daß er diese Schande auf sich nimmt.«

»Doch wo bleibst du dabei?« wand Elizabeth ein. »Was ist mit der Schande, die auf dich wartet – und die du ganz allein ertragen mußt?«

Maria spürte, wie sich wieder ein Kloß in ihrem Hals bildete, aber dieses Mal unterdrückte sie ihre Tränen. »Ich habe diese Reise allein begonnen. Ich habe einen Fehler gemacht und John großes Unrecht widerfahren lassen. Ich habe ihm Schmerz zugefügt, Elizabeth, und ich schwöre, daß ich das nie wieder tun werde.« Sie holte tief Luft. »Ich bin losgezogen auf der Suche nach Freiheit. Ich habe John Macpherson gefunden, und ich weiß nun, was Liebe ist.«

»Dann muß er es wissen!«

Maria blickte fest in die Augen ihrer Freundin. »Ich werde ihm kein weiteres Leid zufügen. Ich werde diese Last tragen, und wenn unser Kind heranwächst, werde ich in dem Glück leben zu wissen, daß John in gewisser Weise immer bei mir ist. Dies sind Tatsachen, mit denen ich leben kann, liebe Freundin.«

Die beiden Frauen umarmten sich fest.

»Kann ich denn nichts für dich tun, Maria?«

Maria überlegte einen Moment. »Hilf mir, eine Überfahrt für mich und Isabel zu bekommen … nach Kastilien.«

Elizabeth trat zurück und blickte der jüngeren Frau in die Augen. »Du willst also wirklich davonlaufen und es ihm nie sagen?«

»Das ist das beste«, sagte Maria mit leiser Stimme. Für ihn, dachte sie. Das beste für ihn.

Kapitel 31

Schloß Edinburgh

Die Sonne schien hell auf die unter ihnen liegende Stadt, als John Macpherson und der junge König den Wall der alten Festung entlanggingen.

John blieb einen Augenblick stehen und blickte auf die Abtei von Holyrood auf dem gegenüberliegenden Hügel. Er wußte, daß sie nicht mehr dort war. Sie war zu seiner Familie auf Schloß Drummond gebracht worden. Wenn er an sie dachte, verspürte er einen brennenden Schmerz in seiner Brust. Als er sie das letztemal in der Abtei gesehen hatte, war John gefangengenommen von dem vor ihm liegenden Unternehmen und wütend wegen ihres Verhaltens in Antwerpen, so daß er vollkommen blind gegenüber der Gefahr war, in die sie sich allein dadurch brachte, daß sie ihnen bei der Rettung des Königs half. John dankte Gott für die Geistesgegenwart von Elizabeth und Ambrose und sandte ein Stoßgebet in den wolkenlosen saphirblauen Himmel über ihnen. Wenigstens hatten die beiden daran gedacht, Maria in Sicherheit zu bringen.

Und in der Tat hatte Angus seine Leute sogleich zu Maria geschickt, als er die Neuigkeit von der Flucht des Königs aus Schloß Falkland vernommen hatte. Vielleicht wollte er sie als ein Pfand bei möglichen Verhandlungen einsetzen, oder er war von dem Gedanken an Rache besessen – John war in jedem Fall froh, daß sie und ihre Tante in Sicherheit gebracht worden waren. Welche Absichten der Lordkanzler auch gehabt haben mochte, sie waren ihm vereitelt worden.

So viel war seit der Nacht in Schloß Falkland geschehen. Sir Thomas Maules Brief hatte wie ein Zauberwort gewirkt und ihnen den Weg frei gemacht, als sie durch das Burgtor und das Lager der Douglas geritten waren. Westlich von Loch Leven bei Schloß Campbell waren sie mit der Streitmacht zusammengetroffen, die Colin Campbell, der Earl of Argyll, der Earl of Huntly, Alec Macpherson und all die anderen anführten, die sich bei Ambrose versammelt hatten. Sie waren auf Widerstand eingestellt gewesen und hatten mit einem blutigen Kampf mit den Besetzern von Schloß Stirling gerechnet.

Aber es war ein Wunder geschehen. Als diese den König in Begleitung der Edelleute sahen, flogen die Tore von Schloß Stirling auf, und die Menge strömte heraus, um den jungen Monarchen freudig zu begrüßen. Dieselbe Szene wiederholte sich in Falkirk, Linlithgow, Blackness und jedem Ort und jedem Dorf, durch das sie kamen. Lawinenartig vergrößerte sich die Streitmacht des Königs mit jeder Meile, ergoß sich über das Land und machte in einem Ausbund an Stärke und Gerechtigkeit jede noch für Angus bestehende Unterstützung zunichte. Zu dem Zeitpunkt, als James Edinburgh erreicht hatte, hatte Schottland längst gesprochen. Die Menschen erhoben sich, sie liefen auf ihn zu, begrüßten ihn und folgten ihm, überglücklich in dem Wissen, daß endlich wieder ein Stuart ihr Land regieren würde.

Der Ritt von Stirling nach Edinburgh war ohne Hindernisse gewesen, aber sie wußten, es würde nicht leicht sein, Angus tatsächlich zu entmachten. Aus Angst vor der Reaktion Heinrichs VIII. von England über den erzwungenen Rücktritt des Earl of Angus, seiner Marionette, hatten König James und seine Getreuen ihren Pferden die Sporen gegeben. Sie hatten Angus in Schloß Tantallon ausfindig gemacht, und der König hatte mit seinen Leuten die Festung belagert, bis sich die Aufrührer ergeben hatten. Dann hatte er Gerechtigkeit und Gnade walten lassen und Angus und seinem Douglas-Clan den Weg nach England ins Exil freigegeben. Da alles so schnell gegangen war, hatten die Engländer keine Zeit gehabt einzugreifen.

John merkte, daß James erstaunliche Fähigkeiten in seinen ersten Amtshandlungen als König bewies. Mit Hilfe von Ambrose Macpherson entwarf er einen Brief an Heinrich von England, in dem er seinen guten Willen gegenüber seinem Onkel, Heinrich VIII., hervorhob und erklärte, warum man – im Namen des schottischen Volkes – mit dem verbannten Angus unzufrieden gewesen war. In diesem Brief gab James auch den Plan des Lordkanzlers bekannt, mit Hilfe der Truppen von Kaiser Karl das Land zu regieren. Das sollte Angus dem englischen König nun selbst erklären, entschied Kit.

Die Befehle des Königs und seines Rates waren endgültig. Wenn Angus jemals nach Schottland zurückkehren sollte, würde er lebenslänglich in Festungshaft gehalten werden. Die Anwesenheit des Douglas-Clans am Hof wurde nicht länger geduldet. Der königliche Rat wies Angus und den übrigen Clan an, ihre Schlösser und Güter zu übergeben. Das Edikt des Rates gab des weiteren bekannt, daß jeder Diener oder Freund des Douglas-Clans den Tod erleiden würde, sollte er jemals wieder den Fuß nach Edinburgh setzen. Aber von all diesen Anklagen wegen Hochverrats wurde ein Mann mit seiner engsten Familie ausgenommen. Auf Befehl des Königs wurde Sir Thomas Maule Herr über Schloß Brechin und bekam damit einen ehrenhaften Platz in der Geschichte seiner Familie zugewiesen.

»Meine Mutter hat mir erzählt, daß mein Vater vorhatte, ein wunderschönes Schloß bei der Abtei zu bauen.«

Aus seinen Gedanken aufgeschreckt, wandte John seine Aufmerksamkeit wieder dem jungen König zu.

»Die königliche Residenz, die er errichtet hat, ist auch ein schöner Ort, Sire.«

»Ich weiß. Meine Mutter liebt diesen Ort, aber vielleicht werde ich eines Tages das Vorhaben meines Vaters verwirklichen.« Kit blickte auf die geschäftige Stadt unter ihnen. »Aber jetzt noch nicht.«

John musterte den jungen Mann, der so selbstsicher neben ihm stand. Er war der geborene Herrscher, dachte John.

»Als ich gefangengehalten wurde, Jack Heart, habe ich einen Schwur geleistet – mir gegenüber und vor Gott. Ich habe geschworen, wenn ich jemals auf dem Thron Schottlands sitzen sollte – und zwar wirklich –, würde ich der König aller Menschen sein – des Adels wie auch des gemeinen Volkes.«

»Das gemeine Volk braucht Euch auch am meisten«, antwortete John mit einem Nicken. »Und Schottland ist ein Land des Volkes, Sire, weit mehr als es unseres ist.«

Der König lächelte ihn an. »Du vertrittst hohe und wahre Werte, Jack Heart. Ich wußte, daß du mich verstehen würdest. Aber es gibt viele, die das nicht tun.«

»Ihr seid jetzt König, Euer Majestät … in jeder Hinsicht. Ihr regiert, und alle anderen werden Euch folgen.«

Der König lehnte sich gegen ein rissiges Mauerstück und blickte nach Süden zu den Hügeln von Pentland. »Ich habe nur dreihundert Adlige eingeladen, um mich und die Königinmutter in Schloß Edinburgh zu begrüßen. Viele werden Angst haben – und auch beleidigt sein –, weil ich sie nicht aufgefordert habe zu kommen.«

»Ihre Angst ist wohl begründet, Sire, zumal Ihr Grund habt, ihre Treue anzuzweifeln. Bald werdet Ihr genau wissen, wem Ihr vertrauen könnt und wem nicht. Viele von denen, die Ihr von diesen Festlichkeiten ausgeschlossen habt, werdet Ihr auch niemals um Euch haben wollen.«

»Das ist wahr. Aber John …«, der junge Mann hielt inne. »Dich möchte ich stets an meiner Seite haben, was auch immer die Zukunft bringen wird.«

John nickte. Er wußte, wovon Kit sprach. An diesem Vormittag hatte der Rat eingehend über die zukünftige Königin und ihren Mut gesprochen, den sie bei der Befreiung von James gezeigt hatte. Doch vor allem wurde ihre Abwesenheit bemerkt. John wußte, wo sie war, und der König auch. Der Macpherson-Clan hatte sich am Hof gezeigt, war aber gleich wieder nach Schloß Drummond zurückgekehrt. Die Macphersons waren gekommen und gegangen, aber – seltsam genug – Maria hatte es vorgezogen, nicht zu erscheinen.

Sogleich hatten sich wieder Gerüchte gebildet. Caroline Maules Gift verbreitete sich weiterhin, trotz ihres schändlichen Todes.

John hatte sich gefragt, wie lange der König sich ein solches Gerede anhören würde. Bis zu diesem Vormittag hatte er sich kaum Gedanken über seinen eigenen Verrat – wie Caroline sein Verhalten gegenüber dem König genannt hatte – gemacht, aber er hatte sehr viel an Maria gedacht und an ihr Opfer, um sein Leben zu retten. Und jetzt, als er mit dem Mann sprach, der sie bald heiraten würde, durchfuhr ihn ein heftiger Schmerz aus Liebe und Trauer. John wußte, daß niemand sie so sehr lieben konnte wie er. Er wußte, daß er sie so sehr geliebt hatte, wie er es nie für möglich gehalten hätte, daß ein Mensch einen anderen lieben konnte. Aber er wußte auch, daß er sie nicht verdiente – sie war dazu bestimmt, seine Königin zu werden.

Seit vielen Wochen nun – noch bevor er Antwerpen verlassen hatte – war John entschlossen, jede Strafe auf sich zu nehmen, die ihm der König oder sein Rat dafür auferlegen würde, daß er sich Freiheiten bei der zukünftigen Braut des Königs herausgenommen hatte. Er dachte an Marias Worte zurück. Sie hatte gesagt, sie hätte nach einem Traum gesucht, und er hatte gewußt, daß auch er danach gesucht hatte. Die Erinnerung an all das, was sie gemeinsam erlebt hatten, würde für immer in seinem Herzen sein, ob es nun Gefangenschaft oder den Todesschmerz nach sich zog.

»Heute hat mich meine Mutter gefragt, wann der Tag meiner Hochzeit sein wird.« Kit sah John an. »Vielleicht hast du etwas darüber im Rat gehört?«

John spürte, wie sich der Schmerz wie ein glühender Schürhaken mitten in sein Herz bohrte. Und dann wußte er es. Die Vorstellung, daß Maria in den Armen eines anderen Mannes lag, würde er nicht ertragen. Selbst wenn dieser Mann sein König war. Wenn er nicht mit dem Tode bestraft wurde, mußte er fortgehen. Er war nicht gebunden, log er sich selbst an. Er würde seine Würden und Titel aufgeben und gehen.

»Sire, ich …«

»Warte, John«, unterbrach ihn der König. »Ich habe Mutter gesagt, daß ich zu einer Heirat noch nicht bereit bin.«

Die Neue Welt, dachte John. Ja, das war es. Er würde in die Neue Welt segeln. Vielleicht würde er eines Tages vergessen können …

Daß ich zu einer Heirat noch nicht bereit bin … Langsam drangen James' Worte in sein Bewußtsein vor. Er blickte auf und erkannte plötzlich den wissenden Ausdruck auf dem Gesicht des jungen Königs.

»Ihr … Ihr werdet nicht heiraten?« fragte John.

James schüttelte den Kopf. »Eines Tages vielleicht, aber nicht jetzt und – auch wenn ich ihr sehr viel schulde – nicht diese Frau.«

John stand da und brachte keinen Ton heraus.

»Sie will weder mich noch diese Ehe, Jack Heart. Ich wäre geehrt, eine solche Frau zu bekommen, aber sie würde nicht bei mir sein. Sie liebt … nun, sie liebt einen anderen.«

John räusperte sich. »Sire, ich glaube, es ist wichtig, daß Ihr wißt, daß ich dachte, als ich diese Frau in dem Langboot treibend fand …«

James langte in sein Wams und zog einige Briefe hervor. »Ich weiß genug, Jack Heart. Sie hat mir alles offenbart. In diesen Briefen erzählte sie mir alles von ihrer Flucht aus dem Schloß des Kaisers bis zu ihrer Ankunft in Schottland.«

»Sie hat Euch geschrieben«, wiederholte John. »Und sie hat Euch alles … erzählt?«

»Nun, ich denke, sie hat ein paar … nun, ein paar Einzelheiten eher privater Natur ausgelassen, die man als belastend für den Lord of the Navy erachten könnte. Ehrlich gesagt kamen mir bei der Lektüre manches Mal Zweifel, ob sie deinen Charakter wirklich unvoreingenommen einschätzt.«

»Meinen Charakter? Sire, ich glaube nicht …«

»Jawohl, Jack Heart. Eigentlich müßte dich der Papst heiligsprechen, wenn man sie beim Wort nimmt.«

John schüttelte den Kopf. »Sie hat Euch geschrieben, daß … sie hat Euch von ihren Gefühlen für mich erzählt?«

»Nein, das hat sie nicht«, antwortete Kit heiter. »In Wahrheit hat sie überhaupt nicht von Gefühlen geschrieben, sie hat nur dein ritterliches Verhalten ihr gegenüber gelobt.«

»Woher wußtet Ihr dann …?« John dachte kurz nach. »Caroline … Ihr habt Caroline zugehört …«

»Natürlich.« König James schüttelte den Kopf. »Aber sie war eine Widersacherin, und du bist ein Freund. Um dir also zu antworten: Ich habe gehört, was sie gesagt hat, aber das meiste habe ich für Lügen gehalten.«

»Ich habe Eurer Königin den Hof gemacht, aber damals wußte ich nicht, wer sie war.«

Der junge König legte eine Hand auf Johns Schulter. »Es gibt niemanden, dem ich mehr vertrauen würde als dir, mein Freund. Ich habe Carolines Boshaftigkeiten angehört und wußte, was sie damit beabsichtigte; ich habe die Briefe von Maria gelesen und ihre Gefühle verstanden. In gewisser Weise hat mir also Caroline dabei geholfen, das zu erkennen, was hinter dem Lob Marias stand. Sie liebt dich, Jack Heart.«

Während sie so in der Sonne standen, eröffnete sich John plötzlich ein neues Leben. Aber dann fielen ihm all die Schwierigkeiten, die dem im Wege standen, wieder ein, und sein Gesicht verfinsterte sich.

»Aber was ist mit dem Vertrag, Kit? Der Ehevertrag zwischen Angus und dem Kaiser?«

»Wenn sie unbedingt ein Bündnis wollen, dann sollen doch die beiden heiraten! Unsere offizielle Stellungnahme wird lauten, daß der Vertrag von Rechts wegen ungültig ist. Ich habe ihr bereits einen Brief geschickt und auch einen nach Antwerpen, worin ich das geschrieben habe. Ich selbst habe nie ein solches Dokument unterzeichnet, und wir werden Schottland gegen jegliches Vorgehen des Kaisers verteidigen. Nein, Jack. Soweit ich weiß, ist Maria frei.«

Frei! John überlegte, ob noch ein weiteres Hindernis im Weg liegen könnte. Derer gab es so viele …

»Sire, ich werde die Mitgift zahlen. Das Gold, das Angus von Karl bekommen hat, wird verloren sein.«

König James dachte einen Augenblick nach und nickte dann zustimmend. »Gut – wenn du das wünschst. Ich denke, wir werden dieses Angebot annehmen. Jeder weiß, daß der Reichtum der Macphersons sogar den des Kaisers übertrifft.«

John legte seine Hand auf die Schloßmauer. Maria war noch auf Schloß Drummond.

»Aber noch ist nicht geklärt, Jack«, fuhr der König fort, »wie man den Kaiser überzeugt, daß Ihr ein Recht auf die Hand seiner Schwester habt. Er hat vielleicht schon wieder neue Pläne für sie. Pläne, die einen anderen König, ein anderes Land betreffen.«

Johns Augen blitzten auf. Maria hatte diesen Preis bereits bezahlt. Er legte seine Hand auf die Schulter seines jungen Königs. »Auf Wiedersehen, Kit«, sagte er voller Wärme und machte sich eilig auf den Weg zu dem Schloßturm am Ende des Walls.

»Wo läufst du denn hin, Jack Heart?« rief der König und lächelte.

»Ich laufe einem Traum nach, Sire«, antwortete dieser und verschwand mit einem Winken im Turm.

Kapitel 32

Schloß Drummond

Beim ersten Tageslicht würden sie und Isabel nach Dundee aufbrechen. Dort wartete ein Schiff auf sie, hatte Elizabeth ihr versprochen. Je nach Wind würden sie in ein oder zwei Wochen in Kastilien ankommen. Maria sah ein weiteres Mal auf den Brief des Königs, in dem er die Vereinbarung zwischen Angus und dem Kaiser aufhob und die Verlobung löste. Es war Zeit aufzubrechen, dachte sie und wischte sich eine Träne weg.

Fiona hatte sich während Marias Aufenthalt in Schloß Drummond als außerordentlich freundliche Gastgeberin erwiesen und ihr und Isabel das Gefühl gegeben, zur Familie zu gehören. Sie waren beide erstaunt, als sie erfuhren, daß Fiona Drummond Stuart Macpherson eine Halbschwester von König James war. Sie war eine Frau, die die Liebe für ihre Kinder und für all jene, mit deren Leben sie in Berührung kam, ausstrahlte. Sie hatte sich Maria wie einer lang verlorengeglaubten Schwester angenommen. Und wie drei Schwestern hatten Maria, Fiona und Elizabeth viel voneinander erfahren und gelernt, als sie Gedanken und Erinnerungen aus ihrem Leben austauschten.

Anläßlich des letzten Abends, den Maria und Isabel auf Schloß Drummond, ja, in Schottland, verbringen würden, hatte Fiona ein Fest vorbereitet. Alle würden daran teilnehmen. Alle außer John. Alec und Ambrose wurden jede Sekunde erwartet. Elizabeth hatte von Ambrose erfahren, daß John mit der Arbeit für den Rat des Königs beschäftigt war, aber Maria kannte die Wahrheit. Er würde sich eher in die Klauen seines schlimmsten Widersachers begeben, als zu ihr zu kommen. Ganz sicher konnte er sich nicht dazu überwinden, sie noch einmal zu sehen. Aber vielleicht war es das beste für sie alle.

Sie stand auf, legte den Brief des Königs nieder und sah durch das große Fernglas, das ihr Fiona hatte bringen lassen. Ihr Bauch war flach und hart. Wie sollte darin Leben wachsen können? Jetzt war nicht die Zeit, wegen früherer Entscheidungen zu hadern, dachte Maria, wandte sich um und ging durch die Tür in den von Fackeln erhellten Korridor. Sie hatte noch ihr ganzes Leben vor sich, um darüber nachzugrübeln, was gewesen wäre, wenn ... Und sie würde ein Kind großziehen dürfen. Ihrer beider Kind.

Als sie die Wendeltreppe hinunterging, wurde Maria am Treppenabsatz beinahe von einem großgewachsenen jungen Mann umgerannt, dem ein kleines schwarzhaariges Mädchen hinterherlief. Ein Arm mit stählernen Muskeln stützte sie, da sie für einen Moment aus dem Gleichgewicht geraten war, aber sie mußte fast laut auflachen, als sie bemerkte, daß der junge Mann sie gleichzeitig als ein Schild gegen die Angriffe Jaimes einsetzte.

»Bitte bleibt dort stehen, Mistreß«, bat er. »Ich werde für immer in Eurer Schuld stehen, wenn Ihr diese hier von mir fernhaltet.«

Maria lachte, als sie sich zwischen dem siebenjährigen Mädchen und dem hünenhaften jungen Krieger stehend wiederfand. »Das meint Ihr doch nicht ernst, junger Mann, oder?«

»Aber ja«, gab dieser zurück und lief weiter, drei Stufen auf einmal nehmend. »Die Angehörigen des Feenvolks sehen immer nur so niedlich aus, wißt Ihr. Aber sie sind sehr, sehr gefährlich.«

Maria stand vor dem kleinen Mädchen und versperrte ihm den Weg. »Schrecklich, ja, ich sehe es«, erwiderte sie mit einem Zwinkern.

»Verzeiht, Euer Hoheit«, sagte Jaime, machte einen Knicks vor ihr und versuchte sich dann um die junge Königin herumzuschlängeln.

»Jaime«, sagte Maria und stellte sich wieder vor sie hin. »Genau dich habe ich gesucht. Ich habe nämlich gehört, daß neben der ganzen Familie auch sehr viele Gäste heute abend hier sein werden, und ich habe gehofft, du könntest mir die Namen derjenigen nennen, die ich noch nicht kenne.«

Das Mädchen warf einen bedauernden Blick die gewundene Treppe hinauf und nickte dann zustimmend. Maria nahm Jaime an der Hand und wandte sich von der Treppe ab.

»Wer ist dieser nette junge Mann?« fragte Maria, als sie Jaimes Widerstreben bemerkte, ihre Beute so schnell aufgeben zu müssen.

»Das ist Malcolm«, antwortete Jaime schlicht.

»Malcolm. Fionas und Alecs Stiefsohn?« fragte Maria überrascht. Fiona hatte so stolz von Malcolm MacLeod erzählt, dem jungen Clan-Chef von Skye und Lewis jenseits der westlichen Highlands. Aber aus irgendeinem Grund hatte Maria einen Jungen erwartet. Wobei ihn Jaime offensichtlich auch genau dafür hielt.

»Ja, wir werden heiraten, wenn wir groß genug sind«, gab diese bekannt.

»Weiß er schon davon?«

»Natürlich, ich habe es ihm bereits an meinem vierten Geburtstag mitgeteilt. Aber er glaubt mir nicht.«

»Und was hast du eben gerade vorgehabt? Hast du versucht, ihm sein Jawort abzuringen?«

Jaime blickte zu Boden und scharrte ein wenig mit den Füßen. Dann sah sie Maria mit ihren schelmischen schwarzen Augen an. »Ich erschrecke ihn einfach gern und verfolge ihn dann. Er läuft immer vor mir davon, weißt du.«

Maria erwiderte das Lächeln des Kindes. Die Ähnlichkeit zwischen Jaime und Elizabeth war erstaunlich. Es wärmte ihr das Herz, daß Elizabeth ihr Geheimnis vor ihr gelüftet hatte. Es war nur zu deutlich, daß dieses kleine Energiebündel ein glückliches und gut umsorgtes Kind war. Wie froh sie doch war, das Vertrauen ihrer Freundin zu genießen. Daß sie eine Freundin für jemand sein durfte, dachte sie freudig. Eine solche Freundschaft hatte sie bislang noch nie erfahren.

»Meine Vettern und Basen sind ein bißchen kindisch«, stellte Jaime mit einem Ausdruck der Überlegenheit fest, als ein Schwarm von Kindern auf dem Weg in die Küche an ihnen vorbeirannte. Das kleine Mädchen senkte seine Stimme zu einem Flüstern. »Aber sie haben alle ein gutes Herz, denke ich.«

»Gut, daß du das sagst«, antwortete Maria und verbarg ein Lächeln. »Ich werde es mir merken.«

Jaime erwies sich als wunderbare Begleiterin und erzählte ihr jede Einzelheit von Schloß Drummond, seinen Bewohnern und seinen Gästen. Auch wenn sie auf die angeblich kindischen Söhne von Alec und Fiona herabsah, war der älteste, Alexander, jedoch elf Jahre alt und doppelt so groß wie sie, während James, der zweite Sohn, neun Jahre alt war und das kleine Mädchen immerhin um einen Kopf überragte. Und was sie alles von dem wußte, was die Gäste, Diener und Städter so machten, versetzte Maria beinahe in Schrecken.

Als sie bei dem großen Saal ankamen, entzog Jaime Maria höflich ihre Hand. Mit einem raschen Blick in den Saal, in dem die Festlichkeiten bereits begonnen hatten, rannte Jaime wieder zu der Treppe, die Maria vorhin heruntergekommen war.

»Nun«, murmelte Maria, »wenigstens hat Malcolm einen kleinen Vorsprung.«

Maria schlüpfte leise durch die großen Türen und in den Saal, wobei sie vermeiden wollte, die Aufmerksamkeit auf sich zu ziehen. Sie blieb am Rande stehen, ließ ihren Blick durch den Raum wandern und betrachtete die festlich gekleideten Gäste. Alec und Ambrose waren zwar schon für den Nachmittag erwartet worden, aber bislang waren sie noch nicht erschienen. Maria fragte sich, welche Neuigkeiten sie von John mitbringen würden. Und sie betete, daß sie etwas in Erfahrung bringen konnte, bevor sie und Isabel im ersten Morgengrauen davonsegeln würden.

Von der Estrade war das laute Lachen ihrer Tante über den Trubel hinweg zu hören, wo Isabel mit den älteren Macphersons zusammensaß. Es war erstaunlich gewesen, wie schnell die Klagen Isabels darüber, nach Schottland verschleppt worden zu sein, verebbt waren, als sie erst einmal Schloß Drummond erreicht hatten. Tatsächlich klagte sie jetzt die letzte Zeit ausschließlich darüber, daß die junge Frau auf eine so baldige Abfahrt drängte. Maria vermutete, daß sie schon eine Reise durch die Highlands geplant hatte, in deren Verlauf sie längere Zeit bei Alexander und Lady Elizabeth auf Benmore bleiben wollte.

Fiona war die erste, die Maria erblickte. Die rothaarige schöne Frau ging durch den Saal, um sie zu begrüßen. Freundschaftlich legte sie ihren Arm um Maria und führte sie in die Mitte des Saales. Die Aufmerksamkeit, welche die junge Königin durch alle Anwesenden erfuhr, berührte sie zutiefst, und sie bekam einen Kloß im Hals. Die Festlichkeiten, das freundliche Geplänkel und die Liebe unter den Menschen hier, welche auch sie mit einbezogen, hüllten Maria in eine sanfte Wärme. Maria erstrahlte in diesem Licht, und sie hoffte, sie würden sie nie für treulos halten. Anders als John.

Innerlich versetzte sich John wohl zum hundertstenmal einen Tritt, daß er der Aufforderung seiner Brüder nachgekommen war, den Rest der Strecke mit ihnen zu reiten. Daß er sie auf dem Weg nach Schloß Drummond eingeholt hatte, hätte ihm klarmachen müssen, daß sie ihn nur aufhalten würden. Ihre Pferde trabten so bedächtig wie alte Maulesel an einem heißen Sommertag. Er hatte sich bei Alec und Ambrose auch schon deswegen beschwert, aber die Folge war, daß sie noch langsamer geworden waren. Aber nun, zu guter Letzt, hatten sie Schloß Drummond doch noch erreicht.

Während ihres Ritts hatte John überlegt, was er tun sollte. War es das beste, hineinzustürzen, sie einfach in seine Arme zu schließen und so zu tun, als ob er ihr kein Leid zugefügt hatte? Er mochte verliebt sein, aber ein Narr war er deswegen noch lange nicht. Vielleicht sollte er noch mal von vorn beginnen – ihr den Hof machen, ihr seine Liebe zeigen und dann hoffen, daß sie imstande wäre, ihm all das zu verzeihen, was er ihr angetan hatte.

Als sie Schloß Drummond betreten hatten und auf den Saal zugingen, spürte John die schwere Hand von Ambrose auf seiner Schulter, und er erwachte aus seiner Träumerei.

»Wir geben dir heute abend die Gelegenheit, alles wiedergutzumachen«, sagte Ambrose mit einem hinterhältigen Lächeln.

Alecs riesige Pranke fiel auf Johns andere Schulter. »Zeig ihr all deinen Charme, laß deine Verführungskünste spielen und werbe um sie. Aber halt dein häßliches Gesicht etwas bedeckt.«

»Wir mögen sie, John«, warf Ambrose ein. »Und wenn du sie verscheuchst, werden unsere Frauen dir die Hölle heiß machen.«

»Also, John, verdirb es nicht«, warnte ihn Alec und schlug ihm auf den Rücken.

John sah von einem zum anderen. Diese beiden Hünen behandelten ihn, als wäre er ein junger Bursche.

Sie warteten nicht einmal seine Antwort ab. Mit einem Winken und einem weiteren Hieb auf die Schulter schritten sie vor ihm in den Saal.

Er war gekommen. Maria spürte, wie sie vor Freude und Schreck am ganzen Körper zitterte, als sie sah, wie John hinter seinen beiden Brüdern in den Saal trat.

Die langen Bänke leerten sich, als alle aufstanden, um die Neuankömmlinge zu begrüßen. Jeder, auch Isabel. Überrascht sah Maria, wie ihre Tante den Raum durchmaß, auf John zuging und ihn fest umarmte. Das einzige, wozu sie in der Lage war, war einfach nur dazustehen. Sie müßte sich nur einen Schritt vom Tisch wegbewegen, und ihre Beine würden unter ihr nachgeben.

John blickte auf, und ihre Blicke trafen sich. Sein Herz drohte auszusetzen. Wie von einem Schein umgeben, stand sie strahlend hinter dem Tisch – ganz in Weiß gekleidet, ihr seidiges schwarzes Haar fiel in Wellen über ihre Schultern. Isabel flüsterte etwas in sein Ohr, aber er wußte schon, was sie ihm sagen wollte. Seine Nichten und Neffen benutzten ihn unterdessen als Kletterbaum. Die ganze Zeit über ließ er seinen Blick nicht von ihrem Gesicht.

Maria merkte, wie es nach und nach still im Saal wurde. Die Stille verdichtete sich weiter, als alle sich John in Erwartung seines nächsten Schrittes zuwandten.

Er hob seinen Neffen Michael hoch, der an seinem Bein hing, und übergab ihn Elizabeth. Dann ging er geradewegs durch die Menge auf Maria zu.

Ihr Herz klopfte so heftig in ihrer Brust, daß sie dachte,

es würde zerspringen. Seine Schritte waren fest und bestimmt. In seinen Augen zeigte sich dieses schelmische Strahlen, das sie von ihren ersten Tagen auf See kannte. Direkt vor ihr blieb er stehen. Nur die Breite des Tisches trennte sie voneinander.

»Eure Hoheit.« Er verbeugte sich. Sie spürte, wie ihr Herz bei dieser formellen Begrüßung aussetzte.

»Mylord!« Sie nickte zur Antwort.

»Gestattet Ihr, daß ich mich neben Euch setze?«

Sie starrte ihn an und versuchte zu verstehen, was in ihm vorging. Seine spitzbübisch dreinblickenden blauen Augen schienen seinen förmlichen Worten zu widersprechen. »Natürlich«, sagte sie leise.

Ohne auch nur einen Augenblick zu zögern, machte John einen Satz über den Tisch und stand neben ihr.

Mit größter Anstrengung zwang sich Maria, ihren Mund wieder zu schließen. Es schien so, als sei niemand im Saal wegen dieser Bewegung schockiert, und plötzlich wurde der jungen Frau bewußt, daß das Fest nur für einen Moment ausgesetzt hatte. Die Diener liefen schon wieder geschäftig umher, die Leute sprachen, die Kinder schrien. Langsam gewann Maria ihre Fassung wieder und sah dann zu ihm hoch. Er stand hinter der Bank und wartete aufmerksam, bis sie sich gesetzt hatte. Sie nickte ihm kurz über die Schulter zu und nahm dann Platz. Ihr Blick war eindeutig freundlich, dachte er. Innerlich jubelnd wollte sich John schon setzen, aber da sah er aus dem Augenwinkel, wie sich seine Mutter den Weg zu ihnen bahnte.

»Maria«, sagte Lady Macpherson herzlich zu der jungen Frau, »vergebt diesem jungen Taugenichts. Ich hatte gehofft, ich hätte ihn besser erzogen.«

Lady Macpherson wandte sich John zu. Dann stellte sich die alte Frau auf die Zehenspitzen, gab ihrem Sohn einen Kuß und flüsterte ihm zu: »Nutze diese Gelegenheit, mein Lieber, oder deine Schwägerinnen werden nicht die einzigen sein, denen du Rede und Antwort wirst stehen müssen.«

»Ich freue mich sehr, dich zu sehen, Mutter.« John umarmte seine Mutter innig. »Ich wußte doch schon immer, daß du mich am meisten von allen liebst.«

Sie entzog sich ihm und schlug ihm mit der flachen Hand auf die Brust. »John Macpherson, du bist ein niederträchtiger junger Bursche.«

Maria betrachtete ihn erstaunt, als er sich neben sie setzte. Das war ein anderer Mensch als der, den sie zuletzt in der Abtei von Holyrood gesehen hatte. Aber sie konnte wohl nicht annehmen, daß er ihr das Unrecht, daß sie ihm angetan hatte, verziehen hätte, und sie war sich nicht sicher, ob sie die Enttäuschung, sich falsche Hoffnungen zu machen, ertragen könnte.

»Möchtet Ihr etwas zu trinken, Eure Hoheit?« fragte er.

»Sehr gern«, antwortete sie und hielt ihm ihren Kelch hin.

Johns große Hand schloß sich um ihre, und seine Finger hielten sie gefangen, als er ihr den Wein eingoß.

Sie spürte, wie sie errötete, als ihre Hand von seiner Wärme durchströmt wurde, aber sie konnte ihre Augen nicht von seinem glühenden Blick abwenden. Sie stellte den Kelch auf den Tisch und suchte nach einem unverfänglichen Gesprächsgegenstand.

»Wie war die Reise von Edinburgh hierher?«

»Lang. Meine werten Brüder haben so getrödelt.«

»Jeder scheint erfreut zu sein, daß Ihr endlich angekommen seid.«

»Und Ihr nicht?« fragte John und langte geistesabwesend nach ihrem Kelch.

Maria nickte. »Ich bin sehr erfreut, daß Ihr gekommen seid«, flüsterte sie. Als sie sprach, spürte sie, wie sich sein Knie unwillkürlich gegen das ihre drückte. Sie seufzte auf.

»Hattet Ihr einen angenehmen Aufenthalt auf Schloß Drummond, Euer Hoheit?« fragte er, und die Gleichgültigkeit seiner Worte wurde durch das sanfte Streicheln von Marias Kelch Lügen gestraft.

»Sehr schön, danke, Mylord«, antwortete sie, während ihre Augen den Bewegungen seiner Finger folgten.

»Wurdet Ihr schon überall herumgeführt?«

»Aber ja, ich bin ja bereits seit längerer Zeit hier.«

»Ich wäre gern bereit, Euch noch mehr zu zeigen.« John hob seine Hand und strich eine lose Strähne ihres Haares aus ihrem Gesicht. »Man kann an einem neuen Ort so viel Schönes erfahren.«

Ihre Haut brannte an den Stellen, an denen seine Finger sanft über ihr Gesicht gestrichen waren.

»Gibt es hier viel zu entdecken?«

John blickte auf ihre langen Wimpern. Die weiche Haut ihrer Wangen. Seine Augen wanderten zu ihren Lippen ... »Um einen Ort ganz und gar kennenzulernen, muß ein Reisender offen für alles sein.«

»Und man braucht den richtigen Führer, würde ich meinen.«

»Ja, das ist richtig.« Er lächelte.

Sie griff nach ihrem Kelch, und seine Hand legte sich auf ihre. Ihre Augen hoben sich zu seinem Gesicht. »So wollt Ihr mir Eure Dienste anbieten, Mylord?«

»Ich würde es tun, wenn Ihr mich wollt.«

Sie versuchte, das laute Klopfen ihres Herzens zu überhören. »Ja, das würde ich«, sagte sie mit zitternder Stimme und sah im Raum umher. Sie fragte sich, ob andere das Jubeln hören konnten, das laut in ihr erklang. Niemand schien ihnen auch nur die geringste Beachtung zu schenken.

»Wißt Ihr, das ist die schönste Jahreszeit, um sich in dieser Gegend und auf dem Schloß aufzuhalten.«

Seine Stimme zog ihre Aufmerksamkeit wieder auf ihn. Unter dem Tisch rieb sich sein nacktes Knie sanft gegen ihr Bein.

Ja, dachte sie, *seit du da bist, ist es das Paradies.*

»Hattet Ihr schon Gelegenheit, bei Mondlicht in den Gärten spazierenzugehen?« Er rückte näher an sie heran und flüsterte die nächsten Worte. »Die Rosen müßten in voller Blüte stehen, und die Nacht ist recht warm.«

Sie schüttelte nur ihren Kopf und kämpfte gegen das Bedürfnis an, ihre Augen zu schließen und seinem Flüstern zu gestatten, sie vollkommen zu verzaubern.

Ein Diener stellte einen gefüllten Teller vor sie hin. Sie starrte auf das Essen, aber sie hatte keinen Hunger. John trug zuerst ihr auf, und dann sah er zu ihr hin und wartete ab. Zögerlich nahm sie ein Stück Pfirsich und führte es an ihre Lippen. Sie erschauerte unwillkürlich, als seine Augen dem Weg der Frucht folgten.

Er hob den Kelch zu seinen Lippen. »Wurdet Ihr schon einmal in einem Rosengarten geküßt, unter einem sternenübersäten Himmel?« Seine Worte waren fast wie eine Liebkosung.

Sie mußte schlucken und legte dann ihre Hände in den Schoß, um deren Zittern zu verbergen. Sie schüttelte den Kopf. »Nein, nie.«

Seine Hände bewegten sich unter den Tisch und legten sich um ihre. Fest umklammerte sie sie in ihrem Schoß.

Da beugte er sich nach vorn und hauchte ihr die Worte ins Ohr, die sie vollständig in seinen Bann schlugen. »Vielleicht darf ich Euch den Garten zeigen, wenn Ihr mit dem Essen fertig seid.«

»Ja«, brachte sie hervor, ihre Stimme nur mehr ein rauhes Flüstern.

»Und wenn Ihr genug von den Rosen habt, darf Euch Euer Begleiter dann vielleicht küssen?«

Sie starrte auf ihren Teller, während seine Hände zärtlich über ihre Schenkel strichen. Dann blickte sie zu seinen tiefblauen Augen auf, zu seinem Mund. Ganz nah an seinem Ohr flüsterte sie: »Hiervon bin ich satt, und von den Rosen habe ich auch schon genug.«

John hielt sich zurück, um sie nicht sofort in seine Arme zu schließen und sie aus dem Saal zu tragen. Er nahm ihre Hand, stand langsam auf und wartete, bis auch sie aufgestanden war.

Als sie zum Eingang des großen Saales gingen, sah sich Maria verstohlen um. Sie alle waren Musterbeispiele taktvollen Benehmens. Keiner schien zu bemerken, wie John und Maria durch die großen Türen schlüpften und in die Gärten liefen.

Als sich die Türen hinter dem davoneilenden Liebespaar geschlossen hatten, atmete die ganze Gesellschaft erleichtert auf.

Es war Liebe, es war Leidenschaft, es war Erfüllung.

In der Stille einer Laube, verborgen vor den Menschen und von der Dunkelheit und dem Duft der Blumen umhüllt, fielen sie sich in die Arme.

Sie hatte gedacht, daß sie dies nur noch in einem Traum erleben würde. Aber er war tatsächlich da.

Johns Lippen berührten ihren Mund, und sie spürte, wie seine Hände ihr Gesicht streichelten. In einem Augenblick des Wiedererkennens rieben sich ihre Lippen sanft aneinander.

Ohne zu sprechen, in stiller Umarmung, flehten beide um Vergebung. In der Zärtlichkeit ihrer Berührung gestanden beide ihre Liebe. Und dann stieg in ihnen die Leidenschaft auf.

Als würde sie außerhalb ihrer selbst sein, spürte Maria, wie ihr Körper erschauerte, als Johns Hände über ihren Rükken streichelten. Sein Mund bedeckte den ihren, und willig öffnete sie ihre Lippen für ihn.

Als seine Zunge in die Tiefen ihres Mundes tauchte, durchfuhr ein Hitzestrahl ihren Körper und entzündete sie mit einer tiefen, lodernden Flamme. Marias Hände legten sich um seinen Nacken. Ihre Zunge, ihr Mund strebten seinem Mund entgegen, und ihr Körper bog sich in dem Bedürfnis, ganz mit ihm zu verschmelzen. Sie wurde immer kühner, als ihre Hände über seinen Rücken und seinen Nakken streichelten. Ihre Finger griffen in sein Haar, während ihr Mund sich dem betäubenden Rhythmus seiner forschenden Zunge anpaßte. An nichts anderes erinnerte sie sich als an diesen wunderbaren Traum.

John sah die Leidenschaft in ihren Augen. Sie lag in seinen Armen, und sie war bereit. Er wollte sie. Als er sich an die leidenschaftlichen Momente erinnerte, die sie miteinander geteilt hatten, bewegten sich Johns Lippen heftiger, drängender. Ein fast unbezwingbares Begehren überkam ihn. Seine Hände wanderten über ihren Rücken, umfaßten ihren Po und preßten ihn gegen seinen aufgerichteten Schaft. Er dämpfte ihr Keuchen mit seinen Küssen, als sie sich eng an ihn drängte.

»Ich habe genug von den Rosen gesehen.« Atemlos zog sie sich von ihm zurück.

»Gut. Dann darf ich Euch jetzt vielleicht mein Schlafgemach zeigen?«

Sie nickte lächelnd.

Die Kerze flackerte neben dem Bett, und Maria betrachtete die vollkommene Kurve seines muskulösen Oberkörpers, der über das Bett gestreckt dalag. Eine schwarze Strähne lag über seiner Brust, und sie unterdrückte den Wunsch, sie wegzustreichen und ihn ein letztes Mal zu küssen. Sie dachte an die leidenschaftliche Begegnung im Schein der Kerze. In ihnen beiden war ein unglaublicher Hunger nacheinander gewesen, aber ihr Liebesspiel hatte keine Eile gekannt und ihre sanften Berührungen keine Traurigkeit. Sie hatte gewußt, daß das ihre letzte gemeinsame Nacht war, und sie hatte jeden einzelnen der kostbaren Momente genossen.

Seufzend hatte sie seinen Namen ausgerufen, und er hatte sie zum Beben gebracht. Sie hatten nicht über die Vergangenheit gesprochen; es hatte nur Entzücken gegeben, die Freude und die Lust, in der Gegenwart zu versinken, in der Nacht, ineinander.

Sie warf ihm einen letzten Blick zu und lächelte. Als sie aus seinem Gemach schlüpfte, besiegelte eine Träne ihren letzten Abschied.

Kapitel 33

Die Nordsee, vor der Küste von Dundee

Der Kommandant des bewaffneten Handelsschiffes der Macphersons blickte zufrieden auf die vollen Segel, die sich über ihm blähten, und den hoch über ihm liegenden leuchtend azurblauen Himmel. Zeit genug, dachte er und lenkte seine Schritte zu den achtern liegenden Kajüten.

Als er den engen Korridor entlangging, konnte er ein leises Weinen hören, das durch eine angelehnte Kajütentür drang. Es war die Stimme eines gebrochenen Herzens. Der Mann verlangsamte seinen Schritt und versuchte die Schuldgefühle zu unterdrücken, die in ihm aufstiegen. Er blieb vor der Kajüte stehen und öffnete leise die Tür.

Er warf Isabel einen Blick zu und sah dann die schluchzende Gestalt an, die in den Armen der alten Frau lag. Sanft löste sich Isabel von der jungen Frau und ließ ihren Kopf gegen den Pfosten der Schlafkoje sinken. Dann stand sie leise auf, ging durch den Raum zur Tür und trat in den Gang hinaus.

Wortlos ging John in das Zimmer, schloß die Tür hinter sich und lehnte sich mit seinem Rücken dagegen.

»Das erstemal habe ich dich ziehen lassen«, sagte er ruhig. »Aber dieses Mal, Liebste, werde ich nicht so großzügig sein.«

Ihr Kopf flog nach oben, und mit einem Ruck drehte sie sich zu ihm hin. Sie war blaß und ihre Augen gerötet. Die Trauer stand ihr ins Gesicht geschrieben. Schnell stand sie auf.

»Wie …«

»Sich wie ein Dieb mitten in der Nacht aus meinem Bett davonzustehlen!« Fest ruhte sein Blick auf ihr. »Nicht mal den Mut zu haben, sich zu verabschieden! Du magst ja glauben, daß du das erstemal gute Gründe gehabt hast, aber dieses Mal mit mir zu schlafen, mir ins Ohr zu flüstern, daß du mich liebst, und dann für immer zu verschwinden?«

Marias Mund stand offen, und ihre Lippen zitterten vor Anstrengung, die Tränen zurückzuhalten, aber ihre Bemühungen waren umsonst. Sie flossen nur so über ihre Wangen. Schnell drehte sich die junge Frau weg und verbarg ihr Gesicht in den Händen.

»Warum bist du gekommen?« schluchzte sie.

Er tat so, als habe er die Frage nicht gehört. »Das letztemal habe ich mich wie ein Narr benommen, aber dieses Mal weiß ich es besser.« John trat auf sie zu. »Glaubst du, ich bin mir mittlerweile nicht darüber im klaren, wie du denkst? Nach all dem, was wir durchgemacht haben? Du magst ja die Art, wie dein Bruder denkt, verachten, aber du hast sehr viel mit ihm gemeinsam.«

Ihr Kopf fuhr herum. »Ich bin nicht wie er.«

»Du handelst aus anderen Motiven, das stimmt. Aber so wie er sich für sein Reich opfert, so opferst du dich für diejenigen, die du liebst.«

In einem erfolglosen Versuch wischte Maria die nicht versiegen wollenden Tränen von ihrem Gesicht. John trat ganz nah an sie heran und faßte sie an den Schultern. Seine blauen Augen blickten sie sanft an.

»Ich weiß alles, was du getan hast. Ich weiß, warum du mich verlassen hast und in Antwerpen ins Schloß zurückgekehrt bist. Ich weiß von deinen Briefen an König James. Ja, Liebes, ich weiß sogar von unserem Kind.«

Ihre Augen weiteten sich. Sie konnte sein Mitleid nicht ertragen. »Warum bist du gekommen?« fragte Maria noch einmal und versuchte vergebens, sich aus seiner Umarmung zu befreien.

Er hielt sie fest, bis sie ihren Widerstand aufgab. Dann umfaßte er ihr Gesicht mit seinen Händen. »Ich bin gekommen, weil ich dich liebe. Weil ich weiß, daß auch du mich liebst. Ich bin gekommen wegen all dem, was wir miteinander erlebt haben, und all den Träumen, die wir noch verwirklichen müssen.«

»Und du kommst um unseres Kindes willen«, sagte sie traurig.

»Ich wußte nichts von dem Kind. Wir waren schon auf

See, als mir Isabel davon erzählte.« Seine Augen drangen bis in ihre Seele vor. »Unser Kind werden wir beide lieben, aber deinetwegen bin ich gekommen.«

Maria konnte sich nicht mehr zurückhalten. Sie warf ihre Arme um seinen Hals, legte ihr Gesicht an seine Brust und weinte. »John«, flüsterte sie voller Liebe.

Er hielt sie lange fest, so lange, bis ihre Tränen versiegt waren.

»Willst du mich heiraten, Maria? Willst du es mit meinem dummen Stolz aufnehmen?«

»Ich will dich heiraten, John. Und ich werde allem, was das Schicksal für uns bereithält, voller Freude begegnen.«

Zärtlich hielt er sie umschlungen. »Wir müssen noch die Einwilligung deines Bruder einholen.«

»Mach dir deswegen keine Sorgen.« Sie lächelte und wandte ihre smaragdgrünen Augen ihm zu. »Er mag die neue Maria sowieso nicht. Er wird froh sein, mich dem erstbesten überantworten zu können.«

»Und was ist mit deiner Mutter?«

»Meine Mutter, Jack Heart, wird dich gewiß lieben.« Marias Augen blitzten schelmisch auf. »Sie ist schließlich nicht wahnsinnig.«

Epilog

Schloß Benmore, in den Highlands von Schottland

Jack Heart, Räuber aller Herzen,
trieb es wild mit seinen Scherzen,
und machte so auch Schmerzen
der Königin der Herzen.

Da rief der Kaiser: Schluß!
Und wenn ich nun verzichten muß
auf Schottland, England und den Bosporus –
meine Schwester, die verdient 'nen Kuß!

Das sah Jack Heart denn auch gleich ein
und stürmte zu der Königin hinein.
Die war ganz traurig schon gewesen,
Doch in seinen Armen bald genesen.

Lady Elizabeth Macpherson hatte ihr Lied beendet und lehnte sich in ihrem Stuhl zurück. Um ihre Füße saßen die Enkel geschart. Jaime tätschelte ihr Knie.

»Ist das ein Gedicht über Onkel John und Tante Maria?«

»Es hört sich ganz danach an, nicht wahr?«

»Wirst du auch über mich später einmal ein Lied machen, Großmutter?«

»Du wirst bestimmt die nächste sein, meine Jaime.«